GOLDMANN

Buch

Dominic le Sabre, der unverschämt gutaussehende Ritter und Lebemann, kehrt siegreich von einem Kreuzzug in seine Heimat Schottland zurück, um seine langersehnte Belohnung beim König einzufordern: die wohlbehütete und wunderschöne Lady Margaret of Blackthorne.
Margaret sieht dieser Eheschließung mit Angst und dunklen Vorahnungen entgegen: Sie ist sicher, daß der verwegene Ritter ihrem Land und ihr selbst nur Schande und Leid zufügen wird. Aber noch bevor Lady Margaret ihr Heiratsversprechen rückgängig machen kann, verfällt sie nach und nach dem zügellosen und unwiderstehlichen Charme Dominics, der ihr Herz wie auch ihr Land im Sturm erobern will. Margaret kann nicht anders – sie ergibt sich Dominic mit Haut und Haaren. Doch die dunklen Vorahnungen wollen nicht weichen ...

Autorin

Elizabeth Lowell ist das Pseudonym der amerikanischen Erfolgsautorin Ann Maxwell, einem wahren Multitalent, die zu den Meisterinnen ebenso spannender wie leidenschaftlicher Liebesromane zählt. Sie hat in den USA bisher weit über 40 Romane veröffentlicht und wurde mehrfach mit dem *Romantic Times Award* ausgezeichnet.

Von Elizabeth Lowell sind bei Goldmann erschienen:
Roulette der Liebe. Roman (42697)
Im Strudel der Gefühle. Roman (42792)
Brandung des Herzens. Roman (42829)

Als Ann Maxwell hat sie bei Goldmann veröffentlicht:
Flammender Diamant. Roman (42427)
Lockende Wildnis. Roman (42428)

ELIZABETH LOWELL

Fesseln aus Seide

ROMAN

Aus dem Amerikanischen
von Elke Bartels

GOLDMANN VERLAG

Die Originalausgabe erschien unter dem Titel »Untamed«
bei Avon Books, New York

Umwelthinweis:
Alle bedruckten Materialien dieses Taschenbuches
sind chlorfrei und umweltschonend.
Das Papier enthält Recycling-Anteile.

Der Goldmann Verlag
ist ein Unternehmen der Verlagsgruppe Bertelsmann

Deutsche Erstveröffentlichung August 1995

Umschlaggestaltung: Design Team München
Umschlagillustration: Daeni/Schlück, Garbsen
Satz: deutsch-türkischer fotosatz, Berlin
Druck: Elsnerdruck, Berlin
Verlagsnummer: 42867
Lektorat: Silvia Kuttny
Redaktion: Sabine Dolt
Herstellung: Stefan Hansen
Made in Germany
ISBN 3-442-42867-X

1 3 5 7 9 10 8 6 4 2

1. KAPITEL

Frühling
zur Zeit der Herrschaft König Henrys I.,
Nordengland

Das Schmettern eines Kriegshorns schnitt durch die Stille, verkündete die Ankunft des neuen Herrn von Blackthorne Keep. Wie auf Befehl tauchte gleich darauf eine dunkle Silhouette aus den Nebelschwaden auf ... ein Ritter in voller Rüstung, der einen gewaltigen schwarzen Hengst ritt. Pferd und Reiter schienen eins, untrennbar miteinander verbunden, wild vor ungezügelter, maskuliner Kraft, die wie ein Sturm in ihrem Blut rauschte.

»Es heißt, er sei ein Teufel, Mylady«, murmelte die Witwe Eadith.

»Das sagen sie von allen normannischen Rittern«, erklärte Meg ihrer Zofe mit verzweifelter Ruhe. »Trotzdem muß es unter ihnen doch sicher auch Männer von freundlicher, großherziger Wesensart geben.«

Eadith stieß einen Laut aus, der ein verächtliches Schnauben hätte sein können.

»Nein, Mistress. Es ist bezeichnend, daß Euer Bräutigam ein Kettenhemd trägt und ein gefährliches Schlachtroß reitet. Gerüchte gehen um, daß es Krieg geben wird.«

»Es wird keinen Krieg geben«, widersprach Meg energisch.

»Das ist der Grund, weshalb ich heiraten werde – um dem Aderlaß endlich ein Ende zu bereiten.«

»Hoffentlich täuscht Ihr Euch da nicht. Sehr wahrscheinlich wird eher ein Feldzug stattfinden als eine Hochzeit«, verkündete Eadith mit grimmiger Befriedigung. »Tod den normannischen Invasoren!«

»Schweig still«, sagte Meg gedämpft. »Ich will kein Gerede von Krieg und Schlachten mehr hören.«

Eadith preßte die Lippen zusammen, enthielt sich jedoch jeder weiteren Äußerung über dieses Thema.

Meg stand an einem hohen Fenster des Hauptturms der Burg, von einem teilweise geschlossenen Fensterladen vor Blicken geschützt, und suchte den Horizont nach dem Kavallerietrupp ab, der den Krieger begleitet haben mußte, der bald ihr Ehemann würde.

Hinter dem Schlachtroß war jedoch keinerlei Bewegung auszumachen, nur silbrige Nebelschwaden wallten über die Felder. Das Horn war von jemandem geblasen worden, der sich in dem Wald jenseits der Äcker versteckt hielt.

Das Pferd und der in Kettenpanzer steckende Reiter rückten mit jedem Augenblick näher heran, während sie offen und furchtlos auf die Burg zugaloppierten. Kein Faktotum eilte hinter dem Ritter her. Keine Junker tauchten auf, die Schlachtrösser am Zügel führten oder Packpferde, beladen mit den schimmernden Metallwerkzeugen des Krieges.

Gegen jeden Brauch näherte sich Dominic le Sabre der angelsächsischen Burg mit nichts als dem dumpfen Ruf des Kriegshorns zur Begleitung.

»Er ist wahrhaftig der Teufel in Menschengestalt«, sagte Eadith und bekreuzigte sich hastig. »Ich würde ihn niemals heiraten.«

»Ganz richtig. Es ist ja auch meine Hand, die zu vergeben ist, nicht deine.«

»Möge Gott Euch schützen«, murmelte Eadith. »Ich zittere um Euch, Mylady, da Ihr nicht den Verstand habt, um Euch selbst zu zittern!«

»Ich bin die letzte eines uralten, stolzen Geschlechts«, erwiderte Meg mit heiserer Stimme. »Warum sollte eine Tochter von Glendruid vor einem namenlosen normannischen Bastard erzittern?«

Ihren mutigen Worten zum Trotz fühlte Meg einen kalten Schauder den Rücken herunterrieseln. Je näher Dominic le Sabre kam, desto mehr fürchtete sie, ihre Zofe könnte recht behalten.

»Gott sei mit Euch, M'lady, denn der Teufel wird es ganz sicher sein!«

Beim Sprechen bekreuzigte sich Eadith erneut.

Äußerlich gefaßt und ruhig beobachtete Meg, wie der stolze Krieger heranritt. Dies war der Mann, der sie zur Braut fordern würde und obendrein den ausgedehnten Landbesitz, den sie nach dem nahe bevorstehenden Tod ihres Vaters erbte.

Dies war der Köder, der einen berühmten normannischen Ritter von Jerusalem bis in die nördlichen Marschen von König Henrys Reich gelockt hatte. Die Güter ihres Vaters waren schon immer das Lockmittel für die schottischen Lords gewesen, deren Familien um Megs Hand für ihre Söhne gebeten hatten. Aber sowohl William II. als auch Henry I. hatten sich geweigert, Lady Margaret of Blackthorne eine Eheschließung zu gestatten.

Bis jetzt.

Der Ritter auf seinem gewaltigen Hengst kam unaufhaltsam näher, und Meg erkannte, daß ihr zukünftiger Ehemann in mehrfacher Hinsicht außergewöhnlich war, nicht nur, was die fehlende Eskorte betraf.

Wie ein ausgestoßener Ritter trägt er keines Herrn Farben; dennoch ist er ohne Zweifel ein Günstling des englischen Königs. Wenn er mein Ehemann ist, wird er mehr Land kontrollieren als irgend jemand, außer den mächtigsten Baronen des Königs.

Verwirrt betrachtete Meg den normannischen Ritter, der ein großer englischer Lord geworden war. Er ritt unter keinem Banner und trug niemandes Wappen auf seinem tränenförmigen Schild. Sein Helm war aus einem fremdartigen, geschwärzten Metall gefertigt; schwarz war auch das Schlachtroß, das er ritt. Der lange Umhang, der seinen kettenhemdbewehrten Körper umhüllte, war dunkel und prächtig und bauschte sich im Wind, während der Hengst mit kraftvollen Bewegungen über das Feld galoppierte.

So stolz wie Luzifer, alle beide. Und ebenso stark.

Meg beobachtete das Herannahen des finsteren Lords und

zwang sich durch bloße Willensanstrengung, keine Angst zu zeigen.

»Er ist ungewöhnlich groß«, bemerkte Eadith.

Meg sagte nichts.

»Wirkt er nicht furchteinflößend auf Euch?« fragte die Zofe.

Der dunkle Ritter sah tatsächlich bedrohlich aus, aber Meg wollte auf keinen Fall, daß sich sämtliche Bediensteten in der Burg die Mäuler darüber zerrissen, wie ihre Herrin bei der Ankunft ihres zukünftigen Ehemannes am ganzen Körper bebte.

»Nein, auf mich wirkt er nicht furchteinflößend«, entgegnete sie fest. »Er sieht aus wie das, was er ist, ein Mann im Kettenhemd, der auf einem Kavalleriepferd reitet. Ein durchaus üblicher Anblick, wie ich meine.«

»Wenn man bedenkt, daß er im einen Moment noch ein Bastard war, und im nächsten Moment ist er einer der Günstlinge des Königs«, sagte Eadith bitter. »Obwohl *Das Schwert* kein eigenes Land hat, sprechen die Männer von ihm als von einem großen Lord.«

»Lord Dominic, genannt le Sabre, *Das Schwert*«, murmelte Meg. »Bastard oder Adliger, er hat den Sohn eines mächtigen Barons vor den Sarazenen gerettet. Es heißt, ohne ihn wäre Roberts Kreuzzug katastrophal ausgegangen. Ein kluger König belohnt einen so hervorragenden Krieger.«

»Mit angelsächsischem Land«, gab Eadith bissig zurück.

»Das ist das Vorrecht des Königs.«

»Ihr tut so, als kümmerte es Euch nicht.«

»Für mich zählt nur, daß das Blutvergießen endlich ein Ende hat.«

Hast du Mitleid im Heiligen Land gelernt, Dominic le Sabre? Wird die Hoffnung in meinem Herzen auf Großzügigkeit in deinem treffen?

Oder bist du wie das Kettenhemd, das du trägst – kalt und hart, schimmernd vor kriegerischer Verheißung, statt strahlender Hoffnungen für die Zukunft?

Eadith musterte die feingeschnittenen Züge ihrer Herrin. Nichts in Megs Ausdruck ließ auf die Gedanken schließen, die ihr durch den Kopf gingen. Dann beobachtete die Zofe erneut den normannischen Ritter, der sich den Toren einer Burg näherte, die er durch ein Eheversprechen gewonnen hatte statt in einem ehrenhaften Kampf.

»Es heißt, er kämpfte mit der Kälte von Eis und der Wildheit eines nordischen Barbaren«, sagte Eadith in das Schweigen hinein.

»Bei mir wird ihm das nichts nützen. Ich bin weder aus Eis noch ein Krieger.«

»Glendruid«, flüstere Eadith so leise, daß ihre Herrin es nicht hören konnte.

Meg hatte es jedoch gehört.

»Glaubt Ihr, er weiß es?« fragte Eadith nach einer Weile.

»Was?«

»Daß er niemals Erben von Euch haben wird.«

Megs klare grüne Augen hefteten sich auf das Gesicht der Witwe. Ihr Vater hatte darauf bestanden, daß sie Eadith als persönliche Bedienstete nahm.

»Tauschst du oft Klatsch mit den Dorfbewohnern, Tagelöhnern und Bauern?« erkundigte sich Meg spitz.

»Wird er das denn?« beharrte Eadith. »Wird er Söhne von Euch haben?«

»Was für eine seltsame Frage.« Meg zwang sich zu einem Lächeln. »Bin ich Hellseherin, um das Geschlecht meiner ungeborenen Kinder zu wissen?«

»Man behauptet, Ihr wäret eine Glendruid-Hexe«, erklärte Eadith brüsk.

»Glendruids sind keine Hexen.«

»Die Leute sagen aber etwas anderes.«

»Die Leute sagen viele abstruse Dinge«, gab Meg zurück. »Nach einem Jahr auf Blackthorne Keep solltest du das eigentlich wissen.«

Eadith warf einen Seitenblick auf ihre Herrin. »Die Leute sagen aber auch die Wahrheit.«

»Ach, tatsächlich? Für mich verwandelt sich kein Felsen in ein Blütenmeer, noch beugen sich Bäume herab, um in mein Ohr zu flüstern. Was für ein Unsinn!«

»Ihr habt sehr viel Geschick im Umgang mit Falken und Kräutern«, erwiderte Eadith.

»Ich bin ebensowenig eine Hexe wie du. Komm mir nicht mit solchen Behauptungen. Irgendeine beschränkte Seele könnte sie für wahr halten.«

»Es ist ja auch wahr.« Eadith zuckte die Achseln. »Die einfachen Leute fürchten Eure Mutter, täuscht Euch da nicht.«

Meg verkniff sich eine scharfe Bemerkung. Eadith konnte ausgesprochen lästig sein, wenn es um das Thema Lady Anna ging. Die Geschichten, die sich um Annas Tod rankten, faszinierten die Zofe.

»Meine Mutter ist tot«, sagte Meg fest.

»Das ist nicht das, was die Witwe des Schäfers gesagt hat. Sie hat Lady Annas Geist bei Vollmond draußen bei der heidnischen Grabstätte gesehen.«

»Die gute Frau trinkt zuviel Ale«, gab Meg zurück. »Der Alkohol hat ihren Verstand benebelt. War sie es nicht auch, die geschworen hat, daß Feen auf ihrer Untertasse tanzten und daß Geister das Ale getrunken hätten, das sie als Bezahlung für ein Ferkel schuldig war?«

Eadith öffnete den Mund, um zu sprechen.

Meg bedeutete ihr mit einer brüsken Geste zu schweigen. Sie wollte sich ausschließlich auf den Krieger konzentrieren, der allein auf Blackthorne Keep zuritt.

Dominic le Sabre schien so überzeugt von seinen eigenen Fähigkeiten, daß er seine Eskorte, die in diesem Moment am Horizont aus dem Nebel auftauchte, ein ganzes Stück hinter sich reiten ließ – zu weit entfernt, um ihm irgendeine Hilfe zu sein, falls man ihm einen Hinterhalt gelegt hatte. Dabei war der Gedanke an einen solchen Angriff durchaus nicht abwegig. Die Wut ihres Vaters bei der Nachricht, daß er seine einzige Erbin an einen normannischen Bastard verheiraten mußte, war so groß gewesen, daß Lord Johns Körper fast der Schlag getroffen hätte, einen Körper, der einmal für seine unbezwingbare Stärke berühmt gewesen war.

Doch selbst in der Blüte seiner Jugend und Kraft war Lord John eine ganze Handbreit kleiner gewesen als der normannische Ritter, der jetzt so verächtlich in den Burghof einritt.

Stolzer Krieger, dachte Meg. *Aber wenn die Legende wahr sein sollte, müßtest du auch ein ebenso fähiger und potenter Verführer sein, um weibliche Nachkommen mit deiner Glendruid Braut zu zeugen.*

Mit scharfen Augen musterte Meg den Mann, der ein Kettenhemd über schwarzem Leder trug, sein Haar unter einem stählernen Helm verborgen, sein Schlachtroß so dunkel und gefährlich wie Satans Träume.

Doch was Söhne betrifft, mein schwarzer Lord …

Niemals.

Das ist der Fluch von Glendruid. In tausend Jahren ist es noch keinem gelungen, diesen Fluch aufzuheben.

Und bei deinem Anblick fürchte ich, daß er niemals aufgehoben wird.

Als hätte er Megs intensiven Blick auf sich gespürt, zog der Ritter plötzlich hart die Zügel an und brachte seinen Hengst zum Stehen. Das Pferd bäumte sich mit durchdringendem Wiehern auf seiner muskulösen Hinterhand auf und schlug heftig mit den Vorderhufen durch die Luft, als hätte es einen Angreifer vor sich. Wäre der Angreifer ein Fußsoldat gewesen, wäre er unter den scharfen Hufen des Schlachtrosses umgekommen.

Dominic le Sabre ritt das temperamentvolle Tier ohne jede Anstrengung, wobei er keine Sekunde den Blick von dem Fenster hoch oben in dem Hauptturm abwandte, dessen Läden teilweise geöffnet waren. Obwohl er niemanden durch die schmale

Öffnung sehen konnte, wußte er, daß Lady Margaret of Blackthorne dort oben stand und beobachtete, wie ihr zukünftiger Ehemann zu der Burg hinaufritt.

Dominic fragte sich, ob sie wie ihr Vater war, der immer noch eine Schlacht kämpfte, die im Jahre 1066 verloren worden war, als William der Eroberer den angelsächsischen Adligen England genommen hatte.

Angelsächsische Lady, wirst du meinen Samen ohne Kampf empfangen? Wirst du mir die Söhne schenken, nach denen ich mich verzehre, wie sich ein durstiger Mann nach Wasser verzehrt?

Ein Ritter löste sich aus Dominics Gefolge und näherte sich in schnellem Galopp. Wieder bäumte sich Dominics Pferd auf und wieherte schrill. Lässig zügelte er sein Schlachtroß, als der Ritter ein paar Schritte von ihm entfernt aus dem Sattel sprang.

Der zweite Ritter trug eine Rüstung und ritt ebenfalls ein edles Tier. Es war ein Verstoß gegen Sitte und gesunden Menschenverstand, ein wertvolles Schlachtroß für eine gewöhnliche Reise zu benutzen, aber niemand war sicher gewesen, ob John of Cumbriland, Lord of Blackthorne Keep, eine Hochzeit oder einen Krieg geplant hatte.

»Beruhige dich, Crusader«, sprach Dominic beschwichtigend auf seinen Hengst ein. »Es gibt keinerlei Anzeichen für Verrat.«

»Noch nicht«, sagte der andere Ritter brüsk, während er neben Dominic trat.

Dominic schaute seinen Bruder an. Simons klare, schwarze Augen sahen alles, und ihnen entging nichts. Simon, genannt der Loyale, war der am höchsten geschätzte Ritter in Dominics Gefolge. Dominic bezweifelte, daß er ohne ihn die Heldentaten der Schlacht hätte vollbringen können, die ihm eine angelsächsische Braut zur Belohung eingebracht hatten, deren Reichtum an Ländereien groß genug war, um den englischen König neidisch zu machen.

Aber nicht habgierig. Die normannischen Könige hatten aus bitterer Erfahrung gelernt, daß die aufsässigen Angelsachsen der nördlichen Marschen zu schwierig waren, als daß man sie mit einem einzigen Schlag hätte besiegen können. Ehen zu stiften war eine bessere Methode zu ihrer Unterwerfung als Kriege.

»Hast du irgend etwas gesehen, was nicht in Ordnung ist?« fragte Dominic.

»Sven hat mich in den Wäldern aufgesucht«, erwiderte Simon.

»Und?«

»Er hat deinen Auftrag ausgeführt.«

»Ein wahrer Ritter«, meinte Dominic sardonisch, denn Svens Auftrag lautete, als heimkehrender Pilger verkleidet nach Blackthorne Keep zu gehen und eine der Hausbediensteten zu verführen.

»Das Frauenzimmer war willig«, sagte Simon achselzuckend.

Dominic knurrte.

»Sven hat herausbekommen, daß sich Duncan of Maxwell in der Burg aufhält«, sagte Simon kurz und bündig.

Dominics Hengst bäumte sich erneut halb auf, als Reaktion auf den Ärger, der in seinem Reiter aufstieg.

»Und die Dame Margaret?« erkundigte er sich kalt.

»Sie ist ebenfalls auf der Burg.«

»Eine Liaison?«

»Niemand hat sie zusammen erwischt.«

Dominic gab einen Grunzlaut von sich. »Das könnte nur bedeuten, daß sie gewitzt sind, nicht tugendhaft. Was ist mit den Vögten? Sind sie auch hier?«

»Nein. Sie sind zusammen mit Duncans Cousin nördlich von hier, auf Carlysle, einem von Lord Johns Gütern. Oder eher, einem von *deinen* Gütern.«

»Noch gehört es mir nicht. Erst wenn ich die Tochter heirate und der Vater stirbt.«

»Nur noch zwei Tage bis zur Hochzeit. Ich bezweifle, daß John das Festgelage überleben wird, das auf die kirchliche Trauung folgt«, gab Simon zurück.

Dominic wandte sich von seinem Bruder ab und schaute auf

Blackthorne Keep, das über dem grünen Hügel aufragte, wo es die Landschaft dominierte. Lord John hatte sich finanziell völlig verausgabt beim Bau der viergeschossigen Burg mit ihren dicken Steinmauern und den massiven Ecktürmen.

Es waren keine Kosten gescheut worden, um den Ort zu einer militärischen Festung zu machen, die fast sicher gegen Angreifer sein würde. In einer Entfernung von dreißig Metern war die Burg von einem halbfertigen Steinwall umgeben. In vollendetem Zustand wäre der Wall doppelt so hoch wie ein Mann zu Pferde gewesen. Aber Stein wich hölzernen Palisaden, deren Schwäche Dominics aufmerksamer Blick in einem einzigen Moment registrierte.

Zumindest hatte John soviel Verstand, einen breiten, tiefen Burggraben zu ziehen, um Angreifer aufzuhalten. Doch auch mit dem Graben ist die Burg zu verletzlich. Ein paar Eimer brennendes Pech gegen die Palisaden, und schon wäre der äußere Wall durchbrochen. Die Burg selbst würde nicht länger halten als die Fähigkeit der Ritter, Durst zu ertragen.

Es sei denn, es gibt einen Brunnen innerhalb der Burg .... Falls nicht, werde ich dem Mangel sofort abhelfen.

Wieder ließ Dominic seinen Blick über das hoch aufragende Steingebäude auf dem Hügel schweifen, der sich bemühte, frühlingshaftes Grün zu zeigen. Ein Torhaus war in die halbfertige äußere Mauer hineingebaut worden. Die Brücke über dem Burggraben war noch hochgezogen.

»Wo ist der Torhüter?« wollte Simon wissen. »Erwarten sie von uns, daß wir unser Lager vor der Burg aufschlagen?«

»Geduld, Bruder«, erwiderte Dominic sardonisch. »John verdient eher unser Mitleid als unseren Zorn.«

»Ich würde ihm lieber meinen Panzerhandschuh in sein angelsächsisches Gesicht schlagen.«

»Vielleicht bekommst du ja die Gelegenheit.«

»Habe ich dein Wort darauf, mein Lehnsherr?« gab Simon zurück.

Dominics Lachen war so hart wie das Metall seines Helms.

»Armer John of Cumbriland«, sagte er. »Sein Vater und sein Großvater konnten die Flut normannischer Invasoren nicht aufhalten. Auch er nicht. Jetzt stirbt er an der Auszehrung und hat nur eine Tochter als Erben. Was für ein bedauernswerter Zustand. Man könnte fast glauben, er wäre verflucht.«

»Das ist er.«

»Was?«

Bevor Simon antworten konnte, verkündete ein gedämpftes Knirschen von Ketten und Zahnrädern, daß die Zugbrücke herabgelassen wurde.

»Ah«, sagte Dominic mit grimmiger Befriedigung. »Unser verdrießlicher Angelsachse hat beschlossen, sich seinen normannischen Peers zu beugen. Sag meinen übrigen Rittern, sie sollen rasch kommen.«

»Auf ihren Schlachtrössern?«

»Ja. Eine kleine Demonstration von Stärke wirkt einschüchternd und könnte uns späteres Blutvergießen ersparen.«

Dominics nüchterne Beurteilung von Taktiken war nichts Neues für Simon. Trotz seines Muts und seiner Fähigkeiten im Kampf war Dominic nicht blutgierig wie einige andere Ritter. Er war eher so kalt wie ein nordischer Winter, wenn er kämpfte. Es war das Geheimnis seines Erfolgs und recht verunsichernd für Ritter, die niemals derartige Disziplin kennengelernt hatten.

Gerade als Simon sein Pferd an den Zügeln in Richtung Wald herumzog, rief Dominic ihm zu. »Was meinst du damit, daß John die Hochzeitsfeiern vielleicht nicht überleben wird?«

»Er ist wesentlich schwerer erkrankt, als wir dachten.«

Schweigen breitete sich aus, gefolgt vom Geräusch einer gepanzerten Faust, die auf einen gepanzerten Schenkel schlug.

»Dann beeil dich, Bruder«, sagte Dominic scharf. »Ich möchte nicht, daß ein Begräbnis meine Hochzeit stört.«

»Ich frage mich, ob Lady Margaret ebenso darauf brennt zu heiraten wie du.«

»Ob sie darauf brennt oder wie ein störrischer Esel die Füße schleifen läßt, wenn sie zum Altar geführt wird, spielt keine Rolle. Bis nächsten Ostern wird mein Erbe geboren sein.«

2. KAPITEL

Allein in ihrem Gemach im vierten Stock der Burg löste Meg die Bänder ihres Überwurfs und warf das abgetragene Kleidungsstück aus rostbrauner Wolle aufs Bett. Ihre bodenlange Tunika flog gleich hinterher. Das Kreuz, das sie um den Hals trug, schimmerte wie flüssiges Silber im Kerzenlicht. Bei jedem Schritt, den sie machte, raschelten getrocknete Binsen, Kräuter und Blumen vom letzten Sommer unter ihren Füßen. In aller Eile zog sie die schlichte Tunika und den Mantel der Tochter eines Bürgerlichen an.

Frauengelächter schallte aus der großen Halle im unteren Stockwerk herauf. Meg hielt den Atem an und flehte innerlich, daß Eadith zu sehr damit beschäftigt war, mit Duncan zu flirten, um sich nach den Bedürfnissen ihrer Herrin zu erkundigen. Eadith' ständiges Geplapper über Lord Dominics brutale Kraft und kaltes Wesen hatte Megs Nerven angegriffen.

Sie wollte nichts mehr davon hören. Sie wollte ihrem zukünftigen Ehemann noch nicht einmal vorgestellt werden, jedenfalls nicht bis zur morgigen Hochzeit, weil ihr Vater gesagt hatte, er sei zu schwach, um sein Bett zu verlassen. Meg wußte nicht, ob es die Wahrheit war. Sie wußte nur eines: daß sie morgen mit einem Mann vermählt würde, den sie erst gestern zum ersten Mal flüchtig gesehen hatte.

Die Hochzeit wurde zu sehr überstürzt, als daß es Megs Seelenfrieden gutgetan hätte. Die Vision von Dominic le Sabre, wie er auf einem wilden Schlachtroß aus dem Nebel auftauchte, hatte sie selbst im Schlaf verfolgt. Sie verspürte kein Bedürfnis, von

Schmerzen gepeinigt unter einem kalten Krieger zu liegen, während er seinen Samen in ihren unfruchtbaren Körper ergoß.

Und sie hegte keinerlei Zweifel, daß es eine unfruchtbare, schmerzhafte Vereinigung sein würde. Dem rauhen Ritter die ersehnten Erben zu versagen, wäre eine kleine Entschädigung für ihr zukünftiges Schicksal, Nacht für Nacht von seinem harten normannischen Schaft gequält zu werden.

Meg erstarrte das Blut in den Adern bei dem Gedanken daran. Seit vielen Jahren wußte sie, was ihre Glendruid-Mutter dazu getrieben hatte, in den Wald zu gehen und niemals zurückzukehren, ihre Tochter Johns strenger Hand zu überlassen. Meg hätte es lieber nicht gewußt, denn es war, als schaute sie in ihre eigene Zukunft.

Vielleicht stimmt die Legende. Vielleicht existiert tatsächlich eine andere, freundlichere Welt jenseits von unserer, und ihr Eingang liegt irgendwo innerhalb des uralten Grabhügels. Vielleicht ist Mutter jetzt dort und spricht mit dem Falken auf ihrem Handgelenk, während ihre große getigerte Katze in ihrem Schoß schläft und warmes Sonnenlicht sie einhüllt ...

Das Lachen einer Frau drang zu Meg herauf und unterbrach ihre düsteren Gedanken. Sie runzelte die Stirn. Das Lachen war neu. Kehlig und schwül wie ein Sommerwind. Es mußte der normannischen Frau gehören, die Meg vom Fenster ihres Raumes aus erspäht hatte. Selbst aus der Ferne hatten das schwarze Haar und die vollen roten Lippen der Frau ausgereicht, um jedem Mann den Kopf zu verdrehen.

Was kümmert es mich, daß Lord Dominics Geliebte eine Schönheit ist? sagte Meg sich ungeduldig. *Wichtiger ist, daß ich von hier verschwinde, bevor Eadith kommt, um mir brühwarm die neuesten Geschichten über normannische Brutalität zu servieren. Ob sie wahr sind oder nicht – und das frage ich mich häufig! – Eadith' Geschichten machen mich nervös.*

Mit fliegenden Fingern knüpfte Meg das gestickte Band auf, das durch ihre langen Zöpfe geschlungen war. Ungeduldig flocht sie ihr Haar erneut und befestigte die Enden mit Lederschnüren. Ein einfaches Kopftuch mit einem gedrehten Lederreif vervollständigte ihre Kleidung.

Meg eilte aus dem Raum und lief die steinerne Wendeltreppe zum zweiten Geschoß der Burg hinunter. Bis sie am Fuß der Treppe angekommen war, hatte sich einer ihrer Zöpfe schon wieder halb gelöst. Wie ein Flammenmeer ergoß sich ihr leuchtendes, rotgoldenes Haar über die neutrale graue Wolle ihres kurzen Mantels.

Bedienstete verbeugten sich hastig, als Meg durch den angefügten Vorbau eilte, der den Eingang der Burg schützte. Niemand fand ihre bürgerliche Kleidung seltsam, denn sie hatte sich frei auf dem Anwesen bewegt, seit sie dreizehn gewesen war und der König ihre Vermählung mit Duncan of Maxwell abgelehnt hatte. Mit neunzehn, einem Alter, in dem die meisten Frauen ihres Standes einen Ehemann und eine Handvoll Babys hatten, galt Meg bereits als alte Jungfer, deren Vater alle Hoffnung auf Erben aufgegeben hatte.

Sie nickte dem Diener zu, der ihr die Tür öffnete, und trat aus dem Vorbau auf die steile Steintreppe hinaus, die zu dem kopfsteingepflasterten Hof hinunterführte. Ihre weichen Lederschuhe machten keinerlei Geräusch, als sie die schlüpfrigen Stufen hinabstieg. So trittsicher wie eine Katze glitt sie die Treppe in den offenen Hof hinunter, wo der Wind durch Kornkammer und Küche streifte und die Federn der Gänse und Truthähne zerzauste, die gebündelt an der Wand hingen und aufs Rupfen warteten.

Über ihr war der graue Himmel mit Streifen von blassem Blau durchzogen. Der weißglühende Sonnenball brannte blaß durch Schleier milchigen Nebels. Das Silberlicht des Frühlings verlieh der Landschaft einen zarten Schimmer, und der Anblick hob Megs Stimmung augenblicklich. Aus den Taubenschlägen zu ihrer Linken drang das perlende Gurren von Tauben. Zu ihrer Rechten ertönte der hohe, klagende Schrei eines Geierfalken, der aus dem Stall geholt wurde, um auf einem Holzbalken im Hof angekettet zu werden.

Bevor Meg die beiden Stufen zum Torhaus genommen hatte, kam ein Kater mit drei weißen Pfoten und faszinierenden grünen Augen auf sie zugelaufen, erfreut miauend und den flauschigen Schwanz steil in die Luft gereckt. Meg beugte sich herab und streckte die Arme aus, gerade als das Tier zum Sprung ansetzte, zuversichtlich, daß es in ihren Armen aufgefangen und gehalten würde.

»Guten Morgen, Black Tom«, sagte Meg lächelnd.

Der Kater schnurrte und rieb seinen Kopf an Megs Schulter und Kinn. Seine langen weißen Augenbrauen und Schnurrbarthaare bildeten einen verblüffenden Kontrast zu seinem schwarzen Gesicht.

»Oh, was für ein herrlich weiches Fell du hast! Schöner als die weißen Hermeline auf dem Mantel des Königs, darauf wette ich.«

Black Tom schnurrte zustimmend und blickte seine Herrin unverwandt aus schrägen, grünen Augen an. Meg trug den Kater zum Torhaus, während sie weiterhin ruhig auf ihn einsprach.

»Einen schönen guten Morgen, M'lady«, sagte der Torwächter und erwies ihr respektvoll seine Reverenz.

»Guten Morgen, Harry. Geht es deinem Sohn besser?«

»Ja, dank Gott und Eurer Medizin. Er ist wieder so lebhaft wie ein junges Hündchen und so neugierig wie ein Kätzchen.«

Meg lächelte. »Das ist wundervoll.«

»Werdet Ihr nach dem Falken des Priesters sehen, nachdem Ihr Euch um Eure Kräuter gekümmert habt?«

Smaragdgrüne Augen musterten forschend Harrys Gesicht, als Meg fragte: »Verweigert die kleine Jägerin immer noch das Futter?«

»Ja.«

»Gut, ich werde nach ihr sehen.«

Harry hinkte zu der riesigen Doppeltür, die sich auf den äußeren Burghof öffnete, wenn die Zugbrücke über den Graben heruntergelassen war. In das massive Holz des einen Torflügels war ein kleineres Portal eingelassen. Harry riß das Portal auf, wobei ein Rechteck dunstigen Tageslichts in das dunkle Torhaus hereinfiel. Als Meg hindurchging, beugte sich Harry vor und sagte gedämpft: »Sir Duncan hat nach Euch gefragt.«

Meg wandte sich rasch zu dem Torwächter um. »Ist er krank?«

»Der?« meinte Harry spöttisch. »Der ist so stark wie eine Eiche. Nein, er wollte wissen, ob Ihr vielleicht krank wäret. Ihr seid heute morgen nicht in der Kapelle gewesen.«

»Der gute Duncan. Wie freundlich von ihm, sich nach mir zu erkundigen.«

Harry räusperte sich. Nicht viele Männer hätten Duncan of Maxwell als freundlich und gut bezeichnet. Andererseits war die Herrin eine Glendruid Hexe. Sie hatte etwas an sich, was selbst die wildesten Geschöpfe besänftigte.

»Er war nicht der einzige, dem Eure Abwesenheit aufgefallen ist, wie ich gehört habe«, erklärte Harry. »Der normannische Lord war recht verärgert, Euch nicht zu sehen.«

»Sag Duncan, daß ich wohlauf bin«, erwiderte Meg und eilte durch die Tür.

»Sicherlich werdet Ihr ihn eher sehen als ich.«

Sie schüttelte den Kopf. Flammen schienen in ihrem rotgoldenen Haar zu züngeln, als sie vorwärtsstrebte und über ihre Schulter zurück sprach.

»Mein Vater hat mich gebeten, nach der Andacht nicht an sein Krankenlager zu kommen. Und da Duncan in letzter Zeit kaum von Vaters Seite weicht ...« Sie zuckte die Achseln.

»Was soll ich sagen, wenn Lord Dominic nach Euch fragt?« erkundigte sich Harry und warf seiner Herrin einen Blick zu.

»Wenn er fragt – was ich bezweifle -, sag ihm die Wahrheit. Du hast heute morgen keine gutangezogene Lady die Burg verlassen sehen.«

Der Torhüter betrachtete Megs schlichte Kleidung und lachte. Dann verblaßte sein Lächeln, und er schüttelte traurig den Kopf.

»Ihr seid die Tochter Eurer Mutter, immer von dem Drang getrieben, außerhalb der Steinmauern zu sein. Wie ein Falke war sie, der nach Freiheit verlangt.«

»Jetzt ist sie frei.«

»Ich bete, daß Ihr recht habt, Mistress. Gott möge ihrer armen Seele Ruhe schenken.«

Meg wandte ihren Blick von Harrys weisen, blaßblauen Augen ab. Das Mitleid, das er für sie empfand, stand ihm nur zu deutlich ins Gesicht geschrieben. Sie war eine Glendruid, Tochter einer Glendruid Frau, und wie ihre Mutter würde sie erst im Tode frei sein.

Am anderen Ufer des Fischteichs wartete ein Königsfischer hoffnungsvoll darauf, daß eine Mahlzeit die glatte Oberfläche des Wassers kräuselte. In dem Schilf am Rande des Teichs stand ein Reiher mit gespenstisch schimmerndem grauen Gefieder, bewegungslos wie eine Statue. Raben riefen mit krächzenden Stimmen von den Zinnen des oberen Wehrturms herab. Wie zur Antwort beschimpfte einer der Gärtner seinen Gehilfen, weil er auf eine empfindliche junge Pflanze getreten war.

Einen Moment lang schien es, als hätte sich nichts verändert, als wäre Meg immer noch ein Kind, und ihre Mutter sänge leise von verlorener Liebe, während Old Gwyn Runen auf Megs Unterkleid stickte, wo man sie fühlen, aber nicht sehen konnte ... als wäre kein arroganter normannischer Ritter in die Burg geritten, um eine Ehefrau, Grundbesitz und Erben zu fordern, deren Zukunft niemand voraussagen konnte.

Meg atmete tief ein, sog die saubere Luft in ihre Lungen, schwelgte in ihren frischen, frühlingshaften Düften. Ein kräftiger Windstoß ließ ihre Röcke hochwirbeln. Der kalte Lufthauch an ihren Beinen warnte vor einem unbeständigen Frühling, beeinträchtigt durch die letzten Auswirkungen des langen, harten Winters.

Der Schrei eines wilden Habichts hallte klagend über die Wiese, wo grüne Schößlinge zwischen den letztjährigen Heustoppeln hervorlugten. Ganz in der Nähe flatterte ein Sperber über die Wiese und suchte nach der ersten Mahlzeit des Tages. Noch vor wenigen Tagen hatte das Falkenweibchen des Priesters ganz genauso über dem Feld geschwebt und war dann im Sturzflug auf seine Beute herabgestoßen. Ein wilder Falke von dreifacher Größe hatte es jedoch ebenfalls auf die Beute abgesehen. Bevor der Priester einschreiten konnte, war das prächtige kleine Falkenweibchen schwer verwundet gewesen.

Abrupt machte Meg kehrt und marschierte zum Torhaus zurück. Ihre Setzlinge konnten warten. Der Falke nicht.

Als hätte er sie erwartet, öffnete Harry das Tor, noch bevor sie drei Schritte getan hatte, und ließ sie in den Burghof ein. Als Meg Black Tom auf das feuchte Kopfsteinpflaster setzte, warf er ihr einen Blick grünäugiger Empörung zu.

»Du kannst jetzt nicht mit mir kommen. Ich muß zuerst zu den Volieren«, erklärte sie dem Kater.

Der Kater blinzelte und fing dann an, sich in aller Ruhe zu putzen, als hätte er niemals erwartet, auf einen Streifzug durch die Katzenminze in Megs Kräutergarten mitgenommen zu werden.

Sobald Meg in Sichtweite der hölzernen Ställe kam, die die stattliche Ansammlung von Jagdvögeln von Blackthorne Keep beherbergten, kam der Falkner herbeigeeilt, deutliche Erleichterung auf dem Gesicht.

»Danke, Mistress«, sagte William mit einer Verbeugung. »Ich hatte schon befürchtet, Ihr würdet zu beschäftigt sein mit den Hochzeitsvorbereitungen, um nach dem verletzten Falken zu sehen.«

»Niemals«, erwiderte Meg ruhig. »Unser Leben wäre so viel ärmer ohne die wilden kleinen Geschöpfe. Habt Ihr meinen Handschuh?«

William reichte ihr einen Lederhandschuh, den er vor Jahren für Megs Mutter angefertigt hatte. Zerkratzt und aufgeraut vom langen Gebrauch zeugte das Leder von den rasiermesserscharfen Krallen der Greifvögel.

Meg ging zu dem Käfig, in dem der verwundete Vogel saß. Sie mußte sich bücken, um hineinzugelangen, aber in seinem Inneren konnte sie aufrecht stehen. Nach einem Augenblick gewöhnten sich ihre Augen an das Halbdunkel. Sie entdeckte das Falkenweibchen auf einer Stange im hintersten Winkel des Käfigs.

Als Meg hinüberging und ihm ihren Unterarm als Sitzgelegenheit anbot, verweigerte der Vogel. Meg pfiff leise. Der Falke trat unschlüssig von einem Fuß auf den anderen, bis er sich schließlich mit steifen, mühsamen Bewegungen und einem schleifenden Flügel auf ihren Unterarm locken ließ.

Meg ging zur Tür des Geheges und begutachtete den kleinen Falken in einem Strahl blassen Tageslichts. Augen, die klar hätten sein müssen, blickten trübe. Federn, die in feinen Farbschattierungen von Blaugrau bis hin zu einem gelblichen Braun hätten schimmern müssen, sahen fahl grau aus. Der Griff der Vogelklauen auf dem Handschuh war ohne jede Kraft.

»Ach, du armes Kleines«, flüsterte Meg traurig. »Bald wirst du weit hinauf in einen Himmel entschweben, den kein Mensch je gesehen hat. Gott wird dich von deinen Schmerzen erlösen.«

Behutsam setzte Meg den Falken wieder auf seine Stange. Lange Minuten sprach sie leise und beruhigend auf den Vogel ein. Langsam schlossen sich die trüben Augen. Sobald sie sicher sein konnte, daß den Falken keine Bewegung stören würde, wandte sie sich zum Gehen.

Als Meg aus der Voliere herauskam, stand Dominic le Sabre hinter dem Falkner.

Sie blieb wie angewurzelt stehen, als sie in freudlose graue Augen aufblickte und ein Gesicht mit klaren, strengen, gutgeschnittenen Zügen. Wo andere Männer lange Bärte trugen oder völlig glatt rasiert waren, hatte dieser Krieger seinen schwarzen Bart und Schnurrbart kurz geschoren. Noch hatte er langes, wallendes Haar, um den kantigen Flächen seines Kriegergesichts etwas von ihrer Härte zu nehmen. Sein dichtes schwarzes Haar war kurz geschnitten, um unter einen Schlachthelm zu passen.

Groß, kraftvoll und unbeweglich ragte Dominic le Sabre vor ihr auf und betäubte Megs Sinne für den Zeitraum eines Atemzugs, eines zweiten, eines dritten. Dann – so sicher, wie sie den nahenden Tod des Falken geahnt hatte – spürte sie Dominics unbeugsame Selbstkontrolle, eine eiserne Herrschaft über sich selbst, die kein Gefühl, keine Wärme, keine Schwäche zuließ, nichts außer eiskalter Berechnung hinsichtlich Macht und Nachkommenschaft.

Zuerst dachte Meg, Dominics Selbstkontrolle sei so nahtlos und eisig wie der Winter selbst. Dann fühlte sie den Widerhall gewaltsam unterdrückten Leids tief unter der kalten Zurückhaltung des Kriegers. Die Entdeckung war so unerwartet und ergreifend, als hörte man den süßen Gesang einer Nachtigall mitten in der Nacht.

Großer Gott, was hat dieser Mann ertragen müssen, daß er sich zwingt, nahezu alle menschlichen Emotionen zu unterdrücken?

Unmittelbar auf diesen Gedanken folgte eine andere, beunruhigendere Wahrnehmung. Trotz allem brannte ein wildes, charismatisches, maskulines Feuer in Dominic, das Meg auf einer Ebene ihres Seins berührte, von deren Existenz sie bisher noch nicht einmal gewußt hatte.

Und etwas in ihr erwachte, streckte sich wie ein Tier, reagierte darauf.

Es machte ihr angst. Ihr, die sich vor nichts fürchtete, noch nicht einmal vor den gefährlichsten Tieren des Waldes.

»Mis-« begann William, verwundert über ihre Reglosigkeit.

Meg fiel ihm ins Wort, bevor er ihre Identität verraten konnte. »Einen guten Tag, Herr«, sagte sie zu Dominic.

Vor Williams verblüfften Augen erwies Meg Dominic ihre Reverenz und knickste vor ihm, als wäre sie nicht die Burgherrin, sondern nur ein einfaches Frauenzimmer aus dem Dorf.

»Das kleine Falkenweibchen des Priesters wird bald erlöst sein«, sagte sie mit leiser Stimme zu William.

»Ach je«, erwiderte er betrübt. »Der gute Pater wird schmerzlich um sie trauern. Er liebte es, mit ihr auf die Jagd zu gehen. Sagte immer, es täte seiner Seele gut wie nichts anderes, außer einer schönen Messe.«

»Ist einer der Vögel krank?« wollte Dominic wissen.

»Pater Millersons Falke«, erklärte William.

»Eine Krankheit?« fragte Dominic scharf.

William schaute Meg an.

»Nein«, erklärte sie mit rauher Stimme. »Es ist eine Kampfwunde, die ihm ein wilder Habicht zugefügt hat, keine Seuche, die die Greifvogelställe oder Taubenschläge leeren würde.«

Als Meg erneut knickste und sich zum Gehen wandte, hielt Dominic sie auf. »Warte«, sagte er.

Er ertappte sich dabei, daß er äußerst neugierig auf die junge Frau war, die aus der Voliere aufgetaucht war wie eine Flamme aus der Dunkelheit, ihre Augen so grün und strahlend wie Smaragde im hellen Sonnenlicht. Ihre wunderschönen Augen verrieten ihm einiges über ihre Gedanken: Traurigkeit, als sie den sterbenden Vogel zurückgelassen hatte, Überraschung, Dominic bei den Ställen zu sehen, und ... Furcht? Ja, Furcht.

Er flößte ihr Angst ein.

Unter Dominics aufmerksamem Blick verdunkelten sich die Augen des Mädchens plötzlich – etwa so, wie das Meer beim Übergang von Tag zu Nacht die Farbe wechselt. Jetzt ließen ihre Augen nichts mehr von dem erkennen, was ihr durch den Kopf ging.

Was für ein außergewöhnliches Frauenzimmer.

Dominic strich sich nachdenklich über seinen kurz geschnittenen schwarzen Bart, während er Meg forschend betrachtete.

Dieses Haar. Prachtvoll. Gold und Rot und Rostbraun. Es verleiht ihrer Haut einen elfenbeinzarten Schimmer, läßt sie wie feinste Seide aussehen. Ich frage mich, wen ich bezahlen muß, um sie in meinem Bett zu haben. Vater, Bruder, Onkel?

Oder Ehemann ...

Dominic runzelte die Stirn. Die Vorstellung, daß das Frauenzimmer möglicherweise verheiratet war, gefiel ihm gar nicht. Das letzte, was er vorhatte, war, den Normannen-hassenden Vasallen von Blackthorne Keep einen Vorwand zu liefern, um den Handel rückgängig zu machen, den König Henry ihnen aufgezwungen hatte. Die schottischen Barone und die Angehörigen des niederen angelsächsischen Adels mochten vielleicht alle willigen Frauenzimmer des Ortes besteigen, ob sie nun verheiratet waren oder nicht – aber sollte sich ein Normanne erdreisten, eine der einheimischen Frauen gegen den Willen ihres Ehemannes zu berühren, würden die Klagen bis nach London zu hören sein.

Ob das Frauenzimmer verheiratet ist? Das ist die Frage.

Doch statt nach ihrem Familienstand zu fragen, erkundigte sich Dominic nach der Königin der Falken, die König Henrys Geschenk an den neuen Lord gewesen war.

»Ist mein Wanderfalkenweibchen wohlbehalten angekommen?«

»Ja, Herr«, antwortete William schnell.

»Wie ist sie?« wollte Dominic wissen.

Seine Frage war jedoch an das Mädchen gerichtet, nicht an den Falkner.

»Wild«, erwiderte Meg.

Dann lächelte sie, als sie erkannte, daß Dominic sie für das hielt, was sie zu sein schien, ein bürgerliches Mädchen. Erleichterung, Belustigung und Neugier auf den dunklen Ritter brachten Meg dazu, lieber noch etwas zu bleiben, statt zu fliehen, wie es ihr erster Gedanke gewesen war.

»Das Leben strömt durch sie hindurch wie eine Feuersbrunst«, sagte sie. »Sie wird den Mann, der sich die Zeit nimmt, sie zu zähmen, reich entschädigen.«

Ein Stich von Begierde durchzuckte Dominic, verblüffte ihn. Er war kein Jüngling mehr, um beim Lächeln eines Mädchens und seinen doppeldeutigen Worten sofort einen steifen Schaft zu bekommen. Und dennoch war ihm genau das passiert. Hätten nicht die weiten Falten seines seitlich befestigten Umhangs seinen

Körper verdeckt, wäre seine heftige Reaktion für alle sichtbar gewesen.

»Bleib bei mir, während ich den Falken besuche«, befahl Dominic.

Seine Stimme drückte eher nacktes Verlangen als eine höfliche Bitte aus. Meg konnte ihre plötzliche Verwirrung und die Unsicherheit, die größer wurde mit jedem Moment, den sie in Dominics potenter Gegenwart war, kaum bezwingen.

Dominic sah das Wechselspiel der Gefühle in Megs Gesicht und war erneut fasziniert. Die meisten Mädchen ihres Standes wären entzückt gewesen über jedes Zeichen von Interesse bei einem hohen Herrn. Dennoch spürte er ganz deutlich, daß sie drauf und dran war, vor ihm wegzulaufen.

»Die ersten Augenblicke eines Mannes mit einem neuen Falken sind kritisch«, erklärte Dominic. »Ich möchte, daß er mich akzeptiert, ohne sich zu verletzen, indem er zu fliehen versucht, wenn gar keine Flucht nötig ist.«

»Oder möglich ist«, murmelte Meg vor sich hin.

»Genau.«

Dominic bemerkte, wie sie ganz leicht die Lippen zusammenpreßte und sich ihre Augen eine Spur weiteten vor Überraschung, daß er ihre Bemerkung gehört hatte. Er konnte so mühelos in den Gesichtern der Menschen lesen, wie ein Bauer die Jahreszeiten oder ein Priester die Bibel deutete.

Das Lächeln, das er Meg schenkte, wäre von den meisten Menschen als ein Zeichen der Beruhigung aufgefaßt worden.

Aber Meg durchschaute Dominics freundliches Lächeln und erkannte die Berechnung dahinter.

»Nur keine Angst«, sagte sie spitz. »Der Falke trägt eine Kappe. Ein Vogel, der nichts sehen kann, fliegt nirgendwohin. Er wartet darauf, daß Ihr ihn zähmt.«

»Werden Sie mir helfen, schöne Falknerin?«

»Ich heiße ... Meg.«

»Lord Dominic le Sabre«, sagte er.

»Das hatte ich mir fast gedacht.«

Wieder lächelte Dominic leicht, genoß die trockenen Bemerkungen des Mädchens.

Meg bemühte sich, sein Lächeln nicht zu erwidern.

Vergeblich. Es war unmöglich, nicht schwach zu werden, denn diesmal war das amüsierte Aufblitzen in seinen Augen echt und keine Berechnung.

Dominics Lächeln wurde noch breiter, als er Megs Antwort in der entspannten Haltung ihres Körpers las. Jetzt war sie nicht mehr drauf und dran, die Flucht zu ergreifen.

»Dann begleitet mich, Jungfer Meg. William wird mitkommen, um Eure Tugend zu wahren. Oder habt Ihr einen Ehemann, der Euch beschützt?«

Der Falkner begann zu husten, als wäre er kurz vorm Ersticken. Meg schlug ihm kräftig auf den Rücken und flehte innerlich, daß er sie nicht verriet. Sie hatte den Verdacht, daß sich ihr zukünftiger Ehemann bei einem Bauernmädchen lockerer und ungezwungener geben würde als bei seiner widerwilligen angelsächsischen Braut.

»So, William. Geht es jetzt wieder, oder soll ich noch etwas klopfen?« Als Meg sich hilfsbereit zu dem Falkner herabbeugte, flüsterte sie ihm zu: »Es reicht, William! Wenn du meine Identität nicht geheimhalten kannst, werde ich ohne dich zu dem Wanderfalken gehen!«

William räusperte sich herzhaft und preßte die Lippen zu einer schmalen Linie zusammen, als würde er nie wieder lächeln. Augenblicklich verzog sich sein Mund zu einem übermütigen Lachen. Er schlug sich hastig die Hand vor den Mund und gab erstickte Laute von sich.

»Ich denke, wir sollten den armen Burschen besser zurücklassen«, sagte Dominic glatt. »Bleib hier, Falkner. Du hustest laut genug, um einen Stein zu erschrecken, von einem Falken, der gerade erst eingetroffen ist und sich noch nicht eingewöhnt hat, ganz zu schweigen.«

Meg warf ihm einen Blick von der Seite zu. Ihr Herz begann zu hämmern, als sie sah, daß Dominic sie beobachtete. In seinen Augen lag eine männliche Berechnung, die nichts mit seiner früheren Selbstkontrolle zu tun hatte. Der Ausdruck seiner Augen war jetzt eher feurig als kalt.

Er wollte mit ihr allein sein.

»Welche Voliere?« fragte er.

»Ich, äh ... dort drüben.«

»Zeigt mir den Weg.«

Megs gesunder Menschenverstand riet ihr, sich zu weigern. Ihre Neugier gewann jedoch die Oberhand. Sie konnte viel über einen Mann lernen aus der Art, wie er mit einem ungezähmten Falken umging.

Vorsichtig führte sie Dominic zu der Voliere, die den neuen Wanderfalken beherbergte. Der Käfig war dreimal so groß wie der des verletzten Falken des Priesters. Eine Öffnung hoch oben in der Wand ließ frische Luft und Licht herein. Das Falkenweibchen konnte jedoch nur die frische Luft genießen, denn es trug eine Kappe über dem Kopf. Die Kappe hatte den Zweck, den Vogel davon abzuhalten, auf der Suche nach Freiheit wie wild gegen die Wände zu fliegen und sich dabei zu verletzten – oder seine Kräfte zu verausgaben, indem er unaufhörlich auf seiner Lederleine herumhackte.

Kleine Glöckchen klingelten an seinen Fußfesseln, als der Falke die Anwesenheit von Menschen spürte und ruhelos auf seiner Sitzstange hin- und hertrippelte. Als Dominic und Meg die Voliere betraten, spreizte der Vogel seine mächtigen Schwingen und drehte den Kopf nach rechts und links, horchte aufmerksam. Trotz der Kappe konnte er gut hören.

Meg pfiff eine komplizierte Melodie aus fünf Noten, eine, die sie nur bei diesem Tier benutzte. Der Falke erkannte den Ruf, beruhigte sich augenblicklich und legte die Flügel an. Das leise Klingeln seiner Glöckchen verstummte.

»Er ist prachtvoll«, sagte Dominic leise.

»Ein Vogel, der eines mächtigen Fürsten würdig ist«, stimmte Meg zu.

»Kommt er schon auf den Arm?«

»Auf meinen, ja. Bei Männern ist er noch mißtrauisch.«

»Klug von ihm«, meinte Dominic. »Im Moment kennt er uns nur als seine Gefangenenwärter, nicht als die Partner bei der Jagd, die wir einmal sein werden.«

Der Wanderfalke bewegte sich unruhig beim Klang von Dominics Stimme. Glöckchen ertönten am Ende der Lederleinen, die von jedem Bein herabliefen. Sein gekrümmter Schnabel öffnete sich, seine Schwingen breiteten sich aus, als wollte er angreifen oder sich verteidigen.

Dominic begann zu pfeifen, ahmte exakt den fünf-Ton-Ruf nach, den Meg benutzt hatte. Verblüfft drehte sie sich zu ihm um und starrte ihn an. Selbst der Falkner hatte Schwierigkeiten, seinen Pfiff wie ihren klingen zu lassen.

Der Falke legte den Kopf schief, orientierte sich an dem vertrauten Ruf. Als er wieder und wieder ertönte, bis er ein beruhigendes, trillerndes Geräusch ergab, rückte der mächtige Greifvogel auf seiner Sitzstange weiter vor, näherte sich langsam der Quelle der Musik. Als ein Lederhandschuh behutsam gegen seine Klauen stupste, kletterte er auf Dominics Handgelenk.

»Berühren Sie ihn, wie Sie es normalerweise tun würden«, sagte Dominic gedämpft.

Meg würde sehr dicht neben Dominic stehen müssen, um den Falken so zu berühren, wie sie es gewöhnlich tat. Sie zögerte, hin- und hergerissen zwischen Mißtrauen und Neugier, wie es wohl wäre, innerhalb der Reichweite dieses Mannes zu stehen, so wie es der Falke tat, seinen Duft einzuatmen, das sanfte Geräusch seines Atems zu hören.

Glöckchen klingelten, zeigten die wachsende Unruhe des Vogels an.

»Nun machen Sie schon«, murmelte Dominic. »Ihr Schweigen macht ihn nervös.«

Mit ruhiger Stimme lobte Meg die Kraft und die Schönheit des stolzen Tieres, während sie behutsam mit den Fingerspitzen über den Kopf des Falken, seine Brust und Beine strich und ihm dabei die ganze Zeit leicht ins Gesicht blies.

»Du bist wirklich der schönste Falke im ganzen Königreich«, sagte Meg sanft. »Deine Flügel sind so geschwind wie der Sturm, deine Klauen schlagen wie der Blitz zu, und dein Mut ist gewaltiger als der Donner, der über das Land hinwegrollt. Du wirst niemals deine Beute verfehlen. Der Tod, den du bringst, wird schnell und sicher sein.«

Die vorübergehende Blindheit durch die Kappe hatte die übrigen Sinne des Falken geschärft. Umgeben von dem Duft, der Berührung und den Geräuschen, die ihn seit seiner Ankunft in der fremden Voliere getröstet hatten, beruhigte er sich wieder, ohne in seiner Wachsamkeit nachzulassen, vollkommen auf die Frau konzentriert, die ihn so behutsam liebkoste und zu ihm sprach.

Meg drehte sich zu Dominic um, eine stumme Frage in den Augen. Die Antwort kam, als er den Falken zu streicheln begann, wie sie es getan hatte – ihm mit sanften und dennoch sicheren Bewegungen über Kopf, Brust und Schwingen strich. Ohne jede Eile, als hätte er keine weiteren Pflichten, als den wunderschönen Falken zu beruhigen, streichelte Dominic ihn und pfiff dabei ununterbrochen Megs fünf-Ton-Melodie.

Fasziniert schaute Meg zu. Als der Vogel bei dem fremden Atem, der ihn einhüllte, erneut nervös wurde, zeigte Dominic keinerlei Ungeduld. Lange Minuten verstrichen, während er das Ritual von vorne begann und den Falken berührte, wie Meg es getan hatte. Langsam beruhigte sich der Vogel und akzeptierte ihn.

Erst dann sprach Dominic auf den Wanderfalken ein, lobte seinen kühn geschwungenen Schnabel und die stolze Kurve seines Kopfes. Glöckchen klingelten, als sich der Falke nervös bewegte, verstört vom Klang der fremden Stimme. Wieder zeigte sich Dominic geduldig. Er begann ganz einfach wieder von vorn, wiederholte das beruhigende Ritual wieder und wieder, bis der Falke seine Berührung, seine Stimme, seinen Atem akzeptierte.

Meg stieß einen tiefen Seufzer aus. Erfreut lächelnd schaute sie zu, wie Dominic sich weiter bemühte, den Falken zu zähmen. Dominic hatte eine behutsame Hand, leicht und dennoch fest. Selbst als er den Vogel ans Licht hob, um ihn besser sehen zu können, akzeptierte ihn das Tier ohne Anzeichen von Unruhe.

»Ihr geht sehr sanft mit ihm um«, sagte Meg leise.

»Falken reagieren am besten auf sanfte Behandlung.«

»Und wenn sie am besten auf Schläge reagieren würden?«

»Würde ich sie schlagen«, murmelte er nüchtern.

Schweigen breitete sich aus, während Meg erneut über das bestürzende Ausmaß von Dominics Selbstkontrolle nachdachte. Hätte sie nicht den Schmerz gespürt, der so tief in seinem Inneren verborgen war, hätte sie ihn für einen absolut gefühlskalten Mann gehalten.

»Noch einmal, Meg«, flüsterte Dominic. »Laßt mich sehen, wie Eure Hände ihn besänftigen.«

Aber diesmal war es nicht der Wanderfalke auf seinem Handgelenk, den Dominic gespannt beobachtete. Es waren Megs anmutige Hände, ihre leicht geöffneten Lippen, ihre vollen Brüste, die sich unter ihrem offenen Mantel hoben und senkten. Seine Nasenflügel bebten leicht, als er den würzigen Duft einatmete, der von Megs Körper aufstieg wie Hitze von einer Kerzenflamme.

Verlangen wallte heiß und mächtig in ihm auf, machte Dominic unsicher. Ein Krieger, der sich selbst nicht völlig unter Kontrolle hatte, machte Fehler. Fatale Fehler.

Mit der Leichtigkeit jahrelanger Erfahrung zügelte er seine Ungeduld, das Frauenzimmer gleich hier und jetzt zu nehmen. Zwar konnte er die heftige Reaktion seines Körpers nicht unterdrücken, aber er konnte mit seiner Erregung umgehen.

»Es könnte die Gefangenschaft wert sein, so zärtlich berührt zu werden«, sagte Dominic nach einer Weile. »Liebkost Ihr Eure Liebhaber auch mit Eurem Atem und Euren Fingerspitzen, Jungfer Meg?«

Verwirrt drehte sie sich zu ihm um. Er stand ganz dicht neben ihr und blickte sie mit der Intensität eines Falken an. Im Dämmerlicht der Voliere glänzten seine Augen wie Quecksilber.

»Ich ... ich weiß nichts von solchen Dingen«, erwiderte Meg.

»Ist Euer Ehemann so wenig großzügig?«

»Ich bin nicht verheiratet.«

»Ausgezeichnet«, sagte Dominic und blies erneut behutsam in das Gesicht des Falken. »Ich würde nur ungern das trennen, was mit Gottes Segen zusammengefügt wurde, dennoch möchte ich Euch zu meiner Geliebten machen. Habt Ihr einen Vater oder einen Onkel, an den ich den Preis für Euch bezahlen kann?«

Kerzengerade aufgerichtet und mit trotzig vorgerecktem Kinn erwiderte Meg kalt: »Ihr übernehmt Euch, Herr.«

Der unverkennbare Zorn in ihrer Stimme amüsierte ihn.

»Wie das?« fragte er.

»Ihr werdet Euch morgen vermählen!«

»Ach, das.«

Dominic wandte sich lange genug ab, um den Wanderfalken wieder auf seine Stange zu setzen.

»Eine Ehe dient dazu, Erben zu bekommen«, erklärte er.

Ohne Vorwarnung drehte Dominic sich um und zog Meg in seine Arme, um ihre Reaktion auf eine direkte Annäherung zu testen. Als er den Kopf herabbeugte, als wollte er sie küssen, fühlte er die Zurückweisung in ihrem steifen Körper und sah sie in dem grimmigen Funkeln ihrer Augen. Das Frauenzimmer war so stolz und unnahbar wie jener Wanderfalke.

Und wie ein Jagdvogel würde man sie eher mit List, statt mit Gewalt nehmen müssen, um das gewünschte Resultat zu erzielen.

Allmächtiger, warum kann es kein williges Frauenzimmer sein, das meinen Schaft erregt?

Aber sie war nicht willig. Noch nicht.

Mit einem stummen Fluch, weil er gezwungen war, die langatmige Prozedur körperlicher Verführung bei einem schlichten Bauernmädchen anzuwenden, hob Dominic Megs Kinn zu sich hoch. Wenn sie so kalt wie ihre Stimme sein sollte, war eine Verführung unmöglich, aber auch das galt es herauszufinden.

»Kleiner Falke«, sagte er weich. »Die Ehe hat doch nichts mit *dem hier* zu tun.«

Die Sinnlichkeit seiner Zunge, als er Megs Unterlippe zärtlich nachzeichnete, kam völlig unerwartet für sie. Sie stand unbeweglich da, während seltsame Empfindungen ihren Körper erschauern ließen, ihr das Gefühl gaben, so zerbrechlich wie eine Flamme, so wertvoll wie ein Traum zu sein, der Wahrheit wird.

Wie kann ein so rücksichtsloser Mann so sanft mit mir sein? fragte sie sich verwundert.

In Megs Innerem – so tief verborgen wie Dominics Schrei der Qual – hob Glendruid ihr von Sorgen gezeichnetes Haupt. Vielleicht war es jetzt endlich soweit ... vielleicht würde das Warten jetzt, nach tausend Jahren, endlich ein Ende haben ...

Dann sah Meg die kalte Geduld in Dominics Augen und erinnerte sich, was er über den Falken gesagt hatte: Wenn Schläge den Vogel Vertrauen gelehrt hätten, hätte er ihn geschlagen.

Er benutzt Zärtlichkeit, um etwas bei mir zu erreichen, so sicher, wie er sie bei dem Wanderfalken benutzt hat. Aber Glendruid-Augen sehen schärfer, als selbst ein Falke zu sehen vermag!

Meg wand sich so hastig aus Dominics Griff, daß der Falke die Flügel spreizte und einen verängstigten Schrei ausstieß.

»Ruhig«, sagte Dominic. »Ihr erschreckt meinen Falken.«

Obwohl er gedämpft sprach, war der eisige Befehl in seiner Stimme so unmißverständlich wie die klingelnden Glöckchen an den Fußfesseln des Falken.

»Beruhigt ihn«, sagte Dominic.

»Beruhigt ihn selbst«, gab Meg leise zurück. »Er ist Euer Gefangener. Ich, Sir, bin es *nicht.*«

3. KAPITEL

Simon stand in der offenen Tür des Baderaums im vierten Stock der Burg und beobachtete seinen älteren Bruder argwöhnisch. Dominic war ausgesprochen übellaunig gewesen, seit er am Morgen die Volieren aufgesucht hatte. Die Entdeckung, daß seine zukünftige Ehefrau bis zu den morgigen Hochzeitsfeierlichkeiten nicht das Brot mit ihm brechen wollte, hatte nicht dazu beigetragen, Dominics Stimmung zu bessern.

»Die Frauenunterkünfte!« sagte er voller Empörung.

Die Fäuste in die Hüften gestemmt, den schwarzen Umhang zurückgeschlagen, schaute Dominic sich in dem nackten Steinraum um. Aus dem Abfluß, der sich in den Burggraben entleerte, zog es kalt herauf. Wandbehänge und hölzerne Paravents, die die Kälte etwas gemildert hätten, fehlten völlig. Die Badewanne war eher passend für die Größe einer Frau als die eines Mannes.

Wenigstens das Wasser war heiß. Es verbreitete einen warmen Nebel in dem eisigen Raum.

»Warum im Namen aller Engel des Jüngsten Gerichts würde ein Mann das einzige Bad – so wie es nun mal ist – in das Frauenquartier legen?« fragte Dominic aufgebracht.

»Lord John ist niemals über Cumbriland hinausgekommen«, erwiderte Simon ruhig. »Er hatte niemals Gelegenheit, die sarazenische Lebensweise kennenzulernen und zu genießen. Wahrscheinlich denkt er, baden würde seiner Männlichkeit schaden.«

»Um Himmels willen, hat der Mann nur dazu getaugt, überall in der Gegend Bastarde zu zeugen, während seine Ehefrau noch lebte?«

Simon hielt klugerweise den Mund.

»Der Burgwall ist mehr Holz als Stein«, schimpfte Dominic, »das sogenannte Waffenlager ist ein rostiger Schrank, die Felder sind kaum gepflügt, die Zisternen sind löchrig wie Siebe, die Weiden sind bis auf den Felsen kahlgefressen, die Fischteiche enthalten mehr Unkraut als Wasser, in den Taubenschlägen herrscht ein heilloses Durcheinander, und es gibt noch nicht mal einen Kaninchenstall, um im Winter Fleisch auf den Tisch zu bringen!«

»Die Gärten sind in ausgezeichnetem Zustand«, erklärte Simon.

Dominic grunzte.

»Und die Volieren sind sauber«, fuhr Simon fort.

Die Volieren zu erwähnen war ein Fehler. Ein harter, grimmiger Zug bildete sich um Dominics Mund.

»Gott möge einen faulen Lord in der Hölle schmoren lassen!« schimpfte er. »So viel zu besitzen und es so verkommen zu lassen!«

Simon warf einen Seitenblick auf Dominics Junker, der ausgesprochen unglücklich dreinschaute. Simon konnte es dem Jungen nicht verübeln. Nur wenige Männer hatten Dominic bei einem Wutausbruch erlebt. Keiner hatte die Erfahrung genossen.

»Ist alles bereit für das Bad deines Herrn?« fragte Simon.

Der Junker nickte hastig.

»Dann kümmere dich um das Abendessen deines Herrn. Ein Humpen Ale vielleicht. Oder besser gleich mehrere. Kaltes Fleisch, Käse. Hat die Küche schon einen anständigen Pudding zustande gebracht?«

»Das weiß ich nicht, Sir.«

»Dann finde es heraus.«

»Und wenn du schon mal dabei bist«, warf Dominic ein, »kannst du auch gleich feststellen, wo sich meine Verlobte versteckt!«

Der Junge verließ den Raum mit ungebührlicher Eile und vergaß, den Vorhang wieder hinter sich zuzuziehen.

»Beim Kampf gegen die Türken hat er weniger Furcht gezeigt«, meinte Simon, während er den Vorhang zuzog, um den kalten Luftzug aus dem Korridor abzuhalten. »Du ängstigst das Kind.«

Der Laut, den Dominic von sich gab, war mehr ein Knurren als eine Antwort.

»Ist dein Falke krank?«

»Nein.«

»Waren die Volieren in schlechtem Zustand?«

»Nein.«

»Soll ich eine Zofe holen, die dich beim Baden bedient?«

»Zum Teufel, nein!« rief Dominic. »Ich brauche keine bleichgesichtigen Weiber, die über meine Narben jammern.«

Als Simon erneut sprach, war seine Stimme so eisig wie die seines älteren Bruders.

»Vielleicht möchtest du dann lieber etwas mit Schwert und Schild üben?« schlug er verbindlich vor. »Ich werde dir mit Freuden zur Verfügung stehen.«

Dominic fuhr zu seinem Bruder herum und musterte ihn mit abschätzendem Blick.

Einen angespannten Moment lang dachte Simon, er würde den Kampf bekommen, den er vorgeschlagen hatte.

Dominic stieß einen abgrundtiefen Seufzer aus.

»Du klingst gereizt, Simon.«

»Ich folge nur deinem Beispiel.«

»Aha. Ich verstehe.« Um Dominics Mundwinkel zuckte es belustigt. »Würdest du mich beim Baden bedienen, Bruder? In dieser Burg traue ich niemandem sonst hinter meinem Rücken.«

»Genau das wollte ich vorschlagen. Mir gefällt es auch nicht, daß dich deine Verlobte meidet und dein Gastgeber zu krank ist, um dich auf angemessene Weise zu begrüßen.«

»Hmmm.« Dominic nickte grimmig. Er hakte die große Nadel auf, die seinen Umhang an Ort und Stelle hielt, und schleuderte das pelzverbrämte Kleidungsstück zu dem auf Böcken stehenden Tisch nahe der Tür.

Der Umhang fiel auf die Kiste, die Simon mitgebracht hatte, und ließ die Kerzenflammen in ihren Haltern unruhig flackern. Ein Topf halbflüssiger Seife stand ebenfalls auf dem Tisch.

Simon hob den Deckel und schnüffelte daran.

»Gewürze. Und eine Spur von Rosen, glaube ich.« Er schaute Dominic ausdruckslos an, versuchte, seine Belustigung nicht zu zeigen.

»Der Himmel bewahre mich«, sagte Dominic ohne Zorn. »Ich werde wie der Harem eines Sultans riechen.«

Simons schwarze Augen blitzten. Er schmunzelte hinter seinem blonden Bart, hütete sich jedoch, laut herauszulachen.

Mit raschen Bewegungen legte Dominic seine restliche Kleidung ab, begrub die kleine Kiste endgültig unter einem Berg von Kleidern. In dem flackernden Licht der Kerzen schimmerte die lange Narbe, die diagonal über seinen muskulösen Arm und Brustkorb verlief, wie Perlmutt.

Dominic stieg in die Wanne und setzte sich, wobei das Wasser fast über den Rand schwappte. Er stieß einen Laut des Wohlbehagens aus, als das warme Wasser um sein Kinn plätscherte und den Schmerz linderte, den seine alte Verletzung ihm immer dann bereitete, wenn er besonders müde war.

»Seife?« fragte Simon ausdruckslos.

Dominic streckte wortlos eine Hand aus. Ein dicker Klacks Seife landete auf seiner Handfläche. Ein Duft, der fast vertraut schien, stieg in seine Nase auf. Mit gerunzelten Brauen versuchte er sich zu erinnern, wo er diesen Duft schon einmal gerochen hatte, während er die Seife auf seinem Haar und Bart zu verteilen begann.

»Und jetzt«, sagte er durch den dicken Schaum, »erklär mir mal diesen Quatsch, daß der Lord of Blackthorne Keep angeblich verflucht ist.«

»Seine Ehefrau war eine Hexe.«

»Das gleiche könnte man von vielen Ehefrauen behaupten.«

Simon lachte kurz. »Schon, aber Lady Anna war eine Glendruid.«

Dominics Hände hielten einen Moment mit Haarewaschen inne. »Glendruid...?«

»Sie sind ein keltischer Clan«, erklärte Simon. »Eine Art von Matriarchat, soweit ich in Erfahrung gebracht habe.«

»Zum Teufel, was für eine Dummheit«, murmelte Dominic.

Damit tauchte er vollständig unter Wasser und spülte den duftenden Seifenschaum ab. Augenblicke später richtete er sich mit einer solchen Vehemenz wieder auf, daß das Wasser nach allen Richtungen spritzte. Fluchend sprang Simon zur Seite.

»Sprich weiter«, drängte Dominic.

Simon schüttelte mit einer Hand das Wasser von seiner Tunika und klatschte mit der anderen so heftig Seife auf Dominics ausgestreckte Hand, daß dieser ihn scharf anblickte.

»Ein Mann, der eine Glendruid zur Ehefrau nimmt, wird fruchtbare Felder haben«, fuhr Simon fort, »üppige Weiden, Mutterschafe, die zwei oder gleich drei Lämmer auf einmal werfen, fleißige und gehorsame Vasallen, reich bestückte Fischteiche, und ...«

»Und einen Schwanz wie eine Lanze und ewiges Leben«, unterbrach Dominic ihn, des Aberglaubens überdrüssig.

»Oh, hat Sven schon mit dir gesprochen?«

Dominic warf seinem jüngeren Bruder einen glitzernden grauen Blick zu.

Simon grinste breit, und seine schwarzen Augen funkelten amüsiert.

»Und wo ist dieser gottverlassene Ort der Glendruid?« fragte Dominic trocken. »Im Süden, wo die Kelten Amok laufen?«

»Das behaupten einige.« Simon zuckte die Achseln. »Andere sagen, er läge im Norden. Wieder andere sagen, im Osten.«

»Oder im Westen? Im Meer vielleicht?«

»Sie sind Menschen, keine Fische«, gab Simon zurück.

»Ah, das ist eine Erleichterung! Es wäre wirklich mühsam, mit der Tochter einer Flunder zu schlafen. Ein Mann wüßte ja gar nicht, wie er das Geschöpf packen sollte. Oder genauer gesagt: wo.«

Lachend hielt Simon seinem Bruder ein großes Handtuch hin.

Als Dominic aus der Wanne aufstand, rann Wasser in Kaskaden von seinem kraftvollen Körper herab, bildete Pfützen zu seinen Füßen, bis es den Abfluß erreichte und lautlos in den Burggraben hinunterfloß.

»Dieser Glendruid-Unsinn wird spätestens in einem Jahr aufhören«, sagte Dominic energisch. »Wenn mein Sohn geboren ist.«

Simon lächelte leicht. Er kannte die Entschlossenheit seines Bruders, eine Dynastie zu gründen, nur zu gut. Simon selbst verfolgte das gleiche Ziel.

»Bis dein Erbe auf der Welt ist, solltest du besser darauf achten, was du in der Öffentlichkeit über die Legende der Glendruid sagst«, riet Simon. »Es ist ein Aberglaube, an dem die Einheimischen beharrlich festhalten.«

»In der Öffentlichkeit werde ich so tun, als glaubte ich daran. Aber das Schlafgemach ist ein privater Ort. Ich werde meine Söhne bekommen.«

»Nur gut, daß sie dich im Harem des Sultans gesund gepflegt haben«, sagte Simon. »Deine Frau wird keinen Grund haben, sich über ihre Behandlung zu beklagen, wenn es an der Zeit ist, Erben zu zeugen. Die Haremsdamen waren bewundernswert geschult.«

Einen Moment lang dachte Dominic daran, Meg in sein Schlafgemach zu locken, ihr Haar wie ein sanftes Feuer auf den Kissen auszubreiten, bevor er ihre Schenkel spreizte und sich in einem anderen sanften Feuer vergrub. Sein Blut begann zu kochen bei dem verlockenden Bild.

»Der Trick besteht darin, ein Mädchen ins Schlafgemach zu kriegen«, entgegnete Dominic gereizt, während er seine Erregung zu unterdrücken versuchte.

»Ich bezweifle, daß es auch nur eine Frau in dieser Burg gibt, die nicht entzückt wäre, deinen Schaft in die Hand zu nehmen.«

»Es gibt eine«, sagte Dominic trocken.

»Die unnahbare Margaret.«

Lady Margaret war nicht die Frau, an die Dominic gedacht

hatte, aber er sagte nichts. Statt dessen begann er, sich energisch abzutrocknen.

»Die Lady wird dir ziemlich bald gehorchen«, sagte Simon nach einer Weile. »Sie ist gut erzogen worden. Möglich, daß sie ihre eheliche Pflicht nur ungern tut, aber sie wird sie tun. Und was den Rest betrifft ... dafür gibt es immer noch die Frauenzimmer in der Burg. Oder die talentierte Marie.«

»Eine hübsche Hure, aber eben eine Hure. Ich habe sie und ihresgleichen für meine Ritter mitgebracht, nicht für mich selbst. Ich möchte keinen Ärger mit meinen Vasallen wegen ihrer Töchter.«

»Ich weiß. Ich bin allerdings der einzige, der dir glaubt.«

Dominic knurrte etwas Unverständliches vor sich hin und fuhr fort, sich kräftig abzurubbeln. Der Gedanke, einer seiner Ritter könnte das Mädchen von den Volieren mit Gewalt nehmen, ließ kalte Wut in seinen Eingeweiden aufsteigen.

»Ich sollte meine Ritter lieber nochmals warnen«, sagte er brüsk. »Sie werden unwillige Mädchen weder bedrängen noch quälen. Besonders keine Mädchen mit Haaren wie Feuer, Haut wie Sahne und Augen, die dem wertvollsten Smaragd eines Sultans gleichen.«

Simon hob überrascht die Brauen. »Ich dachte, du machst dir nichts aus milchgesichtigen Frauenzimmern.«

»Zwischen Sahne und Milch ist ein großer Unterschied«, gab Dominic zurück.

»Das Frauenzimmer scheint es dir ja mächtig angetan zu haben. Das sieht dir gar nicht ähnlich.«

Dominic zuckte mit den Schultern. »Sie ist ein außergewöhnliches Mädchen. Weitaus anständiger als die durchschnittlichen Landmädchen, geschmeidig und anmutig und mit feinen, wohlgeformten Händen.«

»Du hast bisher immer den reifen, willigen Typ bevorzugt, eine vollerblühte Rose und nur zu bereit für den süßen Stich der Biene.«

»Richtig.«

»Ist sie willig?«

Das Lächeln, das Dominic seinem Bruder zuwarf, brachte Simon zum Lachen.

»Sie wird es sein, verlaß dich drauf«, sagte Dominic. »Sie war von mir eingenommen, obwohl sie nervös schien. Ach, was für ein Vergnügen es sein wird, sie zu verführen. Sie ist wie für den Frühling geschaffen, die Jahreszeit der Begierde. Für den Mann, der in ihrem warmen Schoß schläft, wird es keinen Winter geben. Sie wird ...«

Dominic brach abrupt ab und wandte sich zu dem Geräusch herbeieilender Schritte um.

»Lord Dominic«, rief der Junker hinter dem Türvorhang.

»Was gibt es?« fragte Dominic ungeduldig. »Hast du sie gefunden?«

»Lady Margarets Zofe möchte mit Euch sprechen. Es ist äußerst dringend, Herr.«

»Allmächtiger«, murmelte Dominic.

Er wickelte sich das Handtuch um die Hüften, griff nach seinem Umhang und schlang ihn sich um die Schultern, um sich gegen den kalten Luftzug zu schützen.

»Wie kommt es nur, daß die einzigen Frauen, die man finden kann, ausgerechnet die sind, die man gar nicht sehen will?« knurrte er mürrisch.

Simon öffnete den Mund zu einer Erwiderung, aber Dominic war noch nicht fertig.

»Reizlose Milchgesichter, alle miteinander ...«, murmelte er leise vor sich hin. »Was für ein lästiges, fades Weibsbild.«

»Ist das ein Ja oder ein Nein auf Eadith' Bitte um eine Audienz?« fragte Simon.

»Schick die gute Frau herein«, erwiderte Dominic in normalem Tonfall.

Eadith mußte angestrengt gelauscht haben. Der Vorhang wurde augenblicklich aufgeschoben, und sie trat ein. Als sie erkannte, wie spärlich Dominic bekleidet war, starrte sie ihn mit großen Augen an.

»Sprich«, sagte er gereizt. »Wo ist deine Herrin?«

»Lady Margaret bittet um Euer Verständnis. Sie ist indisponiert«, erwiderte Eadith rasch.

Trotz ihres Unbehagens musterte die Witwe den Lord vor sich von oben bis unten und verschlang ihn förmlich mit den Augen, wie Simon bemerkte.

Dominic betrachtete die blassen Züge der Bediensteten, das flachsblonde Haar und die dünnen Lippen, und wünschte sich erneut zu den Sarazenerfrauen zurück. Ihre goldbraune Haut war ebenso verführerisch gewesen wie die Seitenblicke aus lockenden schwarzen Augen. Neben ihnen wirkten die Frauen der nördlichen Marschen so fade und uninteressant wie Hüttenkäse.

Bis auf eine: Das Mädchen mit den grünen Augen, und sie war so schnell vor ihm davongelaufen, wie ihre wohlgeformten Beine sie trugen. Die Erinnerung daran ärgerte Dominic immer noch.

Herr im Himmel! Seit wann jagte eine sanfte Liebkosung ein Frauenzimmer in die Flucht?

»Indisponiert, tatsächlich?« sagte Dominic seidenweich. »Doch nichts Ernstes, wie ich hoffe.«

»Ihr Vater ist schwer krank. Das ist doch wohl ernst, nicht wahr?«

»Ich bin ihr zukünftiger Ehemann.« Dominics Zähne blitzten weiß gegen seinen schwarzen Bart. »Das ist doch wohl ernst, nicht wahr?«

Der kalte weiße Schimmer seiner Zähne ließ Eadith unbehaglich von einem Fuß auf den anderen treten. Die Bewegung bauschte die Falten ihrer abgetragenen wollenen Tunika.

»Natürlich, Herr.«

»Richte Lady Margaret meine Grüße aus und meinen dringenden Wunsch, meine zukünftige Ehefrau kennenzulernen«, sagte Dominic klar und deutlich. »Simon, das Geschenk!«

Sein Bruder zögerte.

Dominic hob in einer stummen Warnung eine Augenbraue.

Simon nickte knapp, wischte Dominics unordentliches Kleiderbündel mit einer Handbewegung auf den Boden und öffnete die kleine Kiste. Er nahm ein Schmuckstück heraus, das zuoberst auf dem glitzernden Haufen lag – Dominics Wahl als Geschenk für seine widerstrebende Braut.

»Bring ihr das hier«, sagte Dominic. »Ein kleines Zeichen meiner Achtung für meine Verlobte.«

Bei Dominics lässiger Geste trat Simon vor und drückte eine Brosche in Eadith' Hand. Sie schnappte hörbar nach Luft, als sie das Gewicht des Goldes fühlte und den wundervollen grünen Edelstein sah, der größer als ihr Daumennagel war.

»Bei Gott, das ist exakt die Farbe von Lady Margarets Augen!«

Dominic dachte sofort an das Mädchen bei den Volieren. Seine Augen verengten sich, als ihm plötzlich ein Verdacht kam. Meg war zu stolz und zu redegewandt für ein Bauernkind gewesen. Er hätte es schon eher bemerkt, wäre er nicht von den sinnlichen Kurven ihrer Lippen und Brüste geblendet gewesen.

»Findet man solche Augen häufig bei den Vasallen von Blackthorne?« fragte er betont beiläufig.

»Nein, Herr. Außer Lady Margaret hat niemand so grüne Augen. Sie hat sie von ihrer verstorbenen Mutter geerbt. Es ist das Zeichen von Glendruid Blut.«

Dominics Augen verengten sich noch mehr.

Simon beobachtete seinen Bruder unsicher. Er hatte diesen Ausdruck kalter Einschätzung schon viele Male zuvor an Dominic gesehen – in den Augenblicken, bevor sie sich in eine Schlacht stürzten. Doch hier gab es keine bewaffneten Feinde, keine Kriegshörner, die Ritter dazu aufriefen, Gottes Stadt zu verteidigen.

»So schwer, Mylord«, sagte Eadith ehrfürchtig. »Es ist ein herrliches Geschenk, das jede Dame voller Stolz tragen würde.«

Dominic blickte Simon an und nickte kaum merklich.

Ohne ein Wort wandte Simon sich ab und trat erneut an die Kiste. Einen Moment lang wühlte er in dem Inhalt. Das schwache, unverkennbare Geräusch von Goldmünzen und Ketten, die sich aneinanderrieben, flüsterte melodiös in der Stille.

Simon stieß einen Grunzlaut aus, als er fand, was er gesucht hatte. Er drehte sich zu seinem Bruder um und hob eine weitere Brosche hoch.

Ungeduldig nickte Dominic.

Simon ergriff Eadith' leere Hand und legte das Schmuckstück in ihre Handfläche. Diese Brosche war nicht mit einem Juwel besetzt, aber ihr Gewicht bezeugte ihren Wert. Verblüfft schaute Eadith auf und begegnete Dominics kalten Silberaugen.

»Für dich«, sagte er.

Eadith sperrte den Mund auf.

»Man sieht nur zu deutlich, daß die Bewohner dieser Burg in letzter Zeit nicht mit Reichtum gesegnet sind«, sagte Dominic zu der Frau, deren blaßblaue Augen und schmallippiges Lächeln er auf Anhieb nicht gemocht hatte. »Die Witwe eines tapferen Ritters sollte ein paar glänzende Schmuckstücke haben, um ihrer Eitelkeit zu schmeicheln.«

Eadith schloß ihre Hand so fest um die Brosche, daß eine Kante sichtbar in ihr Fleisch schnitt.

»Danke, Lord Dominic.«

»Nicht der Rede wert.«

Er sah, in welche Richtung Eadith' Blick schweifte, als sie sich vor ihm verbeugte. Ihr blaßblauer Blick wurde von der Kiste angezogen wie Eisenspäne von einem Magnet. Simon bemerkte es ebenfalls. Er schloß die Kiste mit einer beiläufigen Geste, wobei er seinem Bruder einen mißbilligenden Blick zuwarf.

»Wünscht Ihr sonst noch irgend etwas?« wollte Eadith wissen.

»Nein. Gib Lady Margaret einfach die Brosche und richte ihr meine Grüße aus. Und schick meinen Junker mit dem Abendessen herein.«

Simon schaute zu, wie die Zofe hastig durch die Tür verschwand, als fürchtete sie, man würde sie zurückrufen und zwingen, die Brosche wieder herauszugeben. Als er sicher sein konnte, daß sie nicht belauscht wurden, wandte Simon sich zu seinem Bruder um.

»Jetzt wird bald die ganze Gegend wissen, was in den Kisten war, die du in die Burg hast schaffen lassen«, sagte er in neutralem Ton.

»Es ist nur gut, wenn die Vasallen wissen, daß ihr neuer Herr nicht so arm ist, daß er sie bis aufs Blut ausquetschen muß, um seine Ritter ernähren und gut bewaffnen zu können.«

»Und was ist mit zukünftigen Bräuten?« fragte Simon. »Ist es auch gut, wenn sie davon wissen?«

»Das gilt speziell für zukünftige Bräute«, erwiderte Dominic mit harter Befriedigung. »Ich habe noch keine Frau gesehen, deren Augen nicht beim Anblick goldener Schmuckstücke geleuchtet hätten.«

»Immer der Taktiker.«

Dominic lächelte eher grimmig beim Gedanken an das smaragdäugige Mädchen, das ihn in der Voliere so geschickt ausmanövriert hatte.

»Nicht immer, Simon. Aber ich lerne aus meinen Fehlern.«

4. KAPITEL

Ein kalter Wind blies durch den Burghof, hob Röcke und kurze Mäntel und trieb Rauchfahnen von den Küchenfeuern in den grauen Himmel hinauf. Obwohl Meg eine frische Frühlingsbrise, durchsetzt mit dem Duft jungen, sprießenden Grüns, normalerweise genoß, war sie im Moment zu irritiert, um auf irgend etwas anderes zu achten als den Wildhüter, der verlegen vor ihr stand.

»Was soll das heißen, es wird kein Rehfleisch geben?« fragte Meg mit ungewöhnlich scharfer Stimme.

Der Wildhüter schaute weg und verflocht nervös seine Finger. »Der Zaun, M'lady. Er ist an einigen Stellen so eingefallen, daß ein Hase drüberspringen könnte, von einem Hirsch ganz zu schweigen. Das Wild ... ist geflohen.«

»Wie lange ist der Wildpark schon in einem solchen Zustand?«

Der Wildhüter murmelte etwas und blickte auf seine Füße.

»Sprich lauter«, befahl sie. »Und sieh mich an, wenn du mit mir sprichst.«

Meg redete nur selten in einem solchen Ton mit den Vasallen der Burg; andererseits wurde sie auch nur selten von ihnen belogen.

Diesmal war es offensichtlich, daß etwas nicht stimmte. Die Unwahrheiten, die der Wildhüter auftischte, waren so plump, daß sie ihm im Hals hätten steckenbleiben müssen.

»Ich ... der Wind ... äh ...«, stotterte er.

Blaßblaue Augen blickten Meg flehend an, erregten unfreiwilliges Mitleid in ihr.

»Guter Mann, wer hat dir befohlen, mich zu belügen?« fragte sie sanft.

Hände, aufgerauht durch Bogensehnen, Fallen und Messer zum Häuten, bettelten schweigend um Megs Milde.

»Der Herr«, flüsterte der Wildhüter schließlich.

»Er ist zu schwach, um sein Bett zu verlassen. Hast du ihn in seiner Kammer aufgesucht, um den Befehl zu erhalten, die Burgherrin zu belügen?«

Der Wildhüter schüttelte so heftig den Kopf, daß sein fettiges Haar hin- und herflog. »Sir Duncan, Mistress. Er hat mir Anweisungen erteilt.«

»Was hat Duncan zu dir gesagt?« fragte Meg bestürzt.

»Kein Rehfleisch für den Normannen.«

»Ich verstehe.«

Und sie verstand.

Sie war froh gewesen, Duncan endlich von dem Kreuzzug zurückkehren zu sehen, denn sein Cousin Rufus hatte kein Interesse daran, Frieden mit Henry zu halten. Ganz gleich, wie wenig ihr die Idee gefiel, an einen fremden normannischen Ritter verpfändet zu werden, um den Frieden in den nördlichen Marschen zu sichern, der Gedanke an Blutvergießen gefiel Meg noch weniger. Die ständigen Kämpfe gegen den englischen König – und unter ehrgeizigen Angelsachsen, während Führer wie Duncan in der Fremde waren, um an einem heiligen Kreuzzug teilzunehmen – hatten Blackthorne Keeps Bewohner, seine Felder und seine Hoffnungen auf eine bessere Zukunft erschöpft.

Die Vasallen schoben die Schuld an ihrer Misere auf ihren Herrn und auf die Rache einer Glendruid-Hexe, die den falschen Mann geheiratet hatte. Meg wußte, der verwahrloste Zustand der Burg und der Felder war auf die Unaufmerksamkeit ihres Vaters zurückzuführen, eines Mannes, besessen von der Idee, das Vorrücken der Engländer zu stoppen, indem er seine Tochter mit einem Mann vermählte, der als Duncan of Maxwell, der Schottische Hammer, bekannt war.

Ach, Duncan. Fall nicht auf die Lockmittel meines Vaters herein. Sie führen nur zu Hungersnot und Krankheit, blutigen Feldern und einem frühen Tod.

»M'lady?«

Die Stimme des Wildhüters klang unsicher. Die Tochter des Herrn sah verhärmt und abgespannt aus, viel zu alt selbst für ein unverheiratetes Mädchen von neunzehn Jahren.

»Du kannst gehen«, sagte Meg gepreßt. »Danke für die Wahrheit, obwohl du fast zu spät damit herausgerückt bist. Sieh zu, daß du einen Hirsch erlegst. Bei diesem Hochzeitsmahl wird es Wildfleisch geben, obwohl es zäh sein wird, weil es vorher hätte abhängen müssen.«

Der Wildhüter verbeugte sich, rührte sich jedoch nicht von der Stelle.

»Gibt es noch etwas?« fragte Meg.

»Duncan«, sagte er nur.

»Er ist nicht der Herr von Blackthorne Keep. Noch wird er es jemals sein. Ich dagegen bin die Herrin. Und ich werde es auch bleiben!«

Der Wildhüter warf nur einen Blick auf die grünen Augen, die ihn anstarrten, und beschloß, die Lords und Ladies diesen Streit unter sich austragen zu lassen. Er würde jagen gehen.

»Sicher, M'lady.«

Meg schaute dem Wildhüter nach, wie er mit erfreulicher Geschwindigkeit zum Torhaus eilte. Aber ihre Befriedigung – ebenso wie die Eile des Mannes – währte nur kurz.

Die Kämpfe müssen aufhören, sagte Meg sich im stillen. *Es wird niemand mehr übrigbleiben, um die Toten zu begraben, noch wird es irgendwelche Nahrung für die Überlebenden geben. Ein weiteres Jahr mit mageren Ernten wird das Ende von Blackthorne Keep sein.*

Ein gleitender Druck an Megs Knöcheln lenkte sie ab. Als sie hinunterschaute, blickte Black Tom mit katzenhafter Intensität zu ihr auf.

»Noch nicht, Kater. Ich muß erst mit Duncan sprechen.«

Black Tom zog unverrichteter Dinge wieder ab und stakste in Richtung Kornkammer davon. Meg wünschte ihm Glück. Sie bezweifelte, daß genug Getreide in dem Speicher war, um eine Maus von der dürftigen Nahrung der Stoppelfelder fortzulocken.

Meg hielt das schlichte Kopftuch und den Lederreif gegen den stürmischen Wind fest und strebte in die Burg.

»Die Kirche wird deiner Vermählung zustimmen«, sagte Lord John mit brüchiger Stimme. »Du brauchst nichts weiter zu tun, als das Gold des Normannen zu nehmen. Und ihn zu töten!«

Ein brutales Lächeln verwandelte Duncans Gesicht, enthüllte die Abstammung von Wikingern, die durch schottisches Blut lief wie ein Blitz durch einen Gewittersturm.

»Abgemacht«, sagte er.

Und dann lachte Duncan.

Johns blasse Lippen verzogen sich zu einem Lächeln, kälter als der Stein der Burg. Sein unehelicher Sohn war ihm sehr ähnlich auf eine Weise, die weit über haselnußbraune Augen und Haar von der Farbe frisch gepflügter Lehmerde hinausging. Beide Männer waren Krieger, die keine Schonung gewährten und auch keine forderten.

»Benachrichtige die Vögte«, sagte John. »Laß sie sich unter die Hochzeitsgäste in der Kapelle mischen. Dann ...«

Seine Worte gingen in einem heftigen Hustenanfall unter, der seinen geschwächten Körper erschütterte.

Duncan trat ans Bett, legte einen Arm um seinen Vater und half ihm, sich aufzusetzen, bis der Husten vorüber war. Er hielt einen Becher Ale an die trockenen Lippen des alten Mannes, bis der größte Teil des Ales getrunken war.

»Du solltest ruhen«, sagte Duncan.

»Nein. Hör mir zu. Egal, ob ich lebe oder sterbe, du mußt deine Eheschließung vorantreiben, bevor noch mehr Normannen kommen! Du mußt! Erst dann wird ...«

Wieder raubte ihm ein Hustenanfall die Worte und die Kraft, sie auszusprechen. Als John sich wieder beruhigt hatte, gab Duncan ihm mehr Ale zu trinken, aber diesmal fügte er zwei Tropfen der Medizin bei, die Meg zubereitet hatte, um Johns Schmerzen zu lindern.

»Entspann dich«, sagte Duncan. »Ich höre dir zu. Was hast du geplant?«

Mit sanfter Hand strich Duncan seinem Vater die Haare aus der Stirn zurück, die zwischen zwei Wintern grau geworden waren, während die Schwindsucht Johns Kräfte aufzehrte.

»Hol Meg«, sagte John rauh. »Ich kann es nur einmal sagen.«

»Ich werde sofort nach ihr schick ...«, begann Duncan.

»Das ist nicht nötig«, sagte Meg von der Tür her. »Ich bin hier.«

Sie hatte inzwischen ihre schlichte, bäuerliche Kleidung abgelegt und trug jetzt eine lange Tunika aus weicher, rosafarbener Wolle und einen Überwurf in Waldgrün, der mit einer reich bestickten Bordüre am Saum geschmückt war. Im Gegensatz zu den Tuniken der meisten anderen Frauen waren Megs Gewänder schmal geschnitten, weil sie keine Geduld mit flatterndem Stoff hatte. Um ihre zierliche Taille trug sie eine Schärpe, die im Rücken über Kreuz lief und vorn zugebunden wurde. Sie hielt die Stoffalten zusammen, damit sie Meg nicht behinderten, wenn sie im Kräutergarten arbeitete. Die Ärmel des Überwurfs waren lang und schmal und ebenfalls am Saum bestickt.

»Was wolltest du von mir?« fragte Meg.

Ihre ernsten grünen Augen schweiften von Duncans muskulöser Robustheit zu dem welken Schatten, der ihr Vater war. Sie bemerkte, daß der Stöpsel auf der kleinen Medizinflasche fehlte, und blickte Duncan fragend an.

»Nur zwei Tropfen«, erklärte er, weil er ihre Besorgnis kannte.

Sie preßte die Lippen zusammen. »Er hat vor der Messe schon zwei Tropfen bekommen.«

Jeder im Raum wußte, daß der Trank sehr stark war. Sechs Tropfen davon ließen einen Patienten in traumlosen Schlaf versinken. Drei Tropfen mehr konnten einen gesunden Mann töten.

Einer Person, so hinfällig und schwach wie ihr Vater, durfte man die Medizin nur mit äußerster Vorsicht verabreichen.

»Egal«, erwiderte John rauh. »Wenn ich eher sterbe, dann soll es eben so sein. Hör gut zu, Tochter von Anna of Glendruid. Morgen wird deine Vermählung stattfinden, vor dem Festmahl.«

»Welches Festmahl?« gab Meg spitz zurück. »Duncan hat dem Wildhüter verboten, Fleisch ...« »Schweig!« John hustete, aber nur leicht. »Wenn der Priester fragt, ob du mit der Eheschließung einverstanden bist, wirst du nein sagen.«

»Aber ...«

John fiel Meg ins Wort, seine Stimme so trocken und erschöpft wie sein Körper; doch in seinen Augen wie in seiner Stimme brannte die lodernde Flamme einer Besessenheit, die an Wahnsinn grenzte.

»Unter den Normannen wird allgemeine Verwirrung herrschen, wenn du dein Jawort verweigerst«, fuhr John fort. »In dem Moment wird Duncan zuschlagen, und die Normannen werden sterben. Gleich darauf wirst du Duncan heiraten, noch bevor das Blut auf den Steinplatten getrocknet ist.«

»Das kann nicht dein Ernst sein«, flüsterte Meg.

Erschüttert blickte sie Duncan an. Seine haselnußbraunen Augen waren so hart wie Achat. Von dieser Seite würde sie keine Hilfe bekommen.

»Die Kirche hat unsere Vermählung vor sechs Jahren strikt abgelehnt«, sagte sie eindringlich, »und zwar aus gutem Grund, Duncan. Du bist mein Halbbruder!«

Lange Zeit herrschte Schweigen im Raum, nur unterbrochen von den schnellen, rasselnden Atemzügen eines Mannes, der sich an sein Leben klammerte.

Duncan schaute John an.

»Sag es ihr«, befahl der alte Mann.

Widerstrebend wandte sich Duncan ab, um in die intensiven grünen Augen der Frau zu blicken, die kaum wirkliche Blutsverwandtschaft mit den beiden Männern im Raum verband.

»Ich bin bestenfalls dein Stiefcousin, süße Meggie.«

»Unsinn«, gab sie schroff zurück. »Du bist John of Blackthornes Bastard. Jeder, der Augen im Kopf hat, weiß das.«

»Richtig, ich bin sein Sohn. Aber du bist nicht seine Tochter.«

Meg wich einen Schritt zurück, schockiert und ungläubig. Dann faßte sie sich wieder, straffte die Schultern und hob stolz den Kopf.

»Was sagst du da?« fragte sie tonlos.

Bevor Duncan sprechen konnte, kam John ihm zuvor.

»Deine Mutter erwartete ein Kind, als wir heirateten«, sagte er brüsk. »Möglich, daß du der Bastard meines Stiefbruders bist. Du könntest aber auch der Abkömmling eines Stallknechts sein, soweit ich es weiß. Das Weibsstück ist tot, und für mich spielt es keine Rolle, denn ich werde bald sterben.«

»Ich glaube dir nicht«, erwiderte Meg gepreßt. »Du kannst vielleicht Priester mit Lügen hinters Licht führen und mit Gold bestechen und Duncan mit Versprechungen locken, die du nicht halten kannst. Aber nicht mich. Ich bin die Tochter von Blackthorne Keep. Ich weiß es so sicher, wie ich weiß, daß Blumen ihre Köpfe der Sonne entgegenrecken!«

John versuchte mühsam, sich aufzusetzen, mußte sich jedoch damit zufriedengeben, sich auf die Seite zu drehen, um das Mädchen zu fixieren, dessen Geburt die größte Beleidigung gewesen war, die der stolze angelsächsische Lord jemals hatte hinnehmen müssen.

»Sieh mich an, Glendruid-Hexe«, sagte er barsch. »Höre die Wahrheit aus dem Mund eines Sterbenden. Du bist nicht von meinem Blut. Duncan ist es. Trotz der Einmischung englischer Könige und der Durchtriebenheit der Glendruid-Frauen wird *mein Sohn mein Land erben.*«

Meg spürte, daß Lord John die Wahrheit sprach.

Einen Moment lang konnte sie kaum atmen. Sie kämpfte gegen die Eiseskälte an, die über ihre Haut kroch und sie schaudern ließ. Sie hatte immer gefühlt, daß ihr Vater ihren Anblick kaum ertragen konnte.

Jetzt wußte sie den Grund.

»Dein Sohn wird nur Tod und Vernichtung erben«, sagte Meg mit klarer, deutlicher Stimme.

»Ich höre nicht auf deine Verwünschungen, Hexe!« zischte John.

»Verwünschungen? Was für ein Unsinn«, gab Meg streng zurück. »Es ist nur gesunder Menschenverstand.«

Sie wandte sich an Duncan, der sie unglücklich anschaute.

»Tut mir leid, Mädchen«, sagte er. »Ich wollte nicht, daß du es auf diese Weise erfährst.«

»Ob ich ein Bastard bin oder auch nicht, ist im Moment völlig unwichtig. Hör mir zu, denn John ist dem Tod schon zu nahe, um sich darum zu sorgen, was mit den Lebenden passiert.«

»Meggie …«

Sie stützte die Hände in die Hüften und fiel ihm heftig ins Wort. »Nenn mich nicht Meggie, Duncan of Maxwell! Ich schwöre, wir müssen nahe Verwandte sein, weil ich immun gegen deinen schottischen Charme bin!«

Ein schiefes Lächeln verzog Duncans Mundwinkel. »Das bist du, allerdings. Deshalb mag ich dich so. Wir werden gut zusammenpassen als Ehemann und Ehefrau.«

»Der Himmel möge mich bewahren«, zischte Meg zwischen zusammengebissenen Zähnen. »John hat die Entschuldigung einer tödlichen Krankheit, um seinen Mangel an Verstand zu rechtfertigen. Was ist deine Entschuldigung, Duncan? Trübt der Ehrgeiz deinen Verstand im gleichen Maße, wie der Tod seinen trübt?«

Duncan öffnete den Mund, um zu antworten, aber Meg sprach unbeirrt weiter, ihre Stimme sowohl zornig als auch bittend.

»König Henry wird den heimtückischen Mord an seinen Rittern nicht tatenlos hinnehmen«, fuhr sie fort. »Die mächtigen normannischen Barone werden ebenfalls …«

»Sie haben genug mit den Kelten im Süden zu tun«, unterbrach Duncan sie barsch, »wenn sie sich nicht gerade gegenseitig bekämpfen oder Komplotte gegen den König schmieden. Sie haben versucht, die nördlichen Marschen zu erobern. Es ist ihnen nicht gelungen.«

»Sie hatten auch keinen Grund, erfolgreich zu sein. Das Land im Süden ist leichter zu bezwingen.«

»Genau. Sie werden nicht …«

»Sie werden!« unterbrach sie ihn leidenschaftlich. »Du wirst ihnen den Grund dafür liefern!«

»Nicht mehr Grund, als sie früher hatten. Damals war es nicht genug.«

»Sag mir eins, Duncan«, sagte Meg in schneidendem Ton. »Wenn dir ein Bandit den rechten Arm mit einem Hieb vom Körper trennen würde ... würdest du seinen Verlust bemerken und dich rächen?«

»Sicher, aber ich bin nicht der englische König.«

»Ah, das ist dir also aufgefallen, wie? Du solltest immer daran denken, während du den Tod von normannischen Adligen planst.«

»Meggie ...«

»Normannische Fürsten fangen Streit untereinander an, weil sie kein besseres Spiel zu spielen haben«, fuhr Meg ohne Pause fort. »Töte Dominic le Sabre, und du wirst den Fürsten das beste Spiel von allen liefern. Krieg!«

Duncan zuckte die Achseln. »Ein Spiel, bei dem wir gewinnen werden.«

»Ihr werdet nicht gewinnen! Wenn ich das sehen kann, warum kannst du es dann nicht?«

»Du bist ein Mädchen mit einem weichen Herzen und keinerlei Verständnis für Krieg.« Duncan lächelte. »Das ist noch eine deiner charmanten Eigenschaften, Meggie.«

»Spar dir deine Schmeicheleien für die Mägde und Zofen auf«, gab sie scharf zurück. »Ich lasse mich nicht so leicht hereinlegen. Noch läßt sich der König von England übers Ohr hauen. Wenn das Gemetzel in London bekannt wird, werden sich der König und die Fürsten zusammenschließen und den Bewohnern der Marschen einen so vernichtenden Kampf liefern, daß man noch in tausend Jahren davon sprechen wird! Du hast nur zwölf Ritter ...«

»Sechzehn.«

»... und einen Haufen brutaler Kerle, die kaum zu mehr taugen, als Frauen und Kinder abzuschlachten.«

»Genug!« rief Duncan wütend.

»Nein! Es ist nicht genug, bis du endlich verstehst, daß du nicht gewinnen kannst!«

Duncan grub seine Hände in Megs Schultern und hielt sie fest, während seine Worte wie Steine auf sie niederhagelten.

»Eins sollte dir klar sein«, sagte er kategorisch. »Wenn du den normannischen Bastard heiratest, werde ich zusehen müssen, wie mein Geburtsrecht ...«

»Nein!« rief sie zornig. »Bastarde haben kein Geburtsrecht!«

»... in die Hände eines anderen Mannes übergeht«, fuhr Duncan rücksichtslos fort, »und mit ihm die grünäugige Glendruid Hexe, die die Vasallen von Blackthorne Keep mehr lieben als alles andere, außer Gott. Das – ebensosehr wie der englische König – ist der Grund, warum John dich nicht enterbt und verstoßen hat. Die Vasallen hätten ihre Pflüge stehenlassen und wären von dem Land geflohen wie von einem verfluchten Ort.«

Blaß und unmerklich zitternd versuchte Meg, sich aus Duncans hartem Griff zu befreien. Er nahm kaum Notiz von ihren Anstrengungen.

»Laß dir eins gesagt sein, Lady Margaret. Ich werde Land haben und eine adlige Ehefrau, um meine Kinder zu gebären. Ob ich zehn normannische Ritter töten muß oder zehntausend – *ich werde Land haben!«*

Erschüttert wand Meg sich aus Duncans Griff. Hin- und hergerissen zwischen Verständnis für den Freund ihrer Kindheit, der um einen Platz in einer Gesellschaft kämpfte, die keinen Platz für Bastarde hatte, und ihrer Gewißheit, daß sein Plan der Ruin des Landes und der Vasallen sein würde, die sie liebte, schaute Meg Duncan mit tränenverschleierten Augen an.

»Du verlangst von mir, Blackthorne Keep einem Krieg auszuliefern«, flüsterte sie.

»Ich verlange von dir, keinen brutalen normannischen Lord zu heiraten. Ist das wirklich ein so großer Gefallen, um den ich dich bitte?«

Megs einzige Antwort waren Tränen.

»Bitte eine Glendruid-Hexe nicht um Gefälligkeiten«, krächzte John zornig. »Ich befehle es dir, Margaret! Ich bin der

Herr dieser Burg, und du bist ebenso mein Eigentum wie jedes Wildschwein, das in meinen Wäldern haust. Du wirst mir gehorchen, oder du wirst den Tag deiner Geburt so oft und so heftig verwünschen, wie ich es tue!«

»Hab keine Angst, Meggie«, sagte Duncan weich und zog an einem ihrer langen Zöpfe. »Ich werde dafür sorgen, daß dir in der Kirche kein Schaden zugefügt wird.«

Meg schloß die Augen und bemühte sich verzweifelt, ihren Zorn über den vernichtenden Ehrgeiz der beiden Männer nicht laut herauszuschreien. Ihr Leben und ihren Körper im Namen des Friedens und des englischen Königs verpfänden zu müssen, war eine erwartete – wenn auch harte – Pflicht für eine Frau von adliger Geburt.

Ihr Leben und ihren Körper benutzen zu lassen, um einen Krieg anzufangen, war unerträglich und unzumutbar.

»Ich kann nicht«, sagte sie.

»Du wirst es tun!« zischte John. »Du kannst Duncans Ehefrau sein oder auch eine Hure für seine Vögte, mir ist das völlig gleich.«

»Lord John ...« begann Duncan unglücklich.

»Schweig still! Es ist weitaus besser, irgendeine andere Ehefrau zu haben als den grünäugigen Abkömmling von Glendruid! Auf dein Drängen hin habe ich zugestimmt, die Hexe zu bitten, sich mit uns zu verbünden. Sie hat sich geweigert. Geh du nun und befiehl deinen Vögten, sich zu erheben und den Normannen zu töten ...«

»Nein!« rief Meg verzweifelt. »Vater ...«

»Ich bin nicht dein Vater.«

Meg sog scharf den Atem ein, als sie nach einem Ausweg aus der Falle suchte, die Duncan und John um sie herum errichtet hatten.

Es gab keinen Ausweg. Sie verflocht ihre Finger so heftig miteinander, daß alles Blut aus ihren Händen wich und ihre Finger taub wurden.

»Ich ...« begann sie, aber ihre Stimme versagte.

Die beiden Männer beobachteten sie aus haselnußbraunen Augen, die sich so ähnlich waren und dennoch so verschieden.

In Johns Augen funkelte ein Haß, so alt wie der Betrug ihrer Mutter. In Duncans lag eine Hoffnung, so alt wie sein Verständnis dessen, wer sein Vater wirklich war.

»Meggie?« fragte Duncan ruhig.

Sie senkte den Kopf.

»Ich werde tun, was ich muß«, flüsterte Meg.

5. KAPITEL

Meg verließ die Schlafkammer ihres Vaters so hastig, daß ihr wollener Überwurf im Luftzug hinter ihr herflatterte. Sie hatte noch viel zu tun, bevor sie aus der Burg fliehen konnte. Zuerst mußte sie eine größere Menge von Medizin für die Vasallen zubereiten, die auf ihre Hilfe angewiesen waren. Als nächstes mußte sie genug Proviant und Decken aus der Burg schmuggeln, um mindestens zwei Wochen damit auszukommen.

Und was dann? fragte sie sich.

Es gab keine Antwort außer der einen: Alles war besser, als der Stein zu sein, durch den ihr geliebtes Blackthorne in Trümmer zerschlagen würde.

Kerzenflammen flackerten und zuckten, als Meg durch den Korridor hastete und in halsbrecherischer Geschwindigkeit die schmale Wendeltreppe hinunterrannte. Sie hatte kaum die große Halle erreicht, als Eadith sie entdeckte und ihr trotz ihrer offensichtlichen Eile den Weg abzuschneiden versuchte.

»Mylady ...«

Meg fiel ihr ins Wort. »Nicht jetzt.«

»Aber Lord Dominic wünscht ...«

»Später. Ich muß dringend Arzneien zubereiten.«

Verdutzt über Megs barsches Benehmen war Eadith ausnahmsweise einmal sprachlos, während sie der davonstürzenden Gestalt ihrer Herrin nachschaute.

Meg verdoppelte ihr Tempo, als befürchtete sie, Eadith würde ihr nachlaufen. Als sie in dem Stockwerk unter der großen Halle ankam, begegnete sie nur Bediensteten, die ihre Arbeit verrichteten und kaum Notiz von ihr nahmen. Sie verlangsamte ihren Schritt ein wenig, ging aber immer noch so schnell, daß sich die Falten ihres Überwurfs bauschten.

Kleine, dunkle Räume – eher wie Ställe denn richtige Zimmer – öffneten sich zu beiden Seiten, während Meg den Gang hinunterstrebte. Der schwache Geruch von eingelagertem Wurzelgemüse und Alefässern durchdrang die Dunkelheit, ebenso wie die penetranten Gerüche von gesalzenem Fisch und geräucherten Aalen in ihren Fässern und von Truthähnen und Gänsen, die gebündelt an der Wand hingen. In all diese Gerüche mischte sich der würzige, vielfältige Duft des Kräuterkellers, den Lady Anna für die Zubereitung ihrer Arzneien eingerichtet hatte.

Megs Erinnerungen an ihre Mutter waren immer noch lebhaft. Wie oft hatte sie neben Anna im Kräuterkeller oder im Garten gestanden und auf ihre wohltönende Stimme gelauscht, während diese ihr jede einzelne Pflanze beschrieb und ihre heilende oder lindernde Wirkung auf die kleinen Schmerzen und großen Mühen des Lebens ihrer Vasallen. Der Kräuterkeller, die Gärten und auch das Bad waren gemäß Annas anspruchsvollen Wünschen gebaut worden, denn jedes war wichtig für die Rituale und das Wohlergehen eines Menschen, der in Glendruid-Tradition erzogen worden war.

Gleich neben dem Eingang zum Kräuterkeller standen zwei Tische für das Zerstampfen, Zerhacken und Pulverisieren von Blättern, Stengeln, Blüten, Wurzeln und Rinde, die Meg allesamt für ihre Arzneien verwendete. Kleine Kisten, Töpfe, Schalen, Mörser und Stößel, Messer und Löffel waren ordentlich an der Rückseite der Tische aufgereiht.

Zwölf Schritte in den Hügel hinein – von Steinsäulen gestützt – befand sich eine kleine Kammer mit Regal über Regal voller Dinge, die zum Trocknen ausgebreitet lagen oder lichtgeschützt lagern mußten. Becken warteten darauf, mit dem frischen Quellwasser gefüllt zu werden, das im Zentrum der Burg aus einem Brunnen sprudelte, denn Wasser war ein wichtiger Bestandteil vieler Glendruid-Rituale.

Meg holte tief Luft, ließ die vertraute Mischung von Düften ihre Lungen füllen und die stickige Luft des Krankenzimmers vertreiben. Nach einigen weiteren Atemzügen hörten ihre Hände auf zu zittern, und das Eis in ihrem Magen begann zu schmelzen. Meg liebte die Ruhe und Großzügigkeit des Kräuterkellers mit seinem schweigenden Versprechen, Schmerzen zu lindern und Krankheiten zu heilen.

Aber nichts in diesem Raum wird gegen Krieg helfen oder gegen die Hungersnot und das Blutvergießen, die ihn unweigerlich begleiten.

Der düstere Gedanke ließ erneut Megs Magen gefrieren.

»Ich kann meine Leute nicht ins blutige Verderben schicken«, flüsterte sie und schaute sich mit Augen in dem Kräuterkeller um, die nur Tod und Vernichtung sahen. »Und wofür? Für nichts! Duncan kann nicht gewinnen. Lieber Gott, mach, daß er es endlich begreift!«

Doch noch während das Gebet über ihre Lippen kam, wußte Meg, daß es nichts ändern würde. Duncan würde Blackthorne Keep bekommen oder einen frühen Tod finden.

»Oh, Duncan«, flüsterte sie und vergrub ihr Gesicht in den Händen. »Ich will nicht, daß du stirbst. Von allen Menschen meiner Kindheit haben nur du, Mutter und Old Gwyn mich jemals aufrichtig geliebt.«

Sie seufzte schwer. »Was soll ich nur tun?«

Worte kamen Meg in den Sinn, und sie hörte im Geist die Stimme ihrer Mutter, so als lebte Anna noch. *Tu, was in deiner Macht steht, Tochter. Den Rest überlaß getrost Gott.*

Nach einem Moment straffte Meg energisch die Schultern, wischte sich die Tränen ab und versuchte, sich auf die Tätigkeit zu konzentrieren, die sie in der Vergangenheit immer beruhigt hatte. Eine ihrer Lieblingsbeschäftigungen war, die duftenden Kräutersträuße zu binden, die sowohl die Sinne erfreuten als auch Ungeziefer davon abhielten, sich in Matratzen und Pritschen einzunisten. Harrys Ehefrau litt unter einer schwierigen Schwangerschaft und brauchte dringend etwas, was ihre Beschwerden linderte.

Alles, was Meg benötigte, befand sich vor ihr, denn sie hatte bereits mit duftenden Blüten gefüllte Stoffsäckchen für die Hochzeitsmatratze vorbereitet, die in ebendiesem Augenblick aus frischem Stroh gefertigt wurde – die Matratze, auf die sie sich als Jungfrau niedergelegt und von der sie sich am nächsten Morgen als Frau erhoben hätte.

Das Bild von Dominics Fingerspitzen, die den Falken so behutsam gestreichelt hatten, daß sich der wilde Vogel beruhigte, stieg ungebeten in Megs Gedanken auf. Sie hatte sich in dem Moment gefragt, wie es wohl sein mochte, so zärtlich berührt zu werden. In ihrem bisherigen Leben hatte sie nur wenig Freundlichkeit von dem Mann empfangen, der nur dem Namen nach ihr Vater war.

Und obwohl sie spürte, daß Dominics Zurückhaltung die kalte Berechnung eines Taktikers gewesen war, der auf dem schnellsten Weg zum Ziel kommen wollte, hatte seine Liebkosung einen heftigen Hunger in Meg geweckt, noch einmal so berührt zu werden.

Wenn wir geheiratet hätten … ob Dominic mich wie einen Falken behandelt hätte oder wie einen Gegner, der bezwungen werden muß?

Meg erinnerte sich, wie Dominic seine Zungenspitze warm und verlockend über ihre Unterlippe hatte gleiten lassen, in einer so süßen, unerwarteten Liebkosung, daß der bloße Gedanke daran sie erschauern ließ. Die fühlbare Erinnerung löste seltsame

Empfindungen in ihrem Körper aus. In ihrem ganzen Leben hatte sie noch nichts dergleichen gespürt. Selbst in ihren kühnsten Träumen hatte sie sich nichts derart Köstliches ausgemalt.

Wenn es das ist, was die Ehe zu bieten hat, dann überrascht es mich nicht, daß sich die Frauen nach einer Weile daran gewöhnen.

Dann fielen ihr wieder Dominics Worte an das junge Mädchen bei den Volieren ein, das er so beiläufig zu kaufen angeboten hatte.

Kleiner Falke, die Ehe hat doch nichts mit dem hier zu tun!

Für Dominic war die Ehe eine Sache kalter Berechnung, ein Mittel zum Zweck, um seine ehrgeizigen Pläne zu verwirklichen. Sie hatte nichts mit Glendruid Hoffnung zu tun, geschweige denn mit Zuneigung zwischen einem Mann und einer Frau.

Ein Topf kippte um, und getrocknete Blätter fielen aus Megs Händen, die plötzlich zitterten. Das Kräuterbouquet flog in alle Richtungen auseinander wie ein Schwarm Enten beim Anblick eines Wanderfalken am Himmel.

»Mach weiter so, Mädchen, und ich schicke dich zum Unkrautjäten in den Garten, als wärst du wieder sechs Jahre alt.«

Gwyns vertraute Stimme ließ Meg erschrocken zusammenzucken. Noch mehr Kräuter landeten auf dem Fußboden.

»Bist du krank?« fragte die alte Frau, jetzt eher besorgt als spöttisch.

»Nein. Nur ...« Megs stimme erstarb.

»Nur was?«

»Ungeschickt.«

»Pah. Eher könnte man die Katzen von Blackthorne des Bellens bezichtigen, als dir Ungeschicklichkeit vorwerfen.«

Lächelnd drehte Meg sich um und umarmte die alte Frau mit einem Bedürfnis nach Zuwendung, das weitaus tiefer als Worte ging. Old Gwyns faltiges Gesicht, weißes Haar und blaßgrüne Augen waren Meg so vertraut wie ihre eigenen Hände.

»Was hast du denn, Kind?« erkundigte sich Gwyn schließlich.

»Mein Vater ...«

Megs Stimme brach bei der Erinnerung an Johns haßerfüllte Erklärung, er sei nicht ihr leiblicher Vater.

Bei der Erwähnung von John und dem darauf folgenden Schweigen wanderte Old Gwyns Blick zu dem Regal, wo eine zweite Flasche seiner Medizin als Reserve für zukünftigen Bedarf aufbewahrt wurde. Das Regal war leer.

»Geht es ihm schlechter?« fragte sie.

»Eigentlich nicht.«

»Oh. Da der letzte Rest seiner Arznei aufgebraucht ist, nahm ich an, sein Zustand hätte sich verschlechtert.«

»Arznei?« Meg blickte über ihre Schulter hinweg auf das Regal. Sie schnappte erschrocken nach Luft. »Sie ist verschwunden!«

»Du hast die Flasche nicht zu ihm hinaufgebracht?«

»Nein.«

Nervös trat Meg an den Tisch und suchte zwischen den Töpfen. Sie fand nur Blätter und getrocknete Blumen. Die Regale enthielten nichts Unerwartetes, als sie sie rasch prüfte und ihren Inhalt hin- und herschob auf der Suche nach dem fehlenden Arzneifläschchen.

»Das ist ja merkwürdig«, sagte Meg schließlich.

Stirnrunzelnd trat sie in den Gang, nahm eine dicke Kerze aus ihrem Halter und kehrte in den Kräuterkeller zurück. Gwyn schaute aus schmalen Augen zu, wie Meg gründlich sämtliche Winkel, Ablagebretter, Körbe und Becken in dem Raum durchstöberte.

Als Meg ihre Suche schließlich aufgab, kehrte die Angst, die sie in Lord Johns Schlafkammer gefühlt hatte, mit doppelter Stärke zurück.

»Verschwunden?« fragte Gwyn.

»Ja. Und das Gegenmittel ebenfalls. Vielleicht hat Duncan beides geholt. John litt unter quälendem Husten, und ich war gerade draußen bei den Volieren.«

Die alte Frau sagte etwas in einer uralten Sprache. Ob es ein Fluch oder ein Gebet war, wußte Meg nicht, denn sie konnte die Worte nicht deutlich genug hören.

»Das gefällt mir nicht«, murmelte Gwyn nach einer Weile. Sie schaute Meg an. »Sag niemandem etwas davon. Kein Wort, hörst du? Wir brauchen nicht noch mehr Kummer.«

Meg nickte. »Ja.«

»Kannst du mehr davon machen?«

»Von der Arznei selbst, ja. Ich habe einen reichlichen Vorrat von den Samen. Das Gegenmittel wird sehr viel schwieriger zu ersetzen sein. Die Pflanzen wachsen nur in unberührter Erde. Dieses Jahr haben wir sämtliche brachliegenden Flächen umgepflügt, in der Hoffnung auf eine bessere Ernte.«

Mit einem Grunzen rieb Gwyn ihre schmerzenden Fingerknöchel.

»Der kalte Wind und die Nässe machen dir wieder zu schaffen«, sagte Meg besorgt. »Hast du die Medizin genommen, die ich für dich bereitet habe?«

Die alte Frau schien sie nicht zu hören.

»Gwyn?«

»Meine Träume sind gestört worden, aber nicht von Frostbeulen«, flüsterte die Alte.

Ein kalter Hauch der Beklemmung kroch Megs Rückgrat herab. Sie sagte nichts, wartete schweigend darauf, daß ihr die alte Glendruid Frau erzählte, was immer sie in der geheimnisvollen Welt erfahren hatte, die sie nur im Schlaf aufsuchte.

»Was in der Vergangenheit geschrieben wurde, wird in der Zukunft geschehen. Niemand, weder Herr noch Vasall, wird entkommen. Die Winde der Veränderung blasen, bringen den Ruf des Schlachthorns und das Heulen des Wolfes.«

Gwyn blinzelte verwirrt, als die Vision verblaßte. Dann sah sie den Ausdruck auf Megs Gesicht und seufzte.

»Erzähl mir von deinem Vater«, forderte sie Meg mit gedämpfter Stimme auf.

»Er bestreitet, mein Vater zu sein.«

Seltsamerweise lächelte Gwyn. In ihrem Lächeln lag jedoch nur wenig Wärme oder Humor. Trotz ihres hohen Alters hatte die alte Glendruid Frau noch ein vollständiges Gebiß harter, weißer Zähne. Sie schimmerten wie die Zähne eines Wolfes, der die Lefzen hochzieht – warnend.

»Hat er gedroht, dich zu verstoßen und Duncan an deiner Stelle als seinen Erben einzusetzen?«

»Nur, wenn ich Duncan nicht heirate.«

»Was ist mit Dominic le Sabre?«

»Er soll getötet werden, noch während wir vor dem Priester stehen«, erklärte Meg brüsk.

Gwyns Atem kam in einem gedämpften Zischen. »Die Kirche wird das nicht dulden.«

»Die Kirche wird dafür eine neue Abtei erhalten.«

»Ein geringer Preis für einen großen Verrat.«

»Im Grunde nicht«, erwiderte Meg grimmig. »Denn die Kirche sucht ständig nach Mitteln und Wegen, um Henrys Macht zu untergraben. Duncan wird eher der Kirche als dem König verpflichtet sein. Es wird kein Ruf nach Exkommunikation laut werden. Wenn ich das sehen kann, kann John es doch sicher auch.«

»Beim ewigen Fegefeuer, John ist ein kluger, gerissener Mann«, murmelte Gwyn. »Ich wünschte nur, er wäre auch ein bißchen mitfühlend.«

»Das einzige, was er fühlt, ist das brennende Verlangen, seinen Sohn seine Ländereien erben zu sehen.«

Wieder zischte Gwyn und schüttelte den Kopf. »Was ist mit dir, Glendruid Tochter? Wirst du Duncan zu deinem Ehemann nehmen?«

»Ich habe mich geweigert.«

»Gut.«

»Daraufhin hat John Duncan befohlen, augenblicklich mit dem Gemetzel zu beginnen ...«

Die alte Frau legte den Kopf schief, als lauschte sie.

»Ich höre nichts aus dem Hof, nur die Stimmen von Frauenzimmern, die sich über ihre Liebsten unterhalten.«

Meg holte tief Luft und spreizte die Hände. »Ich habe ihm gesagt, ich würde tun, was ich tun muß.«

Stille breitete sich aus, so tief, daß man die winzigen Geräusche der Flammen hören konnte, die sich in Kerzenwachs fraßen. Nach einer langen Weile seufzte Gwyn.

»Ist es wahr?« fragte Meg schließlich.

»Daß du nicht Johns Tochter bist?«

»Ja.«

»Es ist wahr«, meinte Gwyn beiläufig. »Er ist nicht dein Vater. Sein Stiefbruder war ein Mann voller Lebensfreude. Anna hat bei ihm gelegen, zwei Wochen vor ihrer Vermählung.«

»Warum?« fragte Meg schockiert.

»Sie empfand keine Liebe für John, wußte jedoch, daß der Erbe des Glendruid Wolfes irgendwie geboren werden mußte.«

»Der Erbe des Glendruid-Wolfes?« fragte Meg. »Wovon redest du eigentlich?«

»Von einem Mann, der weise genug wäre, unserem Land Frieden zu bringen.«

»Ahhh, der sagenhafte *männliche* Nachkomme der Glendruid!

Statt dessen wurde ich geboren. Weiblich. Eine Enttäuschung für alle.«

Old Gwyn lächelte und berührte Megs Wange mit einer Hand, so warm und trocken wie Kerzenflammen.

»Du warst eine Freude für deine Mutter, Meg. Sie hat Leidenschaft für Johns Stiefbruder gefühlt, aber sie liebte ihn nicht. Für John empfand sie weder Leidenschaft noch Liebe. Aber dich liebte sie innig. Dir zuliebe hat sie John ertragen, bis seine Vasallen gelernt hatten, auch dich zu lieben.«

»Und dann ging sie hinaus zu dem verhexten Ort und kehrte niemals mehr zurück.«

»Ja«, sagte Gwyn schlicht. »Es war ein Segen für sie, Meg. Selbst die Hölle konnte sie keine Furcht mehr lehren, nachdem sie jahrelang John hatte ertragen müssen.«

Gwyn wandte sich ab und starrte blicklos auf den Kräuterkeller.

»Ich wünsche bei Gott, wir wären jetzt gesegnet«, flüsterte Gwyn nach einigen Augenblicken. »Aber ich fürchte, bis zu dem Zeitpunkt, wo ein Mann geboren wird, der den Glendruid-Wolf tragen kann, wird außer dem Wind nichts mehr zu erben übrig sein.«

»Was ist der Glendruid-Wolf?« fragte Meg perplex. »Ich habe die Vasallen gelegentlich darüber flüstern hören, aber sie schwiegen augenblicklich, wenn sie merkten, daß ich zuhörte.«

»Es ist eine Anstecknadel. Eine Brosche, die über tausend Jahre alt ist.«

»Wie sieht sie aus?«

»Ein Wolfskopf, in Silber gehämmert, mit Augen aus farblosen Edelsteinen, die so hart sind, daß selbst Stahl sie nicht zerkratzen kann«, erklärte Gwyn. »Die Brosche hat die Größe einer Männerhand.«

»Du hast mir bisher nie etwas davon erzählt.«

»Dazu bestand auch kein Grund. Es brauchte nichts unternommen zu werden.«

»Und jetzt?« wollte Meg wissen.

»Veränderungen kommen. Eine kluge Frau hofft auf das Beste und bereitet sich auf das Schlimmste vor.«

»Und was ist das Schlimmste?«

»Krieg. Hungersnot. Krankheit. Tod.«

Meg konnte kaum ein Schaudern unterdrücken, als sie ihre schlimmsten Befürchtungen von Old Gwyn ausgesprochen hörte.

»Und das Beste?« flüsterte sie.

»Daß der Mann, der den Glendruid-Wolf trägt, Frieden mit sich bringen wird.«

Ein kleiner Funke der Hoffnung glomm in Meg auf bei dem Gedanken an ein Land, das nicht länger von Unfrieden und Krieg gespalten wäre. Das Gefühl war ähnlich dem, das sie empfunden hatte, als sie Dominic den Wanderfalken mit so behutsamer Zärtlichkeit hatte behandeln sehen.

»Erzähl mir alles, was du über die Brosche weißt«, verlangte Meg.

»Es ist ziemlich wenig.«

»Das ist besser als gar nichts«, gab Meg zurück.

Gwyn lächelte leicht. Ihr Lächeln verblaßte, als sie sprach. »Der Glendruid Wolf wurde von unserem Clanoberhaupt getragen, damals, in grauer Vorzeit. Solange die Brosche getragen wurde, herrschten Frieden und Wohlstand.«

»Was passierte?«

»Bruderneid. Eine Frau wurde verführt. Eine Liebe verraten.«

Meg lächelte grimmig. »Die Geschichte kommt mir bekannt vor.«

»Die Glendruid sind auch nur Menschen. Das Clanoberhaupt geriet in einen Hinterhalt und wurde auf heimtückische Weise ermordet. Die Brosche wurde von seinem Umhang gestohlen.«

Meg wartete.

Gwyn sagte nichts weiter.

»Und was passierte dann?« wollte Meg wissen.

»Von dem Tag an herrschte Unfrieden. Und vom selben Tag an empfingen Glendruid-Frauen nur wenige Kinder, denn es gab nur wenig Freude in ihrem Leben, und ohne Freude wird keine Glendruid-Frau vom Samen eines Mannes fruchtbar werden.«

»Haben unsere Leute nicht nach dem Talisman gesucht, wenn er ihnen so viel bedeutete?«

Die alte Frau zuckte die Achseln. »Sie haben gesucht. Sie fanden nur ihre eigene Habgier. Die Brosche wurde niemals wiedergefunden. Es heißt, sie sei in einem der alten Grabhügel zwischen hier und den Bergen verborgen, bewacht vom Geist der Ehebrecherin.«

Meg hatte das seltsame Gefühl, daß noch weit mehr an der Geschichte war. Doch als sie zu fragen anfing, schaute sie in die Augen der alten Glendruid und wußte, daß sie nicht mehr erfahren würde.

»Ich wünschte, ich hätte die Brosche in meiner Hand, genau jetzt«, sagte Meg schließlich.

»Wünsch dir das nicht.«

»Warum nicht?«

»Ob du den Talisman Dominic le Sabre geben würdest oder Duncan of Maxwell, es würde eher Blut über die Weiden von Blackthorne fließen als klares Wasser.«

Meg gab einen bekümmerten Laut von sich. »Ich fürchte, du hast recht. Meine armen Leute. Wenn das Land Krieg führt, können Adlige gewinnen oder verlieren, aber das einfache Volk verliert immer.«

»Ja«, flüsterte Gwyn. »Immer.«

»Warum können Männer nicht verstehen, daß das Land Heilung braucht statt noch weiterer Verletzungen?« fragte Meg grimmig.

»Sie sind keine Glendruid, um die Kräfte des Wassers und der Pflanzen zu verstehen. Sie kennen nur die Kraft des Feuers und der Zerstörung.«

»Johns Plan wird der Ruin von Blackthorne Keep und seinen Leuten sein«, sagte Meg. »Wenn wir diesen Frühling Blut statt Getreide säen, werden die Überlebenden nur lange genug leben, um im nächsten Winter an Hunger zu sterben.«

»So ist es. Wenn König Henry sie nicht schon vorher tötet. Wenn John seinen Plan in die Tat umsetzt, werden der König und die mächtigen Barone Blackthorne Keep in Schutt und Asche legen.«

Meg schloß die Augen. Sie hatte nur noch Zeit bis morgen, um einen Weg zur Rettung des Landes und der Menschen zu finden, die sie mehr als alles andere in ihrem Leben liebte.

»Was wirst du tun, Meg?«

Sie starrte Gwyn an, fragte sich, ob die alte Frau irgendwie ihre Gedanken gelesen hatte.

»Wirst du den normannischen Lord warnen?« wollte Gwyn wissen.

»Welchen Sinn hätte das? Es wäre barmherziger – und schneller, Duncan mit Gift zu töten. Ich könnte es nicht ertragen, ihn hängen zu sehen. Oder ein noch schlimmeres Schicksal erleiden zu sehen. Nein, ich kann es nicht!«

Ein harter Zug bildete sich um ihren Mund, als Meg fortfuhr. »Außerdem würde Duncans Tod nichts ändern. Die Vögte würden die Normannen als Vergeltungsmaßnahme umbringen, und Blackthorne wäre auf jeden Fall verloren.«

Gwyn nickte. »Du bist die Tochter deiner Mutter, Margaret. Gewitzt und gütig zugleich. Was wirst du tun? In den Wald fliehen, zu dem verhexten Ort?«

»Woher hast du das gewußt?«

»Es war das, was deine Mutter getan hat. Aber es wird dir nichts nützen. Duncan ist ebenso gewitzt wie du.«

»Was meinst du?« fragte Meg.

»Er hat einen seiner Männer am Torhaus postiert. Du bist eine Gefangene, und die Burg ist dein Gefängnis.«

6. KAPITEL

Dominic schaute auf, als sein Bruder das hohe Turmzimmer betrat, wo Junker Jameson ihm, Dominic, gerade beim Ankleiden behilflich war. Alles, was er in diesem Moment trug, war ein Umhang gegen die Kälte. Sein Gesicht war noch naß vom gerade beendeten Kampf mit einem Rasiermesser, sein Haar ordentlich geschnitten, so daß es sich glatt um seinen Kopf schmiegte und unter einen Helm paßte, und sein Bart war völlig verschwunden. Das Resultat war, daß er eher noch furchteinflößender wirkte.

Ohne die kaschierende Wirkung des Bartes gab es nichts, was den kantigen Linien seines Kiefers, den ausgeprägten Wangenknochen oder dem dichten, umgekehrten »V« seiner schwarzen Augenbrauen ein wenig die Strenge genommen hätte.

»Sind die Vorbereitungen abgeschlossen?« fragte Dominic, während er sich das Gesicht abtrocknete.

»Die Kapelle ist fertig geschmückt«, antwortete Simon, »deine Ritter warten darauf, mit dir vor Gott und dem angelsächsischen Pöbel zu stehen, und die Soldaten freuen sich auf das anschließende Trinkgelage und die Frauenzimmer.«

»Was ist mit der Braut?« wollte Dominic wissen. »Hat irgend jemand sie gesehen?«

»Nicht in Person. Ihre Zofe dagegen ist überall, rennt hektisch wie ein kopfloses Huhn herum, schimpft mit der Waschfrau wegen eines noch feuchten Wäschestücks oder mit der Näherin wegen eines schlecht genähten Saums oder legt sich mit dem Gerber an, weil er offenbar Schuhe angefertigt hat, die zu hart für hochwohlgeborene Füße sind.«

Dominic grunzte und rubbelte seinen kräftigen, muskulösen Körper mit einem Handtuch ab.

»Klingt, als brauchte ich wohl doch nicht hinaufzugehen und Lady Margaret aus ihrem Zimmer zu zerren«, murmelte er.

»Ich hoffe, die Lady putzt sich besonders prächtig heraus«, bemerkte Simon nach einer Weile.

»Wozu? Es spielt doch keine Rolle. Es sind nicht ihre Kleider, die ich heiraten werde.«

»Sicher, aber die Braut sollte eigentlich die am schönsten gekleidete Frau bei der Hochzeit sein, nicht wahr?«

Dominic blickte seinen Bruder mit fragend hochgezogenen Brauen an.

»Marie trägt das scharlachrote Seidengewand, das du ihr geschenkt hast«, fuhr Simon hinterhältig fort, »und um den Kopf den goldenen Reif mit den herrlichen Rubinen ... dein Geschenk an sie, nachdem Jerusalem fiel.«

»Wenn Lady Margaret Wert darauf legt, solch kostbares Geschmeide zu tragen, wird sie etwas höflicher zu ihrem Ehemann sein müssen«, knurrte Dominic und schleuderte das Handtuch wie zur Bekräftigung auf den Tisch. »Wesentlich höflicher!«

Simon grinste. »Vielleicht solltest du sie zwecks Unterweisung zu Marie schicken.«

Dominic ignorierte seinen Bruder und wandte sich zu Jameson um.

»Nein«, erklärte er dem Junker. »Ich brauche schwerere Unterkleider als die da! Kleide mich wie zur Schlacht an.«

Der Junker starrte ihn überrascht an. »Sir?«

»Den Kettenpanzer«, erwiderte Dominic ungeduldig.

Jameson sah schockiert aus. »Für *Eure Hochzeit,* Sir?«

Der Ausdruck auf Dominics Gesicht ließ verlegene Röte in die glatten Wangen des Jungen kriechen. Eilig holte er die weichen, ledernen Unterkleider seines Herrn aus dem Schrank. Als nächstes griff er nach den enganliegenden Kniehosen, deren metallene Einlagen Dominics Schienbeine gegen Schläge und Stöße im Kampf schützen würden.

Mit einer knappen Kopfbewegung wies Dominic die metallverstärkten Kniehosen zurück. Erleichtert trat Jameson erneut an den Schrank, um den Kettenpanzer herauszunehmen. Das tunikaähnliche Kleidungsstück war vorn und hinten geschlitzt, um seinen Träger nicht beim Reiten zu behindern, und von beträchtlichem Gewicht. Bei jeder Bewegung sangen die Metallringe an dem Kettenhemd leise von Schlacht und Tod.

»Allmächtiger«, murmelte Simon, als er zuschaute, wie Dominics Junker die biegsame Metalltunika zuhakte. »Ich habe noch niemals einen Bräutigam gesehen, der im Kettenpanzer zu seiner Trauung geht.«

»Vielleicht werde ich eine neue Mode kreieren.«

»Oder eine alte abschaffen?« fragte Simon seidenweich.

Dominics Lächeln war wie ein scharfschneidiges Schwert. »Ich rate dir dringend, meiner Mode zu folgen, Bruder.«

»Wirst du den Panzer auch im Schlafgemach tragen?«

»Wenn man ein wildes, mit scharfen Klauen bewehrtes Falkenjunges zähmen muß, ist immer Vorsicht angebracht«, erklärte Dominic trocken.

Simon lachte laut über Dominics Vergleich.

»Deine Braut ist wohl kaum ein Jungvogel, der frisch vom Zweig gefangen wurde«, erwiderte Simon. »Sie ist nur wenige Jahre jünger als du.«

»Richtig. Aber du vergißt, daß wir lieber Falkenweibchen bei der Jagd benutzen, weil sie nicht nur größer als ihre männlichen Artgenossen sind, sondern auch weitaus aggressiver und schärfer.«

Dominic rückte den Panzer mit einem muskulösen Schulterzucken zurecht, das von langjähriger Kampferfahrung zeugte. Die schwere Kapuze lag in glänzenden, beweglichen Falten von feinen Metallgliedern auf seinen Schultern.

»Sven hat nichts gehört, was darauf schließen läßt, daß Lady Margaret so grimmig und respektgebietend ist«, gab Simon zurück. »Eher das Gegenteil. Die Vasallen lieben sie sehr wegen ihrer Güte und Freundlichkeit.«

»Falken sind immer freundlich zu ihrer eigenen Art.«

»Euer Helm, Sir«, sagte der Junge neutral.

»Ich denke nicht«, meinte Dominic. »Die Kapuze des Panzers wird reichen müssen.«

Der Junker legte den Helm mit sichtlicher Erleichterung fort.

»Wird John der Zeremonie beiwohnen?« erkundigte sich Simon.

»Ich habe etwas von einer Pritsche gehört, die in der Kirche aufgestellt wird«, erklärte Dominic gleichmütig.

»Euer Schwert, Sir«, sagte Jameson, während er Dominic das schwere Breitschwert mit beiden Händen anreichte.

Die Miene des Junkers ließ klar erkennen, daß er hoffte, sein Herr würde die Waffe ebenso zurückweisen wie den Helm und die metallverstärkten Kniehosen.

Jameson wurde enttäuscht. Mit raschen, geschickten Bewegungen schnallte Dominic sich das Schwert um die Taille.

Sein enormes Gewicht an seiner linken Seite war ihm ebenso vertraut, wie ihm die Dunkelheit der Nacht vertraut war.

»Meinen Mantel«, sagte er.

Wenige Augenblicke später erschien Jameson mit einem reich bestickten Damastmantel. Edelsteine und Perlen glitzerten und schimmerten auf dem kostbaren Gewebe und fingen das Tageslicht ein. Es war ein Mantel, der eines Sultans würdig gewesen wäre. Tatsächlich war er das Geschenk eines Sultans an den Ritter gewesen, der seine Männer daran gehindert hatte, die fünf Ehefrauen des Sultans zu schänden, nachdem der Palast gefallen war.

»Nicht diesen«, sagte Dominic. »Gib mir den schwarzen Mantel. Er liegt leichter über Kettenpanzer und Schwert.«

Mit einem Seufzer vertauschte Jameson den prächtigen Umhang gegen einen aus schwerer, schwarzer Wolle. Auf seine eigene, schlichte Art war der Mantel fast ebenso kostbar, denn er hatte eine breite Bordüre aus Zobel, der aus einem Wald stammte, Tausende von Meilen entfernt.

Dominic legte sich den Mantel mit einem schwungvollen Handgriff um die Schultern. Wolle und Pelz bauschten sich üppig um seinen Körper, verbargen unter ihren weiten Falten fast vollständig den schimmernden Kettenpanzer und die glänzende Länge seines schweren Schwerts. Jameson befestigte den Umhang mit der einfachen Eisenbrosche, die Dominic im Kampf trug.

Simon, der beim Ankleiden zuschaute, schüttelte den Kopf in einer Mischung aus Belustigung und Bedauern. Selbst nackt war Dominic ein furchterregender Mann – gekleidet so wie jetzt, war er eine unverblümte Warnung an die Menschen des Königreichs, daß ein neuer Herr gekommen war.

Ein Gebieter, der Gehorsam verlangte.

»Bei deinem Anblick wird das Mädchen glatt vor Angst in Ohnmacht fallen«, bemerkte Simon.

»Das wäre mal eine erfrischende Abwechslung«, murmelte Dominic.

Aber er sagte es nicht laut genug, um gehört zu werden. Er hatte niemandem von seinem Scharmützel mit der Herrin der Burg, verkleidet als Bauernmädchen, erzählt. Es wurmte seinen Stolz immer noch, mit welcher Leichtigkeit sie ihn hinters Licht geführt hatte.

Glockengeläut ertönte aus der Kirche auf der gegenüberliegenden Seite der Wiese, sagte den Bewohnern von Blackthorne Keep, daß es Zeit war, sich zur Hochzeit einzufinden. Bevor die letzte Glocke geläutet wurde, hatte Dominic sein Gemach verlassen und schwang sich im Burghof auf sein Pferd.

Die Braut war nicht annähernd so darauf erpicht, daß die Trauung endlich begann.

»Eadith, hör um Gottes willen auf, wie ein Sperber herumzuflattern, der nach einer Mahlzeit sucht«, sagte Meg.

Trotz ihrer Worte war Megs Stimme sanft. Ausnahmsweise einmal genoß sie das lebhafte Geschnatter und das ständige Hin- und Hergelaufe der Zofe. Es lenkte ihre Gedanken von dem ab, was vor ihr lag.

Duncan, sei so klug, wie du mutig bist. Sieh ein, was sein muß. Akzeptiere es.

Verzeih mir.

»Ihr habt die Glocken gehört«, mahnte Eadith. »Es ist höchste Zeit. Beeilt Euch, Mistress.«

Meg warf einen Blick auf die Wasseruhr ihrer Mutter. Die gehämmerte Silberschale mit den geschwungenen Elfenbeinfüßen und dem Auffangbecken aus Ebenholz war seit Jahrhunderten jeweils von der Mutter an die Tochter vererbt worden. Mit der Schale war auch das Wissen weitergegeben worden, wie man sie benutzte, indem man die richtige Zeit markierte, um Arzneien ziehen zu lassen.

Meg kam es vor, als hätte sie den Behälter erst einen Moment zuvor bis obenhin gefüllt, während Wasser wie flüssiges Mondlicht in dem sonnenlosen Raum geschimmert hatte. Dennoch enthielt die obere Schale nur noch knapp einen Fingerbreit Wasser.

»Noch nicht ganz«, erwiderte Meg. »Da ist immer noch Wasser, siehst du?«

»Ihr und Eure Glendruid Methoden«, sagte Eadith kopfschüttelnd. »Ich werde den Verlauf der Sonne mit dem Läuten der Kirchenglocken markieren.«

Wie um die Worte der Zofe zu unterstreichen, fingen die Glocken in diesem Moment erneut an zu läuten. Meg beugte den Kopf und berührte das Silberkreuz, das zwischen ihren nackten Brüsten lag.

»M'lady?«

Eadith wartete auf Megs Aufmerksamkeit, hielt ihr auf ausgestreckten Armen das ungewöhnliche silberne Kleid hin, das Old Gwyn an dem Tag hervorgeholt hatte, an dem der König anordnete, daß Lady Margaret of Blackthorne Dominic le Sabre heiraten würde. Das Kleid war nicht neu. Lady Anna hatte darin geheiratet und vor ihr bereits ihre Mutter. Wie das Wasser in der silbernen Glendruid Schale schimmerte auch der Stoff silbrig und geheimnisvoll, als wäre er in flüssiges Mondlicht getaucht.

Meg betrachtete das Kleid und erinnerte sich, was Gwyn gesagt hatte: *Mögest du einen Sohn gebären.*

Jetzt fragte Meg sich, ob das Brautkleid – wie die Uhr – ebenfalls all die Jahre hindurch von der Mutter an die Tochter weitergegeben worden war und ob jede Tochter es in der Hoffnung angelegt hatte, daß sie diejenige sein würde, die einen Glendruid Sohn zur Welt brächte.

Allmächtiger Gott, gib *uns Frieden.*

»Lady Margaret, wir müssen uns jetzt wirklich beeilen.«

Meg, die gedankenverloren zugeschaut hatte, wie das Wasser von der Silberschale in das Becken aus Ebenholz tropfte, wandte sich widerstrebend um.

»Der Priester kommt fast immer zu spät«, sagte sie abwesend. »Er kleidet sich sorgfältiger an als jede Braut.«

»Sorgfältiger als Ihr, das steht jedenfalls fest!«

»Dominic le Sabre heiratet Blackthorne Keep, nicht mich. Er würde mich auch heiraten, wenn ich in Sack und Asche käme.«

»Trotzdem müßt Ihr schöner als diese normannische Hure aussehen.«

Meg riß ihre Gedanken von dem unbarmherzigen Rinnen des Wassers von Silber zu Schwarz los – Tropfen, die von Finsternis verschluckt wurden, so sicher, wie Blackthorne Keep von Krieg.

»Was?« fragte sie irritiert.

»La Marie«, murmelte Eadith, wobei sie die Frau mit dem Spitznamen bezeichnete, den die Bediensteten ihr gegeben hatten, die beständig ihren Forderungen nachkommen mußten. »Die Männer können den Blick einfach nicht von ihr abwenden, ob sie nun normannische Schweine oder angelsächsische Adlige sind.«

»Wenn die Männer wie Elstern sind, von allem gefesselt, was blinkt und schimmert, dann laß sie doch zu der Hure gehen.«

»Sie sind wie Hunde, nicht wie Elstern«, erwiderte Eadith bitter. »Ein Lächeln mit vollen, roten Lippen, ein neckisches Zwinkern, ein Bein, das unter wirbelnden Röcken hervorschaut, wenn sie die Treppe hinaufgeht ... und schon folgen sie ihr wie Rüden einer läufigen Hündin. Und allen voran Duncan.«

»Wenn er von ihrem viel benutzten Brunnen krank wird«, sagte Meg ruhig, »habe ich ein Tonikum, das ihn wieder auf die Beine bringt.«

Eadith sagte nichts.

Als Meg die Traurigkeit auf dem Gesicht ihrer Zofe sah, erkannte sie, wie sehr Eadith darauf gezählt hatte, Duncans Aufmerksamkeit zu gewinnen.

»Es ist am besten so«, sagte Meg tröstend und berührte ihre Zofe am Arm. »Dein Vater war ein Ritter. Dein Ehemann ebenfalls. Du verdienst etwas Besseres, als Duncans Geliebte zu sein.«

Eadith' säuerlich verzogener Mund bewies, daß sie anderer Meinung war. Mit schnellen, energischen Handgriffen schüttelte sie das Silberkleid aus.

»Wäre Duncan nicht so von Ehrgeiz besessen, wäre ich seine Ehefrau geworden«, sagte Eadith verbittert. »Aber er hat ja schon immer nach Land gestrebt, und ich kann ihm weder Landbesitz noch Reichtum einbringen. Also werde ich wohl oder übel die Ehefrau eines armen Mannes werden. Pah! Besser, als eines reichen Mannes Geliebte zu sein!«

»Noch besser ist es, ein wilder Falke zu sein, frei von Männern und von Reichtum.«

»Ihr habt gut reden«, gab Eadith zurück. »In Eurer Kirche wartet ein Ritter, dessen Reichtum in Edelsteinen und Gold dreimal Euer Gewicht aufwiegt, wenn Ihr voll bekleidet seid. Bevor die Glocken das Ende des Tages verkünden, werdet Ihr eine der reichsten Ehefrauen von ganz England sein.«

»Das ist das erste freundliche Wort, das ich dich über Dominic le Sabre sagen höre.«

»Wenn man schon ein normannisches Schwein sein muß, dann sollte man wenigstens ein reiches normannisches Schwein sein. Dann werden die Priester fürstlich für die Lügen bezahlt, die sie dereinst über Dominic le Sabres Leichnam anstimmen werden. Möge er einen frühen Tod finden und einen so schrecklichen wie die Hölle selbst!«

Der Haß in Eadith' Stimme ließ Meg zusammenzucken. Eadith hatte niemals den Normannen verziehen, die ihren Ehemann, Vater, ihre Brüder und Onkel getötet und ihre Güter beschlagnahmt hatten.

In das unbehagliche Schweigen mischte sich das langsame, flüsternde Tröpfeln von Wasser. Das Geräusch ließ eine Gänsehaut über Megs Arme laufen. Sie ertappte sich dabei, wie sie den Atem anhielt und mitzählte, in dem verzweifelten Wunsch, die unaufhörlich rinnenden Tropfen aufzuhalten.

Stille breitete sich aus.

Die Silberschale war leer.

»Schnell«, sagte Meg und streckte die Arme aus. »Laß uns fertig werden.«

Innerhalb von Augenblicken trug Meg Falten von Stoff, die das Auge täuschten wie Mondlicht auf einem Fluß. Eadith band Spitzenbänder im Rücken zusammen, die den Stoff eng um Megs Körper zogen. So leicht wie ein Hauch schmiegte sich das Gewand an ihre schlanke Figur und glitzerte in Schattierungen von Silber, die die üppigen weiblichen Formen darunter betonten.

Als Eadith fertig war, drehte Meg sich einmal im Kreis. Der zarte Stoff hob sich und fiel dann wieder zurück, legte sich wie eine zweite Haut um ihre geschmeidige Gestalt, so als wäre das Kleid eher für sie gemacht worden statt damals für Ihre Großmutter.

»Seid Ihr sicher, daß Ihr nicht die Brosche tragen wollt, die Lord Dominic Euch geschickt hat?« fragte Eadith.

»Vor ihrer Hochzeit trägt ein Glendruid-Mädchen ausschließlich Silber. Danach trägt sie nur noch Gold. Ich werde die Brosche bald genug tragen.«

Wenn ich dann noch lebe.

»Reine Dummheit«, murmelte Eadith. »Ihr werdet wie ein tristes, farbloses Geschöpf neben der normannischen Hure aussehen.«

Sie reichte Meg eine lange, fein gearbeitete Kette aus Silbergliedern und klarem Quarzkristall. Wie die Uhr war auch die Kette von Generation zu Generation weitergegeben worden. Nicht breiter als Megs kleiner Finger und fast so geschmeidig wie Wasser, schlang sich die Kette um ihre Taille, lief hinter ihren Hüften überkreuz und kehrte in einem glänzenden Gürtel zu ihrer Vorderseite zurück.

Die Enden der Kette fielen bis zum Saum, wie ein schweigender, schmaler Wasserfall. Und wie Wasser verwandelten die Kristalle in der Kette das Licht in flüchtige Farbblitze, Fragmente schillernder Regenbögen, für den Bruchteil von Sekunden eingefangen und festgehalten.

Meg hob die Hände, die keinerlei Ringe trugen, und zog die Kämme aus ihrem Haar, das auf ihrem Kopf aufgetürmt war. Ihr Haar fiel herunter, legte sich um ihre Schultern, über ihre Brüste, floß bis zu ihren Hüften herab. Gegen das ätherische Silber ihres Kleides brannte ihr Haar mit all der feurigen Leidenschaft, die sie niemals gefühlt hatte.

»Nun ja«, gab Eadith mürrisch zu. »Das Kleid bringt Euer Haar tatsächlich zum Leuchten.«

Die Zofe brachte den schlichten Silberreif, der alles war, was Meg tragen würde, um ihr Haar aus dem Gesicht zurückzuhalten. Auf der Innenseite des Reifs waren uralte Runen eingraviert.

»Ich könnte die goldene Brosche an Eurem ...«, begann Eadith, nur um brüsk unterbrochen zu werden.

»Nein!«

Meg raffte ihr Haar zusammen und ließ es über ihren Rücken herabhängen. Schweigend streckte sie die Hand nach dem silbernen Kapuzenmantel aus, der mit zwei Silberschnallen an den Schulterpartien ihres Kleides befestigt wurde. Das hauchzarte, weichfallende Tuch wallte über ihren Rücken herab auf den Fußboden und noch ein Stück darüber hinaus in einer schimmernden, silbernen Schleppe.

Mit einer raschen Handbewegung zog Meg sich die Kapuze über und verhüllte ihr Haar. Eadith setzte ihrer Herrin den Silberreif auf den Kopf und betrachtete mißbilligend das Ergebnis.

»So werdet Ihr die Hure nicht ausstechen«, sagte sie barsch.

»Halte deine Zunge im Zaum«, sagte Old Gwyn von der Tür her. »Du weißt ja nicht, was heute auf dem Spiel steht.«

Als Meg zur Tür herumfuhr, liefen feine Ströme von Silber der Länge nach an ihrem Kleid herunter, und Kristalle blitzten in allen Farben des Regenbogens, aber es waren ihre Augen, die Gwyns Aufmerksamkeit fesselten. Unter der silbernen Wolke von Megs Kapuze brannten ihre Augen wie grüne Flammen.

Gwyn holte mit hörbarem Zischen Luft. Sie verbeugte sich in stummer Ehrerbietung vor dem Glendruid Mädchen, das vor ihr stand, von Ritualen und Hoffnungen umgeben, so alt wie die Zeit.

Bevor Gwyn sprechen konnte, ertönte Glockengeläut und rief Meg zum Altar.

Und zum Krieg.

7. KAPITEL

Weihrauch und Parfümdüfte durchdrangen die geheiligte Stille der hölzernen Kapelle. Kirchenbänke glänzten, zur Feier des Tages frisch mit Bienenwachs poliert. Myriaden von Lichtstrahlen stiegen von einem Meer von Kerzen auf. Kostbare Broschen, Halsketten, Haarreifen, Gürtel und Ringe blitzten wie ferne Sterne überall in der Kirche, reflektierten den Tanz der Kerzenflammen.

Schottische Feudalherren, angelsächsische Fürsten normannische Aristokratie und Ritter aller Arten hatten sich eingefunden, vermischten sich mit dem Argwohn wilder Tiere, die eine Springflut zu ungewohnter Nähe zwingt.

Dominic ließ seinen grauen Blick prüfend über die Versammlung schweifen. Wie er erwartet hatte, trug fast jeder Mann ein Schwert unter seinem Mantel. Einige der Schwerthefte, die zwischen Stoffalten hervorblitzten, waren mit Edelsteinen besetzt, zeigten an, daß die Waffe eher für prunkvolle Feierlichkeiten gedacht war als für militärische Zwecke. Andere Schwerter waren wie Dominics, aus bläulich schimmerndem Stahl gefertigt und dazu bestimmt, Tod zu bringen.

Trotz des Gedränges in der Kirche stand niemand dicht neben Dominic oder neben der schwarzhaarigen Frau, deren fließendes, scharlachrotes Gewand und kostbare Juwelen manchen Blick auf sich gezogen hatten. Noch nicht einmal die dunkeläugige Verführerin wagte sich in diesem Moment in Dominics

Nähe. Er hatte den Ausdruck eines Adlers an sich, eine raubtierhafte Wachsamkeit, die so unverkennbar von ihm ausstrahlte, wie Hitze von einem Feuer.

Nur Simon hatte den Mut, sich seinem Bruder zu nähern. Nur Simon wußte, daß Intelligenz die Leidenschaft seines Bruders in Schach hielt, und nicht umgekehrt.

»Alles ist bereit, bis auf die Braut«, murmelte Simon, während er so dicht hinter Dominic trat, daß niemand sie belauschen konnte.

Dominic nickte. »Hat der Priester Einwände erhoben?«

»Er hat sich über das Gedränge im Chorraum beklagt. Ich habe ihm erklärt, daß es nicht anders ginge. Ich konnte meine Männer doch wohl kaum zu den Adligen setzen, oder?«

Simons nüchterne Zusammenfassung ließ Dominic lächeln.

»Duncans Männer sind bis an die Zähne bewaffnet«, raunte Simon.

»Richtig.«

»Mehr hast du dazu nicht zu sagen?«

»Die Vögte sind ein abgerissener Haufen.«

»Ihr Stahl ist aber in sehr gepflegtem Zustand«, gab Simon zurück.

Dominic grunzte. »Wenn Duncan erscheint, hefte dich an seine Fersen. Bleib ganz nah bei ihm und laß ihn keine Sekunde aus den Augen.«

»Was ist mit John?« fragte Simon und blickte zu der ersten Kirchenbank hinüber, wo der Lord of Blackthorne in kostbare Roben gekleidet auf Kissen gebettet lag. »Falls es Ärger gibt, wird er bei ihm beginnen.«

»Er hat den Willen, mich mit einem Schwert in zwei Hälften zu spalten, aber nicht die Kraft dazu«, sagte Dominic trocken. »Duncan hat beides. Er war einmal mit Lady Margaret verlobt.«

Simons dunkle Augen zogen sich zu Schlitzen zusammen. Er murmelte etwas vor sich hin, was den Priester entsetzt hätte zusammenzucken lassen, hätte der gute Mann es gehört.

»Für diese Worte wirst du Buße tun«, meinte Dominic mit leichtem Lächeln. »Aber ich bin durchaus einer Meinung mit dir, was deine Gefühle für einen Mann betrifft, der seine Tochter mit seinem unehelichen Sohn verheiraten würde.«

»Vielleicht ist sie gar nicht seine Tochter?«

»Warum hat er sie dann nicht enterbt und Duncan zu seinem Erben eingesetzt?« konterte Dominic. »Kein Mann möchte seine Ländereien an den Ehemann seiner Tochter übergehen sehen, während sein eigener Name und seine eigene Linie aus Mangel an Söhnen ausstirbt.«

Ein Raunen ging durch die Menge, denn die Braut war gerade in dem breiten Portal erschienen. Im flackernden Kerzenlicht schien es, als wäre Meg von Kopf bis Fuß in silberne Nebelschwaden gehüllt, ein Mädchen, so ätherisch wie Mondschein. Ein großer Mann ragte drohend hinter ihr auf, verdeckte fast vollständig das Licht des grauen, bewölkten Tages, das durch das Türviereck hereinfiel.

»Geh«, befahl Dominic leise.

Ohne ein weiteres Wort verschmolz Simon wieder mit der Menschenmenge, die sich um die ersten Bänke drängte.

Weil die Erbin von Blackthorne keine männlichen Blutsverwandten hatte, die fähig waren, neben ihr zu stehen und ihren Schuh an Dominic zu übergeben – als ein Symbol des Übergangs von der Herrschaft ihres Vaters in die ihres Ehemannes -, begleitete Duncan of Maxwell Lady Margaret an Johns Stelle.

Der Anblick des schottischen Feudalherrn, der mit Meg am Arm langsam den Gang hinunterschritt, ließ ein Gefühl, das Wut sehr ähnlich war, tief in Dominics Innerem aufsteigen. Die Intensität seiner Empfindung überraschte ihn, denn er war nie ein besitzergreifender Mann gewesen. Dennoch wußte er tief in seiner Seele, daß er der einzige Mann war, dem es zustand, neben Meg zu stehen, den schwach würzigen Duft ihrer Haut einzuatmen und ihre Wärme so dicht neben sich zu spüren, daß sie ihn einhüllte.

Dann sah Dominic Megs Augen, und er vergaß Duncans Anwesenheit, vergaß den wartenden Priester, vergaß die Schwerter, die in ihren Scheiden steckten und auf ein Wort warteten, das ausgesprochen würde oder auch nicht. Gebannt und fasziniert starrte Dominic auf seine zukünftige Ehefrau, und allmählich begann er zu verstehen, warum die einfachen Leute von Blackthorne Keep mit einem Ausdruck schmerzlicher Hoffnung auf den wettergegerbten Gesichtern zu ihrer Herrin aufschauten.

Wenn der Frühling Menschengestalt annehmen könnte und am Ende des Winters unter den Sterblichen wandelte, würde er Augen von dieser Farbe haben, und sie würden genauso leuchten – wie zwei grüne Flammen, strahlend durch die Hoffnung, die alle Menschen dem Frühling entgegenbringen.

Atemlose Stille folgte Megs Schritten, während sie langsam und gemessen den Gang hinunterstrebte. Sie bemerkte nicht, wie sich alle Köpfe nach ihr umdrehten. Ihr Blick war auf die fremde Frau gefallen, deren üppiger Körper und kostbare Kleidung davon zeugten, wie gut Dominic für ihre Gunstbeweise bezahlt hatte. Marie sah nicht den Blick, mit dem Meg sie musterte, denn sie starrte Dominic mit hungrigen Augen an.

Die Braut folgte dem Blick der Geliebten. Meg hielt den Atem an. Dominic beobachtete ihr Näherkommen, sein Körper locker und entspannt und dennoch von muskulöser Kraft und Sprungbereitschaft. Unbeweglich wartete er im vorderen Teil der Kirche, folgte ihren Schritten mit dem intensiven, furchtlosen Blick eines Adlers oder eines Gottes. Er war schwarz wie die Nacht gekleidet, und wie in der Nacht kamen aus seiner Finsternis kleine Splitter von Licht, als Kettenglieder anstelle von Sternen glitzerten.

Schockiert erkannte Meg, daß Dominic einen Kettenpanzer unter seinem schwarzen Umhang trug. Unter ihren Fingerspitzen fühlte sie, wie sich plötzlich alle Muskeln in Duncans Arm anspannten, und wußte, auch ihm war Dominics ungewöhnliche Hochzeitskleidung aufgefallen.

Eine Hochzeit oder ein Krieg, dachte Meg. *Welches von beiden wird es sein?*

Die Frage nahm ihre Gedanken so in Anspruch, daß sie der Zeremonie kaum folgen konnte. Wie in Trance kniete sie mechanisch nieder, erhob sich wieder und kniete erneut, ließ die Gregorianischen Gesänge des Kirchenchors über sich ergehen, bis der Priester sie scharf anblickte.

»Ich sage es noch einmal, Lady Margaret«, intonierte der Priester. »Es ist Euer Recht, diese Eheschließung zu verweigern, wenn Ihr wünscht, denn die Ehe ist ein heiliger Stand, in den man freiwillig eintritt. Erkennt Ihr Dominic le Sabre als Euren wahren und getreuen Ehemann im Angesicht Gottes und der Menschen an?«

Meg schluckte hart, versuchte, ein Wort hervorzubringen, doch ihre Kehle war wie zugeschnürt.

Hinter ihr erhob sich eine Unruhe, die bei Duncan begann und sich weiter durch die Menge fortsetzte. In ihrem Gefolge ertönte gedämpftes Flüstern – wie von Stahlschwertern, die gezogen wurden. Meg drehte den Kopf und blickte zu dem dunklen normannischen Ritter auf, der sie eindringlich beobachtete, als könnte sein Wille allein Zustimmung von ihren Lippen erzwingen.

Aber er konnte es nicht. Nichts und niemand konnte es.

Dominic wußte es ebensogut wie Meg. Dies war das eine Mal im Leben einer Frau, wo ihr Wunsch Gesetz war, wo ihre Antwort die Pläne der Männer wahr werden lassen oder zunichte machen konnte.

Heirat oder Krieg?

Und plötzlich fiel es Meg leicht zu sprechen.

»Ja«, sagte sie heiser. »Ich erkenne diesen Mann als meinen Ehemann an, im Angesicht Gottes und der Menschen.«

Ein überraschter Aufschrei von Duncan wurde abrupt abgeschnitten.

Der zornige Schrei ihres Vaters nicht. Aber bevor er zusammenhängend sprechen konnte, tauchte einer von Simons Männern neben John auf. Nur eine Person sah das Messer in der Hand des Ritters aufblitzen, und diese eine Person war John.

Er verstummte augenblicklich und erhob keine weiteren Einwände gegen den Fortgang der Zeremonie.

Auch Duncan nicht. Er hatte harten Stahl durch den Rückenschlitz in seinem Kettenpanzer gleiten fühlen, um zwischen seinen Schenkeln zu liegen und sich in stummer Drohung gegen die empfindlichste Stelle eines Mannes zu pressen. Kalter Schweiß brach ihm am gesamten Körper aus. Auf ehrenhafte Weise in einer Schlacht zu sterben war eine Sache; wie ein Kapaun kastriert zu werden war eine völlig andere.

»Keine Bewegung«, sagte Simon leise zu Duncan.

Duncan rührte sich nicht.

»Wenn du Marie heute nacht nicht enttäuschen willst«, fuhr Simon fort, »und jede Nacht danach, wirst du kein Wort sagen. Nicke mit dem Kopf, wenn du mich verstanden hast.«

Duncan nickte sehr vorsichtig.

»Übergib Lady Margarets Schuh an meinen Bruder, wie es die Tradition verlangt«, befahl Simon. *»Langsam.«*

Mit großer Vorsicht reichte Duncan Dominic einen zierlichen Schuh, mit Silberfäden bestickt. Danach bewegte sich Duncan nicht wieder, noch nicht einmal, um sich nach den seltsam erstickten Lauten umzudrehen, die aus der Menge hinter ihm kamen. Er hatte den Verdacht, daß seine Männer die gleichen Schwierigkeiten hatten wie er, und aus dem gleichen Grund – wegen eines Messers zwischen ihren Schenkeln.

Dreißig Soldaten traten hinter der Trennwand hervor, hinter der die Männer saßen, die die Hochzeitsmesse sangen. Obwohl keiner der Soldaten die Armbrust hob, mit der er bewaffnet war, war offensichtlich, daß die Waffen gespannt und schußbereit waren.

Meg schaute auf Dominics Männer, spürte die unterschwelligen Strömungen unterdrückter Wut und Angst, die den Raum erfüllten, und wußte, Dominic hatte die Möglichkeit eines Hinterhalts in der Kirche klar vorausgesehen.

Und entsprechende Gegenmaßnahmen ergriffen.

Ein eisiger Hauch kroch über ihre Haut, als sie voller Schrecken auf das Blutvergießen wartete, das einem solchen Verrat unweigerlich folgen würde. Zitternd vor Furcht um ihre Leute beobachtete sie Dominic aus angstgeweiteten Augen.

Dominics kalter Blick schweifte wie ein Winterwind durch die Kirche. Niemand rührte sich. Viele der Angelsachsen und Schotten standen stocksteif da, als fürchteten sie, jede Bewegung könnte ihre letzte sein. Und das wäre sie auch gewesen, denn normannischer Stahl bohrte sich drohend in ihr empfindliches Fleisch.

»Gut gemacht, Simon«, sagte Dominic in die angespannte Stille hinein.

»War mir ein Vergnügen.«

»Das bezweifle ich nicht.«

Dann kehrte Dominic der Versammlung den Rücken zu und blickte ausschließlich Meg an.

»Da mein Verlobungsgeschenk aus Gold nicht deinen Gefallen fand«, begann er kühl, »biete ich dir heute eine andere Art von Geschenk an: Ich werde keinen Mann für seine Rolle bei diesem Verrat töten. Nimmst du mein Geschenk an?«

Meg nickte, unfähig, ein Wort hervorzubringen.

»Ein kluger Mann wird verstehen, daß sein Herr eher barmherzig als schwach ist«, fuhr er fort. »Ein Dummkopf wird meine Geste mißverstehen und meine Geduld erneut auf die Probe stellen. *Und sterben.*«

Obwohl Dominic seine Stimme nicht im geringsten erhoben hatte, hörte man seine Worte bis in den hintersten Winkel der Kirche. Ein Murmeln der Erleichterung stieg auf, als Duncans Männer begriffen, daß sie nicht hinausgezerrt und ohne viel Federlesens für ihre totgeborene Rebellion am nächsten Baum aufgehängt würden.

Meg wollte Dominic für seine unerwartete Gnade danken, aber ihre eigene Erleichterung darüber, daß ein Gemetzel verhindert worden war, war so groß, daß ihr plötzlich schwindelig wurde. Die Kirche begann sich langsam um sie zu drehen, während das Kerzenlicht gleichzeitig schwächer wurde, als hätte ihr jemand einen Schleier über das Gesicht gezogen. Der Fußboden schwankte unter ihren Füßen.

Mit einem leisen Laut der Bestürzung streckte Meg haltsuchend die Hand nach Dominic aus.

Dominic hörte ihren dumpfen Schrei, sah alle Farbe aus ihren Wagen weichen und fing sie in seinen Armen auf, bevor sie zu Boden sank. Silber wirbelte und glitzerte gegen mattes Schwarz, bevor es wieder herabfiel, weiches Glendruid Tuch paßte sich jeder Falte von Dominics Kriegsumhang an, als wäre es ausschließlich für diesen Zweck geschaffen.

Das gleichmäßige Klopfen von Megs Herz gegen seine Hand sagte Dominic, daß es eher Erleichterung als irgend etwas Bedrohliches war, was ihr vorübergehend die Kraft geraubt hatte. Er blickte von Meg zu dem Priester.

Das Gesicht des Mannes war so bleich wie eine Totenlilie, seine Mitschuld an der Verschwörung klar ersichtlich an dem Schweiß, der auf seiner Stirn perlte.

»Beendet die Zeremonie«, sagte Dominic kalt.

»Ich k-kann nicht.«

»Lady Margaret hat ihren Teil erfüllt. Erfüllt Euren, oder Ihr werdet sterben.«

Der Priester begann zu sprechen, und seine Stimme zitterte dabei so sehr, daß seine Worte kaum verständlich waren. Er beendete die Zeremonie mit unziemlicher Hast.

Meg hörte die Worte wie aus weiter Ferne. Alles um sie herum schien irgendwie unwirklich, bis auf das Wissen, daß sie John und Duncan betrogen und damit Blackthorne Keep und seine Bewohner vor der Zerstörung gerettet hatte.

Allmählich drang die Kraft des Mannes, der sie hielt, in ihr

Bewußtsein, gab ihr etwas Greifbares, an das sie sich klammern konnte in einer Welt, die immer noch schwankend und unsicher schien. Sie blickte auf in Dominics Gesicht, versuchte, das Schicksal zu ermessen, in das sie eingewilligt hatte, ihr Schicksal als Ehefrau des dunklen normannischen Lords.

Das Kerzenlicht vermochte Dominics Züge nicht weicher zu machen. Es betonte seine scharfen Wangenknochen und malte schwarze Schatten um die harten, kühnen Linien seines Kiefers. Seine Augen waren so klar und farblos wie die des sagenumwobenen Glendruid Wolfs. Und all das umgab das grimmige Blinken von Kettengliedern, die sich als Kapuze um Dominics kühnes Gesicht schmiegten und unter den mitternachtsschwarzen Falten seines Umhangs verschwanden.

Wieder drehte sich die Kirche um Meg, aber diesmal war nicht der Ansturm ihres eigenen Blutes die Ursache. Die Trauungszeremonie war zu Ende. Dominic hatte sich abgewandt und schritt nun den Gang hinunter, während er seine Ehefrau auf den Armen trug, als wöge sie nicht mehr als die Nebelschleier, denen ihr Kleid glich.

Kurz bevor Dominic das Kirchenportal erreichte, blieb er im Halbdunkel stehen, um die Reaktion der Leute von Blackthorne Keep abzuschätzen, die sich vor der Kirche versammelt hatten. Er wußte nicht, ob sie sich – ebenso wie der Priester – Duncan of Maxwell als ihren neuen Herrn gewünscht hatten.

Ein verunsichertes Gemurmel ging durch die Reihen der Pächter, als sie ihre Herrin im Innern der Kirche auf den Armen des grimmigen normannischen Kriegers sahen, als hätte er eine Stadt geplündert und Lady Margaret als Siegestrophäe mitgenommen. Als Meg die harten Flächen von Dominics Gesicht betrachtete, konnte sie das Zögern ihrer Leute durchaus verstehen. Sie konnte ja selbst noch kaum glauben, daß Dominic den Tod abgewendet hatte, den Duncan und ihr Vater verdient hatten.

Dennoch hatte Dominic Gnade walten lassen. Duncan und ihr Vater waren noch am Leben. Dominic hatte sich den allgemeinen Schock, verursacht durch ihr Jawort, zunutze gemacht und jene kostbaren Augenblicke nicht zum Metzeln benutzt, sondern um Frieden zu erzwingen.

Verborgen im Schatten des Kirchenportals berührte Meg Dominics Wange knapp oberhalb des kalten Kettenpanzers, als wollte sie sich versichern, daß er tatsächlich aus Fleisch und Blut und nicht aus Stahl war und daß sie selbst lebte, um seine Wärme zu fühlen.

»Danke, daß du sie nicht getötet hast«, sagte sie leise.

»Ich habe es nicht aus Herzensgüte getan«, erwiderte Dominic brüsk. »Sosehr ich es genossen hätte, die Männer zu hängen, die mir einen Krieg aufzwingen wollten und dir eine blutschänderische Vereinigung, so habe ich doch nicht den Wunsch, Herr einer zerstörten Burg zu sein.«

Frösteln zog Meg ihre Hand zurück. »John ist nicht mein Vater.«

»Warum hat er dich dann nicht enterbt?«

Im Sprechen trat Dominic vor, trug Meg in das milchige, silberweiße Tageslicht hinaus. Wieder breitete sich unsicheres Gemurmel unter den Vasallen aus.

»Die Leute«, erklärte Meg weich. »Sie sind der Grund, weshalb er mich nicht verstoßen hat.«

»Was?«

»Das hier.«

Wieder berührte sie behutsam Dominics Wange.

Dieses Mal sahen die Bewohner von Blackthorne Keep, wie die Fingerspitzen ihrer Herrin die Wange des Ritters liebkosten. Es war eine Berührung, die ihre Herrin ihrem neuen Ehemann freiwillig zuteil werden ließ.

Wenn sie seine Gefangene war, dann war sie eine willige Gefangene.

Ein freudiger Ruf stieg aus der Menge auf, als die Leute begriffen, daß sie in diesem Frühling Getreide für die Lebenden säen würden, statt Gräber für die Toten zu graben … und in ihrer großen Freude war es Megs Name, den die Vasallen riefen, nicht der ihres neuen Herrn.

Als die Wogen des Jubels über Dominic hinwegbrandeten, wußte er plötzlich, warum John das Mädchen, das nicht seine Tochter war, niemals verleugnet hatte.

8. KAPITEL

Das Festmahl, das die Vasallen von Blackthorne Keep im Burghof erwartete, war so verschwenderisch und luxuriös, daß es jede Vorstellung überstieg. Sowohl vertraute als auch exotische, unbekannte Düfte erfüllten die kühle Luft. Starkes Ale und noch stärkerer Met warteten in Fässern, die gerade angezapft worden waren. Es gab frischen und auch gesalzenen Fisch, frisches und geräuchertes Wildfleisch, im Ganzen gegrillte Schweine und knusprig gebratene Tauben auf einem Bett aus frischen Kräutern und Gemüsen und Brot, sowohl traditionell gebacken als auch mit importierten Gewürzen versetzt, die so kostbar waren, daß die Bediensteten der Burg sie noch niemals zuvor probiert hatten. Es war ein Festmahl, das einer königlichen Gesellschaft würdig gewesen wäre, und es wurde für die einfachen Leute von Blackthorne Keep gegeben.

Als sie sich den üppig beladenen Tischen näherten, bekam jeder einzelne eine Schale überreicht. Auf dem Boden der Schale lagen eine Silbermünze und ein Stück kandierter Orange. Rufe des Entzückens und Erstaunens stiegen aus der Menge auf. Niemand hätte sagen können, was schöner war, das Geld oder die Süßigkeit. Die meisten einfachen Leute lebten und starben, ohne je eines von beiden in der Hand gehalten zu haben.

Grimmig schaute Duncan zu, wie Dominic und Meg zwischen den Bewohnern der Burg und den Dorfleuten herumschlenderten und ihre Segenswünsche entgegennahmen. Meg hatte für jeden Vasallen eine Frage oder ein liebenswürdiges Kompliment. Bei Dominic benahmen sich die Leute reserviert und respektvoll, Meg gegenüber waren sie sowohl ehrfürchtig als auch voller Wärme und Zuneigung.

Sosehr der Schottische Hammer auch gehofft haben mochte, die Vasallen würden sich weigern, ihrem neuen Herrn zu dienen, so erstarb jegliche Hoffnung in Duncan, als er beobachtete, wie sich Dominic im Abglanz der Bewunderung und Liebe sonnte, die die Menschen Meg entgegenbrachten. Und dennoch, trotz seines Zorns konnte Duncan nicht umhin, sowohl die Intelligenz des neuen Herrn von Blackthorne Keep zu bewundern als auch die Rücksichtslosigkeit, die Dominic so sorgsam verbarg wie das Schwert in seiner Scheide; aber wie sein Schwert würde er diese augenblicklich einsetzen, wenn es die Situation erforderte.

»Seid wohl gerade dabei, Euren Ambitionen Lebewohl zu sagen, was?« fragte eine sardonische Stimme hinter ihm.

Duncan brauchte sich nicht umzudrehen, um zu sehen, wer der Mann war, der einen schmerzhaften Stachel in seinen Stolz trieb. Simon war die gesamte Trauungszeremonie hindurch nicht mehr als eine Handbreit – oder eher eine Messerklingenbreite – von Duncans Seite gewichen.

»Euer Bruder ist ein kluger Mann«, erwiderte Duncan beherrscht. »Er hat genau das Richtige getan, um die Leute von Blackthorne Keep auf seine Seite zu bringen.«

»Indem er Johns Leben verschont hat?«

Duncan schüttelte den Kopf. »Nein.«

»Das üppige Festmahl?«

Lächelnd schüttelte Duncan erneut den Kopf. »Es war ein geschickter Zug, aber er hätte nicht ausgereicht.«

»Das Geld?«

»Nein.«

»Was dann?«

»Irgendwie hat Euer Bruder Meg davon überzeugt, daß die Heirat mit ihm die einzige Möglichkeit war, Frieden für ihre

Leute zu garantieren. Wann ist sie mit Johns Plänen zu Euch gekommen? Gestern abend?« fragte Duncan.

Simon warf ihm einen verwirrten Blick zu. »Lady Margaret ist nicht zu uns gekommen.«

»Verdammt, ich bin doch kein kompletter Idiot! Wann hat Meggie uns betrogen?«

»Ihr habt im selben Moment davon erfahren wie wir«, gab Simon zurück. »Und apropos Betrug: Der einzige, der heute Verrat begangen hat, war John. Und Ihr natürlich.«

»Ich bin ein schottischer Feudalherr«, sagte Duncan kalt. »Ich mache vor niemandem einen Kniefall, außer vor meinem eigenen König. Und Henry ist nicht dieser König!«

»Ihr seid nicht dankbar, daß Euer Leben verschont geblieben ist?«

»Es wurde für Lord Dominics Zwecke verschont, nicht für meine.«

Simon zuckte die Achseln. »Sicher. Er hat Lady Margaret Euer Leben zum Geschenk gemacht. Ich hoffe nur, er bereut seine Großzügigkeit nicht.«

Einen Moment lang maß Duncan den Bruder des Mannes, der ihn so mühelos geschlagen hatte, mit abschätzenden Blicken. Duncan hatte Männer wie Dominic und Simon im Heiligen Land gesehen, Ritter, die sich hauptsächlich auf ihren Verstand und ihre Muskelkraft verließen, um zu überleben.

Duncan selbst gehörte auch zu dieser Sorte Männer.

Das nächste Mal solltest du besser deinen Verstand als deine Muskeln benutzen, dachte er sarkastisch. *Dominic hat es getan, und sieh nur, was es ihm eingebracht hat – Meggies Hand* und *die Herrschaft über Blackthorne Keep obendrein.*

»Darf ich Lord John besuchen?« wollte Duncan wissen.

»Dominic würde einen Sohn nicht davon abhalten, seinen sterbenden Vater zu sehen.«

Duncan warf ihm einen Blick aus schmalen Augen zu. »Hört Ihr häufig auf den Klatsch von Küchenmägden?«

»Sogar ziemlich häufig«, erklärte Simon heiter. »Es bewahrt einen manchmal vor unangenehmen Überraschungen. Ihr solltet froh sein, daß Dominic auch darauf hört.«

»Warum?« gab Duncan schroff zurück. »Dadurch habe ich Blackthorne Keep verloren.«

»Falsch. Dominic hatte seine Pläne für die Hochzeit schon geschmiedet, lange bevor wir zur Burg heraufgeritten sind.«

Duncans Augen weiteten sich in schockierter Verblüffung, die er gar nicht erst zu verbergen versuchte. »Woher wußte er von dem Hinterhalt?«

»Er wußte nichts davon. Er wußte nur eines: wenn es Schwierigkeiten geben würde, dann höchstwahrscheinlich in der Kirche selbst, weil der Überraschungseffekt dort am größten wäre. Also hat er sich nach den Eltern des Priesters erkundigt, ob seine Brüder Johns Vasallen sind, ob seine Schwestern mit Angelsachsen oder Normannen verheiratet sind, ob Lord John für seine Ausbildung im Priesterseminar der Kirche von England bezahlt hat. Wir haben schnell herausgefunden, daß der Priester Angelsachsen und Schotten weitaus mehr verpflichtet ist als König Henry.«

Duncan starrte Simon offen an.

»Dann«, fuhr Simon mit offensichtlichem Genuß fort, »hörten wir die Leute von Johns Bastard reden, einem Ritter voller Mut, einem tapferen Krieger, bekannt als der Schottische Hammer, und ein Mann, der mit Johns eigener Tochter verlobt war, bis der König die Kirche unter Druck setzte, damit sie die Eheschließung verweigerte. Die Kirche ist seiner Forderung jedoch nur sehr widerstrebend nachgekommen. Es ist erschreckend, was manche Männer Gottes im Namen Gottes tun.«

»Amen«, sagte Duncan.

Und es war sein Ernst. Einige Greueltaten, die er Männer Gottes anderen Männern Gottes während des Heiligen Krieges hatte antun sehen, würden ihn bis zu seinem Todestag qualvoll verfolgen.

»Ich nehme an, an dem Punkt hatte Dominic beschlossen,

John zu töten«, sagte Simon jetzt langsam. »Der Gedanke an einen Mann, der seinen unehelichen Sohn mit seiner eigenen Tochter verheiraten wollte, hat meinem Bruder Ekel eingeflößt. Dominic dachte auch nicht besser von dem ehrgeizigen Bastard, der seine eigene Halbschwester heiraten würde, nur um an Landbesitz heranzukommen. Nachdem die Tatsachen erst einmal bekannt geworden wären, hätte König Henry keine Einwände erhoben, wenn Dominic die Männer gehenkt hätte.«

Duncan stieß einen leisen Pfiff aus, als er erkannte, wie nahe er dem Tode immer noch war.

»Meggie ist nicht meine Schwester.«

Jetzt war es an Simon, überrascht zu sein. Und erleichtert. Er bewunderte die Verwegenheit und den Mut des Schottischen Hammers. Unter anderen Umständen wären sie vielleicht Freunde geworden.

»Ich freue mich, das zu hören«, sagte Simon schlicht.

»Sorgen Sie dafür, daß Ihr Bruder es ebenfalls hört.«

Simon musterte Duncan forschend und lächelte dann. »Sie fangen an zu verstehen«, sagte er nickend. »In der Schlacht ist Dominic ein so gefährlicher Mann, wie ich noch kaum einen gesehen habe, weil er Krieg für ein Versagen von Intelligenz hält, das so schnell wie möglich korrigiert werden muß. Es ist soviel zweckmäßiger und einträglicher, Frieden zu haben, verstehen Sie?«

»Nein, das verstehe ich nicht.«

»Ich auch nicht«, gestand Simon.

Die beiden Männer sahen sich an und lachten.

Beim Klang männlichen Gelächters drehte Dominic sich um, sah Duncan und Simon und schüttelte den Kopf.

»Was ist?« fragte Meg.

»Mein Bruder und der Schottische Hammer.«

Meg blickte irritiert.

»Sie lachen miteinander wie Freunde«, erklärte Dominic, »obwohl sie in der Kirche kurz davor waren, sich gegenseitig umzubringen.«

»Vielleicht ist das der Grund, warum sie lachen. Sie sind am Leben, und es ist Frühling, und in der großen Halle wartet ein Festmahl auf sie. Was könnten sie in diesem Moment mehr vom Leben verlangen?«

Graue Augen richteten sich auf Meg. Dominic nickte bedächtig, als er über ihre Worte nachdachte.

»Du bist sehr klug für ein Mädchen.«

Sie warf ihm einen grünäugigen Blick von der Seite zu und erwiderte trocken: »Klüger als jeder Mann, das kann ich dir versichern.«

Dominics Mundwinkel verzogen sich zu einem Lächeln. »Ich werde es mir merken.«

Dominic und Meg setzten ihren Weg über den Burghof fort. Sie kamen nur langsam voran. Ganze Scharen von Vasallen drängten sich um sie. Es schien, als müßte sich jeder Pächter, Tagelöhner, Grundbesitzer und Leibeigene persönlich von Megs Wohlergehen überzeugen. Eadith wartete ziemlich ungeduldig am Rand der Menschenmenge, wünschte sich, ihre Herrin würde die Gratulationstour ein wenig schneller hinter sich bringen.

»Was gibt es, Eadith?« fragte Meg schließlich. »Komm her.«

Die Vasallen traten beiseite, um die Zofe durchzulassen. Das Tageslicht war lange nicht so gnädig zu ihrer Kleidung, wie es zu Megs prachtvollem Kleid war. Eadith' Armut – und die von Blackthorne Keep selbst – war deutlich an ihrem Mantel zu erkennen, der vom langen Gebrauch fadenscheinig geworden war.

»Lord John ist von den Anstrengungen des Tages sehr erschöpft«, begann Eadith. »Er möchte möglichst bald den Hochzeitstoast ausbringen.«

Meg schloß einen flüchtigen Moment lang die Augen. Ihr grauste davor, Johns Zorn begegnen zu müssen.

Dominic sah Megs Widerstreben. Schützend legte er einen Arm um ihre Taille. Die Wärme und Geschmeidigkeit ihres Körpers unter dem dünnen, silbrigen Stoff ließen Glut und Verlangen in ihm aufsteigen.

»Sag John, daß wir bald zu ihm kommen«, erwiderte Dominic.

Eadith starrte ihn erschrocken an. Sein Ausdruck sagte ihr, daß sie sich besser daran gewöhnte, Befehle von ihm entgegenzunehmen. Sie nickte hastig und bahnte sich dann einen Weg zurück durch die Menschenmenge. Das blasse Orange ihres Kleides und der Glanz ihres langen blonden Haares bildeten einen deutlichen Kontrast zu den dunklen, feuchten Steinen der Burg, als sie die Treppe zum Vorbau hinaufeilte.

Dominic blickte in Megs plötzlich so furchtsame Augen und erriet den Grund für ihr Unbehagen.

»Du bist jetzt meine Frau. Ich schütze, was mir gehört. Deines Vaters Ambitionen werden dir nicht länger Kummer machen.«

Lange, dunkelbraune Wimpern schwangen für einen Moment hinunter, verhüllten Megs Augen. Sie fragte sich, ob Dominic immer noch den Drang verspüren würde, sie zu beschützen, wenn er herausfand, daß er in eine Verbindung mit einem Glendruid Mädchen von zweifelhafter Fruchtbarkeit gelockt worden war.

»Aber versuche nicht, mich noch einmal so zu täuschen, wie du es bei den Volieren getan hast«, fügte er kalt hinzu. »Mich legt man kein zweites Mal herein.«

»Du hast mich damals erschreckt. Ich war nicht passend gekleidet, um meinen zukünftigen Ehemann zu empfangen. Außerdem hatte mein Vater verboten, daß wir einander vorgestellt wurden. Er wollte nicht, daß wir uns vor der Hochzeit sahen.«

Obwohl Meg Dominic nicht anschaute, spürte sie, wie er ihre Worte so sorgfältig abwog, wie ein Müller Weizen abwiegt, der zu Mehl gemahlen werden soll. Unbehagen stieg in ihr auf. Er war ein sehr kräftiger Mann. Sollte es ihm einfallen, sie zu schlagen, gab es nichts, was sie dagegen tun konnte, gab es keinen Ort, an den sie fliehen konnte. Sie war wie ihre Mutter.

In der Falle gefangen.

Nach einem Moment legte Meg ihre Hand auf Dominics Arm und blickte zu ihm auf, als sie ihre Gefühle wieder unter Kontrolle hatte. Ihr wichtigstes Ziel war erreicht. Blackthorne Keep war vor einem zerstörerischen Krieg gerettet. Und was den Rest betraf, so würde sie die Schwierigkeiten einfach so bewältigen, wie sie kamen, und beten, daß Dominic in seinem übrigen Leben ebensoviel Beherrschung bewies wie im Kampf.

Gemeinsam kletterten Dominic und Meg die steilen Steinstufen zur Burg hinauf und drehten sich auf dem obersten Treppenabsatz noch einmal um, um von den Leuten einen letzten Chor von guten Wünschen entgegenzunehmen. Im Inneren des dunklen Vorbaus wandte sich Meg zögernd an Dominic.

»Wirst du zu unserem Hochzeitsmahl im Kettenpanzer kommen?« fragte sie.

»Ja.«

Als sie erneut sprechen wollte, legte er seinen Daumen zart auf ihre Lippen. Meg stand stocksteif da, beobachtete ihn aus Augen, die selbst im Halbdunkel des Vorraums noch leuchteten. Ihr Kleid schimmerte vor Licht, als wären Nebel und Mondschein und funkelnde Sterne in den hauchdünnen Stoff eingewebt worden.

»Hab keine Angst, kleine Braut«, sagte Dominic rauh. »In unser Schlafgemach werde ich nicht mit Kettenpanzer und Schwert kommen.«

Meg atmete tief aus, und ihr Atem streifte in einem Hauch von Wärme über Dominics Daumen. Ein seltsames Lächeln veränderte sein Gesicht, machte es gleichermaßen anziehend und bezwingend.

»Nun, ganz sicherlich werde ich ein Schwert tragen«, fügte er heiser hinzu. »Es wird sehr hart sein, aber es wird nicht eine scharfe Kante haben. Es wird sehr glatt und weich in deiner warmen Scheide liegen.«

Meg war so überrascht über die Verwandlung, die das sinnliche Lächeln in Dominics Gesicht bewirkte, daß es einen Moment dauerte, bis ihr die Bedeutung seiner Worte aufging. Als sie begriffen hatte, kroch Röte über ihre Wangen. Dominic sah ihr Erröten und lachte leise.

»Wir werden gut miteinander auskommen«, sagte er mit offensichtlicher Befriedigung. »Ich hatte erwartet, meine ehelichen Pflichten bei meiner Frau zu erfüllen, aber ich hatte nicht angenommen, daß ich es sonderlich genießen würde. Jetzt sehe ich, daß es tatsächlich eine sehr erfreuliche Pflicht sein wird, meinen Samen in dich zu pflanzen.«

»Erfreulich? Für wen, Mylord?«

»Für uns beide.«

»Ah, ich verstehe, du willst Erben haben.«

»Natürlich will ich Erben haben«, sagte er. »Es gibt keinen anderen Grund, um zu heiraten.«

»Land und eine Burg?« schlug Meg mit kühlem Lächeln vor. »Sind sie keine Heirat wert?«

»Ohne Erben ist Landbesitz eine anstrengende Belastung und die Ehe ein grausamer Streich«, erwiderte Dominic kurz und bündig.

Bevor Meg etwas darauf sagen konnte, betraten Simon und Duncan den Vorbau. Als Duncan Meg sah, blieb er abrupt stehen. Simon schaute Dominic an, der seinem Bruder mit einer Kopfbewegung zu verstehen gab, allein in die Burg zu gehen. Aber als Duncan zu Meg sprechen wollte, kam ihm Dominic zuvor.

»Bevor Ihr meiner Ehefrau Vorwürfe macht«, sagte Dominic eisig, »solltet Ihr wissen, daß Ihr Euer Leben nur ihrer Duldsamkeit verdankt.«

Duncan warf dem anderen Mann einen langen Blick zu, holte tief Luft, um seine Wut abzukühlen, und sagte dann: »Meggie hatte mit keinem unserer Pläne etwas zu tun.«

»Ich habe lediglich als Pfand gedient«, sagte sie, bevor Dominic etwas erwidern konnte.

Beide Männer schauten Meg überrascht an, denn in ihrer

Stimme schwang ein scharfer, verbitterter Unterton mit, der ungewöhnlich für sie war. Im gleichen beißenden Tonfall fuhr sie fort: »Mein Vater – oder ist er mein Stiefonkel oder vielleicht überhaupt kein Blutsverwandter? – hat viel Zeit damit verbracht, Möglichkeiten zu ersinnen, wie er mich zu seinem Vorteil benutzen konnte. Warum sollte sich Duncan dafür entschuldigen, genauso gehandelt zu haben?«

Der Schottische Hammer trat unbehaglich von einem Fuß auf den anderen. Was Meg sagte, war die Wahrheit, aber laut ausgesprochen klang sie recht unerfreulich.

»Meggie«, sagte er mit tiefer Stimme. »Ich hätte nicht zugelassen, daß dir in der Kirche Schaden zugefügt worden wäre. Du weißt das doch sicher, nicht wahr?«

»Ist das der Grund, weshalb Ihr einen Krieg anzetteln wolltet, während Meg mitten im Zentrum des Schlachtfelds stand?« fragte Dominic sardonisch.

»Meine Männer hatten ihre Anweisungen«, gab Duncan zurück. »Wenn einer von ihnen Meggie auch nur angerempelt hätte, hätte ich ihn getötet.«

»Und *meine* Männer? Wie lauteten Eure Befehle an sie?« fragte Dominic scharf. »Wie wolltet Ihr meine Ritter daran hindern, eine betrügerische Frau aus dem Weg zu räumen, um an meinen Mörder heranzukommen?«

Duncan erbleichte sichtlich.

»Meggie«, sagte er bekümmert. »Es wäre nicht auf diese Weise passiert. Ich hätte dich beschützt!«

»Warum? Der Tod wäre eine Gnade für mich gewesen.«

Es dauerte einen Augenblick, bis Megs bittere Worte den Zorn der Männer durchdrangen. Als sie es taten, starrten beide Männer sie ungläubig und schockiert an.

»Was sagst du da, Mädchen?« flüsterte Duncan entsetzt.

»John hat versucht, mich zu benutzen, um Krieg gegen die Normannen zu führen, seit ich acht Jahre alt war«, erklärte Meg. »Wenn es ihm gelungen wäre, hätte ich nicht mit dem Bewußtsein leben können, daß ich der Grund für das Leiden meiner Leute gewesen wäre. Ich hätte den Schlag, der mein Leben beenden würde, willkommen geheißen.«

»Das ... das kann nicht dein Ernst sein, Meggie.«

»Es ist mein voller Ernst.«

Dominic bezweifelte nicht, daß Meg jedes Wort aufrichtig meinte. Er hatte das grüne Feuer des Frühlings in ihren Augen lodern sehen, hatte gespürt, wie sich alle Hoffnungen der Vasallen von Blackthorne Keep auf sie konzentrierten. Mit dieser Belastung zu leben, all diese hochgesteckten Erwartungen erfüllen zu müssen – und dann das Vertrauen der Menschen zu enttäuschen -, hätte Meg unweigerlich zerstört.

Duncan fuhr sich mit seiner großen Hand durch das dunkelbraunes Haar, total verunsichert durch Megs Worte. Er wußte beim besten Willen nicht, was er darauf sagen sollte. Als sie seine Bestürzung sah, seufzte sie und berührte mit sanften Fingern seinen Arm.

»Ich glaube dir, daß du nicht wolltest, daß ich verletzt würde«, sagte sie.

»Danke«, erwiderte Duncan gepreßt. »Ich ...« Er schüttelte den Kopf und legte seine Hand auf ihre. »Ich will dich nicht verlieren, Meggie. Ich hatte niemals vor, dich einer Gefahr auszusetzen.«

»Ich gebe dir keine Schuld«, sagte sie und lächelte leicht. »Du bist zu sehr Mann. Du tust nur das, was Männer immer getan haben.«

»Und was ist das, was Männer immer getan haben?« fragte Dominic kalt, während er Megs Hand vom Arm des Schottischen Hammers wegzog.

»Sie streben nach Land und wollen Söhne haben«, erwiderte Meg.

Dominic zuckte die Achseln. »Das ist, als sagte man, die Sonne geht auf und unter.«

»Richtig.«

Seltsamerweise paßte Dominic Megs zustimmende Antwort nicht. Er mochte es nicht, in die gleiche Kategorie wie John eingeteilt zu werden, ein Mann, der Kirche und König gleichermaßen gegen sich aufgebracht hatte mit seinem ständigen Streben, sicherzustellen, daß sein Bastard Blackthorne Keep erben würde.

»Es gibt Dinge, die selbst sehr ehrgeizige Männer für unter ihrer Würde halten.«

»Ach wirklich?« gab Meg zurück. »Nenn mir nur eines davon.«

»Verschone mich mit deiner scharfen Zunge, Frau. Ich habe nichts getan, um deine Bissigkeit zu verdienen; ganz im Gegenteil, ich habe Milde gegenüber den Männern walten lassen, die mich ermorden wollten.«

Meg senkte die Wimpern, schirmte sich vor Dominics eisigem grauen Starren ab.

»Ich bitte vielmals um Entschuldigung, Mann. Ich fürchte, die Ereignisse des Tages haben mich etwas aus der Fassung gebracht. Ich würde dich niemals in eine Reihe mit gewöhnlichen sterblichen Männern stellen.«

»Deine Entschuldigungen sind schärfer als deine Beleidigungen.«

Duncan schmunzelte; er genoß Dominics Unbehagen sichtlich. Megs Lippen verzogen sich zu einem Lächeln, das sie kaum unterdrücken konnte.

»Wenn Ihr mich bitte entschuldigt«, sagte Duncan zu Dominic. »Ich überlasse Euch jetzt dem Vergnügen, Eure junge Ehefrau näher kennenzulernen.«

»Ihr werdet nichts dergleichen tun«, gab Dominic augenblicklich zurück.

Verdutzt drehte Duncan sich wieder zu ihm um.

»Ihr werdet mit uns in die große Halle gehen«, fuhr Dominic fort. »Alle Männer sollen sehen, daß Euch diesmal niemand ein Messer zwischen die Schenkel hält, um Euch zurückzuhalten.«

Meg gab einen verblüfften Laut von sich und starrte Duncan an. Rote Flecken brannten auf seinen Wangen. Er sah ausgesprochen verlegen drein bei der Erinnerung an das peinliche Vorkommnis.

»Reich ihm deinen Arm«, befahl Dominic Meg. »Und dann *berühre ihn nie wieder in meiner Gegenwart!«*

Meg spürte die kaum unterdrückte Brutalität in seiner Stimme, und sie blickte erschrocken zu ihm auf. Was sie in seinen Augen sah, ließ einen kalten Schauer über ihren Rücken rieseln. Schweigend legte sie ihre Fingerspitzen auf Duncans Arm.

Zwischen Meg, Dominic und Duncan fiel kein Wort, bis sie die große Halle betraten, wo Kaminfeuer brannten und Teppiche in leuchtenden Farben die Wände schmückten. Silberne Teller und Weinkelche schimmerten in verschwenderischer Pracht auf den langen Tischen. Angelsachsen und Normannen waren sehr sorgfältig an den niedrigeren Tischen verteilt worden. Sie wurden von Männern beobachtet, die zusammen mit den Bediensteten entlang der Wände standen. Die Männer bedienten jedoch nicht; sie hielten schußbereite Armbrüste in den Händen.

Ihre Anwesenheit hatte einen dämpfenden Effekt auf die Festlichkeit.

John hatte schon auf Meg und Dominic gewartet. Mit einer schwachen und dennoch gebieterischen Geste winkte er sie zu sich auf das Podium, wo der Tisch des Burgherrn erhöht über dem Rest der großen Halle stand. Drei Teller aus gehämmertem Gold blinkten auf Johns Tisch. Auf sein Zeichen hin sprang ein Diener vor, um Wein in einen mit Juwelen besetzten Pokal zu gießen.

»Einen Trinkspruch auf die Braut und den Bräutigam«, sagte John.

Trotz seiner offensichtlichen Schwäche erhob er seine Stimme laut genug, um sie bis in den hintersten Winkel der Halle dringen zu lassen. Alle Gespräche verstummten, als sich die Ritter und ihre Damen zum Podium umwandten.

»Seht den großen normannischen Lord«, erklärte John mit einer Stimme, die vor Verachtung triefte. »Seht den Narren, der König Henry vertraute und von ihm hintergangen wurde.«

Verunsichertes Gemurmel stieg von den Tischen auf.

Dominic lächelte wölfisch. »Ihr habt reichlich Kenntnis von Betrug, da Ihr Euch Euer ganzes Leben lang darin geübt habt. Ich bitte Euch, verratet mir, wie König Henry *Das Schwert* betrogen haben soll.«

»Nun, das ist simpel, Einfaltspinsel. Euer König hat Euch nicht genug geliebt, um Euch ein adliges normannisches Mädchen zur Braut zu geben.«

Dominic warf einen Seitenblick auf Meg. Ihre Lippen waren blutleer und zu einer dünnen Linie zusammengepreßt. Er legte eine Hand unter ihr Kinn und drehte ihr Gesicht zu sich herum.

»Nein, mein König liebt mich weitaus mehr«, erwiderte Dominic klar und deutlich. »Er gab mir das schönste Mädchen in seinem ganzen Reich zur Braut.«

»Er hat Euch die Hölle auf Erden gegeben!« fauchte John.

»Ihr seid krank, Alter. Bringt Euren Toast aus und laßt uns mit dem Festmahl weitermachen.«

John lachte. Der unverkennbare Wahnsinn, der in seinem Lachen mitschwang, ließ Meg verängstigt zusammenzucken.

»Das werde ich«, sagte John. »Wir werden auf den König trinken, der Euch genug haßte, um Euch eine Tochter von Glendruid zur Braut zu geben.«

»Belastet mich nicht sonderlich«, gab Dominic trocken zurück.

»Ha! Ihr seid so dumm und unwissend wie ein Stein. Es ist der größte Fluch, der einen Mann treffen kann. *Genau wie ich werdet Ihr niemals Erben haben.*«

Das sardonische Lächeln verschwand von Dominics Gesicht. »Was sagt Ihr da? Ist Eure Tochter etwa unfruchtbar?«

»Sie ist eine Glendruid Hexe!« zischte John haßerfüllt. »Wenn Ihr sie nehmt, ohne ihr Vergnügen zu bereiten, wird es keine Leibesfrucht geben.«

Dominic zuckte die Achseln. »Dasselbe sagt man von allen Mädchen.«

»Aber im Fall der Glendruids ist es die Wahrheit!«

Die Mischung aus Wahnsinn, Verzweiflung und Triumph, die in Johns braunen Augen glitzerte, faszinierte Dominic gegen seinen Willen.

»Seit Menschengedenken hat eine Tochter von Glendruid niemals Söhne zur Welt gebracht«, fuhr John fort.

Ein schneller Blick auf Meg und Duncan sagte Dominic, daß sie Johns Worte als Wahrheit akzeptierten. Das galt auch für die Ritter der Burg. Sie saßen schweigend da, beobachteten Dominic mit großem Interesse, fragten sich, was der Ehemann von Lady Margaret wohl tun würde, wenn er erkannte, wie man ihn übertölpelt und in eine Ehe gelockt hatte, die weniger war, als sie den Anschein gehabt hatte.

»Alle Glendruid Vereinigungen haben ausschließlich Töchter produziert und davon auch nur sehr wenige«, fuhr John fort.

»Wenn das wahr ist, warum wart Ihr dann so darauf erpicht, Euren Sohn mit Lady Margaret zu verheiraten?« gab Dominic scharf zurück.

»Es war die einzige Möglichkeit, um Blackthorne Keep an Duncan zu übergeben. Und ...« Johns Stimme erstarb.

Dominic wartete.

John warf Meg und Duncan einen wachsamen Blick zu. »Es gibt Zuneigung zwischen den beiden«, sagte er schließlich. »Hat es schon immer gegeben.«

Der Gedanke gefiel Dominic nicht.

»Und?« fragte er barsch.

»Und deshalb bestand die Chance auf einen männlichen Erben«, erwiderte John schlicht. »Und wenn nicht, dann gibt es immer noch Frauenzimmer, die bereit sind, die Bastarde eines großen Mannes zu gebären. Wie auch immer, der Nachkomme meiner Lenden hätte meine Ländereien geerbt!«

Dominics Augen verengten sich zu Splittern von Eis, als er seinen eigenen Traum aus dem Mund des Mannes ausgesprochen hörte, der ihn haßte.

»Aber«, fuhr John fort, »kein Mann kann eine Hexe verführen, denn sie hat kaum Leidenschaft in sich; und sollte eine Glendruid Hexe tatsächlich einmal Leidenschaft fühlen, dann für einen anderen Mann als ihren Ehemann. Die Leibesfrucht, die sie gebärt, ist weiblichen Geschlechts und entspringt nicht den Lenden ihres Ehemannes!«

Ein leises Raunen ging durch die Halle, als sich die Blicke sämtlicher Gäste auf Meg richteten.

»Es ist die Wahrheit«, sagte John verbittert. »Die Hexe Margaret ist nicht meinen Lenden entsprungen.«

Er wandte sich um und zeigte mit zitternder Hand auf die silberhaarige Frau, die ihn von einem der Tische aus beobachtete.

»Sag dem normannischen Bastard, was ihn erwartet«, befahl John. »Sag es ihm jetzt!«

Old Gwyn trat mit einer Anmut auf das Podium, die ungewöhnlich für eine Frau ihres Alters war. Sie drehte sich zu Dominic um und blickte ihn ruhig und unverwandt an, ohne sich von dem wilden Ausdruck auf seinem Gesicht einschüchtern zu lassen.

»Was John sagt, ist wahr«, erklärte Gwyn schlicht. »Meine Herrin trug das Kind eines anderen Mannes unter ihrem Herzen, als sie heiratete.«

Mehr sagte Gwyn nicht.

»Sag es ihm!« brüllte John. »Sag ihm, was passieren wird, wenn er eine Glendruid Hexe mit Gewalt nimmt, um ein eigenes Kind zu zeugen!«

Gwyn hüllte sich in Schweigen.

»Alte«, sagte Dominic mühsam beherrscht. »Es wäre das beste, wenn du es mir offen sagst.«

»Wenn Ihr Meg schändet in Eurer Hast, Erben zu zeugen, werden Eure Felder und Euer Vieh zugrunde gehen, und Eure Vasallen werden sich von Euch abwenden«, erklärte Gwyn.

Dominic blickte sie mit ungläubig hochgezogenen Brauen an. Er erwiderte aber nichts.

»Wenn Ihr geschickt genug seid, um ihr Lust im Ehebett zu bereiten, wird Euch vielleicht eine Tochter geschenkt.«

»Sprich weiter«, drängte Dominic, als sich das Schweigen ausdehnte.

»Wenn Ihr große Liebe füreinander empfinden solltet, besteht die Chance auf einen männlichen Erben.«

Ein Murmeln ging durch die Halle, während die Leute wieder und wieder dieselben beiden Worte wiederholten.

Glendruid-Wolf. Glendruid-Wolf. Glendruid-Wolf.

»Möge Gott alle Glendruid Hexen verfaulen lassen!« schrie John plötzlich. »Sie sind so kalt wie ein Gebirgsgrab! Sie können niemals lieben!«

Verzweiflung und Wahnsinn verliehen John die Kraft, sich auf die Füße zu ziehen und den Pokal vor Dominics Gesicht zu halten.

»Nun gut, Ihr sollt Euren Trinkspruch haben, mein Feind«, sagte John mit wilder Befriedigung. »Ich prophezeihe Euch ein Leben ohne Söhne. Ich prophezeie Euch ein Leben, in dem Ihr keinen Gehorsam in Eure kalte Ehefrau prügeln könnt aus Angst um Eure Ernten und Euer Vieh.

Ich prophezeie Euch ein Leben, in dem Ihr jede Minute mit dem Wissen verbringt, daß Eure Linie mit Euch aussterben wird.

Ich gebe Euch Lady Margaret, Hexe von Glendruid!«

John trank den Pokal in einem Zug aus, stülpte ihn um und knallte ihn auf den Tisch. Plötzlich schnappte er keuchend nach Luft, taumelte und brach dann leblos über dem Tisch zusammen, wobei die goldenen Teller und Trinkkelche in alle Richtungen flogen.

Als Dominic ihn erreichte, war John of Cumbriland, Lord of Blackthorne Keep, tot.

Und sein Gesicht war von einem triumphierenden Grinsen verzerrt.

9. KAPITEL

»Was wirst du jetzt tun?« fragte Simon seinen Bruder.

Gelassen musterte Dominic die Wandbehänge in dem kleinen Raum, der von der großen Halle abzweigte. Feuer knisterte in dem Kohlenbecken, wärmte Steinmauern, die immer noch die klamme Kälte des Winters ausstrahlten. Aus der großen Halle drangen willkürliche Geräusche herüber, aber keine Fröhlichkeit. Die Hochzeitsgäste hatten die Tische schon vor einer ganzen Weile verlassen.

Jetzt bewegten sich Bedienstete durch den großen, hallenden Saal, räumten die auf Böcken stehenden Tische und Bänke fort und ließen nur den ständigen Tisch des Burgherrn auf dem Podest stehen. Die Reste des Festmahls wurden an die Ärmsten der Vasallen verteilt. Über die letzten Essensreste auf den Tellern machten sich Dominics Windhunde gierig her.

Er wünschte ihnen guten Appetit. Ganz sicher hatte sonst niemand das Hochzeitsmahl genossen.

Zumindest hatte niemand Einwände erhoben, als Dominic kühl angeordnet hatte, daß es bis zum Begräbnis in zehn Tagen keine sichtbaren Zeichen von Trauer geben würde, denn die Freude über die Vermählung hatte Vorrang vor dem Kummer über den Tod eines Mannes, der lange von Schmerzen gequält worden war.

»Dominic?« drängte Simon.

»Ich werde dem Hurensohn ein christliches Begräbnis verschaffen, was sonst?« erwiderte er knapp.

»Das habe ich nicht gemeint.«

Stille breitete sich aus. Langsam ballte Dominic seine Hand in dem Panzerhandschuh zur Faust. Sie sauste mit einer Kraft auf den Tisch nieder, die das massive Holz erschütterte.

»Ich bereue es, den Schottischen Hammer nicht getötet zu haben, als ich eine Entschuldigung dafür hatte«, stieß Dominic zwischen zusammengebissenen Zähnen hervor.

»Warum?« fragte Simon verdutzt. »Er ist ohne Streitigkeiten gegangen und hat seine Vögte mitgenommen.«

»Sitte und Höflichkeit zwingen mich, ihn zum Begräbnis wieder unter meinem Dach zu dulden.«

Dominic gab einen Laut von sich, der bemerkenswerte Ähnlichkeit mit dem Knurren seiner Windhunde aufwies.

»Aber bis dahin sind deine übrigen Ritter und Söldner eingetroffen«, erwiderte Simon. »Die Burg wird vor allem und jedem sicher sein, außer vor dem König selbst.«

Mit einer ungeduldigen Bewegung wandte Dominic seinen Blick vom Durchgang zur Halle ab und fixierte seinen Bruder.

»Du hast John gehört«, sagte er kalt. »Zwischen meiner Frau und diesem schottischen Abkömmling des Teufels besteht ›Zuneigung‹. Großer Gott, möglicherweise trägt sie bereits seinen Bastard unter dem Herzen!«

»Nun ja«, gab Simon widerstrebend zu. »Deshalb frage ich dich noch einmal: Was wirst du unternehmen?«

»Ich werde mir Zeit lassen, bevor ich meinen Samen in meine schöne Glendruid Braut pflanze.«

»Ich hätte eher gedacht, du würdest dich damit beeilen«, murmelte Simon. »Es scheint, als würde es ein sehr ermüdender Prozeß, dem Frauenzimmer ein Kind zu machen.«

»Wenn – oder *falls* – die monatliche Blutung meiner Ehefrau einsetzt, werde ich anschließend wissen, wer der Vater jedes Kindes ist, das sie trägt«, erwiderte Dominic entschieden.

Simons Augen weiteten sich überrascht, als er begriff.

»Und bis diese erste Blutung vorübergegangen ist«, fuhr Dominic fort, »werde ich die legendäre Festung auskundschaften, die meine Glendruid Ehefrau ist. Ich werde ihre Wahrheiten entdecken, ihre Lügen aufstöbern, ihre Geheimnisse erforschen, ihre Schwächen ans Tageslicht zerren. Und dann werde ich sie belagern, wie ich es so viele Male zuvor getan habe.«

»Höchst erfolgreich.«

»Ja, und glaub mir«, sagte Dominic nüchtern, »es wird mir ungeheures Vergnügen bereiten, die Glendruid Hexe auf Knien vor mir liegen zu sehen. *Zuneigung zwischen ihnen.* Zum Teufel!«

Simon lächelte grimmig, fühlte sich zum erstenmal wieder etwas zuversichtlicher, seit John Dominic seinen letzten Fluch entgegengeschleudert hatte.

»Das Mädchen tut mir fast leid«, bemerkte Simon.

Dominic hob seine schwarzen, dichten Brauen in einer stummen Frage.

»Sie weiß nicht, welchen Dämon sie heraufbeschworen hat, indem sie dich herausforderte«, erklärte Simon.

Mit einem Achselzucken fuhr Dominic fort, gedankenverloren in die große Halle hinauszustarren, wo jeder Ritter der Burg mitangehört hatte, wie sein neuer Herr von dem alten Herrn mit einem Fluch belegt worden war.

Der letzte Fluch eines Sterbenden. Keine Sache, über die man mit Muße und Behagen nachdachte, auch nicht für einen so beeindruckenden und bedrohlichen Mann wie Dominic le Sabre.

»Dominic?«

Er warf Simon einen Blick von der Seite zu.

»Was, wenn sie tatsächlich Duncans Bastard trägt?« fragte Simon ohne Umschweife.

Dominic zuckte die Achseln. »Das Kind wird in der Normandie bei Pflegeeltern aufwachsen. Und dann ...«

Simon wartete, beobachtete seinen Bruder aus harten, schwarzen Augen.

»Und dann werde ich meine Frau lehren, daß sie mir – Glendruid Hexe oder nicht – fortan treu zu sein hat. Falls ich etwas anderes herausfinden sollte, wird sie Gott anflehen, sie aus der Hölle zu befreien, zu der ich ihr das Leben machen werde.«

»Aber was ist mit dem Glendruid Fluch?«

»Was soll damit sein?« gab Dominic verbittert zurück.

»Die Leute glauben daran, ob du's nun tust oder nicht. Wenn du Lady Margaret offen verspottest …« Simons Stimme erstarb.

»Wenn mir die Hexe keinen Sohn schenkt, werde ich die Felder und das Vieh mit eigener Hand vernichten«, sagte Dominic streng. »Land und Reichtum dienen nur dazu, einen Mann zu verspotten, der keine Erben hat, um die Früchte seiner lebenslänglichen Arbeit zu übernehmen und zu mehren.«

Wieder sauste Dominics Faust mit einer Kraft auf den Tisch nieder, die das dicke Holz erzittern ließ.

»Allmächtiger, man hat mich wirklich brutal benutzt. *Der Verwirklichung meines Traums so nahe zu kommen und dann zu sehen, wie alles zu Asche zerfällt!*«

In der angespannten Stille, die Dominics Worten folgte, schienen die normalen Geräusche der Burg unnatürlich laut: das Sprudeln des Wassers, das aus dem Brunnen direkt unter dem Fenster heraufgepumpt wurde, die Stimmen der Bediensteten, die einander laut zuriefen, wo man am besten eine Bank oder eine Tischplatte verstaute, oder sich gegenseitig beschimpften, nicht auf das Herdfeuer geachtet zu haben, und das Knistern der Kerzen, die in ihren Wandhaltern brannten. In alle diese Laute mischten sich die tausend Seufzer von Regentropfen, die die Erde suchten, ein flüssiges Wispern, so vertraut, daß man es erst dann wahrnahm, wenn es aufhörte.

Das leise Seufzen des Regens erinnerte Dominic an die Art, wie Meg bei seiner Berührung aufgeseufzt hatte.

Abrupt stand er auf und marschierte aus dem Raum. Er eilte die schmale Wendeltreppe hinauf, immer zwei Stufen auf einmal nehmend, und strebte zu Megs Räumen. Während Dominic die Treppe attackierte, murmelte er sorgfältig ausgewählte Verse aus dem Alten Testament vor sich hin, erinnerte sich daran, daß vor ihm andere Männer in die kleinen Schlachten und großen Kriege des Lebens gezogen waren, um ein gut Teil weiser daraus hervorzugehen.

Sich die Verse aufzusagen war zu einem Ritual geworden, das nur selten seine Wirkung verfehlte, um den Zorn zu zügeln, der in Dominic kochte. Selbstkontrolle hatte er auf bittere Weise im Gefängnis eines Sultans lernen müssen. Seine eiserne Disziplin war das einzige gewesen, was ihn davor bewahrt hatte, wahnsinnig zu werden. Er hatte gelernt, besser den kalten Anweisungen seines Intellekts zu folgen als der heißen Gewalttätigkeit des Wikingerbluts, das so sicher in seinen Adern floß wie in Duncan of Maxwells Adern.

Heute abend jedoch vermochte die stoische biblische Aufzählung von menschlichen Verfehlungen und den unausweichlichen Zyklen des Lebens Dominics Ungeduld kaum zu besänftigen. Unter seinem ruhigen Äußeren loderte der Zorn in ihm mit einer Flamme, so ursprünglich wie das Feuer, das er in Megs Glendruid Augen gesehen hatte.

In Gedanken sah Dominic wieder Meg durch die Kirche auf sich zukommen – in silberne Nebelschleier und verborgenes Feuer gehüllt –, und die Erinnerung schickte einen Strahl von Glut durch seine Lenden, ließ seinen Schaft mit einer Plötzlichkeit hart werden, die ihn bestürzte. Er hatte nicht erkannt, wie dünn die Decke seiner Selbstkontrolle war. Noch war ihm bewußt gewesen, wie heftig er die Hexe begehrte.

Hätte Dominic nicht das stille, leidenschaftliche Brennen in Megs Augen gesehen, hätte er mit Drohungen versucht, sie in die Enge zu treiben – und in sein Bett. Aber sie würde sich ebensowenig von Furcht beherrschen lassen wie er. Ruhig und unerschrocken hatte sie an seiner Seite gestanden und eingewilligt, seine Ehefrau zu sein, und während der ganzen Zeit hatte sie erwartet, den Biß von Stahl in ihrem Fleisch zu fühlen, ganz gleich, wen sie in der Kirche betrogen hatte.

Es gab nur wenige Männer, die zu dem imstande gewesen wären, was Meg, ohne zu zittern, getan hatte. Dominic war noch niemals zuvor einem Mädchen mit soviel Mut begegnet.

Die Erkenntnis ließ ihn knapp vor dem Zimmer seiner Ehefrau abrupt innehalten.

Denk nach, befahl sich Dominic streng. *Womit ließe sich ihre Verteidigung wirksamer untergraben, mit einem Überraschungsangriff oder einer bitteren Belagerung?*

Keines von beiden, sagte er sich brutal. *Ihre Verteidigung ist zu gut; sie würde meinen kurzen Sieg in lebenslängliche Niederlage umwandeln.*

Also was dann? Denk nach!

Die beste Art, eine Festung einzunehmen, ist durch Verrat von innen.

Der Gedanke hallte wie Donner in Dominics Hirn wider. Als das letzte Echo der Erkenntnis verblaßte, begann sich die imaginäre Schlinge, die sich seit dem letzten Fluch des Burgherrn um seine Brust zusammengezogen hatte, von Sekunde zu Sekunde mehr zu lockern.

Verrat.

Von innen.

Jawohl, das ist es!

Ich habe gefühlt, wie sie erregt nach Luft schnappte, habe die Glut der Sinnlichkeit in ihre Wangen steigen sehen. Die Hexe ist zu Leidenschaft fähig. Zu wilder Leidenschaft. Ich werde sie für meine eigenen Zwecke benutzen.

Als Dominic jetzt die letzten Schritte zu Megs Räumen ging, hatte er sich wieder völlig in der Gewalt. Er zog in eine Schlacht, und er wußte es. Die Zähmung und die allmähliche Verführung seiner Glendruid-Hexe würde der bedeutsamste und schwierigste Sieg seines Lebens sein.

Aber zuerst mußte er durch ihre Tür gelangen.

Im Gegensatz zu den anderen Schlafkammern, die vom Korridor abzweigten, hatte Megs Raum eine massive Tür und einen

Vorhang, um den kalten Luftzug abzuhalten, wenn die Tür geöffnet blieb. Die Tür war jedoch geschlossen. Nach dem Aussehen der schweren Messingangeln zu urteilen, würden schon eine Streitaxt und ein kräftiger Freibauer nötig sein, um die Tür gegen den Willen der Herrin zu öffnen.

Das Hämmern von Dominics panzerhandschuhbewehrter Faust gegen das Holz hallte laut durch den leeren Korridor. Er zog eine Grimasse und klopfte noch einmal an, diesmal etwas behutsamer.

»Wer ist da?« rief Eadith.

»Ein Ehemann auf der Suche nach seiner Braut«, gab Dominic zurück.

Im Inneren des Zimmers zuckte Meg kaum merklich zusammen, als sie den Beiklang unterdrückten Zorns in Dominics Stimme hörte.

»Öffne die Tür«, sagte sie. »Und dann laß uns allein.«

Eadith blickte sie unsicher an.

»Ein Ehemann hat das Recht, mit seiner Frau zusammenzusein«, sagte Meg mit einer Gelassenheit, die zu fühlen sie weit entfernt war. »Geh.«

Die Zofe zögerte noch einen Moment, bevor sie sich abwandte. Sie öffnete die Tür, nickte Dominic kurz zu und schlüpfte an ihm vorbei. Die Geschwindigkeit, mit der sie den Korridor hinunterstrebte, sagte Dominic, daß er nicht unbedingt seine beruhigendste Miene zur Schau trug.

»Mache ich deiner Zofe angst?« erkundigte er sich in neutralem Ton, als er den Raum betrat.

»Ja.«

»Aber dir nicht.«

Megs Lippen verzogen sich zu einem gezwungenen Lächeln.

Mit Kettenpanzer und Schwert ausgerüstet – wobei die Metallglieder bei jeder Bewegung seines kraftvollen Körpers glitzerten, als wären sie lebendig –, sah Dominic wie ein Teufel aus, der zum Leben erwacht war. Meg blickte schweigend auf ihre

Hände, die mit trügerischer Ruhe in ihrem Schoß lagen. Die Ereignisse des Tages hatten ihre Fähigkeit, irgend etwas zu fühlen, fast betäubt.

Fast, aber nicht vollständig. Immer wieder erinnerte sie sich an Dominics Behutsamkeit im Umgang mit dem Wanderfalken und an die Wärme, die seinen Augen einen sinnlichen Glanz verliehen hatte, als er ihr von seinem Schwert in ihrer Scheide zugeflüstert hatte.

Gefangen zwischen Johns Fluch und Glendruids Hoffnung, fühlte Meg, wie unwiderstehlich verlockend der Gedanke war, Dominic könnte zu Wärme fähig sein. Sie wünschte sich, er würde diese gleiche Wärme in ihr suchen, würde zu ihr kommen ohne die Berechnung und kalte Selbstkontrolle eines Taktikers, der eine Schlacht plant.

»Für deine Gäste ist gesorgt worden«, sagte Meg jetzt.

Sie sprach förmlich, erstattete ihrem neuen Herrn Bericht über den Zustand seines Anwesens, so wie sie bisher John Bericht erstattet hatte.

»Meine Gäste?« fragte Dominic seidenweich. »Ich war nicht derjenige, der die Vögte zu meiner Hochzeit eingeladen hat.«

»Der Zahlmeister wird dir morgen Aufzeichnungen vorlegen, die zu überprüfen sind«, fuhr sie fort. »Es sei denn, du möchtest, daß ich das für dich erledige, so wie ich es für meinen Va ... das heißt, für John getan habe.«

Dominic knurrte. »Ich merke schon, es ist dir recht gut gelungen, deinen Kummer über seinen Tod zu überwinden.«

»Es gibt nicht viel zu betrauern. Er hatte schlimme Schmerzen seit dem letzten Herbst. Jetzt ist er von seinen Schmerzen erlöst.«

»Die Leute von Blackthorne Keep scheinen genau wie du über seinen Fortgang zu denken. Nur Duncan war aufrichtig traurig.«

»Ja. Va ... John war immer ganz anders zu Duncan. Freundlicher, liebevoller.« Meg zuckte angespannt die Achseln. »Jetzt weiß ich, warum.«

Dominic sagte nichts, beobachtete seine Braut nur eine Weile mit dem unbeirrbaren Blick eines Adlers.

Obwohl Meg nichts weiter hinzufügte, war es ihr unmöglich, unter dem kühlen Blick ihres Ehemannes völlig ruhig zu bleiben. Ohne sich dessen bewußt zu sein, griff sie nach einem der glatten Flußkiesel, die sie in einer Schale auf ihrem Tisch aufbewahrte. Die Form und Beschaffenheit und das leichte Gewicht des Steins hatten eine beruhigende Wirkung auf sie.

Schweigend wartete Meg darauf, daß Dominic etwas erwidern würde. Im Warten ließ sie den Kieselstein leicht von ihrer Handfläche zu den Fingerspitzen gleiten und wieder zurück, und seine Berührung beschwor Erinnerungen an die Stunden herauf, während derer sie auf das Rauschen des River Blackthorne gelauscht hatte, der sauber und klar von seinem See in den Bergen herunterströmte. Durch Wald und Tal lief sein Wasser schäumend zu den Feldern von Blackthorne Keep, und von dort aus weiter zum geheimnisvollen Meer.

»Wie ist das Meer, Mylord?« fragte Meg spontan und voller Wehmut.

Die unerwartete Frage und die Schmerzlichkeit ihres Lächelns überraschten Dominic.

»Ruhelos«, sagte er schlicht. »Wild. Schön. Gefährlich.«

Meg stieß den Atem in einem langen Seufzer aus. Zum ersten Mal, seit Dominic den Raum betreten hatte, wagte sie es, ihm in die Augen zu sehen.

Und zum erstenmal ging Dominic auf, daß Meg trotz ihres beherzten Auftretens Angst vor ihm hatte. Er fragte sich, warum. Es gab nichts, was er ihr antun könnte, was nicht doppelt auf ihn zurückgefallen wäre, auf seine Träume, seine Hoffnungen. Wie ein Wolf, der sich in einem Fallstrick verfangen hat, würde sich der Strick nur noch mehr um seinen Hals zuziehen, ganz gleich, wie er sich drehte und wendete.

»Befürchtest du, der Glendruid-Fluch würde dich nicht schützen?«

Der scharfe Unterton in seiner Stimme entging ihr nicht.
»Mich schützen?«
»Vor Notzucht«, erklärte er ohne Umschweife. »Vor mir.«
Megs Hand krampfte sich um den Kieselstein. Er war nicht länger kühl und tröstlich. Langsam zwang sie ihre Finger, sich zu entspannen.
»Ich kenne meine Pflichten als Ehefrau«, erwiderte sie leise. »Du wirst mich nicht schlagen müssen, um mich zu Gehorsam zu zwingen.«
»Ist es das, was du von mir erwartet hast?«
Wieder zuckte Meg nervös die Achseln. »Ja.«
»Ist es das, was John deiner Mutter angetan hat?«
»Einmal.«
»Aber nicht öfter.«
»Nein. Nur einmal.«
»Was ist daraufhin passiert?« fragte Dominic glatt. »Hat der Blitz den Wehrturm in zwei Teile gespalten?«
»Mutter floh in die Wälder. Kurze Zeit später kam ein Unwetter. Hagel zerstörte die Ernte auf den Feldern und das Viehfutter auf der Weide. Da die Schafe Hunger hatten, fraßen sie ein giftiges Unkraut und gingen elendiglich daran zugrunde.«
Dominic schnaubte verächtlich. »Und alles das, weil deine Mutter gründlich von ihrem gehörnten Ehemann verprügelt worden war?«
Megs Gesicht verzog sich zu einer angespannten, undurchschaubaren Maske. »Der Priester fand keinen Gestank des Teufels auf dem Land. Nicht ein einziges Mal, egal, wie oft mein Vater für Teufelsaustreibung bezahlte!«
»Dann war es also nur Zufall, daß das Land von einem Unwetter heimgesucht wurde.«
»Einige Leute glauben es.«
»Aber die einfachen Leute der Burg … sie glauben, ihr Schicksal wäre mit dem ihrer Herrin, der Glendruid Hexe, untrennbar verknüpft?«

»Richtig«, erwiderte Meg.

»Glaubst du auch daran?« drängte Dominic, neugierig auf das Mädchen, das nun seine Ehefrau war.

Sie zuckte die Achseln und schlug die silberne Kapuze ihres Mantels zurück, fühlte sich plötzlich wie erstickt von der Vergangenheit, der Gegenwart, der Zukunft – und am meisten von dem Mann, der bedrohlich wie ein Sturm kurz vor dem Ausbruch vor ihr aufragte.

»Was ich glaube, ist nicht wichtig«, sagte sie tonlos.

Dominic betrachtete die feurige Kaskade von Megs Haar, die über das silberne Tuch ihrer Tunika herabwallte. Ohne es zu wollen, streckte er die Hand aus, um eine seidige Locke zu berühren.

Meg zuckte unwillkürlich zurück, bevor sie sich kontrollieren konnte.

»Hat John dich auch geschlagen?« wollte Dominic wissen.

Sie sagte nichts. Das war auch nicht nötig. Die plötzliche Anspannung ihres Körpers, als wollte sie sich gegen einen Fausthieb wappnen, sagte mehr als genug.

»Allmächtiger«, murmelte Dominic. »Nur gut, daß er tot ist. Es erspart mir die Mühe, ihn mit meinen eigenen Händen zur Hölle zu schicken.«

Stille breitete sich im Raum aus, während Dominic das Mädchen musterte, das so zerbrechlich aussah und dennoch ...

Und dennoch, irgendwie hatte es dieses schlanke, zarte Geschöpf fertiggebracht, die Pläne eines mächtigen angelsächsischen Lords durcheinanderzubringen. Obwohl sie bei Dominics unerwarteter Berührung zusammengezuckt war, hatte sie sich schnell wieder unter Kontrolle gehabt. Die Hexe war weit davon entfernt, eingeschüchtert zu sein. Sie saß da, die Schultern gestrafft, den Kopf stolz erhoben, und maß ihn mit abschätzenden Blicken, selbst während er sie musterte.

Widerstrebend gestand Dominic sich ein, daß er Megs Mut bewunderte, obwohl er wußte, daß ihm ihre Zähigkeit und Courage noch beträchtliche Schwierigkeiten einbringen würden.

Diese Frau wird bereitwillig kommen oder überhaupt nicht. Großer Gott, was für eine Prüfung für einen Mann, der nur Frieden will!

Dann kam ihm ein anderer Gedanke. *Sie zu zähmen wird mir noch größeren Genuß bereiten als die Zähmung des Wanderfalken. Sanfte Schreie der Lust von ihren Lippen zu hören, während ich jeden Teil ihres Körpers mit meinem Atem, meinen Liebkosungen berühre ...*

Und bei jedem lustvollen Schrei zu wissen, daß ich Söhne von der Hexe haben werde!

Bedächtig zog Dominic erst den einen Panzerhandschuh aus, dann den anderen, und warf sie auf den Tisch. Sie landeten mit einem dumpfen Aufprall auf der Tischplatte, zwischen der Schale mit Kieseln und einer Schachtel mit farbenprächtigem Seidengarn, das Meg für Stickereien benutzte. Ein flüchtiger Blick durch den Raum sagte ihm, daß es keine stabile Sitzgelegenheit gab, außer dem Sessel, auf dem Meg saß.

»Das werde ich ändern müssen«, murmelte er.

»Bitte?«

Dominic blickte in die mißtrauischen grünen Augen, die ihn beobachteten.

»Es gibt hier für einen Mann keinen Platz zum Sitzen«, erklärte er.

Anmutig erhob Meg sich und zeigte auf den leeren Sessel.

»Ich bin nicht so ungehobelt, einer Lady den Platz wegzunehmen«, knurrte Dominic.

»Ich würde lieber stehen, statt zu sitzen, während du mit den Fäusten in den Hüften über mir aufragst.«

Dominics Mund verzog sich zu einem trockenen Lächeln, als ihm aufging, daß Meg recht hatte. Er hatte tatsächlich die Fäuste in die Hüften gestemmt, als wollte er einen Ritter dafür rügen, weil er ein Schlachtroß zuschanden geritten hatte, oder einen Junker für die mangelhafte Pflege der Rüstung seines Herrn.

»Der Tag war ...« Dominics Stimme brach ab.

»Aufreibend?« schlug Meg vor.

»Ja. Das und noch mehr. Es ist, als müßte man wieder und wieder in einer Schlacht kämpfen, die man längst gewonnen zu haben glaubt.«

Als Meg die tiefe Erschöpfung hinter Dominics Disziplin erkannte, zog sich ihr Herz vor Mitleid für ihn zusammen. Es war dasselbe Mitgefühl, das sie auch für die Leute von Blackthorne Keep hatte, denn er war jetzt einer von ihnen.

»Dein Kettenpanzer ist schwer, mein Ehemann. Darf ich dir aus der Rüstung heraushelfen?«

Dominic warf ihr einen verdutzten Blick zu und nickte dann.

Die Verschlüsse waren Meg nicht vertraut. Während sie daran herumhantierte und -zerrte, blickte Dominic auf ihren gesenkten Kopf herunter. Düfte von Gewürzen und Rosenblüten stiegen aus ihrem weichen Haar auf, erinnerten ihn an die Seife, die er benutzt hatte, seit er auf der Burg eingetroffen war.

»Du duftest wie ein Garten«, sagte er.

Der Wechsel in seiner Stimme von Müdigkeit zu dunkler Samtigkeit verblüffte Meg. Sie blickte so schnell auf, daß ihr Haar wie eine im Wind flackernde Kerzenflamme schimmerte.

»Das macht meine Seife.«

»Ich weiß. Dufte ich auch wie ein Garten?« fragte er.

Der Humor, der in seiner Stimme mitschwang, war so unerwartet wie seine Frage. Meg lächelte und beugte erneut den Kopf.

»Du riechst nach Krieg. Nach Kettenpanzer und Leder und Dringlichkeit. Und nach Kraft. Das vor allem.«

»Das nächste Mal werde ich mehr von deiner Seife benutzen.«

Meg schaute auf, Neugier in ihren klaren, grünen Augen.

»Mehr, Herr?«

Er murmelte etwas Zustimmendes. »Wenn ich bade.«

»Ach, dann warst du es, der das Bad so unordentlich zurückgelassen hat! Und ich habe dem armen Duncan die Schuld gegeben.«

Augenblicklich versteifte sich Dominics Körper unter ihren

Händen, bis sich seine Muskeln hart gegen das Kettenhemd anspannten. Sie fühlte die abrupte Rückkehr seines Zorns bei der Erwähnung von Duncans Namen ebenso deutlich unter ihren Fingerspitzen, wie sie sie in seiner Stimme hörte.

»Badest du oft mit dem Schottischen Hammer?« fragte er.

Die samtige Verführung in Dominics Stimme war verschwunden, als hätte es sie niemals gegeben. Megs Hände verkrampften sich, als sie an dem Schulterverschluß des Panzers zerrte, und sie schabte sich die Fingerknöchel an einer widerspenstigen Schnalle auf. Plötzlich gab der Verschluß nach.

»Da, endlich«, sagte sie. »Er ist auf.«

Sie stellte sich auf Zehenspitzen, um eine Seite des Kettenhemds von Dominics Körper zu ziehen. Er machte eine rasche Drehung und streifte den Rest des Panzers mit einer Schulterbewegung ab. Das Gewicht der schweren Kettenglieder ließ Meg taumeln. Augenblicklich hob Dominic das Kettenhemd aus ihren Armen, wobei er nur eine Hand benutzte.

Meg blickte von der Rüstung auf den Mann, der ihr Gewicht mit so müheloser Leichtigkeit hielt. Sie hatte gewußt, daß Dominic groß und stark war, aber bis zu diesem Moment war ihr nicht bewußt gewesen, wieviel stärker als sie er war. Die straffen Muskeln seines Körpers zeichneten sich deutlich unter der schmiegsamen Lederunterwäsche ab, die alles war, was er noch trug.

Sie verspürte den Drang, seine Kraft mit ihren Fingerspitzen zu fühlen, ihren Nägeln ... ihren Zähnen. Der Gedanke erschreckte sie, obwohl er gleichzeitig eine seltsame, unbekannte Hitze zwischen ihren Schenkeln pulsieren ließ.

»Tust du es?« fragte Dominic barsch.

»Was denn?« fragte Meg, die Mühe hatte, ihre eigenartigen Phantasien zu verdrängen und sich wieder auf seine Worte zu konzentrieren.

»Mit dem schottischen Bastard baden.«

Sie runzelte die Stirn. »Warum sollte ich das tun? Wir haben beide unsere Bediensteten.«

Jetzt war es an Dominic, die Stirn zu runzeln. »Warum?« fragte er. »Um des Vergnügens willen natürlich.«

Röte kroch in Megs Wangen.

»Ich bin weder eine Zofe noch eine Geliebte, um bei Duncans Bad dabeizusein«, erwiderte sie scharf.

»Ich habe aber etwas anderes gehört.«

»Dann hörst du auf die falschen Leute!«

Dominic knurrte. »Es sind dieselben Leute, die auch über Glendruid-Hexen reden.«

»Der Winter war lang. Es gab nicht viel zu tun, außer Klatsch zu verbreiten und auf das Ende der Stürme zu warten.«

»Hast du mit Duncan of Maxwell geschlafen?« fragte er brüsk.

»Was für eine schlechte Meinung du von deiner Ehefrau hast.«

»Deine Mutter heiratete, als sie schwanger war. Du bist einmal mit Duncan verlobt gewesen. Du wußtest von Duncans verräterischen Plänen und hast nicht empört dagegen protestiert. Was für eine Meinung sollte ich wohl von dir haben, *meine liebe Ehefrau?*«

10. KAPITEL

Meg holte so scharf Luft, daß die Kette von Kristallen um ihre Taille im Kerzenschein glitzerte und Funken sprühte.

»Wenn du Glendruid-Augen hättest, würdest du mich nicht in so schlechtem Licht sehen«, sagte sie.

»Ich habe die Augen, die Gott mir gegeben hat, und sie sehen sehr deutlich.«

»Wenn du so gering von mir denkst, warum hast du dann der Eheschließung zugestimmt?« Kaum waren ihr die Worte über die Lippen gekommen, da wußte Meg die Antwort.

»Burg und Ländereien«, sagte sie, bevor Dominic antworten konnte.

»Und Erben«, fügte er hinzu.

»Ach ja, richtig. Erben.«

»Im Gegensatz zu John«, sagte Dominic scharf, »habe ich weder den Wunsch, eines anderen Mannes Bastard aufzuziehen, noch meine eigenen unehelichen Bälger wie Spreu im Wind über die Gegend zu verteilen.«

Meg wandte sich mit einer Hast von ihm ab, die das dünne Tuch ihres Kleides wie Nebel um sie herumwallen ließ. Dominics freie Hand schoß vor und hielt Meg am Arm fest, bevor sie ihm entwischen konnte.

»Ich frage dich hiermit zum dritten Mal, Frau. *Trägst du Duncans Bastard unter dem Herzen?*«

Meg öffnete den Mund, um zu sprechen, aber es kam kein Wort heraus. Wäre sie an Dominics Stelle gewesen und hätte keine Glendruid-Augen gehabt, wäre sie ebenso mißtrauisch wie er gewesen. Dennoch ärgerte sie seine Frage maßlos.

»Nein«, antwortete sie mit abgewandtem Gesicht.

Ihre Stimme war leise, zitternd. Dieselbe Anspannung vibrierte durch ihren Körper.

Als Dominic sich daran erinnerte, welch harte Behandlung Meg von Johns Händen erfahren hatte, lockerte er seine Finger um ihren Arm, und sein Griff wurde so liebkosend und tröstlich, wie es seine Worte waren.

»Hab keine Angst vor mir, kleiner Falke. Ich habe noch niemals Gewalt gegen ein Pferd, einen Junker oder eine Frau angewendet.«

Meg hob ruckartig den Kopf. Ein einziger Blick in ihre funkelnden grünen Augen sagte Dominic, daß es nicht Angst war, die sie zittern ließ. Es war Wut.

»Ich bin keine rotlippige Hure, die sich bereitwillig für jeden Mann hinlegt«, zischte sie durch zusammengebissene Zähne. »Ich habe an deiner Seite vor Gott gestanden, so unberührt wie frisch gefallener Schnee. Und dennoch höre ich nichts als Beleidigungen aus deinem Mund.«

Eine schwarze Augenbraue schoß in die Höhe. Mit einer lässigen Kraft, die für sich sprach, schleuderte Dominic den Kettenpanzer mit einer Hand auf Megs Sessel. Metallglieder blinkten und klirrten, als das Kleidungsstück über das Holz glitt.

Dann herrschte Stille, während Dominic seine widerstrebende Ehefrau musterte, die junge Frau, die nur deshalb so dicht vor ihm stand, weil er ihren Arm im eisernen Griff seiner rechten Hand hielt. Seiner Schwerthand.

»Du hast nichts als Wahrheiten aus meinem Mund gehört. Von Beleidigungen kann keine Rede sein«, gab Dominic schroff zurück. »War deine Mutter schwanger, als sie John heiratete?«

»Ja, aber …«

»Bist du früher mit Duncan of Maxwell verlobt gewesen?«

»Ja, aber …«

Rücksichtslos ging Dominic über Megs Worte hinweg. »Hast du mich vor dem Hinterhalt in der Kirche gewarnt?«

Ein Frösteln lief durch ihren geschmeidigen Körper hindurch.

»Nein«, flüsterte sie.

»Warum nicht? Ist die *Zuneigung* zwischen dir und diesem schottischen Bastard so groß, daß du dich nicht dazu überwinden konntest, deinen normannischen Bräutigam vor dem mörderischen Blutbad, das geplant war, zu warnen?«

Meg machte eine Geste der Hilflosigkeit. »Du hättest Duncan gehängt«, flüsterte sie.

»Jawohl, Madam, ich hätte ihn an der mächtigsten Eiche im Wald aufgehängt!«

»Ich konnte es nicht ertragen, der Anlaß für seinen Tod zu sein.«

Um Dominics Mund bildete sich ein harter Zug, als er seine Befürchtungen bestätigt hörte: Seine Frau empfand tatsächlich Zuneigung für Duncan of Maxwell.

»Duncan zu töten hätte einen Krieg ausgelöst«, sagte Meg. »Einen Krieg, den die Leute von Blackthorne Keep nicht überlebt hätten.«

Dominic knurrte etwas Unverständliches vor sich hin.

Wieder lief ein Schauder durch ihren schlanken Körper. Sie war wie eine Saite, die straff gespannt ist und dann noch stärker gespannt wird, zitterte wie kurz vor dem Zerreißen.

»Meine Leute brauchen dringend eine Zeit des Friedens, in der sie Getreide anbauen und Kinder großziehen können«, sagte Meg und drehte sich dabei wieder zu Dominic um. »Sie brauchen den Frieden einfach. Kannst du das verstehen?«

Schweigend blickte Dominic in die unheimlichen grünen Augen des Mädchens, das so stolz vor ihm stand und für das Leben ihrer Leute plädierte. Nicht für ihr eigenes. Auch nicht für Duncans Leben.

Sie bat ihn um milde für ihre Leute.

»Ja«, sagte Dominic schließlich. »Das kann ich verstehen. Jeder, der unter den Schrecken des Krieges zu leiden hatte, versteht den Balsam des Friedens. Deshalb bin ich nach England zurückgekommen. Um Getreide anzubauen und Kinder großzuziehen. Ich will Frieden, keinen Krieg.«

Ein abgrundtiefer Seufzer kam über Megs Lippen.

»Gott sei Dank«, sagte sie. »Als ich dich den Falken so behutsam berühren sah, fühlte ich Hoffnung ...« Ihre Stimme brach, und einen Moment lang war nur das leise Wispern der Flammen im Kamin zu hören. Mit vom Kampf schwielig gewordenen Fingern hob Dominic Megs Gesicht zu sich hoch.

»Was hast du gehofft?« wollte er wissen.

»Daß du nicht der blutgierige Teufel wärst, wie es die Gerüchte behaupteten. Daß du zu Güte und Freundlichkeit fähig wärst. Daß ...«

Ihr stockte der Atem bei dem sanften Druck von Dominics Daumen auf ihrer Unterlippe.

»Was?« fragte er.

»Ich kann nicht denken ... wenn du ...

»Wenn ich das hier tue?«

Dominic wiederholte die langsame Liebkosung.

Sie nickte leicht. Selbst diese knappe Bewegung genügte, um seine Berührung auf ihre Oberlippe zu verlagern. Megs Augen weiteten sich bei dem unerwartet köstlichen Gefühl, das sie durchströmte. Ohne nachzudenken, wich sie zurück, nur um zu merken, daß Dominics anderer Arm um ihre Taille geglitten war, um sie für seine Liebkosung festzuhalten.

»Sträub dich nicht gegen mich, kleiner Falke. Ich bin dein Mann. Oder mißfällt dir meine Berührung so sehr?«

»N-nein. Ich habe nur nicht erwartet, freundlich von dir behandelt zu werden.«

»Warum nicht?«

»Weil du schlecht von mir denkst«, erwiderte Meg.

»Ich denke wie ein Ehemann, der seine Braut noch nicht kennt. Wenn ich meine Meinung ändern soll, dann werde ich dich erst besser kennenlernen müssen, nicht wahr?«

Megs Augen wurden groß. Dominic konnte fast sehen, wie sie sich seine Worte durch den Kopf gehen ließ, sie auf Wahrheit oder Falschheit hin prüfte ... und ihn fast ebenso sorgfältig abzuschätzen versuchte, wie er jede einzelne seiner eigenen Handlungen abschätzte.

»Du hast das Recht dazu«, gestand sie nach einem Moment. »Du mußt mich besser kennenlernen. Dann wirst du begreifen, daß du mir mit deiner Ehre vertrauen kannst.«

Dominic gab einen neutralen Laut von sich und strich wieder mit dem Daumen über Megs Lippen. Wieder durchströmte sie ein brennendes Prickeln, verwirrte und verunsicherte sie.

Sie hatte nicht gewußt, daß ihr Körper seidene Fäden von Feuer in seinem Inneren verbarg.

»So weich«, sagte Dominic heiser. »Du bist es nicht.«

Seine Mundwinkel verzogen sich belustigt. In diesem Augenblick gab es tatsächlich keine einzige Stelle an seinem Körper, die weich gewesen wäre. Seiner widerstrebenden Ehefrau so nahe zu sein, hatte eine höchst erregende Wirkung auf ihn.

»Deine Hand«, erklärte Meg, die Dominics Belustigung nicht

verstand. »Der Krieg hat sie hart und schwielig gemacht. Und dennoch ist sie so behutsam. Ich komme mir fast wie der Wanderfalke vor.«

»Der Gedanke ist mir auch schon gekommen«, gestand er und lächelte langsam.

Meg blickte in die grauen Augen, in denen ein klares, maskulines Feuer brannte. Der Anblick war so betörend, daß sie nicht tiefer zu schauen wagte, weil sie nicht die kalte Berechnung sehen wollte, die dahinterlag. Ihr war fast schwindelig vor Erleichterung; was auch immer sie von ihrer Hochzeitsnacht erwartet hatte – von Dominics Berührung besänftigt zu werden, als wäre sie ein ungezähmter Falke, der seinen ersten Tag in Gefangenschaft verbringt, damit hatte sie ganz sicher nicht gerechnet.

»Mache ich dich immer noch nervös?« fragte er.

»Ja«, flüsterte sie.

»Du mußt dich erst an deinen neuen Stand gewöhnen«, erklärte er. »Soll ich dich vielleicht in einer abgedunkelten Voliere halten, mit so sorgsam verbundenen Augen, daß nichts wirklich für dich ist, außer meiner Stimme, meiner Berührung, meinem warmen Atem?«

Als Meg antworten wollte, streifte Dominic so leicht wie ein Seufzer mit dem Handrücken über ihre Lippen, zerstreute ihre Gedanken in alle Richtungen, bevor sie etwas erwidern konnte.

»Nein«, sagte er, um seine eigene Frage zu beantworten. »Noch nicht einmal dem feinsten Seidentuch würde ich erlauben, die Schönheit deiner Augen zu verhüllen.«

Bei der sanften Berührung seiner Hand an ihrem Hals entfuhr Meg ein atemloser, überraschter Laut.

»Ich werde dir nicht weh tun«, sagte er beschwichtigend. »Wie mein Wanderfalke bist du viel zu fein und zerbrechlich und mutig, um durch unachtsame Behandlung zerstört zu werden. Schließ deine Glendruid Augen und fühle einfach, Frau. Laß mich dich liebkosen, bis du meine Hand nicht länger fürchtest.«

Während Dominic sprach, setzte er seine Zärtlichkeiten fort, behutsame Zärtlichkeiten, die sowohl tröstlich als auch verwirrend waren und prickelnde Glut in Meg aufsteigen ließen.

Langsam schlossen sich ihre Lider, ließen sie ohne den klaren Blick einer Glendruid Frau in die Seele eines Mannes zurück. Lange Augenblicke waren nur das Flüstern der Flammen zu hören und die leisen Atemzüge zwischen überrascht geöffneten Lippen. Meg hatte niemals etwas wie Dominics Liebkosungen gekannt, und dennoch fühlten sie sich vertraut an. Es war eine Vertrautheit, die sie nicht mehr losließ.

»Aber ja, sie ist wie Sonnenlicht«, flüsterte sie schließlich, als sie sich erinnerte, wann sie schon einmal eine so anspruchslose Wärme gefühlt hatte.

»Was meinst du?«

»Deine Berührung.«

Dominics Lächeln war nicht annähernd so sanft wie seine Fingerspitzen, aber Megs Augen waren nicht geöffnet, um den Unterschied zu bemerken.

»Es ist nur richtig, daß meine Liebkosungen so sanft wie Sonnenlicht sind«, sagte er, »denn deine Haut ist so zart wie jede Rosenblüte, die ich jemals gesehen habe.«

Ein Lächeln veränderte Megs Lippen. Dann öffnete sich ihr Mund, als sie überrascht nach Luft schnappte, während Dominics Fingerspitzen von ihrer Kehle abwärtsglitten, um die glitzernde Kette von Glendruid Kristallen nachzuzeichnen, die sich knapp unterhalb ihrer Brüste um ihren Körper wand.

»Ruhig, mein Falke«, sagte er leise. »Bald wirst du dich auf meinen Arm trauen.«

»Selbst deine enorme Kraft könnte mich nicht halten, wenn ich mein ganzes Gewicht auf dein Handgelenk legen würde.«

Dominic lachte laut, stürzte sich wie ein Adler auf sie und hob Meg mit einem Arm hoch. Ihre Augen öffneten sich überrascht.

»Werde ich dir eine Kappe über die Augen ziehen müssen?« fragte er scherzhaft. »Schließ sofort die Augen und sieh, wie der frisch gefangene Falke sieht.«

Im Sprechen beugte Dominic sich vor und berührte Megs Augenlider mit seiner Zungenspitze.

Die unerwartete Zärtlichkeit raubte Meg den Atem. Ehe sie wußte, was mit ihr geschah, saß Dominic in dem großen Sessel, der Johns Großvater gehört hatte, und sie lag halb auf Dominics Schoß zurückgelehnt, ihre Beine über die Sessellehne drapiert. Sie rutschte unruhig herum, nur um von der Hand ihres Mannes zurückgehalten zu werden.

»Du bist ein Falke, erinnerst du dich?« sagte er. »Auf diese Weise werden wir mehr voneinander erfahren.«

Langsam wich die Anspannung aus Megs Körper. Dominic hob ihr Haar im Nacken hoch und ließ es in einer Kaskade über die Sessellehne und auf den Fußboden wallen, wo es wie flüssige Glut lag, die darauf wartet, neu entfacht zu werden.

Meg stieß einen atemlosen Laut aus, der ein nervöses Lachen oder ein zitternder Seufzer oder auch beides gleichzeitig sein konnte. Die schweigende Intimität, die unerwartete Behutsamkeit von Dominics Liebkosungen überraschte sie immer wieder aufs neue. Sie ließen ihren Körper sich anspannen und gleichzeitig träge werden, schickten Wellen von Hitze durch ihn hindurch. Im Zeitraum von wenigen Augenblicken hatte Dominic ihr mehr Vergnügen bereitet, als sie jemals von einem Mann erwartet hätte.

Dennoch ertappte Meg sich dabei, wie sie mehr wollte. So sicher, wie sie den Schmerz unter Dominics erbarmungsloser Selbstkontrolle gespürt hatte, so sicher fühlte sie jetzt das heiße, hungrige Feuer in ihrem eigenen Schoß. Sie hätte niemals vermutet, daß etwas Derartiges in ihrem Inneren existierte. Es war, als schaute man in den Spiegel und sähe einen Fremden, beunruhigend und faszinierend zugleich.

Ohne es zu merken, schmiegte sich Meg noch enger an Dominic. Die verräterische Nachgiebigkeit ihres Körpers ließ sowohl kalten Triumph als auch verzehrende Begierde in ihm aufsteigen. Sein Glied war prall und schwer und hart vor Erregung und pulsierte mit jedem heftigen Schlag seines Herzens.

Meg lächelte, als könnte sie selbst mit geschlossenen Augen sehen, wie sich der harte Beweis seiner Erregung unter dem weichen Leder seiner Unterkleidung abzeichnete.

»Hast du etwa verstohlen geguckt?« fragte Dominic heiser.

»Nein, aber das würde ich gerne.«

Der Gedanke erschien ihm ebenfalls verlockend.

Vorsicht, sagte er sich. *Ich darf sie nicht nehmen, bis sie geblutet hat, ganz gleich, wie beharrlich sie leugnet, daß sie mit meinem Feind gelegen hat.*

Aber es wäre wirklich köstlich, nackt mit ihr zu sein, mich so von ihren Händen streicheln zu lassen, wie sie den Falken gestreichelt hat.

Bei der Vorstellung, Megs weiße, schlanke Hände auf dem empfindlichen Fleisch zwischen seinen Schenkeln zu fühlen, entrang sich Dominics Kehle ein rauher Laut des Hungers und der Erwartung.

»Lachst du?« fragte sie.

»Nein. Würde ich über einen wilden Falken lachen, der von der Berührung seines Herrn betört ist?«

Das Vergnügen, das in Dominics Stimme mitschwang, bezauberte Meg. Wieder lächelte sie und lehnte sich an seine Brust. Hitze stieg von seinem Körper zu ihrem auf, verlockte sie ebensosehr wie ihre eigene Lust, denn die Steinmauern der Burg strahlten immer noch die Kälte des Winters aus. Ohne zu verstehen, warum, gab sich Meg noch ein wenig mehr dem Mann hin, der einen wohlkalkulierten Zauberschleier der Verzückung um sie webte.

»Du bist auch noch auf eine andere Weise wie die Sonne«, murmelte sie.

Dominic blickte hinunter auf Megs lange, braune Wimpern, ihre elfenbeinweiße Haut, die himbeerroten Lippen, die leicht geöffnet waren. Das Mädchen ergab sich ihm mit einer süßen Sinnlichkeit, die so unerwartet war wie das wilde, leidenschaftliche Verlangen, das sie in seinem Körper entfesselte. Begierde quälte ihn mit rasiermesserscharfen Klauen, die seine Selbstbeherrschung zu zerfetzen drohten.

Er brauchte diese Frau, so wie Feuer danach verlangte zu brennen.

Rücksichtslos kämpfte Dominic gegen die wilde Leidenschaft an, die Meg so unerwartet in ihm geweckt hatte.

»In welcher Hinsicht bin ich wie die Sonne?« fragte er, als er sich wieder soweit in der Gewalt hatte, daß seine Stimme nichts von seinem nackten Hunger verriet.

»Die Hitze, Mylord. Du bist wie Feuer.«

»Verbrenne ich dich?«

»Nicht schmerzhaft. Du wärmst mich wie Sonnenschein nach der langen Belagerung des Winters.«

»Dann komm näher, kleiner Falke. Lehn deinen Kopf an mich. Spüre meinen Geruch und meinen Geschmack und meine Beschaffenheit.«

Nach einem Moment des Zögerns gab Meg dem sanften Druck seiner Hand um ihren Hinterkopf nach. Schweigend schmiegte sie ihre Wange an Dominics lederumhüllte Brust. Die Beschaffenheit seiner Kleidung war so fein und weich wie ein Kinderhandschuh, und sie umschloß ihn wie eine zweite Haut. Als Meg erkannte, wie deutlich sie jeden schwellenden Muskel darunter fühlen konnte, lief ein seltsames Zittern durch ihren Körper.

»Du frierst«, sagte Dominic weich. »Laß mich dich wärmen.«

Die kochende Leidenschaft in seinem Blut machte seine Stimme kehlig, fast rauh. Er fürchtete, es würde Meg mißtrauisch machen. Und das wollte er nicht. Nicht, wenn sie sich ihm kampflos in dieser sinnlichen Schlacht ergab, aus dem Hinterhalt überrumpelt von den geschickten Liebkosungen eines Mannes, von dem sie nur Schläge erwartet hatte.

Die Berührung von Dominics Mund auf ihrem erschreckte Meg. Ihre Augen flogen auf, nur um von schnellen kleinen Küssen erneut geschlossen zu werden. In atemlosem Schweigen glitten seine Lippen über ihr Gesicht, so wie es seine Fingerspitzen getan hatten.

»Du schmeckst so sauber«, flüsterte Dominic. »Wie warmer Regen.«

»Gwyn sagt, ich bin ein Geschöpf des Wassers und der Pflanzenwelt.«

Glendruid.

Meg stockte der Atem, denn Dominic hatte behutsam ihre Unterlippe zwischen seine Zähne genommen und leckte mit der Zunge darüber. Fast so schnell, wie er die erregende Liebkosung begonnen hatte, zog Dominic sich wieder zurück, hinterließ nicht mehr als eine betörende Andeutung seines Geschmacks. Meg fuhr sich mit der Zungenspitze über die Stelle, wo seine Zähne und Zunge sie berührt hatten.

Leidenschaft grub ihre Klauen in ihn, ließ Dominics gesamten Körper hart werden, während er gegen ein Verlangen ankämpfte, das von Sekunde zu Sekunde unbezwinglicher wurde. Er hatte viele Dinge von seiner Frau erwartet, aber nicht eine unschuldige Leidenschaft, die Flammen der Begierde in ihm entfachte, wie es noch keine Frau zuvor vermocht hatte. »Hat dir das weh getan?« fragte er.

»Nein.«

»Du bist zusammengezuckt.«

»Du hast eine höchst überraschende Art an dir«, erwiderte sie schlicht. »Ich weiß nie, was ich als nächstes von dir erwarten soll.«

Dominics Lächeln war ein wildes, triumphierendes Aufblitzen; ein Gegner, der sich so leicht überraschen ließ, war mühelos zu schlagen.

»Hat es dir mißfallen?« fragte er.

Meg schüttelte den Kopf, während sie sich erneut langsam mit der Zungenspitze über die Unterlippe leckte.

»Du schmeckst nach dem Heiligen Land«, erklärte sie.

»Tatsächlich?« sagte er heiser vor Begierde. »Wie das?«

»Zitrone, mit Süße vermischt.«

»Es ist nur die türkische Leckerei.«

»Meine Leckerei schmeckte nicht so gut«, erwiderte sie.

»Nimm das nächste Mal die, die so gelb wie die Sonne ist.«

»Das nächste Mal wirst du sie für mich kosten.«

»Und dann wirst du von mir kosten?« fragte er.

Die Vorstellung erschreckte und faszinierte Meg zugleich. Ihre Augen öffneten sich. Im gedämpften Licht des Zimmers war ihr Grün so dunkel, daß es fast schwarz wirkte. Sie konnte nichts von Dominic sehen, bis auf die kraftvolle Breite seiner Schultern und die Umrisse seines energischen Kinns gegen das verlöschende Feuer.

»Ist das ... schicklich?« flüsterte sie.

Dominic war drauf und dran zu sagen, daß Duncan of Maxwells Gunstbeweise eine ziemlich trockene, langweilige Angelegenheit gewesen sein mußten, konnte die Bemerkung jedoch gerade noch hinunterschlucken. Das letzte, was Dominic im Moment wollte, war, das Gefieder seines ganz speziellen Falken zu sträuben, das er gerade so vorsichtig und geduldig geglättet hatte. Er war sich nicht sicher, ob seine Selbstbeherrschung ausreichte, um noch eine Runde behutsamer Zärtlichkeiten an diesem Abend zu überstehen.

Allmächtiger, mein ganzer Körper schmerzt vor Verlangen. Seit ich ein pausbäckiger Junge war, bin ich nicht mehr so hart gewesen!

»Es ist nicht nur schicklich«, sagte Dominic jetzt, während er Megs Gewicht diskret auf seinem Schoß verlagerte, »es bereitet auch großes Vergnügen.«

»Wie das?«

»Leck deine Lippen.«

Meg tat es. Er beobachtete ihre Geste mit einer Intensität, die nichts tat, um das wilde Hämmern seines Herzens zu verlangsamen.

»Was hast du gefühlt?« fragte er.

»Äh ...« Sie runzelte die Stirn. »Nichts, ehrlich gesagt«, gestand sie. »Meine Lippen waren trocken, und dann wurden sie feucht.«

Dominic lächelte hinterhältig, als er sich zu Meg herunterbeugte.

»Sag mir, wie sich *das* hier anfühlt«, flüsterte er. Vorsichtig zeichnete Dominic die Umrisse ihres Mundes mit der Zungenspitze nach. Er wollte nicht mehr als das tun, aber der überraschte Seufzer, den Meg von sich gab, der Anblick ihrer leicht geöffneten, roten Lippen und ihr warmer Atem bildeten eine zu starke Versuchung, als daß er ihr hätte widerstehen können.

Seine Zunge glitt in ihren Mund – sanfter, als er es beabsichtigte, und weniger sanft, als es in diesem Stadium der Verführung klug gewesen wäre.

Das Gefühl von Dominics Zunge in ihrem Mund erschreckte Meg für den Bruchteil eines Augenblicks. Dann erkannte sie, daß die Liebkosung, obwohl unerwartet, ausgesprochen lustvoll war. Er schmeckte nach exotischen Süßigkeiten, nach sinnlicher Glut und dem schwachen Aroma von Salz und noch nach etwas anderem, was sie nicht definieren konnte. In einem Versuch, mehr von ihm zu kosten, erwiderte sie das sanfte Reiben seiner Zunge mit ihrer eigenen.

Dominics Finger glitten verlangend durch Megs Haar und zogen ihren Kopf zurück, während er ihren Mund noch weiter öffnete, um seine Zunge hungrig und fordernd zwischen ihre Zähne zu schieben.

Zuerst war Meg zu überrascht, um sich zu rühren, aber der ursprüngliche, feurige Rhythmus des Kusses und das sinnliche Vor- und Zurückschnellen von Dominics Zunge schickten bald Woge auf Woge glutvoller Verzückung durch ihren Körper. Flammen züngelten in ihrem Inneren; ein Feuer, sowohl zärtlich als auch heftig, entzündet von der süßen Reibung von Zunge an Zunge.

Ein dumpfer Laut entrang sich Dominics Kehle. Er sehnte

sich danach, seine Hand unter den silbrigen Stoff zu schieben, zu fühlen, wie Megs weiche Brüste unter seiner Berührung hart wurden, aber die silberne Glendruid-Kette war zu fest unter ihrem Busen verschnürt, als daß er sie hätte öffnen können, ohne den Kuß zu beenden. Und das würde er nicht tun.

Dominics Hand wanderte von der frustrierenden Kette abwärts und suchte statt dessen den Saum von Megs Gewand. Hier gab es kein Hindernis. Er hob den hauchdünnen, schimmernden Stoff hoch und fühlte die köstliche, verlockende Hitze von Megs weichem Fleisch unter seiner Handfläche.

Mit derselben Geduld, die Dominic für den Wanderfalken aufgebracht hatte, streichelte er seine junge Braut wieder und wieder, ließ seine Hand höher und höher an ihren Beinen hinaufwandern, während er sie mit Augen beobachtete, die sorgfältig abschätzten, obwohl das Feuer der Begierde an seinem eigenen Inneren fraß.

Dann beugte Dominic den Kopf und ergriff erneut Besitz von Megs Lippen, rieb seine Zunge an ihrer mit den langsamen, sicheren Bewegungen, die denen seiner Hand entsprachen. Schließlich begann sich Meg unter den tiefen, fordernden Küssen und warmen Liebkosungen zu winden, aber es war eine andere Art von Ruhelosigkeit. Die Schauer, die ihren Körper erfaßten, hatten nur sehr wenig mit Furcht und weitaus mehr mit der aufreizenden Sinnlichkeit seiner Hand zu tun, die sie streichelte, während sich sein Kuß zu einer elementaren Vereinigung vertiefte.

Obwohl Dominic sich sagte, daß er bald aufhören müsse, daß er sich schon längst hätte bremsen sollen, daß der Verführer nur zu schnell zum Verführten wurde, konnte er sich selbst nicht daran hindern, noch einmal mit der Hand über Megs warmen Schenkel hinaufzustreichen, über die verborgene Falte in ihrer Kniekehle und dann langsam über die seidige Innenseite ihrer Schenkel.

Er wußte, er sollte an diesem Punkt aufhören, so wie er es

schon die ganze Zeit gewußt hatte, aber die Verlockung wurde von Minute zu Minute unwiderstehlicher. Als er die empfindliche Stelle zwischen ihren Schenkeln erreicht hatte, schloß er seine Hand um ihre Weiblichkeit, liebkoste ihr weiches Fleisch mit seiner schwieligen Handfläche und tastete schließlich behutsam mit der Fingerspitze nach ihrer köstlichen, verlockenden Knospe.

Schockiert von der Intimität von Dominics Hand zwischen ihren Schenkeln versteifte sich Meg urplötzlich und riß ihren Mund von Dominics hungrigen Lippen los. Er bemerkte ihre Anstrengung kaum, denn er war fasziniert von dem heißen, feuchten Beweis ihrer Erregung an seiner Handfläche. Wilder Triumph schoß durch seinen harten, angespannten Körper, und ein dumpfes Stöhnen des Verlangens stieg aus seiner Kehle auf.

Zu früh. Ich darf sie noch nicht nehmen!

Widerstrebend gab Dominic das üppige, warme Fleisch frei, das er nur so kurz berührt hatte, und blickte seine so unerwartet sinnliche Ehefrau an.

Meg starrte ihn mit weitaufgerissenen grünen Augen an, die immer noch vor Leidenschaft leuchteten. Ihre Lippen waren rot, feucht und leicht geöffnet, in einer Mischung aus Erschrockenheit und Lust. Ihre vollen Brüste hoben und senkten sich mit jedem zitternden Atemzug, den sie machte.

Dominic verzehrte sich danach, Meg so zu betrachten, wie sie jetzt auf seinem Schoß lag, aber ohne das Kleid, das ihren Hunger auf seinen Samen verhüllte. Allein der Gedanke, sie nackt zu sehen, zu beobachten, wie sie sich lustvoll unter ihm wand, reichte, um ihn beinahe zum Erguß zu bringen.

Langsam und bedächtig begann Dominic, die silbernen Falten ihres Gewands hochzuziehen, die feuchte Hingabe ihres Körpers an seine Liebkosung zu beobachten, ihr schimmerndes Fleisch zu betrachten, den Duft ihrer Leidenschaft einzuatmen.

»Dominic ...«

»Ich bin dein Ehemann«, sagte er rauh. »Du kannst dich nicht daran gewöhnen, meine Frau zu sein, wenn du dich bedeckst und die Beine so fest zusammenpreßt wie die Öffnung einer Schnappfalle. Habe ich dir auf irgendeine Weise weh getan?«

»N-nein.«

»Glaubst du, ich hätte es darauf angelegt, dich zu verletzen?«

»Nein«, flüsterte sie.

»Dann gib mir das, was sich jeder andere Ehemann einfach nehmen würde.«

Langsam entspannten sich Megs Beine, aber gegen das Zittern ihres Körpers war sie machtlos.

Wieder wanderte das silbrige Tuch langsam an ihren Schenkeln herauf. Der süße Vorgeschmack des Triumphs ließ Dominic heiser auflachen, als er die grazile Form von Megs Fuß betrachtete, die wohlgeformte Rundung ihrer Wade, das Knie mit dem Grübchen, das unter der silbernen Wolke ihres Kleides hervorschaute, die elfenbeinweißen Schenkel und das üppige Haardickicht, das die Farbe von Feuer hatte.

Meg lag in greifbarer Nähe vor ihm; alles war in greifbare Nähe gerückt – das Land und die Erben und der Lebenstraum, der ihn während der Brutalität des Heiligen Krieges vor dem Wahnsinn bewahrt hatte.

»Johns Fluch war vergeblich«, murmelte Dominic erregt. »Ich werde schließlich doch Söhne von dir haben.«

Söhne.

Obwohl ihre Vernunft ihr sagte, daß es ihre Pflicht war, ihrem Ehemann Erben zu gebären, wenn sie dazu imstande war, schrie Megs Stolz auf bei dem Gedanken, daß sie für Dominics Ambitionen nicht mehr als ein Mittel zum Zweck war.

Sie hatte ein wildes, süßes Feuer in ihrer Seele brennen fühlen.

Er hatte lediglich Triumph bei ihrer Verführung empfunden.

»Nein!«

Meg war sich nicht bewußt, daß sie sich bewegt hatte, bis sie ihre eigenen Hände am Brautkleid zerren sah, um die schimmernden Stoffalten wieder über ihre Beine herunterzuziehen.

»Sei nicht schüchtern«, sagte Dominic und lachte leise. »Laß mich Johns Rache entblößt sehen, geschwollen vor Leidenschaft, begierig, das Schwert in ihrer weichen Wärme zu empfangen.«

»Zähle nicht deine Siege, bevor du durch die Tore gelangt bist!« gab Meg zurück.

Die Kälte ihrer Stimme ließ Dominic in ihre Augen schauen. Für die Zeitspanne eines Atemzugs, zweier, dreier, maßen sich Ehemann und wütende Braut mit abschätzenden Blicken.

Vielleicht auch gut so. Ich darf sie noch nicht nehmen, erinnerte Dominic sich selbst. *Noch nicht. Es ist unwahrscheinlich, daß ein so leidenschaftliches Mädchen noch unberührt ist.*

Eines steht auf jeden Fall fest. Ihr weiches Tor ist noch nicht oft durchbrochen worden. So fest geschlossen …

Großer Gott, es wäre wirklich ein Vorgeschmack auf das Paradies, in diesen warmen, seidigen Schoß einzudringen!

Brennende Begierde rauschte in Dominics Blut, drohte seine Kontrolle zu zerstören. Die Erkenntnis, wie nahe er an seine eigenen Grenzen gestoßen war, schockierte ihn, wie es nichts anderes vermocht hätte. Er ließ das silberne Tuch fallen, als hätte er sich die Finger daran verbrannt.

»Jetzt weißt du es«, sagte er heftig.

»Daß du meinen Körper nur willst, um Erben zu bekommen? Ja, mein kalter normannischer Lord, das weiß ich sehr gut!«

Dominic schaute in Megs wütendes Gesicht und mußte sich selbst daran hindern, ihre Beine zu spreizen und sich das zu nehmen, was sie ihm offensichtlich bereitwillig hatte geben wollen.

»Nein, meine leidenschaftliche Hexe«, erwiderte er. »Jetzt kennst du die magische Wirkung einer gewissen Art von Kuß.«

»Und die wäre?« fragte sie sarkastisch.

Erneut glitt seine Hand rasch unter ihr Gewand, überwand ihre heftige Gegenwehr mit lässiger Leichtigkeit.

»Das hier«, sagte Dominic zwischen zusammengebissenen Zähnen. »Was einmal trocken war, ist jetzt naß!«

11. KAPITEL

»Was hatte Sven sonst noch zu berichten?« fragte Dominic, ohne sich von seinem Bett zu erheben. »Abgesehen von den offenkundigen Tatsachen, natürlich.«

Simon warf seinem Bruder einen Seitenblick zu, kaum in der Lage, eine barsche Erwiderung herunterzuschlucken. Dominics zornige Stimmung hing offensichtlich mit der Tatsache zusammen, daß der Bräutigam die Nacht, die seine Hochzeitsnacht hätte sein sollen, in Johns hastig hergerichteten Räumen verbrachte, und zwar allein. Seine Glendruid-Braut schlief wahrscheinlich in der Abgeschiedenheit ihres Jungmädchenzimmers auf der entgegengesetzten Seite von Blackthorne Keep.

Sogar sehr wahrscheinlich. Simon war jedoch nicht so töricht, dieses Thema offen anzuschneiden. Er war in der Nacht von den Geräuschen aufgewacht, die sein Bruder bei seiner Rückkehr in das Quartier des Burgherrn gemacht hatte. Frust und Wut hatten in dem Stampfen von Stiefelabsätzen mitgeklungen.

Offensichtlich war die Hochzeitsnacht alles andere als erfolgreich verlaufen. Sie war nicht nur ungewöhnlich früh beendet gewesen, sie hatte Dominic auch in einen gefährlichen Gemütszustand versetzt. Simon hatte seinen Bruder eine ganze Weile ruhelos in seinem Zimmer auf- und abwandern hören. Dann hatte eine Zeitlang Stille geherrscht, gefolgt vom dumpfen Aufprall irgendeines metallischen Gegenstandes, der mit großer Kraft gegen die Wand geschleudert wurde.

Da Simon selbst ebenfalls keinen Schlaf finden konnte, war er zu Dominic gegangen, um ihm über die Stimmung unter den Burgbewohnern zu berichten und über das Vorankommen von Duncan und seinen Vögten.

»Die Burgleute werden Duncan und einige seiner Ritter sehr vermissen«, sagte Simon, »aber den Großteil seiner Vögte ganz sicher nicht. Sie sind kaum besser als Schurken und Banditen.«

»Man braucht nicht sonderlich intelligent zu sein, um das herauszufinden«, gab Dominic zurück.

»Duncan und seine Gefolgsleute werden bis morgen auf Carlysle Manor eingetroffen sein«, fuhr Simon fort.

Dominic reagierte auf diese zweite Neuigkeit nicht freundlicher als auf die erste.

»Allmächtiger«, knurrte er bissig. »Das hätte mir sogar der Dorftrottel sagen können!«

»Deine Geliebte wird unruhig«, sagte Simon glatt. »Vielleicht solltest du sie ein bißchen trösten?«

Dominic warf seinem Bruder einen scharfen Blick zu.

»Merkt man es mir so deutlich an?« fragte er mit einem reumütigen Lächeln.

Simon lachte laut und zeigte auf die Bettdecke, die seinen Bruder nicht ganz bedeckte.

»Ich habe Hengste gesehen, die weniger stattlich waren als du, als sie eine Stute bestiegen«, gab Simon zurück. »Du mußt das Mädchen zu Tode erschreckt haben. Geh zu der Hure. Dann wirst du mehr Geduld haben mit ...«

»Ich habe nicht das Bedürfnis, noch eines von Duncans Feldern zu pflügen«, unterbrach Dominic ihn barsch.

»Noch eines?« Simons Lachen verstummte. »Dann ist es also wahr? Lady Margaret war Duncans Geliebte?«

Eine heftige Handbewegung war Dominics einzige Antwort.

»Ich kann es nicht mit Sicherheit sagen«, meinte er nach einer Pause. »Sie schwört, daß sie es nicht ist.«

Simons Knurren klang nicht begeistert.

»Richtig«, stimmte ihm Dominic sarkastisch zu. »Ich würde auch kaum von meiner adligen Braut erwarten, daß sie mich mit Geschichten über ihre früheren Liebhaber unterhält.«

»Du läßt sie also allein schlafen?«

»Bis ihre Blutung einsetzt. Auf diese Weise werde ich sicher sein, daß ich nicht wie John bin ... und eines anderen Mannes Bastard aufziehe.«

Simon schnitt eine Grimasse. »Ich möchte dich um einen Gefallen bitten.«

Dominics linke Augenbraue hob sich in einer stummen Frage.

»Schick mich in die Wälder, um mit meinen bloßen Händen eine Wildkatze zu fangen«, erklärte Simon.

»Wie bitte?«

»Es wird weniger nervenaufreibend sein, als wenn ich zwei oder auch drei Wochen wie auf rohen Eiern um dich herumgehen muß, während du wartest«, fügte Simon hinzu.

Dominic runzelte die Stirn.

»Oder noch besser«, fuhr Simon fort, »reite hinter Duncan und seinen Vögten her. Ganz sicher werden sie dir den Kampf liefern, den du haben willst.«

»Ich würde lieber meine Ehefrau haben.«

»Die Hure wäre weniger beschwerlich.«

Dominic tat Marie mit einem Zucken seiner Schultern ab.

»Dann nimm dir eins der hiesigen Frauenzimmer«, schlug Simon vor.

»Ich brauche keinen Kuppler.«

»Den hast du auch bisher nie gebraucht, aber …«

»Genug!« donnerte Dominic.

Niemand, noch nicht einmal ein Mann, der sowohl Bruder als auch Freund war, wagte es, Dominic noch mehr in Rage zu bringen, wenn er diesen Ton anschlug. Simon hielt den Mund und wartete.

»Ist Sven bei den Vögten?« fragte Dominic nach einer Weile.

»Noch nicht. Es wird seine Zeit dauern, sich mit ihnen anzufreunden. Sie sind ein eingeschworener, verfilzter Haufen.«

»Dann behalte ihn hier. Laß ihn Augen und Ohren offenhalten nach irgendwelchen Anzeichen von Unruhe unter Johns wenigen Rittern.«

»Ich bezweifle, daß sie dir Schwierigkeiten machen werden. Sie sind zu alt, um irgend jemandem Ärger zu machen, noch nicht einmal mehr ihren Ehefrauen.«

»Trotzdem. Sorg dafür, daß jeder Ritter genügend Grundbesitz erhält, um sich und seine Familie auf eine Weise zu ernähren, die seiner Stellung und seinen Dienstjahren angemessen ist.«

»Wie du willst. Du hast genug Land und noch etwas mehr.«

»Ja. Achte darauf, daß jeder einen Ochsen und einen Pflug bekommt, Holz aus meinen Wäldern zum Bauen, vier Schafe, eine Kuh, Saatgut, Geflügel und ein paar Kaninchen, sobald die Tiere, die wir aus der Normandie mitgebracht haben, Junge werfen.«

Simon hörte zu, während Dominic fortfuhr, die Notwendigkeiten zur Gründung eines kleinen Hausstandes aufzulisten. Wie immer faszinierte Simon die Art, wie sein Bruder jedes noch so kleine Detail berücksichtigte. Ob es um eine Schlacht oder um Landwirtschaft ging, Dominic befaßte sich sorgfältig mit der Sache, trug alles zusammen, was für den Erfolg notwendig war, und griff dann mit atemberaubender Schnelligkeit an.

»Vergiß nicht die Kochtöpfe. Sie sind wertvoller als Gold«, fügte er hinzu.

»Alles, was eine Ehefrau bei Laune hält, ist wertvoller als Gold«, erwiderte Simon.

Dominic warf seinem Bruder einen scharfen Blick zu. Simons schwarze Augen enthielten sowohl Verständnis als auch sorgsam verhüllte Belustigung.

»Gibt es sonst noch etwas?« erkundigte sich Simon.

»Ja. Sag Sven, er soll ein Auge auf meine Frau haben. Ich möchte ganz sicher sein, daß sie niemanden trifft, der nicht zur Burg gehört.«

»Glaubst du wirklich, sie wird versuchen, zu Duncan zu gehen, nachdem sie dich geheiratet hat?«

»Sie ist der Schlüssel zu allem, was ich mir jemals im Leben gewünscht habe«, erwiderte Dominic nüchtern. »Bis ich sicher sein kann, daß sie meinen Erben trägt, werde ich sie so scharf beobachten, wie ein Adler ein dummes Kaninchen beobachtet.«

Der Traum verdichtete sich langsam, unablässig, untergrub den Frieden von Megs mühsam gefundenem Schlaf.

Gefahr.

Meg wimmerte im Schlaf und drehte sich auf die andere Seite, als wollte sie vor etwas fliehen, was nur sie sehen konnte. Aber es gab keine Flucht, denn der Traum war in ihrem Hirn gefangen und sie selbst in ihrem Traum.

Trostlos, farblos und kalt hüllte der Traum sie ein.

Tod.

Ein stummer Schrei gefror in Megs Kehle, zerrte mit eisigen Klauen an ihr.

Unheil.

Wortlos wehrte sich Meg gegen das Schweigen, fragte, was sie tun sollte.

Die Antwort war ebenso wortlos. Grün stieg aus der Leere auf, die sie umgab. Schatten nahmen feste Form an. Pflanzen wuchsen im geheimen, tranken Regentropfen, entfalteten ihre Blätter unter einer unsichtbaren Sonne. Die Pflanzen hatten alle die gleiche Farbe, die gleiche Form, die gleichen Blätter, die gleiche Bedeutung von Stille und uraltem, unberührtem Boden.

Geh.

Mit immer noch geschlossenen Augen setzte Meg sich ruckartig im Bett auf. Ihr Herz hämmerte zum Zerspringen. Ihr Kopf pochte von der überwältigenden Intensität des Traums. Ihr Hirn und ihr Körper waren von einer einzigen Gewißheit erfüllt.

Gefahr.

Mit einem erstickten Schrei riß Meg die Augen auf, rannte ans Fenster und warf die Läden auf.

Nichts war zu hören, nur die unheimliche Stille, die kurz vor der Morgendämmerung herrscht. In den nächsten Augenblicken würde ein Hahn die Sonne wachkrähen und dann arrogant vor seinen Hennen herumstolzieren. Kurz nach dem Hahnenschrei würden die Bauern und Leibeigenen aufstehen, Herdfeuer würden angezündet werden, und Männerstimmen würden über den

Burghof schallen, die von täglichen Pflichten sprachen, die erledigt werden mußten, und von Mädchen, die umworben werden wollten.

In den nächsten Augenblicken ...

Aber nicht jetzt. Jetzt herrschte nur eine seltsam unwirkliche Stille, während die Erde auf das Erscheinen der Sonne wartete.

Mit angehaltenem Atem starrte Meg aus dem schmalen Fenster, blickte angestrengt zu den geisterhaften Nebelschwaden hinüber, die von Mühlenteich, Fischteich, Wiese und See aufstiegen. Kein Klirren von Rüstung oder Zaumzeug drang durch die Stille, keine Hufschläge, keine gedämpften Befehle an Männer, die durch die Morgendämmerung schlichen.

Und dennoch existierte die Gefahr. Meg wußte es so sicher, wie sie wußte, daß ihre Augen die Farbe von Glendruid Grün hatten.

Die Gewißheit von drohender Gefahr war wie ein Messer in ihrem Herzen. Sie hatte geglaubt, mit ihrer Heirat wäre die Gefahr eines Krieges abgewendet. Hatte fest geglaubt, ihre Eheschließung mit dem mächtigen normannischen Lord würde die Sicherheit ihrer Leute und das Überleben von Blackthorne Keep garantieren.

Doch jetzt war sie sich nur einer Sache sicher: daß irgend etwas nicht stimmte. Ganz und gar nicht stimmte.

Tod.

Meg schauderte.

Unheil.

Sie hatte nicht mehr so lebhaft geträumt seit jener Nacht, als ihre Mutter in die Wälder gegangen und nicht mehr zurückgekehrt war. Niemals mehr.

Rufst du mich, Mutter? Werde ich endlich die Geheimnisse des uralten Grabhügels erfahren?

Kaum war Meg der Gedanke an den verhexten Ort gekommen, da wuchs die Gewißheit in ihr, daß sie dort hingehen mußte. Dort, wo der Boden unberührt von Menschen war, wo Pflanzen auf uralter Erde wuchsen, von Geheimnissen durchdrungen, dort würde sie die Frucht der Erkenntnis finden, die alles war, was zwischen Blackthorne Keep und der Zerstörung stand.

Sie wußte nicht, woher dieses Wissen kam.

Sie wußte nur, daß es die tödliche Wahrheit war.

Mit einem erstickten Laut riß sich Meg ihr Nachthemd vom Leib und griff nach der schlichten bäuerlichen Kleidung, die sie bei der Arbeit im Kräutergarten oder in den Volieren trug. Mit Fingern, steif vor Kälte und Furcht, flocht sie ihr Haar zu losen Zöpfen und band sie mit Lederbändern fest.

Ein einfaches Kopftuch, von einem Lederreifen gehalten, und dicke Wollsocken an den Füßen vervollständigten ihre Kleidung. Dann nahm Meg ihre Stiefel in die Hand und hastete geräuschlos durch die steinernen Korridore der Burg und die Wendeltreppe hinunter. Sie hielt nur lange genug inne, um etwas Brot und Käse aus der Speisekammer zu nehmen und in ihre Stiefel zu schlüpfen, und eilte dann weiter in den Vorbau.

Ein flachshaariger Fremder bewachte den Ausgang, gestattete den Bediensteten, zwischen Burg und Hof hin- und herzugehen, während sie ihre frühmorgendlichen Pflichten erledigten. Der Mann hatte kaum einen Blick für Meg übrig, als sie sich hastig an ihm vorbeidrängte.

Rauch aus dem Küchengebäude stieg in den Hof auf, vermischte sich mit der nebligen Morgendämmerung. Das Kopfsteinpflaster auf dem ausgetretenen Pfad war schlüpfrig und kalt. Meg bewegte sich über die Steine, als trüge sie Flügel. Das Torhaus war kalt und dunkel, bis auf die Fackel, die neben dem Stuhl des Wächters brannte.

»Einen guten Morgen, Mistress«, sagte Harry und erhob sich steif von seinem Platz. »Ihr seid aber früh auf den Beinen.«

»Ich habe meinen Kräuterkeller und den Garten vernachlässigt«, sagte Meg.

»Ja«, erwiderte Harry mit todernster Miene. »Ich habe die Pflanzen gestern den ganzen Tag in den liebenswürdigsten Tönen nach ihrer Herrin rufen hören. Ich habe Black Tom hingeschickt, um ihnen auszurichten, daß Ihr mit Euren Pflichten als Ehefrau des neuen Burgherrn beschäftigt wäret, aber der faule Bursche hat sich nur in der Katzenminze gewälzt und kein einziges tröstliches Wort zu den armen Pflanzen gesagt.«

Das lustige Zwinkern in Harrys Augen war selbst im Halbdunkel des Torhauses unverkennbar. Meg lächelte ihm zu, trotz der Dringlichkeit, die sie vorwärtstrieb. Sie berührte Harrys Hand, als er nach der Tür griff.

»Du bringst Licht in meinen Tag«, murmelte sie.

»Aber nein, Mylady. Ihr seid es, die Licht in unser Leben bringt. Es gibt nicht einen unter Euren Leuten, der keine Geschichte von Eurer Freundlichkeit zu erzählen wüßte.«

Lächelnd schüttelte Meg den Kopf. »Nein, ihr seid es, die mir mit soviel Freundlichkeit begegnet.«

»Seid Ihr ...« Harrys Stimme brach ab. Eine Röte, die nichts mit dem Fackelschein zu tun hatte, kroch in sein wettergegerbtes Gesicht. Er räusperte sich heftig.

»Ist alles in Ordnung mit Euch, Mylady?«

Als Meg begriff, daß Harry auf ihren neuen Status als Ehefrau anspielte, errötete sie bis zu den Haarwurzeln.

»Die Leute ...« Er räusperte sich und setzte zu einem neuen Versuch an. »Eure Mutter war eine Fremde, als sie hierherkam. Wir sahen ... das heißt, Euer Vater war ein harter, strenger Mann, selbst wenn er nicht betrunken war. Und wenn er es war ...«

»Ich weiß«, flüsterte sie.

»Ihr dagegen seid keine Fremde für uns, Lady Margaret«, sagte er hastig. »Wenn dieser normannische Bast ... äh, wenn der neue Herr Euch Schmerz zufügt, werden wir das nicht tatenlos hinnehmen. Solltet Ihr uns brauchen, dann ruft einfach um Hilfe, und wir kommen gelaufen, und nichts und niemand wird uns aufhalten. Ihr braucht nicht wie Eure Mutter in den Wald zu fliehen, um Frieden zu finden. Einem Mann können viele Unfälle passieren, wenn er auf die Jagd geht, das verspreche ich Euch.«

Tränen schimmerten in Megs Augen, machten sie riesig. Sie drückte einen flüchtigen Kuß auf Harrys Wange, der bei dieser Geste der Zuneigung noch stärker errötete.

»Sag den Leuten, daß es keinen Grund zur Besorgnis gibt. Lord Dominic ist nicht unfreundlich zu mir gewesen auf die Art, wie du es befürchtest.«

Bevor Harry antworten konnte, war Meg gegangen. Wie ein fliehendes Gespenst rannte sie durch das Portal und über die Zugbrücke. Kalte Schauer, die nichts mit der morgendlichen Kälte zu tun hatten, überliefen ihren Körper, machten sie atemlos. Lord Dominic hatte seine Glendruid Braut tatsächlich nicht gezwungen. Er hatte sie einfach das Paradies von seinen Lippen kosten lassen und ihr dann klargemacht, daß sie ganz allein in diesem Paradies war. Denn er wollte nichts weiter als Erben von ihrem Körper.

Bist du jetzt in der Hölle, John? Lachst du jetzt über die Hölle, die du anderen auf Erden bereitet hast? Dominic will nur einen Sohn, einen Erben von mir.

Vergeblicher Traum. Dominic hat keine Liebe in sich, nur das brennende Verlangen, eine Dynastie zu gründen, und das Wissen eines klugen Taktikers von der Schlacht, die vor ihm liegt.

Der Pfad führte zwischen niedrigen Steinmauern hindurch, die die Felder von den Weiden abgrenzten. Das satte, dunkle Braun der Erdfurchen schimmerte vor Feuchtigkeit. Parallele Streifen von hellem Grün markierten das erste zerbrechliche Wachstum zukünftiger Feldfrüchte. Krähen hüpften von Ackerfurche zu Ackerfurche, suchten Samen oder Insekten. Wie blasse Flecken von Nebel bewegten sich Schafe auf der Weide, während ihre klugen schwarzen Mäuler junge, frische Triebe zwischen dem strohigen Gras des Vorjahres herauszupften.

Kirchenglocken hallten durch die Stille, verkündeten die Stunde und sagten den Leuten, daß es Zeit war, an die Feldarbeit zu gehen. Das Glockengeläut entzückte Meg sonst immer. An diesem Morgen trieb es sie nur weiter, verstärkte nur das Gefühl höchster Dringlichkeit, das mit jedem Schritt, den sie sich weiter von der Burg entfernte, noch wuchs.

Gefahr.

12. KAPITEL

»Sie ist fort«, sagte Simon nüchtern.

Dominic blickte von der stumpfen, zerbeulten Lanze auf, die er gerade in der Waffenkammer gefunden hatte.

»Sie?« fragte er geistesabwesend.

»Lady Margaret.«

»Kreuzsakrament!« fluchte Dominic.

Er wandte sich an den unbehaglich dreinschauenden Burgverwalter, dessen Laune nicht sonderlich verbessert worden war durch Dominics schneidende Bemerkungen über den beklagenswerten Zustand der Burg im allgemeinen und der Waffenkammer im besonderen.

»Sorg dafür, daß die Diener sämtliche Fußböden der Burg fegen und schrubben«, befahl Dominic dem Mann barsch. »Und dann laß sie überall duftende Kräuter und frische Binsen ausstreuen, bis der Ort so sauber wie Lady Margarets Quartier ist. Hast du verstanden?«

»Ja, Herr.«

»Dann mach dich an die Arbeit!«

Der Mann gehorchte mit bewunderswerter Schnelligkeit. Das Geräusch seiner Schritte, die den Korridor entlanghallten und dann die Wendeltreppe im Eckturm hinauf, war wie ein schneller Trommelwirbel.

Dominic richtete seinen eisigen grauen Blick erneut auf seinen Bruder. »Wann?« fragte er.

»Das weiß ich nicht.«

»Wo ist ihre Zofe?«

»Flirtet mit deinen Rittern.«

Dominics Augen verengten sich, während er nachdenklich mit der rostigen Lanze spielte.

»Wer hat Meg als letzter gesehen?« wollte er wissen.

»Harry. Er hat sie kurz vor Morgengrauen aus dem Torhaus herausgelassen.«

Die Tatsache, daß Meg auch nicht gut geschlafen hatte, war ein kleiner Trost für Dominic, der den Rest seiner Hochzeitsnacht damit verbracht hatte, am Spieß unbefriedigten Verlangens zu schmoren.

»Wer hat sie begleitet?« fragte er.

»Niemand.«

Dominics kleiner Trost schwand dahin.

»Sie war ganz allein?« fragte er ungläubig.

»Ja.« Simons Stimme klang grimmig.

»Was hatte Sven dazu zu sagen?«

»›Ein Mann muß hin und wieder auch mal schlafen, bitte vielmals um Vergebung, Herr.‹ Das hat er gesagt. Er dachte, sie würde ausgerechnet an diesem Morgen länger im Bett bleiben.«

Simons exakte Nachahmung von Svens Stimme ließ ein dünnes Lächeln um Dominics Mundwinkel zucken.

»Harry war der Meinung, sie habe einfach nach ihren Gärten schauen wollen, wie sie es jeden Morgen tut«, fuhr Simon fort.

»Was gibt es denn da zu sehen?« gab Dominic zurück. »Die Felder sind doch noch kahl.«

»Ihre Gärten waren schon sorgfältig bepflanzt, bevor John seine verdrießlichen Bauern dazu kriegen konnte, Pflug und Ochsen auf die Felder des Burgherrn zu schaffen.«

Dominic grunzte. »Schick jemanden los, der Meg aus den Gärten holt. Bei all den enteigneten Vögten hier in der Gegend ist es für eine Frau zu gefährlich, allein außerhalb der Burg herumzuwandern.«

Simon warf seinem Bruder einen ungläubigen Blick zu. »Hältst du mich für so schwachsinnig, daß ich nicht selbst auf die Idee gekommen wäre, jemanden hinter ihr herzuschicken? Ich hab's dir doch gesagt, sie ist *fort!*«

»Was ist mit den Bauern? Ist sie vielleicht losgegangen, um nach einer Frau zu sehen, die in den Wehen liegt?«

»Nein. Keiner der Vasallen hat sie gesehen, seit sie heute morgen im Nebel verschwunden ist. Die Leute in den Siedlungen haben sie ebenfalls nicht gesehen.«

»Hol die Hunde«, sagte Dominic brüsk, »Sag Harry, er soll die Tore öffnen.«

Dominic hatte die Worte noch nicht ganz ausgesprochen, da verkündete das aufgeregte Bellen und Jaulen seiner Windhunde, daß Simon den Wunsch seines Bruders bereits vorausgesehen hatte. Der Hundeführer hatte die Tiere schon in den Hof gebracht, und jetzt warteten sie draußen voller Ungeduld, begierig auf die Jagd.

»Crusader ist gesattelt und steht für dich bereit«, sagte Simon, bevor Dominic fragen konnte.

»Hol dein eigenes Schlachtroß.«

»Was ist mit der Burg?« erkundigte sich Simon. »Wer soll während unserer Abwesenheit darauf aufpassen?«

»Thomas der Starke wird sie für uns bewachen. Sag ihm, er soll die Vasallen von den Feldern hereinrufen und die Brücke hochziehen, sobald wir draußen sind. Dies ist vielleicht alles nur ein Trick, um die Burg zu überfallen.«

»Du glaubst doch nicht, daß deine eigene Ehefrau ...«

»Ich glaube«, unterbrach Dominic ihn wild, »daß meine eigene Ehefrau geraubt worden sein könnte, um gegen ein Lösegeld freigelassen zu werden, das mich ruinieren und alle meine Hoffnungen zerstören würde, Blackthorne Keep zu der Festung auszubauen, die es sein muß, um zu überleben.«

Simons schwarze Augen verengten sich.

»Und genau diese Worte wirst du auch in der Burg verbreiten«, fuhr Dominic fort. »Verstehst du? Es wird keinen Hinweis darauf geben, was meiner Meinung nach wirklich im Gange ist.«

»Und das wäre?«

»Duncan of Maxwell und meine verfluchte Glendruid Frau!«

Das darauffolgende Schweigen hallte von all dem wider, was Dominic nicht gesagt hatte – von Verrat und Betrug und der Zerstörung eines Traums.

»Möchtest du, daß noch jemand mit uns kommt?« fragte Simon nach einer Pause.

»Nein. Nicht meine Junker. Nicht deine. Noch nicht einmal der Hundeführer. Was heute getan wird, wird ganz unter uns bleiben.«

»Du glaubst doch nicht wirklich, daß …«

»Ich bin Taktiker, Simon. Verrat von innen ist der beste Weg, um eine Burg zu überwältigen. Wenn ich das weiß, dann weiß es der Schottische Hammer sicherlich auch.«

Simon blickte in die grauen Augen seines Bruders und fühlte dunkle Vorahnungen in sich aufsteigen.

Gott stehe dem Mädchen bei, falls sie gerade bei Duncan ist, wenn Dominic sie findet, dachte Simon unbehaglich.

Gott helfe uns allen.

Wenige Minuten später marschierte Dominic in den Burghof hinaus, in metallverstärkte Kniehosen und Kettenpanzer gekleidet, mit Helm und Schwert ausgerüstet. In einer panzerhandschuhbewehrten Faust hielt er eine Armbrust. In der anderen das Nachthemd, das Meg getragen und dann achtlos auf den Boden geworfen hatte in ihrer Hast, davonzulaufen.

Die Hunde tänzelten und winselten vor Ungeduld, von der Leine gelassen zu werden. Langbeinig, von schlankem Körperbau, mit langen, schmalen Schnauzen und von einer unglaublichen Schnelligkeit, brannten die Hunde geradezu vor Verlangen, daß man sie die Witterung aufnehmen ließ, die sie den Tag über verfolgen würden.

Dominics Junker hielt Crusader am Zaumzeug fest, versuchte, den unruhigen Hengst zu beschwichtigen. Simon wartete in der Nähe im Sattel seines eigenen Kampfrosses. Falls er noch irgendwelche Zweifel an dem tödlichen Zorn seines Bruders gehabt hatte, so verschwanden sie abrupt, als er sah, wie sich Dominic mit einem einzigen federnden Sprung in den Sattel schwang, ohne die Steigbügel zu benutzen. Es war ein Manöver, das jeder gut trainierte Ritter selbst in voller Rüstung beherrschte, aber nur wenige taten es, wenn ein Junker danebenstand, bereit, beim Aufsitzen behilflich zu sein.

Der dunkle Hengst bäumte sich halb auf der Hinterhand auf und legte die Ohren flach an den Kopf, als er die Stimmung seines Reiters spürte. Dominic ritt das kraftvolle Pferd mühelos, nahm scheinbar keine Notiz von dem feurigen Temperament des Hengstes.

»Harry wartet am Torhaus«, sagte Simon.

Dominic nickte kurz und trabte dann quer über den Hof zum Torhaus. Der riesige, muskulöse Hengst tänzelte seitwärts, schnaubte wild und warf den Kopf hoch, gefangen zwischen Dominics übler Stimmung und dem eisernen Mundstück, das ihn zurückhielt. Gewaltige Hufe trommelten einen Rhythmus unterdrückter Dringlichkeit, als die Pferde über das Kopfsteinpflaster des Burghofs galoppierten.

Harry stand vor dem Torhaus. Er erwies Dominic seine Reverenz und wartete schweigend.

»Wann hast du deine Herrin zuletzt gesehen?« fragte Dominic ohne Umschweife.

»Bevor die Sonne über Blackthorne Keep aufging.«

»Hat sie mit dir gesprochen?«

»Ja. Sie schien zu ihren Kräutergärten zu gehen.«

»Schien?«

»Ja, ich hatte zuerst diesen Eindruck. Aber als sich der Weg gabelte, nahm sie die rechte Abzweigung.«

»Die Gärten liegen zur Linken«, sagte Simon leise.

Dominic knurrte. »Wie bist du auf die Idee gekommen, daß sie zu den Kräutergärten wollte?«

Harry blickte unbehaglich drein.

»Sprich zu deinem Herrn«, wies Simon ihn an. »Deine Herrin könnte in Gefahr sein.«

»Meg – Lady Margaret – geht oft in ihre Gärten, wenn sie bekümmert ist.«

Der Blick, den Dominic dem Wächer zuwarf, war nicht dazu angetan, dem Mann Behagen einzuflößen.

»Bekümmert?« fragte Dominic seidenweich. »Wie kommt's?«

Harry blickte noch unbehaglicher drein. Bevor er die richtigen Worte gefunden hatte, kam eine alte Frau aus dem Torhaus heraus. Im Sonnenlicht des späten Vormittags war ihr Haar so weiß, daß es fast durchscheinend aussah.

Dominic drehte sich zu Gwyn um. Zum ersten Mal bemerkte er, daß die Augen der Frau – obwohl vom Alter verblaßt – vom gleichen klaren, frühlingshaften Grün wie die von Meg waren.

»John«, begann Gwyn ohne lange Vorrede, »neigte zu Gewalttätigkeit, wenn er betrunken war. Meg hatte gelernt, ihm aus dem Weg zu gehen.«

»Nach dem heruntergekommenen Zustand der Burg zu urteilen, wage ich zu behaupten, daß er die meiste Zeit betrunken war«, warf Dominic ein.

»Richtig.«

»Ich bin nicht John.«

»Nein, das seid Ihr nicht«, gab sie zu. »Wenn Ihr es wäret, wären die Flanken Eures Pferdes mit Narben von Euren Sporen bedeckt und sein Maul von einer grausamen Trense verhärtet, die auf brutale Weise benutzt wurde.«

»Du hast ein wachsames Auge.«

»Ihr ebenfalls, Dominic le Sabre, Lord of Blackthorne Keep. Benutzt es, wenn Ihr ausreitet. Ihr werdet sehen, daß Meg nichts anderes tut, als Kräuter zu sammeln, wie es ihre Gewohnheit ist.«

»Ohne ihre Zofe mitzunehmen?«

Gwyn seufzte. »Eadith kann recht anstrengend sein.«

»Ist Lady Margaret daran gewöhnt, ohne Begleitung in der Gegend herumzulaufen?« fragte Dominic mit scharfer Stimme.

»Nein«, gab Gwyn mürrisch zu. »Eadith begleitet sie gewöhnlich oder ich oder eine der Burgwachen.«

Dominic schaute Harry an. Der Torhüter schüttelte bedrückt den Kopf.

»Sie war allein«, erklärte er.

»Bring die Hunde zu der Weggabelung«, wies Dominic den Hundeführer an.

Der Mann ging rasch über die Brücke, vorwärtsgezogen von einem aufgeregt kläffenden Rudel Windhunde. Als Dominic Anstalten machte, ihm zu folgen, ergriff Gwyn hastig das Wort.

»Sorgt Euch nicht. Weder Mensch noch Tier würde einem Glendruid-Mädchen Schaden zufügen.«

Das eisige Glitzern von Dominics Augen schweifte über die alte Frau.

»Lady Margaret ist kein Mädchen mehr, um wie ein bäuerliches Frauenzimmer über die Felder zu streifen«, erwiderte er mit kalter, klarer Stimme. »Sie ist jetzt die Ehefrau eines großen Lords und Herrin einer mächtigen Burg. Sie ist eine Beute, die sich jeder Mann mit Freuden nehmen würde.«

»Es besteht Gefahr«, gab Gwyn zu. Dann fügte sie so leise hinzu, daß die meisten Männer es nicht gehört hätten: »Aber nicht für sie. Nicht direkt.«

»Was meinst du?«

Die alte Frau blickte Dominic einen langen Moment schweigend an.

»Ich ahne Gefahr«, sagte sie schließlich. »Meg muß sie ebenfalls geahnt haben. Aber die Gefahr droht nicht ihr. Sondern der Burg. Es stehen gefährliche Zeiten bevor, Herr. Die Omen ...«

Gwyn hielt abrupt inne, als Crusader sich halb auf die Hinterhufe aufrichtete und heftig auf die Trense biß. Trotz der kalten Wut, die in seinem Inneren kochte, bändigte Dominic den Hengst mit sanfter Hand. Crusader tänzelte nervös auf der Stelle und warf unruhig den edlen Kopf hoch.

»Erspar mir diesen Glendruid Unsinn«, erklärte Dominic in

beißendem Ton. »Es gibt immer gefährliche Zeiten. Es gibt immer Omen. Ebenso, wie es immer und jederzeit Verrat gibt. Was ein Mann daraus macht, das ist es, was zählt.«

Damit ließ Dominic dem Hengst die Zügel. Das Pferd sprang vorwärts, als wäre es von einem Katapult abgeschosssen worden. Simon folgte rasch. Das Klappern von Hufen auf dem Kopfsteinpflaster klang wie dumpfer Donner, als die beiden großen Pferde die Brücke überquerten. Die Sonne warf schmale Streifen von Licht auf Kettenpanzer und Helme und ließ sie kalt schimmern.

Als Dominic an der Weggabelung eintraf, warteten die Hunde bereits mit einer Ungeduld, die seiner in nichts nachstand. Doch wie der Mann, so waren auch die Hunde diszipliniert. Trotz ihrer winselnden, unbändigen Bereitschaft waren sie gut erzogen. Sie beobachteten ihren Herrn mit gespannter Aufmerksamkeit, bereit, auf Stimme oder Horn zu reagieren.

»Gib das hier Leaper«, sagte Dominic und reichte Megs Nachthemd weiter.

Der Hundeführer nahm das Hemd und hielt es einer silbergrauen Hündin hin. Sie schnüffelte daran, winselte laut und schnüffelte noch einmal. Nach wenigen Augenblicken hob sie den Kopf und bellte auffordernd.

»Sie hat den Geruch aufgenommen, Herr.«

»Laß sie von der Leine. Aber nur sie«, befahl Dominic. »Wenn sie die Witterung schnell aufnimmt, behalte die anderen an der Leine. Ich möchte kein unnötiges Aufsehen in der Gegend erregen.«

Der Hundeführer hakte die Lederleine von Leapers Halsband ab. Auf sein Handzeichen sprang sie vorwärts, um nach dem Geruch zu suchen, den sie aufgenommen hatte. Es dauerte nur kurze Zeit, bis sie die Spur gefunden hatte, denn der Boden war feucht, ideal, um Gerüche zu halten. Die Nase dicht am Boden, rannte die Hündin los, immer der Fährte nach.

Dominic und Simon folgten in hartem Handgalopp, und ihre

Kettenhemden glitzerten im wolkenverhüllten Sonnenlicht. Hinter ihnen jaulten die angeleinten Hunde vor Enttäuschung.

Langsam richtete Meg sich auf und streckte sich, versuchte, die verkrampften Muskeln in ihrem Rücken zu lockern. Sie hatte die letzten Stunden ausschließlich auf Händen und Knien verbracht und zwischen den aufgetürmten Felsbrocken und am Fuß der aufrecht stehenden Steine gesucht, die den verhexten Ort kreisförmig umschlossen. Der kleine Sack, den sie zum Kräutersammeln benutzte, war schließlich prall gefüllt mit der mühsam errungenen Ausbeute. Er baumelte an ihrer Hüfte, als sie aus dem heiligen Eichenwäldchen strebte.

Meg hatte wesentlich länger als erwartet gebraucht, um die neuen Blätter und Stengel und ein paar von den bitteren Wurzeln zu finden, die sie Geisterpantoffel nannte. Sie hatte sogar noch weitere nützliche Kräuter und einige Sämlinge für ihre Gärten entdeckt. Es gab noch andere, die sie hätte gebrauchen können, aber es hätte die Pflanzen absterben lassen, ihre wenigen Blätter zu entfernen. Es war noch zu früh im Jahr für üppigen Blattwuchs. Nur die Narzissen waren schon ausgewachsen und reckten an jedem Bachufer und jedem Sumpfloch ihre gelben Gesichter der Sonne entgegen.

Der verwunschene Ort lag schon ein ganzes Stück hinter Meg, als es der Sonne endlich gelang, die Wolkendecke zu durchbrechen. Ein Strahl blaßgelben Lichts fiel herab, tauchte vereinzelte Eichen und moosüberwachsene Felsen in ein mildes Feuer. Steine und kahle Äste schimmerten dunkel, als wären sie lackiert. Hoch oben an den Spitzen der Eichenzweige brachen die ersten grünen Knospen auf, Vorboten üppiger sommerlicher Blätterfülle.

Die stumme Verheißung der Knospen und der Sonne löste die Anspannung in Megs Körper. Als wäre der Sonnenstrahl ein wilder Falke, der gezähmt werden muß, hob Meg beide Hände und pfiff leise, badete in dem milden Licht.

Von der Kuppe des Hügels kam ein Antwortpfiff.

Sekunden später rannte ein Windhund in unglaublichem Tempo auf Meg zu, flog förmlich mit fließenden, geschmeidigen Bewegungen über den Erdboden. Als der Hund nur noch wenige Schritte von ihr entfernt war, zerschnitt ein Jagdhorn die Stille. Der Hund blieb stehen, wirbelte herum und raste in die Richtung zurück, aus der er gekommen war.

Mit klopfendem Herzen schirmte Meg ihre Augen mit der Hand ab und blickte über das in Nebelschwaden gehüllte Tal, wo Sonnenlicht Funken von Wassertropfen aufblitzen ließ. Zwei Schlachtrösser zeichneten sich als dunkle Silhouetten auf der Hügelkuppe ab. Eines der Pferde trug einen Reiter. Das andere nicht.

Gerade als Meg erkannte, daß es Dominics Kampfpferd war, das reiterlos war, ertönte die Stimme ihres Ehemannes unmittelbar hinter ihr.

»Wo bist du gewesen?«

Sie fuhr herum. »Du hast mich erschreckt.«

»Ich werde noch ganz andere Dinge tun, wenn du meine Fragen nicht beantwortest. *Wo bist du gewesen?«*

»Beim Kräutersammeln.«

Dominic musterte Megs schlichte Kleider. Sie waren fleckig und zerknittert und schienen alles andere als pfleglich behandelt worden zu sein. Tatsächlich sahen sie sogar aus, als hätten sie als Bettstatt für ein verbotenes Stelldichein gedient.

»Beim Kräutersammeln«, wiederholte er tonlos. »Seltsam. Deine Kleider sehen aus, als hättest du dich damit auf dem Boden herumgewälzt.«

Meg blickte an sich hinunter, zuckte die Achseln und schaute wieder Dominic an. Trotz seiner sorgsam beherrschten Stimme fühlte sie die eisige Wut in ihm. Sie schien wie eine Lawine, die nur noch nach einem Auslöser sucht, um auf sie herabzustürzen.

»Genau deshalb trage ich diese Lumpen«, erwiderte sie knapp. »Es hat keinen Sinn, meine gute Tunika damit zu ruinieren, indem ich auf Händen und Füßen in der Erde herumwühle.«

Dominic gab einen neutralen Laut von sich. Er ließ seinen Blick über die Landschaft schweifen. Abgesehen von den fröhlichen gelben Farbtupfern der Narzissen gab es keinerlei Anzeichen von sprießendem Grün. Er drehte sich erneut zu Meg um und taxierte sie abschätzend.

»Hast du hier gesammelt?«

»Nein.«

»Wo dann?«

Es widerstrebte Meg, von dem alten Glendruid-Hügel zu sprechen. Sie wußte, selbst die Vasallen, die sie liebten, hielten den Ort bestenfalls für unheimlich – und schlimmstenfalls für verflucht.

»Was spielt das für eine Rolle?« entgegnete sie. »Ich habe gefunden, was ich brauche.«

Der Zorn in Dominics Innerem entzog sich fast seiner Kontrolle. Nur mit großer Mühe gelang es ihm, seine Wut zu zügeln.

»Tatsächlich?« fragte er seidenweich. »Und was ist das, was du so dringend gebraucht hast?«

Wieder zögerte Meg, ihm eine Erklärung zu geben. Wenn sie ihm von dem Gegenmittel erzählte, das sie unbedingt bereiten mußte, würde sie auch von der verschwundenen Medizin sprechen müssen. Und sie hatte Gwyn versprochen, nichts zu sagen.

In die Stille mischten sich entferntes Vogelgezwitscher und das weitaus näher klingende Stampfen von Pferdehufen, als Simon herangeritten kam und Dominics Hengst am Zügel mit sich führte. Der Windhund tänzelte hechelnd und mit hängender Zunge neben ihm her.

»Mylady«, begann Dominic erneut mit abgehackt klingender Stimme, »was war es, was Ihr so dringend gebraucht habt, daß Ihr allein ins Moor hinausgelaufen seid, ohne irgend jemandem Bescheid zu sagen?«

»Sämlinge«, erklärte Meg, wobei sie seinen Blick vermied. »Für meine Gärten.«

»Du lügst ziemlich schlecht.«

»Ich lüge nicht. Ich habe Sämlinge für meinen Garten gesammelt.«

»Zeig sie mir.«

»Erst wenn ich sie eingepflanzt habe. Wenn man sie zu oft anfaßt, werden sie ...«

Megs Worte endeten in einem erschrockenen Laut, als Dominic ihr den Kräutersack brüsk aus der Hand nahm, ihn umstülpte und gründlich ausschüttelte. Ganze Pflanzen und Erde fielen zu Boden. Kleine Blätter flatterten wie grüner Regen herab.

»Nein!« rief sie wild.

Sie riß ihm den Sack weg und ging auf Hände und Knie, um den Boden nach den kleinen Blättern abzukämmen.

Stirnrunzelnd schaute Dominic zu. Er hatte an Megs Worten gezweifelt, aber an ihrer Aufrichtigkeit in diesem Moment zweifelte er nicht. Die Pflanzen in dem Sack waren offensichtlich von großem Wert für sie.

»Simon.«

»Ja?«

»Verfolge ihren Weg zurück.«

»In Ordnung.«

»Es wird dir nichts nützen«, murmelte Meg, ohne aufzublicken.

»Was Simon nicht sehen kann, wird Leaper riechen können.«

»Nicht an der uralten Grabstätte. Kein Hund wird dort hingehen, kein Pferd.«

»Warum nicht?« verlangte Dominic zu wissen.

»Ich bin kein Hund und auch kein Pferd, um diese Frage beantworten zu können«, gab Meg barsch zurück, als sie die Blätter vorsichtig in den Beutel zurücklegte. »Ich weiß nur, daß es so ist. Tiere nehmen einige Dinge deutlicher wahr als Menschen.«

»Die uralte Grabstätte«, wiederholte Dominic mit einem fragenden Unterton in der Stimme.

Meg murmelte etwas vor sich hin und fuhr fort, Blätter aufzusammeln.

Einen Augenblick später fühlte sie eine panzerhandschuhbewehrte Faust unter ihrem Kinn, die ihr Gesicht hochhob und sie zwang, dem kalten, freudlosen Blick ihres Ehemannes zu begegnen.

»Und du fürchtest diesen Ort nicht?« fragte er.

»Warum sollte ich? Ich bin keine hechelnde Jagdhündin.«

Simon gab ein Geräusch von sich, das ein Hüsteln hätte sein können – oder auch unterdrücktes Gelächter.

Ohne seinen Blick von Megs wütenden grünen Augen abzuwenden, bedeutete Dominic seinem Bruder mit einer Geste, Megs Weg zurückzuverfolgen.

»Nein, du bist weder Hund noch Pferd«, sagte Dominic entschieden. »Du bist eine Glendruid Hexe. Welchen Unfug hast du hier ausgebrütet?«

»Ich bin eine Glendruid, aber ich bin keine Hexe.«

»Dennoch gehst du an einen Ort, den die einfachen Leute für verflucht halten.«

»Das Kreuz, das ich trage, läßt sich davon nicht beunruhigen«, erwiderte Meg. »Wenn an der uralten Stätte böse Kräfte herrschten, so wie es die Leute glauben, würde das Kreuz brennen. Das tut es nicht. Es liegt kühl und ruhig zwischen meinen Brüsten.«

Dominic betrachtete seine Frau, während sich das Trommeln von Pferdehufen immer weiter entfernte und schließlich zu einer Stille verblaßte, die nur von Vogelgezwitscher und einem aufkommenden Wind unterbrochen wurde. Als er Megs Kinn freigab, bezeichneten kleine rote Flecken die Stelle, wo sich Kettenglieder in zarte, elfenbeinweiße Haut gedrückt hatten.

Dominic hätte noch mehr Schuldbewußtsein selbst angesichts dieser nur flüchtigen Verletzung gefühlt, hätte nicht die Gewißheit, daß Meg mit einem Liebhaber zusammengewesen war, wie Blei in seinem Magen gelegen.

Kein Wunder, daß meine Braut gestern abend so rasch und heftig auf die sinnliche Verlockung reagiert hat. Sie ist kein frisch ge-

fangener Jungvogel, sondern ein Falke, der an die Berührung eines Mannes gewöhnt ist.

Ich werde Erben von ihr haben, das steht fest. Sie kann der wilden Leidenschaft in den Armen eines Mannes ebensowenig widerstehen, wie ein Falke der Freiheit des Himmels widerstehen kann. Aber wem auch immer sie in der Vergangenheit gehört hat – jetzt ist sie mein.

Und sie wird mein Eigentum bleiben.

Grimmig betrachtete Dominic die Pflanzenteile, die auf dem Boden verstreut lagen. Mit angefeuchteten Fingerspitzen hatte Meg behutsam alle bis auf ein paar Sämlinge aufgeklaubt, die rasch welkten. Dominic war kein Kräutersammler und auch kein Gärtner, aber die Sämlinge kamen ihm bekannt vor. Er war sicher, daß er die gleiche Sorte weit näher an der Burg hatte wachsen sehen.

In der Erwartung, Meg würde protestieren, hob er einige der zarten Pflänzchen auf.

Es kam aber kein Protest, noch nicht einmal, als er die Sämlinge nachlässig in den Reisesack an Crusaders Sattel stopfte. Doch als er sich bückte, um Meg beim Aufsammeln der wenigen restlichen losen Blätter, Stengel und winzigen Wurzeln zu helfen, schob sie seine Hände energisch weg.

»Nicht«, sagte sie. »Deine Panzerhandschuhe sind zu plump. Wenn du die Blätter zerdrückst, bevor der Trank bereitet ist, wird er zu schwach sein, um seinen Zweck zu erfüllen.«

»Ist das der Grund, weshalb du weder Eadith noch eine der Burgwachen mitgenommen hast?« fragte Dominic glatt. »Sind sie zu ungeschickt mit den Pflanzen?«

Meg sagte nichts.

»Antworte mir, *Ehefrau.* Sag mir, warum du allein in den Wald gegangen bist.«

Megs Hände hielten mitten in der Bewegung inne. »Ich …«

Dominic wartete mit wachsender Gewißheit, daß er nur noch Lügen hören würde.

Was er hörte, war jedoch nur Schweigen.

»Wieviel weiter diesen Weg hinauf liegt eigentlich Carlysle Manor?« fragte er in bewußt beiläufigem Ton.

Meg stieß einen Seufzer der Erleichterung aus bei diesem Themenwechsel. Im Sprechen begann sie den Rest der winzigen Blätter aufzusammeln.

»Es ist weiter als einen anstrengenden Tagesmarsch entfernt«, erklärte sie. »Es wäre längst Nacht, bevor man das Anwesen vom Old Pass aus sehen würde.«

»Und noch Nachmittag, wenn man den Weg reiten, statt zu Fuß gehen würde?«

»Ja. Aber das tun nur wenige, obwohl der Weg eine Abkürzung zwischen zwei Karrenpfaden ist«, sagte Meg, erleichtert, endlich bei einem sicheren Gesprächsthema zu sein. »Die Abkürzung ist an einigen Stellen sehr beschwerlich. Die meisten Leute ziehen die Karrenpfade vor. Bevor John zu schwach wurde, sind wir mehrmals im Jahr von der Burg aus auf der Straße zu den verschiedenen Herrenhäusern gereist.«

»Sind die Karrenpfade in schlechtem Zustand? Hast du deshalb diesen Weg genommen?«

»Nein. Seit Duncan zurückgekehrt ist, hat er die Straßen von seinen Männern ausbessern lassen.«

Dominics Augen verengten sich. Wenn Meg seinen Ausdruck hätte sehen können, hätte sie die letzten Blättchen liegen lassen und wäre davongelaufen, so schnell ihre Füße sie trugen. Aber ihre Aufmerksamkeit war ganz darauf konzentriert, jedes kostbare Stück Grün aufzusammeln.

»Ziehen es alle einfachen Leute vor, um diese Hügel herumzugehen und die zusätzliche Strecke auf den Karrenpfaden zu laufen?«

»Ja. Sie meiden die Orte, an denen es angeblich spukt.«

»Wie bequem.«

Die Schärfe seines Tons glich der einer Schwertklinge. Meg zuckte kaum merklich zusammen und hielt im Aufsammeln inne.

»Bequem?« fragte sie. »Wie das?«

»Für ein heimliches Stelldichein«, gab Dominic glatt zurück.

Meg schaute auf und erwiderte seinen kalten grauen Blick unerschrocken.

»Das ist es also«, sagte sie. »Du glaubst, ich hätte mich draußen auf der Wiese mit irgendeinem Mann herumgewälzt.«

»Nicht mit irgendeinem Mann«, sagte er streng, »sondern mit Duncan of Maxwell. Sieh dich doch nur an – deine Wangen sind gerötet, deine Augen leuchten, und an deinen Kleidern haften Erde und Überreste von Waldboden.«

»Meine Wangen sind gerötet, und meine Kleider sind schmutzig, weil ich fast einen Kopfstand veranstaltet habe, um an die Pflanzen heranzukommen!«

»Vielleicht. Und vielleicht bist du auch ein Mädchen, das sich kürzlich mit seinem Liebhaber vergnügt hat.«

»Nein!«

»Hat Duncan gedacht, wenn ich dich erst einmal genommen hätte, würde ich es nicht merken, wenn er dich ebenfalls nimmt? Hofft er, mir einen Bastard unterzuschieben, so wie es deine Mutter mit John gemacht hat?« fuhr Dominic rücksichtslos fort.

Meg hob stolz den Kopf. »Ich gebe dir mein Wort, Dominic. Ich bin mit keinem Mann zusammengewesen.«

»Das sagst du, Frau.«

»Leg dich mit mir hin«, erwiderte sie hastig. »Hier und jetzt, Dominic le Sabre. Dann wirst du feststellen, daß du der erste Mann für mich bist.«

Dominics kaltes Lächeln wirkte alles andere als beruhigend auf Meg.

»Gut gespielt, Lady Margaret«, sagte er.

»Ich spiele nicht!«

»Ich auch nicht. Wenn ich dich nehme und feststelle, daß du keine Jungfrau mehr bist, und wenn du dann schwanger wirst, dann wüßte ich nie, wer der Vater wäre, nicht wahr?«

Meg war zu schockiert, um zu sprechen.

»Nein, mein kluges kleines Weib, ich werde dich nicht nehmen, bis du geblutet hast. Und danach werde ich dich ganz in meiner Nähe behalten. Wenn du empfängst, wird es keinen Zweifel daran geben, wessen Sohn du trägst.«

Die Erkenntnis traf Meg wie ein Schlag.

»Es ist dir im Grunde völlig gleichgültig, ob ich Jungfrau oder Hure bin«, flüsterte sie entsetzt. »Für dich zählt nur, daß du einen Sohn von mir bekommst.«

»Ja. Aber wenn du bis zu diesem Augenblick eine Hure gewesen bist, sind deine leichtlebigen Tage hiermit beendet.«

»Ich könnte eine Lügnerin sein, eine Betrügerin, eine Räuberin oder Schwerverbrecherin ... nichts davon kümmert dich. Ein Mutterschoß tut's ebensogut wie der andere, solange nur Blackthorne Keep dazugehört.«

Dominics Augen verengten sich zu eisigen Schlitzen.

»Glaub mir, was immer du in der Vergangenheit gewesen bist, als meine Ehefrau wirst du ein Musterbeispiel an Tugendhaftigkeit und Rechtschaffenheit sein. Ich verlange es von dir! Und ich sorge dafür, daß du es tief bereuen wirst, falls du Schande über meinen Namen bringen solltest.«

Der hartnäckige Funke von Hoffnung, den Meg in ihrer Seele gehegt hatte, erlosch langsam unter der kalten Realität von Dominic le Sabre. Er war weder der normannische Teufel, als den Eadith ihn bezeichnet hatte, noch besaß er die großzügige Herzenswärme, nach der Meg sich so schmerzlich gesehnt und von der sie geglaubt hatte, daß sie unter dem harten Kettenpanzer existierte. Er wollte weder ihr Lachen noch ihre Zärtlichkeit. Noch war er neugierig auf ihre Wünsche und Träume und ihren Drang, ein besseres Leben für ihre Leute zu ermöglichen – und für sich selbst, in der Hoffnung, daß ihr vielleicht das bittere Eheschicksal erspart bliebe, das ihre Mutter in die Wälder getrieben hatte.

Dominic le Sabre war einfach nur ein Mann, so wie John of Cumbriland ein Mann gewesen war. Und wenn man seine Pläne, eine Dynastie zu gründen, vereitelte, würde Dominic ebenso verbittern wie John.

Die freudlosen Schatten, die sie in Dominics Seele gespürt hatte, waren so wirklich wie eine Winternacht und weitaus dauerhafter. Sie würden Megs Leben zu Trostlosigkeit erstarren lassen, so sicher, wie sie ihn hatten erstarren lassen.

Ein stummer Protestschrei bei dem Gedanken an das, was hätte sein können, stieg in Megs Kehle auf.

Als Dominic erneut scharf zu sprechen begann, blickten Glendruid Augen geradewegs durch ihn hindurch. Schweigend betrachtete Meg die Landschaft, sah, wie der Frühling langsam Einzug hielt in einer Feier neu erwachenden Lebens, an der sie nicht teilhaben würde.

»So ein altes Gesicht für ein junges Mädchen«, sagte Dominic wütend. »Bedeutet es eine solche Härte für dich, deine unmoralische Lebensweise aufzugeben?«

Meg erwiderte nichts. Sie hatte nicht den Mut zu sprechen, geschweige denn, sich für ihre Gefühle von einem Mann verspotten zu lassen, der keine hatte.

»Ich schlage dir einen Handel vor«, sagte er mit kalter Stimme. »Gib mir zwei Söhne, und ich werde dich nach London schicken. Dort findest du sicherlich die Zerstreuung, die deinen schamlosen Bedürfnissen entspricht.«

Kaum unterdrückte Tränen machten Megs Augen riesig. »Du weißt ja überhaupt nicht, was mir Freude macht oder mißfällt.«

»Ich weiß, daß du deinem Ehemann letzte Nacht verweigert hast, was sein gutes Recht ist«, gab er wild zurück.

»Ich habe mein ganzes Leben lang gewußt, daß es meine Pflicht war, den Mann zu heiraten, der für mich ausgewählt wurde«, erklärte sie, als hätte Dominic nichts gesagt. »Ich habe gewußt, daß ich eine treue, pflichtbewußte Ehefrau sein würde. Ich habe gewußt, daß ich noch zu sehr viel mehr fähig wäre, wenn mein Ehemann gut zu mir passen würde. Und jetzt ...«

Ihre Stimme erstarb.

»Und jetzt?« wiederholte Dominic. »Sprich!«

»Jetzt weiß ich, daß es niemals sein wird«, flüsterte Meg. »Der Frühling ist gekommen, aber für Glendruid oder mich wird es keinen Frühling geben.«

»Hör auf, Duncan nachzutrauern«, sagte Dominic streng.

»Duncan? Was ...«

Dominic fiel ihr rücksichtslos ins Wort. »Du bist mit mir verheiratet. Ich bin der einzige Ehemann, den du jemals haben wirst.«

»Ja. Und ich bin deine einzige Ehefrau. Bis daß der Tod uns scheidet. Wirst du mich in einen frühen Tod treiben, damit du immer noch fruchtbar bist, wenn du erneut heiratest? Ist das die Gefahr, die mich frierend und zitternd aus dem Schlaf hat aufschrecken lassen?«

»Was ist das für ein Unsinn?« fragte er barsch.

Abrupt fröstelte Meg. Alles Blut wich aus ihren Wangen, während kalte Schauer über ihre plötzlich schweißfeuchte Haut liefen.

»Hörst du das?« flüsterte sie.

»Was?«

»Das Lachen.«

Dominic horchte angestrengt. »Ich höre nichts.«

»Es ist John.«

»Was?«

»Er lacht. Er weiß, sein Fluch wird mehr Macht haben, als er selbst jemals hatte.« Furchtsame grüne Augen hefteten sich auf Dominic. »Du wirst ohne Söhne sterben.«

Dominics Hände schossen vor und packten Meg bei den Schultern, als befürchtete er, sie würde vor ihm fliehen.

»Ich werde Söhne haben!«

»Nein«, flüsterte Meg, ignorierte die kühle Silberspur von Tränen, die sich über ihre Wangen zog. »Um einen Glendruid-Sohn zu zeugen, ist Liebe erforderlich. Und in dir ist keine Liebe, Dominic le Sabre.«

13. KAPITEL

Bis Simon zur Burg zurückgekehrt war, hatte Dominic Kettenhemd und Helm abgelegt und saß müßig wartend im Wintergarten, einem kleinen, hellen Raum, der von der großen Halle abzweigte. Was einst ein Krankenlager gewesen war, hatte man gerade erst an diesem Morgen in eine Chaiselongue für Dominic verwandelt, wenn er Privatsphäre suchte und ungestört mit jemandem sprechen wollte, wozu die große Halle nicht geeignet war.

Die bevorstehende Unterhaltung – Simons Bericht über das, was er auf Megs Spur gefunden hatte – erforderte eindeutig solche Diskretion. Megs bleiches, verhärmtes Gesicht, ihre gequälten Augen und ihr anhaltendes Schweigen, als er sie vor sich auf den Sattel genommen hatte und mit ihr zur Burg zurückgeritten war, hatten Dominic auf eine Weise beunruhigt, die er nicht beschreiben, geschweige denn verstehen konnte.

Zusätzlich zu der Ungestörtheit, die Dominic suchte, bot der Wintergarten Wärme, um die Kälte zu lindern, die sowohl seinen Körper als auch seine Seele befallen hatte. In dem großen Kamin brannte ein helles Feuer und vertrieb die kühle Feuchtigkeit, eine Mischung aus Frühlingsregen und dem eisigen Atem des Winters, der immer noch von den dicken Steinmauern ausströmte. Obwohl die Läden an den hohen schmalen Fenstern gegen den Regen geschlossen waren, wirkte der Wintergarten irgendwie luftiger und einladender als jeder andere Raum in der Burg.

»Du siehst wie ein nasser Hund aus«, bemerkte Dominic ruhig, als Simon hereinkam und bei jedem Schritt kleine Pfützen auf dem Boden hinterließ.

»Ich fühle mich auch wie einer.«

»Wärm dich erst mal auf. Wir sprechen dann anschließend.«

Während Simon seine Panzerhandschuhe und den nassen

Umhang ablegte und ans Feuer trat, drehte sich Dominic zu dem Diener um, der an der Tür wartete, um die Anweisungen seines Herrn entgegenzunehmen.

»Ale für meinen Bruder«, sagte Dominic. »Und Brot und Käse. Und irgend etwas Heißes ... eine Suppe?«

»Ja«, erwiderte Simon.

»Und dann finde heraus, was Old Gwyn aufhält. Ich habe schon vor einer ganzen Weile nach ihr geschickt.«

»Ja, Herr.«

Dominic richtete sich auf und horchte auf das Geräusch davoneilender Schritte. Während er darauf wartete, daß sich der Diener außer Hörweite entfernte, streckte er seine Hand nach dem Tisch neben der Chaiselongue aus, auf dem ein schimmernder Haufen goldener Schmuckstücke lag.

Gedankenverloren schob er den Flitterkram auf der Tischplatte hin und her.

Ein süßer, reiner Klang erfüllte die Luft, wie von gefangenen Singvögeln mit Kehlen aus reinstem Gold.

Die feine Musik kam von Ketten mit winzigen goldenen Glöckchen, die einmal die Handgelenke, Fesseln, Hüften und Taille der Liebklingskonkubine eines Sultans geschmückt hatten. Nachdem Dominic die Stadt eingenommen hatte, war die Frau unbeschadet zu ihrem Sultan zurückgeschickt worden. Ohne ihren kostbaren Goldschmuck.

»Was macht der Wanderfalke?« erkundigte sich Simon, den das leise Klingeln der Glocken unwillkürlich an den Vogel erinnert hatte.

Auf jeden Fall hatte Simon nicht das Bedürfnis, vom Thema Meg anzufangen.

»Der Falke macht schnell Fortschritte«, erwiderte Dominic geistesabwesend. »Ich habe ihm heute die Kappe abgenommen, nachdem ich aus dem Wald zurückgekommen bin. Der Vogel zeigte keine Angst und ist auch nicht nervös im Käfig herumgeflattert. Er kam auf meinen Pfiff hin auf mein Handgelenk, als wäre er von jeher daran gewöhnt. Morgen werde ich ihn eine Weile mit in den Hof hinausnehmen. Bald trage ich ihn auf meinem Arm überall in der Burg herum. Und dann werden wir zusammen auf die Jagd gehen.«

»Ausgezeichnet«, meinte Simon, erleichtert, daß wenigstens etwas gut lief.

»Hmmm, ja ...«

Dominic schloß die Augen, als wollte er sich auf das feine Bimmeln der goldenen Glöckchen konzentrieren.

»Man könnte fast glauben, der Falke wäre schon zuvor abgerichtet worden«, sagte er nach einer Pause.

»Ist er das?« fragte Simon.

»Schon möglich. Ich habe erfahren, daß er in einem Netz gefangen wurde, statt direkt aus dem Nest. Aber der Falkner versicherte mir, derartige Klugheit und Willigkeit sei normal für die Vögel von Blackthorne ... wenn die Hexe Meg sie zähmt.«

Simon gab einen neutralen Laut von sich.

»Was hast du herausgefunden, als du ihren Weg zurückverfolgt hast?« fragte Dominic fast beiläufig.

Fast, aber nicht ganz. Der Unterschied in seinem Tonfall reichte, um Simon daran zu erinnern, wie sehr seinem Bruder die widerstrebende Ehefrau am Herzen lag, mit der er eine Dynastie zu gründen entschlossen war, die sowohl die unabsichtliche Grausamkeit der Natur als auch die kalkulierte Grausamkeit des Menschen überdauern würde.

»Nichts. Ich habe gar nichts gefunden«, erwiderte Simon schroff. »Leaper hat die Fährte verloren.«

Das Glöckchengeläute verstummte. Dominic blickte seinen Bruder eindringlich an.

»Die Fährte verloren?« fragte er. »Wie merkwürdig. Leaper hat die feinste Nase von allen Hunden, mit denen ich jemals gejagt habe.«

»Richtig«, sagte Simon.

»Waren noch andere Spuren in der Nähe?«

»Es gibt dort in der Gegend einen großen Hirsch, der sein Revier an dem Bach hat, der zum Blackthorne River hinunterfließt. Ein Fuchs hatte einen Hasen getötet. Ein Adler und fünf Raben stritten sich um Beute.«

Dominic grunzte. »Irgendwelche Anzeichen von Pferden?«

»Ich habe nicht ein einziges gesehen, noch nicht einmal von der wilden Moorland-Rasse.«

»Ochsen? Karren? Fußabdrücke?« drängte Dominic.

»Nein, nichts.«

»Wo hast du die Fährte verloren?«

»Genau dort, wo Lady Margaret behauptete, daß ich sie verlieren würde. Bei den aufrecht stehenden Steinen, die eine alte heidnische Grabstätte umgeben.«

»Und es gab keinerlei Hinweis auf eine andere Person?«

»Nicht die Spur«, entgegnete Simon knapp. »Wenn Duncan of Maxwell – oder irgendein anderer Mann – heute morgen mit deiner Frau dort zusammen war, dann müßte er schon auf Adlerschwingen gekommen sein.«

Dominic knurrte etwas Unverständliches vor sich hin.

»Vielleicht hat sie tatsächlich nur Pflanzen gesammelt, wie sie behauptete«, schlug Simon vor.

»Vielleicht. Aber die Sämlinge hätte sie auch näher bei der Burg sammeln können.«

»Was ist mit den losen Blättern?«

»Der Gärtner meinte, er hätte ihresgleichen noch nie gesehen«, gestand Dominic.

Aus diesem Grund hielt sich Dominic im Wintergarten auf und Meg in ihren Räumen. Er brauchte Zeit zum Nachdenken. Die ersten kleineren Gefechte in der Schlacht um die ersehnten Söhne waren schlecht verlaufen. Dominic war ein zu guter Taktiker, um seine Fehler zu wiederholen.

Und wenn er es nicht wäre, würde er lernen, und zwar schnell. Noch niemals war er in eine Schlacht gezogen, die auch nur halb so entscheidend für seine Zukunft gewesen wäre wie diese.

»Möglich, daß ich meine Frau falsch beurteilt habe«, gab Dominic zögernd zu. »Ganz sicherlich habe ich sie falsch behandelt.«

»Wie das? Jeder andere Ehemann hätte sie gehörig verprügelt, weil sie allein in den Wald gegangen ist und niemandem gesagt hat, wo sie hingeht.«

»Woher willst du wissen, daß ich nicht genau das getan habe?« gab Dominic ruhig zurück.

»Nachdem ich dich aus diesem türkischen Kerker befreit hatte, hast du geschworen, du würdest niemals dulden, daß jemand ausgepeitscht oder mit dem Stock geschlagen wird, wenn du erst dein eigenes Gut hättest. Und du bist ein Mann, der sein Wort hält.«

Dominic sprang abrupt auf die Füße. Der Schrecken des Kerkers war so groß, daß er sich nur in seinen Träumen daran erinnerte. Und beim Aufwachen verdrängte er jene grausigen Träume ganz schnell. Es war ihm lieber so.

»Habe ich dir eigentlich schon dafür gedankt, Simon?«

»Wir haben uns gegenseitig schon zu oft das Leben gerettet, um auf dem laufenden zu bleiben«, antwortete Simon trocken.

»Es war nicht mein Leben, das du damals gerettet hast. Es war meine Seele.«

Glöckchen sangen, irritiert von Dominics Faust, die sich plötzlich zwischen kühlen Ketten von Gold zusammenballte.

»Ich habe eine neue Aufgabe für dich«, sagte er nach einem Moment. »Die eines Wächters.«

Simon wandte sich hastig vom Feuer ab. »Hat Sven noch mehr Bedrohungen für dich entdeckt?«

»Du wirst nicht mich bewachen, sondern meine Ehefrau.«

»Allmächtiger«, sagte Simon voller Empörung.

»Wem kann ich sonst trauen, daß er nicht verführt oder verführt wird?« fragte Dominic schlicht.

»Jetzt weiß ich, warum Sultane Eunuchen als Wächter einsetzen.«

»Dieses letzte Opfer werde ich nicht von dir verlangen.«

»Das ist auch nur gut, gab Simon zurück und strich sich mit der Hand durch sein helles Haar. »Ich schulde dir viel, Bruder, aber nicht meine Männlichkeit!«

Dominics Lachen vermischte sich mit dem silbernen Murmeln der Glöckchen, als er liebkosend mit der Hand darüberstrich.

»Es wird deine Aufgabe sein, dafür zu sorgen, daß außer mir niemand Megs Räume betritt«, erklärte er.

»Was ist mit ihrer Zofe?«

»Was soll mit ihr sein?« fragte Dominic gleichmütig. »Ich kann meiner Frau ebensogut beim Ankleiden – und *Auskleiden* – behilflich sein.«

Simon brachte es fertig, nicht laut herauszulachen, aber seine Belustigung zeigte sich deutlich auf seinem attraktiven Gesicht.

»Ein paar Tage lang«, sagte Dominic, »wird Meg wie ein Falke sein, der frisch aus dem Nest gefangen und in meine Volieren gebracht wurde. Was sie ißt, wird aus meiner Hand kommen. Was sie trinkt, wird von meinen Lippen kommen. Wenn sie schläft, wird es an meiner Seite sein. Wenn sie erwacht, wird es mein Atem sein, den sie hört, und meine Wärme wird ihren Körper wärmen.«

Simon hob die Brauen, sagte jedoch nichts.

»Meg hat behauptet, daß ich sie nicht kenne«, fuhr Dominic nachdenklich fort. »Und sie hat recht. Der Fehler liegt bei mir. Zu Anfang schien sie recht willig, aber irgendwie ist ihre Verteidigung besser als die jeder Burg oder Stadt, die ich jemals eingenommen habe.«

Im stillen fragte sich Simon, was passiert war, seit er seinen Bruder und Meg allein im Wald zurückgelassen hatte. Aber er sagte nichts. Er kannte Dominic zu gut, um ihn in seinen Überlegungen zu unterbrechen, wenn er erst einmal angefangen hatte, Pläne zu schmieden, um eine Festung zu erobern.

Oder eine Frau.

»Bis ihr monatliches Unwohlsein aufhört, werde ich sie viel

besser kennen«, fuhr Dominic fort. »Aber nicht, wie ein Ehemann seine Frau kennt. Es wird eine andere Art von Wissen sein.«

»Hast du ihr gesagt, daß sie eine Gefangene in ihrer eigenen Burg sein wird?« fragte Simon neutral.

»Ja.«

»Was hat sie gesagt?«

Dominics Augen verengten sich. »Nichts. Sie hat überhaupt nicht mehr mit mir gesprochen, seit sie mich informiert hat, daß ich ohne Söhne sterben würde.«

»Großer Gott«, rief Simon entsetzt.

Bevor Dominic erneut sprechen konnte, kehrte der Bedienstete zurück. Gwyn folgte ihm auf dem Fuß. Der Diener setzte Essen und Ale auf dem Tisch ab und zog sich zurück. Als Simon an den Tisch trat und hungrig zu essen begann, winkte Dominic die alte Glendruid-Frau näher an das Kaminfeuer heran.

»Hast du schon zu Abend gegessen?« erkundigte er sich.

»Ja, Herr. Danke.«

Dominic zögerte, überlegte, wie er am besten von seiner Glendruid Braut anfangen sollte, von Flüchen und Hoffnungen, von Aberglaube und Wahrheit; und von den geheimen Verbindungen zwischen ihnen. Schließlich zuckte er die Achseln und folgte dem Beispiel der Leute von Blackthorne Keep. John und Meg waren das Problem ohne Umschweife angegangen. Der neue Herr von Blackthorne Keep würde es ebenso machen.

»Erzähl mir von Glendruid-Ehefrauen«, begann er ohne Umschweife.

»Sie sind Frauen.«

Hinter Dominic waren seltsame Geräusche zu hören, als Simon Gelächter oder auch ein Fluchen oder beides gleichzeitig zu unterdrücken versuchte.

»In der Tat«, sagte Dominic äußerlich ruhig. »Das ist mir an Meg auch schon aufgefallen. Es ist ausgesprochen tröstlich, da ich ein Mann bin.«

Gwyns blasse Augen funkelten belustigt. »Gibt es sonst noch etwas, Herr?«

»Eine ganze Menge«, gab er zurück. »Erzähl mir, wie sich Glendruid Ehefrauen von gewöhnlichen Frauen unterscheiden.«

»Ihre Augen sind von einer ungewöhnlichen Grünschattierung.«

Dominic grunzte. »Weiter.«

»Sie haben viel Geschick im Umgang mit Lebewesen.«

Dominic wartete.

Gwyn ebenfalls.

»Herrgott noch mal«, rief er und verdrehte ungeduldig die Augen. »Dir muß man aber auch jedes Wort einzeln aus der Nase ziehen. Sprich!«

»Es ginge vielleicht schneller, wenn Ihr mir sagen würdet, was Ihr speziell wissen wollt«, erwiderte Gwyn gelassen. »Andererseits ist dieser Wintergarten sehr gemütlich, und meine alten Knochen genießen die Wärme hier. Ich werde mit Freuden bei Lady Margarets Geburt zu erzählen beginnen und mich dann langsam bis zum heutigen Tag voranarbeiten.«

Dominic stemmte die Fäuste in die Hüften und musterte die alte Frau. Sie erwiderte seinen forschenden Blick, ohne mit der Wimper zu zucken, allerdings weniger aggressiv. Ihre Arroganz stand seiner jedoch in nichts nach.

»Ich habe gehört, Glendruid Frauen seien dickköpfig«, sagte Dominic nach einer Weile.

»Richtig.«

»Furchtlos.«

Gwyn legte den Kopf schief, als müßte sie erst über diese Charakterisierung nachdenken.

»Wir sind keine Feiglinge«, erwiderte sie nach einer Pause und fügte dann hinzu: »Es gibt einen Unterschied.«

»Ja«, meinte Dominic, überrascht über die Klugheit der alten Frau. »Unter Männern wird es Mut genannt.«

Er strich gedankenverloren mit den Fingerspitzen über die

goldenen Glöckchen, während er über seinen nächsten Vorstoß nachdachte. Das leise Klingeln ließ Gwyn verblüfft den Kopf nach den exotischen Schmuckstücken umdrehen.

»Wenn Blumen singen könnten«, sagte sie erfreut, »hätten sie solche Stimmen.«

Dominic warf ihr einen Blick zu. »Du überraschst mich schon wieder.«

»Es ist keine große Leistung, einen Mann zu überraschen, der seine Aufmerksamkeit auf eine einzige Sache konzentriert und den Rest des Lebens ignoriert.«

»Soll das vielleicht eine Beschreibung von mir sein?« fragte er trocken.

Gwyn nickte.

»Und worauf bin ich deiner Ansicht nach fixiert?« wollte er wissen.

»Eine Dynastie zu gründen.«

»Nicht mehr als andere Männer auch.«

»Nein«, sagte sie rasch. »Andere Männer streben nach vielen Dingen. Einige bringen es fertig, eines nach dem anderen zu wollen. Die meisten wollen alles auf einmal haben.«

»Und bekommen am Ende nichts.«

Jetzt war es an Gwyn, überrascht zu sein.

»Ja«, sagte sie. »So ist es. Aber Ihr seid nicht wie andere Männer. Ihr seid von einer einzigen Sache besessen und ausschließlich davon. Von dem Gedanken an einen Sohn.«

Dominics Augen verengten sich zu eisigen Schlitzen.

»Wie dem auch sei«, erwiderte er glatt. »Ich stelle fest, daß ich mit einer unfruchtbaren Ehefrau gestraft bin.«

»Nein!«

In der Stimme der alten Frau lag keinerlei Zweifel.

»Warum ist Meg dann so sicher, daß ich ohne Söhne sterben werde?« wollte Dominic wissen.

Gwyns Augen wurden groß und verengten sich dann, während sie den hochgewachsenen Krieger betrachtete, der vor ihr aufragte. Zum ersten Mal wurde ihr klar, wie groß der Zorn war, den er so sorgfältig verbarg.

»Das hat sie zu Euch gesagt?« fragte sie vorsichtig.

»Ja.«

»Präzise? Wort für Wort, Herr. Ich muß ganz sicher sein.«

Zuerst hatte Dominic vor, ihr eine Erklärung zu verweigern. Dennoch war etwas in den Augen der alten Frau, dem er sich nicht entziehen konnte.

»Sie sagte: ›Um einen Glendruid-Sohn zu zeugen, ist Liebe erforderlich. In dir ist keine Liebe, Dominic le Sabre.‹« Der Laut, der Gwyns Lippen entschlüpfte, hätte ein Seufzer oder ein geflüsterter Schmerzenslaut sein können, der vom Knistern des Kaminfeuers übertönt wurde. Sie rieb sich die Augen, als wäre sie plötzlich unsäglich müde. Dann schaute sie den Mann an, der nur eines im Leben wollte.

»Es bedeutet nicht, daß Meg unfruchtbar ist, Lord Dominic. Es bedeutet, daß kein Glendruid Sohn empfangen wird, wenn es zwischen den Eltern keine Liebe gibt.«

»Wie kann das sein, Alte?«

»Ich weiß es nicht«, erklärte sie schlicht. »Ich weiß nur, daß es schon immer so gewesen ist seit dem Tod des Glendruid Wolfs.«

»Und wie lange ist das her?«

»Es geschah vor langer, langer Zeit, Herr. So lange, daß nur Gott sich daran erinnert, und Er hat es niemandem gesagt.«

»Nun komm schon«, sagte Dominic mit einer Stimme, die vor Sarkasmus triefte. »Willst du mir etwa weismachen, daß es in einer so langen Zeitspanne keinem einzigen Mann gelungen wäre, ein Glendruid-Mädchen durch Täuschung dazu zu bringen, an seine Liebe zu glauben?«

Gwyn zuckte die Achseln. »Es wäre völlig unwichtig, welche Lügen er ihr erzählen würde, um sie in sein Bett zu bekommen. Letzten Endes liegt der Fluch auf der Liebe der Frau, nicht auf der des Mannes. Viele Glendruid-Frauen wünschten sich Söhne, die ihrer Welt Frieden bringen würden. Nicht eine war zu der Art von Liebe fähig, die nötig ist, um einen Sohn zu empfangen.«

Dominics Augen wurden schmal. Nichts von dem, was Gwyn ihm erzählt hatte, gefiel ihm. Andererseits war er niemals erfreut, die Fallen und Befestigungsanlagen einer Stadt zu entdecken, die er erobern mußte.

»Dann ist es also wahr, was Lord John gesagt hat«, murmelte er. »Die Hexen sind so kalt wie ein Gebirgsgrab. Sie fühlen keine Leidenschaft.«

Gwyn lächelte seltsam. »Glaubt Ihr John, oder glaubt Ihr dem unberührten Glendruid-Fleisch, das auf Euren Ruf reagiert hat wie ein Falke auf den Ruf seines Herrn?«

Dominics ganzer Körper spannte sich an bei der Erinnerung an das Verlangen, das er tatsächlich in Meg geweckt hatte – bis sie sich ihm wütend verweigert hatte bei der Erkenntnis, daß er nichts als Söhne von ihr wollte.

»Warum haben die Hexen dann nicht geliebt? Sind sie dazu nicht fähig?« fragte er gepreßt.

»Einige nicht. Die Fähigkeit zu echter Liebe ist selten, das bezieht sich nicht nur auf die Glendruid, sondern auf jeden Clan und jede Familie. Aber auf Meg trifft das nicht zu. In ihrem Herzen ist große Liebe. Fragt nur irgend jemanden von den Leuten.«

»Was war mit den Hexen, die lieben konnten?« fragte er beharrlich. »Haben sie brutale Kerle geheiratet, die ihrer Liebe nicht würdig waren?«

»Brutale Kerle? Nein. Sie haben einfach Männer geheiratet, Herr. Nur Männer.«

»Du sprichst in Rätseln«, sagte Dominic ungeduldig.

»Nein. Ihr wollt nicht verstehen. Könntet Ihr eine Frau innig lieben, wenn Ihr absolut sicher wäret, daß sie Euch nur benutzen wollte, um Land, Reichtum und Söhne von Euch zu bekommen?«

»Allmächtiger, was für eine Idiotie ist ...«

Gwyn fiel ihm ins Wort. »Könntet Ihr Euch selbst gestatten,

innige Liebe für eine Frau zu empfinden? Könntet Ihr Euch ihr mit Leib und Seele anvertrauen und ihr bedingungslos Euer Herz öffnen?«

Dominic warf ihr einen ungläubigen Blick zu. »Sehe ich wie ein Narr aus? Ich trete diese Art von Kontrolle über mein Schicksal an niemanden ab, weder Mann noch Frau!«

Tränen schimmerten in den Augen der alten Frau, aber sie flossen nicht. Sie hatte schon zu viele Jahre auf Erden verbracht, um zu glauben, daß Tränen irgend etwas ändern könnten.

»Dann werdet Ihr keine Söhne haben, und ich bin dazu verdammt, eine weitere Generation um Erlösung von dem Fluch beten zu hören.«

»Ich glaube dir nicht«, knurrte er.

»Dann solltet Ihr besser das hier glauben: Glendruid Frauen sehen über die sinnliche Verlockung von breiten Schultern und attraktiven Gesichtern hinaus. Sie haben die Fähigkeit, bis in die Seele eines Mannes hineinzusehen. Einen Mann bis ins Innerste zu durchschauen, macht Liebe ungewöhnlich schwierig, denn Glendruid-Frauen sind auch nur Menschen.

Jemanden zu verstehen und bis auf den Grund seiner Seele schauen zu können *und ihn trotz dieses Wissens zu lieben,* ist ein Zug, den man eher bei Engeln als bei Menschen findet. Meg ist eine Frau, kein Engel.«

Dominics Augen verengten sich zu Schlitzen von Eis, eine Widerspiegelung der Kälte, die sich in seinen Eingeweiden ausbreitete, als die Gewißheit und der Kummer der alten Frau wie eine dunkle Woge über ihn hinwegrollten. Ohne Vorwarnung krachte seine Faust auf den Tisch nieder. Glöckchen sprangen hoch und klingelten. Nach dem kurzen, unmelodischen Schrei herrschte Stille.

Niemand unterbrach das Schweigen.

Simon schaute von der alten Frau zu seinem Bruder.

Dominics Augen waren schmal. Er hatte den Ausdruck eines Mannes, der angestrengt nachdenkt.

Simons Anspannung wich langsam. Wenn sich sein Bruder erst einmal auf ein Ziel konzentrierte, dann hatte es noch keine Burg, keine Stadt und auch kein Frauenzimmer gegeben, die Dominic nicht mit Gewalt oder durch List erobern könnte. Oder durch Betrug, wenn es sich nicht umgehen ließ.

Nach langen Minuten des Schweigens heftete Dominic seinen Blick erneut auf die alte Glendruid-Frau. Seine Augen waren wie Eis, hart und kalt. Seine Stimme desgleichen.

»Danke, Alte. Du hast mir das Problem erläutert.«

Damit war Gwyn entlassen. Sie nickte leicht und zog sich leise zurück.

Dominic drehte sich zu seinem Bruder um und fragte brüsk: »Glaubst du der alten Hexe?«

»Ich habe das Gefühl, *sie* ist von der Wahrheit ihrer Worte überzeugt.«

»Ja«, erwiderte Dominic verbittert. »Ich habe im Heiligen Krieg genug gesehen, um zu wissen, daß diese Art von Glaube Wunder bewirken kann.«

»Oder Flüche herabbeschwören?«

Wieder sauste Dominics Faust auf den Tisch nieder, ließ die goldenen Glocken aus Protest gegen den Mann aufschreien, dem seine strenge Selbstbeherrschung nicht gestattete, eigenen Protest zu äußern.

»Was wirst du tun?« fragte Simon nach einer Pause. »Die Ehe annullieren lassen, weil Lady Margaret unfruchtbar ist?«

»Nein«, schwor Dominic. »Niemals.«

Die Vehemenz und Eindringlichkeit seiner Antwort überraschte beide Männer.

»Wir könnten die Burg halten, selbst wenn die Feudalherren und Vasallen rebellieren würden«, erklärte Simon. »Wenn sich die Leute weigern, das Land für dich zu bestellen, hat unser Vater mehr Bauern, als für seine Güter in der Normandie nötig sind. Die Leibeigenen würden mit Freuden hierher übersiedeln, wo jeder einen eigenen Garten und ein Schwein bekommen würde.«

»Ja.«

Dominic fügte nichts mehr hinzu. Die Lösung, die Simon anbot, war durchführbar, aber Dominic weigerte sich, sie anzunehmen. Er hätte nicht sagen können, warum er es nicht wollte. Er wußte nur, daß sich seine Instinkte gegen eine Lösung sträubten, die nicht die Hexe mit einschloß, die seine Ehefrau war.

Stirnrunzelnd betrachtete er die goldenen Glocken, die so melodisch unter der geringsten Berührung erschauerten.

Wenn Blumen singen könnten ...

Wenn Glendruid Hexen lieben könnten ...

»Jawohl!« sagte Dominic grimmig. »Das ist es!«

»Was?«

»Die Lösung, Bruder, ist ganz einfach. Ich muß die Hexe lehren, mich zu lieben.«

14. KAPITEL

Dominic und Simon durchquerten die große Halle auf dem Weg zu einer der Treppen, die sich im Inneren der drei von insgesamt vier Burgtürmen emporwand. Das leise Klingeln des goldenen Schmucks, der aus Dominics linker Hand hervorquoll, ging in dem Lärm der Bediensteten unter, die den hölzernen Fußboden der Halle fegten und schrubbten.

Sobald die Dielen sauber gefegt waren, machten sich andere Bedienstete mit Eimern voll Wasser, Seife und groben Bürsten an die Arbeit. Berge verschmutzter Binsen waren an einer Wand aufgeschichtet und warteten darauf, verbrannt zu werden. Die Flammen in dem großen Kamin züngelten hoch, als sie all das Brennmaterial verzehrten.

Der Burgverwalter eilte von einer Gruppe von Dienern zur anderen, drängte sie, noch schneller und härter zu arbeiten, um den neuen Herrn von Blackthorne Keep zu erfreuen.

»Wenigstens der Verwalter weiß, wer sein neuer Herr ist«, murmelte Dominic.

»Sie alle wissen, wer ihr neuer Herr ist. Einigen fällt es nur schwerer, das zu schlucken, als anderen.«

»Sie sollten sich besser nicht zuviel Zeit beim Kauen lassen«, gab Dominic zurück, als er mit großen Schritten die Treppe hinaufzusteigen begann. »Für gewisse Dinge bringe ich nur wenig Geduld auf. Faulheit steht an oberster Stelle der Liste von Eigenschaften, die ich nicht dulden kann.«

Simons Lachen hallte in dem engen, gewundenen Treppenaufgang wider.

»Deine Ritter wissen das sehr gut, Dominic. Ich bezweifle, daß deine Frau lange brauchen wird, um es zu lernen.«

»In Lady Margarets Fall wird keine Unterweisung nötig sein. Ihr Atem und ihr Körper sind so süß und rein wie der Frühling selbst. Die Sauberkeit ihrer Räume sagt mir, daß es nicht sie, sondern John war, der den Rest der Burg so schändlich hat verkommen lassen.«

Lederstiefel schlugen rhythmisch auf Steinfliesen, als die Brüder die rechtsdrehende Wendeltreppe hinaufgingen. Wenn sie die Burg im Sturm zu erobern versucht hätten, wären sie von der Tatsache behindert worden, daß alle Ritter darin geübt waren, ihre rechte Hand beim Schwertkampf zu benutzen. Deshalb war es wesentlich leichter, die Treppe von oben zu verteidigen, als sie zu erstürmen, denn der Angreifer, der treppaufwärts kämpfte, konnte niemals mit seinem Schwert ausholen, ohne von der Steinwand zu seiner Rechten behindert zu werden. Die Verteidiger, die rückwärts die Treppe hinaufwichen, hatten keine derartigen Schwierigkeiten. Sie konnten nach allen Richtungen stoßen und schlagen, und die Klingen ihrer Schwerter würden nur den Feind und nicht die Mauern des Turms treffen.

Dominic nahm die letzten drei Stufen in einem Sprung und strebte dann den Korridor hinunter, der zu den Räumen seiner Frau führte. Er ignorierte die beiden kleinen Zimmer, die auf den

Gang mündeten. Dies waren die Räume der herrschaftlichen Zofen. Da nur einer davon von Eadith bewohnt wurde, hatte er den anderen Marie zugewiesen.

Der Gedanke, auch nur eine der beiden Frauen zu sehen, reizte Dominic im Moment gar nicht. Er hatte entschieden, daß Eadith eine habgierige, stets zum Flirten aufgelegte Frau war, die bis auf ihre sauberen Hände kaum Reize vorzuweisen hatte. Marie war ebenfalls keine angenehme Gesellschaft. Sie schmollte, weil Dominic ihr seit Jerusalem keine weiteren Geschenke in Form von Gold und Edelsteinen mehr gemacht hatte.

Eher ironisch erkannte Dominic, daß Meg zum Teil deshalb so reizvoll für ihn war, weil sie nicht über ihre eigenen Füße stolperte vor Eifer, den Inhalt der Kisten zu erforschen, die er bei seiner Ankunft in die Burg hatte transportieren lassen. Tatsächlich schien es, als wollte sie überhaupt nichts von ihm haben.

Bis auf ihre verfluchten Pflanzen.

Sie hatte sie ihm mit großer Hast wieder weggerissen. Es fiel ihm immer noch schwer zu glauben, daß sie zu Fuß durch Sumpfland und Moor gewandert war – und das sichere Mißfallen ihres Ehemannes riskiert hatte -, nur um ein bißchen Grünzeug zu sammeln. Aber es gab anscheinend keine andere Erklärung.

Dominic fragte sich voller Neugier, ob ein paar Stunden des Schweigens Meg bereitwilliger gemacht hatten, mit ihm zu sprechen. Er fragte sich auch, ob der goldene Schmuck in seiner Hand ihre Augen aufleuchten lassen und ihm das Gefühl geben würden, willkommen zu sein – trotz ihres Ärgers, daß er nicht ihrem Zauber verfallen war, wie es all die anderen Leute von Blackthorne Keep offensichtlich waren.

Die Tür zu Megs Raum war geschlossen. Dominic klopfte ungeduldig an.

»Öffnet, Madam«, sagte er. »Hier ist Euer Ehemann.« Keine Antwort.

Dominic klopfte etwas weniger behutsam. »Lady Margaret. Öffnet die Tür.«

Kein Geräusch, keine Stimme drang aus dem Inneren. Die Gewalt von Dominics Faust ließ das Holz erzittern. »Mach die verdammte Tür auf, oder ich hebe sie aus den Angeln!«

Die Tür schwang auf.

»Hör zu, Frau. Du und ich werden uns über einige grundlegende Höflichkeiten einigen müssen, die ich von meiner ...«

Dominics Stimme erstarb, als er begriff, daß es der Schlag seiner Faust gewesen war, der die Tür geöffnet hatte, und nicht etwa die sanfteren Hände seiner Frau. Er marschierte in den Raum.

Er war leer.

»Verdammt«, knurrte er und schleuderte den Schmuck auf das Bett seiner Frau. »Die Hexe ist nicht hier!«

Dominic strebte mit großen Schritten in den angrenzenden Raum, der einst das Kinderzimmer gewesen war. Nach seinem Aussehen zu schließen, verbrachte Meg hier viele Stunden auf dem Platz am Fenster, mit Stickereien beschäftigt, während sie auf die Geräusche der Bediensteten im Burghof lauschte.

»Leer«, sagte er, bevor Simon fragen konnte.

Die beiden Männer überprüften rasch das Frauenquartier der Burg, den Baderaum und die Latrine. Nirgendwo eine Menschenseele.

Wie ein Mann stürmten die Brüder die Treppe zum Vorbau der Burg hinunter. Der Wächter sah genauso gelangweilt aus, wie er es ohne Zweifel war.

»Ist Lady Margaret hinausgegangen?« wollte Dominic wissen.

»Nein«, sagte der Ritter überrascht. »Ihr habt mir gesagt, ich dürfte sie nicht aus der Burg lassen, es sei denn, sie wäre in Eurer Begleitung.«

Dominic knurrte etwas vor sich hin.

»Was ist mit der Zofe der Lady?« fragte Simon. »Hat sie die Burg verlassen?«

»Nein. Nur Küchenmägde, und ich habe mir jede einzelne sehr sorgfältig angesehen.«

»Das bezweifle ich nicht«, sagte Dominic.

Beide wußten, daß sich die Ritter immer noch nicht ganz von Dominics wüsten Beschimpfungen erholt hatten, weil sie nicht erkannt hatten, daß die »Küchenmagd«, die sie früher am Morgen hatten passieren lassen, tatsächlich Lady Margaret gewesen war.

»Was nun?« fragte Simon. »Sollen wir Eadith suchen?«

Dominic zog eine Grimasse. Sosehr ihm das Frauenzimmer mit den gierigen Augen mißfiel, so wußte Eadith wahrscheinlich eher als jeder andere in der Burg, wo Meg war.

»Wo sollen wir zuerst suchen?« fragte Dominic unglücklich. »Auf den Zinnen oder in der Garnison?«

»Es stürmt draußen.«

»Also dann in der Garnison. Eadith ist ganz wild auf Tändeleien, aber nicht in Sturm und Regen.«

»Welche Frau ist das schon?« gab Simon zurück.

Dominic grunzte unwillig.

In einem Schweigen, das von Dominics Wut und Frust widerhallte, strebten die beiden Männer zu den Unterkünften der Ritter. Seit Duncan und seine Vögte abgereist waren, hatte Eadith viel Zeit damit verbracht, auf den Turmzinnen Ausschau zu halten – und mit den Rittern zu flirten, die dort oben Wache hielten.

Wenn das Wetter zu unfreundlich war, um den Aufenthalt im Freien zu genießen, hielt sich Eadith am Brunnen auf, angeblich, um aufzupassen, daß die Diener beim Pumpen nicht soviel Wasser verschwendeten. Tatsächlich war sie jedoch viel häufiger im Quartier der Ritter anzutreffen, das auf der gleichen Ebene wie der Brunnen lag.

Im zweiten Stockwerk ging es recht lebhaft zu. In die Stimmen von Rittern und Junkern von der Garnisonsebene mischte sich der rhythmische Sprechgesang der Bediensteten, die Wasser für den Bedarf der Burg in großen hölzernen Eimern aus dem Brunnenschacht heraufzogen. Es war nicht schwer, das neckische weibliche Lachen unter all den männlichen Stimmen herauszuhören.

Als Dominic und Simon vom Treppenaufgang in die Garnison kamen, fiel ihr Blick sofort auf Eadith, die sich dicht neben Thomas dem Starken hielt. Gleich hinter ihm stand Marie. Beide Frauen schienen daran interessiert, die Blicke des Ritters auf sich zu ziehen – und seine Hände.

»Vielleicht hättest du dir die Kosten für Marie und ihresgleichen sparen sollen«, meinte Simon.

Dominic erwiderte nur: »Marie wird sich ihren Lebensunterhalt als Schneiderin verdienen, und zwar ab sofort.«

»Und Eadith?«

»Manche Frauen sind zur Hure geboren.«

Thomas hörte Dominic näher kommen, noch bevor eine der beiden Frauen auf ihn aufmerksam wurde. Er drehte sich um, sah die grimmige Miene seines Herrn und wußte, daß ihm Ärger bevorstand.

»Thomas«, begann Dominic ohne lange Vorrede, »die Waffenkammer ist ein einziger Rosthaufen. Wenn du die Männer nicht den Sprung in den Sattel üben läßt oder den einhändigen Umgang mit dem Breitschwert, wirst du die gründliche Reinigung der Waffenkammer beaufsichtigen.«

»Ja, Herr«, sagte Thomas, während er widerwillig seine Pranke von Eadith' Hüfte nahm. »Wann soll ich anfangen?«

»Jetzt. Stell eine Liste der Dinge zusammen, die du dafür benötigst, und leg sie mir morgen früh vor.«

»Ja, Herr.«

Thomas befestigte seinen Umhang, der unter Eadith' geschickten Fingern aufgegangen war, zwinkerte beiden Frauen verschmitzt zu und eilte davon.

»Marie«, sagte Dominic.

Die dunkelhaarige Frau beobachtete ihn mit Augen, so schwarz wie die seines Bruders. Sie konnte ihre Hoffnung nicht vor Dominic verbergen, als sie anmutig auf ihn zukam.

»Ja, Herr? Wollt Ihr endlich etwas von Eurer treuen Marie?«

»Du bist sehr geschickt im Nähen. Du wirst die Garderobe von Mylady um einige Stücke ergänzen. Du kannst frei unter den Seidenstoffen wählen, die ich aus Jerusalem mitgebracht habe. Es ist auch Wolltuch aus der Normandie und aus London dabei. Falls dir irgend etwas fehlt, sag es mir sofort.«

Marie preßte ihre vollen Lippen mißbilligend zu einer dünnen Linie zusammen, aber sie erwiderte nichts weiter als: »Ja, Herr.«

»Du wirst nicht viel Arbeit haben«, sagte Eadith, als sich die schöne Normannin zum Gehen wandte. »Lady Margaret macht sich nicht viel aus Kleidern. Für sie zählen nur ihre Gärten und ihr Kräuterkeller.«

»Marie«, sagte Dominic.

Er hatte die Stimme nicht erhoben, dennoch erstarrte Marie mitten in der Bewegung.

»Benutze deine geschickten kleinen Hände zum Nähen, und ich werde dich mit eigener Seide belohnen«, sagte er.

Marie lächelte entzückt und meinte: »Es gibt keine feinere Seide als die Lippen meines Herrn und Gebieters auf meinem Körper.«

Dominic lachte. »Mach, daß du fortkommst, Mädchen.«

Der schmelzende Blick, den Marie ihm zuwarf, war voller Erinnerungen. Sie beugte sich dicht zu ihm vor und sprach gedämpft, doch nicht so leise, daß die anderen es nicht gehört hätten.

»Wenn Ihr Eurer Kräutersammler-Braut überdrüssig geworden seid, kommt zu mir. Mein Körper wird nach Leidenschaft statt nach Erde duften. Und wenn Ihr meinen Geruch nicht mögt, könnt Ihr mich in Euren Duft hüllen.«

»Geh«, befahl Dominic, aber seine Stimme klang nicht barsch.

Lächelnd schaute er Marie nach, als diese die Garnison verließ. Die feine Wolle ihrer Tunika lag eng um ihren Körper und betonte die vollen weiblichen Formen darunter. Bei jedem Schritt wiegten sich ihre Hüften in einer stummen, unmißverständlichen Einladung.

»Und nun zu dir«, sagte Dominic und wandte sich zu Eadith um. »Wo ist deine Herrin?«

»Ich weiß es nicht, Herr«, antwortete Eadith betont lässig. »Habt Ihr sie etwa schon wieder verloren? So schnell?«

Simon zuckte zusammen angesichts der Dummheit des Mädchens. Nur weil Dominic bereit war, seine Leute gut zu behandeln, bedeutete das nicht, daß man sich Respektlosigkeit ihm gegenüber herausnehmen konnte.

»Hast du irgendwelche Verwandte?« erkundigte sich Dominic in höflichem Ton.

»In Blackthorne Keep?«

»Ja.«

Eadith schüttelte den Kopf.

»Fühlst du dich dazu berufen, in ein Kloster zu gehen?«

»Nein«, erwiderte sie überrascht.

»Dann muß ich vermutlich weiterhin für deinen Lebensunterhalt aufkommen als ein Akt christlicher Nächstenliebe. In Zukunft wird es deine Aufgabe sein, die Spülküche und die Küche zu beaufsichtigen, Mädchen.«

Schock und Bestürzung zeigten sich auf Eadith' Gesicht. »Hat Meg gesagt, daß ich das tun soll?«

»Woher soll ich das wissen?« entgegnete Dominic seidenweich. »Ich verliere sie doch ständig, wie du mir gerade eben so überaus freundlich erklärt hast. Andererseits spielt es auch keine Rolle, was meine Frau gesagt oder nicht gesagt hat. Wenn es um die Burg geht, bin ich der unumschränkte Herrscher.«

Eadith' Wangen wurden so weiß wie Salz. Tränen schimmerten in ihren Augen.

»Ich habe mir zuviel herausgenommen, Mylord. Verzeiht mir«, sagte sie hastig. »Die letzten Tage waren nervenaufreibend – Lord Johns Tod und die Hochzeit und Sir Duncans Verbannung und dann all diese Normannen, die ungehindert ein- und ausge ...«

Ihre Stimme erstarb, als ihr klar wurde, was sie gesagt hatte.

»Ich weiß, einen normannischen Herrn zu haben, ist schwierig für dich«, erwiderte Dominic gelassen, »denn dein Vater wurde von Normannen getötet.«

»Ja, Herr«, flüsterte sie. »Und meine Brüder und mein Mann ebenfalls.«

Eadith' Finger spielten nervös mit der Brosche, die Dominic ihr geschenkt hatte.

»Der Krieg ist vorbei«, sagte er nüchtern. »Wenn du weiterhin gegen die Tatsachen ankämpfen willst, wirst du auf eine andere Burg gehen müssen.«

Mit einem erstickten Schrei fiel Eadith vor ihm auf die Knie und ergriff seine Hand.

»Nein, ich flehe Euch an, Herr. Laßt mich bleiben, bis ...« Ihre Stimme brach.

»Bis?« fragte Dominic streng.

»Ich habe kein anderes Zuhause. Ich will kein anderes Zuhause. Bitte, Herr. Laßt mich bleiben. Ich werde Euch meinen Wert auf jede erdenkliche Art beweisen, wie Ihr es wünscht. Ihr braucht es nur zu sagen.«

Dominics erster Impuls war, seine Hand von den hastigen Küssen zu befreien, die Eadith auf seine Fingerspitzen drückte, denn sie waren eindeutig verführerisch statt besänftigend gemeint. Dennoch zog Dominic seine Hand nicht zurück, weil er gelernt hatte, daß impulsives Handeln eine mangelhafte Lösung war, um sein Leben zu ordnen.

»Auf jede Art?« wiederholte er sanft.

»Ja«, sagte Eadith, ohne ihn anzusehen.

»Dann erhebe dich und sag mir, wo sich meine Ehefrau am liebsten aufhält.«

Eadith blieb auf den Knien liegen und preßte Dominics Hand gegen ihre Brüste.

»Im Garten«, antwortete sie, »Bei den Volieren, im ...«

»*Innerhalb* der Burg«, sagte Dominic scharf und befreite

seine Hand mit kaum verhüllter Abscheu aus Eadith' Umklammerung.

»Im Kräuterkeller, in der Kapelle und im Baderaum«, sagte Eadith. Dann fügte sie hinzu: »Duncan und sie haben das Bad immer ganz besonders genossen. Es ist ein sehr privater Ort, und Myladys Seife ist so zart wie Schwanendaunen.«

Dann sah Eadith den grimmigen Ausdruck auf Dominics Gesicht und wußte, ihre Äußerungen dienten nicht dazu, sich bei ihrem neuen Herrn beliebt zu machen.

»Verzeiht, Herr«, murmelte sie hastig. »Es war alles ganz unschuldig, davon bin ich überzeugt.«

»Geh zur Kapelle«, sagte Dominic zwischen zusammengebissenen Zähnen zu Simon. »Nimm Eadith gleich mit.«

Bevor einer von ihnen Einwände erheben konnte, hatte Dominic auf dem Absatz kehrtgemacht und strebte mit raschen Schritten aus der Garnison. Die Treppe zum Kräuterkeller war dunkel und kalt, denn sie lag auf der Rückseite der Burg, wo die Mauern in die felsige Hügelkuppe hineingebaut waren. Dominic riß eine Fackel aus der Wandhalterung und hielt sie an die Kerze, die immer am Eingang zu den Kellergewölben der Burg am Brennen gehalten wurde. Die Fackel fing Feuer und brannte mit einem düsteren, orangefarbenen Schein, der von nachlässiger Machart zeugte.

Die Luft war kalt und feucht und von den Gerüchen der Speisekammer und des Kräuterkellers durchtränkt. Dominic ging rasch den Gang hinunter, während er versuchte, seinen Zorn zu beherrschen bei dem Gedanken, wie Meg und Duncan sinnliche Spiele im Bad gespielt hatten. Er redete sich ein, daß es bedeutungslos sei, was sie getan hatte, bevor sie seine Ehefrau wurde.

Er glaubte es nicht.

Die Erkenntnis schockierte Dominic derart, daß er seine Wut einen Moment vergaß. Meg war mit Duncan verlobt gewesen. Der König hatte die Eheschließung verweigert und auch alle anderen Partien, die John vorgeschlagen hatte. Unter diesen Umständen war es nur natürlich, daß Meg jede sich bietende Gelegenheit genutzt hatte, um sich mit dem Mann zu Vergnügen, für den sie »Zuneigung« empfand.

Dominic war kein solcher Heiliger, daß er seiner Frau Vorwürfe hätten machen können, weil sie ihren sinnlichen Gelüsten nachgegeben hatte. Dennoch ließ die Vorstellung, wie Meg schamlos nackt auf Duncans Schoß lag, während dieser die weiblichen Schätze plünderte, die offen vor ihm lagen, rasenden Zorn in Dominics Innerem aufsteigen.

Um seine Wut zu kontrollieren und sich abzulenken, zwang er sich, den Zustand der Räume zu begutachten, die zu beiden Seiten von dem Gang abzweigten. Diese kleinen Kammern waren ordentlich aufgeräumt und sauber und waren es offensichtlich auch schon vor seinem Erlaß gewesen.

Megs Werk, darauf wette ich, gestand Dominic sich im stillen ein. *Sie ist so sauber wie eine Katze. Schade, daß sie auch so unabhängig wie eine Katze ist. Sie ist nicht in der Lage, dem einfachsten Befehl zu gehorchen.*

Er zog den Kopf unter dem niedrigen Türsturz des Kräuterkellers ein. Kaum hatte er den Raum betreten, als Megs Stimme ertönte. Sie kehrte ihm den Rücken zu, während sie mit Mörser und Stößel an einem langen Steintisch hantierte, der aussah, als wüchse er aus dem Boden unter ihren Füßen heraus.

»Wer immer es ist, soll die Fackel draußen lassen«, sagte sie, ohne sich umzudrehen. »Sie verdirbt die Luft im Kräuterkeller. Wie oft muß ich euch Burgleute noch daran erinnern?«

»Vielleicht so oft, wie ich dir sagen muß, daß du in deinen Räumen bleiben sollst?« gab Dominic zurück.

Meg fuhr herum. Ihre Augen waren groß und erschrocken im zuckenden Schein der Fackel. Das Licht ließ ihre Haut so golden schimmern wie den Schmuck, den Dominic voller Abscheu auf ihr Bett im oberen Stockwerk geworfen hatte.

»Du!« sagte sie überrascht. »Was tust du hier? Dies ist mein Reich!«

»Nein, Madam. Die Burg und alles darin gehört mir«, sagte Dominic kurz und bündig, »Eine Tatsache, an die Ihr Euch besser erinnern solltet.«

Stoff wirbelte, als Meg sich abwandte und ihre Arbeit mit Mörser und Stößel wiederaufnahm. Sie warf einen prüfenden Blick auf den Wasserbehälter vor sich und beschleunigte ihr Arbeitstempo.

»Ich spreche mit dir«, sagte Dominic mit mühsam unterdrückter Wut.

»Ich höre dich.«

»Hast du mich auch gehört, als ich dir sagte, du solltest in deinen Räumen bleiben, bis ich zu dir käme?«

Schweigen.

»Antworte mir!« befahl er barsch.

»Ja, das habe ich gehört.«

»Warum bist du dann hier?«

»Der Kräuterkeller gehört ebenfalls zu meinen Räumen«, gab Meg kühl zurück.

»Stell meine Geduld nicht auf die Probe.«

»Wie könnte ich?« murmelte sie. »Du hast ja keine.«

Dominic, der wohl von sich behaupten durfte, langmütig zu sein, stellte fest, daß seine Geduld erschöpft war. Er durchquerte den Raum mit drei großen Schritten und packte Megs Arm mit einer Hand.

»Jetzt ist es genug«, sagte er brüsk. »Du hast vor Gott gestanden und versprochen, deinem Ehemann zu gehorchen. Und bei Gott, das wirst du. Hinauf in dein Zimmer, Margaret!«

»Bald«, erwiderte sie. »Die Blätter müssen erst noch eine Weile bearbeitet werden.«

Dominic stritt nicht erst lange mit ihr. Er wandte sich einfach zum Gehen und zog Meg am Arm hinter sich her.

Als Meg fühlte, wie sie von ihrem Tisch fortgezerrt wurde, versuchte auch sie erst gar nicht zu streiten. Sie war einfach zu keinem Gedanken mehr fähig. Die Angst, die sie nicht mehr losgelassen hatte, seit sie am Morgen erwacht war, explodierte dumpf und lautlos in ihrem Hirn. Verzweifelt zog sie ihren Arm zurück und drehte ihn heftig hin und her in dem Versuch, sich aus Dominics schraubstockartigem Griff zu befreien.

»Was in Gottes Namen …«, murmelte er.

Meg ließ den Stößel fallen und grub ihre Nägel in Dominics Hand, um ihn zu zwingen, sie freizugeben. Seine Finger lockerten sich nicht im geringsten, deshalb versuchte sie, einen nach dem anderen aufzubrechen.

Es war sinnlos. Dominic war weitaus stärker als sie.

»Hör auf, wie eine Wilde um dich zu schlagen, bevor du dich verletzt«, sagte er barsch.

»Laß mich los!«

»Erst wenn du in deinem Quartier bist.«

»Nein«, entgegnete Meg rauh. »Ich muß beenden, was ich angefangen habe«. Blitzschnell verlagerte Dominic seinen Griff. Bevor Meg wußte, was mit ihr geschah, wurde sie hochgehoben, während ihre Füße in der Luft herumzappelten, so hilflos wie ein Vogel in einem Netz. Meg, die nur von dem Gedanken an die unersetzlichen Blätter beherrscht wurde, die augenblicklich verarbeitet werden mußten oder aber unwiederbringlich verderben würden, wehrte sich mit einer Wut, die um so erstaunlicher wegen ihrer Geräuschlosigkeit war.

Die Fackel in seiner Hand neigte sich abwärts und loderte heftig, als Dominic versuchte, Meg einhändig zu bändigen. Die zischenden Flammen kamen bedenklich nahe an ihre Augen, ihr Haar, ihre Wange. Sie merkte nichts davon. Ihr Kopftuch und Lederreif lösten sich und ließen ihr Haar wild in alle Richtungen fliegen.

»Allmächtiger«, zischte Dominic. »Du kleine Idiotin, du verbrennst dich selbst!«

Meg schien ihn nicht zu hören. Die Flammen der Fackel züngelten über ihr ungeschütztes Handgelenk, als sie rasend vor Zorn Dominics Gesicht zu zerkratzen versuchte. Mit einem wilden Fluch ließ er die Fackel fallen und trat das Feuer mit dem Fuß aus.

Nachdem er beide Hände frei hatte, beendete er den ungleichen Kampf rasch. Bevor Meg begriff, was geschah, hatte er sie flach gegen die Wand gepreßt, hielt ihre Handgelenke hoch über ihrem Kopf mit einer Hand fest, ihr Kinn mit der anderen, und klemmte ihre Knie zwischen seine. Ganz gleich, wie heftig sie sich zu wehren versuchte, sie konnte kaum mehr tun als atmen.

Dominic blickte in das wütend verzerrte Gesicht seiner Frau und fragte sich, was in sie gefahren war, sich wie eine Besessene auf ihn zu stürzen. Er hatte erwartet, Meg würde streiten oder bitten oder vielleicht auch widerwillig und beleidigt hinter ihm herzockeln, als er darauf bestanden hatte, daß sie ihm gehorchte. Er hatte ganz sicher nicht damit gerechnet, daß sie ihn wie eine in die Enge getriebene Wildkatze angreifen würde.

Allmählich erschöpften sich Megs Kräfte, und sie hörte auf, sich zu wehren. Sie beobachtete Dominic mit wilden Augen, als sie versuchte, Atem zu holen, trotz des Gewichts seines Körpers, das sie gegen die Wand preßte.

»Bist du fertig?« fragte er mit sardonischer Höflichkeit.

Meg nickte stumm.

»Dann werden wir jetzt auf dein Zimmer gehen und …«

Dominic brach ab, als er die Anspannung in Megs Körper zurückkehren fühlte.

»Wenn ich dich loslasse, wirst du dich wieder gegen mich wehren, nicht wahr?« fragte er.

Meg sagte nichts. Das brauchte sie auch nicht. Ihre sprungbereit angespannten Muskeln sagten genug.

Verwirrt und verwundert musterte Dominic seine Frau im Licht der süß duftenden, sauber brennenden Kerzen des Kräuterkellers. Meg war eindeutig die Verliererin in diesem Vergleich der Kräfte, und sie wußte es ebensogut wie er. Und genauso eindeutig war, daß sie ihren Kampf fortsetzen würde, wenn er seinen Griff lockerte.

Es herrschte lastende Stille, während Dominic in Megs wachsame grüne Augen blickte. Abrupt fiel ihm wieder die eigentliche Ursache des Problems ein.

»Bearbeitest du vielleicht zufällig die Blätter, die du heute morgen gesammelt hast?« fragte Dominic neugierig.

»Ja«, flüsterte Meg. Dann erwachte plötzlich neue Hoffnung in ihr, und ihre Worte überschlugen sich fast. »Bitte laß mich weitermachen. Es ist wichtiger, als du denkst. Ich muß die Blätter zubereiten, bevor sie ihre Heilkraft verlieren.«

»Warum?«

»Ich weiß es nicht«, gab sie zu. »Ich weiß nur, daß ich es tun muß, oder es wird etwas Furchtbares mit Blackthorne Keep passieren.«

Er legte den Kopf schief, als horchte er auf eine innere Stimme. Was er hörte, war das langsame, schwache Tröpfeln von Wasser ganz in der Nähe. Er drehte den Kopf und sah eine Silberschale, die über einer Schale aus Ebenholz hing. Wasser tropfte in bedächtigem Tempo in die untere Schale.

»Ist es eine Glendruid Sache?« fragte er und drehte sich wieder zu seiner Frau um, die ihm mit jeder Stunde rätselhafter wurde.

»Ja.«

»Old Gwyn hat heute morgen von Gefahr gesprochen. Etwas, was sie ahnte. Sie sagte, du hättest es wahrscheinlich auch geahnt.«

Meg nickte eifrig.

»Was ist das für eine Gefahr?«

»Ich weiß es nicht.«

Dominic grunzte. »Du scheinst ziemlich wenig zu wissen, Glendruid Hexe. Oder ist es eher so, daß du es mir einfach nicht sagen willst?«

»I-ich habe geträumt«, erwiderte Meg mit leiser Stimme. »Ich fühlte eine Gefahr, die ich nicht benennen konnte. Dann sah ich die Blätter dieser Pflanze. Ich wußte, ich mußte sie sammeln, um eine Katastrophe abzuwenden. Bitte, Lord Dominic. Erlaubt mir zu beenden, was ich begonnen habe. Ich kann diese Blätter nicht ersetzen. Es wird mindestens zwei, wenn nicht sogar vier Wochen dauern, bis die Pflanzen nachgewachsen sind. Bitte.«

Ängstlich beobachtete Meg Dominics Miene. Sie wußte, daß ihr Wohl – und die Zukunft von Blackthorne Keep – davon abhingen, daß er vernünftig war und ihrem Wunsch nachgab, nachdem sie seine Geduld weitaus mehr strapaziert hatte, als die meisten Männer zu verzeihen bereit gewesen wären.

Meg ahnte seine Antwort, noch bevor Dominic zu sprechen begann. Das Gefühl seines Körpers an ihrem änderte sich auf subtile Weise, als er sich in seiner Haltung entspannte, ohne sie jedoch freizugeben. Die Art, wie er sie gefangenhielt, hatte jetzt eher etwas Sinnliches an sich. Plötzlich wurde sich Meg der höchst maskulinen Konturen seines Körpers bewußt, der sich der Länge nach gegen ihren drückte.

»Wollen wir einen Handel abschließen?« fragte Dominic heiser. »Was gibst du mir, wenn ich dich deinen Glendruid Trank fertig zubereiten lasse?«

»Alles, was du von mir willst, ist ein Sohn«, erwiderte Meg und versuchte, die Bitterkeit der Niederlage aus ihrer Stimme herauszuhalten. »Und dir das zu geben, übersteigt meine Macht.«

Seine Augen verengten sich in einer Mischung aus Ärger, reumütigem Humor und Berechnung.

»Es gibt mehr zwischen einem Mann und einer Frau, als einfach nur Babys zu machen«, erklärte Dominic.

»Ach ja? Davon hast du mir nichts gesagt.«

»Richtig«, sagte er langsam. »Das war offensichtlich ein Fehler.«

»Herr?« fragte Meg.

»Mein Name ist Dominic«, sagte er, als er mit seinen Lippen über ihre streifte. »Laß mich hören, wie du ihn sagst.«

»Dominic ...«, hauchte Meg.

Er trank die flüsternde Wärme des Worts von ihren Lippen.

»Du machst das sehr gut, süße Hexe.«

Langsam und widerstrebend verringerte Dominic den Druck seines Körpers gegen Meg.

»Du schuldest mir einen Gefallen meiner Wahl zu einem Zeitpunkt meiner Wahl«, sagte er rauh vor Begierde. »Einverstanden?«

»Ja.«

»So schnell? Hast du keine Angst vor dem, was ich vielleicht will?«

»Nein«, sagte Meg nervös und blickte zu dem Tisch hinüber, wo Wasser unablässig in die untere Schale tropfte. »Ich habe nur Angst um die Blätter. Wenn ich die Zubereitung nicht bald beende, ist alles umsonst gewesen.«

»Dann gib mir einen Kuß, um unseren Handel zu besiegeln.«

»Jetzt?« fragte sie bestürzt.

»Warum nicht?«

Meg erklärte es ihm in hastigen Worten, weil sie nicht wußte, wieviel Zeit ihr noch blieb. »Bis wir unseren Kuß beendet haben, wird es zu spät sein, und in meinem Kopf wird ein heilloses Wirrwarr herrschen, und meine Finger werden zittrig und ungeschickt sein. Du küßt auf höchst ablenkende Weise.«

Als Dominic die Bedeutung der überstürzten Worte aufging, lächelte er sinnlich. Sein Daumen strich zärtlich über Megs zitternde Unterlippe.

»Küßt Duncan auch so?« murmelte er.

»Duncan?« Meg blinzelte verwirrt. »Was um Himmels willen hat er mit Küssen zu tun? Er hat mich niemals auch nur im geringsten konfus gemacht.«

»Und ich mache dich konfus?«

»Du weißt, daß du das tust«, sagte sie verzweifelt. »Ich habe es dir doch gerade gesagt. Und wenn du nicht aufhörst, mit dem Daumen über meine Lippen zu streichen, beiße ich dich!«

»Wo? Hier?«

Im Sprechen zog Dominic Megs Hände an seine Lippen, biß

ganz behutsam in ihren Daumenansatz und wurde vom abrupten, sinnlichen Stocken ihres Atems belohnt.

»Oh, hör auf«, bat sie. »Ich muß ruhige Hände haben.«

Er bemühte sich, sich seine Freude über ihre Reaktion nicht anmerken zu lassen, fand es jedoch unmöglich. Plötzlich gab er Meg frei und lachte so schallend, daß es von den kalten Steinmauern widerhallte.

»Beende deine Arbeit, süße Hexe. Und dann werden wir in deine Räume gehen und über die Bedingungen deiner Gefangenschaft verhandeln.«

Bevor Dominic zu Ende gesprochen hatte, zog Simon den Kopf unter dem niedrigen Türrahmen ein und betrat den Kräuterkeller.

»Ist sie hier?« wollte er wissen.

»Ja«, erwiderte Dominic, und in seiner Stimme schwang immer noch Lachen mit. »Komm mit, wir werden draußen warten. Die Fackel in deiner Hand verdirbt die Luft in Megs Kräuterkeller.«

Draußen auf dem Gang warf Simon seinem Bruder einen neugierigen Blick zu. »Das Mädchen muß tatsächlich eine Hexe sein.«

Dominic gab einen fragenden Laut von sich, der eher wie ein zufriedenes Schnurren klang.

»Als ich dich verließ, warst du wütend genug, um ihr bei lebendigem Leib die Haut abzuziehen«, sagte Simon. »Und kurze Zeit später finde ich dich hier, und du lachst wie ein übermütiger Junge.«

Dominics Lächeln verunsicherte Simon.

»Es ist eine ernste Angelegenheit«, sagte Simon.

»Warum? Darf ich nicht auch mal lachen wie andere Männer?«

»Sie hat dich verhext«, erwiderte Simon unverblümt. »Genauso, wie Eadith es vorausgesagt hat.«

»Es ist ein süßer Zauber«, erwiderte Dominic lächelnd.

»Allmächtiger, du bist wirklich verzaubert. Paß auf dein Herz auf, Bruder, sonst wird Duncan of Maxwell nur zu bald durch Verrat bekommen, was er nicht mit Gewalt nehmen konnte!«

15. KAPITEL

Meg trug die fest zugestöpselte Flasche mit beiden Händen durch die langen Korridore der Burg und zu ihren Räumen hinauf. Normalerweise hätte sie den Trank zum Reifen in einem dunklen Winkel ihres Kräuterkellers aufbewahrt, aber sie traute sich nicht, die Flasche auch nur einen Moment aus den Augen zu lassen.

In einer Mischung aus Verwirrung und Belustigung schaute Dominic zu, wie Meg ein loses Brett in der hölzernen Trennwand beiseite schob, die ihr Quartier in eine Schlafkammer und ein Wohngemach unterteilte. Sie stellte die Flasche in das Geheimfach, schob das Brett sorgsam wieder vor und stieß dann einen abgrundtiefen Seufzer der Erleichterung aus.

»Du wirst doch niemandem sagen, wo die Flasche ist, nicht?« fragte sie ängstlich und drehte sich zu dem Mann um, der ihr den ganzen Weg vom Kellergewölbe bis zu ihren Räumen nicht von der Seite gewichen war.

Dominic zuckte die Achseln und schloß die Tür hinter sich. »Ist das so wichtig?«

»Wenn mit der Flasche irgend etwas passiert, kann ich die Medizin erst in frühestens zwei Wochen neu herstellen. Bis dahin könnte es zu spät sein.«

»Warum? Wofür ist die Medizin denn?«

Meg überlegte schnell, fragte sich, wieviel sie Dominic anvertrauen konnte, ohne ihr Versprechen gegenüber Old Gwyn zu brechen. Nach kurzem Zögern antwortete sie, und sie wählte ihre Wahrheiten sorgfältig, denn es widerstrebte ihr zu lügen.

»Einige meiner Arzneien sind sehr stark. Wenn sie falsch verabreicht werden, können sie töten. Das da ...«, sie wies auf die versteckte Flasche, »ist ein Gegenmittel für eine meiner stärksten Arzneien gegen Schmerzen. Nachdem John starb, habe ich einen neuen Vorrat an Schmerzmitteln zubereitet, deshalb ist es nur ratsam, auch ein Gegenmittel herzustellen.«

»Für wen?«

»Ich verstehe nicht.«

»John ist tot. Für wen bereitest du so gefährliche Arzneien zu?«

Die unverblümte Frage ließ Meg zusammenzucken. Wieder wählte sie ihre Wahrheiten mit großer Sorgfalt.

»Ich habe gesehen, daß sich deine Ritter äußerst hart im Schwertkampf üben. Früher oder später werden sich deine Männer gegenseitig verletzen. Jetzt bin ich darauf vorbereitet, ihnen zu helfen.«

Einen langen Moment blickte Dominic in die Glendruid Augen, die ihn mit kaum verhüllter Furcht beobachteten. Er hatte den Verdacht, daß er nicht die ganze Wahrheit zu hören bekam, und er wußte, es gab keine Möglichkeit, sicher zu sein.

»Ich werde es keinem sagen, außer Simon«, meinte Dominic schließlich. »Übrigens, er weiß bereits, daß du die Flasche in dein Zimmer hinaufgebracht hast.«

»Dann sorg dafür, daß er dieses Wissen für sich behält.«

Dominic nickte. Plötzlich lächelte er hinterhältig.

»Damit schuldest du mir schon zwei Gefälligkeiten, Frau.«

Megs Wangen färbten sich rot, als sie die Mischung aus Sinnlichkeit und Triumph in Dominics Lächeln sah.

»Ja.«

Nervös wandte sie sich ab, um das Feuer anzufachen. Dominic schaute zu, wie sie sich zum Kamin hinunterbeugte und in den Holzscheiten stocherte. Je häufiger er mit seiner Frau zusammen war, desto ungeduldiger wartete er darauf, daß ihre monatliche Blutung einsetzte und vorüberging, damit er den Samen der ersehnten Dynastie in ihren weichen Körper pflanzen konnte. Die Anmut ihrer Bewegungen erregte ihn so sehr, daß es fast schmerzhaft war.

Und die schnelle Geschicklichkeit ihrer Hände sagte ihm, daß Feuermachen eine Aufgabe war, die sie oft erledigte.

»Eadith verdient ihren Lebensunterhalt kaum«, sagte er mit angewiderter Stimme.

»Was?«

»Deine Zofe scheint nur wenig Zeit damit zu verbringen, ihre Arbeit zu tun.«

»Es ist einfacher, einige Dinge selbst zu tun, als nach einem Bediensteten schicken zu lassen. Außerdem wäre Eadith niemals Zofe geworden, wenn ihr Vater oder ihr Ehemann noch lebten. Sie wäre selbst eine Lady mit einer eigenen Zofe gewesen. Ich nehme Rücksicht auf ihren Stolz, wann immer es möglich ist.«

»Was ist mit den Ländereien ihrer Familie passiert?« wollte er wissen.

»Das gleiche, was mit ganz England passiert ist – William oder seine Söhne haben das Land genommen und es unter ihren normannischen Rittern aufgeteilt.«

Dominic hörte aufmerksam zu, konnte jedoch nichts von dem glühenden Haß entdecken, den er in Eadiths Stimme gespürt hatte, als sie von den Normannen sprach – einem Haß, den nicht wenige der Bediensteten von Blackthorne Keep teilten, trotz ihrer Liebe zu Meg. Dominic hörte auch nichts von der Weigerung, die Lage zu akzeptieren, die in Duncans Stimme so offensichtlich gewesen war. Meg sprach so nüchtern und sachlich, als beschriebe sie die Anzahl der Schafe in einem Tal. Sie schaute beim Sprechen noch nicht einmal auf, sondern kramte eifrig in dem zerbeulten Messingbehälter, der Holz für das Feuer enthielt.

»Fühlst du keinen Haß auf die Normannen, wie es so viele Burgbewohner tun?« fragte Dominic neugierig.

»Einige von ihnen sind brutal, blutrünstig und grausam«, erwiderte sie, als sie ein Eichenholzscheit aus dem Behälter nahm.

»Das könnte man auch von manchen Männern aus Schottland oder dem Heiligen Land behaupten«, gab Dominic zurück.

»Ja«, gab Meg zu, während sie grüblerisch beobachtete, wie sich winzige Flammen in die Scheite fraßen, die sie gerade in den Kamin gelegt hatte. »Grausamkeit kennt keine Clangrenzen.«

Dominic ging zum Bett und griff nach den langen goldenen Ketten mit den zart klingelnden Glöckchen. Meg wandte sich zu ihm um, bezaubert von ihrem melodischen Klang.

»Was ist das?« fragte sie.

»Ein Hochzeitsgeschenk für meine Braut.«

Sie richtete sich auf und kam zu ihm, angezogen von den goldenen Stimmen der Glocken.

»Wirklich?« fragte sie überrascht.

»Wirst du sie tragen, oder muß ich es von dir verlangen als eine der Gefälligkeiten, die mir zustehen?«

»Was meinst du? Sie sind wunderschön. Natürlich werde ich sie tragen.«

»Aber du hast nicht die Brosche getragen, die ich dir geschenkt habe«, erklärte er.

»Glendruid Mädchen tragen nur Silberschmuck, bis sie verheiratet sind.«

Dominic warf einen vielsagenden Blick auf Megs langen Überwurf. Er wies keinerlei Schmuck auf.

»Du bist jetzt verheiratet.«

Meg band den Überwurf gerade weit genug auf, um ihm die Brosche zu zeigen, die an der Tunika steckte, unterhalb ihrer Halsgrube.

»Ah«, sagte Dominic. »Ich sehe.«

Und das tat er. Was er erblickte, waren die üppige Rundung von Megs Brüsten und die schlanke, grazile Kurve ihres Halses.

»Ich beneide mein Geschenk«, murmelte er.

Verwirrt blickte Meg den Fremden an, der ihr Ehemann war. »Du beneidest es, Herr-äh, Dominic? Wieso?«

»Es steht ihm frei, zwischen deinen Brüsten zu liegen.«

Röte kroch über Megs Wangenknochen. Eher ungeschickt band sie den Überwurf wieder zu.

Dominic beobachtete sie, lächelte auf eine Weise, die ihr den Atem stocken ließ. Sie räusperte sich und zeigte auf die langen Goldketten in seiner Hand.

»Wie soll ich sie tragen?«

»Ich zeige es dir.«

Mit einer muskulösen Anmut, die Meg faszinierte, ging Dominic vor ihr in die Hocke.

»Stell deinen Fuß auf meinen Schenkel«, sagte er.

Zögernd gehorchte Meg. Warme, starke Finger schlossen sich unter ihrer Tunika um ihren Knöchel. Sie stieß einen erschrockenen Laut aus. Bevor sie ihren Fuß zurückziehen konnte, schloß sich Dominics Hand fester um ihr Gelenk. Der Griff hielt sie zurück und gab ihr gleichzeitig Halt, um nicht das Gleichgewicht zu verlieren.

»Immer mit der Ruhe«, murmelte er. »Es gibt nichts zu fürchten.«

»Es ist ziemlich beunruhigend«, sagte sie.

»Was? Berührt zu werden?«

»Nein. Die Erkenntnis, daß ein Mann, den ich erst seit ein paar Tagen kenne, das Recht hat, mich überall und jederzeit zu berühren, wie es ihm gefällt.«

»Beunruhigend«, wiederholte Dominic nachdenklich. »Hast du Angst vor mir? Bist du deshalb in den Wald gelaufen?«

»Ich rechne damit, Schmerz zu fühlen, wenn ich unter dir liege, aber das ist nicht der Grund, weshalb ich in den Wald gegangen bin.«

»Wegen der winzigen Blätter für deine Arznei?« fragte er.

»Ja.«

Glöckchen läuteten geheimnisvoll, als Dominic eine Kette um Megs Knöchel schlang und den Verschluß befestigte. Er prüfte die Sicherheit des Verschlusses und glitt dann mit der Handfläche liebkosend an Megs Wade hinauf. Meg schnappte hörbar nach

Luft. Der leise Schauer, der durch ihren Körper ging, ließ die Glöckchen musikalisch flüstern.

»Warum erwartest du, Schmerz zu fühlen, wenn du bei mir liegst?« fragte Dominic, während er Meg langsam streichelte. »Fällt es dir so schwer, einen Mann zu akzeptieren?«

»Akzeptieren? Was meinst du?«

»In deinem Körper.«

Sie blickte verlegen weg. »Ich weiß es nicht. Eadith hat mir erzählt, daß es kein Vergnügen ist.«

Dominics Hand hielt einen Moment inne und setzte dann ihre langsamen, behutsamen Streichelbewegungen fort.

»Und trotzdem flirtet sie so heftig«, erwiderte er.

»Das ist Arbeit, kein Vergnügen. Sie setzt alles daran, einen neuen Ehemann zu finden. So wie du alles daransetzt, Erben zu haben.«

Dominic war zu sehr Taktiker, um die Wahrheit zu leugnen. Er täuschte nur in einer anderen Richtung, indem er seine Gegnerin ablenkte und sie ständig aus dem Gleichgewicht brachte.

»Magst du es, wenn ich dich berühre?« fragte er, während er Megs Wade mit sinnlicher Behutsamkeit drückte.

»Ich ...« Ihr stockte der Atem, als er ihre Wade erneut zu liebkosen begann. »Ich glaube schon. Es ist seltsam.«

»Was denn?«

»Deine Hände sind so groß und stark. Du gibst mir das Gefühl, im Vergleich dazu zerbrechlich zu sein. Obwohl ich mich selbst überhaupt nicht für zart halte.«

»Macht dir das angst?« wollte er wissen.

»Das sollte es.«

»Warum? Hältst du mich für brutal?« erkundigte sich Dominic.

»Ich glaube, ich bin sehr froh, daß du keine Falken schlägst.«

Er lachte, unterbrach jedoch nicht die zärtlichen Bewegungen seiner Hand über Megs Wade bis hinauf zu ihren Kniekehlen. Ein köstlicher, erregender Schauer prickelte über ihre Haut.

»Du warst sehr wütend, als du in den Kräuterkeller gekommen bist«, sagte sie, bemüht, sich von seinen Liebkosungen nicht ablenken zu lassen.

»Ja.«

»Und du bist sehr stark.«

»Ja«, erwiderte Dominic, und er verbarg sein Lächeln in den Falten von Megs Tunika. »Und trotzdem hast du mich bekämpft, kleiner Falke.«

Langsam zeichnete er die empfindliche Falte in ihrer Kniekehle nach und fühlte das leise, fast widerstrebende Erschauern ihres Körpers als Reaktion. Behutsam schob er ihren Fuß von seinem Schenkel auf den Boden.

»Jetzt den anderen Fuß«, drängte Dominic.

Als Meg sich bewegte, sangen winzige Glöckchen unter ihrer Tunika. Sie wartete angespannt auf weitere ablenkende Liebkosungen, während Dominic eine zweite Kette um ihren Knöchel legte und den Verschluß zuhakte. So beunruhigend seine Berührungen waren, so gestand sich Meg doch ein, daß sie das lustvolle, heiße Prickeln genoß, das unmittelbar auf seine Liebkosungen folgte. Es erweckte in ihr den Wunsch zu vergessen, was sie nur zu gut wußte – daß sich unter der verführerischen Zärtlichkeit ihres Ehemannes der kalte Ehrgeiz eines Kriegers verbarg und nicht etwa die feurige Leidenschaft eines Liebhabers für seine Gespielin.

Dominic erhob sich mit einer Geschmeidigkeit, die Meg an Black Tom erinnerte. Er stand so dicht vor ihr, daß ihre Brüste ihn bei jedem Atemzug, den sie machte, fast streiften.

»Jetzt deine Handgelenke«, sagte er.

Seine rauhe, kehlige Stimme kitzelte ihre Nervenenden fast ebensosehr wie seine Berührungen. Sie bewegte sich kokett und ließ winzige Glöckchen unter ihren Röcken singen. Zögernd streckte sie ihm beide Hände hin.

In einer Stille, die irgendwie noch durch das gedämpfte Klingeln goldener Glocken intensiviert wurde, befestigte Dominic

Armbänder um jedes von Megs zierlichen Handgelenken. Als er fertig war, hob er erst ihre eine Hand an seine Lippen, dann die andere. Langsam küßte er jede Handfläche und kostete sie dann mit einer einzigen flüchtigen Zungenberührung.

Der Laut, der über Megs Lippen kam, war eine Mischung aus Überraschung und sinnlicher Entdeckung. Er stieg Dominic zu Kopf wie süßer Sommerwein. Alles in ihm drängte danach, Meg in seine Arme zu nehmen und sie gründlich zu küssen, aber er war so heftig erregt, daß sich sein Schaft abrupt versteift hatte, und das war nicht gut. Denn er durfte auf keinen Fall seinen sinnlichen Gelüsten nachgeben, wenn er das erste Gefecht im Krieg um die Verführung einer Glendruid Hexe gewinnen wollte.

Ein Mann, der keine Geduld bei der Zähmung seines Falken hat, wird ihn verlieren, sobald er ihn das erste Mal von der Leine läßt, schärfte Dominic sich ein. *Ich habe es kaum geschafft, meinem kleinen Falken die Leine anzulegen, geschweige denn, ihn so weit abzurichten, daß er auf mein Kommando und zu meinem Vergnügen fliegt.*

Wenn ich sie jetzt nehme, würde ich den Krieg verlieren, nur um eine einzige süße Schlacht zu gewinnen. Nur ein Dummkopf läßt sich von seinen Leidenschaften beherrschen.

Kalte Entschlossenheit dämmte das heiße, sinnliche Feuer in Dominics Innerem ein, bis er wieder das Kommando über sich selbst und die verführerische Schlacht hatte.

Er ließ Megs Hände los und drehte sie so herum, daß sie ihm den Rücken zukehrte. Er entfernte den Lederreif und das Kopftuch, die sie nach ihrem Kampf hastig wieder angelegt hatte. Im gedämpften Licht des Zimmers schimmerte ihr Haar fast golden. Die Versuchung, seine Hände in der seidigen Pracht zu vergraben, war so groß, daß Dominic ihr beinahe erlegen wäre. Stattdessen flocht er ihr Haar rasch zu Zöpfen, schlang eine Kette um jedes Ende und ließ einen Rest von dem Glockenstrang lose herabhängen.

Als Dominic damit fertig war, hatte er nur noch eine lange

Kette übrig. Er legte sie um Megs schmale Taille, schlang das Gold um ihre wohlgerundeten Hüften und band die Kette wie einen Gürtel zu, um die langen Enden bis fast auf den Boden herabfallen zu lassen.

Meg stand da, in feinen Goldschmuck und gedämpfte Musik gehüllt. Mit jedem Atemzug, jeder Bewegung, die sie machte, läuteten zierliche Glöckchen.

»Du bist wie ein Falke aus Feuer«, sagte Dominic und beobachtete das Spiel von Kerzenlicht auf Megs Haar. »Und du trägst goldene Fußriemen, wie sie einem solchen Zauberwesen gebühren.«

Behutsam drehte er Meg herum, bis sie ihn anschaute. Er blickte sie an mit Augen, so klar und kalt wie Quellwasser, während er ihr Gesicht in beide Hände nahm.

»Bist du hungrig, Frau?«

»Ja«, sagte sie gedämpft. »Ich habe seit heute morgen nur ein Stück Brot und etwas Käse gegessen.«

Mit geheimnisvollem Lächeln wandte Dominic sich ab und ging zur Tür. Er öffnete sie, und sein Blick fiel auf das kalte Abendessen, das Simon auf seine Bitte hin in den Gang gestellt hatte.

»Brot, Käse, Huhn, Senf, Ale ...«, zählte er auf.

Er hob das Tablett hoch und betrat das Zimmer, schloß die Tür mit einer lässigen Fußbewegung hinter sich.

»... und Feigen, Rosinen, Nüsse, gezuckerte Mandeln«, fuhr er fort, »und ein Bündel rohes Grünzeug, dessen Sinn und Zweck mir nicht klar ist. Hat Simon erwartet, daß uns ein Kaninchen beim Abendessen Gesellschaft leisten würde?«

Meg lächelte. »Das war Marta, die Köchin. Sie weiß, daß ich eine Vorliebe für frisches junges Frühlingsgemüse habe.«

»Tatsächlich?«

Eine schwarze Augenbraue hob sich, als Dominic skeptisch den kleinen Haufen Rohgemüse betrachtete.

»Ist das ein Glendruid Ritual?« wollte er wissen.

»Nein«, meinte Meg lachend und streckte die Hand nach dem knackigen Gemüse aus. »Selbst Gwyn zieht mich immer damit auf, daß ich wie ein Schaf in meinem Garten weide.«

Dominic drehte sich um und schirmte das Tablett blitzschnell mit seinem Körper ab, bevor Meg etwas von dem Essen nehmen konnte.

»Geduld, kleiner Falke. Es gibt da noch einige Dinge, die erledigt werden müssen, bevor du ißt.«

Perplex schaute Meg zu, wie Dominic das Tablett auf den Tisch neben ihrem großen Sessel abstellte und sich dann in aller Ruhe daranmachte, jede Kerze und Öllampe im Zimmer auszulöschen. Und es gab eine ganze Menge Flammen zu löschen, denn Meg sehnte sich instinktiv nach Licht. Es war dasselbe tiefverwurzelte Bedürfnis, das sie auch nach klarem Wasser und Pflanzen hatte.

»Was ...?« fragte sie alarmiert.

»Die Volieren werden im Dunkeln gehalten. Oder möchtest du lieber eine Kappe über den Augen tragen?«

»Das kann nicht dein Ernst sein.«

»Und ob es das ist. Abgedunkelte Volieren oder eine seidene Kappe für meinen kleinen Falken. Die Wahl überlasse ich dir.«

Der kalte Stahl hinter Dominics nüchternem Tonfall sagte Meg, daß sie die Geduld ihres Ehemannes zu sehr strapaziert hatte. Die Worte, die er in der Kirche gesagt hatte, hallten unheilverkündend in ihren Ohren wider: *Ein kluger Mann wird begreifen, daß sein Herr eher barmherzig als schwach ist. Ein Dummkopf wird meine Geduld auf die Probe stellen. Und sterben.* Sie hatte sich ihm bereits im Beisein von Vasallen und Burgbewohnern widersetzt. Es wäre nicht klug, ihm noch einmal zu trotzen.

»Abgedunkelte Volieren«, sagte Meg freudlos.

Dominic schloß die Fensterläden und verriegelte sie so fest, als erwartete er, daß ein rauher Winterwind an dem Holz rütteln würde. Meg sah es und unterdrückte einen Protestschrei. Sie ließ die Läden immer einen Spalt offen, außer bei wirklich heftigen Unwettern. Sie liebte es, den strahlenden, silberblauen Schein des Tageslichts in ihr Zimmer fallen zu sehen.

Den Raum so zu sehen, wie er jetzt war, völlig dunkel bis auf das kleine Feuer im Kamin, gab ihr das Gefühl ... in einem Käfig gefangen zu sein.

Als Dominic an den Kamin trat, als wollte er sogar diese Lichtquelle noch löschen, konnte Meg einen erstickten Laut des Protests nicht unterdrücken. Er drehte sich um, musterte sie nachdenklich und legte dann noch ein Holzscheit ins Feuer. Sie stieß den Atem in einem langen, fast lautlosen Seufzer der Erleichterung aus.

Dominic hörte ihn jedoch und lächelte in sich hinein, wohl wissend, daß er die Reaktion seines kleinen Falken richtig gedeutet hatte. Die erste Schlacht war gewonnen; sie hatte in ihre Gefangenschaft eingewilligt. Jetzt würden sie über die Bedingungen verhandeln.

Dominic setzte sich in den Sessel und zeigte auf seinen Schoß. »Setz dich. Ich werde dich bedienen.«

Zögernd trat Meg vor. Unzählige kleine Glöckchen bewegten sich und sangen leise.

»Oh«, sagte sie, blieb stehen und bewegte sich dann erneut, während sie auf das Klingeln horchte. »Das ist wirklich hübsch.«

»Wie Blumen, die singen?«

»Ja«, meinte sie und lächelte trotz ihres Unbehagens. »Oder wie Schmetterlinge, die lachen.«

»Ich freue mich, daß dir mein Geschenk gefällt.«

»Das tut es, Herr-äh, Dominic. Das war sehr freundlich von dir.«

»Ich bin froh, daß du mich für freundlich hältst«, sagte er mit einem rätselhaften Lächeln.

Zögernd setzte sich Meg auf Dominics Knie. Er hob sie hoch und verlagerte ihr Gewicht auf seinem Schoß, bis sie halb in seiner linken Armbeuge lag. Meg wunderte sich über das silberne

Feuer seiner Augen. In dem matten Licht funkelten sie wie klare Kristalle.

Mit seiner rechten Hand nahm Dominic eine Hühnerkeule von dem Tablett. Meg wollte danach greifen. Er hielt das Hühnerbein außerhalb ihrer Reichweite.

»Nein«, sagte er bestimmt. »Ich werde dich füttern, kleiner Falke.«

Sie warf ihm einen verdutzten Blick zu. Er lächelte und riß ein Stück Fleisch von der Keule ab mit Zähnen, so weiß und sauber wie die eines jungen Jagdhunds. Dann hielt er ihr das Fleisch mit den Fingerspitzen hin. Als sie die Hand danach ausstreckte, wurde ihr das Essen erneut entzogen.

»Nein«, sagte Dominic sanft. »Falken habe keine Hände.«

Meg öffnete überrascht den Mund. Geschickt schob er ihr das Stückchen Huhn zwischen die Lippen.

»Na bitte«, murmelte er weich, als spräche er zu seinem Wanderfalken in der Voliere. »Das war doch gar nicht so schwer, oder?«

Meg schüttelte kauend den Kopf. Die Glöckchen um ihre Zöpfe klingelten wie die an den Fußriemen eines Falken.

»Mehr?« fragte Dominic.

Sie nickte.

Er lächelte dunkel. »Einige Falken – die ganz besonderen, magischen – sprechen auch.«

»Worüber?« fragte Meg, als er wieder etwas Fleisch von der Hühnerkeule abriß.

»Über Nahrung, Wasser, die Jagd, Beute, das wilde, berauschende Gefühl des Fliegens ...«

»Über Freiheit«, flüsterte sie.

»Ja«, meinte er, während er ihr das Fleischstück hinhielt. »Darüber sprechen ungezähmte Falken vermutlich am häufigsten.«

Meg beobachtete Dominics Augen, als sie aus seiner Hand aß. Der Akt hatte etwas eigenartig Intimes an sich. Ein Band, so hauchfein wie ein einzelner Seidenfaden, bildete sich zwischen ihnen mit jedem Bissen, den sie annahm; und wie unzählige Seidenfäden, die nach und nach ineinander geschlungen wurden, gewann das daraus entstehende Band immer mehr an Festigkeit, bis es schließlich unzerreißbar war.

Während die Minuten in einer Stille verrannen, die durch das leise Klingeln der Glöckchen eher noch untermalt statt unterbrochen wurde, verstand Meg auf eine Weise, wie sie noch niemals zuvor verstanden hatte, warum die besten Jagdhunde nur von ihrem Herrn gefüttert wurden und warum Babys Nähe mit der Milch ihrer Mütter lernten.

Und warum Falken – die freiesten von Gottes Geschöpfen – nur Futter aus der Hand ihres Herrn nahmen, nur auf seinem Handgelenk saßen und nur auf seinen speziellen Ruf hin kamen.

»Schmeckt dir das Essen nicht?« fragte Dominic.

»Es schmeckt sehr gut.«

»Warum hast du dann aufgehört zu essen?«

»Ich habe über das Verhältnis von Falken zu ihrem Herrn nachgedacht.«

»Falken haben keinen Herrn.«

»Sie jagen nur zum Vergnügen ihres Herrn.«

»Falken jagen zu ihrem eigenen Vergnügen«, widersprach Dominic, während er einen weiteren Bissen zwischen ihre Lippen schob. »Ihre Herren geben ihnen lediglich die Möglichkeit dazu.«

»Sehen das alle Männer so?«

Dominic zuckte die Achseln. »Für mich ist es unwichtig, wie andere Männer das Band zwischen Falke und Mensch sehen. Wenn Dummköpfe gern glauben möchten, daß sie den Vogel beherrschen statt umgekehrt, wie komme ich dann dazu, ihren schwachen Verstand mit anderslautenden Erklärungen durcheinanderzubringen?«

Nachdenklich kauend ließ Meg sich Dominics Worte durch den Kopf gehen. Kaum hatte sie den Bissen hinuntergeschluckt, als Brot und Käse vor ihren Lippen erschienen. Sie öffnete den Mund, empfing die Nahrung – und fühle die zarte Liebkosung seiner Fingerspitze auf ihrer Unterlippe, als er seine Hand zurückzog.

»Aber Falken sind Gefangene, und Menschen sind es nicht«, fügte sie hinzu.

»Hast du jemals einen Falken freigelassen?«

»Einmal.«

»Warum?« fragte Dominic.

»Er konnte seine Gefangenschaft nicht akzeptieren.«

»Ja. Aber alle anderen Falken haben es getan.«

Meg nickte.

»Und indem sie es taten«, fuhr Dominic fort, »haben deine wilden Schwestern eine andere Art von Freiheit erfahren.«

Grüne Augen stellten eine stumme Frage.

»Sie erlebten die Freiheit, versorgt zu werden, wenn Eis das Land bedeckt«, erklärte er, »gefüttert zu werden, wenn es keine Beute in Wald und Flur gibt, die Freiheit, in Wärme und Behaglichkeit zwei- oder dreimal länger zu leben als ihre ungezähmten Artgenossen. Wer kann sagen, welche Freiheit die bessere ist?«

Meg öffnete den Mund zum Sprechen, nur um eine Feige von Dominics geschickten Fingern zwischen die Lippen geschoben zu bekommen.

»Es hängt alles davon ab, daß der Falke sein neues Leben akzeptiert«, fuhr er fort.

Meg kaute hastig, öffnete den Mund, um etwas zu sagen, und wurde mit einer weiteren Mundvoll Brot zum Schweigen gebracht. Als sie Dominic einen Seitenblick zuwarf, sah sie, daß er lächelte.

»Ale?« fragte er unschuldig.

Sie schluckte und nickte klugerweise, statt zu sprechen. Als Dominic nach dem Krug mit Ale griff und trank, nahm Meg an, daß er ihr als nächstes den Krug an die Lippen halten würde, als wäre sie ein Kind, das aus einem Becher zu trinken lernt.

Doch statt des kalten Krugs waren es Dominics warme Lippen, die sich auf ihre preßten. Ein Schwall kühlen, kräftigen Ales strömte über ihre Zunge. Automatisch schluckte sie. Dominic biß ganz sanft in ihre Lippen, hob ihren Kopf und nahm erneut einen Schluck aus dem Krug. Dann beugte er den Kopf und ließ Meg von seinen Lippen trinken.

Die elementare Intimität des Akts ließ sie erzittern. Glöckchen läuteten höchst geheimnisvoll – eine Musik, die man eher ahnte als hörte. Er trank aus dem Krug, und sie nippte von seinen Lippen, bis ihr schwindelig wurde.

»Genug«, flüsterte Meg.

Sie sprach dicht an Dominics Mund, und ihrer beider Atem vermischte sich, als er behutsam seine Zähne in ihre Unterlippe grub.

»Bist du sicher?« fragte er und biß sie erneut mit köstlicher Behutsamkeit.

»Ich fürchte, ich vertrage kein Ale. Ich bin schon ganz wirr im Kopf.«

Dominics Lachen war wie seine Stimme; kehlig, samtig, sehr maskulin.

»Es ist nicht das bißchen Ale, das du getrunken hast«, murmelte er gegen ihre Lippen. »Es ist die Art, wie du es getrunken hast, die dich berauscht macht.«

Meg widersprach nicht. Sie wußte, daß ihr Ale noch niemals zuvor so schnell zu Kopf gestiegen war.

»Vielleicht ist es nur Hunger«, sagte sie und blickte sehnsüchtig auf das Tablett.

Dominic lachte in sich hinein, während er fortfuhr, Meg mit seinen Fingerspitzen zu füttern. Ihr Herzschlag beruhigte sich allmählich, als sie sich an diese neue Art zu essen gewöhnte. Fleisch und Feigen, Käse und Brot und das knackig frische Gemüse verschwanden mit erstaunlicher Schnelligkeit.

»Du hast überhaupt nichts gegessen«, protestierte sie, als Dominic ihr noch ein Stück Feige an die Lippen hielt.

»Ich bin kein kleiner Falke.«

»Selbst Adler essen«, gab sie trocken zurück.

Aber sie lächelte ihn dabei an, und ihre Augen funkelten, als sie ihn unter langen, dunklen Wimpern hervor beobachtete.

Dominic lachte laut und stahl einen Brotkrümel aus Megs lächelnd verzogenem Mundwinkel. Dann fuhr er fort, sie Bissen für Bissen zu füttern, bis sie satt war.

Aber selbst dann widerstrebte es Meg aufzuhören. Der Mann, der sie so behutsam hielt, so sanft verlockte, so intim fütterte, war eine Offenbarung für sie. Ihr Herz bestand darauf, daß der dunkle normannische Ritter noch mehr an sich haben mußte als Ehrgeiz und tödliche Geschicklichkeit mit Schwert und Lanze.

Die hartnäckige Hoffnung, die Generationen von Glendruid Frauen am Leben erhalten hatte, erwachte erneut in Megs Seele, flüsterte ihr zu, daß ein Mann, der zu solcher Zärtlichkeit und Behutsamkeit fähig war, auch zu Liebe fähig sein müßte. Sie konnte keinen Mann lieben, der zu kalt und beherrscht war, um ihre Liebe zu erwidern, aber wenn Dominic sie lieben könnte ... wenn das möglich wäre ...

Dann war alles möglich.

Sogar ein Glendruid-Sohn.

Als Dominic ihr noch ein Stück Brot an die Lippen hielt, schüttelte Meg den Kopf und drückte gleichzeitig einen flüchtigen Kuß auf seine Fingerspitzen. Seine Augen wurden schmal, und sein Atem ging schneller bei der Liebkosung, die aus freiem Willen gekommen war.

»Etwas Süßes?« fragte er, und seine Stimme war rauchig vor Begehren.

Meg schaute auf das Tablett und sah die Auswahl türkischer Süßigkeiten, die unter dem Brot verborgen gewesen war. Im flackernden Schein des Kaminfeuers konnte sie nicht sagen, welche der Süßigkeiten den Geschmack haben würde, den sie bevorzugte.

»Welches ist die kandierte Zitrone?« fragte sie.

»Wir werden es herausfinden.«

Mit täuschend träger Anmut ergriff Dominic eine der Leckereien. Er steckte sie sich in den Mund, rollte sie auf seiner Zunge herum und beugte sich dann zu Meg vor.

»Koste mich, kleiner Falke.«

Sinnliche Glut breitete sich in Megs Magengrube aus, als sie Dominics klar umrissene, präzise geschnittene Lippen betrachtete. Sie schienen hart, wie aus Stein gemeißelt, und dennoch wußte sie, daß sie wundervoll warm und verführerisch sein konnten.

Dominic beobachtete seine Braut, durchschaute sie mit der gleichen schonungslosen Klarheit, mit der er Gegner, potentielle Kampforte und befestigte Städte erkannte. Jedes hatte seine Stärken, aber es waren die Schwächen, die ihn interessierten. In Schwäche lag Niederlage.

Megs Schwäche war ihr sehnsüchtiges Bedürfnis, an Liebe zu glauben.

Komm zu mir, Glendruid Hexe. Sieh in mir, was du gern sehen willst. Verrate deine lebendige Festung an mich. Liege offen und ungeschützt da, damit ich dich erobern kann.

Langsam und zögernd legte Meg ihren Mund auf Dominics. Als er keine Bewegung machte, berührte sie seine Zungenspitze mit ihrer eigenen und wich dann hastig zurück, um ihn mit großen, argwöhnischen Augen anzusehen. Er hob fragend eine Augenbraue.

»Süß, aber nicht zitrusartig«, sagte Meg leise.

»So? Nun, dann werden wir es noch einmal versuchen müssen, nicht?«

Dominic legte die Süßigkeit beiseite und wählte eine andere aus. Als der Geschmack der Leckerei seinen Mund füllte, schaute er Meg erwartungsvoll an. Dieses Mal beugte sie sich ohne zu zögern zu ihm vor, kostete ihn weniger argwöhnisch und wich weniger hastig zurück.

»Besser?« fragte er.

»Ja ...«

»Aber nicht das, was du eigentlich wolltest?«

Sie schüttelte bedächtig den Kopf.

»Dann müssen wir es eben weiter versuchen.«

Sie nickte und lächelte leicht.

Dominics Lächeln war eine Spur wölfisch, aber Meg bemerkte es nicht, denn er hatte sich abgewandt, um seine Wahl unter den verbleibenden Leckereien zu treffen. In angespanntem Schweigen suchte er eine andere aus, bot sie ihr zum Kosten an und fühlte die warme Behendigkeit ihrer Zunge in seinem Mund.

Megs Verdacht, daß Dominic sehr gut wußte, welche Süßigkeit nach Zitrone schmeckte, verstärkte sich mit jeder Leckerei, die er sie kosten ließ und dann verwarf, aber sie erhob keine Einwände. Die honigsüßen Küsse machten sie süchtig nach mehr, und das sinnliche Spiel war köstlicher als jede türkische Süßigkeit.

Schließlich blieb nur noch eine Leckerei übrig. Meg schaute mit verschleierten Augen zu, wie Dominic sich die gezuckerte Frucht zwischen Lippen schob, die von der Glut ihrer Küsse gerötet waren. Er brauchte sie nicht aufzufordern, von ihm zu kosten. Sie hob ihm ihr Gesicht so bereitwillig entgegen, wie ein Falke sein Gesicht zum Himmel hebt.

Der pikante Geschmack von Zitrone breitete sich in Megs Mund aus und entlockte ihrer Kehle einen Laut des Vergnügens. Dominic hob leicht den Kopf.

»Ist es diese?« fragte er dicht an Megs Lippen.

»Ja.«

»Teile sie mit mir.«

Im Sprechen beugte er erneut den Kopf. Diesmal hörte der Kuß nicht eher auf, bis das letzte Stückchen kandierter Zitrone geschmolzen war und Meg nicht mehr wußte, ob sie ihn küßte oder er sie, denn ihre Lippen waren so intensiv miteinander verschmolzen, daß sie nicht hätte sagen können, wo der eine Mund aufhörte und der andere anfing.

Als Dominic schließlich den Kopf hob, ging Megs Atem keuchend, ihr Herz hämmerte in der Brust, und ihr Körper war erhitzt von dem erotischen Feuer, das sein Kuß unter ihrer Haut entfacht hatte. Sie schlug ihre Augen auf, die hungrig, verschleiert, sinnlich waren; und sie fand sich selbst von Augen beobachtet, die so kalt waren wie ihr Körper warm.

»Du hast meine Gnade gekostet und fandest sie süß«, sagte Dominic entschieden. »Aber ein kluger Mann hat nur einmal Erbarmen mit derselben Person.«

Meg verhielt sich ganz still.

»Bekämpfe mich nie wieder, kleiner Falke. Das ist der Gefallen, um den ich dich bitte.«

16. KAPITEL

Mit jedem Tag, der verging, fiel es Meg schwerer, ihr Versprechen einzuhalten, in ihren Räumen zu bleiben und sich Dominic nicht zu widersetzen.

»Aber mein Garten«, protestierte sie, als Dominic zur Tür hinausging. »Ich muß ...«

Er fiel ihr ins Wort. »Old Gwyn kümmert sich darum.« Im Sprechen zog er die Tür ihres Zimmers hinter sich zu. »Ich bin wieder zurück, bevor die Mittagsglocken läuten.«

»Aber wann werde ich endlich befreit?« schrie sie dem Geräusch seiner davoneilenden Schritte nach.

»Sobald kein Zweifel mehr daran besteht, daß ein Kind von dir auch meines ist. Ich komme bald zurück, kleiner Falke. In der Zwischenzeit erinnere dich an das Versprechen, das du mir gegeben hast.«

Meg stöhnte frustriert und versetzte der Tür einen Schlag mit der Faust; die heftige Bewegung ließ ihre goldenen Glöckchen kummervoll bimmeln.

»›Erinnere dich an dein Versprechen‹«, äffte sie Dominic angewidert nach. »Pah! Wie könnte ich es vergessen? Ich habe in diesen letzten drei Tagen ja kaum etwas anderes zum Nachdenken gehabt!«

Wie ein frisch gefangener Falke war Meg in dem abgedunkelten Raum gehalten worden. Im Gegensatz zu einem Falken hatte sie jedoch ein Kaminfeuer, um die düstere Atmosphäre etwas zu mildern und um die kalten Steinmauern zu wärmen. Sie konnte auch hin und her gehen, ein Trost, der den Jagdvögeln vorenthalten wurde.

Der Herr von Blackthorne Keep war Megs einziger Kontakt mit der Außenwelt. Auf seinen Befehl hin kam niemand in ihr Zimmer, niemand redete durch die geschlossene Tür mit ihr, niemand brachte ihr Essen oder etwas zu trinken: Nur Dominic leistete ihr Gesellschaft.

Er kam oft im Laufe des Tages zu ihr, trat ohne Ankündigung ins Zimmer, brachte ihr frisch erblühte Blumen oder einen glatten Flußkiesel für ihre Steinsammlung mit. Er blieb eine Zeitlang bei ihr, um von den rapiden Fortschritten seines Wanderfalken zu berichten, vom Zustand der Felder, den Aufräumarbeiten in der Waffenkammer, dem Wurf kleiner Kätzchen, die genau wie Black Tom aussahen, und dem Gedeihen von Megs Gärten.

Wenn Dominic ihr zur Essenszeit einen Besuch abstattete, hielt er Meg auf seinem Schoß und fütterte sie mit einer Geduld, die niemals nachließ, ganz gleich, wie sehr sie ihm wegen ihres Eingesperrtseins zusetzte. Wenn es Zeit zum Schlafen war, teilten sie Megs Himmelbett in einer Intimität, die sie beunruhigte, aber den unerwarteten Vorteil hatte, sie warmzuhalten.

Und wenn es Zeit zum Baden war ...

Meg erschauerte, als sie in Gedanken wieder sah, wie Dominic gegen den Türrahmen lehnte und sie mit funkelnden Silberaugen beobachtete, während sie sich in einem Ritual wusch, das so alt war wie ihre allererste Unterweisung in Glendruid Bräuche. Und dennoch – trotz all der unverhüllten Sinnlichkeit in Dominics grauen Augen, trotz seiner offensichtlichen Potenz, wenn sie zusammen im Bett lagen, gab er seine Selbstdisziplin niemals auf. Er berührte Meg nur, um sie zu füttern, um ihr zu trinken zu geben und sie in der Kälte der Nacht zu wärmen.

Zum ersten Mal in ihrem Leben wünschte Meg, sie hätte die Erfahrung und Geschicklichkeit einer Geliebten. Dann würde sie ihren Ehemann so gründlich verführen, daß seine unbeugsame Selbstkontrolle wie Stroh im Feuer seiner Leidenschaft verbrennen würde. Er würde sie nehmen, bevor sie blutete, und dabei herausfinden, wie absolut grundlos sein Mißtrauen gewesen war.

Wenn sie die Geschicklichkeit einer Geliebten hätte ... aber sie hatte sie nicht. Sie hatte nur die Gewißheit, daß der heimliche Groll der Burgbewohner gegen ihren neuen normannischen Herrn mit jedem Tag ihrer Gefangenschaft stärker wurde. Als Harry am Morgen nach ihrer Hochzeit mit ihr gesprochen hatte, hatte er für sämtliche Bewohner von Blackthorne Keep gesprochen.

Wenn der Herr Euch Schmerz zufügt, werden wir das nicht tatenlos hinnehmen. Einem Mann können viele Unfälle passieren, wenn er auf die Jagd geht. Das verspreche ich Euch.

Furcht schnürte Meg das Herz zusammen, als sie sich Harrys Worte ins Gedächtnis zurückrief. Eine solche Tat wäre eine Katastrophe für Blackthorne Keep. Simon mißtraute bereits der Zuneigung der Burgbewohner für Duncan of Maxwell. Sollte Dominic von rebellierenden Bauern verletzt werden, würde Simons Rache schneller und brutaler sein als jede, die sein Bruder vielleicht ersinnen würde.

Glöckchen klingelten an ihren goldenen Fußketten, als Meg nervös in ihrem Wohnraum auf und ab marschierte und in düstere Gedanken um die Zukunft ihrer Leute versunken war, bis sie schließlich von Lärm abgelenkt wurde, der aus dem Burghof heraufschallte. In laute, überschwengliche Männerstimmen mischte sich das deutlich hörbare Klirren von Schwertern, die auf eiserne Schilde prallten.

Meg trat ans Fenster. Sie hatte entdeckt, daß sie die Läden einen winzigen Spaltbreit öffnen konnte, ohne daß es von unten sichtbar war. Die Öffnung war nicht groß genug, um Sonnenlicht hereinzulassen, aber wenn sie sich ganz dicht davorstellte, konnte sie durch den Schlitz spähen und den Hof unter sich beobachten.

Unter Dominics strenger Aufsicht erprobten und schärften die Ritter ihre Geschicklichkeit im Kampf. Kettenpanzer und Helm, metallverstärkte Kniehosen und Panzerhandschuhe schützten die Männer, während sie mit Waffen schlugen und stießen, die mehr Gewicht als ein Kriegsschwert hatten und keine nennenswert scharfe Klinge.

Das bedeutete jedoch nicht, daß die Schwerter ungefährlich waren. In den Händen eines starken Ritters konnte selbst eine stumpfe Waffe einen unaufmerksamen, ungeschickten oder unglückseligen Gegner schwer verletzen.

Eadith schenkte Ale aus und feuerte ihre besonderen Lieblinge durch begeisterte Zurufe an. Die schwarzäugige Marie bewegte sich zwischen den Kämpfenden und servierte schäumende Humpen mit Ale. Selbst von der Höhe ihres Zimmers aus konnte Meg deutlich erkennen, wie sich die schöne Normannin verführerisch in den Hüften wiegte.

Mit grünen Augen wie Eis beobachtete Meg, wie sich die Frau Dominic näherte. Sie stellte sich so dicht vor ihn hin, daß kein Tageslicht zwischen die beiden Körper drang, und hob ihm ihr Gesicht entgegen, als wäre er eine Art Gott.

Als Dominic über eine Bemerkung seiner Geliebten lachte, ballte Meg ihre Hände zu Fäusten. Alles, was sie davon abhielt, die Fensterläden aufzureißen und Marie den Inhalt ihres Nachttopfs über den Kopf zu schütten, war die Gewißheit, daß Dominic in letzter Zeit nicht mehr mit der Normannin geschlafen hatte. Er hatte einfach keine Gelegenheit dazu gefunden; wenn er sich nicht gerade um die Angelegenheiten der Burg kümmerte, leistete er seiner Frau Gesellschaft.

So wie sie, Meg, Dominics Gefangene war, so war er in gewisser Weise auch ihr Gefangener. Der Gedanke verschaffte Meg eine grimmige Befriedigung.

Dennoch war sie froh, als Dominic sich von seiner Geliebten abwandte, um eine Frage von Simon zu beantworten. Einen Moment später nickte er und machte seinem Junker ein Zeichen.

Bald waren beide Brüder komplett zum Kampf gekleidet. Als sie auf eine freie Fläche im Hof traten, brachen die übrigen Ritter ihren Wettstreit nach und nach ab. Selbst der kampferprobteste und geschickteste Ritter konnte noch etwas Neues lernen, wenn die beiden Brüder ihre Kräfte aneinander maßen.

Auf ein unsichtbares Signal hin sprangen Dominic und Simon vor und schwangen ihre schweren Klingen mit täuschender Leichtigkeit. Körperlich waren die beiden ebenbürtige Gegner. Beide waren größer als der Durchschnitt, breiter in den Schultern, kräftiger und schneller. Es war, als beobachtete man, wie ein Mann gegen sich selbst kämpfte.

Das heimtückische Pfeifen von Stahl, das die Luft zerschnitt, ließ Meg den Atem anhalten. Die gewaltigen Schläge, die die Brüder aufeinander niedersausen ließen, hätten kleinere Männer rasch zu Fall gebracht. Zuerst schien es, als müßte einer von ihnen dem heftigen Angriff ganz sicher nachgeben. Nach und nach zeigte sich, daß Dominic seinem Bruder zwar an Kraft überlegen war, Simon dafür jedoch der Schnellere von beiden war. So blieb also nur noch die Frage, ob es nun Schnelligkeit oder Kraft war, die am Ende über den Sieg entscheiden würde.

Wieder und wieder unterdrückte Meg einen angstvollen Schrei, als es sicher schien, daß Dominic ein übler Schlag gegen die Rippen oder auf den Kopf treffen würde. Jedesmal hob er erst in letzter Sekunde seinen Schild, um den Schlag abzuwehren. Dann glitzerte sein eigenes Schwert gefährlich im Sonnenlicht, wenn es herabsauste, wobei Simon den größten Teil des Stoßes jedesmal mit einer geschmeidigen Drehung seines Körpers abfing. Beide Brüder gingen in Kauerstellung, umkreisten einander, täuschten und griffen wieder und wieder an, bis Meg dachte, einer von ihnen müßte ganz sicher Kraft oder Schnelligkeit verlieren und dem anderen unterliegen.

»Herrin«, rief jemand leise im Korridor. »Seid Ihr da? Ich bin es, Marta.«

»Lord Dominic hat allen für eine Weile verboten, mit mir zu sprechen«, sagte Meg widerwillig. »Geh lieber schnell weg, bevor du gesehen und bestraft wirst.«

»Es geht um Harrys Frau, Mylady. Das Baby versucht nun schon seit zwei Tagen, zur Welt zu kommen, aber sie ist zu schwach, um es herauszupressen.«

»Wo ist Gwyn?«

»Drüben in der Siedlung in Dale. Sie tauscht Arzneien mit einer weisen Frau aus dem Süden. Ihr werdet dringend gebraucht, Mylady.«

Meg begann, ihre goldenen Armbänder von den Handgelenken zu streifen. Der Schmuck würde sie nur behindern bei dem, was sie erwartete.

»Ich mache mich sofort auf den Weg, Marta. Geh, bevor du entdeckt wirst.«

»Ja, Herrin.«

Nach einer kurzen Pause fügte Marta hinzu: »Müßt Ihr auf direktem Weg hinausgehen? Der Wachtposten des normannischen Teuf-äh, der Ritter Eures Ehemannes wird Euch ganz sicher festhalten.«

»Es gibt noch einen anderen Weg. Und jetzt geh!«

»Gott möge Euch beschützen, Herrin. Ich bin schon fort.«

Meg nahm hastig einen speziellen Kittel aus einer kunstvoll geschnitzten Truhe, holte die Flasche aus dem Geheimfach und öffnete die Tür. Als sie in den Korridor trat, hallte Dominics Warnung wie ein Echo in ihrem Kopf wider:

Du hast meine Gnade gekostet und fandest sie süß. Aber ein kluger Mann hat mit derselben Person nur einmal Erbarmen. Widersetze dich mir nie wieder, Frau.

Dennoch hatte sie es tun müssen, und jetzt war sie erneut dazu gezwungen.

Ohne zu zögern, schloß Meg die Tür hinter sich und eilte den Gang hinunter. Ihr blieb einfach keine andere Wahl. Harrys Frau würde ohne Hilfe unweigerlich sterben und mit ihr auch das Kind.

Meg ignorierte die neugierigen Blicke der Bediensteten, die sehr gut wußten, wie die Anweisung ihres Herrn lautete, während sie mit wirbelnden Röcken die Wendeltreppe zum Kräuterkeller hinunterhastete. Die restlichen Glöckchen um ihre Fußknöchel und Taille klingelten wie wild. Sie durchwühlte die Regale mit Arzneien, stopfte Päckchen mit Kräutern und fest zugestöpselte Flaschen mit Heiltränken in einen Korb und fügte den Kittel, das starke Schmerzmittel und das Gegenmittel hinzu.

Doch statt wieder die Treppe zum Vorbau und dem steinernen Portal hinaufzuklettern, das von Dominics blondem Söldner bewacht wurde, zündete Meg eine kleine Kerze an und ging in den tiefsten Teil des Kräuterkellers. Regal über Regal voller Kräuter, Rinden, Stengel, Samen und Blüten trockneten dort in einer Dunkelheit, die die einzelne Kerzenflamme eher noch undurchdringlicher als heller zu machen schien.

Hinter dem letzten Regal, verborgen in schwärzester Finsternis und von einem schweren hölzernen Rad verschlossen, gab es eine Öffnung, die kaum groß genug war, als daß sich ein kniender Mann hätte hindurchzwängen können. Es war das Schlupfloch der Burg, der Notausgang, die letzte Fluchtmöglichkeit für den Herrn und seine Familie, sollte die Burg jemals von Feinden erstürmt und besetzt werden.

Meg stemmte ihre Schulter gegen das Rad, schob es zur Seite und ging auf Hände und Knie. Ein Licht, so schwach, daß man hätte denken können, es wäre eher Einbildung als Realität, schimmerte am anderen Ende des Tunnels. Meg blies die Kerze aus, legte sie in ihren Korb und begann, vorwärtszukriechen, wobei sie den Korb Stück für Stück vor sich herschob. Sie war schon viele Male diesen Weg gekommen, als ihre Mutter noch lebte und das Schlupfloch benutzt hatte, um Johns Zorn darüber zu entrinnen, daß er eine Frau geheiratet hatte, die ihm keine Erben schenken würde.

Der Boden des Tunnels war mit Schilfmatten bedeckt, die unter ihren Knien raschelten und knackten und kaum die spitzen Kanten des Felsgesteins darunter abfingen. Wo der Tunnel unter dem Burggraben hindurchlief, waren Wände und Boden feucht und glitschig von durchsickerndem Wasser. Meg krabbelte, so schnell sie konnte, denn sie hatte die klamme Umarmung des Tunnels nie gemocht, obwohl sie sich nicht länger davor fürchtete, wie sie es als Kind getan hatte.

Trotz ihrer großen Eile wartete Meg am Ausgang des Tunnels, wie man es sie gelehrt hatte, atmete die frische Luft ein und horchte angestrengt, ob jemand in der Nähe war. Nichts war zu hören, nur das Rascheln des Windes im ersten zarten Laub der Büsche, die den Ausgang des Schlupflochs bewachten.

Meg zwängte sich durch das Gewirr von Zweigen und blickte sich auf der Weide um. Am entgegengesetzten Ende fraßen Mutterschafe das saftige junge Frühlingsgras mit unbeirrbarer Konzentration. Lämmer hopsten und sprangen um sie herum, wie weiße Blumen, die auf grünen Meereswogen tanzen. Weder Schäfer noch Hunde waren irgendwo in Sicht. Die Mutterschafe hoben kaum den Kopf, als Meg aus dem Buschdickicht schlüpfte.

Sie eilte durch das Tor im Zaun. Harrys Cottage lag direkt hinter dem Hügel, inmitten von Feldern, deren feuchte, schwarze Erde einen ersten Schimmer von Grün zeigte. Die Straße, die zu dem Häuschen führte, wand sich zwischen taillenhohen Steinmauern entlang, deren Oberfläche ein Patchworkmuster aus Flechten und Moosen in Schattierungen von Grün, Schwarz und einem lebhaften Rostbraun aufwies. An sonnigen Stellen, außerhalb der Reichweite von Schafen oder Pflügen, blühte Stechginster in hellgelber Üppigkeit. Auf grasigen Flächen reckten Narzissen neugierig ihre Köpfe aus der Erde.

Normalerweise hätte Meg das perlmuttschimmernde Licht genossen und die eleganten Formen der Eichen, die sich kahl auf steilen grünen Hügelkuppen erhoben, den intensiven Duft von Ginster und das stumme Lachen der Blumen; aber heute nahm sie kaum Notiz vom Sieg des Frühlings über den Winter. Sie hatte nur Augen für jedes Hindernis auf dem Weg, das sie stolpern und der Länge nach hinschlagen lassen könnte und die kostbaren Arzneien in ihrem Korb in alle Richtungen verstreuen würde.

Harrys Häuschen bestand aus Stein und Holz, denn sein Vater war einer von Johns bevorzugten Rittern gewesen. Mit vierzehn Jahren war Harry ein Junker, auf dem besten Weg, zum Ritter geschlagen zu werden, aber er war in derselben Schlacht verkrüppelt worden, in der sein Vater den Tod gefunden hatte. Statt Ritter zu werden, war Harry der Torhüter von Blackthorne Keep geworden und ein Grundbesitzer, der ein winziges Stück Land sein eigen nennen konnte.

Die örtliche Hebamme mußte aus dem Fenster gesehen haben, denn sie kam aus dem Haus gelaufen, während Meg noch auf der Straße war.

»Danke, Mylady«, sagte sie, ergriff Megs Hand und küßte sie erleichtert. »Die arme Frau ist am Ende ihrer Kräfte.«

»Steht reichlich Wasser bereit?«

»Ja«, erwiderte die Frau.

Ihr entschiedener Tonfall zeigte, daß sie sich noch gut an frühere Geburten erinnerte, bei denen sie und Meg Hilfe geleistet hatten. Die Hebamme verstand vielleicht nichts von Glendruid Wasserritualen, aber sie stellte sie auch nicht länger in Frage.

Meg konnte kaum durch die niedrige Tür gelangen, ohne den Kopf einzuziehen. Das Innere des Häuschens zeugte sichtbar von Adelas schwieriger Schwangerschaft – Reste von kaltem Haferbrei, der verschüttet und nicht aufgewischt worden war, Essenreste auf dem Fußboden, die selbst die Hunde verschmähten, halbverfaulte Rüben, die aus dem Keller heraufgeholt und nicht verbraucht worden waren, Abfälle von mehreren Wochen, die in einer Ecke aufgeschichtet lagen und darauf warteten, hinausgeschafft zu werden. Nach der frischen Luft draußen war der Gestank im Inneren des Hauses fast unerträglich.

»Sie schläft gerade«, sagte die Hebamme leise.

Adelas Pritsche stand an der gegenüberliegenden Wand. Die Matratze war das einzig frisch Duftende im Raum, denn Meg hatte Harry alle vierzehn Tage mit Kräutersäckchen nach Hause geschickt.

Obwohl Adela nur drei Jahre älter als Meg war, sah sie fast doppelt so alt aus. Sie hatte mit dreizehn Jahren geheiratet und noch vor ihrem vierzehnten Geburtstag ihr erstes Kind bekommen. Nach neun Jahren Ehe hatte sie sechs lebende Kinder und drei tote.

Meg trat an die Feuerstelle, goß warmes Wasser in eine Schüssel und nahm sie mit hinaus. Dort fügte sie drei Kräuter und etwas von der Seife hinzu, die sie selbst hergestellt hatte. Während Meg ihren Überwurf mit den langen, schmalen Ärmeln auszog und ihre Hände in das Wasserbecken tauchte, sang sie gedämpft eine uralte Glendruid Weise.

Wirf ab die Kleider von Feld und Burg,
Spül hinweg alte Sünden und tiefe Kümmernisse,
Zieh an den Kittel der Glendruid Ehrfurcht,
Berühre Krankheit mit heilenden Händen,
Lindere den langsamen Tanz des Todes, wo du mußt,
Unterstütze die Kräfte des Lebens, wo du kannst.
Gott beherrscht alles zwischen Himmel und Erde.
Um Seiner Liebe willen ertragen wir den Schmerz
der Geburt.
Amen.

Meg berührte das Kreuz, das sie trug – kein silbernes mehr, sondern eines aus Gold, das Kreuz ihrer Mutter, das in einem geschnitzten Kästchen darauf gewartet hatte, daß die Tochter schließlich heiraten würde.

Ach, Mutter, ich wünschte, du wärst jetzt bei mir. Deine Hände konnten die Leidenden so schnell von Schmerz befreien.

Aber es gab niemanden, der dir den Schmerz hätte nehmen können.

Meg schüttelte die letzten parfümierten Wassertropfen von ihren Händen ab und zog den Glendruid Kittel über. Er war ganz neu, denn ein Kittel wurde nur ein einziges Mal bei einer Geburt oder am Krankenbett getragen; danach wurde das Kleidungsstück verbrannt in einem Ritual, so alt wie das von Wasser, Becken und Kräutern.

»Wo sind die anderen Kinder?« erkundigte sich Meg leise.

»Die beiden jüngsten sind bei Adelas Schwester. Der Rest ist auf den Feldern.«

»Ist keines bei Adela geblieben?«

Die Hebamme zuckte die Achseln. »Die Mädchen sind noch zu jung. Die Jungen werden anderswo zum Pflügen und Säen gebraucht, sowohl auf den Feldern des Herrn als auch auf denen ihres Vaters. Es gibt einfach nicht genug Hände zum Helfen. Sobald die Felder bestellt sind, wird jemand diese Abfälle beseitigen und frische Binsen ausstreuen müssen.«

»Es muß jetzt getan werden.«

Die Hebamme preßte entrüstet die Lippen zusammen, widersprach aber nicht. Sie ging einfach in den Hof, um nach einem Besen Ausschau zu halten.

Als sich Meg neben die Pritsche kniete, schlug Adela die Augen auf.

»Ach, Mylady, Ihr seid es«, flüsterte sie bekümmert. »Ich habe den anderen gesagt, sie sollten nicht nach Euch schicken. Euer Herr wird sehr zornig auf Euch sein.«

»Das wiegt nur wenig im Vergleich zu deiner Not. Sag mir, wie geht es mit dir voran?«

Als Adela mit stockender Stimme zu sprechen begann, beugte

Meg sich näher, schob ihre Hände unter die Bettdecke und strich mit sanften Fingern über den geschwollenen Leib der Frau.

»Gut gekämpft, Bruder«, sagte Simon, während er sich schwer atmend gegen die Steinwand der Burg lehnte.

»Nicht so gut wie du«, erwiderte Dominic bedauernd. »Mein Kopf dröhnt wie eine Glocke.«

»Und meine Rippen knirschen wie morsches Holz«, gab Simon trocken zurück.

Lachend zog Dominic sich den Helm vom Kopf und hielt ihn seinem Junker hin. Der Junge sprang vor und nahm ihn in Empfang. Auf der anderen Seite des Burghofs rief Thomas der Starke Eadith zu, noch ein Faß Ale anzustechen. Auf Dominics Zeichen hin stellten sich die Ritter wieder zum Zweikampf auf. Bald hallte der Burghof erneut von Schwertergeklirr und den triumphierenden Rufen der Männer wider, wenn sie erfolgreich einem Schlag ausgewichen waren oder einen ausgeteilt hatten.

Dominic streckte sich und zog den schweren Kettenpanzer mit einer Bewegung seiner muskulösen Schultern zurecht. Dabei schaute er zum obersten Stockwerk der Burg hinauf. Alle Fensterläden waren geöffnet, bis auf zwei. Schweres Holz hinderte die Strahlen der Sonne daran, Megs Räume mit Wärme zu füllen.

»Sie hat die Läden noch nicht mal einen Spalt geöffnet, um zuzusehen, wie ich dich schlage«, sagte Simon, als er dem Blick seines Bruders folgte. »Wie lange willst du sie denn noch einsperren? Bis sie blutet?«

Dominic lächelte eigenartig. »Das habe ich noch nicht entschieden. Ich genieße es sehr, meine Frau in Abgeschiedenheit zu halten wie eine Konkubine in einem Harem. Sie aus meiner Hand zu füttern ist unerwartet süß. Aus ihren Händen zu essen ist sogar noch süßer.«

Ein schräger, forschender Blick war Simons einzige Antwort für den Augenblick. Dann wandte er sich zu seinem Bruder um.

»Marie hat recht«, sagte Simon mit deutlicher Besorgnis in der Stimme. »Die Hexe hat dich verzaubert. Du hast keinen Geschlechtsverkehr mit deiner Ehefrau, und dennoch suchst du keine der anderen Frauen auf.«

»Ich bin zu sehr damit beschäftigt, meinen kleinen Falken zu zähmen.«

Die männliche Befriedigung – und sinnliche Erwartung – in Dominics Stimme ließ Simon in einer verzweifelten Geste die Hände hochwerfen.

»Ich erwarte nicht, daß du mich verstehst«, sagte Dominic, »deshalb werde ich dir etwas erzählen, was du verstehen kannst.«

»Tu das, ich bitte dich inständig darum!« gab Simon zurück.

»Während meine Frau und ich dort oben ganz allein miteinander sind – und wenn sie allein in ihrer Abgeschiedenheit ist –, brauche ich mir keine Sorgen zu machen, daß sie von einem braunäugigen Angelsachsen mit honigsüßer Zunge verführt wird, der es darauf abgesehen hat, mich zu töten und meine Ehefrau und meine Burg an sich zu reißen.«

Simon grunzte.

»Dir gefällt es vielleicht, sie von aller Welt abzusondern, aber die Burgbewohner werden allmählich unruhig«, erklärte Simon brüsk. »Sie flüstern von Duncan of Maxwell und der Rettung ihrer Herrin.«

»Allmächtiger«, erwiderte Dominic angewidert. »Ich habe dem Mädchen nicht ein feuriges Haar auf dem Kopf gekrümmt! Ich behandle sie so sanft wie den kostbarsten Falken, der jemals in den Volieren gehaust hat.«

»Dann zeig sie den Leuten, damit sie sich mit eigenen Augen von ihrer Gesundheit überzeugen können. Und ich rate dir dringend: Tu es bald!«

Dominic warf seinem Bruder einen Blick aus schmalen Augen zu. Simon gab ihn mit der Zuversicht eines Mannes zurück, der weiß, daß seine Meinung respektiert wird, selbst wenn sie nicht willkommen ist.

»Schleicht Duncan in der Nähe herum?« fragte Dominic nach einem Moment, während er sich fragte, ob es das war, was hinter Simons barschem Ratschlag steckte.

»Irgend jemand tut es«, erwiderte sein Bruder. »Die Hunde haben Rehkadaver im Park gefunden. Bis auf Kopf und Hufe war kaum noch etwas übrig.«

»Wilderer gibt es alle Tage.«

»Auf Schlachtrössern?« fragte Simon sardonisch. »Sie haben auch ...«

Dominic bedeutete ihm mit einer Handbewegung zu schweigen, als Eadith sich mit zwei Humpen Ale näherte. Als Simon einen ergreifen wollte, wich sie schnell vor ihm zurück.

»Nein, Sir. Der Herr soll seinen Durst als erster löschen«, sagte sie kühn. »Er hat kaum etwas getrunken, als er mit seiner Frau zu Abend gegessen hat.«

Eadith schenkte Dominic ein strahlendes Lächeln und hielt ihm einen Humpen hin.

»Danke«, sagte Dominic und erwiderte ihre Höflichkeit trotz seiner Abneigung gegen ihre blassen, lüsternen Augen.

Dominic nahm einen Schluck, zog eine Grimasse und trank den Humpen rasch aus. Simon trank seinen mit ebensolcher Abscheu leer.

»Ich habe nur selten schlechteres Ale getrunken«, murmelte Dominic, als er Eadith den leeren Humpen reichte. »Pah. Galle würde besser schmecken.«

»Muß ein verdorbenes Faß gewesen sein«, stimmte Simon zu. Er spuckte aus. »Bitter wie der Neid einer Hexe.«

»Soll ich frisches Ale bringen?« fragte Eadith hastig.

»Nicht für mich«, sagte Dominic.

Simon schüttelte ebenfalls den Kopf.

Eadith nahm die Humpen und eilte über den Burghof zurück. Andere Männer riefen nach etwas zu trinken. Sie hatten einen gewaltigen Durst beim Kampf bekommen, während sie fast die Hälfte ihres eigenen Gewichts an Schwert und Rüstung trugen.

»Es gibt Anzeichen«, fuhr Simon fort, als wären sie nicht unterbrochen worden, »daß Duncan und seine Vögte eine illegale Festung errichten, weniger als einen halben Tagesritt von hier. Die Gerüchte behaupten, daß sie dabei sind, eine Außenmauer und Palisaden zu bauen.«

Schweigend blickte Dominic zu den Wolken hinauf, die über die dunklen Burgzinnen hinwegzogen.

»Dominic?« fragte Simon.

»Es gibt nichts, was ich wegen Duncan unternehmen könnte, bis der Rest meiner Ritter eintrifft«, gab Dominic ohne Umschweife zurück. »Ich habe genug Männer, um Blackthorne Keep gegen Angriffe zu verteidigen. Aber wenn ich mich von einer Handvoll Rehkadaver und Gerüchten von illegalen Festungen aus der Sicherheit der Burg weglocken lasse, werde ich das Land und mein Leben verlieren.«

Simon wollte widersprechen, tat es jedoch nicht. Wenn es um Taktiken ging, beugte er sich dem Sachverstand seines Bruders.

»Es ist bitter, das zuzugeben«, sagte Simon nach einer Pause.

»So ist es«, meinte Dominic kurz.

Er wandte sich zum Gehen.

»Wo willst du hin?« fragte Simon.

»Zu meinem kleinen Falken. Sie wird mir die Bitterkeit fortwaschen.«

Das Stimulans, das Meg Adela gegeben hatte, war stark, sogar gefährlich, aber es blieb keine andere Wahl mehr. Wenn das Baby nicht bald geboren wurde, würden weder Mutter noch Kind die Nacht überleben.

»Es tut mir leid«, sagte Meg unglücklich. »Ich darf dir nichts gegen die Schmerzen geben, außer einer einfachen Salbe.«

»Das spielt ... keine ... Rolle«, brachte Adela stoßweise hervor. »Kraft ... ist alles ... worum ich bitte.«

Zwischen Adelas keuchenden Atemzügen und unterdrücktem Stöhnen hörte Meg in der Ferne das Donnern von Pferdehufen und aufgebrachte Männerstimmen. Dann nahmen Adelas Wehen abrupt an Intensität zu und forderten Megs gesamte Aufmerksamkeit. Sie vergaß alles um sich herum bis auf die verzweifelten Anstrengungen der erschöpften Frau, das Kind zu gebären.

»Gut gemacht!« sagte Meg nach einer Weile. Freudige Erregung schwang in ihrer Stimme mit. »Der Kopf des Babys ist schon draußen! Nun ist es bald geschafft, tapfere Frau. Nur noch ein klein wenig mehr Anstrengung, und dann kannst du endlich ausruhen.«

Hinter Meg und der sich quälenden Adela sprang plötzlich die Tür des Häuschens mit Karacho auf. Ohne sich um die heftigen Proteste der Hebamme zu kümmern, duckte Dominic den Kopf unter dem niedrigen Türsturz und stürmte mit gezogenem Schwert in den Raum. Die scharfe Klinge schimmerte unheilverkündend im gedämpften Licht.

Sein Blick schweifte suchend durch das einzige Zimmer des Häuschens mit der Schnelligkeit und Präzision eines Adlers, der nach Beute sucht, aber es war sein Gehör, das Meg in dem Halbdunkel zuerst wahrnahm. Das gedämpfte Klingeln ihrer goldenen Fußketten hatte sie verraten. Sie kniete neben einer Pritsche, nur mit einem seltsam anmutenden Kittel bekleidet. Wut loderte in Dominic auf bei diesem Beweis, daß die Klatschmäuler recht behalten hatten. Meg war aus ihrer feudalen Gefangenschaft geflohen, um bei Duncan of Maxwell zu liegen, einem Mann, der weder von adliger Geburt war noch Land besaß.

Bei Gott, Lady, das wirst du mir büßen! Du …

Der erste zitternde Schrei eines neugeborenen Babys schnitt durch Dominics stummen Schwur hindurch. Er stand da und starrte wie hypnotisiert auf die Pritsche. Erleichterung vertrieb den kochenden Zorn aus seinem Körper, ließ ihn fast schwach zurück. Zum ersten Mal bemerkte er den bitteren Geschmack, der seine Zunge überzog.

Er schluckte, schluckte dann noch einmal, aber sein Mund war zu trocken, um den Geschmack des verdorbenen Ales wegzuspülen. Er schob sein Schwert mit einer ungeschickten, fahrigen Bewegung in die Scheide zurück, die Simon überrascht hätte, wäre er dagewesen, um sie zu beobachten.

»Du hast Harry einen prächtigen Sohn geschenkt«, sagte Meg zu Adela, nachdem sie Mund und Nase des Babys gesäubert hatte. »Leg ihn an deine Brust, obwohl er wahrscheinlich nicht trinken wird. Er ist so erschöpft wie du.«

»Danke«, sagte Adela matt. »Und jetzt geht ... bevor der Herr Eure Abwesenheit bemerkt.«

»Der Herr hat sie bereits bemerkt«, sagte Dominic.

Megs entsetzter Aufschrei ging unter in Simons lautem Ruf aus dem Hof.

»Dominic?« rief Simon erneut. »Ist alles in Ordnung?«

»Ich habe sie gefunden!« rief Dominic zurück.

Bevor er noch etwas hinzufügen konnte, stürzte Simon mit gezogenem Schwert in den Raum.

»Bleib stehen«, befahl Dominic ruhig. »Alles in Ordnung. Der Falke ist nicht auf Duncans Handgelenk geflogen.«

»Warum hat sie dann ihr Versprechen gebrochen? Warum ist sie ...«

Welche Fragen auch immer Simon hatte, sie wurden vom kläglichen Geschrei des Babys beantwortet.

»Großer Gott«, murmelte er, während er sein Schwert mit einer einzigen geschmeidigen Geste in die Scheide zurückgleiten ließ. »Es ist ein Neugeborenes!«

Die Hebamme drängte sich energisch an Simon vorbei, ohne seinem Rang, seiner überlegenen Kraft oder der schweren Bewaffnung irgendwelche Beachtung zu schenken.

»Nein«, erwiderte sie verärgert. »Es ist ein Wunder. Die arme Frau hat sich zwei Tage lang mit Wehen herumgequält. Erst als ich ihr sagte, das Kind würde noch vor dem Abendrot sterben – und sie mit ihm! –, hat sie mir erlaubt, nach Mylady zu schicken.«

Dominics Augen wurden schmal, als er sich zu Meg umdrehte. »Ist das wahr? Hat sie so lange in den Wehen gelegen?«

Adela stöhnte leise.

»Ja«, sagte Meg und wandte sich wieder zu Adela um. »Und jetzt geh, Mann, und nimm deinen Bruder mit. Die Arbeit dieser armen Frau ist noch nicht beendet. Und es ist ausschließlich *Frauensache.«*

Unter den feindseligen Blicken der Hebamme zogen sich Dominic und Simon schweigend zurück. Das Tageslicht draußen traf Dominic wie ein Schlag.

»Gott im Himmel«, murmelte er und schirmte seine Augen mit der Hand ab. »Seit Jerusalem habe ich nicht mehr so grelles Sonnenlicht gesehen.«

Simon warf seinem Bruder einen argwöhnischen Blick zu. »Du mußt zuviel Ale getrunken haben. Das Licht ist nicht anders als an jedem bewölkten Tag in Cumbriland.«

Als Dominic die Augen zusammenkniff, um das schmerzhafte Licht auszuschließen, überkam ihn ein Schwindelgefühl, und eine eigenartige Trägheit bemächtigte sich seiner, stahl ihm seine Kraft. Fast distanziert fühlte er, wie seine Kräfte mit jedem Herzschlag mehr dahinschwanden. Es fiel ihm schon schwer, einen Schritt zu machen.

Er stolperte und hatte Mühe, sich wieder zu fangen.

»Dominic?« fragte Simon ungläubig.

Wieder taumelte Dominic. Dieses Mal hätte er beinahe das Gleichgewicht verloren und wäre gefallen.

»Großer Gott, Mann«, sagte Simon entsetzt. »Bist du betrunken?«

»N-nein«, lallte Dominic benommen.

Er schüttelte heftig den Kopf in dem Versuch, die unerträgliche Langsamkeit seiner Gedanken und seiner Zunge zu vertreiben.

Statt ihm zu helfen, verstärkte die Bewegung noch sein Schwindelgefühl.

»Simon, ich …«

Dieses Mal waren es nur die starken Arme seines Bruders, die Dominic daran hinderten, in die Knie zu sinken.

»Ist es dein Schädel?« erkundigte sich Simon besorgt. »Habe ich dich wirklich so hart getroffen?«

Dominic schüttelte den Kopf. Das war ein Fehler. Er gab einen dumpfen Laut von sich und sank kraftlos gegen seinen Bruder.

»Kannst du gehen?« fragte Simon.

»Ja …«, sagte Dominic mit rauher Stimme.

»Dann tu's«, befahl Simon. »Jetzt!«

Mit enormer Anstrengung zwang Dominic sich, Schritt für Schritt zu den Schlachtrössern zu gehen, die dreißig Meter entfernt hinter dem Haus warteten. Crusader zu besteigen erwies sich als fast unmöglich, aber es gelang ihm schließlich mit Simons Unterstützung.

Als Dominic im Sattel saß, schwankte er hin und her, als stände er an Deck eines sturmgepeitschten Schiffes, statt auf dem Rücken eines bewegungslos dastehenden Pferdes zu sitzen. Simon beobachtete mit wachsender Furcht, wie Dominics linker Fuß aus dem Steigbügel rutschte.

Dominic verlor rasch die Besinnung. Er konnte sich kaum noch im Sattel halten und war nicht mehr in der Lage zu reiten, selbst nicht die kurze Strecke zur Burg.

Ohne zu zögern, schwang Simon sich hinter seinen Bruder auf Crusaders Rücken. Der Hengst legte die Ohren flach an den Kopf, als er die doppelte Last spürte, protestierte jedoch nicht weiter. Alle Schlachtrösser waren dazu abgerichtet, zwei oder auch sogar drei Reiter zu akzeptieren, wenn es die Situation erforderte, denn Überlebende trugen ihre verletzten Freunde davon, selbst wenn um sie herum die Schlacht tobte.

Dominic hatte Simon einmal auf Crusaders Rücken in Sicherheit gebracht.

»Halte durch«, befahl Simon.

»Warte …«, murmelte Dominic. »Meg.«

Die Worte waren so unartikuliert, daß Simon einen Moment brauchte, um sie zu verstehen. Dann preßte er in stummem Zorn die Lippen zusammen.

»Um die Hexe kümmere ich mich später«, knurrte er.

»Nicht … sicher.«

Simon ignorierte seinen Bruder und zog Crusader rasch in Richtung Burg herum. Innerhalb von drei Schritten hatte der Hengst sein Tempo zu einem schnellen Handgalopp gesteigert. Ein schriller Pfiff ließ Simons eigenes, gut abgerichtetes Pferd gehorsam hinterhergaloppieren.

»Meg«, sagte Dominic drängend.

»Verbrenn die Hexe!« knurrte Simon. »Jetzt weißt du, warum es so wichtig für sie war, zu dem verfluchten Ort zu gehen und Blätter zu sammeln.«

»Meg …?« stöhnte Dominic.

»Ja, Bruder. Meg. Irgendwie hat dich die Höllenhexe vergiftet.«

Simons Sporen gruben sich in Crusaders Flanken und trieben den Hengst zu hartem Galopp an.

Bis sie die Burg erreicht hatten, war Dominic in einen tiefen, unnatürlichen Schlaf gefallen.

17. KAPITEL

»Was soll das heißen, ich darf nicht zu ihm?« verlangte Meg zu wissen. »Er ist mein Ehemann!«

»Ja«, erwiderte Simon bitter. »Ein Ehemann, den du nicht wolltest. Du hast alles Böse getan, was in deiner Macht stand, um seine Hoffnungen und Pläne zu vereiteln.«

»Das ist nicht wahr!«

Goldene Glöckchen protestierten mit hellem Geläut, als Meg

einen Satz zur Seite machte, um an Simon vorbeizukommen. Er reagierte blitzschnell und stellte sich ihr in den Weg, verwehrte ihr den Zutritt zu Dominics Quartier. Sie tat, als wollte sie zur anderen Seite springen, und schoß dann vorwärts. Panzerhandschuhbewehrte Hände schlossen sich schmerzhaft um ihre Handgelenke. Der Griff des Korbs, den sie trug, schnitt hart in ihre Handfläche.

»Stell meine Geduld nicht auf die Probe, Hexe«, sagte Simon wild. »Ich weiß jetzt, wozu die Pflanzen dienten, die du an dem verfluchten Ort gesammelt hast. Siechtum und Tod waren es, die du damit bezweckt hast, nicht Genesung und Leben.«

Megs Augen weiteten sich erschrocken zu Teichen von klarem Grün. »Was sagst du da?«

»Gift, du verfluchte Hexe. Du hast meinen Bruder vergiftet!«

»Nein! Niemals! Hast du gehört? *Niemals!*«

»Spar dir deine Lügen für deinen Liebhaber, Duncan of Maxwell!« zischte Simon.

Meg biß sich auf die Lippen, um einen Schmerzensschrei zu unterdrücken. Simons Finger gruben sich so fest in ihre Handgelenke, daß es sich anfühlte, als würden sie zwischen Steinen zermahlen. Ihr Atem ging rasch und keuchend, denn sie war den ganzen Weg von Harrys Häuschen bis zur Burg gerannt, getrieben von einer Angst, wie sie sie bisher nur in ihren schlimmsten Alpträumen erlebt hatte.

»Ich bin in dein Zimmer gegangen«, fuhr Simon erbarmungslos fort. »Ich habe in dem Geheimfach nachgesehen. Der Trank, den du neulich im Beisein meines Bruders zubereitet hast, ist verschwunden.«

»Ich habe ihn mitgenommen«, sagte Meg schnell. »Ich wußte, Adela würde sehr geschwächt sein. Ich hatte Angst, die Hebamme hätte ihr vielleicht zuviel Medizin gegen die Schmerzen gegeben und damit den Geburtsvorgang verzögert. Der Trank hätte der Schwäche entgegengewirkt, sie nicht etwa verursacht.«

Simon blickte in Megs klare, verängstigte Augen und hätte die

Glendruid Hexe am liebsten wie leere Eierschalen zwischen seinen Fingern zerquetscht. Nur die Gewißheit, daß ihm Dominic – falls er überlebte – den Verlust seiner Ehefrau niemals verzeihen würde, hielt Simons Zorn in Schach.

»Du lügst sehr gut«, stieß er zwischen zusammengebissenen Zähnen hervor.

»Ich lüge sehr schlecht«, gab sie zurück. »Frag, wen immer du willst. Und jetzt laß mich vorbei. Wenn Dominic krank ist, kann ich ihm Linderung verschaffen.«

»Nein. Du wirst nicht in seine Nähe kommen, solange ich noch einen Atemzug tue.«

Meg unterdrückte ihr Verlangen, Simon anzuschreien, denn sie wußte, sie würde nichts damit erreichen, außer, den Zorn zu entfesseln, der so sichtbar in ihm brannte. Sie mußte ein paarmal tief Luft holen, bevor sie in der Lage war, ruhig zu sprechen – trotz der wilden Dringlichkeit, die ihr das Herz zusammenschnürte.

»Harry hat lediglich gesagt, daß du zur Burg heraufgaloppiert bist, als wäre der Teufel hinter dir her«, sagte sie vorsichtig.

»Den Teufel haben wir in Harrys Cottage zurückgelassen.«

Meg sprach weiter, als hätte Simon nichts gesagt.

»Dominic konnte weder sprechen noch sich aus eigener Kraft im Sattel halten«, fuhr sie fort. »Du und Thomas der Starke habt ihn in seine Räume tragen müssen. Das war alles, was Harry wußte.«

Simon äußerte sich nicht dazu.

»Bitte«, flüsterte Meg. »Ich flehe dich an. Ich habe Gefahr gespürt und bin hierhergerannt, und man sagte mir, Dominic sei von deinem Schwert am Kopf getroffen worden.«

Simon hatte Mühe, seine Wut im Zaum zu halten. »Paß auf deine Worte auf, abscheuliche Hexe.«

Abscheulich.

Hexe.

Meg begriff, daß Simon sie nicht zu Dominic lassen würde,

ganz gleich, wie sehr sie flehte und bettelte. Wilder Zorn loderte in ihr auf.

»Warum sollte ich auf meine Worte aufpassen?« fragte sie wütend. »Schmerzt die Wahrheit so sehr? Oder hoffst du, die Burg zu erben, wenn Dominic stirbt, und willst deshalb nicht, daß ich ihn gesundpflege?«

Der Vorwurf kam so unerwartet, daß Simon völlig perplex und sprachlos war. Meg hatte keine solchen Schwierigkeiten. Sie befreite sich mit einem Ruck aus seinem Griff und fuhr fort, ihn mit beißenden Bemerkungen zu attackieren.

»Falls es so ist, mein tapferer Ritter«, sagte sie mit abgrundtiefer Verachtung, »dann laß dir eines gesagt sein. Eher werde ich Blackthorne Keep Stein für Stein mit meinen eigenen Händen niederreißen und den Brunnen vergiften, bevor ich dich vom vorzeitigen Tod deines Bruders profitieren lasse!«

»Höllenhexe«, flüsterte Simon. »Ich würde einen Mann umbringen für die bloße Andeutung, daß ich ein so feiger Schurke wäre!«

Simons Stimme erinnerte Meg an Dominic im Zustand eiskalter Wut. Zu jeder anderen Zeit hätte sie vor dem männlichen Zorn kapituliert und wäre gegangen, aber nicht jetzt. Dominic lag im Sterben. Alles andere verblaßte daneben zu absoluter Bedeutungslosigkeit.

Höllenhexe.

Meg hob ihre freie Hand und riß den dünnen Glendruid-Kittel vom Hals bis zur Taille auf, enthüllte die zarte, elfenbeinweiße Haut und die volle Rundung ihrer Brüste. Zwischen ihnen lag das goldene Kreuz, das einmal ihrer Mutter gehört hatte.

»Könnte eine echte Hexe Gottes Kreuz tragen?« fragte sie scharf. »Könnte sie es?«

Drei Atemzüge lang herrschte Schweigen.

»Nein«, gab Simon schließlich zu.

Mit einer gepanzerten Hand zog er sorgsam die Kanten des Kittels zusammen und verhüllte Megs Brüste vollständig.

Meg wartete, aber Simon machte immer noch keine Anstalten beiseite zu treten.

»Laß mich vorbei, Simon der Loyale. Benutze deinen Verstand statt deiner muskulösen Arme, um deinem Bruder zu helfen. Wer sonst in der gesamten Burg könnte Dominic helfen außer mir?«

Es herrschte angespannte Stille, während Simon das Mädchen mit den furchtlosen grünen Augen anstarrte. Seit er zum ersten Mal nach Blackthorne Keep gekommen war, hatten die Vasallen jedem, der es hören oder auch nicht hören wollte, davon erzählt, was für eine geschickte Hand Meg bei Kranken oder Verwundeten hatte. Sie nannten sie die Glendruid Hexe.

Die gute Hexe.

Ein Kreuz ruhte kühl zwischen ihren Brüsten. Dominic war schwer krank, kämpfte mit dem Tod.

Noch niemals zuvor hatte Simon so sehr um seinen Bruder gebangt wie jetzt; noch nicht einmal damals, als Dominic zwölf Ritter freigekauft hatte, indem er sich selbst an den Sultan auslieferte, dessen Grausamkeit Christen gegenüber so unvorstellbar war, daß man sie ertragen haben mußte, um es zu glauben.

»Wenn mein Bruder stirbt«, schwor Simon leise, »wirst du von meiner Hand sterben, unmittelbar nachdem Dominic seinen letzten Atemzug getan hat! Das schwöre ich vor Gott.«

»So soll es geschehen«, sagte Meg und besiegelte den Schwur.

Überraschung zeigte sich in den harten Linien in Simons Gesicht. Er hatte viele Dinge von der Hexenfrau seines Bruders erwartet, aber nicht eine so furchtlose Annahme von Gefahr für ihr eigenes Leben. Was immer man von ihr sagen konnte, an Mut mangelte es ihr eindeutig nicht.

Simon trat von der Tür weg. Bevor er sich herumdrehen konnte, war Meg in den Raum gestürzt und beugte sich über Dominics Himmelbett. Ein gewaltiges Feuer brannte im Kamin, machte den Raum fast heiß.

»Er atmet kaum«, sagte Meg mit gedämpfter Stimme.

Sie berührte seine Haut. Der Atem stockte ihr in der Kehle.

»Großer Gott ... sie fühlt sich so kalt wie Wasser an.«

Sie beugte sich noch tiefer über Dominic und sog prüfend die Luft ein, die er gerade ausgeatmet hatte. Reglosigkeit überkam ihren Körper. Sie zwang die Luft aus ihren Lungen und atmete dann erneut tief ein.

Simon stand bewegungslos daneben, horchte auf die kleinen goldenen Glocken um Megs Fußgelenke, die bei jeder ihrer Bewegungen untereinander flüsterten und murmelten, als trauerten sie um ihren sterbenden Herrn.

Langsam richtete Meg sich auf und strich sich die Haare aus dem Gesicht, die sich bei dem wilden Lauf von Harrys Häuschen gelöst hatten. Eine goldene Kaskade von Musik von den langen Glockenschnüren, die ihre halb aufgelösten Zöpfe schmückten, durchbrach zitternd die Stille.

»Herrin?« rief Eadith draußen auf dem Korridor. »Hier sind das Wasser und der Kittel, nach dem Ihr verlangt habt.«

»Hol es herein«, befahl Meg Simon mit gedämpfter Stimme. »Laß Eadith nicht ins Zimmer. Sie hat eine Vorliebe für Klatsch. Wenn die Vögte erfahren sollten, daß Dominic krank ist ...«

Simon hatte sich abgewandt, bevor Meg ihren Satz beenden konnte. Auf Eadith' besorgte Fragen knallte er ihr nur ziemlich brüsk die Tür vor der Nase zu.

»Leg die Sachen vor dem Kamin ab«, sagte Meg rasch. »Und dann kehre mir den Rücken zu, während ich mich vorbereite.«

Sie wartete nicht erst, um zu sehen, ob Simon zuschaute oder sich abwandte, sondern riß sich mit fliegenden Fingern den gebrauchten Kittel vom Leib und warf ihn ins Feuer, während sie leise die alte Glendruid-Formel vor sich hinmurmelte. Sie warf eine Mischung aus Seife und Kräutern in die Wasserschüssel und wusch sich in aller Eile, und dabei sang sie so hastig, daß sich ihre Worte wie ein Wasserfall überstürzten. Als nichts mehr auf ihrer Haut zurückblieb bis auf den astringierenden Duft der Kräuter, schlüpfte sie in den frischen Kittel und drehte sich um.

Simon hatte ihr den Rücken zugekehrt.

»Ich bin fertig. Jetzt erzähl mir, was passiert ist«, sagte Meg. »Denk sorgfältig nach. Und tu's schnell! Dominics Leben hängt an einem hauchdünnen Faden. Wenn ich ihm die falsche Medizin gebe, droht ihm der sichere Tod. Wenn ich ihm die richtige Arznei gebe, könnte er trotzdem sterben. Wann ist dir zum ersten Mal aufgefallen, daß er sich unwohl fühlte?«

Simon drehte sich zu Meg um. Er schnappte nach Luft, als hätte er einen Schlag bekommen. Aber es waren nicht Megs Worte, die ihn überraschten; es waren die Tränen, die geräuschlos und unaufhaltsam über ihre Wangen herabkullerten.

»Als er aus Harrys Haus kam«, antwortete Simon schlicht. »Dominic sagte, das Licht wäre so grell wie damals in Jerusalem. Aber das war es nicht. Der Himmel war noch genauso bewölkt wie zu dem Zeitpunkt, als wir das Haus betraten.«

Meg preßte die Lippen zusammen; sie sagte jedoch nichts, sondern hörte nur zu, als hinge Dominics Leben von Simons Antworten ab.

»Dann stolperte er und fing an zu lallen, als wäre er betrunken«, fuhr Simon fort.

Meg tat diese Möglichkeit mit einer knappen Handbewegung ab. Sie kannte Dominic gut genug, um zu wissen, daß er sich niemals betrinken und seine eiserne Selbstkontrolle an Ale oder Met abgeben würde.

»Er taumelte, richtete sich wieder auf und wäre im nächsten Moment zusammengebrochen, wenn ich ihn nicht aufgefangen hätte«, sagte Simon. »Seine Augen sahen ausgesprochen merkwürdig aus.«

»Wie?« fragte Meg scharf.

»Seine Pupillen waren so geweitet, daß seine Augen fast so schwarz wirkten wie meine.«

»Hat er in deiner Gegenwart irgend etwas gegessen oder getrunken?«

»Essen? Nein. Er hat mit dir gegessen. Wir haben nach unserer Gefechtsübung im Hof einen Humpen Ale getrunken.« Simon schnitt eine Grimasse, als er sich wieder an den Geschmack erinnerte. »Es war ein verdammt bitteres Gebräu.«

»Habt ihr aus demselben Krug getrunken?«

»Nein.«

»Was ist dann passiert?«

»Dominic sagte, er würde zu seinem kleinen Falken gehen, um den bitteren Geschmack aus seinem Mund zu waschen. Aber als er dein Zimmer betrat, warst du verschwunden.«

»Und du sagst, dein Ale hat ebenfalls bitter geschmeckt?«

»Ja.«

»Aber du hast dich nicht schwindelig oder benommen gefühlt, hast nicht den Drang verspürt, deine Augen gegen das Licht abzuschirmen?«

»Ich bin müde und ein bißchen langsam für ein so gemäßigtes Training mit Schwert und Schild. Und …« Simon runzelte die Stirn. »Seltsam, aber meine Rippen schmerzen gar nicht, wie es eigentlich der Fall sein müßte. Es ist sogar recht angenehm.«

Megs Augen schlossen sich unter der Angst, die ihr Herz zusammenkrampfte. In der verschwundenen Flasche war genug Schmerzmittel gewesen, um viele Ritter zu töten.

Offensichtlich hatte Simon nicht genug getrunken, um in Gefahr zu sein. Was man von Dominic nicht sagen konnte.

»Schick jemanden in die Garnison. Schnell«, drängte Meg. »Laß nachfragen, ob sonst noch jemand krank ist. Ich fürchte, das Ale war vergiftet.«

Simon steckte seinen Kopf zur Tür hinaus. Dominics Junker hatte sich nicht von der Stelle gerührt, seit man ihn unsanft aus dem Zimmer hinausbefördert hatte. Jameson hockte auf dem Fußboden, den Kopf in die Hände gestützt. Furcht zeichnete sich deutlich auf seinem jungen Gesicht ab.

Während Simon ihm knappe Befehle erteilte, nahm Meg das Gegenmittel aus ihrem Korb, zog den Stöpsel aus der Flasche und goß eine geringe Menge in eine Wasserschüssel, die neben Dominics Bett stand. Als sie die Flasche wieder verschließen wollte, zögerte sie. Dominic war ein ungewöhnlich großer Mann. Sie fügte noch ein paar Tropfen der leuchtend bernsteinfarbenen Flüssigkeit hinzu und dann noch ein paar, bevor sie die Schüssel auf den Tisch stellte und sich dann auf den Mann konzentrierte, der so still auf dem Bett lag.

»Dominic«, sagte Meg mit klarer, befehlender Stimme. »Steh auf. Dein Bruder ist in Gefahr.«

Von Dominic kam keine Reaktion. Blaß und schlaff lag er da, sein Atem ging langsam und flach.

»Bin ich in Gefahr?« fragte Simon ruhig von der Tür her.

»Nein. Aber von allem, was Dominic lieb und teuer ist, bist du das Liebste für ihn. Wenn ihn überhaupt irgend etwas dazu bringen könnte, sich zu erheben, dann der Gedanke, daß dir Gefahr droht.«

Simon war zu überrascht von Megs Einsicht, um etwas zu entgegnen. Er schaute nur schweigend zu, wie sie sich erneut über seinen Bruder beugte und ihn vergeblich wachzurütteln versuchte.

Ihre Hand schoß ohne Vorwarnung vor. Das Geräusch der Ohrfeige hallte unnatürlich laut im Zimmer wider. Simon hielt sich zurück, selbst als alles in ihm danach drängte, zum Bett zu stürzen und Megs Hand daran zu hindern, Dominics andere Wange zu schlagen. So sehr es ihm mißfiel, mitanzusehen, wie sein hilfloser Bruder geohrfeigt wurde, so hatte er doch keine bessere Idee, wie man Dominic hätte wachbekommen können.

»Dominic«, sagte Meg laut, während sie ihn erneut ins Gesicht schlug. »Hör mich an. Du mußt aufwachen! Simon ist von Feinden umzingelt. Du mußt ihm helfen!«

Einen Moment lang dachte Meg, Dominic hätte darauf reagiert, aber die Bewegung war zu schwach gewesen. Tränen strömten lautlos über ihre Wangen, als Meg die Hand hob und ihm noch einmal eine schallende Ohrfeige versetzte.

»Herr! Euer Bruder ist verwundet! Die Burg ist belagert! Wacht auf, oder Ihr werdet niemals einen Sohn haben!«

Dominics Hand zuckte, als wollte er nach einem Schwert greifen, doch nach dieser einen, flüchtigen Bewegung lag er wieder völlig apathisch da. Mit angehaltenem Atem wartete Meg auf irgendeine weitere Reaktion.

Nichts.

»Es hat keinen Zweck«, flüsterte sie. »Er ist zu tief in Bewußtlosigkeit versunken, um ihn mit bloßen Worten zu erreichen.«

Simon stieß einen gotteslästerlichen Fluch aus.

»Schnell«, befahl Meg, ohne ihren Blick von Dominic abzuwenden. »Heb ihn hoch, damit er trinken kann.«

Simon zog seinen Bruder in eine sitzende Position. Meg hob die Schüssel an seine Lippen und hielt sie ein wenig schräg. Flüssigkeit sickerte aus Dominics Mundwinkeln heraus. Sein Kopf fiel auf die Seite, und dabei wurde weitere kostbare Medizin verschwendet. Verzweifelt versuchte Meg es wieder. Umsonst. Die Metallschüssel schlug gegen Dominics Zähne.

»Hör auf«, sagte Simon rauh und ließ seinen Bruder wieder in die Kissen gleiten. »Er ist so schlaff wie ein toter Aal.«

Meg machte sich nicht die Mühe zu antworten. Sie schob ihren Finger zwischen Dominics Lippen, glitt an seinen Schneidezähnen entlang bis in seinen Mundwinkel und von dort aus hinter seine Backenzähne.

Dominics Mund öffnete sich leicht. Meg goß ihm etwas von dem Trank in den Mund, aber der weitaus größte Teil davon lief an seinem Kinn herunter.

»Er hat geschluckt!« rief Simon eifrig.

»Ja, aber es ist zuviel herausgelaufen. Ich habe nicht genug von der Arznei, als daß sie ihm nützen würde, wenn jedesmal soviel verlorengeht.«

»Wie lange wird es dauern, um mehr davon zu machen?«

»Zwei Wochen. Die Pflanzen müssen erst nachwachsen. Ich habe nur genügend Blätter daran gelassen, um die Wurzeln am Leben zu erhalten.«

»Großer Gott«, zischte Simon. »Bist du sicher?«

Megs einzige Antwort war der langsame, unablässige Strom von Tränen, der über ihre Wangen lief. Unter ihrer äußerlichen Ruhe fraß das Wissen, daß Blackthorne Keep mit Dominic leben oder sterben würde, wie Säure an ihrer Seele.

Wieder Krieg. Dennoch hat Gott den Menschen versprochen, daß es eine Zeit für alles unter der Sonne gibt. Wir haben Zeiten des Hasses erlebt, der Hungersnot, wenn alles zerstört war, was wir gesät hatten, Zeiten der Schlacht und des Todes.

Sicherlich muß es doch auch eine Zeit für Ernte geben, für Kinder, für Liebe und Erneuerung und für Frieden.

Mehr Medizin tröpfelte in Dominics Mund ... und floß gleich wieder heraus.

Mit einem wüsten Fluch riß Simon sich die Panzerhandschuhe von den Händen, warf sie auf den Fußboden und begann, wie ein Wolf im Käfig auf und ab zu wandern.

»Denk nach«, befahl er eindringlich. »Es muß doch eine Möglichkeit geben, ihm das Mittel einzuflößen. Mit einem Löffel?«

»Laß einen heraufbringen«, erwiderte Meg.

Aber in ihrer Stimme lag keine echte Hoffnung. Dominic brauchte mehr Medizin, und vor allem mußte sie ihm schneller verabreicht werden, als es mit einem Löffel möglich war. Dann erinnerte sie sich plötzlich an eine andere Art, Flüssigkeit zu nehmen – und einzuflößen.

Kleiner Falke. Trink von meinen Lippen.

Ein Schauder überlief Meg. Die bernsteingelbe Medizin war sehr stark. Sie nur in den Mund zu nehmen wäre schon ein schreckliches Risiko. Wenn sie sie schluckte, würde sie wahrscheinlich sterben.

Und Dominic würde ganz sicher sterben, wenn nicht etwas geschah. Und zwar schnell.

»Bleib bei mir, Simon«, befahl Meg.

Verblüfft fuhr er zu ihr herum.

»Hilf mir, Dominic eine Idee anzuheben«, sagte sie.

Mit Simons Hilfe schob Meg einen Arm unter Dominics Kopf und Schultern. Sein kühles Haar glitt über ihr Handgelenk, sein Kopf lag schwer in ihrer Armbeuge.

»Beug seinen Kopf etwas zurück«, drängte Meg. »Nein, nicht so weit. Nur so, als schaute er zum Horizont hoch. Ja, so! Halte ihn in dieser Stellung.«

Jedes Unbehagen, jeder Zweifel, den Simon vielleicht noch bezüglich der Natur der Medizin gehabt hatte, die Meg seinem Bruder verabreichen wollte, schwand dahin, als sie selbst einen Mundvoll der Flüssigkeit nahm. Sie schluckte sie nicht. Sie öffnete nur einfach Dominics Mund und flößte ihm ein ganz klein wenig von der Medizin ein, ließ ein paar Tropfen davon über seine Zunge gleiten, so daß er schlucken oder daran ersticken mußte.

Dominic schluckte.

»Ja!« rief Simon aufgeregt. »Gut gemacht.«

Schnell gab Meg Dominic weitere Tropfen von ihren Lippen zu trinken. Wieder rollten die Tropfen über seine Zunge und lösten das Bedürfnis zu schlucken aus, was er unverzüglich tat.

Beim dritten Mal war Meg kühner. Sie preßte ihren Mund auf Dominics halb geöffneten Mund, schob die Lippen vor und verabreichte ihm einen ganzen Schwall der Arznei. Er schluckte einmal und dann noch einmal. Als ihr Mund leer war, nahm sie erneut eine Portion der Medizin und fuhr fort, ihren Ehemann damit zu füttern, bis die Schüssel völlig leer war.

Als Simon beobachtete, mit welcher Behutsamkeit Meg seinem Bruder die Arznei eingab, mußte er sich eingestehen, daß er sie zu hart beurteilt hatte. Wie die Tränen, die still und unaufhaltsam über ihre Wangen geströmt waren, so sagte ihm auch ihr Tun, daß Meg allem Klatsch zum Trotz keinerlei Haß für ihren Mann empfand.

Wäre Simon nicht sicher gewesen, daß die Ehe noch nicht vollzogen war, hätte er sogar schwören können, daß zwischen seinem Bruder und der Glendruid-Hexe echte Zuneigung existierte. Sie behandelte Dominic so zärtlich wie eine Mutter ihr Baby.

»Sein Atem«, sagte Meg angstvoll. »Geht er nicht langsamer und mühsamer als vorher?«

Die Hoffnung, die in Simon aufgekeimt war, wurde mit einem Schlag zerstört, als er erkannte, daß Meg recht hatte.

Dominics Atemzüge hatten sich eindeutig verlangsamt.

»Es war nicht mehr rechtzeitig!« schrie sie. »Lieber Gott, ich habe es nicht mehr rechtzeitig geschafft!«

Meg schleuderte die leere Schüssel auf den Boden und schüttelte Dominic wild an den Schultern.

»Du mußt atmen!« rief sie verzweifelt. »Du mußt einfach!«

Als wollte sie ihm so sicher Luft spenden, wie sie ihm die Medizin gegeben hatte, beugte sich Meg erneut über ihren Mann.

»Nimm den Atem des Lebens an!« flüsterte sie. *»Nimm ihn.«* Sie preßte ihre geöffneten Lippen auf Dominics Mund und zwang ihren eigenen Atem wieder und wieder in seinen Körper hinein, wenn er zu flach oder zu langsam atmete.

Erstaunt hielt Simon seinen Bruder und beobachtete lange Minuten, wie Meg um jeden Atemzug kämpfte, den Dominic tat. Ihre Entschlossenheit, ihn am Leben zu erhalten, war so groß, daß sie fast greifbar war.

Ein Prickeln lief Simons Rückgrat herab, als er den unbeugsamen Willen in Meg erkannte, ein ursprünglicher Wille, der ebenso trainiert und diszipliniert wie der von Dominic war. Außer bei seinem Bruder war Simon noch bei keinem Menschen auf soviel Entschlossenheit und Unbeugsamkeit getroffen. Er hatte noch nicht einmal geglaubt, daß sie existierten.

Simon spürte fast so schnell wie Meg, wie Dominic sich leise regte. Meg spendete ihm ein letztes Mal Atem und fiel dann erschöpft auf die Knie, während ihre Wange an seiner Brust ruhte und sie an allen Gliedern vor Anstrengung zitterte, die ebensosehr seelischer wie körperlicher Art war.

»Atmet er?« keuchte sie.

»Ja. Langsam, aber nicht gefährlich langsam. Und etwas tiefer als vorher.«

Meg holte tief Luft, und es klang fast wie ein Schluchzen. Sie hob den Kopf. Dominic war nicht mehr ganz so bleich. Sie berührte seine Wange. Seine Haut erwärmte sich jetzt leicht, wo sie vorher eiskalt gewesen war. Dennoch kamen seine Atemzüge immer noch mit quälender Langsamkeit.

Meg beobachtete ihn angstvoll. Sie wußte, das Gegenmittel hätte wesentlich mehr Wirkung zeigen müssen. Aus frischen, jungen Blättern hergestellt, war es doppelt so stark wie ein Trank, der im Sommer bereitet wurde.

»Sir«, rief Dominics Junker von der Tür her. »Ein paar von den Rittern fühlen sich leicht benommen, aber ansonsten haben sie keine Beschwerden. Sie sind einfach der Meinung, das Ale sei ungewöhnlich stark gewesen.«

Simon blickte Meg an.

»Wenn ihnen das Gift geschadet hätte, hätte es sich inzwischen längst gezeigt«, sagte sie, ohne ihren Blick von Dominic abzuwenden.

»Geh wieder auf deinen Posten«, sagte Simon. »Wir rufen dich, wenn wir noch irgend etwas benötigen.«

Der Junker zögerte. »Sir?«

»Dominic geht es von Minute zu Minute besser«, erklärte Simon mit falschem Lächeln. »Sag den Burgleuten, daß ihr Herr morgen wieder wohlauf sein wird.«

Jameson war sichtlich erleichtert. »Danke, Sir.«

Der Junker wandte sich zum Gehen, dann drehte er sich erneut um. »Das hätte ich fast vergessen. Thomas der Starke möchte wissen, ob er morgen früh die Zugbrücke wieder herunterlassen soll.«

»Nein«, antwortete Simon kategorisch. »Ich möchte keinerlei Kommen oder Gehen.«

»Ja, Sir!«

Unter Simons starrem Blick zog sich der Junker hastig in den Korridor zurück. Als Simon sich wieder zum Bett umwandte, sah er die Angst auf Megs blassem Gesicht. Ihre Hand ruhte auf

Dominics Herz, aber es war nicht seine Atmung, die sie beunruhigte.

»Es ist nicht genug«, flüsterte sie. »Er wird sterben, bevor er erwacht. Ich muß es riskieren.«

»Was? Deine Worte ergeben keinen Sinn.«

Meg ignorierte Simons Frage und erhob sich. Als sie nach der kleinen, zugestöpselten Flasche griff, stieß ihr Fuß gegen die Metallschüssel, die sie in ihrer Furcht beiseite geschleudert hatte. Sie hob die kühle Metallschale auf, füllte sie halb mit Wasser und kippte dann den Inhalt der Flasche hinein, bis nichts von der bernsteingelben Flüssigkeit zurückblieb.

Als sich Meg wieder zum Bett umdrehte, wich Simon zurück, um ihr mehr Platz zu machen. Ihre Fingerspitze glitt über Dominics Mund, der sich diesmal bereitwilliger öffnete. Sie trank von der starken Arznei, beugte sich über ihn und flößte ihm von der kostbaren Medizin ein.

Nach dem ersten quälenden Mundvoll ging es schneller, denn mit jedem Herzschlag, der die Medizin durch Dominics Adern pumpte, schwächte sich die tödliche Wirkung des Gifts weiter ab. Als Meg sich mit dem letzten Mundvoll über ihn beugte, trank Dominic die Medizin so selbstverständlich von ihren Lippen, wie ein Baby Milch aus der Mutterbrust saugt.

Selbst als die Schüssel leer war, ließ Meg sich mit den letzten Tropfen Zeit, denn Dominic hatte sie gelehrt, die Intimität und Wärme seines Mundes zu genießen.

Nachdem sie ein letztes Mal ihre Zunge über seine hatte gleiten lassen, um ihm den letzten Tropfen Medizin zu verabreichen und ihn gleichzeitig zu liebkosen, richtete Meg sich auf. Als sie merkte, wie Simon sie in einer Mischung aus Mitgefühl und Überraschung beobachtete, errötete sie. Ohne ein Wort ging sie zu dem Wasserkrug, säuberte die Schüssel und spülte sich dann sorgfältig den Mund aus.

Trotz ihrer Sorgfalt war soviel von der starken Arznei in ihren Körper gelangt, daß Meg einfach nicht in der Lage war, ruhig zu sitzen. Sie lief mit schnellen Schritten im Raum umher, die ihre goldenen Glöckchen singen ließen. Als das noch nicht reichte, um ihre Unruhe zu lindern, griff sie nach der Steinflasche und rollte sie zwischen den Händen, als wäre es ein kühler, beruhigender Flußkiesel.

Simon beobachtete Meg, dann seinen Bruder, dann schaute er wieder Meg an.

»Und was nun?« wollte er wissen.

»Wir warten.«

»Bis …?«

»Bis die eine oder die andere Medizin gewinnt«, sagte sie schlicht.

Simon betrachtete die Flasche in Megs Händen. Die Nachlässigkeit, mit der sie sie hielt, sagte ihm, daß der Inhalt restlos aufgebraucht war. Es gab keine Medizin mehr, um sie Dominic im Notfall zu verabreichen.

»Und wann werden wir es wissen?«

»Das kann ich nicht sagen«, flüsterte Meg. »Jeder weniger kräftige Mann wäre inzwischen zweimal gestorben.«

»Zweimal? Ich verstehe nicht.«

»Einmal an dem Gift. Und einmal an dem Gegenmittel. Es ist ein Stimulans, stark genug, um ein Schwein über die höchste Burgmauer springen zu lassen.«

»Ist das der Grund, weshalb du wie ein Junker vor seiner ersten Schlacht im Zimmer herumrennst?«

Meg nickte.

»Besteht Gefahr für dich?« erkundigte sich Simon besorgt.

»Ich weiß es nicht. Wenn Dominic aufwacht, und ich bin nicht …« Meg hielt abrupt inne. »Gib ihm Wasser, so viel, bis er nicht einen Tropfen mehr trinken kann. Es wird helfen, das restliche Gift aus seinem Körper herauszuschwemmen.«

Simon ließ seinen Bruder in die Kissen zurücksinken und ging zu Meg. »Gibt es nichts, was du selbst nehmen könntest?«

»Nein. Ich habe nicht Dominics Kraft. Ich würde das Tauziehen zwischen den beiden stärksten Glendruid Arzneien unweigerlich verlieren.«

Als sie Simons Besorgnis sah, lächelte Meg trotz ihrer zu schnellen Atemzüge. Ihr Herz hämmerte wie verrückt.

»Keine Sorge. Das Stimulans ... verliert seine Wirkung ... ziemlich schnell.«

Megs abgehackte Worte und ihr keuchender Atem taten nichts, um Simon zu beruhigen.

»Du hättest *mich* Dominic die Medizin geben lassen sollen«, sagte er. »Oder ist die Methode ein Glendruid-Geheimnis?«

Sie lachte seltsam und beschleunigte ihren Schritt noch mehr, ließ die Glöckchen wild bimmeln.

»Glendruid?« fragte sie. »Nein. Das hat Dominic mir beigebracht.«

Simon schaute sie verwirrt an.

»Weißt du, mein Mann wünscht sich einen Sohn, mehr als alles andere auf der Welt. Er plant meine Verführung so sorgfältig, wie er seine anstregendsten Schlachten plant.«

Glocken ertönten hastig, als Meg herumwirbelte, um erneut durch den Raum zu wandern. Wie ihr Schritt waren auch ihre Worte fahrig und fast wild.

»Aber ihm einen Sohn zu schenken oder zu verweigern steht nicht in meiner Macht. Wenn Dominic das begreift, wird er mich so glühend hassen, wie je ein Mann eine Frau gehaßt hat.«

Glöckchen schrien mit winzigen goldenen Stimmen, die Simon die Haare im Nacken sträubten.

»Glendruid«, sagte Meg mit bebender Stimme. »Fluch und Hoffnung zugleich. Jedes Glendruid-Mädchen hat den Fluch in sich getragen. Keine hat die Hoffnung getragen.«

Bevor Simon antworten konnte, begann Meg wie ein Kavalleriepferd zu schnaufen, das einen langen, harten Galopp hinter sich hat. Ihre Schritte wurden kürzer und kürzer, bis sie fast auf der Stelle lief, während Glöckchen mit grauenerregenden Tönen zitterten und schrien. Keuchend und am ganzen Körper bebend versuchte Meg, sich aufrecht zu halten, während das Stimulans wie ein Blitz durch ihren Körper schoß.

Simon fing Meg in seinen Armen auf und hielt sie, als sie zu fallen drohte. Sie rang angestrengt nach Atem und schien dennoch keine Luft zu bekommen. Während Simon ihren heftigen Kampf beobachtete, erkannte er, wie völlig falsch er die Frau seines Bruders beurteilt hatte.

»Gott verzeihe mir«, sagte er erschüttert. »Ich dachte, du wolltest Dominics Tod. Dennoch hast du dein eigenes Leben riskiert, um ihm eine Chance zum Überleben zu geben.«

Meg hörte ihn nicht. Wilde Mißklänge schrillten in ihrem Kopf. Sie griff sich verzweifelt an den Kopf, versuchte, an ihren Haaren zu reißen, aber Simon hinderte sie daran. Sie wehrte sich mit unglaublicher Kraft, bis sie erkannte, was sie tat. Sie biß die Zähne zusammen, hörte auf zu kämpfen und ließ das Stimulans in ihrem Körper wüten.

Der Anfall ging so schnell vorüber, wie er gekommen war. Mit einem zitternden Aufseufzer sank Meg kraftlos gegen Simons Brust.

»Meg?« fragte er voller Sorge.

»Das Schlimmste ist vorbei«, murmelte sie.

Eine leise Stimme rief vom Bett. Meg riß sich von Simon los und stolperte zum Bett, an die Seite ihres Mannes.

»Dominic?« fragte sie eindringlich.

Er schlug die Augen auf, aber er sah sie nicht. Laute kamen aus seinem Mund – unverständliche Laute ohne jede Bedeutung.

Meg stieß einen qualerfüllten Schrei aus.

»Gott vergebe mir. Ich habe seinen Körper gerettet, aber sein Verstand ist zerstört!«

18. KAPITEL

Einen Moment lang verstand Simon nicht, warum Meg so verzweifelt und aufgeregt war. Als er begriff, unterdrückte er ein erleichtertes, triumphierendes Lachen und versuchte, sie zu beschwichtigen.

»Nein, Meg. Du hast seinen Leib und seinen Verstand gerettet.«

»Bist du verrückt? Hörst du denn nicht, wie er faselt?«

»Doch. Ich hätte nie gedacht, daß ich noch einmal Gefallen an der Sprache meines Feindes finden würde, aber bei Gott, sie klingt herrlich!«

Meg schaute Simon an, als fürchtete sie, daß auch er den Verstand verloren hätte.

»Er spricht türkisch«, erklärte Simon.

Und dann lachte er, daß es von den Wänden widerhallte.

Meg lächelte eher unsicher, als sie den blonden Krieger beobachtete, der sie manchmal fast schmerzlich an ihren Ehemann erinnerte.

»Türkisch?« fragte sie, nachdem Simon zu lachen aufgehört hatte. »Dann ergeben seine Worte einen Sinn?«

»Ja.«

»Und was sagt er?«

Simon horchte eine Weile, zögerte und warf Meg dann einen reumütigen Blick zu.

»Er, äh, er spricht über die Vorfahren eines gewissen Sultans.«

»Vorfahren?«

»So könnte man es nennen, ja. Esel, Paviane, Unrat und, äh, Exkremente.«

»Ich fürchte, das Gift ist dir schließlich doch noch zu Kopf gestiegen«, sagte Meg unglücklich. »Du redest genauso einen Unsinn daher wie dein Bruder.«

Ein Lächeln erhellte Simons Gesicht, verstärkte noch seine

Ähnlichkeit mit Dominic, bis Meg dachte, es würde ihr das Herz brechen. Erst in dem Moment gestand sie sich selbst ein, wie groß ihre Angst gewesen war, daß sie ihren Ehemann nie wieder lächeln sehen würde. Sie würde bereitwillig das ganze nächste Jahr goldene Glocken tragen und sich von seiner Hand füttern lassen, wenn es bedeutete, daß Dominic geistig und körperlich wieder völlig gesund sein würde.

»Der Sultan war ein unangenehmer Mann«, sagte Simon.

»Das wird von fast allen Türken behauptet.«

Ein wilder Wortschwall aus Dominics Mund ließ sie beide zum Bett herumfahren. Das einzige Wort, das Meg erkannte, war Simons Name. Dominics Kummer und Seelenqual brauchten jedoch keine Worte, um deutlich erkennbar zu sein. Meg setzte sich auf die Bettkante und nahm Dominics Hand zwischen ihre.

»Ruh dich aus, Dominic«, sagte sie mit klarer, fester Stimme. »Du bist in Sicherheit.«

»Simon. Simon! Sie haben ihn gefangengenommen!«

Obwohl Dominic gedämpft sprach, war sein Schrei so eindringlich wie ein lauter Ruf. Simon nahm die andere Hand seines Bruders und drückte sie ganz fest, als wollte er seine Gegenwart in Dominics Fleisch einprägen.

»Ich bin ja hier«, sagte er beruhigend. »Du hast mich aus diesem Vorhof zur Hölle freigekauft. Ich bin in Sicherheit, Bruder, und du bist es auch.«

Wieder schrie Dominic auf, aber diesmal weniger verzweifelt. Dann war er ruhig, bis auf die rastlosen Bewegungen seines Körpers.

»Was ist in Jerusalem passiert?« wollte Meg wissen.

»Zwölf Ritter wurden gefangengenommen. Ich war einer von ihnen. Wir wurden als Geschenk an einen Sultan übergeben, dessen Namen keiner von uns aussprechen konnte, deshalb nannten wir ihn Beelzebub. Dominic hat uns gegen Lösegeld befreit.«

»Es muß ihn teuer zu stehen gekommen sein.«

»Mehr, als irgendeiner von uns je wissen wird.«

Meg warf Simon einen schnellen Blick zu, aufmerksam geworden durch den grimmigen, trostlosen Beiklang seiner schlichten Worte.

»Was meinst du?« fragte sie.

»Der Sultan hatte kein Interesse an zwölf ungläubigen Rittern. Es gab nur einen Ungläubigen, dessen Durchhaltevermögen er auf die Probe stellen wollte.«

»Dominic?« flüsterte sie.

Simon nickte. »Ja. Dominic le Sabre.«

»Was geschah?«

»Dominic lieferte sich selbst an den Sultan aus, um uns zu retten.«

Megs Augen weiteten sich entsetzt. »Großer Gott.«

»Gott hatte kaum etwas mit dem Sultan zu tun. Einen grausameren Mann als ihn hat es niemals gegeben. Einige Männer mögen Frauen. Einige mögen Jungen. Und wieder andere lieben es, anderen Schmerz zuzufügen. Beelzebub lebte, um Männer zu brechen, die stärker und anständiger als er waren. Er hatte eine ziemlich erstaunliche Vielfalt an Werkzeugen für diesen Zweck entwickelt.«

Ein Schauder überlief Meg.

»Die Hand, die du hältst, trägt noch Spuren dieser Grausamkeit«, fuhr Simon fort. »Wenn deine Hochzeitsnacht normal verlaufen wäre, hättest du noch mehr Narben am Körper deines Ehemannes entdeckt.«

Meg wandte sich wieder zu Dominic um. Seine Hand war wesentlich größer als ihre, stärker, schwielig und hart vom Gebrauch der Waffen; dennoch hatte er Meg mit großer Behutsamkeit berührt.

Vorsichtig zeichneten Megs Fingerspitzen Narben nach, vor langer Zeit verheilt. Als sie seine Finger genauer betrachtete, stockte ihr der Atem. Sie hatte genug Unfälle mit Äxten oder schweren Steinen gesehen, um die charakteristischen Merkmale eines Fingers zu erkennen, der zerquetscht worden, aber nicht vollständig geheilt war. Sein kleiner Finger hatte nur noch einen halben Nagel. Der Nagel des Ringfingers wies tiefe Einkerbungen auf.

»Dasselbe kannst du an dieser Hand hier sehen«, sagte Simon. »Dominic die Fingernägel herauszuziehen war noch eine der mildesten Foltern, die der Sultan sich für ihn ausgedacht hatte.«

Ein leiser Schmerzenslaut stieg aus Megs Kehle auf. Sie hielt Dominics Hand in ihrer und streichelte sie, als könnte simple Berührung die Grausamkeiten der Vergangenheit irgendwie ungeschehen machen.

»Wie hat sich Dominic befreit?« fragte sie nach einer Weile.

»Als sich herumsprach, was passiert war, versammelten sich Ritter aller Herren und Länder. Als wir unser Werk beendet hatten, stand kein Stein des großen Sultanspalastes mehr auf dem anderen.«

»Und der Sultan?«

»Er war tot, als wir ihn fanden.«

Wieder war es eher der Klang seiner Stimme als seine Worte, der Meg die Ereignisse verdeutlichte. Und sein Lächeln war wie ein Ausblick auf die Hölle.

»Wie ist er ums Leben gekommen?« fragte sie.

»Das war schwer zu sagen. Beelzebub amüsierte sich mit seinem Harem, nachdem es keine neuen Ungläubigen mehr zu foltern gab.«

Meg wartete, traute sich nicht zu atmen.

»Während die Wachen des Sultans anderweitig beschäftigt waren, packte Dominic den Sultan, warf ihn in das Frauenquartier und verschloß die Türen.«

Simon sah Megs schockierten Ausdruck und lächelte wieder.

»Mein Bruder«, sagte er, »versteht es immer, die Schwachstellen eines Mannes herauszufinden. Es gab nichts, was er dem Sultan antun konnte, das auch nur halb so grausam oder erfinderisch gewesen wäre wie die Bestrafung, die Konkubinen austeilen, die ein Leben lang auf diese Gelegenheit gewartet haben.«

Dominic bewegte sich unruhig, stöhnte und griff sich an die Schulter. Er fluchte auf englisch und türkisch und schimpfte voller Zorn auf einen Ritter namens Robert der Gehörnte.

»Was bedeutet das?« Meg blickte Simon fragend an.

»Robert hatte eine Normannin geheiratet, die in Sizilien aufgewachsen war. Sie hatte eine große Vorliebe für Männer und betrog ihren Ehemann, wo sie nur konnte. Robert glaubte, Dominic wäre einer von ihnen, und führte uns in einen Hinterhalt.«

»Und Dominic wurde verletzt?«

Simon nickte. »Er tötete Robert und bot Marie seinen Schutz an. Es war die einzige Möglichkeit, um Frieden unter seinen Rittern zu halten.«

Meg preßte die Lippen zusammen, als sie begriff, auf welche Weise die schöne Normannin zu Dominics Gefolge gekommen war.

»Wie edel von Dominic, sich selbst für die Ehre seiner Ritter zu opfern«, sagte sie sarkastisch.

»Dominic konnte Marie wohl kaum als Sklavin an einen Sultan verkaufen, oder?«

»Warum nicht?« murmelte Meg. »Nach dem, was ich gesehen habe, ist das Frauenzimmer geradezu für den Harem geboren.«

»Du solltest ihr dankbar sein.«

Bei dem schrägen Blick, den Meg ihm zuwarf, hatte Simon Mühe, sich ein Lächeln zu verkneifen.

»Ohne Marie – und Eadith natürlich – würden Dominics Ritter verheerenden Schaden unter den unwilligen Mädchen der Burg anrichten. Normannen sind hier nicht sehr beliebt.«

»Laß uns Zeit«, entgegnete Meg trocken. »Dominics Ritter sind allesamt feine, stramme Kerle, von kräftiger Statur und ziemlich beharrlich. Ich bin sicher, die Mädchen werden bald schwach werden.«

»Glaubst du wirklich?« fragte Simon wehmütig.

»Warum nicht? Im Dunkeln kann man einen Normannen unmöglich von einem Schotten oder Angelsachsen unterscheiden.«

Simon lachte laut heraus. »Du wirst Dominic ordentlich einheizen, Meg. Es wird ihm guttun. Er ist zu kalt seit Jerusalem.«

Meg lächelte leicht und wandte sich ab, um Wasser in die Metallschüssel zu gießen. Als das kühle Metall Dominics Lippen berührte, drehte er ungeduldig den Kopf weg.

»Mein Bruder ist vielleicht im Delirium«, sagte Simon trocken. »Aber er ist nicht dumm. Er möchte Wasser lieber von warmen Lippen als von kaltem Metall trinken.«

Röte kroch über Megs Wangen, als sie einen Mundvoll Wasser nahm, sich über Dominic beugte und ihm von ihren Lippen zu trinken anbot. Sie brauchte ihn nicht lange zu bitten. Sobald ihr Mund seinen streifte, drehte er hungrig den Kopf zu ihr um. Erst nachdem er auf diese Weise zwei Schüsseln Wasser geleert hatte, wurde er erneut unruhig und gab wieder einen heftigen Wortschwall von sich.

Diesmal sprach er englisch. Meg stellte fest, daß es ihr lieber gewesen wäre, er hätte es nicht getan.

»... endloses blutiges Abschlachten. James tot. John der Kleine tot. Ivar der Heide tot. Stewart der Rote ...«

Dominics Stimme klang wie die eines Mönchs, der eine fremde Messe singt. Während Name über Name über seine Lippen kam, beugte Meg sich vor und streichelte sein Gesicht, als wollte sie ein fieberndes Kind beruhigen.

Aber es waren keine Fieberphantasien, die Dominic quälten, noch war er ein Kind. Er war ein Mann, der das blutige Gemetzel hackender, stoßender Schwerter erlebt hatte, die verheerenden Verwüstungen von Lanze und Schlachtroß, die langsame, unaufhaltsame Auszehrung durch Belagerung und Krankheit, bis Kinder verhungerten und verzweifelte Frauen sich mit Katzen um Ratten balgten, so mager wie Schatten.

Dominic setzte seine Liste der Verhungerten, der Verletzten, Verstümmelten und Toten immer weiter fort, bis Meg dachte, sie würde schreien, wenn sie noch einen weiteren Namen hörte.

»Es muß Frieden geben!«

Meg glaubte, es wäre ihr eigener Schrei, bis das Echo zurückkam und sie wußte, es war die Stimme ihres Mannes.

»Hörst du mich, Simon? Es muß endlich Frieden herrschen!«

»Ja«, sagte Simon laut und deutlich. »Du wirst deinem Land den Frieden bringen, Dominic. Ich weiß es so sicher, wie ich weiß, daß morgen früh die Sonne aufgeht.«

Als Dominic wieder aufschrie, antwortete Simon auf die gleiche Weise, versuchte, das Delirium des Gifts zu durchdringen, damit sein Bruder endlich Ruhe fand.

Dominics Schmerz, so gut in seinem Inneren verborgen, wenn er sich selbst unter Kontrolle hatte, tat Meg in der Seele weh, erfüllte sie mit Mitleid und noch etwas anderem – der unsterblichen Glendruid Hoffnung, die ihr Geburtsrecht war und ihr Fluch.

Ganz gleich, was seine Motive sind, er hat mich mit großer Sanftheit berührt. Er war von einem Verlangen getrieben, so stark wie meines, und dennoch hat er es vorgezogen, mich zu umwerben, statt einfach sein Recht zu fordern.

Er hätte jeden Angelsachsen in der Burg niedermetzeln können, dennoch hat er es nicht getan.

Frieden, nicht Krieg.

Lieber Gott, ich wünschte, ich hätte die Macht, Dominics größten Wunsch zu erfüllen.

Und dennoch konnte Meg es nicht, und sie wußte es: Der sagenumwobene Glendruid Sohn würde aus gegenseitiger Liebe geboren werden, und nur aus Liebe. Sie fühlte vielleicht die normale Leidenschaft einer Frau für einen Mann, sie empfand vielleicht Mitgefühl für die vergangenen Leiden ihres Mannes, sie respektierte vielleicht seine Intelligenz, seine Disziplin und seinen Ehrgeiz, sie trauerte vielleicht um all das, was zwischen ihnen hätte sein können, hätte sie ihn weniger klar gesehen und hätte er mehr Verständnis für sie aufgebracht. Aber sie konnte sich nicht dazu zwingen, einen Mann zu lieben, der ihre Liebe nicht erwiderte.

Es war zuviel von einer Frau verlangt. Es überstieg einfach ihre Fähigkeiten ... so wie Liebe Dominics Fähigkeiten überstieg.

Meg hob Dominics Hand an ihre Lippen und hielt sie fest, während die Tränen, die sie nicht zurückhalten konnte, von ihren Wangen auf seine Finger tropften. Dominics sämtliche Hoffnungen waren vergeblich, so wie es der Glendruid Hoffnungen waren. Meg war wie jede andere Glendruid Frau vor ihr.

Verflucht.

»Dominics Wesen änderte sich spürbar, nachdem er der Gefangene des Sultans gewesen war«, sagte Simon mit gedämpfter Stimme. »Er war schon immer ein kluger Soldat gewesen, aber danach wurde er sowohl brillant als auch höchst schonungslos. Er plante jede Schlacht mit großer Sorgfalt. Nicht einfach nur, um zu gewinnen, sondern um dabei so wenig wie möglich zu zerstören. Doch wenn er zerstörte ...«

Simons Stimme verblaßte, gewann dann wieder an Kraft. »Wenn er etwas zerstörte, dann in einem solch verheerenden Ausmaß, daß der Schaden irreparabel war.«

Megs Lippen streiften über Dominics Handfläche.

»Jetzt ist eine zermürbende Kälte in ihm«, fuhr Simon fort. »Ganz gleich, wie sehr man ihn provoziert, er wird dem Klugen Gnade erweisen, weil es intelligent ist, das zu tun. Dummköpfen zeigt er nur die scharfe Klinge seines Schwerts, egal, wie geringfügig die Beleidigung war.«

Schweigend drückte Meg noch einen Kuß auf Dominics Handfläche, und sie fragte sich, ob er sie klug oder dumm nennen würde, nachdem sie ihr Versprechen, in ihren Räumen zu bleiben, gebrochen hatte.

»Als Dominic die Einöde verließ, die einmal die Domäne des Sultans gewesen war«, sagte Simon, »schwor er sich, daß er eines Tages eigenes Land haben würde am äußersten Rand der Zivilisation, weit weg von den Ambitionen von Königen, Päpsten und Sultanen. Er würde so sorgfältig mit dem Land haushalten, daß es weder Hungersnot noch Mangel geben würde. Und dann schwor mein Bruder sich, daß er eine adlige Ehefrau nehmen und starke Söhne zeugen würde, die ihrerseits wieder starke Söhne zeugen würden.«

»Damit etwas von seinem Lebenswerk die Zeiten überdauern würde?« fragte Meg.

Simon schüttelte den Kopf. »Dominic hat gelernt, daß Frieden nur für die Starken ist. Für die Schwachen ist Frieden nichts weiter als ein grausamer Traum, und er wollte keine grausamen Träume mehr haben.«

Land, eine adlige Ehefrau, Söhne ... und Frieden. Vor allem Frieden.

Die Litanei von Dominics Wünschen hallte in Megs Gedanken wider, als sie die Linien betrachtete, die Schmerz in das Gesicht ihres Mannes gezeichnet hatten. Im stillen wetterte sie gegen die Böswilligkeit des Schicksals und der Menschen, und der Gedanke an die Ironie von Dominics Ehe mit einer Glendruid Frau bohrte sich wie ein Messer in ihr Herz.

Du hast all das verdient – Frieden, Land, eine adlige Ehefrau ... Es gibt so viele Frauen auf der Welt. Warum mußte dich Gott ausgerechnet zu mir schicken?

»Wird er Söhne von dir haben?« fragte Simon.

Megs einzige Antwort war der geräuschlose, unablässige Strom ihrer Tränen. Sie hielt Dominics Handfläche an ihre Wange gepreßt, als er erneut zu sprechen begann und wieder zu der sorgfältig geschmiedeten Hölle des Sultans zurückkehrte.

Lange Zeit hörte sie zu, wie Dominic im Delirium seine Alpträume und seinen Traum von dauerhaftem Frieden preisgab. Die gequälten Schreie, die im Wachzustand niemals über seine Lippen gekommen wären, zerrissen ihr das Herz.

Dominic anzusehen und das Echo der Qualen zu hören, die er hatte erleiden müssen, lehrten Meg, daß der normannische Krieger, der aus den Nebelschwaden jenseits von Blackthorne Keep aufgetaucht war, nicht die kalte, unbesiegbare Macht war, für die sie ihn bisher gehalten hatte. Sie weinte um ihn und um das Schicksal, das ihn mit einer Frau zusammengebracht hatte, die ihm nicht den Traum erfüllen konnte, den er um jeden Preis verdient hatte.

Schließlich fiel Dominic in Schweigen. Allmählich vertiefte sich sein Atem, und sein Körper entspannte sich.

»Ist alles mit ihm in Ordnung?« fragte Simon besorgt.

»Ja. Er schläft jetzt. Den Schlaf der Genesung.«

Simon beobachtete, wie die Furchen der Anspannung aus Megs Gesicht wichen, so sicher, wie sie aus Dominics Zügen verschwunden waren, als er endlich schlief. Mit einem leise gemurmelten Dankgebet strich Simon Dominic das dichte schwarze Haar aus der Stirn. Die Geste sagte viel über die Zuneigung zwischen den beiden Brüdern aus, ein Band, das weitaus stärker war als die zufällige Tatsache eines gemeinsamen Vaters.

»Es ist so seltsam«, flüsterte Meg.

»Was denn?«

»Duncan hat John auch auf diese Weise berührt«, erwiderte sie, ohne nachzudenken.

Die Sanftheit, die Simon gerade eben noch bewiesen hatte, schwand abrupt.

»Duncan«, sagte er mit gedämpfter, gefährlich klingender Stimme. »Dafür werde ich sein Herz durchbohren.«

Meg schnappte erschrocken nach Luft. »Wofür?«

»Daß er meinen Bruder vergiftet hat.«

»Duncan war nirgendwo in der Nähe«.

»Seine Untergebenen waren es.«

»Seine Vögte sind fort.«

»Gott möge sie verfaulen lassen«, sagte Simon kalt. »Ich spreche von Duncans Spionen innerhalb der Burg. Einer von ihnen hat Dominic vergiftet. Wenn ich herausfinde, wer es war, werde ich ihn hängen.«

Meg blickte ihn entsetzt an. »Keiner hier auf Blackthorne Keep würde Dominic vergiften ...«

Ihre Stimme erstarb, als ihr klarwurde, daß es jemand getan

hatte. Sie schloß die Augen. Unbewußt strich sie mit den Händen an ihren Armen herauf und herunter, als wollte sie sich gegen einen kalten Wind schützen. Der Gedanke, daß es in ihrer Burg jemanden gab, der Dominic genug haßte, um ihn auf so heimtückische Weise umzubringen, ließ sie buchstäblich frösteln.

»Bevor ich mitbekommen habe, wie sehr du darum gekämpft hast, Dominics Leben zu retten, war ich überzeugt, du wärst die Giftmörderin«, sagte Simon.

Megs Augen wurden groß, schimmerten plötzlich so grün und hart wie der Smaragd, den Dominic ihr geschenkt hatte.

»Ich bin eine Heilerin«, erwiderte sie.

»Ja.« Simon lächelte fast sanft. »Wärst du nicht gewesen, wäre Dominic jetzt tot. Es ist also vernünftig, anzunehmen, daß du ihn zunächst einmal nicht vergiftet hast.«

»Vielleicht hatte niemand die Absicht, Dominic zu vergiften. Vielleicht hat derjenige, der ein Betäubungsmittel in das Ale getan hat, zuviel in einen der Humpen gegeben, und Dominic war derjenige, der das Pech hatte, diesen Humpen zu bekommen.«

Simon legte den Kopf schief, als ließe er sich Megs Argument durch den Kopf gehen.

»Vielleicht«, sagte er nach einer Weile, aber er klang nicht sehr überzeugt. »Es ist allerdings nicht sehr wahrscheinlich.«

»Was meinst du denn, wie es passiert ist?« wollte Meg wissen.

»Ich glaube, jemand hat das Faß Ale vergiftet, und dann noch etwas mehr in Dominics Humpen getan, um sicherzugehen.«

»Wer? Wann?«

»Das Faß hätte jederzeit vergiftet worden sein können.«

»Nein. Erst seit dem Tag vor der Hochzeit.«

»Warum sagst du das?«

»An dem Tag habe ich entdeckt, daß der Trank verschwunden war«, erklärte Meg.

»Hast du es Dominic gesagt?«

»Nein.«

»Großer Gott, warum nicht?«

»Ich war mir nicht sicher, was für eine Art Mann er war«, erwiderte Meg ohne Umschweife. »Es hätte ja durchaus einer von euren Leuten sein können, der die Medizin gestohlen hat.«

Simon tat ihre Bemerkung mit einer wegwerfenden Handbewegung ab. »Nein. Die Ritter sind absolut loyal. Dominic hat seine Seele verkauft, um sie freizubekommen.«

»Was ist mit dem Rest eurer Leute? Wie viele kennst du gut genug, um für ihre Aufrichtigkeit zu garantieren?«

»Nun hör schon auf, Schwester«, sagte Simon ungeduldig.

»Wer von unseren Leuten hätte schon von dem Kräuterkeller wissen können und den Arzneien, die du dort aufbewahrst?«

»Keiner von Blackthorne Keeps Bewohnern benutzt meinen Kräuterkeller, bis auf Old Gwyn.«

Simons Augen verengten sich. »Wo ist sie eigentlich?«

»Sie tauscht Erfahrungen und Arzneien mit einer weisen Frau aus einer Siedlung, die einen Tagesmarsch weiter im Süden liegt.«

»Sie hätte das Ale vergiften können.«

»Wenn sie es getan hätte, wären alle Ritter tot.«

Er warf Meg einen finsteren Blick zu. »Wie das?«

»Old Gwyn kennt die genaue Dosierung«, sagte Meg klipp und klar. »In der verschwundenen Flasche war nicht genug, um zu töten, wenn die Menge mit einem ganzen Faß Ale vermischt wurde. Es sei denn, drei oder vier Männer hätten sich das Faß untereinander geteilt.«

Simon lächelte leicht. »Das Ale hätte sie vorher umgebracht. Also war es ... Old Gwyn.«

»Nein. Gwyn könnte ebensowenig töten, wie ich dazu fähig wäre. Sie ist eine Glendruid, eine Heilerin. Keine Mörderin.«

»Weiß Eadith mit der Dosierung Bescheid?« wollte Simon wissen.

»Nein. Warum?«

»Sie hat das Ale ausgeschenkt und serviert. Und sie haßt Normannen.«

»Ach, tatsächlich?« fragte Meg trocken. »Ist das der Grund, weshalb sie mehr Zeit im Bett von Thomas dem Starken verbringt als in ihrem eigenen?«

»Sie hat das Ale serviert«, beharrte Simon.

»Die Normannin hat euch ebenfalls mit Ale bedient«, gab Meg zurück. »Hast du sie im Verdacht?«

»Marie? Natürlich nicht. Sie verdankt Dominic ihren Lebensunterhalt.«

»Und Eadith verdankt ihren Unterhalt mir. Sie kann eine schreckliche Klatschtante sein, aber es besteht kein Grund, sie einer so heimtückischen Tat zu verdächtigen.«

»Sie ist ehrgeizig«, konterte Simon.

»Ja. Sie will einen Ehemann und ein eigenes Heim haben.

Genau das will auch die rotlippige Hure.«

Simon gab einen erschöpften Laut von sich und strich sich mit der Hand durchs Haar.

»Es muß einer von Johns Rittern sein«, sagte er schließlich.

Meg begann augenblicklich zu widersprechen, nur um von Simon mit einer ungeduldigen Geste unterbrochen zu werden.

»Jemand hat das Ale vergiftet und Dominic beinahe umgebracht«, sagte er mit kalter Stimme. »Niemand in dieser Burg wird vor Verdächtigungen sicher sein, bis wir herausgefunden haben, wer die Giftschlange an unserem Busen ist.«

Meg blickte zum Bett hinüber, wo Dominic ruhig schlief. Sosehr sie Simons Schlußfolgerung haßte, so wußte sie doch, daß er recht hatte. Blackthorne Keep lebte oder starb mit Dominic le Sabre.

Und Dominic wäre fast gestorben.

19. KAPITEL

Dominic erwachte mitten in der Nacht, mit Megs weichem, warmem Körper an seiner Seite und Kopfschmerzen, die seinen Schädel zu sprengen drohten. Als er die Augen aufschlug, war selbst der schwache Lichtschein des Kaminfeuers, der durch die Bettvorhänge fiel, wie ein Messer in seinen Augen. Er unterdrückte ein Stöhnen, als er die Hände an die Schläfen preßte und sich fragte, was mit ihm passiert war.

Meg wachte augenblicklich auf und griff nach dem Korb mit Arzneien, den sie während der langen Stunden von Dominics Schlaf immer in Reichweite neben dem Bett aufbewahrt hatte. Mit schnellen, geschickten Bewegungen mischte sie ein Päckchen pulverisierter Rinde in den Krug mit Wasser, das Simon aus dem Brunnen geschöpft und in Dominics Zimmer gebracht hatte.

»Hier«, sagte sie und reichte Dominic den Krug. »Trink das hier. Es wird deine Kopfschmerzen lindern.«

Ohne zu zögern, hob er den Krug an die Lippen. Obwohl der Trank bitter war, setzte er den Krug nicht eher ab, bis der letzte Tropfen ausgetrunken war.

Meg stieß einen Seufzer der Erleichterung aus.

»Hast du gedacht, ich würde mich mit dir über Arzneien streiten?« fragte Dominic trocken.

»Ich hatte Angst, du könntest das gleiche denken, was Simon zu Anfang gedacht hat.«

Eine schwarze Augenbraue hob sich in einer stummen Frage.

»Dein Bruder glaubte, ich wäre diejenige, die dich vergiftet hat«, erklärte Meg.

»*Vergiftet.*«

Dominic fuhr mit einem Ruck hoch, zuckte zusammen und murmelte etwas auf türkisch. Meg setzte sich auf, legte ihre Hand auf Dominics Brust und zwang ihn, sich wieder in die Kissen zurückzulegen.

»Du darfst noch nicht aufstehen«, sagte sie. »Dein Kopf muß sich anfühlen, als hätte dir jemand eine Axt in den Schädel getrieben.«

»Ja«, stöhnte er. »Bei Gott, genauso fühlt er sich an.«

»Schhhh«, murmelte sie beschwichtigend. »Schließ die Augen. Das wird helfen. Selbst das milde Licht des Kaminfeuers muß dir im Moment Schmerzen bereiten.«

Als Meg sich herunterbeugte, um Dominics Schläfen zu massieren, sangen die goldenen Glöckchen in ihren losen Zöpfen zarte Lieder.

»Du trägst immer noch deine Glockenstränge«, sagte er, während er sich mit jedem Atemzug klarer an die Ereignisse der letzten Stunden erinnerte.

»Bis du sie entfernst«, flüsterte sie.

»Trotzdem brichst du auf andere Weise das Versprechen, das du mir gegeben hast.«

Ihre Hand hielt inne. Sie war froh, daß Dominic die Augen geschlossen hatte; selbst halb tot von den Nachwirkungen des Gifts hätte er die Furcht auf ihrem Gesicht deutlich erkannt.

Ein kluger Mann hat mit derselben Person nur einmal Erbarmen. Widersetze dich mir nie wieder, kleiner Falke.

Aber sie hatte es getan.

»Harrys Frau ...«, begann sie, während sie Dominics Schläfen wieder zu massieren anfing.

»Ich erinnere mich«, unterbrach er sie. »Eine lange, schwierige Geburt. Wie geht es ihr inzwischen?«

»Ich weiß es nicht. Simon hat niemandem erlaubt, diesen Raum zu betreten oder zu verlassen. Selbst jetzt schläft er direkt vor deiner Tür.«

»Braucht dich die Frau?« wollte Dominic wissen.

Meg fragte sich, was Dominic wohl dachte. Seine Stimme ließ keinen Hinweis auf seine Gedanken zu. Auch sein Körper nicht. Er hatte sich wieder völlig unter Kontrolle.

»Ich glaube nicht«, erklärte sie. »Gwyn ist gestern kurz vor

Sonnenuntergang zurückgekommen. Wenn mit Adela irgend etwas nicht in Ordnung wäre, wäre Gwyn zu mir gekommen.«

»Und zum Teufel mit Simons Anweisungen?« fragte Dominic in neutralem Ton. »Oder mit meinen?«

Meg überlegte, wie sie ihrem Ehemann erklären sollte, daß sie für die Burgbewohner verantwortlich war, und zwar auf eine Weise, die weit über die normalen Pflichten einer Burgherrin hinausging.

»Zu wissen, daß Menschen Schmerzen leiden, wenn ich ihnen Linderung verschaffen könnte«, sagte sie stockend, »zu wissen, daß sie krank werden, wenn ich ihnen Gesundheit bringen könnte, daß sie sterben, wenn ich ihr Leben vielleicht hätte retten können ...«

Meg kämpfte gegen den Schmerz an, der ihr die Kehle zuschnürte, als sie in Dominics Gesicht nach einem Hinweis auf seine Gedanken forschte. Sein Ausdruck war wie seine Stimme: erbarmungslos beherrscht, fast unmenschlich durch seinen Mangel an Gefühl.

»Ganz gleich, wie du mich bestrafst, weil ich mein Wort gebrochen habe«, flüsterte Meg, »die Strafe könnte nicht schlimmer sein, als zu wissen, daß einer meiner Leute gestorben ist, obwohl ich ihn hätte retten können.«

Dominics Hand schloß sich um Megs, unterbrach ihr besänftigendes Streicheln über seine Schläfen.

»Du hast dein Versprechen gebrochen«, sagte er.

»Ja«, erwiderte sie und schloß die Augen.

»Und du wirst es wieder tun, wenn deine Leute dich brauchen.«

»Ja«, flüsterte sie. »Es tut mir leid, Dominic. Ich kann dir in vielen Dingen gehorchen, aber nicht in dieser Hinsicht.«

»Und du bist bereit, die Strafe dafür auf dich zu nehmen, welche Strafe auch immer ich für angemessen halte.«

Sie holte tief Luft und sagte: »Ja. Nur sperr mich nicht hinter Schloß und Riegel. Das könnte ich nicht ertragen.«

»Noch könnten es deine Leute ertragen«, sagte Dominic. »Ist es das?«

»Ja«, gestand Meg zögernd.

»Du bist wirklich ein doppelschneidiges Schwert, Frau.«

»Es ist keine Absicht. Ich bin einfach … was ich bin.«

»Glendruid.«

»Ja.«

Nach einer Pause fragte Dominic: »Wie bist du aus der Burg herausgekommen?«

Meg gab keine Antwort. Sie öffnete auch nicht die Augen. Sie wollte sich nicht dem kalten Zorn ihres Ehemannes stellen.

Lastendes Schweigen breitete sich aus. Es dauerte so lange, daß Meg schließlich doch einen Blick auf Dominic riskierte. Er beobachtete sie mit der deutlich spürbaren Berechnung, die ihr früher einen kalten Schauer über den Rücken hätte rieseln lassen. Jetzt, nachdem sie wußte, was ihn dazu brachte, so zu reagieren, empfand sie nur das gleiche Mitgefühl für ihn wie für die Leute von Blackthorne Keep, die in einem Leben gefangen waren, das sie sich kaum selbst geschaffen hatten.

»Du bist eine sehr mutige Frau«, sagte Dominic kühl. »Andererseits bist du gut geschützt. Wenn dir auch nur die geringste Kleinigkeit mißfällt, hältst du einfach deine ›Leute‹ über meinen Kopf wie das Schwert des Damokles.«

»Das ist nicht wahr!« widersprach sie leidenschaftlich. »Ich habe es gehaßt, wie ein frisch gefangener Falke in Dunkelheit eingesperrt zu sein, aber ich habe meine Traurigkeit nicht zum Fenster hinausgeschrien. Ich habe es verabscheut, als ein Sprungbrett für männliche Ambitionen zu dienen, aber ich habe kein Wort zu den Leuten von Blackthorne Keep gesagt, als der König meine Eheschließung befahl. Selbst wenn John mich schlug, habe ich nie ein Wort davon verlauten lassen!«

»Aber die Leute wußten es trotzdem.«

Sie zögerte einen Moment und nickte dann, denn es war die Wahrheit.

»Genauso, wie ich von ihrem Schmerz weiß«, sagte sie schlicht. »Wir sind ... miteinander verbunden.«

Dominic schwieg beharrlich, während er über seine Glendruid Ehefrau nachdachte, die ihn immer wieder überraschte mit ihrer Mischung aus Verletzlichkeit und Unnachgiebigkeit.

»Offensichtlich gibt es ein Schlupfloch in dieser Burg«, sagte er schließlich. »Du wirst es mir zeigen und ausschließlich mir.«

Meg wollte ihren Geheimgang nicht preisgeben, dennoch hatte Dominic als Burgherr das Recht zu wissen, wo sich das Schlupfloch befand.

»Ja«, sagte sie leise.

Dominics Mundwinkel verzogen sich zu einem leichten Lächeln. »War es so schwer, kleiner Falke?«

»Was?«

»Mir zu geben, was mir als deinem Herrn zusteht.«

»Du läßt mich so kalt und egoistisch klingen.«

»Nein. Nur ungezähmt.«

Megs trostloses Lächeln überraschte Dominic.

»Ungezähmt?« fragte sie. »So siehst du mich?«

»Wie könnte ich dich sonst sehen? Du gehorchst niemandem, noch nicht einmal deinem Ehemann.«

»Ich gehorche jedem, kümmere mich um die Bedürfnisse selbst der niedrigsten Leute von Blackthorne Keep. Nicht einmal – *niemals* – hat mich irgend jemand gefragt, was ich mir wünsche, was mein Bedürfnis ist.«

»Und was ist das?«

»Freiheit, Herr. Nur das.«

Meg zog ihre Hände unter Dominics fort und glitt aus dem Bett, um sich um das Kaminfeuer zu kümmern.

»Schlaf. Dein Körper ist noch nicht genesen.«

»Ich werde schneller genesen, wenn du neben mir liegst.«

Meg, die gerade ein Stück Eichenholz in das Feuer legen wollte, hielt einen Moment in der Bewegung inne. Winzige Flammen reckten sich dem Holz entgegen, als spürten sie, daß es ihr

Schicksal war zu brennen und damit Lebewesen zu wärmen, die andernfalls frieren würden.

Langsam legte Meg den Ast zwischen die Kohlen. Fast unmittelbar darauf leckten Feuerzungen gierig über die Eiche und ließen sie hell auflodern. Nach einem Moment richtete sich Meg auf und ging zu Dominics Bett zurück. Sie zog die schweren Bettvorhänge auf.

Dominic wartete auf sie. Er hielt die Decke hoch, lud Meg schweigend ein, sich zu ihm zu legen. Sie glitt rasch unter die Decke, um keine Wärme entweichen zu lassen. Hinter ihr schlugen die Bettvorhänge wieder zusammen und schnitten den kalten Luftzug vom Fenster ab.

»Du holst dir eine Erkältung, wenn du dich nicht fest in die Decke einwickelst«, sagte sie.

»Du wirst mich wärmen.«

Dominics starke Arme griffen nach Meg, zogen sie eng an seinen Körper und umschlangen sie mit einer Intimität, die ihr in den Tagen seit ihrer Hochzeit vertraut geworden war. Gewöhnlich war es Dominic, der mehr Wärme ausstrahlte, aber nicht heute nacht. In dieser Nacht war es der letzte Rest von Gift, der Dominics Körper immer noch mit kalten Fingern berührte.

Meg hüllte Dominic und sich selbst in die Decke ein und versuchte, ihn soweit wie möglich mit ihrem Körper zu bedecken. Die Wärme ihres Körpers drang in seine Haut ein. Die Empfindung ließ ein Gefühl simpler Freude in Dominic aufkommen.

Lächelnd streifte er mit den Lippen über Megs Stirn, streichelte ihre Wange und überließ sich dann wieder dem heilenden Schlaf. Meg folgte ihm schnell, während sich ihr Körper neben Dominics entspannte, bis sie beide gewärmt waren.

Dann kam der Traum, und eisige Finger schlossen sich um Megs Herz.

»Nein!«

Sie fuhr mit einem Ruck aus dem Schlaf hoch. Ihr Herz raste wie ein fliehendes Pferd und ließ sie am ganzen Körper beben.

Dominic setzte sich einen Moment später auf, ein Messer in der Hand. Ein schneller Blick sagte ihm, daß die Vorhänge um das Bett nicht berührt worden waren, denn nur ein schwacher Lichtschimmer fiel durch den Spalt, der sich zum Kamin hin öffnete.

»Dominic?« rief Simon alarmiert im Korridor. »Ist alles in Ordnung?«

»Ja. Es war nur ein böser Traum.«

Simon knurrte etwas von Hexen und Alpträumen und legte sich dann wieder vor die Tür, um den Rest der Nacht noch etwas Schlaf zu bekommen.

Meg lag fröstelnd neben Dominic und gab gemurmelte Laute von sich, die keine Bedeutung hatten, bis auf Furcht und Ablehnung.

Mit einer schnellen Bewegung schob Dominic sein Messer unter das Kopfkissen zurück, riß den Bettvorhang auf und zündete eine frische Kerze an dem flackernden Rest der einen auf dem Tisch an. Der Raum war kalt. Von dem Feuer war nur noch ein Häufchen schwach glimmender Asche übrig. Dennoch bezweifelte er, daß es die Kälte war, die Meg frösteln ließ.

»Meg?« sagte Dominic leise und streichelte ihre Wange. »Was hast du?«

Zuerst hörte Meg ihn nicht, denn sie war immer noch in dem Alptraum gefangen.

»Meg?«

Sie schlug die Augen auf und schaute sich verwirrt um.

»Dominic? Stimmt irgendwas nicht? Fühlst du dich wieder krank?«

»Nein. Du bist es, Meg. Du hast geschrien.«

»Oh.«

Sie rieb sich zitternd über die Arme und blickte sich im Zimmer um, während sie langsam in die Wirklichkeit zurückkehrte. Eine frische Kerze brannte auf dem Tisch. Asche glühte im Kamin. Durch den schmalen Spalt in den Fensterläden drang keinerlei Licht herein.

»Das Feuer«, sagte sie geistesabwesend.

»Ich kümmere mich darum.«

»Nein. Du wirst dich erkälten.«

Dominic drehte Megs Gesicht zu sich herum, bis sie ihn anschaute.

»Was ist los?« fragte er sanft.

Sie öffnete den Mund, aber es kam kein Wort heraus. Zitternd strich sie sich erneut über die Arme, als wollte sie die Haut erwärmen, die kalt geworden war.

»Leg dich wieder hin«, sagte Dominic und schob Meg im Sprechen auf das Bett zurück. »Du wirst dich erkälten.«

Er stand auf und legte Holz in das Feuer nach mit raschen, geschickten Gesten, die deutlich von wiederkehrender Gesundheit zeugten. Als er zum Bett zurückkam, zog er Meg an sich, machte aber keinerlei Anstalten, die Bettvorhänge wieder zu schließen. Er hatte das Gefühl, daß Licht im Moment wichtiger für seine Frau war als Wärme.

Langsam glitt Megs Arm um Dominic. Ihr Atem kam in einem langen, lautlosen Seufzer.

»Kannst du es mir jetzt sagen?« fragte er.

Zuerst dachte er, sie würde sich weigern zu sprechen. Dann stieß sie erneut einen tiefen Seufzer aus.

»Es war nur ein Traum«, sagte Meg.

»Hast du oft solche Träume?«

»Nein.«

Dominic wartete.

Meg sagte nichts mehr.

»Hast du Angst vor mir?« fragte er nach einem Moment. »Vor der Art und Weise, wie ich dich bestrafen könnte?«

»Nein«, flüsterte sie. »Obwohl ich eigentlich Angst haben sollte.«

»Warum?«

»Du bist soviel stärker als ich.«

Er gab einen Laut von sich, der eine Mischung aus hartem Lachen und Ungläubigkeit zu sein schien. »Bin ich das wirklich? Ist das der Grund, warum ich anscheinend nicht in der Lage bin, die simpelste Form von Gehorsam von dir zu bekommen?«

»Aber ...«, begann Meg.

Der Druck von Dominics Fingern gegen ihre Lippen erstickte ihren Protest.

»Sag es mir«, drängte er sie leise. »Warum hast du Angst?«

»Manchmal ... manchmal träume ich«, sagte Meg hastig.

»Das tun die meisten Menschen.«

»Aber nicht so ... so wie ich heute nacht. Es droht Gefahr. Ich weiß es.«

»Nächtliche Ängste sind nichts Ungewöhnliches«, erwiderte er ruhig.

»Hast du sie auch?«

»Ja.«

Meg verlagerte ihren Kopf, bis sie Dominics Profil im Schein des Feuers sehen konnte.

»Und wovon träumst du?« flüsterte sie.

»Das weiß ich nicht. Ich weiß nur, daß ich kalt und schweißbedeckt aufwache.«

»Du erinnerst dich nicht an deine Träume?«

»Nur an einige.«

»Aber nicht an jene, die dich aus dem Schlaf hochschrecken lassen?« fragte sie.

»Nein. An die nicht.«

Megs langer Seufzer ließ Wärme über Dominics Haut streifen.

»Ich wünschte, ich könnte mich nicht mehr erinnern«, flüsterte sie.

»Kannst du mir sagen, woran du dich erinnerst? Oder ist es eine Glendruid Angelegenheit?«

»Ich ... ich weiß es nicht«, erwiderte Meg. »Old Gwyn und ich sprechen nicht darüber, und Mutter hat überhaupt nie etwas gesagt.«

»Aber du glaubst, daß es mit Glendruid zu tun hat.«

In Dominics Ton lag keine Frage. Obwohl seine Stimme nicht streng klang, war klar, daß er sie unablässig weiter fragen würde, bis er eine befriedigende Antwort bekommen hatte.

»Ja«, flüsterte Meg.

»Sag es mir, kleiner Falke.«

Dominics Stimme war sanft, doch seine Augen brannten im Schein der Kerzenflamme.

»Es hat nur wenig Frieden in meinem Leben gegeben«, begann Meg leise. »Mein Vat ... das heißt, Lord John hat immer wieder versucht, mich mit einem mächtigen schottischen Feudalherrn oder angelsächsischen Lord zu verheiraten.«

Dominic brummte ermunternd.

»Und während der ganzen Zeit schlossen sich Angelsachsen, deren Land von den Normannen beschlagnahmt worden war, zu Banden zusammen und kämpften und raubten und versuchten, ihre früheren Familiengüter zurückzuerobern.«

»Wie die Vögte?«

Meg nickte.

»John«, fuhr sie fort, »war der Sohn eines normannischen Ritters und einer Lady, die sowohl schottischer als auch angelsächsischer Abstammung war. Vater und Sohn mußten beide kämpfen, um ihr Land zu halten. Während sie kämpften, wurden die Felder vernachlässigt, ihre Herden wurden geraubt. Aus diesem Grund nahm sich John eine Glendruid zur Ehefrau. Er wollte eine Zeit des Wohlstands und des Gedeihens für seine Ländereien, damit er sich mehr Ritter leisten konnte.«

Dominic strich eine Strähne feurigen Haares zurück, die über Megs Wange gefallen war.

»Aber es kam nicht so, wie er es sich gewünscht hatte«, sagte sie traurig. »Beide verloren.«

»Beide?«

»Glendruid und John.«

»Was haben die Glendruid verloren?« wollte Dominic wissen.

»Den Glendruid Wolf. Old Gwyn glaubte, daß meine Mutter einen Sohn zur Welt bringen würde.«

»Statt dessen gebar sie eine Tochter.«

»Eine Enttäuschung«, gestand Meg.

»Nicht für mich. Ohne dich wäre ich gestorben«, erwiderte Dominic schlicht. »Für mich bist du eine Freude.«

»Vorhin, als du gemerkt hast, daß ich mein Zimmer verlassen hatte, hast du nicht erfreut geklungen.«

Dominic sagte klugerweise nichts.

Eine Zeitlang waren nur das leise Knistern des Feuers zu hören und das noch leisere Flüstern von Dominics Hand, die Megs Haar streichelte, als er sich ihre leidenschaftlichen Worte ins Gedächtnis zurückrief.

Ich gehorche jedem, kümmere mich um die Bedürfnisse selbst der niedrigsten Leute von Blackthorne Keep. Nicht einmal – niemals – hat jemand danach gefragt, was ich mir wünsche, was mein Bedürfnis ist.

»Was wolltest du, Meg?« fragte Dominic schließlich. »Warum hast du zugestimmt, mich zu heiraten? Warum hast du dich nicht für Duncan of Maxwell entschieden, für den du ›Zuneigung‹ empfindest?«

Dominic spürte die Veränderung in Megs Körper, eine Reglosigkeit, die bis in ihre Seele zu dringen schien.

»Ich wollte keinen Krieg mehr«, erwiderte sie nüchtern. »Ich hasse die endlose Grausamkeit, die Gewalttätigkeit, das sinnlose Blutvergießen, den Gedanken, daß Leben ausgelöscht werden, noch bevor sie richtig angefangen haben. Ich wußte, wenn ein starker Mann mit vielen Rittern Blackthorne Keep halten würde, würden die enteigneten Feudalherren weiterziehen und sich anderswo umschauen, um ihre Ambitionen zu verwirklichen. Und ich hörte, daß es zwischen hier und Jerusalem keinen stärkeren Ritter als Dominic le Sabre gäbe.«

Sie holte hastig Luft und fuhr fort, bevor Dominic sprechen konnte.

»Und jetzt finde ich mich von Gerüchten über Treulosigkeit und Ehebruch umgeben, obwohl ich keinen anderen Mann außer meinem Ehemann berührt habe. Ich finde meinen Ehemann vergiftet und mich der verabscheuungswürdigen Tat verdächtigt. Ich finde Ritter in Kettenpanzern, die in der Burg herumschnüffeln und in jedem vertrauten Gesicht einen Feind sehen.«

»Ich verdächtige dich nicht«, warf Dominic ein.

Meg fuhr fort zu sprechen, als hätte sie ihn nicht gehört.

»Ich bin Heilerin. Ich möchte dieses Land von seinem Haß kurieren, denn er ist eine schlimmere Krankheit als jede andere, die ich jemals gekannt habe. Haß ist die bittere Seele des Krieges. Ich will dem Land Frieden bringen!«

Dominic stockte der Atem. Er hätte niemals gedacht, daß er seine eigenen Träume so klar und deutlich aus einem anderen Mund hören würde. Langsam drehte er Megs Gesicht zu sich herum.

»Ich teile deinen Wunsch«, sagte er eindringlich. »Tu dich mit mir zusammen, Frau. Hilf mir, dem Land Frieden zu bringen.«

»Wie?«

»Laß normannisches und Glendruid Blut miteinander verschmelzen. Schenk mir Söhne.«

Plötzlich tropften Tränen von Megs langen Wimpern. Heiße Tränen, die ihre Haut zu versengen schienen.

»Das liegt nicht in meiner Macht«, flüsterte sie. »Du bist ein Krieger, der klug sein kann, der sich zurückhalten kann, der sich um das Wohl seiner Vasallen kümmern, der unendlich viel für seine Leute tun kann ... *aber du kannst nicht lieben.*«

Dominic leugnete es nicht. Die Hölle des Sultans hatte einen großen Teil seiner Seele verbrannt, und er wußte es. Sosehr er sich Söhne wünschte, er konnte sich ebensowenig auf magische Weise in einen Mann verwandeln, der zu Liebe fähig war, wie er es vermochte, wie ein Falke zu fliegen.

Er konnte nur tun, was ein Falkner tat – einen kleinen Falken dazu bringen, für ihn zu fliegen.

»Ja«, sagte Dominic. »Du hast recht. Ich bin ein Krieger, der nicht lieben kann. Du bist eine Heilerin, die nicht hassen kann. Siehst du nicht den Ausweg aus der Falle?«

Meg schüttelte langsam den Kopf.

»Old Gwyn hat mir gesagt, daß Glendruid Frauen verflucht sind, weil sie einem Mann bis auf den Grund seiner Seele schauen können«, sagte er. »Und nur Gott könnte einen Mann lieben, den er so gründlich durchschaut.«

»Ja«, flüsterte Meg.

Tränen strömten über ihre Wangen, als sie in die Augen des Kriegers blickte, der nicht zu Liebe fähig war.

»Ich glaube nicht, daß alle Glendruid Frauen so kalt sind«, fuhr Dominic fort. »Ich glaube, daß eine Glendruid Heilerin einen Mann, der einem vom Krieg gebeutelten Land Frieden bringen könnte, mit anderen Augen sehen würde. Ich glaube, sie würde über die Unvollkommenheit seiner Seele hinwegsehen. Ich glaube, sie könnte ihn lieben. Sieh mich an und sieh den Frieden für Blackthorne Keep. Liebe mich, Meg. Und dann heile das Land mit meinen Söhnen.«

»Du verlangst zuviel«, flüsterte sie, entsetzt über seine kalte Logik. »Ich sehe dich zu klar.«

»Ich verlange, was ich muß. Es ist der einzige Ausweg aus der Falle. Für uns beide.«

20. KAPITEL

Stirnrunzelnd zog Marie den feinen Stoff des Kleides zurecht, das sie für Meg geschneidert hatte. Sie arbeitete gerade an den letzten Änderungen, als draußen die Kirchenglocken zu läuten begannen und den Menschen auf den Feldern verkündeten, daß es Zeit für ihre vormittägliche Vesperpause war. Stimmen verstummten im Burghof, als Bedienstete einen Moment in ihren

Verrichtungen innehielten, um auf den melodischen Klang der Glocken zu horchen.

Wieder läuteten die Glocken, und sie erinnerten Meg an einen Nachmittag vor fünf Tagen, an dem sie und Dominic von der Burg zur Kirche gegangen waren und im kalten Nebel auf dem Kirchhof gestanden hatten, während John of Cumbriland beerdigt wurde. Es war eine kurze, formlose Zeremonie gewesen.

Es wird keine Trauerzeit geben, hatte Dominic ruhig erklärt. *John of Cumbriland war nicht dein Vater.*

Mit diesen knappen Worten hatte sich Dominic von dem frisch geschaufelten Grab abgewandt, noch während die Kirchenglocken Johns Heimgang verkündeten. Er hatte Meg am Arm genommen und sie durch die dichten, grauen Nebelschwaden eines Tages geführt, der weder Regen bringen noch der Sonne zu scheinen gestatten würde.

Meg hatte gegen den Mangel an Förmlichkeit keine Einwände erhoben. Sie fühlte nur Erleichterung bei Johns Begräbnis. Ein Teil ihres Ichs hoffte, es würde das Ende der alten Zeit heftiger Auseinandersetzungen markieren und den Beginn einer neuen, friedlicheren Zeit.

Sie hoffte, aber sie fürchtete auch. Es war jetzt eine Woche her, seit Dominic sich von den Nachwirkungen des Gifts erholt hatte, und dennoch wollten ihre nächtlichen Alpträume nicht aufhören. Jedesmal erwachte sie weinend und eiskalt vor Schrecken.

Doch es war jetzt niemand da, der sie tröstend in den Armen hielt. Seit Dominic die Folgen der Vergiftung überwunden hatte, schlief er nicht mehr in ihrem Bett. Er wollte es auch nicht, da Meg noch nicht geblutet hatte. Er hatte sie aus ihrer Abgeschiedenheit befreit, mit dem Ergebnis, daß sie ihn kaum zu sehen bekam.

Dominic hatte das Thema Liebe, Frieden und Söhne nicht wieder angeschnitten – bis auf das eine Mal, als er Meg einen Ballen Seidenstoff überreichte. Der Stoff war so grün wie ihre Augen, köstlich schillernd und kühl und glatt unter ihren Fingerspitzen. Er war so prächtig wie das Tuch des rituellen Glendruid Gewandes, das sie zu ihrer Hochzeit getragen hatte, ein Kleid, das Old Gwyn schweigend wieder an sich genommen hatte, während Meg schlief.

Aber Gwyn wollte nicht kommen und Meg die grüne Seide fortnehmen. Die Seide war Dominics Geschenk an sie, was sie doppelt kostbar machte, als wäre ein Hauch von Frühling eingefangen, zu Fäden gesponnen und in den Stoff gewebt worden, ausschließlich für Meg.

Dominic hatte ihre Freude an dem prächtigen Stoff gesehen und gelächelt. Dennoch waren seine Augen kühl, eindringlich, ernsthaft gewesen, und seine Stimme hatte hart und beherrscht geklungen, als er mit ihr sprach.

Denk über das nach, worüber wir gesprochen haben. Liebe mich, Meg. Mit deiner Liebe ist alles möglich.

Sogar Frieden.

Er hatte nichts von seinem sehnlichen Wunsch nach Söhnen gesagt, aber das war auch nicht nötig gewesen. Seine Hoffnung war unverkennbar – in seinem forschenden Blick, in der Anspannung, die durch seinen kräftigen Körper vibrierte.

Söhne.

Liebe mich, Meg.

Und dennoch – Dominic brachte ihr keine Liebe entgegen. Meg wußte es so sicher, wie sie wußte, daß ihre Augen grün waren. Sie bezweifelte, daß er jemals zu Liebe fähig wäre. Wer liebte, riskierte, ging ein Wagnis ein. Dominics Streben nach Berechenbarkeit und Sicherheit würde ihm nicht erlauben, ein solches Risiko einzugehen. Seine Liebe zu seinen Rittern hätte ihn in Jerusalem beinahe das Leben gekostet; sie hatte ihn ganz sicher alle Weichheit und Nachsicht gekostet, die vielleicht früher einmal in seinem Herzen gewohnt hatten. Ganz gleich, wie sanft seine Verführung war – sie war eher das Ergebnis kalter Berechnung, als daß sie einem Gefühl echter Zärtlichkeit für Meg entsprungen wäre.

Meg konnte Dominic deswegen ebensowenig Vorhaltungen machen, wie sie einem Adler mit einem gebrochenen Flügel vorwerfen konnte, daß er nicht flog. Sie konnte nur hoffen, daß er nicht mit einer Verletzung zu ihr gekommen war, die zu heilen ihre Fähigkeiten überstieg.

Eine Woge von Traurigkeit überkam Meg, als sie jetzt mit der Hand über den wundervollen grünen Seidenstoff strich. Die Bewegung ließ die goldenen Glöckchen um ihre Handgelenke in gedämpfter Musik erschauern.

»Das Tuch ist so fein und zart«, sagte sie nach einer Weile.

»Eure Haut ist zarter«, erwiderte Marie, ohne von ihren winzigen Stichen aufzublicken.

Meg schaute auf die zierliche, geschickte Frau hinunter, die im Schneidersitz auf dem Fußboden hockte, während sie an dem Saum des Kleides arbeitete, das sie genäht hatte. Die Normannin war Meg ein Rätsel. Maries Mischung aus unverhüllter Sexualität und schneller, ziemlich zynischer Intelligenz faszinierte Meg – solange Dominic nirgendwo in der Nähe war. Maries üppiger Körper und exotische Parfüms machten die Ritter der Burg unruhig, ließen sie wie Rüden hinter einer läufigen Hündin herjaulen.

Nur Dominic und Simon schienen immun gegen ihre Reize. Andererseits – wenn sie Marie haben wollten, brauchten sie nur einen Finger zu krümmen, und schon wäre sie an ihrer Seite. Sie wußte, wer der Herr der Burg war und wer die rechte Hand des Herrn.

»Du brauchst mir nicht zu schmeicheln«, sagte Meg.

»Das tue ich auch nicht«, gab Marie beiläufig zurück. »Eure Haut ist so fein wie eines Sultans kostbarste Perle. Keine Schmeichelei, Lady. Die simple Wahrheit. Dreht Euch bitte nach links.«

Meg gehorchte. Glöckchen bewegten sich und murmelten melodisch.

»Es ist eine Schande, daß Euer Herr seine Besitzansprüche auf Eure Schönheit so betont«, fuhr Marie fort.

»Bitte? Ich verstehe nicht.«

Marie blickte gerade lange genug von ihren Bemühungen auf, den Saum gerade abzustecken, um die Überraschung in Megs Miene zu sehen. Die Normannin lächelte trocken über diesen weiteren Beweis für die Unschuld der Glendruid Hexe in fleischlichen Dingen.

»Dominic hat mich sehr sorgfältig angewiesen, darauf zu achten, daß Eure Schultern, Handgelenke, Brüste und Fesseln von der Seide bedeckt sind«, erklärte Marie.

»Aber natürlich.«

Marie schüttelte den Kopf. »Nein, Mylady. Nicht ›natürlich‹. Die Frauen des Sultans wußten, wie man sich kleidet, um die Aufmerksamkeit eines Mannes auf sich zu lenken.«

»Und wie war das?«

»Sie trugen Stoff, um viele Male leichter als dieser, so zart wie ein Hauch und auch fast so durchsichtig. Schicht über Schicht, so daß beim Gehen die Brüste einer Frau und ihr Haar und die Rundung ihres Pos enthüllt und gleich wieder verhüllt wurden, bevor ein Mann sich sicher sein konnte, was er gesehen hatte.«

»Machst du Scherze?« fragte Meg verblüfft.

»Nein, Herrin. Bitte schaut geradeaus, sonst wird Euer Saum schief.«

»Man konnte durch den Stoff durchsehen? Wirklich?«

Marie lächelte. »Wirklich.«

»Erstaunlich.«

»Für Engländer vielleicht. Für die Türken war es gang und gäbe. Und die Männer«, fügte Marie verschmitzt hinzu, »wußten diese Kleidung sehr zu schätzen.«

»Hast du auch solche Kleider getragen?«

»Aber natürlich. Euer Ehemann fand sie besonders reizvoll.«

Meg zuckte zusammen.

Mit einem gemurmelten Satz auf türkisch fuhr Marie fort, den Kleidersaum zu begradigen.

»Ihr Angelsachsen, tz, tz«, sagte sie nach einem Moment kopfschüttelnd. »Den Wunsch eines Mannes, seine Ehefrau zu besitzen, den kann ich ja noch verstehen. Er will sicher sein, daß er nur seine eigenen Kinder aufzieht. Aber eine eifersüchtige, besitzergreifende Ehefrau ...«

Marie zuckte die Achseln, prüfte die Länge des Fadens in der Nadel und fuhr mit ihrer Näherei fort.

»Wenn sie erst einmal verheiratet ist, gibt es für eine Christin keine Scheidung«, meinte sie. »Deshalb hat sie auch keinerlei Grund zur Eifersucht. Dominics Schutz, sein Titel und Reichtum sind Euch bis an Euer Lebensende sicher. Was wollt Ihr mehr? Was hätte er sonst noch Wertvolles, das zu besitzen sich lohnen würde?«

»Seine Zuneigung. Sein Respekt. Seine ... Liebe.«

»Gold und Juwelen halten länger«, erwiderte Marie nüchtern. »Man kann sie für Nahrung und Kleidung verkaufen, wenn Krieg oder Hungersnot droht. Zuneigung ist amüsant für eine gewisse Zeitlang, aber sie ist so launisch wie der Wind. Und was Liebe betrifft ... Liebe ist ein Hirngespinst, eine Wunschphantasie, nichts weiter.«

Marie verknotete den Faden und biß ihn rasch mit den Zähnen durch.

»Da, bitte«, sagte sie. »Jetzt hängt er genau, wie er soll.«

Sie stand mit der Grazie einer Frau auf, die es gewohnt ist, auf Kissen auf dem Fußboden zu sitzen statt auf Stühlen. Geschickte Finger flogen, als sie das eng am Körper sitzende Kleid aufzubinden begann.

»Marie?«

»Ja, Herrin?«

»Spar dir deine sexuellen Schliche und Tricks für die Garnison auf«, platzte Meg plötzlich heraus. »Wende sie nicht auf meinen Ehemann an. Ob du Erfolg hast oder versagst, du wirst den Versuch bereuen.«

Einen Moment lang herrschte überraschtes Schweigen, bevor Marie laut auflachte.

»Jetzt verstehe ich, warum er Euch kleiner Falke nennt«, sagte sie. »Tretet aus dem Kleid heraus, Mylady.«

Meg tat es und wartete dann, beobachtete Marie mit Augen, die etwas Raubtierhaftes hatten, während diese sorgfältig das Kleid in einen Schrank hängte.

»Marie?«

»Wie Ihr wünscht«, sagte sie ruhig und drehte sich wieder zu Meg um. »Aber Ihr solltet wissen, daß Euer Wunsch nur so lange gilt, wie Euer Mann es auch wünscht.«

»Was meinst du?«

Einen Atemzug lang blickte Marie Meg mit einem Ausdruck an, der Mitgefühl sehr nahe kam.

»Wie ist es möglich, daß Ihr mit neunzehn Jahren noch so unschuldig seid ...« Marie seufzte schwer und erklärte: »Dominic wirbt sehr sorgfältig um Euch. Solange er es tut, sieht er mich nicht an. Wenn sich das ändert – und das wird es, denn er ist auch nur ein Mann -, dann werde ich in sein Bett kommen, solange er mich haben will. Er ist der Herr dieser Burg, nicht ich. Und Ihr seid es auch nicht, Mylady. Keine Frau ist es.«

Marie griff nach dem Nähkörbchen. »Wünscht Ihr sonst noch etwas?«

»Nein.«

Marie nickte leicht mit dem Kopf und verließ den Raum. Ihre Hüften schwangen bei jedem Schritt hin und her wie eine Kerzenflamme im Luftzug.

Meg stieß ihren aufgestauten Atem aus und ein paar Worte, die ihr einen schockierten Blick des Priesters eingebracht hätten. Das schlimmste an der Sache war, daß Marie recht hatte. Falls Dominic es sich einfallen lassen sollte, seine Geliebte seiner Ehefrau vorzuziehen, konnte Meg kaum etwas dagegen tun.

Sie kann ihm keine legitimen Erben schenken. Ich schon.

Dennoch war Meg sich nicht sicher, ob sie es konnte. Nach allem, was sie gehört hatte, schienen nur wenige Glendruid Frauen fruchtbar zu sein.

Stirnrunzelnd warf sich Meg einen Mantel um die Schultern und eilte zum Baderaum. Die fremdartig bestickten Stoffpantoffeln, die Dominic ihr geschenkt hatte, glitten flüsternd über den Fußboden und schimmerten metallisch im Licht der Lampen. Das Duftöl in den Lampen vertrieb den kalten, muffigen Geruch der Steinmauern. Seit Dominics Ankunft hatte die Burg wie ein Schmetterling zu schimmern begonnen, der erst kürzlich aus seinem Kokon geschlüpft war.

»Da seid Ihr ja endlich«, sagte Eadith. »Ich dachte schon, Ihr hättet Euren Herrn erzürnt und wäret wieder in Eure Räume eingesperrt worden.«

Meg lächelte ziemlich grimmig. »Ich bin in grüne Seide eingesperrt gewesen, während Marie am Saum herumhantiert hat.«

»Ach, die Geliebte. Dominic hat ihr eigene Seide versprochen, wenn sie Euch ein Kleid näht, das ihm gefällt.«

Megs Freude an der prachtvollen grünen Seide schwand dahin. Sie wandte sich von ihrer Zofe ab, zog sich den Mantel von den Schultern und begann, die Bänder an der seidenen Unterwäsche aufzuknüpfen, die Dominic ihr zusammen mit den goldbestickten Pantoffeln geschenkt hatte.

Eadith prüfte die Wärme des Wassers in der Badewanne, fand sie zufriedenstellend und trat zu Meg, um ihr behilflich zu sein.

»So feiner Stoff«, sagte Eadith bewundernd, als sie Meg das Oberteil abnahm. »Und so herrliche Muster, wie in der Bibel des Priesters.«

Meg sagte nichts. Der Gedanke, daß Dominic Marie Geschenke gab, machte Meg gleichzeitig unsicher und ärgerlich.

Ich werde in sein Bett kommen, solange er mich haben will. Er ist der Herr dieser Burg, nicht ich. Und Ihr seid es auch nicht, Mylady. Keine Frau ist es.

Mit einem Seitenblick auf ihre bedrückte Herrin machte Eadith sich daran, die Seife und das Parfüm, die Salben und Cremes zurechtzulegen, die Teil von Megs Glendruid Ritual waren. Im stillen dachte Eadith, daß es alles eine große Zeitverschwendung war. Andererseits hatten Dominics Ritter eine Vorliebe für die Frauen gezeigt, die mit sarazenischen Bräuchen großgeworden waren, und Eadith badete jetzt fast ebenso häufig wie Meg. Vielleicht war doch mehr an der Sache als Glendruid Fetisch und heidnische Sarazenersitten.

Goldene Glöckchen sangen süß, als Eadith Megs Zöpfe zu einer Krone auf ihrem Oberkopf schlang und sie mit Kämmen aus Gold und Smaragden feststeckte – weitere Geschenke von Dominic.

»Was für herrliche Kämme«, sagte Eadith.

»Ja«, meinte Meg, aber eher freudlos.

»Sie machen sich wundervoll in Eurem Haar.«

»Danke.«

»Thomas hat mir silberne Kämme geschenkt. Er sagte, sie paßten gut zu meinem Haar.«

»Magst du Thomas?« erkundigte sich Meg. »Du sprichst in letzter Zeit viel von ihm.«

Eadith zuckte die Achseln. »Er ist ziemlich sanft für einen so großen Mann.«

»Soll ich Dominic bitten, eine Heirat vorzuschlagen?«

»Nein«, erwiderte Eadith. »Thomas ist nicht reich genug, um sich zwei Junker zu halten, geschweige denn eine Ehefrau. Es sei denn, Dominic würde seinen Rittern Grundbesitz geben ...«

»Ich weiß nicht.«

»Also, ich bezweifle es«, sagte Eadith, während sie einen weiteren glitzernden Kamm in Megs Haar schob. »Selbst wenn seine übrigen Ritter eintreffen, wird er nur gerade genug Männer haben, um die Burg und die Herrenhäuser zu verteidigen. Wenn die Ritter fort sind, um ihr eigenes Land zu verteidigen, können sie nicht gleichzeitig seines schützen.«

»Nur zu wahr.«

Eadith steckte einen letzten Kamm fest. »Wißt Ihr, wann die Ritter kommen? Der Burgverwalter ist ganz außer sich über die Mengen, die die Männer vertilgen.«

Meg schnitt eine Grimasse. Jedesmal, wenn er sie zu Gesicht bekam, beklagte sich der Verwalter bei ihr über die rasch dahinschwindenden Vorräte.

»Gwyn sagt, im Süden hätten die Leute erzählt, wie rauh die See um diese Jahreszeit ist«, sagte Meg. »Vielleicht sind die Ritter noch in der Normandie und warten auf die Überfahrt.«

»Dann dauert es also noch mindestens zwei Wochen.« Eadith trat zurück. »In die Wanne mit Euch!«

Meg schlüpfte aus den goldbestickten Pantoffeln, reichte sie Eadith und stieg in das dampfende, mit Kräutern versetzte Wasser. Mit einem Seufzer des Wohlbehagens ließ sie sich bis zum Kinn ins Wasser gleiten, brachte den melodischen Gesang der Glocken um ihre Handgelenke zum Schweigen.

»Es ist ein Wunder, daß die Glendruid keine Schuppen und Flossen haben«, meinte Eadith, als sie sah, wie genußvoll Meg sich dem Wasser überließ.

Lachend wirbelte Meg mit den Händen das Badewasser auf.

»Braucht Ihr sonst noch etwas?« fragte Eadith.

»Nein.«

»Dann überlasse ich Euch jetzt Euren Gesängen.«

Megs Mundwinkel verzogen sich belustigt über Eadiths stoische Mißbilligung von Glendruid Bräuchen.

»Falls ich nicht zurück bin, wenn Ihr mich braucht, ruft einfach«, sagte die Zofe. »Euer zweibeiniger Hund wartet gleich drüben im Korridor. Er wird mich holen.«

Die Erinnerung, daß Dominics Junker ständig in der Nähe war, ließ Meg die Lippen zusammenpressen. Der »kleine Falke« war zwar aus der Voliere freigelassen worden, aber von Freiheit konnte kaum die Rede sein. Wenn Dominic nicht bei ihr war, hielt sich Jameson immer in Rufweite auf.

Mißtraut mir mein Mann wirklich so sehr?

Die Antwort kam so schnell, wie sie zwangsläufig war.

Ja. Sonst hätte er mich nicht nur dem Namen nach zu seiner Frau gemacht, sondern auch im ehelichen Schlafgemach. Sein

Körper ist eindeutig potent. Aber bis mein monatliches Unwohlsein einsetzt, wird er mir nicht trauen, wird immer in dem Zweifel leben, ich könnte Duncans Bastard unter dem Herzen tragen.

Nur Liebe könnte diese Art von Vertrauen haben, und er liebt mich nicht.

In der besänftigenden Wärme und dem Duft des Wassers verflüchtigten sich Megs traurige Gedanken allmählich. Sie schloß die Augen, inhalierte den reich parfümierten Kräuterdampf, der vom Wasser aufstieg, und begann leise das uralte Ritual der Reinigung und Wiedergeburt vor sich hinzusummen. Mit anmutigen, rhythmischen Handbewegungen wusch sie die alten Verfehlungen und das Bedauern von ihrem Körper ab und rieb sich dann mit der duftenden Seife der Möglichkeiten und Erneuerung ein.

Als Meg fertig war, öffnete sie träge die Augen, fühlte sich sowohl ruhig und entspannt als auch von neuer Energie durchströmt. Ihre Ruhe schwand abrupt, als sie merkte, daß Dominic nur wenige Schritte entfernt vor ihr stand und sie mit Augen beobachtete, die wie silberne Funken glänzten. Sein schwerer dunkler Mantel war wie eine dicke Scheibe von Mitternacht in dem von Kerzen erhellten Raum.

»Ich-ich wußte nicht, daß du hier bist«, stotterte sie. »Wie lange hast du schon gewartet?«

»Tausend Jahre«, sagte er mit eigenartig rauher, kehliger Stimme.

Meg stockte der Atem, ihr Herz begann wild zu hämmern. Bedrückt und hoffnungsvoll zugleich blickte sie mit leuchtenden, smaragdgrünen Augen zu Dominic auf. Er hielt ihr ein Handtuch hin, das so groß wie ein Umhang war.

Und dann lächelte er und pfiff leise, flötete dieselbe aus fünf Noten bestehende Melodie, die Meg benutzt hatte, um den Wanderfalken zu locken.

»Flieg zu mir, kleiner Falke.«

Meg lächelte fast scheu, zögerte einen Moment und erhob sich dann mit einer graziösen Bewegung aus der Wanne. Wasser strömte in silbernen Bächen an ihrem Körper herab, während goldene Glöckchen flüsterten und sangen, als sie aus der dämpfenden Umarmung des Wasser befreit waren.

Dominics Hände gruben sich so fest in den Stoff, daß seine Fingerknöchel weiß hervortraten, als er den reizvollen Körper seiner Frau sah, schimmernd von Wasser und Kerzenschein. Insgeheim fragte er sich, ob es klug gewesen war, in die duftende Intimität des Baderaums zu kommen. Er bildete sich ein, er hätte Meg unbedingt fragen wollen, ob sie mit ihm auf Falkenjagd ginge. Jetzt erkannte er, daß ihn nichts anderes hergetrieben hatte als der brennende Wunsch, sie zu sehen.

Meg sah zauberhaft aus, nur mit den goldenen Glöckchen bekleidet, ihre nasse Haut wie Perlmutt glänzend. Unter dem Mantel versteifte sich Dominics Schaft so rasch, daß sein Körper vom Kopf bis zu den Zehenspitzen schmerzte. Es verschaffte ihm aber auch ein Gefühl, ein ganzer Mann zu sein, kraftvoll und potent, bereit, sich das zu nehmen, was Kirche und Gesetz zu seinem Eigentum bestimmt hatten.

Großer Gott, ich habe noch niemals eine Frau so begehrt wie diese! Vielleicht sollte ich Simons Rat folgen und den Durst meines Körpers an Maries willigem Brunnen stillen.

Doch so schnell ihm dieser Gedanke kam, so schnell verwarf Dominic die Vorstellung wieder, bei der Normannin zeitweilige Befriedigung zu finden. Er brauchte Megs Liebe weit mehr, als sein Körper Erleichterung von seinem drängenden sexuellen Hunger benötigte. Und er war sich ziemlich sicher, daß Meg wütend sein würde, wenn er der Geliebten irgendwelche Aufmerksamkeit schenkte. Und es war ziemlich unwahrscheinlich, daß ein wütendes Mädchen auch ein liebendes war.

Geduld.

Allmächtiger, noch nie ist es mir so schwergefallen, Geduld zu haben. Was ist nur mit mir los? Ich bin kein milchgesichtiger Junker, der vor Gier zu sabbern anfängt, wenn er ein Mädchen sieht.

»Du machst aber ein ziemlich wildes, grimmiges Gesicht für einen so süßen Pfiff«, sagte Meg unsicher, als sie nach dem Handtuch griff.

Dominic hüllte Meg in das Tuch ein und preßte ihr die Arme an die Seiten.

»Ich fühle mich auch ziemlich wild«, erwiderte er.

Seine Stimme war eher heiser als verführerisch, doch er konnte gegen ihre erregte Rauheit ebensowenig etwas tun, wie er das männliche Schwert beschwichtigen konnte, das sich beim Anblick von Megs nacktem Körper steif und prall aufgerichtet hatte. Er wußte, er sollte kehrtmachen und den Raum verlassen, aber auch das überstieg seine Fähigkeiten.

Langsam und mit viel zuviel Genuß an einer so simplen Tätigkeit begann Dominic, Meg trockenzurubbeln, wobei er an ihrem Hals und Schultern begann.

»Ist irgendwas mit der Burg nicht in Ordnung?« fragte sie ängstlich.

»Nein, mit der Burg ist alles in Ordnung.« Dominic nahm einen Zipfel des Handtuchs und betupfte Megs Halsgrube, wo sich Wassertropfen angesammelt hatten. »Nur mit dem Herrn der Burg nicht.«

»Was hast du?«

»Ich bin fiebernd vor Ungeduld hergekommen, um dich zur Falkenjagd mitzunehmen. Ich fürchte, wenn ich gehe, werde ich noch viel ungeduldiger sein.«

»Falkenjagd?«

Meg freute sich so über die Aussicht, daß sie auf der Stelle hüpfte und goldene Glöckchen bimmeln ließ.

»O ja, Dominic! Laß uns auf Falkenjagd gehen. Laß Eadith kommen, damit sie mir beim Ankleiden hilft, und ich werde in Blitzesschnelle fertig sein!«

Er lächelte über das Entzücken, das Megs Miene belebte. Sein Lächeln wurde begehrlich, als seine Hände an der eleganten, langen Kurve ihres Rückens hinunterstrichen. Selbst durch den

Stoff, der ihn von ihrer Haut trennte, konnte er die weiche Nachgiebigkeit ihres Fleisches fühlen.

Und er konnte sich erinnern, was es für ein Gefühl gewesen war, ihre nackte Haut zu berühren.

»Wir brauchen Eadith jetzt nicht«, sagte Dominic. »Ich werde dich bedienen.«

»Aber es wird schneller gehen, wenn Eadith mir beim Ankleiden hilft.«

»Brennst du so darauf, auf die Falkenjagd zu gehen?«

»Ja. John hat mich kaum jemals mitgenommen, obwohl ich viele der Falken persönlich abgerichtet habe.«

Leises Donnergrollen in der Ferne ließ die Luft mit Geräuschen erzittern. Meg warf einen besorgten Blick auf das hohe, schmale Fenster. Es waren mehr dunkle Wolken als blauer Himmel zu sehen.

»Beeil dich«, drängte sie. »Es droht ein Sturm.«

»So ist es. Er hat mich bereits eingeholt.«

Dominics Finger streckten sich, liebkosten ihren Po mit sanften, kreisenden Bewegungen. Ein überraschter Schrei stieg aus Megs Kehle auf, als erregende Hitze durch ihren Körper schoß und ihre Knie weich machte.

»So«, flüsterte er. »Für dich ist es also dasselbe.«

»W-was?«

»In der Nacht dicht neben mir zu liegen, wie wir es einst getan haben, meinen Atem zu spüren, meine Wärme zu teilen ... Du bist mir unter die Haut gegangen, bist in mein Innerstes eingedrungen. Du bist ein Feuer in mir, Meg.«

Sie wollte etwas sagen, aber in dem Moment strich Dominic wieder verlangend über ihren Po, ließ lustvolle Glut wie einen Blitzschlag durch ihren Körper zucken. Als Meg aufstöhnte, sah sie das Feuer in Dominics Augen lodern und wußte, daß er recht hatte. Irgendwann während der langen Nächte, die sie keusch nebeneinandergelegen hatten, hatten Flammen der Leidenschaft tief in ihrem Inneren zu brennen begonnen.

»Und ich bin ein Feuer in dir geworden«, murmelte Dominic, während er in dem erregten Stöhnen schwelgte, das er Megs Kehle entlockt hatte. »Wir werden gemeinsam brennen, wir werden verbrennen ...«

»Dominic«, flüsterte sie.

Bevor Meg noch ein Wort sagen konnte, hatte er seinen Mund auf ihren gepreßt, und seine Zunge suchte ihre in einem intimen Duell, das nicht eher aufhörte, bis Meg sich schwer an ihn lehnte, atemlos, verloren an den Kuß. Noch nie zuvor hatte sie etwas so Wundervolles gekannt wie die Lust, die Dominic ihr schenkte. Sie war wehrlos dagegen. Sie konnte ebensowenig dagegen an wie gegen die Glendruid-Hoffnungen, die so heftig wie Begierde in ihr brannten.

Liebe ist doch sicher möglich. Sicherlich ...

Nach einer Weile begann sich Meg gegen die Umarmung zu wehren. Widerstrebend hob Dominic den Kopf und sah Megs gerötete Wangen. Ihr Atem ging keuchend, und ihre Knospen reckten sich steif und fest gegen das weiche Tuch.

»Warum sträubst du dich gegen mich?« fragte er rauh.

»Nicht gegen dich. Gegen das Handtuch. Ich möchte dein Haar streicheln, aber ich bin darin gefangen wie ein Fisch im Netz.«

Der Anblick von Megs harten Knospen faszinierte Dominic derart, daß er einen Moment brauchte, um zu begreifen, daß er sie tatsächlich so fest in das Handtuch eingewickelt hatte, daß ihre Arme zu beiden Seiten gefangen waren.

»Willst du mich wie Black Tom streicheln?« fragte er. »Vom Kopf bis zu den Fersen und wieder zurück? Willst du deine Wange an mir reiben, so wie du es bei ihm tust?«

Der Gedanke ließ Meg einen Moment den Atem stocken.

»Würde dir das gefallen?« flüsterte sie.

»Ja«, murmelte Dominic heiser vor Erregung. »Jeden Morgen, wenn ich dich die Katze vom Hof zu den Gärten und wieder zurück streicheln und tätscheln sehe, denke ich, wie es wohl wäre, deine Hände auf die gleiche Weise auf meinem Körper zu fühlen.«

Donner grollte jenseits der offenen Fensterläden. Wind frischte auf, brachte den Geruch von Regen und neuen, jungen Blättern und frisch erblühten Blumen mit sich.

Meg merkte kaum etwas von dem herannahenden Unwetter. Der quecksilberne Glanz von Dominics Augen verzehrte sie. Die sinnliche Tiefe seiner Stimme liebkoste sie wie Sonnenlicht. Ob er sie liebte oder nicht, es bestand kein Zweifel daran, daß sie im Moment seine volle Aufmerksamkeit genoß.

Vielleicht konnte er – wenn auch nur für den Augenblick – seine kalte Berechnung von Dynastie und Söhnen vergessen. Vielleicht konnte sie ihm helfen, diese Dinge zu vergessen. Vielleicht konnte sie so lodernd brennen, daß er die Motte und sie die Flamme sein würde.

Und dann würde er ihr erliegen, würde nur sie begehren und seine sämtlichen Pläne und Ambitionen vergessen.

»Schnurrst du auch?« fragte Meg mit kehliger Stimme.

»Bis jetzt nicht. Aber ich glaube, bei dir könnte ich es.«

Dominics Hand glitt über Megs Hüfte und dann über ihren Rücken. Er hakte die Daumen in das Handtuch und begann es langsam an ihrem Körper herabzuziehen.

»Was ist mit dir?« fragte er heiser, als die üppigen Rundungen ihrer Brüste nach und nach entblößt wurden.

»Schnurrst du unter der Berührung eines Mannes?«

Meg konnte nicht antworten. Der Ausdruck auf Dominics Gesicht, als er auf ihre Brüste blickte, machte es ihr unmöglich zu denken, geschweige denn, Fragen zu beantworten. Er starrte sie an, als hätte er noch niemals etwas so Schönes gesehen. Die Intensität seines Blickes war wie eine Liebkosung.

Ein köstlicher, lustvoller Schauer erfaßte ihren Körper, als ihre Brüste mit einem schnellen Atemzug fest wurden und ihre Knospen sich erregt aufrichteten.

»Du bist schöner als jede Rose«, murmelte Dominic.

Donner polterte, und ein Windstoß fuhr durch das offene Fenster herein, ließ Kerzenflammern flackern und zucken. Meg erschauerte unter den gegensätzlichen Empfindungen von Kälte und Hitze. Ihre Brustspitzen zogen sich zu harten kleinen Kronen zusammen, so rosig wie ihre Zunge.

»Frierst du?« fragte Dominic.

»Ja. Das heißt, nein.« Meg stieß einen atemlosen Laut aus, der weder Lachen noch ein Wort war. »Ich weiß es nicht. Ich kann nicht denken, wenn du mich so ansiehst.«

»Wie?«

»Als wäre ich eine türkische Süßigkeit von unbekanntem Geschmack.«

Dominics Mund verzog sich zu einem sinnlichen Lächeln, das erneut Hitze in Meg auflodern ließ.

»Bist du das?« fragte er.

»W-was?«

»Süß.«

Bevor Meg antworten konnte, hatte Dominic den Kopf gebeugt, um sie zu kosten. Seine Zunge schnellte hervor und leckte ihre Knospe, behutsam und unendlich zärtlich.

»Dominic!«

Ein gedämpfter Laut kam aus seiner Kehle, der sehr viel Ähnlichkeit mit einem Schnurren hatte, dann leckte er sie erneut.

»Süß, aber nicht zu süßlich«, murmelte er. »Du schmeckst wie der Frühling selbst.«

Seine Zungenspitze umkreiste Megs Knospe, dann zog er ihre Brustspitze sanft in seinen Mund, um sie noch intensiver zu kosten.

Glut pulsierte zwischen Megs Schenkeln, lockerte und entspannte ihren Körper, als läge sie auf einer Wiese, liebkost von der Sommersonne. Der wechselnde Druck von Dominics Liebkosung machte sie schwindelig vor Verzückung. Lust erwachte tief in ihrem Inneren, brannte immer stärker und entlockte ihrer Kehle ein tiefes Stöhnen.

Der Laut wirkte auf Dominic wie eine Peitsche, die auf nackte Haut trifft. Sein ganzer Körper versteifte sich, als er Megs Brustspitze noch tiefer in seinen Mund zog. Die Liebkosung veränderte sich, wurde fordernd und leidenschaftlich. Megs kehliger Aufschrei und das Gefühl ihrer Fingernägel, die sich in seinen Bizeps gruben, fügten nur noch mehr Hitze zu der Begierde hinzu, die seine sonst so unbeugsame Selbstkontrolle rapide zunichte machte.

Dominics Hand strich über Megs nackten Rücken zu ihrer Taille. Mit einer Ungeduld, die er kaum zu zügeln vermochte, ließ er seine Finger unter das Handtuch gleiten. Ein langer Finger zeichnete ihr Rückgrat bis zu der Spalte zwischen den beiden Pobacken nach. Er wußte, er sollte jetzt aufhören, sollte sich mit dem verzückten Schrei der Entdeckung und des Verlangens zufriedengeben, den er Meg entlockte, als er seine Hände auf ihre Hüften legte und sie behutsam drückte.

Doch obwohl Dominic sich befahl, sich zurückzuziehen, bis das Rauschen des Bluts in seinen Ohren nachließ, kehrte seine Hand wieder zu Megs Po zurück. Er reizte behutsam die empfindlichen Grübchen und schwelgte in der Hitze, die von ihrer Haut aufstieg.

Als Meg murmelte und lustvoll seufzte, glitt Dominic wieder mit den Fingerspitzen von ihrem Nacken bis zu ihrem Po hinunter, aber diesmal konnte er der Versuchung nicht widerstehen, den Linien ihres Körpers zu folgen, bis seine Finger die warme Spalte zwischen ihren Schenkeln fanden. Er zeichnete sie langsam nach, entlockte Meg einen zitternden Schrei der Überraschung.

Das Tuch rutschte von ihren Hüften auf den Fußboden. Die kühle Luft im Raum bildete einen intensiven Kontrast zu der Glut, die sie durchströmte, als Dominics Lippen ihre empfindlichen Brüste liebkosten und leckten, während seine Fingerspitzen ihren Schoß streichelten, wo sinnliches Feuer ihr Fleisch zu verzehren schien.

Dann drangen seine Finger etwas tiefer in sie ein, suchten, fanden und teilten die seidige Wärme, so leicht wie das Feuer selbst. Die köstliche Erregung, die von Megs Körper Besitz ergriff, zwang sie, sich haltsuchend an Dominics Armen festzuklammern, während alles andere im Raum in eine schwindelerregende Spirale unsichtbarer Flammen gezogen wurde.

»Mylord«, flüsterte Meg atemlos. »Was macht Ihr mit mir?«

Widerstrebend gab Dominic ihre Brust frei, aber nicht die seidige, geheime Hitze, die er kaum berührt hatte.

»Ich erforsche dich«, sagte er heiser.

Im Sprechen kitzelte Dominic erneut die heiße, geschwollene Knopse zwischen ihren Schenkeln, und wieder wurde er von Megs erregtem Stöhnen und einer Feuchtigkeit belohnt, die nichts mit ihrem Baderitual zu tun hatte.

»Ich kann kaum stehen«, flüsterte sie.

»Dann halt dich an mir fest.«

»Das tue ich.«

Dominic lächelte trotz der Hammerschläge des Begehrens, die seinen Körper erschütterten und ihm so sicher den Atem raubten wie ihr.

»Ja, das tust du«, murmelte er. »Ich kann deine herrlichen Klauen in meinem Fleisch spüren, kleiner Falke.«

Verspätet erkannte Meg, daß sie sich tatsächlich mit Händen und Nägeln an Dominic klammerte.

»Es tut mir leid. Ich wollte dir nicht weh tun.«

Sein rauhes, männliches Lachen ließ erneut einen sinnlichen Schauer über ihre Haut prickeln.

»Weh tun?« fragte er. »Nein. Ich mag das Gefühl deines immer heftiger werdenden Hungers. Mach weiter so, kleiner Falke. Erprobe deine Kräfte gegen mich. Und ich ...«

Seine Hand glitt von ihrer Hüfte zu ihrer Halsgrube hinauf. Als er Meg mit rauchigen grauen Augen beobachtete, fuhr seine Fingerspitze von ihrem Brustbein zu ihrem Nabel und weiter zu der Wolke roten Haares hinunter, die ihren Schoß verbarg.

»… ich werde dein weiches Fleisch erforschen«, flüsterte Dominic.

Unbeirrt teilte seine Fingerspitze erneut das üppige Dickicht, entdeckte die verborgene Knospe und umkreiste sie langsam, bevor er die Blütenblätter zu streicheln begann, die sich mit Begierde zu füllen begonnen hatten. Er zog seine Fingerspitzen langsam über Megs Venushügel, drang behutsam und beharrlich in sie ein, aber ihr Tor zum Paradies war zu gut verteidigt.

»Öffne dich für mich«, drängte er heiser.

»Was?«

»Laß mich ein in die Freiheit deiner warmen Burg.«

Bevor Megs Verstand den Sinn von Dominics Worten begriff, tat es ihr Körper. Sie spreizte die Beine, erlaubte ihm größere Intimität. Sie wurde von einer gleitenden Liebkosung belohnt, die Flammen der Lust in ihrem Inneren auflodern ließ.

»Mehr«, sagte Dominic rauh, während er Meg aus schmalen Augen beobachtete. »Du bist immer noch vor mir verschlossen.«

Sie spreizte die Beine noch ein wenig weiter und schnappte dann erregt nach Luft, als sie seinen Finger tiefer in sich eindringen fühlte. Als sie die Beine wieder schließen wollte, merkte sie, daß sie es nicht konnte. Dominic hatte seinen Schenkel zwischen ihre geschoben, hielt ihre Beine auseinander. Sie öffnete erschrocken die Augen.

Dominic beobachtete sie mit Augen von silbernem Feuer.

»Ich sollte das hier nicht tun«, murmelte er.

»Was?« flüsterte sie.

»Das.«

Sein Finger umkreiste Megs Knospe. Der Schrei, der aus ihrer Kehle aufstieg, ließ ihn schwindelig vor Verlangen werden.

»So fest gegen mich verschlossen«, hauchte er. »Dennoch trägst du Leidenschaft wie ein Parfüm.«

»Es ist nur … mein Bad.«

»Es ist deine Leidenschaft, Meg. Es gibt kein Parfüm, das so berauschend und sinnlich ist wie Leidenschaft.«

Sie wollte etwas sagen, aber er hatte seine Hand schon wieder zwischen ihre Schenkel geschoben, und sie konnte nicht atmen, weil Verzückung ihren Körper erfüllte und alles verdrängte, bis auf eine köstliche, pulsierende, schwindelerregende Glut.

»Dominic, ich … ich fürchte, ich kann nicht länger stehen.«

Ohne ein Wort hob er Meg auf seine Arme und setzte sie auf den Tisch. Das kühle, glatte Holz war eine weitere Art von Liebkosung, eine, die dazu diente, die Hitze ihres eigenen Körpers zu bündeln und die des Mannes, der vor ihr stand, verzehrendes Verlangen in den Augen. Unter seinem schweren Mantel hantierte er an seiner Kleidung herum. Dann hüllte er sie beide in den Mantel ein.

»Schling deine Beine um meine Hüften«, befahl Dominic.

Seine Stimme war rauh, eindringlich, und noch im Sprechen zog er Megs Beine voller Ungeduld um seinen Körper.

»Ja, so«, murmelte er. »Und jetzt komm näher. Näher, Meg. Noch näher … ja, noch ein bißchen mehr …«

Meg schnappte keuchend nach Luft, als ihr klarwurde, daß es nicht Dominics Hand war, die zwischen ihre Schenkel geglitten war. Ihre Fingernägel gruben sich in seine Arme, als sie etwas Festes, Glattes, Hartes gegen ihre Blütenblätter drücken fühlte.

»Dominic?«

Er erschauerte heftig, während er seinen Schaft gegen ihre weiche, geschwollene Scheide stieß, die flüssige Hitze ihrer Reaktion spürte und wußte, daß er nicht anders konnte, als tief, ganz tief in ihren heißen Schoß einzudringen. Jetzt.

»Halte dich an mir fest, kleiner Falke. Bald werden wir gemeinsam ins Paradies fliegen«, murmelte er, während er Anstalten machte, in sie hineinzustoßen.

»Der Teufel soll dich holen, Junker«, sagte Eadith laut im Korridor. »Wenn ich mit meiner Herrin sprechen will, dann tue ich das auch!«

Der Vorhang wehte zur Seite, als die Zofe den Baderaum betrat. »Der Koch möchte wissen, ob … huch!«

Obwohl Dominics Mantel sowohl ihn als auch Meg bedeckte, ließ die Situation kaum Zweifel an dem, was Eadith im letzten Moment unterbrochen hatte. Dominic hätte sich über die schockierte Bestürzung auf ihrem Gesicht amüsiert, hätte er Eadith nicht am liebsten auf der Stelle erwürgt.

»Ich bitte vielmals um Entschuldigung, Lord Dominic, Herrin«, murmelte Eadith, während sie sich hastig zurückzog.

Dominic schickte der Zofe einen ganzen Schwall türkischer Flüche hinterher, während Meg sich aus der Umarmung ihres Ehemannes zu befreien versuchte. Zuerst wollte er es nicht erlauben. Dann, mit einem letzten gotteslästerlichen Fluch, ließ er sie los.

»Es ist vielleicht auch ganz gut, daß wir unterbrochen wurden«, knurrte Dominic grimmig. »Ich hatte niemals die Absicht, so weit zu gehen, bevor du geblutet hast.«

Ein gewaltiger Donnerschlag erschütterte die Burg. Der letzte, grollende Nachhall ging im Pladdern des Regens unter, als die Wolken ihre Schleusen öffneten.

Zum Glück übertönte das Prasseln des Regens auch Megs Worte an ihren Mann. Obwohl jedes Wort mit Bedacht gewählt war, war keines von ihnen passend, um über die Lippen einer Lady zu kommen.

21. KAPITEL

Dem kalten Sturm folgte ein ungemütlicher Nieselregen, und danach setzten wilde, heftige Unwetter ein. Es dauerte zwei Tage, bis die Sonne endlich wieder hervorkam.

Meg war so verstört wie das Wetter. Ihr Körper, den sie so gut zu kennen geglaubt hatte, entpuppte sich als etwas, dessen Reaktionen ihr gar nicht vertraut waren. Beim Klang von Dominics Stimme aus der Ferne fing ihr Herz an zu rasen. Wenn er den

Raum betrat, stockte ihr der Atem bei seinem Anblick. Die simpelste Berührung seiner Hand ließ lustvolle Schauer über ihre Haut prickeln. Und bei der Erinnerung an seine Liebkosungen im Baderaum pochte es zwischen ihren Schenkeln, und in ihrem Inneren breitete sich flüssige Glut aus.

Megs einziger Trost – und es war eine armselige Befriedigung – war, daß der Vorfall im Bad auch Dominic nicht unberührt gelassen hatte. Sie hatte den Verdacht, daß er seiner überragenden Selbstkontrolle nicht mehr so recht traute, wenn es um sie ging.

Hast du schon geblutet?

Nein.

Sag mir Bescheid, wenn es soweit ist, kleiner Falke. Dann werden wir gemeinsam fliegen – aber nicht vorher.

Dominics Anordnung ärgerte Meg. Es war schon schlimm genug, daß er ihr in bezug auf Duncan mißtraute und immer noch argwöhnte, sie trüge seinen Bastard. Es war unerträglich, daß er sie nur um der zukünftigen Erben willen wollte und nicht wegen ihres Lachens und ihrer Kameradschaft, ihrer Wärme und ihres Humors, ihres Schweigens und ihrer Hoffnungen. Sie hatte soviel mehr mit Dominic zu teilen als nur einen zukünftigen Erben.

Doch selbst wenn Meg davon träumte, sie wäre in der Lage, Dominic seine eiserne Disziplin vergessen zu lassen, so fürchtete sie den Preis, den sie würde zahlen müssen, wenn sie empfangen sollte und Dominic nicht davon überzeugen konnte, daß das Baby seines war.

Er liebte sie nicht.

Noch war der Klatsch dazu angetan, sein Vertrauen zu fördern. Die Gegend summte von Gerüchten über Duncan und Lady Margaret, Liebende, die füreinander bestimmt, aber durch einen strengen normannischen Lord getrennt waren. Ganz gleich, wie heftig Meg bei jedem, der ihr begegnete, eine Liaison mit Duncan bestritt, ganz gleich, wie sehr sie ihren normannischen Ehemann lobte, der Klatsch hielt sich hartnäckig.

Meg betete, daß Dominic das Gerede nicht gehört hatte, dennoch wußte sie, daß es ihm zu Ohren gekommen sein mußte. Seiner Aufmerksamkeit entging nur wenig von dem, was in und um Blackthorne Keep passierte. Die Bediensteten konnten sein scharfes Auge bezeugen. Nach der kürzlichen Säuberungsaktion strahlte die Burg geradezu. Von jedem Fußboden stieg der Duft von frisch ausgestreutem Laub und Kräutern auf. Der Geruch der Gewürze, die er aus dem Nahen Osten mitgebracht hatte, erfüllte die Küchenräume und ließ die letzten Wintervorräte wie ein Festmahl duften.

Aber es war der Inhalt der Schatzkisten, der die meisten Menschen faszinierte. Jedesmal, wenn Meg erschien – mit goldenen Glöckchen geschmückt und glitzernde Kämme im Haar –, unterbrachen alle in Hörweite ihre Tätigkeit und starrten sie an.

Mit einer Mischung aus Freude und Frust betrachtete Meg Dominics neuestes Geschenk an sie. Es war eine außergewöhnliche Brosche aus Gold und Smaragden, deren phantasievolle Form in gewisser Weise an einen Falken im Flug erinnerte. Größer als ihre Hand und mit unzähligen makellosen Smaragden besetzt, sicherte die Brosche einen scharlachroten Mantel, der ein mit kostbaren Goldfäden gesticktes Blumenmuster aufwies. Winzige goldene Glöckchen waren in den Stoff eingewebt. Wenn Meg ein paar Schritte ging oder sich herumdrehte oder hinsetzte, folgte zarte Musik jeder ihrer Bewegungen.

Kleiner Falke mit Smaragdaugen und Fußriemen aus Gold. Trage dieses Schmuckstück und denk an mich, denk an die Heilung des Landes.

An Söhne.

»Mylady«, rief Eadith. »Wo seid Ihr?« Erschrocken fuhr Meg herum. Glocken zitterten und läuteten, unterstrichen ihre plötzliche Bewegung.

»Hier, in der Kapelle«, sagte sie.

Sie stand auf, als Eadith den kleinen Raum betrat, der das dritte Stockwerk eines der Ecktürme einnahm.

»Was gibt es?« fragte Meg.

»Euer Herr fragt, ob Ihr mit ihm auf die Falkenjagd gehen möchtet.«

»Ja! Wann?«

»Nach dem Essen.«

Meg schaute auf das Viereck von Sonnenlicht, das schräg zum Fenster hereinfiel. Fast Mittag. Sie hatte kaum noch Zeit zum Umziehen.

»Dann laß uns schnell machen!«

In einem Wirbel goldener Glöckchen rannte Meg die Wendeltreppe zu ihren Räumen hinauf, gefolgt von einer brummelnden Eadith. Aber unwillig oder nicht, die Finger der Zofe taten ihre Arbeit flink. Bevor die Mittagsglocken läuteten, saß Meg bereits in der großen Halle, umgeben von Rittern, deren Falken hinter den Stühlen der Ritter auf Sitzstangen entlang der Wand hockten. Die Sitzstange hinter Dominics Platz war leer.

»Hat Dominic beschlossen, seinen Wanderfalken nicht zum Essen mitzubringen?« fragte Meg Simon, der links von Dominics leerem Stuhl saß.

»Nein. Irgend etwas an den Fußriemen mußte geändert werden. Er sollte bald hier sein.«

»Ist der Falke ruhig?« wollte Meg wissen.

»Ja«, erwiderte Simon mit sichtlicher Befriedigung. »Fatima reitet mit großem Vertrauen auf dem Handgelenk ihres Herrn. Sie ist eine wahre Königin unter den Wanderfalken. Bis zum Ende des Sommers wird sie viele fette Enten auf unsere Teller bringen.«

Ein Knurren war unter dem Tisch zu hören, gefolgt von schrillem Gejaule.

»Baron!« rief Meg streng, ohne sich die Mühe zu machen, unter dem Tisch nachzuschauen. »Laß Leaper in Ruhe!«

Der Kopf eines Windhunds erschien neben Megs Schenkel. Baron warf ihr einen jammervollen Blick zu. Sie kraulte geistesabwesend seinen Kopf.

Simon starrte verwundert. »Wenn ich ihn so zurechtweisen würde, würde er nach meiner Hand schnappen.«

»Baron? Nein, er ist ein sanftmütiges Tier, wenn er nicht auf der Jagd ist.«

Lachen und ein Kopfschütteln waren Simons einzige Antwort.

Ein Gefühl der Vorahnung überkam Meg, sagte ihr, daß ihr Ehemann in der Nähe war. Sie wandte sich von Simon ab und schaute zum Eingang der großen Halle hinüber. Einen Moment später erschien Dominic.

Trotz der sonnigen Verheißung des Tages trug Dominic seinen schweren, schwarzen Mantel. Auf seinem Handgelenk thronte der große Falke. Als Dominic durch einen Streifen Sonnenlicht ging, schimmerten die gedämpften Grau- und Elfenbeintöne von Fatimas Federkleid wie Stahl und Perlen.

Der Wanderfalke war sich seiner eigenen Aristokratie bewußt. Jede Linie seines Körpers sprach von Mut und Geschicklichkeit. Sein klarer, durchdringender schwarzer Blick prüfte und verwarf das heitere Chaos der Tischgesellschaft in der großen Halle. Mit der Reglosigkeit eines äußerst geduldigen Raubtiers wartete der Falke auf das Signal zum Beginn der Jagd.

Ein Murmeln der Bewunderung stieg aus den Reihen der Ritter auf, als Dominic vorbeiging, während der Falke ruhig auf seinem Handgelenk saß. Viele der anderen Vögel – einige von ihnen schon lange abgerichtet – mußten mit einer Kappe über den Augen auf ihre Sitzstange in der großen Halle gebracht werden. Nicht Dominics Falke. Seine Augen waren ruhig, spiegelten ein elementares Wissen von Leben und Tod wider.

Und von seinen Beinen baumelten neue Fußriemen, besetzt mit Smaragden und kostbaren goldenen Glocken, herab.

»Bei Gott, Fatima ist wirklich eine Schönheit«, sagte Simon bewundernd.

Dominic lächelte und hielt sein Handgelenk neben Fatimas Sitzstange. Sie stieg ohne Aufhebens auf die Stange. Dann drehte sie den Kopf nach links und rechts und betrachtete den Bankettsaal, als versuchte sie zu entscheiden, ob irgend etwas ihre räuberische Aufmerksamkeit wert wäre.

»Ich habe Mitleid mit jeder Maus, die den Mumm hat, in die Halle zu kommen«, sagte Simon.

»Nein. Fatima wird sich von einer so winzigen Beute nicht ablenken lassen«, meinte Dominic.

»Versuch mal, sie ein oder zwei Tage lang nicht zu füttern«, gab Meg zurück. »Dann wird sie so schnell Mäuse fangen, daß es Black Tom beschämt.«

Dominic warf seiner Frau einen Blick von der Seite zu. Er hatte sorgfältig darauf geachtet, nicht mit ihr allein zu sein, seit er sie im Baderaum beinahe genommen hätte. Sich von ihr fernzuhalten war ihm nicht leichtgefallen. Schon die Erinnerung an den Moment, als er ihre Schenkel gespreizt und begonnen hatte, in ihren weichen Schoß einzudringen, reichte, um ihn hart, heiß und bereit zu machen.

Mit einem stummen Fluch verdrängte Dominic seine lüsternen Gedanken. Bevor er Meg erneut berührte, mußte er sicher sein, daß sie kein Kind erwartete. Er traute sich selbst nicht, glaubte nicht, daß er soviel Beherrschung aufbringen würde, sich ein zweites Mal zurückzuhalten.

»Du siehst bezaubernd aus, wie immer«, sagte Dominic.

Er hob Megs Hand und streifte behutsam mit den Lippen über die Innenseite ihres Handgelenks. Das wilde Rasen ihres Pulses unter seinen Lippen erweckte in ihm das Verlangen, in einer Mischung aus Triumph und sexuellem Hunger aufzustöhnen.

Wird sie denn nie bluten?

»Es sind die Juwelen und der Mantel«, sagte Meg. »Sie sind schön, nicht ich.«

»Du bist es«, erwiderte er kategorisch.

Obwohl Meg nichts weiter sagte, las Dominic die Zweifel in ihrem Ausdruck. Sein Mantel bauschte sich beinahe ungeduldig, als er sich neben Meg niederließ.

»Duncan muß ein miserabler Liebhaber gewesen sein«, knurrte Dominic vor sich hin, als er zwischen Simon und seiner Frau saß.

Meg konnte nicht glauben, was sie gerade gehört hatte.

»Wie bitte?« flüsterte sie.

»Duncan muß ein miserabler Liebhaber gewesen sein«, wiederholte Dominic zuvorkommend.

Simon hüstelte nervös und vermied es, seinen Bruder anzusehen.

»Was sagst du da?« fragte Meg schockiert.

»Er ist nie auf die Idee gekommen, deine Schönheit zu erwähnen«, erklärte Dominic nüchtern. »Deshalb muß der Bastard ein miserabler Liebhaber gewesen sein.«

»Es ist kaum überraschend, daß er nie davon angefangen hat«, gab sie hitzig zurück. »Denn ich bin nicht schön, und er war niemals mein Liebhaber!«

Dominics Augen glänzten, als er sich an Megs Körper erinnerte, von Wasser und Leidenschaft vergoldet, während jeder ihrer Atemzüge von sanft klingelnden Glöckchen begleitet wurde. Bei dem vertrauten Pulsieren in seinem harten, erregten Schaft hätte er am liebsten gleichzeitig gelacht und geflucht. Bis Meg endlich blutete, würde er wahrscheinlich nur noch gekrümmt herumlaufen, so sehr schmerzte ihn sein ständig steif aufgerichtetes Schwert.

»Du irrst dich«, sagte Dominic gedämpft. »Ich habe noch niemals eine so schöne Frau wie dich gesehen.«

Die sinnlichen Flammen in seinen Augen und der rauhe Beiklang der Begierde in seiner Stimme sagten Meg, daß auch er sich an die Intimität des Baderaums erinnerte.

»Duncan hat niemals Schönheit in mir gesehen«, erwiderte Meg heiser. »Nicht so, wie du es tust.«

Einen lebhaften Moment lang erinnerte sich Dominic, wieviel von ihrer Schönheit er gesehen hatte. Mit einem Fluch drängte er das Bild ihrer gespreizten Schenkel aus seinem Bewußtsein.

Bedächtig wandte er sich von Meg ab und gab den Bediensteten ein Zeichen, das Essen aufzutragen. Als er sich erneut zu Meg umdrehte, hatte er seine Gedanken – wenn auch nicht seinen aufrührerischen Körper – wieder unter Kontrolle.

»Die Leute sagen aber etwas anderes«, meinte er kühl. »Jeden Tag kursieren wildere Gerüchte über deinen Liebhaber, der an der Stelle auf dich wartet, wo der Wald in die nördlichen Niederungen übergeht.«

»Ich kann die Klatschmäuler nicht kontrollieren«, gab Meg gepreßt zurück.

Mit einem Achselzucken griff Dominic nach einem Humpen Ale. »Solange Klatsch das einzige ist, was sich vermehrt, spielt es keine große Rolle.«

»Fällt es dir so schwer, an meine Ehre zu glauben?« verlangte Meg zu wissen.

Dominics Hand hielt mitten in der Bewegung inne.

»Unter Ehre verstehen nicht alle Menschen das gleiche«, sagte er nach einem Moment. »In Jerusalem verlangte Gottes Ehre, daß die Türken starben. Bei den Türken war es ein Gebot der Ehre, daß die Ungläubigen starben. In England verlangt die Ehre Treue gegenüber dem König. In den nördlichen Marschen ist es Ehrensache, den König von England zu verleugnen. Ich weiß nicht, was Glendruid Ehre gebietet, außer, daß du deine Heilkräfte nicht zum Töten benutzt.«

»Glendruid-Ehre gebietet Heilung und Linderung«, sagte Meg scharf. »Dein Vertrauen in meine Treue zu enttäuschen ist wohl kaum etwas Besänftigendes.«

»Für mich nicht, nein. Aber für Duncan? Ah, das ist eine andere Sache. Nein!« sagte Dominic abrupt, als Meg etwas erwidern wollte. »Überhäuf mich nicht mit besänftigenden Worten, Frau. Es sind die Taten, die zählen, nicht die Worte.«

»Wirklich?« fragte sie. »Warum beunruhigt dich dann der Klatsch? Es sind ja nur Worte.«

»Worte, die Taten beschreiben ...«

»Die niemals geschehen sind«, gab sie heftig zurück.

»Ich hoffe, du hast recht. Aber Hoffnung ist auch lediglich ein Wort.«

Der Fischgang wurde serviert und unterbrach die Unterhaltung. Schweigend bediente sich Dominic mit gekochtem Aal und schmackhafter Soße. Er brach sein Schweigen auch nicht, als das Geflügel aufgetragen wurde. Dominic verzehrte zwei der Vögel mit derselben Präzision und Zurückhaltung, mit der er alles andere tat.

Ziemlich grimmig fragte Meg sich, ob Dominic seine Selbstdisziplin jemals lockern würde oder ob er tatsächlich so kalt war, wie es den Anschein hatte. Kaum war ihr der Gedanke gekommen, da erinnerte sie sich an seinen Gesichtsausdruck, als er im Bad zwischen ihren Schenkeln gestanden hatte. Sein Gesicht war von derselben Leidenschaft gezeichnet gewesen, die seinen Körper sichtbar hatte erschauern lassen, als sein harter, erregter Schaft in ihr üppiges Fleisch zu stoßen versucht hatte.

Sinnliche Hitze ließ Megs Wangen blutrot werden. Hastig griff sie nach ihrem Krug mit Ale und trank in großen Zügen, in der Hoffnung, das unheimliche Feuer zu löschen, das Dominic in ihrem Inneren angefacht hatte.

Neben ihr stellte Dominic seinen eigenen Humpen brüsk auf den Tisch zurück und drehte sich zu seinem Bruder um.

»Was gibt es Neues, Simon?«

»Immer dasselbe. Die Vögte schleichen auf deinen Gütern herum wie die Wölfe, die sie sind. Wenn wir sie verfolgen, verschwinden sie. Wenn wir ihnen den Rücken zukehren, tauchen sie wieder auf.«

Obwohl Simon leise sprach, hatte Meg ihn über das allgemeine Klappern und Klirren von Geschirr gehört. Ein dicker, schmerzhafter Kloß stieg in ihrer Kehle auf.

Sie litt immer noch unter Alpträumen, und immer noch erwachte sie zitternd und in kalten Schweiß gebadet.

»Zum Teufel«, murmelte Dominic. »Duncan wird überhaupt

nichts damit gewinnen, außer, wie ein Wolf zur Strecke gebracht und getötet zu werden. Ich hatte ihn für klüger gehalten.«

»Er ist ein Bastard«, entgegnete Simon nüchtern. »Er wird tun, was er tun muß, um Land zu bekommen. Offensichtlich hat er Spione hier. Er weiß, daß deine Ritter noch nicht eingetroffen sind. Deshalb ist er so dreist.«

»So ist es«, sagte Dominic grimmig. »Was hat Sven an Neuigkeiten aus dem Süden mitgebracht?«

»Noch zehn Tage oder etwas länger, bis der Rest deiner Ritter und dein berittener Haushalt ankommt. Auf See haben schwere Stürme getobt.«

»Pest und Hölle. Hätte ich das gewußt, hätte ich mit der Hochzeit noch gewartet.«

Simon lächelte dünn. »Das bezweifle ich, Bruder. Es waren in erster Linie die Gerüchte um Duncan, die dich in den Norden getrieben haben.«

Eine Platte mit einem ganzen gebratenen Wildschwein erschien vor Dominic, bevor er antworten konnte. Der Eber war vom Winter abgemagert und alt, aber die Küche hatte ihr Bestes getan. Die Ohren waren leicht verbrannt, aber noch heil, die Haut war knusprig braun und versprach einen so saftigen Braten, wie es der Zustand und das Alter des Tieres erlaubten.

»Ich hoffe, die Jagd ist erfolgreich«, meinte Dominic. »Wenn der Koch solche Wunder mit einem klapprigen alten Eber vollbringen kann, dann stell dir nur mal vor, was er mit jungem Wildfleisch zaubern könnte.«

»Hör auf. Mir läuft das Wasser im Mund zusammen«, erwiderte Simon.

Die Windhunde unter dem Tisch begannen wild zu jaulen und zu kläffen.

»Baron«, sagte Dominic knapp. »Genug!«

Einen Moment lang war noch ein leises Winseln und Knurren zu hören, dann gehorchten die Hunde.

Dominic zog sein Messer aus dem Gürtel und schnitt eine

Portion Fleisch für sich und für Meg ab. Dampf stieg auf, und köstliche Säfte rannen auf die Platte, bildeten Pfützen wie heißer Regen. Eine Füllung aus Feigen, Zwiebeln und Rosmarin quoll aus dem Braten. Zu dem Fleisch wurde warmes, knuspriges Brot gereicht.

Als eine Schüssel mit gekochtem Gemüse erschien, warf Dominic seiner Frau einen entsetzten Blick zu. Lächelnd tat Meg sich von dem Gemüse auf, brach ein Stück Brot von dem Laib, um den Fleischsaft aufzustippen, und begann hungrig zu essen.

Ein leises, flehendes Winseln ertönte unter dem Tisch.

Meg ignorierte es. Aber sie konnte nicht den plötzlichen Druck von Dominics Schenkel gegen ihren ignorieren, als er nach dem Salzfaß griff. Selbst durch ihre schwere Kleidung hindurch fühlte sie die Hitze seines Körpers. Ihre Hand zitterte, und ein Bissen Fleisch fiel auf den Fußboden.

Hunde wimmelten plötzlich um Megs Beine. Zähne schnappten zu, rissen sie mit einem Ruck aus der sinnlichen Verzauberung, in die Dominics Wärme sie gehüllt hatte. Sie stand so hastig vom Tisch auf, daß ihr schwerer Stuhl umzukippen drohte.

Dominic reagierte blitzschnell. Eine Hand richtete Megs Stuhl wieder auf, seine andere Hand schoß unter den Tisch, um augenblicklich wieder zum Vorschein zu kommen, die Finger in Leapers Nackenfell vergraben. Eine Flut von türkischen Flüchen ergoß sich über das glücklose Tier, während Dominic es heftig schüttelte, weil es Meg angst gemacht hatte. Sobald die Hündin freigelassen wurde, schlich sie davon, um sich zu Füßen von jemand anderem zu setzen.

»Hat sie dich gebissen?« fragte Dominic besorgt.

»Nein, nur erschreckt. Ich war mit meinen Gedanken woanders, und Leaper ist gewöhnlich nicht so kühn, den Rüden einen Bissen wegzuschnappen.«

»Sie wird läufig.« Dominic lächelte schwach. »Sie weiß es, deshalb fängt sie an, alle Rüden auf die Probe zu stellen.«

»Und kommt auch damit durch«, fügte Simon hinzu.

»Wie schön zu wissen, daß jede Hündin ihre Glanzzeit hat«, sagte Meg verbindlich.

Dominic beugte sich zu ihr und sagte leise: »Mach dir nur keine falschen Hoffnungen, Frau. Männer sind klüger als Hunde.«

»Ein berauschender Gedanke. Wir wissen alle, was für ein intellektuelles Wunder der durchschnittliche Jagdhund ist.«

»Die Hündin ist klüger als manche Frau«, sagte Dominic.

»Wie das?«

»Wenn ihre Zeit kommt, weiß sie, was die Rüden ihr schuldig sind, und sie fordert diese Schuld auch ein.«

Meg würde sich hüten zu fragen, was die Rüden der Hündin »schuldig« waren. Hitze rötete ihre Wangen.

Das Lächeln um Dominics Mundwinkel sagte ihr, daß er ihre Gedanken erraten hatte. Er beugte sich noch dichter zu ihr.

»Hast du schon geblutet?« flüsterte er.

Die Röte ihrer Wangen vertiefte sich.

»Wie lange noch?« fragte er beharrlich.

Ohne ein Wort beugte Meg den Kopf und probierte von dem gebratenen Fleisch. Dominics rauchige Augen verfolgten jeden Bissen, der zwischen ihren Lippen verschwand.

»Wenn wir allein wären, kleiner Falke, würdest du Nahrung aus meiner Hand nehmen«, sagte er mit gedämpfter Stimme. »Und ich ...«

Meg schaute auf, sah das sinnliche Feuer in seinen Augen und wußte, wenn sie allein wären, würde er weit mehr mit seinen Händen tun, als sie zu füttern.

Abrupt stand Dominic auf. »Es ist Zeit für die Jagd.«

Vier Ritter, fünf Junker, eine einzelne Dame, ein Rudel Jagdhunde und der Hundeführer brachen zur Jagd auf. Nur Megs Anwesenheit verriet, daß der kleine Trupp auf die Pirsch ging und nicht etwa in eine Schlacht zog. Dominic und seine Männer hatten mit der Sitte gebrochen und trugen Kettenpanzer, Schwert und Helm zur Jagd. Sie ritten auf Schlachtrössern und wurden von Junkern mit Lanzen begleitet.

Es war eine unbequeme, schwierige Art zu jagen, aber weniger schwierig, als wenn sie unbewaffnet auf ein Nest von Vögten gestoßen wären.

Vor der Jagdgesellschaft stiegen schartige Berge steil in einen ungewöhnlich klaren Himmel auf. Weder so hoch wie die Gebirge, die Dominic auf seinen Reisen gesehen hatte, noch klein genug, um als Hügel abgetan zu werden, waren die felsigen Erhebungen mit dem schimmernden grünen Mantel des Frühlings bedeckt. In der Ferne, verborgen durch das zerklüftete Land, lag ein langgestreckter See, die Quelle des Blackthorne River. Mit dem Fluß als Führer hoffte Simon, eine Abkürzung zu der Stelle zu finden, wo er die Spuren eines mächtigen Hirsches gefunden hatte, als er Megs Weg zurückverfolgt hatte.

An geschützten Stellen auf den Abhängen fanden Bäume Halt und reckten ihre unzähligen Äste in den Himmel. Ein Hauch von Grün umhüllte die Zweige, kündete von Knospen, die sich unter der Sonnenwärme langsam entfalteten. Wildblumen blühten in lebhaften Schattierungen von Gelb und Blau, Purpur und Gold und absorbierten gierig das Sonnenlicht, bevor sich die Blätter der Eichen und Birken, Weiden und Erlen öffneten, um ein dichtes, grünes Dach zu bilden. Sobald die Bäume erst einmal in vollem Laub standen, würde nur noch wenig Sonnenlicht auf den Boden dringen. Dann würden Moospolster schwellen und sich ausbreiten, und Farne würden ihre urzeitlichen grünen Fächer entfalten.

Trotz der bewaffneten Ritter rechts und links von ihr und der alten, etwas schwerfälligen Stute, die ihr Reitpferd war, genoß Meg den Ausritt. Das leise Klingeln der Glöckchen an ihrem Schmuck und Mantel schien die Singvögel zu noch lebhafterem Zwitschern anzuspornen und erfüllte den Tag mit Leben und Musik.

Über ihnen zog ein Adler seine Kreise auf der Suche nach

Beute, sein wachsamer Schrei ein ungezähmtes Lied der Freiheit. Meg schirmte ihre Augen mit der Hand ab und schaute hinauf, verfolgte den majestätischen Flug des Vogels. Wie jedesmal, wenn sie einen Adler oder Falken sah, fragte sie sich, wie es wohl sein mochte, in die von Sonnenschein überflutete Schönheit des Himmels aufzusteigen und frei durch die Lüfte zu schweben.

»Simon?« fragte Dominic und zügelte seinen Hengst. »Ist das die Stelle, wo du die Hufspuren des Hirsches entdeckt hast?«

Simon betrachtete das Gebiet unmittelbar vor ihnen, wo eine Anzahl von schmalen Nebenflüssen aus den Bergen herunterströmte und sich mit dem Blackthorne River vereinigte. Der Boden – zu feucht für Bäume – verwandelte sich in einen Sumpf, mit stillen Teichen gesprenkelt. Schnell dahinfließende Bäche schlängelten sich durch das braune Riedgras und verbanden sich zu einem flüssigen Netzwerk, das je nach Tageszeit silbern oder blau oder schwarz schimmerte.

»Es sieht so aus«, sagte Simon schließlich. »Ich bin damals aus jener Richtung gekommen. Die heidnische Grabstätte liegt dahinter, weiter westlich.«

Simon zeigte von dem Karrenweg fort, der nach Carlysle führte, dem nördlichsten der sechs Herrenhäuser, die Dominic zusammen mit John of Cumbrilands einziger Erbin bekommen hatte. Auf der anderen Seite des Moores stiegen die Berge steil auf. Viele der Grate waren mit Schnee von den vergangenen Unwettern überpudert. Die Gipfel selbst trugen schimmernde weiße Kappen, die erst schmelzen würden, wenn der Sommer seinen Höhepunkt erreicht hatte.

»Meg?« fragte Dominic. »Gibt es hier einen Weg durch das Sumpfland in das Tal dort drüben?«

Sie blickte über das Moor hinweg zu dem wilden Tal zwischen den Bergen. Im Sommer würde es ein Mosaik aus grünem Wald und sonnigen, mit dichtem Gras bewachsenen Lichtungen sein. Im Moment wirkten die bleichen Baumstämme mit den dunklen, kahlen Ästen wie ein Geisterwald, in dem nur das Unterholz in seinem alljährlichen Wetteifern um Sonnenlicht grün geworden war. Ein Bach wand sich glitzernd durch die Lichtungen, wo junges Gras zwischen den gelblichen, verdorrten Halmen des Vorjahres sprießte.

»Dort links führt ein Pfad durch den Sumpf«, sagte Meg und wies in die Richtung. »Auf dem moorigen Boden geht es nur langsam voran, aber danach wird der Weg besser.«

Dominic ließ seinen Blick über die Landschaft schweifen, prägte sich die Lage von Bergen und Tal, Wald und Lichtung und Moor ein. Er schaute den Hundeführer an, der eifrig nickte. Auch die Hunde waren begierig auf die Jagd. Seit sie die Normandie verlassen hatten, hatten sie nur wenig Gelegenheit zum Herumtollen gehabt.

Abrupt bedeutete Dominic dem Hundeführer, voranzugehen. Als er den gewundenen Pfad durch das Moor entdeckt hatte, blies der Mann ein kurzes Signal auf seinem Horn und rief die Hunde zusammen.

»Du reitest als erster«, sagte Dominic zu Simon.

Überrascht trieb Simon seinen Hengst vorwärts. Ebenso überraschte Ritter wurden angewiesen, ihm zu folgen. Dominic bildete hinter Megs Pferd das Schlußlicht. Sie drehte sich im Sattel um und blickte ihn neugierig an.

»Ich will verhindern, daß du von den Schlachtrössern niedergetrampelt wirst, wenn die Jagd beginnt«, erklärte er. »Dein Pferd ist willig, aber ein bißchen langsam für die Jagd auf so unwegsamem Gelände.«

»Was ist mit dir?« fragte Meg. »Wenn ich zurückfalle, wirst du den Hirsch verpassen.«

»Es wird noch andere Gelegenheiten zur Jagd geben.«

»Meine Stute wird dieselbe sein.«

»Schon, aber du wirst sie nicht reiten. Wenn meine Ritter eintreffen, bekommst du eine Sarazenerstute, deren Fell so rot wie dein Haar ist.«

»Wirklich?« fragte Meg aufgeregt.

»Wirklich. Ich werde sie von Crusader decken lassen. Die beiden müßten prächtige Fohlen bekommen.«

»Schon wieder Fortpflanzung«, knurrte Meg vor sich hin. »Fällt dir sonst nichts ein, wozu ein weibliches Wesen gut sein könnte?«

Wenn Dominic es gehört hatte, so erwiderte er jedenfalls nichts.

Meg hatte richtig vorausgesagt, daß der erste Teil des Pfades schwierig sein würde. Bis sich ihre Stute vorsichtig einen Weg durch Moorlöcher und schlüpfriges Riedgras gebahnt hatte, atmete sie keuchend und war gut dreißig Meter hinter die Ritter zurückgefallen. Obwohl Crusader wesentlich mehr Gewicht zu tragen hatte, machten ihm die Anstrengungen nichts aus, denn Dominic brachte seine Kriegsrösser so sorgsam in Form, wie er seine Ritter trainierte. Ein Pferd, dem auf dem Schlachtfeld der Atem und die Kraft ausgingen, war weniger als nutzlos.

Als Megs Stute endlich aus dem Sumpfgelände heraus war, holte Dominic neben ihr auf und wies die Junker an weiterzureiten. Die Ritter, die jetzt fast sechzig Meter vor ihnen lagen, folgten dem Lauf des Baches durch Gras und vereinzelte Gehölze und dann in den Wald hinein. Selbst ohne Laub waren die Bäume und das Unterholz dicht genug, um die Ritter und die nachfolgenden Junker scheinbar spurlos zu verschlucken.

Meg und Dominic waren ein Stück weitergeritten, als sie den Ruf eines Jagdhorns hörten. Sie zogen die Zügel an und lauschten. Das Horn ertönte wieder und dann noch einmal, um den Verlauf der Jagd zu bezeichnen.

»Sie sind einen Nebenfluß hinaufgeritten«, sagte Meg.

Wieder war der Ruf des Horns zu hören, diesmal besonders laut und eindringlich.

»Sie haben den Hirsch gesichtet!« rief Dominic.

Mit angehaltenem Atem horchten sie auf den verblassenden Klang des Jagdhorns. Der Hirsch lieferte den Hunden eine wilde Verfolgungsjagd durch Berg und Tal. Dominic hatte recht gehabt;

das Tempo war halsbrecherisch. Megs Stute wäre von den anderen vernichtend geschlagen worden.

Urplötzlich fühlte Meg Unbehagen in sich aufsteigen, und ein eisiger Schauder lief ihr Rückgrat hinab. Sie blickte sich hastig um – wie ein gehetztes Tier, das einen Fluchtweg sucht.

»Was hast du denn?« fragte Dominic.

»Ich weiß es nicht. Ich fühle mich plötzlich wie der Hirsch. Gejagt.«

»Passiert dir das oft, wenn die Beute gesichtet ist?« fragte er neugierig.

»Bis jetzt noch nie. Ich ...« Megs Stimme brach ab, als hätte ihr ein Messer das Wort abgeschnitten.

Im Osten erschallte ein Horn, unmittelbar zwischen Meg und Dominic und den Rittern, die den Hirsch verfolgten. Der Klang des Horns war nicht der des Hundeführers von Blackthorne Keep.

»Erkennst du das Horn?« fragte Dominic.

»Das kann nicht sein«, murmelte Meg bestürzt. »Das würde er nicht tun.«

»Wer?« verlangte er zu wissen.

»Duncan. Es ist das Schlachthorn der Vögte.«

Wieder ertönte das Horn, diesmal näher. Die Vögte hatten es nicht auf die Ritter und die Junker abgesehen, sondern auf die beiden einsamen Reiter, die gefährlich weit hinter den anderen zurückgefallen waren.

»Großer Gott«, zischte Dominic. »Gibt es hier in der Nähe irgendeinen Ort, wo sich ein Mann gegen viele verteidigen kann?«

»Es gibt einen Ort, den kein Mensch betreten wird.«

»Reite voraus!«

»Er liegt dort drüben.« Meg zeigte in die entsprechende Richtung. »Aber meine Stute kann dort nicht ...« Bevor sie ihren Satz beenden konnte, hatte Dominic Meg vom Rücken ihres Pferdes gerissen und sie in einem wilden Wirbel von Röcken vor sich in den Sattel gesetzt. Dann drückte er dem großen Hengst seine Sporen in die Flanken.

Hinter ihnen erhob sich das triumphierende Geheul der Männer, die gerade ihre Opfer ausgemacht hatten.

22. KAPITEL

Meg beugte sich gefährlich weit nach rechts über den Hals des Hengstes, als sie der unterste Ast einer mächtigen Eiche aus dem Sattel zu fegen drohte. Hinter ihr lehnte Dominic sich weit zur Linken vor. Sie ritten so dicht unter dem Ast hindurch, daß Dominics Kettenpanzer Rinde abschabte.

Etwas, was wie Rufe klang, ertönte hinter ihnen. Wenn es die Vögte waren, so waren sie bei der wilden Verfolgungsjagd bergauf offensichtlich ein Stück zurückgefallen.

Ein Hund bellte. Der Laut war rauh und tief grollend – die Stimme eines Tieres, das nur wenige Generationen von seinen wölfischen Vorfahren trennten.

»Sie verfolgen uns mit Hunden!« schrie Meg, während sie über ihre Schulter zurückzublicken versuchte.

»Schau nicht zurück«, befahl Dominic. »Du wirst das Gleichgewicht verlieren.«

Schweigend vergrub Meg ihr Gesicht wieder an dem muskulösen Hals des Hengstes und klammerte sich mit beiden Händen in seiner Mähne fest, bis ihre Muskeln schmerzten. Und dennoch wäre sie unweigerlich gestürzt, hätte Dominics harter Arm nicht um ihre Taille gelegen und sie festgehalten. Sie war einfach nicht daran gewöhnt, auf einem Pferd von Crusaders Größe und Kraft und in einem derartigen Höllentempo durch die Landschaft zu rasen.

Megs wildes Herzklopfen vermischte sich in ihren Ohren mit dem Donnern von Crusaders galoppierenden Hufen, seinem keuchenden Atem und dem alarmierten Bimmeln goldener Glöckchen. Crusaders schwarze Mähne peitschte ihr Gesicht.

Der Wind riß Tränen von ihren Lidern, als der Hengst in halsbrecherischem Tempo eine felsige Hügelkuppe erstürmte und auf der anderen Seite hinuntergaloppierte.

Wald schloß sich erneut um sie und verbarg sie vor ihren Verfolgern. Mehrere hundert Meter hinter dem Fuß des Hügels erhob sich ein Wäldchen gewaltiger Eichen. Die Stämme standen so dicht, daß ein Pferd unmöglich hindurchgaloppieren konnte. In welcher Gangart auch immer – jedenfalls zeigte Crusader plötzlich ein auffälliges Widerstreben, sich überhaupt vorwärtszubewegen.

»Pest und Hölle!« fluchte Dominic und trieb dem Hengst die Sporen in die Seiten. »Was ist in dich gefahren, Crusader?«

Der Hengst legte die Ohren an und scheute, weigerte sich, auch nur einen weiteren Schritt zu machen.

»Runter!« rief Meg und glitt in einem Gebimmel goldener Glöckchen aus dem Sattel. »Schnell!«

Dominic sprang nach Kriegermanier mit einem Satz von Crusaders Rücken, seine Hand am Schwertgriff, sein Körper angespannt und bereit für den Kampf.

Meg riß sich ihr Tuch vom Kopf und hielt es ihm hin.

»Verbinde ihm die Augen«, drängte sie. »Und dann folge mir. Wenn Crusader wieder scheut, laß ihn zurück. Schnell! Sie werden uns gleich eingeholt haben!«

Dominic ergriff das Kopftuch, schlang es um Crusaders Augen und zog an den Zügeln. Der Hengst schnaubte und wich alarmiert zurück, schwang wie ein Pendel am Ende des Zügels hin und her in seinem Versuch, überallhin auszuweichen, nur nicht nach vorn.

Trotz der drängenden Eile sprach Dominic beruhigend auf das Pferd ein, während er mit beständigem Druck an den Zügeln zog.

»Beeil dich!« rief Meg. »Ich sehe einen Hund!«

Crusader schnaubte heftig, bäumte sich einmal kurz auf die

Hinterhand auf und gab dann nach, folgte Dominic gehorsam, wie er es schon so viele Male zuvor getan hatte, selbst in den düsteren, angsteinflößenden Laderaum eines Schiffes hinein. Dominic ging schnell und fiel dann in Laufschritt, während er den Hengst zwischen Bäumen hindurchführte, die älter und prachtvoller wurden, je tiefer man in das Wäldchen eindrang.

Aufrecht stehende Steine, größer und dicker als Dominic, ragten plötzlich ohne Vorwarnung zwischen den Bäumen auf. Die Steine standen schon so lange da, daß sie dicke Mäntel aus Moos und Flechten trugen, als wären winzige Gärten in felsigen Ausbuchtungen angelegt worden, nicht tiefer als einen Fingerbreit.

Nach etwa hundert Metern erhoben sich weitere Steine. Diese waren halb so groß wie ein Mann und so dicht nebeneinander aufgestellt, daß keine Bäume dazwischen wuchsen. Hinter dem zweiten Ring von Steinen lag eine kreisförmige Fläche aus Gras, ungefähr zwanzig Meter im Durchmesser. Im Mittelpunkt des Kreises ragte ein großer, mit Gras überwachsener Hügel aus Erdreich und Felsen auf.

Dominics Nackenhaare sträubten sich, als ihm schlagartig bewußt wurde, wo er sich befand. Auf irgendeiner instinktiven Ebene seines Bewußtseins spürte er, was Crusader davor hatte zurückschrecken lassen, in das Wäldchen einzudringen. Der konzentrische Ring aus Steinen umschloß ein Heiligtum, dessen Ruhe nicht leichtsinnig und rücksichtslos gestört werden durfte.

Glendruid.

Argwöhnisch und neugierig zugleich schaute Dominic sich um, als er sein Schlachtroß an einen Ort des Friedens und des Schutzes führte. Allmählich rückten die Eichen weiter auseinander, und auf den Flächen zwischen den Stämmen wuchs saftiges Gras. Wildblumen sangen ihre stummen, farbenprächtigen Lieder, wohin er schaute. Die Bäume hier draußen waren dichter belaubt, als käme die Sonne an dieser einen Stelle früher und bliebe länger.

Hinter dem ersten Ring aus Steinen ertönte das wilde, wütende Bellen eines Jagdhundes, der seiner Beute beraubt worden war. Seltsamerweise fielen keine anderen Hundestimmen in das Gebell ein. Dominic blickte Meg fragend an.

»Jagt Duncan nur mit einem Hund?«

»Nur wenn er Wilderer verfolgt. Außerdem wissen wir nicht sicher, ob es Duncan ist.«

»Hör auf, den elenden Bastard zu verteidigen«, befahl Dominic barsch. »Wer außer ihm könnte es sonst sein?«

Meg sagte nichts. Es gab auch nichts, was sie gegen die Logik von Dominics Worten hätte einwenden können, aber die Logik ihrer Gefühle war etwas völlig anderes.

»Ich hätte Simon befehlen sollen, den Schottischen Hammer in der Kirche zu erstechen«, knurrte Dominic.

Er blickte sich auf der sonnigen Lichtung mit dem uralten Erdhügel um. Es gab keine Stelle, wo sich ein einzelner Ritter im Rücken hätte sicher wähnen können, während er sich nach vorn verteidigte.

»Geh weiter«, drängte er Meg. »Wir haben noch keine sichere Zufluchtsstätte erreicht.«

»Es gibt keine bessere Zuflucht als die Burg und keine Möglichkeit, dort hinzugelangen, außer auf demselben Weg, den wir gekommen sind.«

Meg fügte nicht hinzu, daß die Vögte jetzt den Weg zwischen dem verfluchten Ort und Blackthorne Keep besetzt hielten. Sie brauchte auch nicht deutlicher zu werden. Dominics gotteslästerliche Flüche sagten ihr, daß er ihre Zwangslage ebenso deutlich erkannt hatte wie sie.

»Jetzt sitzen wir wirklich in der Falle«, zischte er. »Es wären eine ganze Menge Ritter nötig, um diesen Ort zu verteidigen.«

»Nein. Nicht ein Vogt wird durch den äußeren Kreis von Steinen kommen.«

»Duncan ist mehr als klug genug, um seinem Pferd die Augen zu verbinden und unseren Spuren hierher zu folgen.«

»Das bezweifle ich. Ich war mir ja selbst nicht sicher, ob es funktionieren würde.«

Dominic starrte Meg an. »Warum hast du es dann vorgeschlagen?«

»Ich wußte, du würdest deinen Hengst nicht zurücklassen, bis es zu spät wäre. Die Vögte hätten dich wie einen Hirsch umzingelt und abgestochen, bevor es dir gelungen wäre, durch den äußeren Steinkreis zu entkommen.«

Er grunzte. »Das können sie immer noch tun.«

»Ich denke nicht. In tausend Jahren ist kein Mensch jemals an den stehenden Steinen vorbeigekommen. Noch nicht einmal mein Vater.«

»Hat er es versucht?«

»Einmal.«

»Warum?«

Meg zuckte die Achseln. »Er glaubte, das Geheimnis, endlich einen Sohn zu bekommen, läge im Inneren des Steinkreises statt in seinem Herzen.«

»Oder im Herzen seiner Frau?« schlug Dominic vor.

Plötzlich hob Crusader den Kopf und zerrte hart an den Zügeln.

»Ruhig, ganz ruhig«, sagte Dominic mit gedämpfter Stimme, während er den Hals des Hengstes beschwichtigend streichelte. »Es gibt hier nichts, wovor du Angst haben müßtest.«

»Er wittert das Wasser«, sagte Meg und zeigte auf üppiges Gebüsch und eine Anhäufung von Felsen am Fuß des Hügels.

»Eine heilige Quelle?« fragte Dominic in neutralem Ton.

»Es bedeutet keine Schändung von Glendruid Heiligtum, wenn ein Pferd dort seinen Durst stillt. Hast du das gemeint?«

Ohne ein Wort nahm Dominic dem Hengst die Augenbinde ab. Crusader blickte sich wachsam um, zeigte jedoch keine Furcht. Dominic führte sein Pferd zu der Quelle und wartete, während Crusader das kristallklare Wasser trank.

Es war leicht, das Vordringen der Vögte bis zu dem äußeren

Steinkreis zu verfolgen. Gedämpfte Rufe und das traurige Bellen eines Hundes waren an mehreren Punkten um den Kreis herum zu hören, während die Abtrünnigen die Spur auf der anderen Seite des verfluchten Ortes wiederaufzunehmen versuchten.

Zwischen den Steinen selbst rührte sich nichts.

»Was liegt im Innern des Hügels?« wollte Dominic wissen.

»Eine Kammer ohne Decke.«

»Ist dort drinnen Platz für ein Pferd?«

Meg zögerte.

»Ist auch nicht wichtig«, erwiderte er, als er ihr Widerstreben spürte. »Ich werde Crusader hier draußen anbinden.«

»Nichts wird ihm geschehen.«

»Geh du in die Kammer«, sagte Dominic. »Wenn Duncan mutig oder schlau genug ist, durch den Ring von Steinen zu kommen, wird die Kammer leichter zu verteidigen sein als diese offene Fläche.«

»Was ist mit dir?«

»Ich werde nachkommen, sobald ich mich um Crusader gekümmert habe. Oder werde ich besondere Zaubersprüche und Beschwörungsformeln brauchen, um hineinzugelangen?« fragte Dominic sarkastisch.

»Nichts Exotischeres als die Augen, die Gott dir gegeben hat«, erwiderte Meg gepreßt. »Wenn dies ein böser Ort wäre, würde mein Kreuz ihn nicht dulden.«

Dominic zuckte die Achseln. »Spielt auch keine Rolle. Ich würde sogar mit dem Teufel persönlich Geschäfte machen, um Schutz vor Duncan und seinen Vögten zu finden.«

»Nein!« rief Meg entsetzt. »Du darfst so etwas nicht sagen. Niemals!«

Er lachte. »Was für eine seltsame Hexe du doch bist.«

»Ich bin keine Hexe«, erwiderte sie, wobei sie jedes Wort betonte. »Ich bin eine Glendruid. Das ist nicht dasselbe.«

»Die einfachen Leute haben Schwierigkeiten, zwischen den beiden zu unterscheiden.«

»Deshalb sind sie ja auch einfache Leute«, gab sie zurück.

»Geh in die Kammer, Glendruid Frau. Ich komme gleich nach.«

Meg ging um den Hügel herum, bis sie zu einer Öffnung kam, wo Erde und Fels entweder herausgeschnitten oder gar nicht erst aufgeschichtet worden waren. Der Gang ins Innere war schmal, von Steinen begrenzt, der Boden mit einer dicken Blätterschicht bedeckt. Nach ein paar Metern öffnete sich der Gang auf eine kreisförmige Kammer. Wenn die Kammer jemals überdacht gewesen war, so wies jedenfalls nichts mehr darauf hin.

Gras und Wildblumen wuchsen in einem dichten Teppich. Auf der Westseite hatte sich das Laub des Vorjahres zu Füßen von vier seltsam anmutenden weißen Steinen angehäuft. Sie hätten Stützpfeiler für einen Zufluchtsort sein können oder auch Obelisken, die einen verschwundenen Altar umstanden, oder Punkte, die das schräg einfallende Sonnenlicht beim Wechsel einer bestimmten Jahreszeit einfingen. Kein lebender Mensch wußte es.

Falls die Glendruids jemals den Zweck des Hügels, der Kammer oder der Obelisken gekannt hatten, so hatte dieses Wissen nicht die Zeitalter überdauert, seit sich Bruder gegen Bruder gekehrt hatte und der Glendruid-Wolf getötet worden war; und mit ihm auch der Frieden des Landes.

»Du siehst traurig aus«, sagte Dominic hinter Meg. »Ist dies ein Ort der Melancholie für dich, oder bist du unglücklich, weil Duncan seine Chance verpaßt hat, dich mitzunehmen?«

»Ist es das, was du glaubst?«

Die Versuchung, Meg in Rage zu bringen, hätte fast über Dominics gesunden Menschenverstand gesiegt. Mit einem gemurmelten Fluch riß er sich zusammen und beherrschte seine scharfe Zunge. Er reagierte immer ziemlich impulsiv und jähzornig, wenn er nach einer Schlacht unter Hochspannung stand. Seine Männer hatten gelernt, ihn mit Samthandschuhen anzufassen, wenn er in einer solchen Stimmung war.

»Laß mich dir nur sagen, daß ich es restlos satt habe, ständig von dir und Duncan of Maxwell zu hören«, sagte Dominic verbittert.

»Ich auch.« Megs Tonfall war ebenso bitter wie der ihres Mannes.

Es fiel ihm sichtlich schwer, aber Dominic zügelte seinen Zorn.

»Bleib hier«, befahl er. »Ich werde draußen Wache halten.«

Schweigend beobachtete Meg, wie Dominic aus der Kammer marschierte. Es dauerte nur einen Moment, bis sie einen bequemen Platz zwischen dem Gras und den Wildblumen gefunden hatte. Sie legte ihren Mantel ab, drehte die Innenseite nach außen, um das kostbar bestickte Tuch zu schonen, und rollte ihn zu einem Kopfkissen zusammen. Ihre Zöpfe hatten sich bei dem wilden Ritt fast ganz aufgelöst. Sie entfernte die goldenen Glockenstränge, schüttelte ihr Haar aus und machte sich daran, es mit den juwelenbesetzten Kämmen zu glätten, die Dominics Geschenk gewesen waren.

Von der Kuppe des Hügels aus, wo Dominic jetzt saß, wirkte Megs wallendes Haar wie Feuer, von Fingern aus Gold gekämmt.

Das leise Läuten der Glöckchen, die sie um Handgelenke und Hüften trug, paßte so perfekt zu der sonnigen Schönheit des Tages wie das Zwitschern der Vögel.

Ganz gleich, wie streng Dominic sich befahl, nach den Vögten Ausschau zu halten, die melodiösen Glöckchen und die atemberaubende Schönheit seiner Frau zogen immer wieder seinen Blick an und lenkten ihn ab. Mit einem gemurmelten Fluch schloß er die Augen und horchte angestrengt auf etwas Bedrohlicheres als die winzigen Glöckchen und die heiteren Stimmen der Singvögel.

Nichts drang an seine Ohren, nur das träge Summen von Insekten und das heimliche Seufzen des Windes im frischen, jungen Laub des Frühlings. Dominic schaute zu Crusader hinüber, vertraute auf den Instinkt des Hengstes für Gefahr.

Das Pferd stand ruhig da und knabberte an ein paar jungen Schößlingen. Von Zeit zu Zeit hob Crusader den Kopf, stellte die Ohren auf und blähte die Nüstern, während er Witterung aufnahm und den Wind auf irgendwelche Anzeichen von Gefahr prüfte. Anscheinend nahm der Hengst keine Gerüche von fremden Menschen, Pferden oder Hunden wahr – und auch keine vertrauten Gerüche –, denn nach einem Moment fuhr er fort, Gras zu rupfen und Blätter zu zupfen, aber in der Manier eines Pferdes, das eher gelangweilt als hungrig ist.

Die Sonne war wie ein warmer Segen auf dem Land. Eine innere Ruhe und Gelöstheit überkam Dominic, vertrieb die Anspannung von Flucht und Schlacht. Er schaute wieder in die Kammer hinunter und sah Meg ausgestreckt im Gras liegen, ihr Haar wie ein seidiger Glorienschein um den Kopf ausgebreitet. Die Versuchung, zu ihr zu gehen, war stärker als jede andere, die er je gekannt hatte.

Dominic widerstand dem Sirenengesang von Frieden und Entspannung noch eine ganze Weile, aber nichts an der Stille um ihn herum belohnte seine Wachsamkeit. Schließlich kletterte er den Hügel hinunter, führte Crusader zu dem Gang und band ihn direkt am Eingang fest, wo kein Mann vorbeigelangen konnte, ohne den Hengst zu alarmieren.

Im Inneren der Kammer zog sich Dominic müde den Helm vom Kopf und legte ihn beiseite. Sein dunkler Mantel ergab ein gemütliches Bett auf dem Gras und den Wildblumen. Sobald er das Lager bereitet hatte, hob Dominic Meg auf den Mantel und legte sich neben sie. Die Wärme des Sonnenlichts löste seine innere Anspannung gründlicher, als es jedes Ale vermocht hätte. Er legte seinen Kettenpanzer und die metallverstärkten Kniehosen ab, genoß die Freiheit vom Gewicht des Krieges. Mit einem tiefen Seufzer zog er Meg in seine Arme.

Zum ersten Mal, seit er in Jerusalem seine eigene Freiheit gegen die seiner Männer eingetauscht hatte, schlief Dominic le Sabre, ohne von Alpträumen gequält zu werden.

Als Meg erwachte, wußte sie zuerst nicht, wo sie war. Trotzdem fühlte sie keine Furcht. Die Hitze der Sonne und das süße Trillern der Waldvögel sagten ihr, daß sie sicher war, bevor sie die Augen aufschlug. Noch tröstlicher und beruhigender als Vogelgesang waren die intensive Wärme von Dominics Armen um ihren Körper und das gleichmäßige, entspannte Pochen seines Herzens unter ihrer Wange.

Abrupt erinnerte sich Meg wieder an die verzweifelte Flucht durch den Wald. Sie hob den Kopf, um durch den Gang zu der grasbewachsenen Lichtung und den Bäumen hinüberzusehen, die den uralten Hügel umgaben. Crusader stand am Eingang zum Hügel, den Kopf gesenkt, sein Gewicht auf drei Beine verlagert, während er nach Art der Pferde im Stehen schlief.

Die Schatten des Hügeleingangs waren nur ein kleines Stück weitergewandert, woraus Meg schloß, daß sie nicht lange geschlafen hatte. Dennoch fühlte sie sich eigenartig erfrischt. So erging es ihr immer, wenn sie hierherkam. Es war, als hätte sich der Frieden von tausend Jahren an dieser einen Stelle vereint, um von denen genossen zu werden, die klug genug waren, zwischen den stehenden Steinen hindurchzuschlüpfen und zu dem sonnenerwärmten Hügel zu gehen.

Als Meg den Kopf wieder zu Dominic umwandte, sah sie, daß er seine Kriegsausrüstung abgelegt hatte, um mit ihr in der Sonne zu liegen. Auch er mußte die heilenden Kräfte des uralten Ortes gespürt haben.

Die Erkenntnis traf Meg wie ein Blitzschlag. Old Gwyn hatte von keinem Mann in tausend Jahren gewußt, der fähig gewesen war, sein Unbehagen lange genug zu bezwingen, um den inneren Kreis von Steinen zu betreten, geschweige denn, sich im Schlaf dem ehrwürdigen Frieden des Hügels hinzugeben.

Und dennoch hatte Dominic genau das getan.

Der Beweis dieser unglaublichen Tatsache lag direkt neben ihr – sein kraftvoller Körper entspannt, seine Augen geschlossen, so tief und fest schlafend wie ein Baby. Dominic le Sabre, ein Krieger, der so mächtig war, daß er selbst dem König von England Unbehagen einflößte, fühlte sich auf erstaunliche Weise mit dem Frieden verbunden.

Tu dich mit mir zusammen, Frau. Hilf mir, dem Land Frieden zu bringen.

Meg vernahm die Worte so deutlich, daß sie zuerst glaubte, Dominic hätte laut mit ihr gesprochen. Mit dem nächsten Atemzug erkannte sie, daß es die Vergangenheit war, die sie hörte, als Dominic den Klauen des Gifts entkommen war und sie mit Augen angesehen hatte, so klar wie die heilige Quelle zu Füßen des Hügels.

Tu dich mit mir zusammen, Meg. Hilf mir, dem Land Frieden zu bringen.

Wie?

Vermische angelsächsisches und normannisches Blut. Schenk mir Söhne.

In einem Schweigen, das von Möglichkeiten widerhallte, betrachtete Meg die dichten, fransigen Kränze von Dominics Augenwimpern und das zerzauste, leicht wellige Stirnhaar, das oft unter einem Schlachthelm verborgen war. Sie erinnerte sich, wie weich und kühl sich sein Haar unter ihren Fingern anfühlte, wie warm es dicht an seiner Kopfhaut war und wie sehr Dominic es mochte, wenn sie leicht mit den Fingernägeln über seine Haut strich.

Behutsam ließ Meg ihre Hand über das weiche Lederhemd gleiten, das Dominic unter seinem Kettenpanzer trug. Unter dem Schnürverschluß des Hemds schimmerte ein Dickicht festen, schwarzen Haares. Im Gegensatz zu Dominics glattem Kopfhaar war sein Brustpelz kraus und elastisch. Meg fragte sich, ob er sich unter ihrer Handfläche ebenso faszinierend anfühlen würde wie unter ihren Fingerspitzen. Kaum war ihr der Gedanke gekommen, da ertappte sie sich dabei, wie sie die Lederschnüre aufknüpfte, um ungehindert ihre Finger darunterschieben zu können.

Mit einem leisen Laut des Entzückens entdeckte Meg, daß die muskulösen Konturen von Dominics Brust weich und federnd waren und der dunkle Brustpelz einen unwiderstehlichen Reiz auf sie ausübte. Sie streichelte Dominic mit langsamen Bewegungen, lächelte über die Freude, die es ihr bereitete, ihn auf diese Weise zu berühren.

Ein kaum merkliches Zucken seiner Muskeln sagte Meg, daß Dominic erwachte. Widerstrebend unterbrach sie ihre Liebkosung und machte Anstalten, ihre Hand aus seinem Hemd zu ziehen.

Eine vom Schwertkampf hart und schwielig gewordene Hand legte sich auf Megs und preßte ihre Handfläche gegen seine Brust.

»Hör nicht auf«, sagte er rauh. »Sonst werde ich noch eifersüchtiger auf Black Tom sein, als ich es ohnehin schon bin.«

Megs Lächeln wurde noch breiter. Sie hob den Kopf, bis sie in die Augen sehen konnte, die den klaren, fast unheimlichen Silberton einer geheiligten Glendruid-Quelle aufwiesen.

»Oder streichelst du lieber Black Tom, weil er mehr Fell als ich hat?« fragte Dominic scherzhaft.

»Das bezweifle ich. Du fühlst dich herrlich pelzig für mich an.«

Dominic schnappte erregt nach Luft, als Megs Hand erneut in das Lederhemd glitt und ihn wieder zu streicheln begann. Ein wohliger Schauer prickelte über seine Haut, denn ihr Gesichtsausdruck verriet ihm, daß sie die Liebkosung ebensosehr genoß wie er.

»Frierst du?« erkundigte sie sich besorgt.

»Nein.«

Dominics Stimme war sehr tief, und seine Augen wirkten rauchig vor Sinnlichkeit. Es war eine träge und gleichzeitig aufreizende Sinnlichkeit, die Meg noch niemals zuvor an ihm bemerkt hatte.

»Du hast gefröstelt«, sagte sie.

»Ja.«

Seine Hand wanderte ein Stück höher. Sein Zeigefinger liebkoste Megs Wange, die Linie ihres Kinns, ihren Nacken, ihre Halsgrube. Die hauchzarte Liebkosung entlockte ihr einen zitternden Seufzer.

»Frierst du?« fragte Dominic.

Seine Augen bewiesen, daß er sehr gut wußte, wie ihre Antwort ausfallen würde.

»Nein«, meinte Meg. »Ist es ...?«

Er stieß einen fragenden, fast schnurrenden Laut aus und preßte erneut seine Hand auf ihre. Er rieb Megs Handfläche über seine Brust und wand sich wohlig unter der Berührung wie eine Katze.

»Ist es das, was dich hat erschauern lassen?« fragte sie neugierig. »Meine Berührung?«

»Ja. Deine Berührung. Und du bist unter meiner erschauert. Berühre mich noch ein bißchen mehr, kleiner Falke. Laß mich unter deiner Hand erzittern.«

»Wirst du es mögen?«

»Ich weiß es nicht. Ich bin bisher noch nie unter der Berührung einer Frau erzittert.«

Zögernd und dann mit wachsender Zuversicht begann Meg, Dominics Brust unter dem Lederhemd zu streicheln. Seine Wärme war köstlich, ebenso wie die Bewegungen seines Körpers unter ihrer Hand, die das sinnliche Streicheln noch verstärkten.

»Du bist tatsächlich wie Black Tom«, sagte Meg.

»Pelzig?«

»Und warm. Und geschmeidig.« Sie testete Dominics muskulöse Brust mit den Fingerspitzen. »Und stark. Und ... ach, du fühlst dich einfach gut an.«

Lachen und ein lustvoller Seufzer vermischten sich in Dominics Kehle. Das Ergebnis war ein tiefer, rauher Laut.

»Und du kannst auch schnurren«, neckte Meg. »Ein katzenartiger Mann ist doch etwas Wunderbares. Fängst du auch Mäuse mit deinen Zähnen?«

»Ich fürchte, nein.«

»Na ja, vielleicht kann Black Tom es dir beibringen.«

Dominic lachte und hielt dann erregt den Atem an. Megs schlanke Finger hatten die glatte Haut um seine Brustwarze gefunden. Der Kontrast zwischen Haar und Haut schien ihr gefallen zu haben, denn sie kehrte augenblicklich zu seiner Brustwarze zurück. Als sie sich verhärtete, hob Meg ihre Hand.

»Noch einmal«, murmelte er.

»Du magst es?«

»Das einzige, was mir noch besser gefallen würde, ist deine warme Zunge.«

Die Erinnerung daran, wie Dominic ihre eigenen Knospen mit der Zunge liebkost hatte, ging in einer Woge flüssiger Hitze durch Megs Körper.

»Ja«, flüsterte sie mit geschlossenen Augen. »Ich erinnere mich.«

Dominic zog sich das Lederhemd über den Kopf. Darunter war nichts bis auf die warme Haut, die schwellenden Muskeln und das elastische Brusthaar, das sie so genossen hatte. Meg hielt ihre Augen weiterhin geschlossen, während sie ihn mit ihren Fingern erforschte.

»Du bist ... wunderschön«, flüsterte sie.

»Nein«, erwiderte Dominic und zeichnete die Umrisse ihrer Lippen mit der Fingerspitze nach. »Du bist die Schöne. Ich bin von Kopf bis Fuß mit Narben bedeckt.«

Meg blinzelte und öffnete die Augen. Zum ersten Mal erblickte sie die Narbe, die schräg über seine Brust und Schulter verlief. Ihr Atem kam in einem dumpfen Laut, als sie an den Schmerz dachte, den die Wunde ihm bereitet haben mußte.

Dominic verfluchte sich im stillen für seine Dummheit, sich im vollen Sonnenlicht zu entkleiden, und griff wieder nach seinem Lederhemd, das er so achtlos weggeworfen hatte.

Megs Hand schoß vor und hinderte Dominic daran, sich das Hemd über den Kopf zu streifen.

»Laß gut sein, Frau. Ich bin besser im Dunkeln als im hellen Licht anzusehen«, sagte er nüchtern.

»Nein«, erwiderte sie. »Du bist eine Freude für meine Augen.«

»Du kannst dich ja kaum dazu bringen, mich anzuschauen. Laß los. Ich möchte mich wieder anziehen.«

»Es war der Schmerz.«

»Was?«

»Dein Schmerz schreit aus der Wunde auf«, erklärte Meg schlicht. »Damit hatte ich nicht gerechnet. Laß mich dich sehen, mein Krieger.«

Laß mich dich heilen.

Langsam öffnete Dominic seine Faust und ließ das Hemd los. Meg betrachtete ihren Mann. Nach einem angespannten, schweigenden Moment begann sie, die muskulösen Linien seines Körpers mit zarten Fingerspitzen nachzuzeichnen.

»Ich habe deine männliche Kraft schon vorher geahnt«, sagte sie nach einer Weile. »Ich fühle sie, wenn du mich hochhebst. Vor wenigen Augenblicken habe ich sie auf andere Weise gespürt, als du so warm und schmiegsam wie eine Katze unter meinen Händen gewesen bist. Aber deine nackte Kraft habe ich bis jetzt noch nie gesehen.«

Dominics Augen wurden schmal unter der Macht der Leidenschaft, die mit jeder behutsamen Liebkosung von Megs Hand mehr von seinem Körper Besitz ergriff. Meg blickte ihn mit einer Bewunderung an, die mehr als sinnlich und weniger als unschuldig war.

»Du bist prachtvoll, mein Krieger. Was für einen herrlichen Körper du hast!«

Megs Fingerspitzen glitten zärtlich an der Narbe entlang. Die Liebkosung entlockte Dominics Kehle einen glücklichen Seufzer, denn in der Berührung oder der Stimme seiner Frau lag keinerlei Schrecken. In ihren Augen war er schön. Er wußte dies so sicher, wie er seinen eigenen Namen wußte.

Die Erkenntnis verblüffte Dominic, denn er wußte auch, daß sehr viel Gefühl und Bewegtheit nötig waren, um über die häßlichen Narben hinwegzusehen, die Kriege und Schlachten auf seinem Körper hinterlassen hatten.

»Dies ist Teil deiner unbezwinglichen Kraft«, flüsterte sie, während sie erneut über die Narbe strich. »Ich würde dir den Schmerz nehmen, wenn ich es könnte, aber ich würde nicht die Spuren einer ehrenhaften Schlacht auslöschen. Du brauchst dich niemals zu scheuen, nackt vor mir zu sein, Dominic. Ich finde dich so attraktiv, wie du stark bist.«

Ein Schauer lief durch Dominics muskulösen Körper – Freude und etwas noch Mächtigeres – eine Sehnsucht der Seele, die ihn so sanft verzehrte wie Sonnenlicht.

»Du entwirrst mich, löst mein Innerstes auf«, sagte er heiser.

»Dann werde ich dich wieder zusammenfügen müssen, mein Krieger. Aber ohne den Schmerz ...«

Als Meg sich herabbeugte, um Dominic zu küssen, glitt ihr Haar wie kühle Flammen über seine Haut. Er vergrub seine Finger in der seidigen Masse und zog Meg an sich für einen tiefen, innigen Kuß. Als er sie schließlich losließ, glühte ihre Haut vor Verzückung, und ihre Finger wanderten hungrig über seine Brust.

»Du schmeckst wie Sonnenschein und warmer Regen zugleich«, sagte Dominic.

»Und du bist wie Wein«, flüsterte sie. »Du berauschst meine Sinne und machst mich schwindelig.«

»Dann solltest du dich besser hinlegen.«

Mit einer Hand raffte Dominic die Seide und das Feuer von Megs Haarflut zusammen. Mit der anderen preßte er sie an sich, während er sich herumdrehte und sie so heftig küßte, bis sie sich an ihn klammerte, als hinge ihr Leben davon ab. Als er seine Lippen von ihren löste, um sie anzuschauen, lag sie halb unter ihm; ihre Augen hatten einen trägen, sinnlichen Glanz, und ihr Haar lag wie ein feuriger Fächer auf dem Mitternachtsschwarz seines Mantels ausgebreitet.

»Fühlst du dich jetzt weniger schwindelig?« fragte er lächelnd.

Meg wollte etwas sagen, doch ein sinnlicher Schauer erfaßte ihren Körper, und sie strich mit beiden Händen an Dominics Rücken herab, statt ihm zu sagen, wie ihr zumute war. Unter ihren Fingerspitzen fühlte sie ein Netzwerk von Narben von der Art, wie sie nur eine Peitsche hervorrufen konnte, die wieder und wieder auf nackte Haut schlug, bis sie platzte und das Fleisch eine blutige Masse war.

Eine Reglosigkeit überkam Dominics Körper; er wirkte fast wie entrückt, als hätte er sich vom Sonnenlicht in eine dunkle, innere Welt zurückgezogen.

»Nicht unbedingt Narben von einer ehrenhaften Schlacht, nicht?« fragte er ironisch.

»Du irrst dich«, erwiderte Meg. »Nichts ist ehrenhafter, als deinen eigenen Schmerz gegen den deiner Ritter einzutauschen.«

Er blickte sie erstaunt an. »Wer hat dir das erzählt?«

»Simon.« Meg schaute auf in Dominics umschattete Augen. »Er hat mir versichert, daß der Sultan keinen leichten Tod gehabt hat.«

»Der Sultan starb so elendiglich wie die Gefolterten, die er auf dem Gewissen hatte.«

»Ausgezeichnet«, sagte Meg mit einem tiefen Seufzer. Und sie meinte es auch so.

Dominics Augen wurden groß vor Überraschung. »Für eine Heilerin bist du erstaunlich hart.«

»Der Frühling heilt die Wunden des Winters, aber der Frühling ist kaum eine sanfte Zeit. Die Wunden des Winters werden schonungslos bloßgelegt, bevor der Frühling sie heilt, und nur die widerstandsfähigsten Lebensformen überleben den Prozeß der Erneuerung. Heilen ist nichts für Zaghafte.«

Einen Moment lang betrachtete Dominic das rätselhafte, sinnliche Glendruid-Mädchen, das ihn immer wieder aufs neue überraschte.

»Werde ich dich jemals richtig kennen?« fragte er.

Bevor Meg antworten konnte, hatte Dominic den Kopf gesenkt und ergriff erneut Besitz von ihren Lippen. Sie schloß die Augen und gab sich voll und ganz dem Kuß hin und dem Krieger, dessen narbenbedeckter Körper alle ihre Sinne ansprach, wie es nichts je zuvor vermocht hatte, noch nicht einmal der erste zarte Hauch von Frühling, der das winterliche Land einhüllte.

Dominics Umarmung war wie ein Sturz in ein magisches Feuer, wie Hitze ohne Schaden, wie Verbrennen ohne Schmerz. Als seine langen Finger Megs Kleid öffneten und es bis zu ihrer Taille hinunterschoben, fühlte sie zum ersten Mal in ihrem Leben Sonnenlicht auf ihren nackten Brüsten. Instinktiv hob sie sich der liebkosenden Wärme entgegen, versuchte, der Quelle ihres Vergnügens näherzukommen.

Dominic schnappte abrupt nach Luft wie unter einem Schlag. Er stöhnte dumpf und kostete eine Brust, reizte die korallenrote Knospe mit seiner feuchten Zungenspitze. Die zitternden Schreie, die er Meg entlockte, weckten einen so verzehrenden Hunger in ihm, daß sich sein ganzer Körper anspannte. Er schob seinen kräftigen Arm unter ihren Rücken und beugte sie zurück. Dann hielt er sie und küßte und leckte ihre Brüste, bis sie aufstöhnte und sich wollüstig unter seinen heißen Liebkosungen wand.

Megs Geschmack und Duft und das Gefühl ihrer zarten Haut unter seinem Mund gruben sich wie süße Klauen in Dominics Körper, versetzten ihn in einen Zustand der Erregung, der qualvoll gewesen wäre, wäre er nicht von soviel Lust begleitet gewesen. Er hob Meg höher und hielt sie mit einem Arm fest, während er ihr mit der anderen Hand die restlichen Kleider auszog.

Dann legte er Meg auf den Mantel zurück und betrachtete sie mit brennenden Augen, als er sich hastig seiner eigenen Kleider entledigte. Dominics Schaft war hart und prall vor Erregung.

Megs Augen weiteten sich. Sie stieß einen zitternden Laut aus, als Dominic sich neben sie kniete.

»Mache ich dir angst?« fragte er.

»Nein. Ich bin nur ... überrascht.«

Dann blickte sie ihn offen an und lächelte auf eine Weise, die das Blut sichtbar in seinem steif aufgerichteten Schwert pulsieren ließ.

»Aber ich hätte wissen sollen«, murmelte sie, während sie seinen Schaft vorsichtig mit der Hand umschloß, »daß ein so großer, kräftiger Ritter wie du ein respektgebietendes Schwert haben würde.«

Glühende Leidenschaft hätte Dominics Kontrolle beinahe zunichte gemacht. Nur mit allergrößter Anstrengung gelang es ihm, sich zurückzuhalten und nur einen einzigen heißen Tropfen bei Megs unerwarteter Berührung von sich zu geben. Mit einem gemurmelten Wort, das ehrfürchtig und lästerlich zugleich war, legte er sich neben sie und blickte sie mit unverhülltem Hunger an.

»Du bist es, die mit Reichtümern gesegnet ist, nicht ich«, sagte er rauh. »Reichtümern, die einem König angemessen wären. Smaragdaugen und Haut, so fein und glatt wie Seide.«

Dominic küßte Megs feste Knospen, bis sie rot und hart unter seinen Lippen waren.

»Rubine«, hauchte er. »Aber warm, so warm wie der Atem des Lebens.«

Als Meg unter einer Woge von Verzückung die Augen schloß, glitt Dominics Hand an ihrem Körper herab, streichelte ihre Brüste, Taille und Hüften und kehrte schließlich zu dem dunkleren Feuer zurück, das zwischen ihren Schenkeln brannte. Sanft spreizte er ihre Beine, bis er das weiche, duftende Fleisch liebkosen konnte, an das er Tag und Nacht hatte denken müssen, seit er es zum ersten Mal berührt hatte. Zärtlich und unnachgiebig schob er seine Finger in das dichte Lockengewirr, bis er gefunden hatte, was er suchte.

»Das unbezahlbare Juwel«, flüsterte er.

Meg erbebte unter dem Ansturm heißer Lust, die sowohl unerwartet als auch verzehrend war. Sie versuchte zu sprechen, aber aus ihrem Mund kam nur ein gebrochener, überraschter Laut, als sich Muskeln in ihrem Schoß krampfhaft zusammenzogen und flüssige Glut auf Dominics Hand hinterließen. Der Duft von Leidenschaft hüllte ihn ein wie eine wilde Liebkosung.

»Sandelholz und Moschus«, flüsterte er, während er Meg erneut an ihrer empfindlichsten Stelle berührte. »Das Kostbarste aller Parfüms.«

Verzückung breitete sich in ihrem Körper aus. Der gebrochene Seufzer, der sich ihren Lippen entrang, war Dominics Name und eine Frage zugleich. Seine Antwort war noch eine kreisende Bewegung seiner Fingerspitzen, die Megs Schoß erneut leidenschaftlich weinen ließ.

»Du bist perfekt«, flüsterte Dominic kehlig. »Du bist ein Feuer, das mich verbrennt, ohne zu schmerzen, und die Spitzen deiner Flammen sind diamantene Tränen. Wie wird das Herz deines Feuers sein, süße Hexe? Wird es mir Lust oder Schmerz bereiten?«

Dominic beobachtete Meg angespannt, schwelgte in ihrem leidenschaftlichen Erschauern, während er die feuchte, warme Scheide streichelte, die danach schrie, sein Schwert zu empfangen. Als er behutsam mit der Fingerspitze in sie eindrang, zuckten die Muskeln in ihrem Schoß erneut heftig und erwiderten seine Liebkosung, verlockten ihn unerträglich.

»Korallenrote Tore, die eine heilige Quelle hüten«, murmelte Dominic und glitt tiefer in ihren Schoß hinein. »Du bist wirklich ein Zauberwesen, meine süße Glendruid-Braut.«

Meg öffnete langsam die Augen. Sie sah Dominics Gesicht, wie von Qual verzerrt, als er sie mit brennenden Silberaugen beobachtete. Ihre Hände wanderten von seiner Wangen zu den angespannten Muskeln seines Unterleibs und von dort zu seinem harten, heißen Schaft. Er zuckte so heftig zusammen unter ihren behutsamen Zärtlichkeiten, als häutete sie ihn bei lebendigem Leibe.

»Du leidest Schmerzen«, murmelte sie gebrochen. »Laß mich dich heilen.«

»Nur eine Sache kann mich heilen.«

»Dann werde ich sie dir geben.«

Mit gewaltsamer gezügelter Kraft kniete sich Dominic zwischen Megs schlanke Beine. Er teilte ihr weiches Tor mit seinem harten Schaft und zwang sich, langsam und vorsichtig in ihren Schoß zu stoßen, trotz der wilden, verzehrenden Leidenschaft, die seinen Körper erschütterte und auf schnellere Erleichterung drängte. Meg war feucht und weich, und ihr Schoß hieß ihn willkommen, und doch war er so eng, daß Dominic fürchtete, ihr weh zu tun.

Dann fühlte er plötzlich den festen Schleier der Jungfräulichkeit und erstarrte. Er hatte nicht an ihre Unberührtheit zu glauben gewagt, und doch spürte er den Beweis ihrer Keuschheit in diesem Moment wie eine Barriere vor sich.

Dominics Leidenschaft verdoppelte sich. Schweiß glänzte auf seinem Körper, als er um die Selbstbeherrschung rang, die zu entwickeln er ein Leben lang gestrebt hatte.

Instinktiv versuchte Meg, ihn fester an sich zu ziehen, aber er widerstand ihr mit einer mühelosen Kraft, die sie nur erneut daran erinnerte, wie stark er war.

»Lieg still«, flüsterte Dominic heiser an ihrem Hals. »Es wird uns beiden nichts nützen, wenn ich dich verletzte.«

»Wird es ein stärkerer Schmerz sein als von Johns Faust?«

»Nein«, sagte er weich und bedeckte Megs Wangen mit hastigen, zärtlichen Küssen. »Ich würde dir niemals so etwas antun. Aber du bist Jungfrau. Wenn ich tiefer in dich stoße, wirst du bluten.«

»Schwerter haben es nun einmal an sich, Blut rinnen zu lassen.«

»Aber nur einmal in sinnlichen Schlachten. Das verspreche ich dir, kleiner Falke. Nur ein einziges Mal.«

Mit einer geschmeidigen Bewegung ihres Körpers lockte Meg

ihn noch tiefer in sich hinein. Diesmal zog Dominic sich nicht zurück. Statt dessen schob er eine Hand zwischen ihre beiden Körper, bis er ihre heiße, feuchte Knospe mit warmen Fingerspitzen streicheln konnte.

Megs Augen weiteten sich, als sich unter Dominics Liebkosung verzehrendes Feuer in ihrem Schoß ausbreitete. Instinktiv hob sie ihm ihre Hüften entgegen und drängte sich an ihn. Er stieß sanft in sie hinein und beobachtete lächelnd, wie Wogen der Lust sie dahinschmelzen ließen, bis sie erregt aufstöhnte und sich ihm erneut entgegenbäumte.

»Möchtest du mehr?« fragte er, während er seine Fingerspitze aufreizend um die voll erblühte Knospe zwischen ihren Schenkeln kreisen ließ.

»Ja! Ach, Dominic, ich ...« Megs Stimme brach.

»Wieviel mehr? Soviel?«

Seine Finger streichelten, drückten, liebkosten, bis sinnliche Flammen mit heißen, goldenen Zungen über Megs Körper leckten. Sie wand sich wild unter ihm, flüsterte wieder und wieder seinen Namen, sehnte sich verzweifelt nach etwas, von dem sie ahnte, daß es knapp außerhalb ihrer Reichweite auf sie wartete.

Und dann schlug Ekstase wie eine gewaltige Woge über ihr zusammen und riß sie mit sich, bis sie alles um sich herum vergaß.

Mit einem dumpfen Stöhnen des Verlangens – ein Verlangen, das er zu lange beherrscht hatte – stieß Dominic in Megs goldenes Feuer hinein. Falls sie Schmerz spürte, so wurde er von der weitaus heftigeren Lust verdrängt, dem Bewußtsein, vollkommen mit ihrem Krieger vereint zu sein, ihn so fest in ihrem Körper zu halten, daß sie das Pulsieren seiner verzehrenden Leidenschaft ebenso deutlich fühlen konnte, wie sie ihre eigene empfunden hatte; und seine Worte hallten in der sinnlichen Stille wider, die zugleich Ekstase war.

Liebe mich, Meg. Heile das Land mit meinen Söhnen.

23. KAPITEL

In den drei Tagen, die seit dem Angriff der Vögte während der Hirschjagd vergangen waren, hatte Dominic es sich zur Angewohnheit gemacht, in der Abenddämmerung auf die Turmzinnen von Blackthorne Keep hinaufzusteigen; und so stand er auch heute in der sich verdichtenden Stille nach Sonnenuntergang wieder dort oben und ließ seinen Blick prüfend über die Landschaft schweifen.

Von seinem Aussichtspunkt aus konnte Dominic Nebelschwaden wie silbernes Feuer über Fischteichen, Fluß und dem See in der Ferne schimmern sehen. Er konnte die schwarzen, filigranartigen Silhouetten von frisch belaubten Eichen auf einem Hügelrücken in der Nähe erkennen und die schwarzen Umrisse der Berge, deren Kuppen vom letzten rosigen Schimmer der Abendsonne vergoldet wurden. Er konnte sehen, wie langbeinige Hunde die letzten Nachzügler einer Schafherde umkreisten und sie mit unsanften Püffen zur Nachtruhe in Bodenfalten trieben. Er sah den letzten Schwarm Wasservögel über dem See kreisen und sich dann schließlich zur Nacht auf dem Wasser niederlassen.

Was er nicht sehen konnte, waren Duncan of Maxwell und seine Vögte. Dennoch wußte Dominic, daß sie dort draußen auf der Lauer lagen und auf eine neue Chance warteten, um Blackthorne Keep anzugreifen und seinem Herzen den Todesstoß zu versetzen.

Schritte näherten sich aus der Richtung des nächsten Turms. Dominic brauchte sich nicht umzudrehen, um zu erfahren, wer da kam. Die Schritte waren ihm fast so vertraut wie seine eigenen.

»Ein herrlicher Abend«, sagte Simon.

Dominic grunzte nur.

»Na schön, wie du willst, dann ein mieser Abend.«

Wieder brummte Dominic unwirsch.

»Schlecht gelaunt?« erkundigte sich Simon.

Dominics einzige Antwort bestand in einem finsteren Seitenblick.

»Ich habe Neuigkeiten von deinen Rittern«, erklärte Simon.

Damit hatte er Dominics Aufmerksamkeit gewonnen. »Wo sind sie?«

»Neun Tagesritte von hier entfernt, es sei denn, es kommen noch weitere Unwetter. Die Karren sind so tief in den schlammigen Straßen steckengeblieben, daß an ein Vorankommen überhaupt nicht zu denken war. Sie mußten mehrere Tage Pause einlegen, bis sich das Wetter gebessert hatte.«

»Verdammt«, knurrte Dominic.

»Du könntest den Rittern befehlen, vorauszureiten und die Karren mit den Haushaltsgegenständen nachkommen zu lassen.«

»Eine ganze Karawane, beladen mit teuren Waren!« sagte Dominic wild. »Ohne Ritter, die sie vor Banditen verteidigen, ist mein reisender Haushalt so hilflos wie ein Vogel mit einem gebrochenen Flügel.«

Simon schlug sich mit der Faust in die Handfläche. »Bei Gott, ich wünschte, ich und meine Ritter wären auf die Vögte getroffen und nicht du und Meg.«

»Ja, schon. Aber selbst wenn du ihnen begegnet wärst, hätten sie sich nicht zu einem Kampf herausfordern lassen. Dazu ist Duncan zu schlau. Er weiß, daß er in einer offenen Schlacht verlieren würde. Die meisten seiner Männer sind schlecht ausgebildet.«

»Der Meinung ist Sven auch.«

Dominic drehte sich zu seinem Bruder um. »Ist er zurück?«

Simon nickte.

»Laß ihn heraufkommen.«

Noch während Dominic sprach, löste sich ein Mann aus dem Schatten des Eckturms und kam zu ihnen herüber. Seine weichen

Lederschuhe machten keinerlei Geräusch auf den steinernen Wällen. Es gehörte zu Svens einzigartiger Fähigkeit, mit seiner Umgebung zu verschmelzen, ganz gleich, wo auch immer er sich befand. Dominic kannte keinen Mann, der lautloser oder tödlicher gewesen wäre.

»Hast du schon zu Abend gegessen?« erkundigte sich Dominic.

»Ja.« Svens Stimme klang gedämpft. »Herr, ich habe nicht viel Zeit. Ich muß möglichst bald wieder nach Carlysle Manor zurück, um mich um meine Herden zu kümmern.«

Dominics Lächeln blitzte weiß im grauen Zwielicht. Die Vorstellung, daß ein so gefährlicher, grimmiger Mann wie Sven den Schafhirten spielte, war geradezu grotesk.

»Was hast du Neues erfahren?« wollte Dominic wissen.

»Die Vögte haben Verstärkung bekommen. Ihre Anzahl wächst.«

»Wie viele?«

»Acht Ritter, zwölf Gutsherren, dreißig Gefolgsleute.«

»Beritten?«

»Das ist ihr Problem. Nur zwei der Ritter haben Schlachtrösser. Der Rest reitet schlecht ausgebildete Tiere. Innerhalb der nächsten Tage sollen bessere Pferde aus Schottland eintreffen.«

»Waffen?« fragte Dominic knapp.

»Die Ritter sind genauso gut bewaffnet wie wir. Die Männer sind zwar nicht so geschickt im Umgang mit ihren Waffen, dafür sind sie aber so hart und unversöhnlich wie Stein. Die Schotten vom Solway Fjord haben viel kaltes Wikingerblut in ihren Adern.«

Dominics Mund verzog sich zu einem schwachen Lächeln. Svens hartnäckiger Stolz auf seine altnordische Abstammung war eine Quelle der Belustigung unter den Rittern. Ein kluger Mann würde sich jedoch hüten, ihn mit diesem Thema aufzuziehen.

Ein Ruf aus dem Burghof ließ Sven so blitzartig herumfahren, daß sich seine dunkelgraue Pilgerkutte im Luftzug bauschte.

Licht glänzte in seinen blassen Augen, als er den Burghof unter sich nach einer verdächtigen Bewegung absuchte.

»Es ist nichts. Nur Leaper, die wieder mal beim Brotdiebstahl erwischt wurde«, erklärte Dominic. »Es passiert so regelmäßig, wie die Sonne untergeht.«

»Wann wird der Rest Eurer Ritter eintreffen?« fragte Sven brüsk.

»In neun Tagen. Vielleicht auch später.«

»Nicht früh genug. Die Vögte werden in der Hälfte der Zeit zum Angriff bereit sein.«

»Wir können aushalten«, erwiderte Simon. »Die Burg ist sicher gegen Belagerung.«

»Dann werden sie einfach zuerst den berittenen Haushalt angreifen und anschließend auf uns losgehen«, warf Dominic ein.

»Richtig«, sagte Sven. »Das ist Duncans Plan. Duncan ist ein gerissener Kerl, Herr.«

»Was ist mit den Vögten? Sind sie damit zufrieden, Duncans Anweisungen zu folgen?«

»Die besten sind es, ja. Die schlimmsten würden jedem folgen, der Blutvergießen verspricht, einschließlich Rufus.«

»Duncans Cousin«, meinte Dominic versonnen. »Ist er auch so eine Führernatur wie Duncan?«

»Nein. Duncan ist wie Ihr, Herr. Die Männer würden ihm selbst in die Hölle folgen. Nur Hunde würden Rufus quer durch einen Raum folgen, und dann auch nur, wenn er in beiden Händen saftiges Fleisch hielte.«

Dominic schaute nachdenklich auf die Felder hinaus, ließ sich von der tröstlichen Stille des Abends einhüllen.

Er brauchte diese Ruhe.

Seit Meg nicht nur vor dem Gesetz sondern auch in Wirklichkeit seine Ehefrau geworden war, war sie jede Nacht angstvoll aus dem Schlaf aufgeschreckt, in kalten Schweiß gebadet. Wenn er sie fragte, was sie so erschreckte, war ihre Antwort immer dieselbe, denn der Traum war immer derselbe.

Es droht Gefahr.

Welche Art von Gefahr? Seuchen? Hungersnot? Belagerung? Gift? Ein feindlicher Hinterhalt?

Ich weiß es nicht. Großer Gott, ich weiß es nicht! Ich weiß nur, daß Blackthorne Keep Gefahr droht. Jede Nacht kommt sie näher und näher und immer näher! Halte mich, Dominic. Halt mich fest. Ganz fest. Ich habe Angst um dich. Ich habe Angst, daß …

Er hielt sie in seinen Armen, streichelte beschwichtigend ihr Haar, wärmte sie mit seiner eigenen Wärme. Bis der Morgen heraufdämmerte.

Aber auf den Tag folgte immer wieder eine Nacht.

»Nun«, sagte Dominic schließlich, »zumindest weiß ich jetzt, was die Gefahr ist. Du kannst gehen, Sven. Ich danke dir. Deine Informationen sind wie immer von unschätzbarem Wert gewesen.«

Simon wartete, bis Svens Schritte in der Stille verhallt waren.

»Was hast du damit gemeint, als du sagtest, du wüßtest jetzt, was die Gefahr ist?« fragte Simon.

»Meine Glendruid-Frau hat Träume, aber sie sind unklar.«

»Jetzt ist sie deine wahre Ehefrau«, sagte Simon, wobei er das letzte Wort besonders betonte. »Was auch immer sie für Duncan empfinden mag, sie hat sich dir hingegeben.«

»Ja«, antwortete Dominic leise. »Sie ist meine wahre Ehefrau.«

Aber sie spricht nicht von Liebe zu mir. Sie spricht von Lust, von Gefahr, von Lachen, von der Burg, den Gärten, von der grünen Umarmung des Frühlings … aber nicht von Liebe.

Heile mich, Meg.

Liebe mich.

Schenke mir Söhne.

Simon klopfte seinem Bruder in lächelnder Zuneigung auf den Rücken.

»Die Burgleute wußten es«, fuhr Simon mit Befriedigung fort. »Sie wußten es von dem Moment an, als du mit Meg von der Jagd zurückgekehrt bist, als sie ihr strahlendes Gesicht sahen.«

Es kam keine Antwort.

Reglos blickte Dominic auf das ruhige Land hinaus, bis auch der letzte Rest von Licht vom Himmel verschwunden war und die silberne Scheibe des Mondes am Horizont aufstieg.

Simon wartete ohne jede Ungeduld auf die Aufmerksamkeit seines Bruders. Er hatte schon viele Male auf diese Weise gewartet, nachdem Sven Bericht erstattet und Dominic auf einem Aussichtspunkt gestanden hatte, um den Ort zu studieren, den er mit Gewalt oder Hinterlist erobern mußte.

»Ich denke, es ist an der Zeit, dem Teufel zu geben, was dem Teufel gebührt«, sagte Dominic schließlich.

»Wie bitte?«

»John of Cumbriland, Lord of Blackthorne, soll seinen Leichenschmaus haben.«

Simon war zu schockiert, um zu sprechen.

»Wir werden ein Fest feiern«, fuhr Dominic fort. »Mit Musik und Mummenschanz und Turnierspielen.«

»Turnierspiele, hmmm«, meinte Simon in neutralem Tonfall.

»Ja. Es ist an der Zeit, daß Duncan und seine Vögte herausfinden, was in den Rittern von Blackthorne Keep steckt.«

Es herrschte verblüffte Stille, gefolgt von einem kurzen Auflachen.

»Eine Schlacht ohne Blutvergießen«, sagte Simon anerkennend. »Sehr klug ausgedacht. Aber auch sehr gefährlich. Was, wenn sich die Vögte sagen, zur Hölle mit den Spielen, und ernsthaft zu kämpfen beginnen?«

»Dann werden sich die Hunde des Krieges erneut an Fleisch gütlich tun.«

Was Dominic nicht sagte, war, daß es sich bei dem Fleisch wahrscheinlich um sein eigenes handeln würde. Der Schottische Hammer war einer der bedrohlichsten Feinde, mit denen sich Dominic jemals konfrontiert gesehen hatte.

Und Dominic würde sich ihm zuerst in einem Zweikampf stellen, bevor er die Hunde des Krieges von der Leine ließe.

Mit einem letzten schweifenden Blick über die Turmzinnen wandte sich Dominic von dem Land ab, das zu besitzen er sein Leben lang gekämpft hatte, und von dem Traum von Frieden, dessen Verwirklichung ihm bisher immer versagt geblieben war. Solche Dinge lagen in der unveränderlichen Vergangenheit oder in der unerreichbaren Zukunft. Alles, wonach er greifen konnte, lag in der Gegenwart.

Und die goldenen Glöckchen, die sie trug, riefen nach ihm.

Dominic verließ die Schutzwälle ohne ein Wort und eilte mit großen Schritten zu Megs Räumen. Er hielt nicht inne, um an die Tür zu klopfen, denn er wußte, sie würde nicht vor ihm verschlossen sein. Meg würde im Inneren sein und auf ihn warten, würde den würzigen Duft tragen, der nur ihr zu eigen war.

Eadith gab einen erschrockenen Laut von sich, als Dominic in der Tür zur inneren Kammer erschien.

»Laß uns allein«, sagte er knapp.

Die Zofe ließ den juwelenbesetzten Kamm fallen, mit dem sie Megs Haar geglättet hatte, und gehorchte mit ungewöhnlicher Schnelligkeit. Die kalte, trostlose Berechnung der Schlacht hüllte Dominic wie eine dunkle Aura ein. Nur seine Augen waren lebendig, und sie sahen ausschließlich Meg.

Sobald Eadith den Raum verlassen hatte, schob Dominic den schweren eisernen Riegel vor der Tür vor. Als Meg von dem Hocker aufstand, auf dem sie gesessen hatte, bewegten sich Glöckchen und murmelten süß. Meg bemerkte das liebliche Geräusch kaum. Die düstere, undurchdringliche Ausstrahlung ihres Mannes ließ Beklommenheit in ihrem Herzen aufsteigen.

»Was hast du?« flüsterte sie ängstlich.

Dominics graue Augen musterten sie langsam von Kopf bis Fuß. Ihr Haar wallte in feurigen Kaskaden bis zu ihren Hüften herab, nur von einem dünnen Reif aus Gold und Smaragden zurückgehalten. Eine schmalgeschnittene Tunika aus grüner Seide folgte den köstlichen Linien ihres Körpers, betonte ihre vollen Brüste und die schmale Taille und die weibliche Kurve ihrer Hüften. Mehrere der feinen goldenen Haremsketten dienten als Gürtel. Die kleinste Bewegung ihres Körpers brachte Glöckchen zum Singen.

Langsam ging Dominic auf seine Frau zu. Als er die Hand ausstreckte, um eine lange weiche Locke durch seine Finger gleiten zu lassen, zitterte sie unter der heftigen Sehnsucht in seinem Herzen.

»Du bist … wunderschön«, murmelte er leise.

Abrupt schloß er die Augen und ließ Megs Haar aus seinen Fingern gleiten.

»Schönheit ist ein so farbloses, nichtssagendes Wort, um das zu beschreiben, was du für mich bist«, flüsterte er. »Es ist, als sagte man, der Winter sei kalt und Sonnenlicht sei angenehm.«

»Dominic«, meinte Meg und ergriff seine Hand. »Was ist? Was hast du?«

Er öffnete die Augen und blickte sie an, als wollte er sich die elegante Linie ihrer Augenbrauen, den leicht schrägen Schnitt der klaren, smaragdgrünen Augen, die cremige Beschaffenheit ihrer Haut, den sinnlichen Schwung ihrer roten Lippen für alle Zeiten ins Gedächtnis einprägen. Mit schmerzlicher Behutsamkeit ließ er seinen Handrücken über ihren Mund streifen.

»Ich habe versucht, mich von dir fernzuhalten«, sagte Dominic heiser. »Aber ich kann es nicht. Ich brauche dich, Meg. Bist du geheilt?«

»Geheilt?«

»Als wir an dem uralten Ort zusammen gelegen haben, habe ich dich verletzt. Ist deine Wunde geheilt?«

»Du hast mich niemals verletzt«, erwiderte Meg.

»Du hast geblutet.«

»Ich habe nur Freude gefühlt.«

Meg küßte die vom Krieg gezeichneten Finger, die ihren Mund liebkosten. Ein kaum merkliches Zittern lief durch Dominics Körper.

»Heißt das, du wirst bereitwillig zu mir kommen?« fragte er. »Wirst du mir gestatten, deinen Körper mit meinem zu vereinen?«

Es war Meg unmöglich, ihre Erregung zu verbergen. Die Vorstellung, wieder mit ihrem Ehemann vereinigt zu sein, ließ einen heißen Schauer über ihre Haut prickeln.

Dominic stockte der Atem, als er Meg in sinnlicher Vorfreude erbeben sah. Seine Fingerspitzen wanderten von ihren Lippen zu dem heftig klopfenden Puls an ihrer zarten Kehle hinunter.

»Ich dachte, du würdest mich nicht so bald wieder wollen«, gestand sie.

»So bald?« fragte Dominic verdutzt. »Es ist Tage her!«

»Eadith sagte, ein Mann braucht eine gewisse Zeit, um eine Frau erneut zu begehren.«

Ein seltsames Lächeln veränderte die strengen Linien von Dominics Gesicht.

»Wenn es sich bei der betreffenden Frau um Eadith handelt«, sagte er, »dann würde ein ganzes Leben nicht ausreichen, um mein, äh, Interesse zu erregen. Aber was dich betrifft ...«

»Ein halber Tag?« fragte Meg gewagt.

Dominic lächelte. »Bei dir, meine warme Glendruid-Frau, würde eine halbe Stunde mehr als ausreichend sein, um mein Schwert erneut zu stählen.«

»So schnell? Selbst ein guter Schafbock braucht ...«

Megs Stimme erstarb, als sie sich ihrer Worte bewußt wurde. Verlegene Röte überzog ihre Wangen, und sie sagte nichts weiter.

Dominic lachte, und er fühlte, wie sich die kalte Bedrückung, die er hoch oben auf den Turmzinnen gefühlt hatte, allmählich verflüchtigte.

»Wenn ich nicht befürchtet hätte, dich mehr zu verletzen, als ich es bereits getan hatte, wäre ich mindestens noch ein weiteres Mal in deine Wärme eingedrungen, bevor wir den uralten Ort verlassen haben.«

Megs Augen wurden groß. »Wirklich?«

»Aber ja. War es dir ernst mit dem, was du gesagt hast?« fragte er leise. »Habe ich dir Lust bereitet?«

Ein rosiger Hauch überzog ihre Wangenknochen. Sie blickte verlegen weg und nickte.

Dominics harte Handfläche legte sich unter Megs Kinn und hob ihr Gesicht zu sich hoch. »Versteck dich nicht vor mir, kleiner Falke. Ich muß es wissen.«

Dunkelbraune Wimpern schwangen hoch, enthüllten die kristallklaren Tiefen von Megs Augen.

»Habe ich dir Lust geschenkt?« fragte er noch einmal.

Dominics silbrig glitzernder Blick hielt Megs gefangen. Ihre Lippen öffneten sich leicht, als eine Kaskade sinnlicher Erinnerungen ihren Körper erschauern ließ.

»Ja«, flüsterte sie.

Dominics lange Finger glitten tief in Megs Haar, als er sie für einen Kuß an sich zog.

»Und ich?« fragte sie dicht an seinen Lippen.

»Was ist mit dir?«

»Habe ich dir auch Lust bereitet?«

»Ja.« Er küßte sie. »Und ja.« Er küßte sie wieder. »Und nochmals ja!«

»Bist du sicher? Marie hat gesagt, eine Jungfrau könnte Männern nur wenig Vergnügen schenken.«

»Zum Teufel mit Marie«, murmelte Dominic verächtlich, während er mit köstlicher Behutsamkeit in Megs Unterlippe biß. »Sie weiß nur wenig über Jungfräulichkeit und noch weniger über Männer.«

Meg schaute Dominic unsicher an und fragte sich, ob er wohl Scherze machte.

»Ich bitte um Vergebung, mein Gemahl, aber da bin ich anderer Meinung. Marie weiß eine ganze Menge über Männer.«

»Marie weiß, wie man die Beine spreizt, allerdings«, gab er brüsk zurück. »Das ist nicht das gleiche. Aber wenn du mir nicht glaubst, dann gib mir deine Hand.«

Meg blinzelte verwirrt. »Welche?«

»Das ist völlig egal.«

Sie streckte ihm ihre rechte Hand hin. Dominic ergriff sie, führte sie unter seinen Mantel und preßte ihre Handfläche gegen seine harte, steife Männlichkeit. Er lächelte über den überraschten Laut, der über Megs Lippen schlüpfte; dann stöhnte er auf, als er ihre Hand noch fester an sich drückte. Langsam führte er ihre Hand über die harte Vorwölbung von Fleisch. Selbst durch mehrere Schichten von Kleidung gedämpft, war das Gefühl noch so intensiv, daß sein Blut zu kochen begann.

»Männer können in vielen Dingen lügen«, sagte Dominic rauh, »aber nicht in dieser Hinsicht. Der Körper eines Mannes kann nicht lügen, wenn es um Begierde geht.«

Megs klare, cremefarbene Haut überzog sich mit Röte, aber sie zog ihre Hand nicht unter Dominics fort.

»Du hast mir im Wald Lust bereitet«, sagte er mit tiefer Stimme. »Allein die Erinnerung daran, wie es war, in dich hineinzustoßen, genügt schon, um mein Schwert fest werden zu lassen. Du warst schmal und eng und unberührt, und dennoch hat deine Leidenschaft flüssige Glut erzeugt. Du warst wundervoll. Eine jungfräuliche Quelle, die unter meiner Berührung emporstieg.«

Mit einem kaum unterdrückten Stöhnen zog Dominic Megs Hand unter seinem Mantel hervor und küßte ihre Fingerspitzen.

»Wirst du mir erlauben, dich auszukleiden?« fragte er.

»Natürlich«, sagte Meg und wandte ihm den Rücken zu, damit er die Bänder ihres Kleides lösen konnte. »Es ist dein Recht als mein Ehem …«

»Nein.« Seine Stimme klang scharf. »Du bist eine Glendruid. Ich habe keine Rechte außer jenen, die du mir einräumst.«

Traurigkeit ließ Megs Kehle schmerzen. »Deshalb also bist du so behutsam mit mir. Der Glendruid-Fluch.«

Seine Finger hielten auf den Bändern ihres smaragdgrünen Kleides inne.

»Ich würde dich in jedem Fall mit großer Behutsamkeit umwerben«, sagte er.

»Würdest du das? Aber ja, natürlich. Männer bekommen keine Erben von Ehefrauen, die kein Vergnügen im Ehebett empfinden.«

Dominic zögerte einen Moment, zuckte dann die Achseln und sagte: »Ich halte nichts von diesem Aberglauben.«

Bänder glitten mit einem flüsternden Geräusch aus Ösen.

»Du meinst, eine Frau, die kein Vergnügen bei der Vereinigung mit ihrem Partner fühlt, könnte dennoch empfangen?« wollte Meg wissen.

»Ich weiß, daß sie es kann.«

Meg drehte den Kopf und blickte Dominic über ihre Schulter an. »Wie ist das möglich? Hast du schon einmal ein Mädchen mit Gewalt genommen und sie geschwängert?«

»Das glaubst du von mir?« fragte Dominic ruhig.

Mit einem Seufzer drehte Meg ihren Kopf wieder nach vorn. »Nein, mein Herr. Trotz all deiner kriegerischen Natur macht es dir kein Vergnügen, einem anderen Menschen Schmerz zuzufügen.«

Stille breitete sich aus, nur unterbrochen vom leisen Flüstern von Bändern, die aufgeknüpft wurden. Nach einer Pause begann Dominic erneut zu sprechen.

»Einer meiner Ritter traf einmal ein junges sarazenisches Mädchen allein an. Sie war noch Jungfrau. Er hatte sich so brutal über sie hergemacht und sie so übel zugerichtet, daß wir sie nur mit Mühe und Not vor dem Verbluten retten konnten. Ich weiß ganz sicher, daß sie keine Lust bei ihm empfunden hat, und dennoch wurde sie von seinem Samen schwanger.«

»Großer Gott. Was für ein ungerechtes Schicksal.«

»Es ist auch nicht sonderlich gerecht, als Bastard geboren zu werden«, sagte Dominic. »Aber mein Bruder und ich wurden als solche geboren.«

»Wie Duncan of Maxwell.«

Dominic zerrte plötzlich hart an einem Kleiderband.

»Habt Ihr eine Vorliebe für Bastarde, Mylady?«

Meg stieß einen verwunderten kleinen Laut aus. »Ich? Nein. Ich würde eher sagen, Bastarde haben eine Vorliebe für Blackthorne Keep!«

Dominics Hand hielt in ihrer Tätigkeit inne, als er sich zwang, die Wut und die Verzweiflung zu beherrschen, die ihn jedesmal überkamen, wenn seine Frau von den Bedingungen ihrer Eheschließung anfing.

»Ich kann die Umstände nicht ändern, unter denen wir geheiratet haben, und auch die Gründe nicht oder meinen sehnlichen Wunsch nach Erben«, sagte Dominic, als er seiner Stimme wieder trauen konnte. »Noch würde ich etwas daran ändern, wenn ich es könnte. Was ist mit dir, meine widerstrebende Ehefrau? Würdest du eine Ehe wollen, die den König von England in Zorn versetzte?«

»Nein«, erwiderte Meg nach einem Moment. »Das würde Krieg bedeuten.«

»Würdest du einen Mann wollen, dem Blackthorne Keep gleichgültig wäre?«

»Nein.«

»Würdest du einen Mann wollen, der keine Kinder zeugen könnte?«

»Nein«, flüsterte sie.

»Würdest du einen Mann wollen, der nicht vor Hunger nach dir hart würde?«

Meg biß sich auf die Lippen und schüttelte den Kopf.

»Warum suchst du dann Streit?« fragte Dominic schließlich. »Glaubst du, ich würde das Land nicht verteidigen und schützen?«

Sie schüttelte den Kopf.

»Denkst du, ich würde meine Kinder nicht verteidigen und beschützen?«

»Nein.«

»Denkst du, ich würde meine Ehefrau nicht verteidigen und beschützen?«

Zwei Tränen rollten langsam über Megs Wangen. Ihre Kehle schmerzte so sehr, daß sie nicht sprechen konnte. Langsam schüttelte sie erneut den Kopf.

Dominics lange, starke Finger lösten das letzte Band. Das grüne Seidenkleid klaffte auf, enthüllte Megs schlanken Nacken bis zur schattigen Kurve ihrer Hüften. Dominic sehnte sich so schmerzlich danach, die eleganten Linien von Megs Körper mit den Fingerspitzen nachzuzeichnen, daß seine Hände unter dem wilden Ansturm seines Verlangens zitterten.

»Denkst du, ich wäre deiner in irgendeiner Weise nicht würdig?« fragte Dominic, und seine Stimme klang gepreßt vor Anspannung.

»Nein«, flüsterte Meg. »Das würde ich niemals denken, Dominic.«

Sie schnappte überrascht und erregt nach Luft, als Dominics Lippen ihren Nacken liebkosten, während seine Finger die zarten Spitzenbänder ihrer Unterkleider lösten.

Als er ihr Rückgrat mit zärtlichen kleinen Küssen bedeckte, schob er seine Finger in die Öffnung ihres Unterrocks und streichelte ihren runden Po mit langsamen, kreisenden Bewegungen. Sie war warm und glatt, und er wünschte sich nichts sehnlicher, als seine eigenen Kleider auszuziehen und sich in der verlockenden Wärme zu vergraben, von der er wußte, daß sie ihn in ihrem Schoß erwartete.

Aber noch nicht. Zuerst wollte er Meg wollüstig seinen Namen stöhnen hören, wollte fühlen, wie sich ihre kleinen Klauen in seine Haut gruben und ihn in noch größere Bereitschaft versetzten.

Unendlich behutsam fuhr Dominic mit der Fingerspitze die enge Spalte zwischen ihren Pobacken hinunter und dann weiter zu dem weichen, schwülen Nest von Haaren zwischen ihren Schenkeln. Als Meg mit gebrochener Stimme seinen Namen flüsterte, verzogen sich seine Lippen zu einem wilden Lächeln des Triumphs.

»Ja?« murmelte er. »Gibt es etwas, was du möchtest?«

Meg stieß einen zitternden Schrei aus, der Dominic ebenso heftig erregte wie die heißen Tränen ihrer Leidenschaft, die seine Finger benetzten. Wieder biß er mit sinnlicher Behutsamkeit in ihr Fleisch, als er mit den Fingerspitzen in sie eindrang und ihre weiche Scheide dehnte, damit sie ihn ohne Schmerz in sich empfangen konnte.

»Dominic«, hauchte Meg und sank gegen seinen kraftvollen Körper. »Ich kann nicht mehr stehen.«

Widerstrebend begann er sich von ihrem Körper zu lösen, nur um zu entdecken, daß er sie nicht loslassen wollte. Ihre wollüstigen Schreie zu hören, ihren weichen Schoß zu fühlen, ihr einzigartiges Parfüm der Leidenschaft zu riechen war nicht genug für ihn ... er wollte mehr von diesen köstlichen Verlockungen, nicht weniger.

»Noch einmal, süße Hexe. Nur noch ein einziges Mal.«

Bevor Meg antworten konnte, fühlte sie Dominics Mund wie ein leidenschaftliches Brandzeichen auf ihrem Po. Dann glitten seine Fingerspitzen erneut in sie hinein, streichelten sie sinnlich, verwandelten ihre Knochen in Feuer. Sie stöhnte leise, und ein Schauer lief durch ihren Körper, als flüssige Glut ihren Schoß benetzte.

Dominic stieß einen gepreßten Laut des Triumphs aus. Langsam erhob er sich auf die Füße, und er entlockte Megs Kehle noch mehr Schreie der Verzückung, als er sie am ganzen Körper liebkoste. Als sie gegen ihn taumelte, schlang er seinen Arm um sie, knapp unterhalb ihrer Brüste. Die cremige, nackte Linie ihres Rückgrats verlangte förmlich danach, daß er seine Finger wieder und wieder daran entlangwandern ließ, bis hinunter zu dem heißen weiblichen Schoß, den nur er jemals berührt hatte.

Das Gefühl von Dominics warmem Atem auf ihrer nackten Haut ließ Meg erschauern. Der köstlich zarte Druck seiner

Zähne auf ihrem weichen Fleisch ließ ihr Herz hämmern. Das sanfte Eindringen seiner Fingerspitze in ihren Schoß war so lustvoll, daß ihre Knie unter ihrem Gewicht nachzugeben drohten.

»Es ist so süß, dich zu berühren«, murmelte Dominic.

Das Gefühl seines Fingers, der ihre weichen Tiefen erforschte, ließ Meg aufstöhnen. Dominic dachte schon, er hätte sie unabsichtlich verletzt, aber im nächsten Moment fühlte er die Verzückung zwischen ihren Schenkeln pulsieren. Langsam und sinnlich schob er einen zweiten Finger in ihre feuchte Glut und wurde von einem weiteren Strom pulsierender, flüssiger Hitze an seinen Fingerspitzen belohnt.

»Du öffnest dich mit so köstlicher Leichtigkeit für mich«, sagte Dominic mit einer Stimme, die kehlig vor Begierde war, »als wärst du ein Schloß, das ausschließlich für meinen Schlüssel gemacht wäre.«

Meg konnte nicht antworten, denn Dominics Küsse auf ihrem Po waren jetzt nicht mehr so sanft. Seine Zähne gruben sich verlangend und fordernd in ihr Fleisch und ließen heiße Schauer über ihre Haut prickeln, während seine Hand erneut zwischen ihre Schenkel glitt. Plötzlich wurde der Druck seiner Lippen wild und heftig, und er schob seine Finger tief in ihren heißen Schoß.

Lust explodierte in Megs Körper, ließ sie taumeln und mit gebrochener Stimme Dominics Namen rufen. Er schlang einen Arm um ihre Hüften und hielt sie fest, während er die schwindelerregend köstliche Liebkosung in ihrem Schoß wiederholte.

»Du verlockst mich geradezu gnadenlos«, murmelte Dominic mit belegter, kehliger Stimme.

»Wie?« fragte Meg.

Seine heisere Raspelstimme war wie eine rauhe Katzenzunge. Er erschauerte heftig, während er um die Selbstkontrolle kämpfte, die ihm mit jedem hämmernden Pulsschlag seines Herzens mehr zu entgleiten drohte.

»Du erweckst in mir das Verlangen, dich gleich hier und jetzt zu nehmen«, sagte er fast streng.

»Ja.« Megs Nägel gruben sich in Dominics muskulöse Arme, als Leidenschaft sie erbeben ließ. »Ja, mein Krieger. Nimm mich hier und jetzt! Ich kann's nicht länger ertragen. Ich fühle mich leer ohne dich!«

Ohne Vorwarnung hob Dominic Meg mit einem Arm hoch und zog ihr mit der anderen Hand so hastig die Kleider aus, daß kleine goldene Glöckchen erschauerten und läuteten.

Es waren viele Schritte bis zum Bett. Zum Tisch waren es nur zwei.

Mit einer ungeduldigen Armbewegung wischte Dominic die farbenfrohen Garnröllchen und Körbe mit Stoffresten von der Tischplatte. Er setzte Meg auf den Tisch und machte sich in aller Hast daran, seine eigenen Kleider abzulegen. Bei der Mischung aus Verblüffung und Sinnlichkeit, die er in Megs Gesicht sah, hätte er über seine eigene heftig pulsierende Leidenschaft am liebsten gleichzeitig gelacht und gestöhnt.

»Auf dem Tisch?« stieß sie heiser hervor.

»Er ist näher als das Bett.«

Meg sagte nichts weiter, denn Dominics hastige Hände hatten seine Hosen inzwischen weit genug geöffnet, um seinen steifen Schaft von dem beengenden Stoff zu befreien. Der Anblick seines kühn aufgerichteten Schwerts faszinierte sie.

»Darf ich ... darf ich dich berühren?« flüsterte sie.

»Ich sterbe, wenn du es nicht tust!«

Dominics Stimme wurde zu einem tiefen Stöhnen unter der sanften und dennoch feurigen Berührung von Megs Fingerspitzen.

»So hart«, flüsterte sie, während sie den Ansatz seines festen Fleisches mit kreisenden Bewegungen liebkoste. Langsam glitten ihre Fingerspitzen an seiner erregten Männlichkeit entlang bis zu der feuchten Spitze hinauf. »Und trotzdem so glatt. Besonders hier. Deine Haut ist weicher als die feinste Seide.«

»Gott gebe mir Kraft!« brachte Dominic mühsam zwischen zusammengebissenen Zähnen hervor.

Ein Blitzstrahl der Wollust schoß durch ihn hindurch, erschütterte ihn bis ins Innerste. Den Bruchteil eines Herzschlags lang balancierte er gefährlich nahe am Abgrund höchster sinnlicher Verzückung. Schweiß bedeckte seinen Körper, als er einen tiefen, zitternden Atemzug tat und sich mit aller Kraft zwang, seinen wilden, verzehrenden Hunger in Schach zu halten.

Mit kaum unterdrücktem Verlangen griff er nach Megs Hand und biß in ihre Handfläche.

»Habe ich dich auf die falsche Art berührt?« fragte sie ängstlich, als sie die Qual auf seinem Gesicht sah.

»Nein. Du hast mich nur zu richtig berührt. Ich hätte meinen Samen beinahe in deine Hand vergossen.«

Die Überraschung in Megs Augen wurde schnell von Neugier verdrängt. Sie blickte mit sinnlicher Spekulation an ihm herab. Dann schnappte sie erregt nach Luft, als Dominic seine Hände um ihre Knie schlang und ihre Schenkel sanft auseinanderzwang.

»Spreiz deine Beine, süße Hexe. Laß mich näher bei dir sein.«

Meg versuchte zu antworten, aber sie konnte es nicht. Die beherrschte Kraft seiner Hände, die ihre Beine teilten, hatte ihr die Stimme geraubt. Das silberne Feuer in Dominics Augen, als er ihre Nacktheit betrachtete, ließ sie erbeben.

Sie hätte sich ängstlich, hilflos ausgeliefert fühlen sollen. Statt dessen empfand sie ein seltsames Gefühl der Macht, fühlte sich unendlich begehrenswert. In diesem Moment war sie sicher, daß nichts in Dominics Gedanken existierte außer dem leidenschaftlichen Hunger nach seiner Frau.

Dann stand er zwischen ihren Schenkeln, erforschte sie erneut mit einer glatten Bewegung seiner Hand. Das Gefühl seiner warmen Fingerspitzen, die in ihren Schoß hineinglitten, ließ Blitze der Lust durch ihren Körper zucken. Ein sinnlicher Regen folgte unmittelbar darauf.

Keuchend rief Meg Dominics Namen, als er die Liebkosung wiederholte. Ihre sanften Schreie begleiteten jede seiner köstlichen Berührungen. Als er die heiße, feuchte Knospe ihrer Leidenschaft mit den Fingerspitzen umkreiste, warf sie den Kopf zurück und gab sich stöhnend den wilden, pulsierenden Gefühlen hin, die ihren Schoß wie Flammen verzehrten.

»Ja«, sagte Dominic rauh, während er Meg mit brennenden Augen beobachtete. »So will ich dich haben, heiß und feucht und lustvoll wimmernd.«

»Ich kann ... es ... nicht mehr aushalten!«

Er lachte tief in seiner Kehle und erschauerte, als ihre leidenschaftliche Reaktion die harte Spitze seines Schafts mit heißen Tropfen benetzte, während er langsam in ihren Schoß eindrang.

»Ich auch nicht«, flüsterte er rauh. »Schling deine Beine um meine Taille und zieh mich fest an dich. Ja, so!«

Dominics Hände glitten unter Megs Hüften. »Nimm mich jetzt, süße Hexe. Nimm mich hart und tief.«

Megs Antwort war ein gebrochener Schrei, als Dominic tief, ganz tief in sie hineinglitt. Den Bruchteil eines Atemzugs dachte sie, sie würde auseinandergerissen. Dominic versuchte, sich zurückzuziehen, konnte sich jedoch nicht dazu überwinden, auch nur einen Zentimeter der festen, warmen, unendlich verlockenden Tiefe aufzugeben, die ihn fester umschloß als seine eigene Haut.

»Ist es zu tief?« fragte er zwischen zusammengebissenen Zähnen hindurch.

»Ich ...«

Er begann sich zurückzuziehen. Die verborgene Liebkosung von Fleisch gegen Fleisch ließ einen Schauer der Verzückung über Meg hinwegrieseln. Der geheime Regen, der ihrem Erschauern folgte, ließ Dominics Schaft leichter in Megs Schoß gleiten. Wieder stieß er vorsichtig ein wenig tiefer in sie hinein. Dieses Mal rührten die atemlosen kleinen Laute, die aus Megs Kehle aufstiegen, eher von Lust als von Überraschung her.

Als Dominic sich erneut zurückziehen wollte, schlang Meg ihre Beine fester um seine Hüfte, schloß seinen Schaft fester in ihrem Schoß ein. Die Geste machte Dominics Beherrschung gänzlich zunichte. Mit einem gedämpften Schrei der Lust begann er sich tief in Meg zu bewegen, glitt ein Stück aus ihr heraus und beschleunigte seine Stöße dann mit kraftvollen Bewegungen.

Eine seltsam prickelnde Empfindung breitete sich von Megs Brustbein bis hinunter in ihre Magengrube aus. Sie erschauerte bis in ihr Innerstes und stieß leise, verzückte Schreie aus, während sie sich im gleichen Rhythmus mit Dominic bewegte, um den lustvollen, liebkosenden Druck zu verstärken. Sie fühlte, wie sich ihre Hüften unter seinen kräftigen Händen hoben, fühlte, wie die sinnliche Anspannung zwischen ihnen rasch außer Kontrolle geriet.

Megs Nägel gruben sich tief in Dominics muskulöse Schultern, als sie zitternd seinen Namen rief, von verzehrendem Verlangen getrieben. Seine Antwort war ein kräftiger Stoß, der ihr noch wenige Augenblicke zuvor Schmerzen bereitet hätte, aber nicht jetzt. Jetzt war sie weich und heiß, und sie erbebte, von lustvollen Schauern gepeinigt, und schrie ihre Erleichterung hinaus, als sich ihr Krieger tief in ihrem warmen Körper vergrub und seinen heißen Samen in sie ergoß.

Wogen der Ekstase schlugen über Meg zusammen und ließen sie in abgrundtiefe Verzückung stürzen. Als sie schließlich wieder atmen konnte und sich ihr Pulsschlag wieder einigermaßen beruhigt hatte, schlug sie die Augen auf.

Dominic beobachtete sie, als wäre er sich ihrer Stimmung nicht sicher.

»Ist alles mit dir in Ordnung?« erkundigte er sich besorgt.

Meg wollte antworten, erschauerte noch einmal unter dem Nachhall der Ekstase und flüsterte: »Ja.«

»Ich habe dich nicht verletzt?«

»Du bist ziemlich, äh, gewaltig, aber du hast mich nicht verletzt.«

»Bist du sicher? Ich hatte eigentlich vor, dich wesentlich behutsamer zu nehmen«, sagte Dominic. »Du hast eine erschreckende Wirkung auf meine Selbstkontrolle.«

»Du hast mir nicht weh getan. Eher das Gegenteil. Du hast mir große Lust geschenkt.«

Im Sprechen beugte sich Meg vor, um Dominic zu küssen. Die Bewegung verlagerte seinen Schaft in ihrem Schoß. Ihre Augen wurden groß, und ihr Atem stockte, als glitzernde Splitter der Verzückung sie durchbohrten.

Dominic fühlte Megs Reaktion ebenso deutlich wie sie selbst, denn ihre weichen Tiefen liebkosten ihn mit jedem köstlichen Zucken ihrer Muskeln. Seine Augen wurden schmal unter dem plötzlichen, wilden Andrang seines Blutes. Ohne ihre beiden Körper voneinander zu lösen, hob er sie auf seine Arme und trug sie zum Bett hinüber.

»Verlaß mich noch nicht«, flüsterte Meg und klammerte sich an ihm fest.

Er holte zitternd Luft. »Magst du es, mich in dir zu spüren?«

»Ja!«

Sie erschauerte unter einem erneuten Ansturm von Lust, als Dominic sich in voller Länge auf sie legte und sein Gewicht auf den Ellenbogen abstützte. Selbst die kleinste Bewegung seines Körpers ließ heiße Blitze der Lust durch sie zucken, denn Dominics Schaft war erneut hart und prall geworden.

»Habe ich dir keine Freude geschenkt?« fragte sie.

»Du hast mich erregt, bis ich es kaum noch ertragen konnte.«

Sie wand sich versuchsweise unter ihm. »Wirklich? Aber du fühlst dich immer noch sehr ... bereit an.«

»Nicht immer noch. Schon wieder.«

Ihre Augen weiteten sich vor Überraschung. »Es ist noch keine halbe Stunde vergangen.«

Dominic lachte und bewegte sich erneut in Meg, um in ihrer Wärme zu schwelgen und wieder einen heißen Regen der Verzückung auszulösen. Langsam zog er sich zurück. Als er zurückkehrte, ließ er sie sein Gewicht und seine Kraft spüren. Der intensive, gleitende Druck seines Schafts in ihrem feuchten Schoß setzte sie in Flammen.

»Mein Krieger«, hauchte Meg.

Der schwere Druck in ihrem Inneren verstärkte sich, füllte sie vollkommen aus, verführte sie mit Ekstase, bis sie zu keinem Gedanken mehr fähig war und nur noch fühlen konnte. Sie wollte ihm sagen, wie gut es sich anfühlte, mit ihm vereinigt zu sein, seinen Atem und seinen Körper zu teilen, aber alles, was über ihre Lippen kam, war ein zitternder Laut der Ekstase.

Dominic lachte vor Freude über die Kraft, die ihn durchströmte, eine Macht, befreit und noch verstärkt durch das Mädchen, das sich in süßer Verzückung unter ihm wand. Er beugte den Kopf und trank ihre lustvollen Schreie von ihren Lippen, während er in sie hineinglitt und sich wieder zurückzog, kraftvoll zustieß und wieder hinausglitt, bis ihre Schreie scharf, eindringlich, fast furchtsam wurden.

»Dominic?« fragte Meg bebend.

»Halte dich an mir fest. Diesmal wirst du dich weit hinaufschwingen.«

»Was ist ... mit dir?«

»Ich werde bei dir sein. Flieg, kleiner Falke. Flieg bis zur Sonne hinauf.«

24. KAPITEL

Simon stand im Eingang des Torhauses und beobachtete das Menschengetümmel auf der großen Wiese, wo der Leichenschmaus und Spiele »zu Ehren« von John of Cumbriland, dem verstorbenen Herrn von Blackthorne Keep, abgehalten wurden. Gerade wurden Vorbereitungen für den letzten Turnierkampf getroffen. Bisher hatte Blackthorne Keep alle bis auf zwei der Vögte geschlagen – was nicht weiter überraschend war, da die beiden unbesiegten Ritter Krieger waren, die am Heiligen Kreuzzug teilgenommen hatten.

Der Schottische Hammer hatte noch nicht gekämpft. Das gleiche galt für Dominic le Sabre.

»Du siehst skeptisch aus«, meinte Dominic so leise, daß niemand sie belauschen konnte.

Simon schaute seinen Bruder naserümpfend an. »Und du siehst selbstgefällig aus.«

»Ich hatte Angst, Duncan hätte vielleicht eine Falle gewittert und wäre überhaupt nicht gekommen.«

»Er hat jeden Vogt mitgebracht, der in der Lage war, ein Pferd zu reiten.«

»Ja, aber nur drei seiner Ritter sind unseren ebenbürtig«, erwiderte Dominic.

»Dafür kann Duncan es jederzeit mit zweien von unseren Rittern gleichzeitig aufnehmen.«

»Richtig.«

Simon folgte dem Blick seines Bruders zu der provisorisch errichteten Arena, wo vier Ritter etwas abseits von dem allgemeinen Pöbel der Vögte standen. Einer von ihnen war Duncan of Maxwell. Die anderen waren Männer, die abwarteten und die Spiele mit den Augen von Rittern beobachteten, für die Kämpfe und Tod keine Mysterien bargen.

»Interessant, daß Rufus nicht unter den vier guten Rittern ist«, bemerkte Simon.

Dominic zuckte die Achseln. »Duncan, Pest und Hölle über ihn, ist gerissen. Er weiß, Rufus beneidet ihn. Der Schottische Hammer traut nur jenen Rittern, die bei ihm stehen.«

»Rufus ist ein Dummkopf«, entgegnete Simon. »Schade, daß er nicht der Anführer der Vögte ist. Wir könnten ihn in eine Schlammgrube locken, wo sich die Schweine suhlen, und ihn sich gehörig abstrampeln lassen.«

»Wo wir gerade von Schweinen sprechen ... hast du den Priester irgendwo gesehen?«

»Mit einer Hammelkeule in der einen Hand, einem Krug Ale in der anderen und einem süßen Brötchen zwischen den Zähnen«, erklärte Simon sardonisch. »Allerdings, ich habe ihn gesehen.«

»Wo?«

»In Duncans Nähe, wo sonst? Die Kirche von England hat nie einen Hehl daraus gemacht, wen sie bevorzugt. Du hättest den Priester zusammen mit Johns Bastard in den Norden schicken sollen.«

Dominic lächelte mit schmalen Lippen. »Ich hatte den Gedanken tatsächlich erwogen«, gestand er. »Dann dachte ich, ich hätte möglicherweise noch Verwendung für die guten Dienste der Kirche, bevor ich Blackthorne Keep sicher in meinem Griff hatte.«

»Brauchst du den Priester jetzt?« erkundigte sich Simon neugierig.

»Ja. Sind die Burgwachen aufgestellt?«

»Wie du befohlen hast, *Herr.* Wärst du jetzt vielleicht so freundlich, mir zu sagen, was in Gottes Namen du geplant hast?«

»Nichts sonderlich Ausgeklügeltes. Ich werde den Schottischen Hammer beschuldigen, er hätte meine Ehefrau zu rauben versucht.«

»Warum?« fragte Simon. »Ich dachte, es wäre dein Tod, den die Vögte wollen.«

»Höchstwahrscheinlich, aber das würde keine allgemeine Empörung im Lande auslösen. Wenn aber jemand die rechtmäßige Ehefrau eines Mannes zum Zweck ungesetzlichen Geschlechtsverkehrs raubt …«

Simons Augen wurden schmal. Dann verzogen sich seine Lippen zu einem Lächeln, das so tödlich wie Dominics war.

»Selbst die Vögte könnten eine solche Tat nicht öffentlich gutheißen«, fuhr Dominic fort. »Und die Kirche würde sich offiziell noch entsetzter geben müssen. Glaubst du, ein Exkommunizierter könnte gute Ritter in eine Schlacht führen?«

»Du wirst den Schottischen Hammer töten, nicht wahr?« fragte Simon nach einem Moment.

»Wenn ich muß.« Dominic zuckte mit den Schultern. »Und es sieht ganz danach aus, als müßte ich es tun. Die Vögte werden zu stark.«

Das Lächeln auf Simons Gesicht verblaßte. »Das wird Krieg bedeuten.«

»Wahrscheinlich. Aber ohne Duncan als Führer werden die Vögte wesentlich leichter zu schlagen sein.«

Dominic zögerte und wählte seine nächsten Worte sehr bedachtsam.

Unsicherheit kroch kalt über Simons Haut. In den Augen seines Bruders lag eine lastende Finsternis, wie Simon sie noch nie zuvor an ihm gesehen hatte, noch nicht einmal nach den berüchtigten Folterkammern des Sultans.

»Wenn ich sterbe«, begann Dominic, »sorg bitte dafür, daß Meg ...«

»Nein! Du wirst nicht sterben! Ich werde deinen Rücken decken und dich schützen. Thomas der Starke wird ...«

»... nichts tun«, unterbrach Dominic ihn. »Und du auch nicht. Ich werde Duncan des Gattinnenraubes beschuldigen. Er wird es abstreiten. Die Angelegenheit wird auf eine Weise geregelt, die niemand in Frage stellen kann – im Zweikampf.«

»Allmächtiger«, murmelte Simon entsetzt. »Es ist zu riskant. Ein Kieselstein könnte unter deinem Fuß wegrollen, oder Duncan könnte dir einen geglückten Hieb versetzen, oder einer seiner Männer könnte ...«

Dominic schnitt die Worte seines Bruders mit einer brüsken Handbewegung ab.

»Es ist die einzige Möglichkeit, um einen Krieg zu vermeiden«, sagte Dominic nüchtern.

Eine Zeitlang herrschte Schweigen. Dann stieß Simon zischend die Luft aus.

»Sei es, wie es sein mag«, sagte er, »wenn der Schottische Hammer dich tötet, werde ich aus seinem Schädel ein Trinkgefäß machen und sein Blut wie Wein trinken.«

Um Dominics Mundwinkel zuckte ein flüchtiges Lächeln. »Ich bin überzeugt, daß du das tun würdest, Bruder. Du bist höllisch schnell mit deinem Schwert.«

»Und du bist höllisch stark.«

»Das ist der Schottische Hammer auch.«

Simon widersprach nicht.

»Geh und finde den Priester, bevor er zu betrunken ist, um uns die Beichte abzunehmen«, sagte Dominic.

»Ich habe ihn bereits gefunden«, erwiderte Simon.

Dominic folgte dem finsteren Blick seines Bruders.

Der Priester stand neben Duncan und sprach ernsthaft auf ihn ein, während er Fleisch von einer großen Hammelkeule abriß. Duncan, offensichtlich gelangweilt, hörte ihm zu, ohne seinen Blick von der Menschenmenge abzuwenden.

Als sich Simon und Dominic näherten, spürte Duncan augenblicklich, daß sich ihm nun endlich die Chance bot, die Fähigkeiten *Des Schwerts* im Kampf zu testen.

»So, du willst dich also doch an den Spielen beteiligen«, sagte Duncan mit tiefer Befriedigung.

»In gewisser Weise, ja«, erwiderte Dominic. Er wandte sich zu dem Priester um. »Seid Ihr noch nüchtern genug, um uns die Beichte abzunehmen?«

»Seit wann müssen Ritter vor einem simplen Spiel die Beichte ablegen?« erkundigte sich Duncan milde.

»Gattinnenraub ist kein Spiel«, gab Dominic zurück. Seine Stimme war so nüchtern und kalt wie seine Augen.

»Gattinnenraub?« wiederholte Duncan schockiert.

Duncans Ritter fuhren herum und starrten Dominic und Simon an, als hätten sie ihre Schwerter gezogen.

»Ja«, sagte Dominic grimmig. »Gattinnenraub.«

»Wann?«

»Vor ein paar Tagen, als wir zur Jagd ausgeritten sind.«

Duncan warf Simon einen verwirrten Blick zu. Wo einmal die Möglichkeit von Freundschaft in den Augen des anderen Mannes geleuchtet hatte, war jetzt nur eine trostlose Verheißung von Hölle zu erkennen.

»Ich verstehe nicht«, sagte Duncan ruhig.

Dominic betrachtete den Schottischen Hammer mehrere Augenblicke lang prüfend. Widerwillig mußte er sich eingestehen, daß Duncan wahrscheinlich die Wahrheit sagte. Was auch immer am Tag der Jagd passiert war, war offensichtlich nicht Duncans Machwerk gewesen.

Leider änderte das nichts. Der Schottische Hammer war ein zu starker Führer, als daß Dominic ihn hätte dulden können. Seine bloße Existenz bedrohte die Stabilität von Blackthorne Keep.

»Als Megs Stute bei der Jagd ermüdete, bin ich ein Stück zurückgefallen, um mit ihr zu reiten«, erklärte Dominic, und er hob bewußt die Stimme, um die Hintergrundgeräusche zu übertönen. »Es dauerte nicht lange, bis wir ein anderes Jagdhorn hörten.«

Duncan begann zu sprechen, doch Dominic schnitt ihm barsch das Wort ab.

»Meg erkannte das Horn«, fuhr er fort. »Es war deines, Duncan of Maxwell. Und mehr noch: Der Hund, der uns verfolgte, war ebenfalls einer von deinen, ein wildes, gefährliches Tier mit einer Stimme wie ein Wolf. Es war auf die Spur menschlicher Beute angesetzt.«

»Ich habe nichts dergleichen getan«, erwiderte Duncan entschieden. »Ich würde Meggie nicht wie einen Schwerverbrecher jagen, auf den der Strang wartet.«

Dominic lächelte schmallippig. »Ach, nein? Ich glaube, das würdest du ohne weiteres tun. Ich glaube, du *hast* es getan. Du weißt, daß Meg der Schlüssel zur Loyalität der Leute von Blackthorne Keep ist. Wer immer Meg besitzt, besitzt auch das Land.«

»Richtig.« Duncans Stimme klang grimmig. »In diesem Punkt stimme ich mit dir überein.«

»Und weil Zuneigung zwischen euch beiden besteht, hast du

versucht, die Ehefrau zu stehlen, die Gott und König Henry mir gegeben hatten, weil du dachtest, auf diese Weise auch Blackthorne Keep stehlen zu können.«

»Nein!«

»Du kannst es von mir aus abstreiten, bis sich die Schafe zur Nacht in den Hügeln niedergelassen haben, aber ich werde dir nicht glauben. Noch wird dir sonst irgend jemand glauben«, sagte Dominic kategorisch. »Du hast die Wahl, Duncan of Maxwell. Du kannst dieses Land verlassen, um niemals zurückzukehren …«

»Nein!« rief Duncan dazwischen.

»… oder du kannst dich mir in einem Zweikampf stellen. Hier und jetzt.«

Schweigen breitete sich von der Gruppe von Männern über die Wiese aus wie kleine Wellen in einem Teich.

Meg, die sich mit der Hebamme und Old Gwyn über Adelas Genesung unterhalten hatte, blickte erschrocken auf. Dem angespannten Schweigen folgte aufgeregtes Tuscheln, als sich die Neuigkeit des bevorstehenden Kampfes herumsprach.

Das Schwert.

Der Schottische Hammer.

Gottesurteil durch Zweikampf.

Alles Blut wich aus Megs Gesicht. Sie taumelte einen Moment, bevor sie sich wieder in der Gewalt hatte.

»Das können sie nicht tun«, flüsterte sie.

Dennoch wußte Meg, daß Dominic und Duncan kämpfen würden.

Und einer von ihnen würde sterben.

Sie raffte ihren langen, smaragdgrünen Rock und rannte zu der Gruppe von Rittern. Die Leute auf der Wiese machten ihr Platz, gewarnt von den süßen goldenen Rufen der Glöckchen, die sie trug.

Die Ritter waren ebenfalls gewarnt. Wie ein Mann drehten sie sich um und schauten auf das Glendruid-Mädchen, das mit wehenden roten Locken und flatternden Röcken auf sie zugelaufen kam.

Meg hatte nur Augen für einen der Männer. Sie brauchte seine Nähe, wie sie noch nie zuvor etwas gebraucht hatte, noch nicht einmal Luft zum Atmen. Ohne auf Kettenpanzer und Schwert und das kalte Kratzen von Metall über ihre Haut zu achten, streckte sie die Arme nach Dominic aus und warf sich an seine Brust.

»Kleiner Falke«, flüsterte Dominic und zog sie fest an sich.

Es war alles, was er hervorbringen konnte.

Das intensive Gefühl in Megs Augen verblüffte ihn. Ungeachtet der vielen Leute, die sie beobachteten, schloß Dominic die Arme um seine Frau und drückte sie an sich, spürte die wilden Emotionen, die sie erschütterten. Als das Zittern ihres Körpers nachgelassen hatte, ließ er sie langsam los.

»Es wird alles gut werden«, sagte er beruhigend. »Ganz gleich, wer gewinnt, für dich ist gesorgt. Du bist der Schlüssel zu Blackthorne Keep.«

Meg blickte ihren Mann nur schweigend an, während Tränen der Angst und des Zorns in ihren Augen brannten und jeden Moment über ihre Lider hervorzuquellen drohten.

»Einer wird töten«, flüsterte sie gepreßt. »Und einer wird sterben. Wie kannst du da sagen, alles würde gut werden?«

»Blackthorne Keep wird überleben.«

Meg schloß die Augen. Zwei Tränen glitten wie flüssiges Mondlicht über ihre Wangen hinunter. Sie versuchte zu sprechen und brachte doch keinen Ton heraus. Sie öffnete die Augen. Mit Fingern, die kaum merklich zitterten, zeichnete sie die harten Linien von Dominics Gesicht nach, als wollte sie sich seine Züge für alle Zeiten ins Gedächtnis einprägen.

»Das Land überlebt immer«, sagte sie mit gedämpfter Stimme. »Es sind nur die Menschen, die leben und sterben. Und lieben.«

Sie hob die Hände an den Hals. Mit einer schnellen Bewegung hakte sie die goldene Kette auf, an der das uralte Kreuz ihrer

Mutter hing. Meg küßte das Kreuz und drückte es in Dominics panzerhandschuhbewehrte Faust.

»Gott schütze dich«, flüsterte sie innig.

Dominic zog seinen Panzerhandschuh aus und hielt das goldene Kreuz in seiner bloßen Hand. Die Wärme des Metalls war die des Lebens selbst, denn das Kreuz hatte zwischen Megs Brüsten gelegen. Er drückte seine Lippen auf das Kreuz und schlang sich dann die Kette um den Hals.

Zutiefst betrübt beobachtete Duncan das Mädchen, das einst seine Verlobte gewesen war, und den Mann, den das Schicksal zu seinem Feind gemacht hatte.

»Meggie, ich hätte dich niemals geraubt und dich zum Ehebruch gezwungen«, sagte Duncan in die Stille hinein. »Du glaubst mir doch, nicht wahr?«

»Ja«, sagte sie.

»Nun, das ist immerhin etwas.«

»Hier ist noch etwas«, erklärte Meg.

Der Klang ihrer Stimme ließ die Ritter herumfahren und sie mit schmalen Augen anstarren. Meg erwiderte ihren Blick furchtlos, musterte speziell die Männer abschätzend, die neben Duncan standen. Ihr Gesicht war leichenblaß und starr bis auf das ungezähmte grüne Feuer ihrer Augen.

»Falls einer der Euren sein Schwert zieht, bevor der Kampf für beendet erklärt ist«, sagte Meg klar und deutlich, »werdet ihr erfahren, was es bedeutet, dem Zorn einer Glendruid ausgeliefert zu sein.«

Duncan lächelte traurig. »Ach, Meggie, du kannst doch gar nicht töten, und du weißt es auch sehr gut.«

»Ja.« Dann verzogen sich ihre Lippen zu einem langsamen, gefährlichen Lächeln. »Es gibt Dinge, die sind schlimmer als der Tod, Duncan of Maxwell. Sorg dafür, daß deine Männer sie nicht in ihren Träumen entdecken und sie beim Aufwachen erleben.«

Als Meg sich von Duncan abwandte, ließ der Priester seine sorgfältig abgenagte Hammelkeule fallen und bekreuzigte sich hastig. Sämtliche Männer blickten unsicher drein, außer Dominic. Seine gesamte Aufmerksamkeit galt dem Mädchen, in dem die Flamme des Frühlings brannte, eine ungezügelte Kraft, die neues Leben aus totem Boden zu wachsen zwang. Und in seinem Bewußtsein hallten Worte wider, Worte, deren Sinn er erst jetzt zu verstehen begann.

Die Wunden des Winters werden unbarmherzig entblößt, bevor der Frühling sie heilt, und nur die zähesten Lebensformen überleben diesen Prozeß der Erneuerung.

Heilen ist nichts für Zaghafte.

Schweigen breitete sich aus, eine Stille, die durch die hastig gemurmelten Worte des Priesters eher noch betont als gebrochen wurde, als dieser Duncan und Dominic die Beichte abnahm und schließlich die Absolution erteilte. Als jeder Krieger bereit war, seinem Schöpfer gegenüberzutreten, brach der Redefluß des Priesters abrupt ab.

Simon nahm Dominics Helm von Jameson entgegen, stülpte ihn seinem Bruder auf den Kopf und nahm ihm den Umhang ab. Obwohl keiner der beiden Männer ein Wort sagte, zog sich Megs Herz schmerzlich zusammen im Bewußtsein der Zuneigung, die unausgesprochen zwischen den Brüdern schimmerte.

Als sie Duncan anschaute, sah sie keinen Feind, sondern die haselnußbraunen Augen und das draufgängerische Lächeln, das sie in ihrer Kindheit so oft aufgemuntert hatte. Tränen quollen aus ihren Augen, ließen die Züge des Mannes verschwimmen, der in ihrem Herzen der Bruder war, den sie nie gekannt hatte.

Als Meg wieder sehen konnte, beobachtete Dominic sie und Duncan mit Augen wie gehämmertes Silber. Sie sehnte sich schmerzlich danach, zu ihrem Mann zu gehen, ihn noch einmal fest in die Arme zu nehmen und von ihm umarmt zu werden, aber es war zu spät.

Das Horn erklang, und sein Ruf ließ die Menschen auf der Wiese mitten in der Bewegung erstarren. Die langgezogenen Töne waren wie ein Höllenhund, der einen blutigen Mond anheult. In der Stille, die dem letzten hallenden Ton folgte, wurden zwei Schlachtrösser zu den gegenüberliegenden Seiten der Wiese geführt. Crusader mit seinem massigen, muskulösen Körperbau war ein ebenbürtiger Gegner für Duncans kraftvollen braunen Hengst.

Wortlos machten *Das Schwert* und der Schottische Hammer auf dem Absatz kehrt und schritten zu ihren Pferden. Beide Männer saßen auf die gleiche Weise auf – mit einem einzigen dynamischen Sprung, als wären Kettenpanzer und Helm, Panzerhandschuhe und metallverstärkte Kniehosen, Schwert und Schild aus hauchzartem Mondlicht gesponnen, statt aus schwerem Metall gefertigt. Junker reichten lange Lanzen an. Jeder Ritter ergriff seine Waffe, hielt sie waagerecht für den bevorstehenden Kampf.

Hinter Meg weinte ein Kind, und ein Hund knurrte, und der Falke eines Ritters schrie seinen Zorn heraus, und erstickt in Megs Kehle war ihr eigener Schrei der Verzweiflung.

Die beiden Hengste bäumten sich auf der Hinterhand auf und trompeteten eine Herausforderung, die den versammelten Rittern einen lauten Beifallsruf entlockte.

Augenblicke später galoppierten die Schlachtrösser über die Wiese, während Erdklumpen und Gras in alle Richtungen spritzten. Das Stampfen der großen Hufe klang wie Donnergrollen, als die Ritter aufeinander zurasten, die Schilde erhoben, die Lanzen kampfbereit mit der Faust umklammernd.

Ein lautes Scheppern und Krachen dröhnte über die Wiese, als Lanzen, Schilde und Pferde aufeinanderprallten. Beide Hengste strauchelten, fingen sich wieder und galoppierten zurück zu den gegenüberliegenden Rändern der Wiese für einen weiteren Sturmangriff. Wieder grollte Donner. Wieder waren das Scheppern von Metall und das dumpfe Geräusch aufeinanderprallender Pferdeleiber zu hören. Wieder schwankten die Hengste unter der Wucht des Aufpralls, machten kehrt und nahmen erneut Anlauf auf den Gegner.

Und dann noch einmal.

Und noch einmal.

»Sie sind einander zu ebenbürtig«, knurrte Simon. »Die Hengste haben fast genau das gleiche Gewicht und sind gut ausgebildet. Falls Duncan nicht einen Fehler macht, oder falls nicht eine Lanze bricht ...«

Das splitternde Geräusch einer zerbrechenden Lanze untermalte Simons Worte. Aber es war nicht Duncans Lanze, die brach.

Es war Dominics.

Obwohl er die Wucht von Duncans Schlag mit seinem Schild abfangen konnte, wurde Dominic durch die plötzliche Zerstörung seiner Lanze aus dem Sattel geschleudert. Er kam schnell wieder auf die Füße und rannte auf Crusader zu, aber Duncans Schlachtroß machte eine rasche Drehung auf der Hinterhand, um Dominic den Weg abzuschneiden.

Wieder schnellte Duncans Hengst herum, prallte mit seiner mächtigen Schulter gegen Dominic und ließ ihn der Länge nach zu Boden stürzen. Duncan griff erneut an, noch während sich Dominic in aller Eile wieder aufrappelte. Die Jubelrufe der Vögte vermischten sich mit dem Aufstöhnen und den erbitterten Flüchen der Ritter von Blackthorne Keep.

Meg, die voller Entsetzen den Kampf beobachtete, verflocht ihre Finger miteinander und unterdrückte den Schrei, der in ihrer Kehle schmerzte, als der massive braune Hengst auf Dominic zupreschte. Duncan hielt seine Lanze waagerecht ausgestreckt. Wenn Dominic kehrtmachte und zu fliehen versuchte, würden ihn die Hufe des Hengstes in Grund und Boden stampfen. Wenn er sein Schwert zog und zu kämpfen versuchte, würde er entweder von Duncans Lanze getötet werden oder unter den Hufen des Hengstes umkommen.

»Nein!«

Niemand hörte Megs verzweifelten Schrei, denn jede Stimme war zu einem Beifallsruf oder zu wüsten Verwünschungen erhoben. Simon hielt Meg an seiner Seite mit Fingern, die sich wie Stahlbänder um ihren Arm legten und sie daran hinderten, auf das Schlachtfeld zu stürzen. Einen Moment lang kämpfte sie wie wild, um sich aus seinem schraubstockartigen Griff zu befreien, dann ergab sie sich. Sie wußte, es gab nichts, was sie hätte tun können.

Dominic stand unbeweglich da, als hätte er beschlossen, dem Tod geradewegs ins Auge zu sehen. Jeder Ritter auf der Wiese nahm an, er würde im letzten Augenblick zur Seite springen, um sowohl Lanze als auch Schlachtroß auszuweichen. Es war eine übliche Taktik auf dem Schlachtfeld; sie ließ dem gestürzten Ritter genügend Zeit, damit einer seiner Freunde herbeieilen und ihm wieder in den Sattel helfen konnte.

Aber niemand würde Dominic zu Hilfe kommen. Der Brauch und das Gesetz erlaubten es nicht. Gottes Urteil, nicht die Schnelligkeit und Anzahl der Freunde eines Mannes, entschied, wer der Überlebende der rituellen Schlacht war.

Ohne Hilfe wäre Dominic zwar in der Lage, Duncans Angriffen eine gewisse Zeitlang auszuweichen, aber ein Mann zu Fuß würde bald stolpern oder ermüden. Dann würde sich Duncan auf ihn stürzen, und Dominic würde sterben.

Der braune Hengst galoppierte auf Dominic zu, beschleunigte sein Tempo noch mit jedem Hufschlag. Dominic wartete in Kauerstellung, das Gewicht auf die Fußballen verlagert, offensichtlich bereit, blitzartig nach rechts oder links zu springen. Duncan machte sich angriffsbereit, darauf versessen, seinem Opfer zu folgen. Er hob sich leicht aus dem Sattel, und sein Gesicht war zu einer wilden Grimasse verzerrt, als er auf den normannischen Lord zupreschte.

Um der tödlichen Lanze auszuweichen, mußte Dominic bis zum allerletzten Moment ruhig verharren, bevor er sich mit einem Hechtsprung vor den Hufen des Schlachtrosses rettete. Als Dominic sich schließlich bewegte, war das Pferd schon so nahe, daß er von oben bis unten mit dem Schmutz bespritzt wurde, der unter den donnernden Hufen des Hengstes aufflog. Sekundenbruchteile vor dem Augenblick, wo ihn die Hufe des Pferdes zermalmt hätten, sprang Dominic zur Seite.

Ein seltsamer Laut stieg von der Menge auf, ein Stöhnen, das für oder auch gegen den Herrn von Blackthorne Keep gemeint sein konnte. Wieder wurde Dominic von Duncan angegriffen. Wieder sprang Dominic im allerletzten Moment beiseite. Das Katz-und-Maus-Spiel ging noch mehrere Ausfälle lang weiter. Bei jedem neuen Angriff beugte sich Duncan ein wenig mehr in den Steigbügeln vor, wild entschlossen, den Kampf zu beenden.

Beim sechsten Angriff machte Dominic erneut einen Satz, aber diesmal sprang er geradewegs auf Duncan zu, nicht zur Seite. Dominic packte Duncans rechten Fuß und stemmte sich mit seiner gesamten, beträchtlichen Kraft hoch. Die Taktik funktionierte. Duncan verlor den Halt im Sattel.

Noch im Fallen schleuderte Duncan die nutzlose Lanze weg und griff nach seinem Schwert. Obwohl er hart auf der Schulter landete, rollte er sich mit einer geschmeidigen Bewegung herum und kam wie eine Katze wieder auf die Füße.

Bevor Duncan zum Schlag ausholen konnte, versetzte Dominic ihm mit der flachen Klinge seines Schwerts einen Hieb in die Kniekehlen. Duncan stolperte rückwärts. Er hatte keine Chance, sein Gleichgewicht wiederzuerlangen oder sein Schwert zu benutzen; Dominic ließ die Spitze seines Breitschwerts zwischen Duncans Kinn und die Öffnung seiner Kettenpanzerhaube gleiten.

Duncan erstarrte, rechnete fest damit, im nächsten Moment zu sterben. Dominic stand über ihm, und sein Atem ging keuchend vor Anstrengung. Unter der Schwertspitze floß Blut in einem warmen Rinnsal über Duncans Hals herab.

»Du hast mir einmal gesagt, du würdest vor niemandem das Knie beugen, außer vor deinem schottischen König«, sagte Dominic mit harter Stimme, die über das gesamte Schlachtfeld hinweg zu hören war.

Duncan sagte nichts. Seine Augen waren zu Schlitzen verengt in Erwartung seines augenblicklichen Todes.

»Ich überlasse dir die Wahl, Duncan of Maxwell. Stirb jetzt oder akzeptiere mich als deinen Lehnsherrn.«

Einen Atemzug lang herrschte absolute Stille auf der Wiese. Dann stieß der Schottische Hammer einen gotteslästerlichen Fluch aus, ließ das Heft seines Schwertes los und lächelte schief.

»Besser dein Vasall zu sein als Nahrung für die Würmer«, sagte Duncan.

Dominic warf den Kopf in den Nacken und lachte.

»Ja, Duncan. Viel besser.«

Mit einer lässigen Bewegung schob Dominic sein Schwert in die Scheide zurück und streckte die Hand aus, um Duncan auf die Füße zu helfen. Doch statt sich aufzurichten, beugte Duncan das Knie und senkte den Kopf, machte mit dieser Geste allen auf der Wiese klar, daß er sich Dominic le Sabre ergeben würde, auch wenn keine Schwertspitze in seine Kehle stach.

»Steh auf«, befahl Dominic.

Als Duncan gehorchte, hob Dominic Duncans Schwert auf und reichte es ihm mit dem Heft voran.

»Du hast mir dein Wort gegeben«, sagte Dominic. »Ich brauche kein weiteres Zeichen deiner Loyalität. Und ein unbewaffneter Ritter nützt niemandem, am allerwenigsten seinem Lehnsherrn.«

Duncan blickte von seinem Schwert auf Dominics Waffe, die in ihrer Scheide ruhte, lächelte seltsam und schob dann sein eigenes schweres Schwert mit einer flinken Bewegung in die Scheide zurück. Ein tiefer, inbrünstiger Seufzer stieg aus den Kehlen der Zuschauer auf.

Dominic drehte sich zu den wartenden Rittern um, aber es waren die Vögte, auf denen sein fester Blick schließlich ruhte.

»Ich gebe Duncan of Maxwell ein großes Gut in einem Gebiet, um das sich die schottischen und englischen Könige von jeher gestritten haben.«

Duncan drehte sich um und starrte Dominic an.

»Jene von euch, die Duncan folgen, haben die Wahl«, fuhr Dominic fort. »Ihr könnt unbeschadet davonreiten und niemals wieder auf mein Territorium zurückkehren. Oder ihr könnt Duncan als euren Lehnsherrn akzeptieren ... *und durch ihn auch mich.«*

25. KAPITEL

Während Dominic und Simon den Aufbruch der Vögte überwachten, die es vorgezogen hatten, Rufus zu folgen, statt bei dem Schottischen Hammer zu bleiben, arbeiteten Meg und Old Gwyn im Wintergarten und kümmerten sich um Ritter beider Seiten, die während der Turnierkämpfe verletzt worden waren. Den Wintergarten hatte man in eine provisorische Krankenstation verwandelt, da in der großen Halle die Vorbereitungen für ein Festmahl liefen.

»Autsch!« japste der Schottische Hammer und zuckte brüsk vor Megs Händen zurück. »Das tut weh!«

Duncan hatte darauf bestanden, als letzter verarztet zu werden, weil er nur geringfügige Verletzungen erlitten hatte.

»Willst du wohl still sein?« gab Meg zurück. »Als Dominics Schwertspitze an deiner Kehle lag, hast du nicht annähernd soviel gejammert.«

»Ich dachte, ich müßte sterben. Was hätte Jammern da noch genützt?«

Meg warf Duncan einen kühlen Blick zu. Sosehr sie den Schottischen Hammer mochte, sie würde noch lange Zeit brauchen, um das Bild zu vergessen, wie Duncan auf Dominic losgegangen war, entschlossen, den Kampf mit einem tödlichen Schwerthieb zu beenden.

»Leg den Kopf in den Nacken«, kommandierte sie. »Ich kann deine Kehle nicht sehen.«

»Der Ausdruck deiner Augen gefällt mir nicht, Meggie. Es wäre das gleiche, als würde ich einer Wölfin meine Kehle darbieten.«

Sie schaute in seine haselnußbraunen Augen, sah das Verständnis und die reumütige Belustigung darin und fühlte im gleichen Moment, wie etwas von ihrer inneren Anspannung wich.

»Wenn Dominic das Leben eines Feindes verschonen kann«, bemerkte sie trocken, »dann kann ich wohl das Leben eines Freundes verschonen.«

Duncan ignorierte das kaum verhüllte Grinsen seiner Ritter, schnitt eine Grimasse und legte den Kopf zurück, um Meg besseren Zugang zu seinem Hals zu verschaffen.

»Ist nur ein Kratzer«, murmelte er.

»Ach, tatsächlich?« fragte sie spöttisch. »Bei deinem ständigen Zurückzucken und Gejammere hätte ich glatt gedacht, deine Kehle wäre vom Adamsapfel bis zum Ohr aufgeschlitzt.«

Die übrigen Ritter im Raum lachten angesichts eines Mädchens, das den am meisten gefürchteten Krieger in ganz England so ungeniert auszuschelten wagte. Meg schaute auf und lächelte den Männern zu.

»Geht zum Essen, tapfere Ritter«, sagte sie. »Sir Duncan wird gleich nachkommen.«

Als sich die Männer an Meg vorbei in die große Halle hinausdrängten, beugte sie sich erneut vor und begann, Duncans Kehle mit vorsichtigen Fingerspitzen abzutasten. Duncan hatte seine Schlachtkleidung abgelegt und trug nun kaum mehr als kurze lederne Kniehosen. Megs Haar hatte sich wie gewöhnlich aus ihren Zöpfen gelöst. Als eine lange Locke nach vorn rutschte und sie in ihrer Tätigkeit behinderte, griff Duncan danach, zupfte leicht daran und strich sie dann hinter Megs Ohr zurück. Die beiläufige Geste sprach von jahrelanger Vertrautheit zwischen dem Schottischen Hammer und der Herrin von Blackthorne Keep.

Dominic stand in der Tür und beobachtete Duncan und Meg

unter schweren Lidern hervor. Mit jedem Atemzug sagte Dominic sich, daß es keinen Grund für die Eifersucht gab, die wie geschmolzenes Blei in seinem Magen lag. Dennoch rief ihm der Anblick von Megs Händen, die auf der Suche nach Verletzungen so behutsam über Duncans breiten, muskulösen Hals glitten, wieder sämtlichen Klatsch ins Gedächtnis zurück, den er sowohl vor als auch nach seiner Ankunft auf Blackthorne Keep gehört hatte.

Duncans Verlobte.

Duncans Geliebte.

Die Hexe wartet still lächelnd, um den rechten Augenblick abzupassen.

»Du warst wirklich kurz davor, deinem Schöpfer gegenüberzutreten«, murmelte Meg.

»Ja.« Wieder zupfte Duncan zärtlich an einer Locke ihres Haares und lächelte herausfordernd. »Hättest du mich vermißt, Meggie?«

»So wie eine Katze einen Hund vermißt.«

Duncan lachte und schob die feurige Haarsträhne unter Megs Kopftuch. Glöckchen klingelten leise, als das Tuch bei seiner Berührung versehentlich verrutschte. Er nahm Meg den Haarreifen ab und setzte ihn ihr wieder ordentlich auf den Kopf, ließ bei jeder einzelnen Bewegung Glöckchen läuten.

Falls Meg Einwände gegen die Intimität hatte, so zeigte sie es jedenfalls weder mit Worten noch mit Gesten.

Zuneigung zwischen ihnen.

Sie tut so, als wäre sie mit ihrem kalten normannischen Herrn zufrieden.

Lächelt nur und wartet insgeheim auf den rechten Augenblick.

»Autsch! Herr im Himmel, versuchst du zu vollenden, was dein Ehemann begonnen hat?«

»Bist du sicher, daß du keine Probleme beim Schlucken hast?« erkundigte sich Meg besorgt.

»Ganz sicher.«

»Nun, du hast wirklich Glück gehabt, du Schurke!«

»Ja«, gestand er. »Aber ich werde niemals eine Ehefrau wie dich haben, Meggie.«

»Dafür solltest du deinem Herrgott danken«, gab sie zurück. »Frag Dominic. Ich bin eine solche Plage für ihn, daß er mich wie eine Katze oder einen Falken zwingt, Glocken zu tragen.«

»Behandelt Dominic dich unfreundlich?« fragte Duncan, und seine Stimme war jetzt nicht länger neckend.

»Seine Glendruid-Ehefrau? Seine einzige Hoffnung auf legale Erben? Hast du den Eindruck, mein Ehemann sei dumm?«

»Allmächtiger, nein. Der Mann ist so schlau und gerissen wie ein Wolf.«

»Er ist so gerissen wie ein ganzes Rudel Wölfe. Und er ist nicht unfreundlich zu mir. Schließlich sind meine goldenen Ketten fast so wertvoll wie die seines kostbaren Wanderfalken.«

Duncan brüllte vor Lachen.

Meg mußte ebenfalls lächeln, obwohl sie Duncan schalt, still zu sitzen, während sie eine Salbe auf die diversen Quetschwunden rieb, die auf seiner breiten Brust verteilt waren.

Sie wartet auf den rechten Augenblick.

Denn es ist der schottische Feudalherr, den sie schon immer geliebt hat.

Sie wartet in aller Seelenruhe ab.

»Falls du irgendwelche Schwierigkeiten beim Schlucken haben solltest, komm gleich zu mir«, sagte Meg, als sie Salbe auf den Bluterguß an Duncans Schulter strich.

»Das tue ich immer, Meggie. Allein deine Berührung würde einen Mann schon heilen, mehr noch als deine magischen Glendruid-Tränke.«

Dominic zog sich den Helm vom Kopf und knallte ihn so vehement auf ein Tischchen neben der Tür, daß das Ale über den Rand der Schüssel schwappte, die Simon dort zur Erfrischung für die Ritter abgestellt hatte.

Meg blickte rasch auf. Ihr Blick tastete Dominics Körper wie unsichtbare Hände ab, forschte nach verborgenen Wunden. Was sie sah, war eine eisige Wut in seinen grauen Augen, die ihr bewußt werden ließ, daß sie zwischen Duncans muskulösen Schenkeln stand. Röte kroch über ihre Wangen. Hastig trat sie einen Schritt zurück.

Duncan wandte sich um und schaute Dominic an. Der Ausdruck auf dem Gesicht seines Lehnsherrn machte ihm unmißverständlich klar, daß Dominic nicht sonderlich erfreut war, seine Frau allein mit einem halbnackten Duncan of Maxwell vorzufinden. Duncan lächelte sardonisch.

»Jetzt weiß ich, warum du mir ein Gut gegeben hast, das drei Tagesritte von hier entfernt ist«, sagte er.

»Sieh zu, daß du schnell dorthin kommst«, gab Dominic mit kalter Stimme zurück.

»Ja, Herr. Das werde ich tun. Ich habe meinen Kopf gern an der Stelle, wo er jetzt sitzt.«

Duncan stand auf und schritt eilig aus dem Wintergarten, wobei er im Hinausgehen nach seinem Umhang griff. Dominics kalte graue Augen schienen sich bei jedem Schritt seines Weges in ihn zu bohren.

»Ich habe Eadith angewiesen, ein Bad einzulassen«, sagte Meg. »Es müßte inzwischen fertig sein. Soll ich Simon rufen, damit er dir hilft?«

»Nein. Ich denke, ich werde auch einmal die Freuden deiner ›Heilerhände‹ an mir selbst ausprobieren.«

Die Worte waren wie ein Peitschenhieb. Meg versteifte sich.

»Du hast keinen Grund, auf irgend etwas Unschickliches anzuspielen«, sagte sie verärgert.

Dominic hob eine skeptische schwarze Augenbraue.

»Zwischen Duncan und mir ist nichts, gar nichts«, fuhr Meg fort. »Um Gottes willen, Dominic, ich bin als Jungfrau in dein Bett gekommen!«

»Aber du kannst das nicht jedesmal tun, nicht wahr? Ein Mann kann sich nur ein einziges Mal der Treue seiner Frau sicher sein.«

Ihre Augen wurden groß. »Das kann nicht dein Ernst sein!«

»Und ob es mein Ernst ist. Ich bedaure nicht zum ersten Mal, daß ich den schottischen Bastard nicht getötet habe.«

Gefühllosigkeit überkam Meg, wie Nacht, die sich langsam vom Himmel herabsenkt.

»Was habe ich getan, um dein Mißtrauen zu verdienen?« fragte sie mit kalter Stimme.

Megs Ton hatte die gleiche Wirkung, als hätte man Stroh in das Feuer von Dominics Zorn geworfen, ein Zorn, der bereits durch den letzten verblassenden Nachhall einer Schlacht entfacht war, die er um Haaresbreite verloren hätte.

»Du bist allein mit einem halbnackten Ritter gewesen. Einem Ritter, der den Ruf hat, dein Herz zu besitzen, wenn nicht deinen Körper«, gab Dominic zurück. »Wäre es Marie gewesen, die zwischen Duncans Schenkeln stand, hätte ich applaudiert. Aber es war nicht Marie, die ein so albernes, neckisches Getue um Duncans Wunden machte. Es war meine Ehefrau!«

»Ich habe niemals ein neckisches Getue um irgendeines Mannes Wunden gemacht. Ich bin Heilerin, keine Prostituierte.«

Dominic grunzte. »Manchmal kann man den Unterschied nur schwer feststellen.«

»Duncan hat keine derartigen Schwierigkeiten. Er kennt mich von Grund auf und weiß, daß ich Heilerin bin, keine Hure. Bei Gott, ich wünschte, mein Ehemann würde mich nur halb so gut kennen!«

»Ich gebe mir Mühe, Frau. Ich gebe mir wirklich Mühe. Aber wie ich mich auch drehe und wende, dauernd stolpere ich über diesen schottischen Bastard. Sag mir eins: Wem hast du zugejubelt, als wir kämpften?«

»Wie kannst du so etwas auch nur fragen?« flüsterte sie schockiert.

Damit wandte Meg sich ab und machte sich daran, ihre Arzneien einzusammeln. Ihre Hände zitterten vor Wut und noch etwas anderem – der kalten Furcht, die sich jedesmal noch verstärkte, wenn sie begriff, wie wenig Respekt ihr Ehemann vor ihr hatte.

Und Vertrauen hatte er offensichtlich überhaupt nicht zu ihr.

»Ich werde Simon zu deinem Bad schicken«, murmelte Meg.

»Nein.«

Der Befehl war so hart und kalt wie ein Schwert.

»Wie du wünschst, Herr«, sagte Meg, während sie an ihrem wütenden Ehemann vorbeimarschierte. »Obwohl ich annehmen würde, ein Mann, der mir so wenig vertraut, hätte Angst, ein Messer in den Rücken zu bekommen.«

Mit einem gezischten Fluch auf türkisch folgte Dominic ihr aus dem Raum. Er wußte, seine Laune war schroff und jähzornig, seine Zunge so scharf wie die Schneide seines Schwerts, aber er konnte im Moment nur wenig dagegen tun. Seine übliche Gereiztheit nach einer Schlacht hatte sich in lodernden Zorn verwandelt beim Anblick von Meg und dem halbnackten Schotten.

Dominic betrat den Baderaum und zog mit einem heftigen Ruck den Vorhang vor der Tür zu.

»Liebst du diesen schottischen Bastard?« fragte er abrupt.

»Als einen Cousin, einen Freund, als den Bruder, den ich niemals hatte, ja.«

Mit raschen, knappen Bewegungen begann Dominic, seine Kampfausrüstung abzulegen.

»Hast du Duncan einmal so geliebt, wie eine Frau einen Mann liebt?« verlangte er zu wissen.

»Nein.«

»Aber er hat dich geliebt.«

Meg gab einen Laut von sich, der zu traurig und zu ärgerlich war, um als Lachen bezeichnet zu werden.

»Nein, Dominic. Für mich hat Duncan Zuneigung empfunden. Seine große Liebe galt Blackthorne Keep. Genau wie du sah Duncan in mir lediglich ein Mittel zum Zweck, um ein großer Lord zu werden. Im Gegensatz zu dir war er jedoch nicht der Mann, dem der König befahl, mich zu heiraten.«

»Es ist die Pflicht einer Adligen, die Sicherheit ihrer Familie durch eine passende Heirat zu verstärken.«

»Ja. Und ich habe meine Pflicht getan.«

Dominic konnte Megs ruhiger Feststellung nicht widersprechen, und dennoch wollte er es. Er wollte von ihr hören, daß es mehr als Pflichtgefühl war, was sie in sein Bett getrieben hatte, mehr als Pflichtgefühl, was sie unter seiner Berührung dahinschmelzen ließ, mehr als die Pflicht einer Ehefrau, was ihrem Schoß heiße, leidenschaftliche Tränen entlockte.

In angespanntem Schweigen half Meg Dominic aus seiner Kampfkleidung. Als er das letzte Kleidungsstück abstreifte, ließ ihr der Anblick seines steifen, erregten Schafts den Atem in der Kehle stocken. Plötzlich wurde ihr klar, warum er so wütend darauf reagiert hatte, sie und Duncan allein vorzufinden. Die Leidenschaft der Schlacht war in eine völlig andere Art von Leidenschaft umgeschlagen.

Meg konnte es verstehen, denn sie hatte das gleiche gefühlt. Die schreckliche, beklemmende Furcht, die ihr Herz umklammert hatte, während Duncans Schlachtroß auf Dominic losging, hatte sich im Zeitraum eines Atemzugs in intensives Verlangen verwandelt.

Dominic war am Leben. Und sie sehnte sich danach, sein Überleben auf die elementarste aller Arten zu feiern.

»Was? Kein süßes Lächeln und zärtliche Berührungen für deinen Ehemann?« fragte Dominic barsch, als er in die Badewanne stieg. »Wirst du mich nicht streicheln und meine Kampfwunden heilen?«

»Du siehst wunderbar gesund aus«, entgegnete Meg. »Aber ich werde dich überall streicheln, wo du es möchtest.«

Der Wechsel in der Stimme seiner Frau von gepreßt zu kehlig-sinnlich überraschte und entwaffnete Dominic gleichermaßen. Er blickte Meg an, um die sinnliche Abschätzung in ihrem Lächeln zu sehen, als seine Lenden im Badewasser verschwanden. Mit hungrigen Augen beobachtete er, wie sie ihren

Mantel und ihre obere Tunika ablegte, eine Handvoll ihrer selbstgemachten Seife aus der Dose nahm und an die Badewanne trat.

Das Wasser war heiß und duftete nach Megs Kräuterkeller. Die Seife war weich und cremig und duftete wie Meg selbst. Die Schmerzen und Quetschwunden, die Dominic im Kampf davongetragen hatte, schienen sich in nichts aufzulösen, aber nicht der Hunger, der seinen Körper wie ein sinnlicher Schraubstock umklammerte, nicht die heftige Erregung, die seinen Schaft mit jeder Bewegung von Megs Händen noch heißer pulsieren ließ.

Mit gedämpfter Stimme sang Meg die uralte Glendruid Weise von Heilung und Erneuerung, während sie Dominic badete, die Irrtümer und Schmerzen des Tages fortwusch und Hoffnung lockte, die Seele ihres kraftvollen Kriegers zu erfüllen. Als Dominic die zärtliche Tortur nicht länger ertragen konnte, ergriff er eine von Megs Händen und zog sie an seiner Brust herunter bis zu jenem Teil seines Körpers, der mehr als jede Verletzung schmerzte.

Bei der ersten Berührung von Megs Fingerspitzen auf seinem erregten Fleisch stöhnte Dominic leise vor Lust. Als sich ihre Hand zärtlich um ihn schloß und ihn vom Ansatz bis zur Spitze streichelte, dachte er, er würde bersten wie ein zu prall gefüllter Weinschlauch.

»Meg …«

Das Wort klang, als wäre es ihm nur unfreiwillig über die Lippen gekommen.

»Ja, Dominic?« murmelte sie.

»Simon behauptet immer, ich sei böse wie ein wildes Tier nach einer Schlacht.«

»Simon hat recht.«

Behutsam ließ Meg ihre Nägel über Dominics harten Schaft gleiten und entlockte ihm damit erneut ein erregtes Aufstöhnen.

»Aber nachdem ich jetzt weiß, wie ich meinem wilden Tier den Dorn aus der Tatze ziehe, werde ich mehr Verständnis haben«, fügte sie hinzu.

»Was du unter deinen Fingern fühlst, ist kein Dorn!«

Sanftes weibliches Lachen stimmte Dominic zu.

»Ja«, flüsterte sie und streichelte ihn zärtlich. »Es ist ein sehr schönes, sehr magisches Schwert.«

»Magisch?« Dominic sog scharf die Luft ein, als Lust seinen gesamten Körper wie eine Lanze durchfuhr.

»Obwohl dein Schwert hart ist, ist es eher heiß als kalt; es bringt eher Lust als Schmerz, eher Freude als Kummer ... eher Leben als Tod. Das ist große Magie.«

Mit einem unterdrückten Stöhnen legte Dominic den Kopf gegen den Rand der Wanne zurück und kämpfte um Beherrschung.

»Ich bin bis jetzt nie ein eifersüchtiger Mann gewesen«, sagte er leise, »aber die Vorstellung, daß du Duncan auf diese Weise liebkost, erweckt in mir das Verlangen, ihn auf der Stelle zu töten.«

Im Sprechen ließ Dominic seine Hand unter den Saum von Megs Tunika gleiten. Er hörte, wie sie erregt nach Luft schnappte, als er ihren Knöchel streichelte. Lächelnd strich er mit seinen langen Fingern an ihrem wohlgeformten Bein herauf und wieder herunter.

»Für einen Ritter, der für seine Logik und Kampftaktik berühmt ist, ergibt deine Eifersucht wenig Sinn«, meinte Meg atemlos.

Dominics Augen verengten sich zu glitzernden grauen Schlitzen, während er seine warme Handfläche erneut an Megs Bein heraufgleiten ließ. Aber diesmal hielt er nicht an ihrer Hüfte inne. Seine Finger suchten die dünne, zarte Schicht von Stoff, die zwischen ihm und ihrer sinnlichen Hitze lag. Ein heftiger Ruck, und die Barriere zerriß. Einen Augenblick später waren seine Finger in dem warmen Haardickicht zwischen ihren Schenkeln vergraben. Der gebrochene Laut, der über Megs Lippen kam, erregte ihn ebensosehr wie die flüssige Hitze, die seine Berührung in ihrem Schoß auslöste.

»Warum sollte ich nicht auf das hier eifersüchtig sein?« fragte Dominic mit kehliger Stimme. »Ein Mann würde für ein so süßes Feuer sogar töten.«

Meg drückte behutsam Dominics prallen Schaft, als sie heiser fragte: »Denkst du, ich wäre so beschränkt, um nicht zwischen dem Paradies und einem Freund aus der Kinderzeit unterscheiden zu können?«

»Wenn du mich so wie jetzt berührst, kann ich überhaupt nicht denken.«

Lächelnd streichelte Meg seinen Schaft von der heißen Spitze bis zum Ansatz, dann umschloß sie mit ihren Handflächen liebevoll die beiden Kugeln, in denen sein Samen darauf drängte, freigelassen zu werden.

»In deinen Armen koste ich das Paradies«, flüsterte sie. »Duncan ist mein Freund, Dominic. Ich habe ihn niemals so berührt, wie ich dich jetzt berühre. Ich würde es auch niemals tun. Es ist ausschließlich dein Schwert, das mir Lust schenkt.«

»Gott«, stöhnte Dominic. »Du bringst mich um!«

Meg warf ihm einen erschrockenen Blick zu, bevor sie begriff, daß er eher von süßer Folter als von echter Qual sprach.

»Wenn du so weitermachst, werde ich meinen Samen vergießen«, sagte er heiser vor Sinnlichkeit.

»Ist das so schlimm?«

»Nein.«

Dominics brennender Blick wanderte von Megs Lippen zu ihren Brüsten und weiter hinunter zu dem rotgoldenen Haarnest, das ihn so verlockte. Ein primitiver Hunger loderte wie Feuer in seinem Körper. Seine Hände glitten an ihren Schenkeln hinauf, bis er das weiche, heiße Fleisch berühren konnte, das ihm so unendlich viel Genuß bereitete.

»Aber wir sollten in dein Schlafgemach gehen und die Tür verriegeln«, murmelte er. »Es gibt da einige Dinge, die ich tun möchte ...«

»Welche Dinge?«

Seine einzige Antwort war ein leidenschaftlicher Blick in ihre Augen und ein Schweigen, das heißer als Feuer brannte.

Meg horchte angestrengt. Nichts war zu hören, nur die Stimmen aus der großen Halle ein Stockwerk tiefer, wo Ritter tranken und sich mit ihrer Geschicklichkeit im Kampf brüsteten.

»Es ist niemand in der Nähe«, sagte sie.

»Wenn wir hierbleiben, wird es auf deine eigene Gefahr geschehen«, erwiderte Dominic.

»Richtig, für mich besteht hier große Gefahr«, sagte Meg lächelnd. »Ich kann sie wie ein mächtiges Schwert an meinem Körper fühlen.«

Dominic lachte amüsiert. Er wußte zwar, daß er sich dazu zwingen sollte, das kurze Stück bis zu Megs Räumen zu gehen, aber er war sich nicht sicher, ob er es konnte. Er brauchte seine leidenschaftliche Hexe jetzt, sofort.

»Bei den Sarazenen habe ich gewisse Dinge gehört, die mich faszinierten«, murmelte Dominic, während sein Blick hungrig von Megs Augen zu der Stelle schweifte, wo ihre beiden Körper bald miteinander vereint sein würden, »aber ich war nie in Versuchung, sie auszuprobieren. Bis jetzt.«

»Welche Dinge?« fragte Meg wieder.

»Möglichkeiten für Liebende, um einander zu reizen und zu erfreuen und schließlich Erleichterung zu verschaffen, aber erst, nachdem sie unter der süßen Folter schreien.«

Meg senkte halb die Lider. »Es ist schamlos von mir, aber ich muß gestehen, daß ich neugierig geworden bin.«

»Ja, meine süße Hexe. Ich kann deine Neugier sehen.«

Dominics Lächeln war voll sinnlicher Verheißung. »Ich werde großes Vergnügen dabei empfinden, sie zu befriedigen ... und dich.«

Mit dem Daumen liebkoste er das üppige Haardreieck zwischen Megs Schenkeln. Als seine Fingerspitze die weiche Knospe in ihrem Schoß streifte, zuckte Meg vor unerwarteter Verzückung zusammen.

»Du bist sehr empfindlich«, murmelte er.

Meg erschauerte.

»Mein Daumen ist zu hart«, sagte Dominic mit rauher Stimme. »Ich glaube, meine Zunge wäre besser dazu geeignet, das lebendige Juwel deiner Leidenschaft zu polieren.«

Der verblüffte Ausdruck auf Megs Gesicht brachte ihn zum Lachen, trotz des wilden, unablässigen Pulsschlags der Begierde in seinen Lenden.

»Ja, meine süße Hexe. Du fängst an zu verstehen.«

Beim Anblick ihrer harten, erregt aufgerichteten Knospen, ihres vom rosigen Schimmer der Leidenschaft überhauchten Körpers hätte er am liebsten einen Triumphschrei ausgestoßen. Er umschloß ihre Brüste mit den Händen und reizte ihre Knospen mit sinnlichen Streichelbewegungen, entlockte ihren Lippen einen leisen Schrei. Der Schrei wurde zu einem gebrochenen Laut der Begierde, als sein langer Zeigefinger liebkosend an ihrem Bauch hinunterstrich und tief in ihren Schoß eindrang.

»Ich will dich«, sagte Dominic schlicht.

»Nimm mich. Ich bin dein.«

»Ja«, flüsterte er. »Ich fühle, wie wahr und aufrichtig deine Großzügigkeit ist. Ich habe noch niemals einen Menschen wie dich gekannt.«

»Du bist es, nicht ich.«

»Wir beide.« Ein Schauer lief durch Dominics kraftvollen Körper. »Diesmal wirst du vor Wollust schreien, meine sinnliche Hexe. Das schwöre ich dir.«

»Was ist mit dir? Wirst du mich lehren, dir ebensoviel Lust zu bereiten?«

Dominic stöhnte. »Ich sollte es nicht tun.«

Aber er tat es schließlich doch.

26. KAPITEL

»Bist du bereit, heute morgen mit mir auf die Falkenjagd zu gehen?« fragte Dominic mit leiser Stimme. »Oder ist mein wunderschöner Falke immer noch wund?«

Die unverhüllte Sinnlichkeit in Dominics Augen ließ Meg erröten. Es war zwei Tage her, seit sie ihren Krieger gebadet und herausgefunden hatte, was für ein anspruchsvoller und potenter Liebhaber er sein konnte.

Ab da hatte Dominic viel von sich selbst zurückgehalten. Meg hoffte, er würde es niemals wieder tun. Sie hatte entdeckt, daß sie selbst ebenso fordernd und unersättlich beim Liebesspiel war wie er.

»Ich war nur einen Morgen lang wund«, flüsterte sie. »Ein Bad hat meine Beschwerden sofort gelindert.«

Der träge Glanz in seinen Augen vertiefte sich zu einem wilden, hungrigen Brennen. Er berührte ihren lächelnden Mund mit einer Fingerspitze und streifte dann zart mit seinen Lippen über ihre.

»Deinen Bädern wohnen tatsächlich Zauberkräfte inne, süße Hexe«, murmelte er dicht an ihrem Mund. »Nach der Falkenjagd werden wir wieder eines probieren.«

Megs atemlose Zustimmung tat wenig, um Dominics Blut abzukühlen. Die Versuchung, den Kuß zu vertiefen, war unglaublich groß, aber Dominic befürchtete, wenn er es täte, würde der einzige Falke, der sich an diesem Tag in den Himmel hinaufschwänge, nur ein ganz spezieller Glendruid Falke sein.

Widerstrebend hob Dominic den Kopf und blickte intensiv in die grünen Augen seiner Ehefrau. Sie wirkten so klar und ungetrübt wie geheiligte Quellen. Dennoch schreckte Meg jede einzelne Nacht, die er mit ihr verbrachte, zitternd und in kalten Schweiß gebadet aus dem Schlaf hoch.

In der letzten Nacht war es nicht anders gewesen.

Warum hast du Angst?

Ich habe Glendruid Träume.

Wovon träumst du?

Von Gefahr.

Welche Art von Gefahr? Duncan ist heute morgen in den Norden abgereist. Die Gruppe der Vögte ist gespalten. Unter Rufus werden sie sich gänzlich zerschlagen. Der Rest meiner Ritter wird bald hier eintreffen. Was bleibt da noch an Gefahren übrig?

Ich weiß es nicht. Ich weiß nur, daß ich schreckliche Träume habe.

Der klare, wilde Schrei eines Wanderfalken schnitt durch die normalen Geräusche der Burg.

»Fatima ist ungeduldig«, sagte Meg amüsiert. »Sie spürt, daß sie bald ihre Kreise am Himmel von Blackthorne ziehen wird.«

»Es ist ein schöner Tag für die Falkenjagd.«

Meg blickte durch das hohe, schmale Fenster des oberen Burggeschosses. Sonnenlicht ergoß sich in einem geräuschlosen gelben Strom in den Raum.

»Ja«, sagte sie. »Es ist ein schöner Tag. Vielleicht hat der Frühling endlich die eisige Umklammerung des Winters gesprengt.«

Und dennoch – etwas in Megs Stimme sagte Dominic, daß sie nicht an den endgültigen Sieg des Frühlings über den Winter glaubte.

Das rhythmische Klappern von Hufen unten im Burghof verkündete die Ankunft von Pferden und Rittern, die ungeduldig auf den Beginn der Falkenjagd warteten. Dominic und Meg eilten davon, um sich ihnen anzuschließen. Doch kaum waren der Lord und die Lady unten in der großen Halle erschienen, als Eadith die Treppe herunterstürzte.

»Lady Margaret, wartet!« rief sie.

»Was gibt es denn?« fragte Dominic voller Ungeduld. »Wir wollen auf die Falkenjagd.«

»Es geht um Marie«, erklärte Eadith atemlos. »Sie hat ihr Frühstück erbrochen und stöhnt wie eine Frau im Kindbett.«

»Allmächtiger«, murmelte er.

Meg seufzte. »Ich muß mich um sie kümmern, Dominic. Geh du ruhig auf die Jagd.«

»Nicht ohne meinen kleinen Falken.«

Als Meg kehrtmachte, um zu Marie zu gehen, folgte ihr Dominic auf den Fersen. Schweigend schaute er zu, wie Meg die kranke Frau nach ihren Beschwerden fragte. Es bestand kein Zweifel, daß Marie in großen Nöten war. Ihre Haut wirkte bleich und teigig, ihre Lippen waren völlig blutleer.

Als Meg ihre Befragung über Maries Zustand beendet hatte, hob Dominic eine Braue in einer stummen Frage.

»Es ist wahrscheinlich ein Stück verdorbener Fisch gewesen«, sagte Meg.

»Ausgezeichnet. Laß Eadith bei ihr wachen.«

Meg tat die Bemerkung mit einer energischen Handbewegung ab. »Eadith ist völlig nutzlos am Krankenbett. Wenn sich ein Patient erbricht, wird ihr ebenfalls übel. Geh du auf die Falkenjagd. Ich komme dann das nächste Mal mit.«

Dominic zögerte.

Meg stellte sich auf die Zehenspitzen und flüsterte ihm weich ins Ohr: »Geh ohne mich, mein Krieger. Es bekümmert Marie, wenn du sie in einem solchen Zustand siehst.«

Mit einem gemurmelten Fluch machte Dominic auf dem Absatz kehrt und marschierte aus dem Raum. Minuten später hallten das Pferdegetrappel und die aufgeregten Rufe einer Jagdgesellschaft, die den Burghof verließ, durch sämtliche Korridore.

Meg nahm kaum Notiz davon. Sie war damit beschäftigt, einen Löffel voll Medizin zwischen Maries bleiche Lippen zu träufeln. Die Aufgabe erforderte Geduld, denn fast jedes zweite Mal gelangten die Tropfen nicht weiter als bis auf die Zunge der Kranken, bevor dieser erneut übel wurde. Nach einer Weile konnte Marie genug Medizin bei sich behalten, um weniger häufig zu erbrechen. Schließlich stieß sie einen zitternden Seufzer aus und döste ein.

Ein prüfender Blick auf den Stand der Sonne sagte Meg, daß die Jagdgesellschaft schon zu weit entfernt war, als daß sie sie mit ihrem betagten Pferd noch hätte einholen können. Bis sie Dominic erreicht hätte, wäre die Falkenjagd vorbei, und sie würden bereits auf dem Rückweg zur Burg sein. Seufzend wandte Meg ihre Gedanken wieder Marie zu.

»Herrin!« schrie Eadith aus der Halle herauf.

Die Not in der Stimme der Zofe brachte Meg auf die Füße.

»Was gibt es?« fragte sie, als Eadith in den Raum eilte.

»Lord Dominics Pferd ist gestürzt, und er wurde dabei schwer verletzt. Die anderen fürchten um sein Leben, wenn Ihr nicht sofort kommt!«

Einen Moment lang wurde Meg schwarz vor Augen, und alles begann sich um sie zu drehen. Dann zwang sie sich, tief Luft zu holen, um das entsetzliche Gefühl der Beklemmung loszuwerden, das ihr die Kehle zuschnürte.

Ist dies die Gefahr, die ich gefürchtet habe?

»Welcher Art sind seine Verletzungen?« wollte Meg wissen.

»Der Junker hat es nicht gesagt.«

»Laß meine Stute sat ...«

»Ist schon geschehen«, unterbrach Eadith sie.

»Old Gwyn?« fragte Meg, als sie aus dem Zimmer rannte.

»Ich habe eine der Küchenmägde losgeschickt, um sie zu holen.«

»Bleib du bei Marie. Wenn sie sich wieder erbricht, gib ihr zwölf Tropfen hiervon«, sagte Meg und reichte Eadith eine fest verstöpselte Flasche.

Dann ertönte ein wildes Klingeln von Glöckchen, während sie die schmale Wendeltreppe zum Kräuterkeller hinunterhastete. Sie griff nach Arzneiflaschen, wickelte sie in Lumpen zum Schutz gegen den bevorstehenden harten Ritt und rannte aus dem Raum. Als sie den Stallhof erreichte, stand Harry bereits da. Er schwang Meg mit einer Kraft in den Sattel der Stute, die seine alte Verletzung Lügen strafte.

»Der dumme Junker ist gleich wieder zu der Jagdgesellschaft zurückgestürzt, sobald er mir Bescheid gesagt hatte«, schimpfte Harry. »Wollte noch nicht mal bleiben, um Euch zu begleiten.«

»Ich kenne das Land besser als irgendeiner meiner neu hinzugekommenen Junker«, erwiderte Meg. »Wo ist mein Mann?«

»Der Junge sagte, der Unfall sei im nördlichen Moor passiert, knapp südlich des alten Karrenpfades, wo der Holly Cross Creek aus dem Sumpfgebiet herausfließt.«

»So weit weg«, sagte Meg sorgenvoll.

»Ein unsinniger Ort, um Jagd auf Wasservögel zu machen. Jeder Narr weiß, daß ein Falke dort kaum an die Vögel herankommt, weil sie überall Deckung finden.«

Aber Harry sprach zu sich selbst. Meg hatte die alte Stute zu einem schnellen Trab angetrieben und klapperte bereits über die Zugbrücke. Sie folgte dem Pfad in einem Tempo, das sowohl Hühner als auch Menschen erschrocken zur Seite springen ließ. Als Vasallen hinter ihr herriefen, ignorierte sie sie.

Für Meg war jetzt nur eines wichtig. Ihr Ehemann lag irgendwo da draußen, schwer verletzt. Er brauchte sie, und sie war nicht bei ihm.

Grimmig drückte Meg dem alten Pferd die Fersen in die Flanken, ließ es im schnellsten Tempo laufen, dessen es fähig war, während rechts und links Felder und Steinmauern an ihr vorbeiflogen. Bis das letzte der bestellten Felder hinter ihr lag und in der Ferne keine Hütte mehr zu sehen war, war die Stute in Schweiß gebadet. Als der Weg über die Hügel steiler wurde und Wald näherrückte, ging der Atem des Pferdes schwer und rasselnd. Fetzen von Schaum bedeckten seine Flanken und Schultern.

Widerstrebend gestattete Meg dem Tier, die stärksten Steigungen etwas langsamer zu nehmen. Sobald wie möglich trieb sie es erneut zu einem harten Galopp an. In normalem Tempo hätte der Ritt zum Ort des Unfalls mindestens eine Stunde gedauert. Meg hatte nicht die Absicht, so lange zu brauchen. Eadith' Worte waren wie ein Messer, das sich in Megs Seele bohrte.

Das Pferd Ihres Ehemannes ist gestürzt, und er wurde dabei schwer verletzt. Die anderen fürchten um sein Leben, wenn Ihr nicht schnell kommt!

Die steilste Bodenerhebung lag unmittelbar vor ihr. Der Weg war uneben und steinig, und beide Seiten des Karrenpfades waren jetzt von Wald eingeschlossen. Wieder war Meg gezwungen, das Tempo ihrer Stute zu drosseln.

Plötzlich galoppierten Vögte aus ihrem Versteck zwischen den Bäumen heraus und kreisten Meg ein, bevor sie fliehen konnte. Sie riß die Zügel nach rechts und lenkte die Stute auf eine Lücke zwischen zwei Rittern zu.

Das alte Pferd war zu langsam. Die Vögte zogen ihre wendigen Schlachtrösser blitzschnell auf der Hinterhand herum und schlossen die Lücke, bevor die Stute sie erreichen konnte. Obwohl Meg ihr Pferd dennoch vorwärtstrieb, stemmten die Schlachtrösser einfach die Hufe in den Boden, wie man es ihnen beigebracht hatte, bereit, dem Angriff der Stute standzuhalten.

Aus den Augenwinkeln sah Meg weitere Männer von hinten nachrücken. In einem letzten verzweifelten Versuch, sich zu befreien, riß sie die Zügel scharf nach links. Bevor die atemlose Stute noch reagieren konnte, sprang ein stämmiger Hengst vor und stieß das alte Pferd beiseite.

Die Stute ging augenblicklich in die Knie, und einer der Vögte packte Meg mit unbarmherzigem Griff, zerrte sie vom Rücken ihres Pferdes und setzte sie rittlings vor sich in den Sattel.

»Nein!« schrie sie und fuhr herum, um ihrem Angreifer mit den Nägeln das Gesicht zu zerkratzen. »Mein Ehemann ist verletzt! Ich muß zu ihm!«

Ein lässiger Schlag von einer panzerhandschuhbewehrten Faust ließ Meg einen Moment die Sinne schwinden. Bis sie sich von der brutalen Ohrfeige erholt hatte, lag sie mit dem Gesicht nach unten quer über den Schenkeln des Vogts, während das Schlachtroß in halsbrecherischer Geschwindigkeit durch die Wälder galoppierte.

Dominic! Mein Ehemann, mein Krieger, was haben sie dir angetan?

Es kam keine Antwort außer dem Trommeln von Hufen und der entsetzlichen Erkenntnis eines Glendruid Traums, der Wirklichkeit geworden war. Gefahr lauerte überall, und das Bewußtsein schloß sich mit eisigen Fingern um Megs Herz.

In der Stille ihrer Seele rief Meg wieder und wieder voller Verzweiflung nach dem Mann, der ein Teil von ihr geworden war.

* * *

»Herrgott noch mal«, knurrte Simon Dominic an. »Du bist wie eine Katze, die auf nassem Gras läuft. Was fehlt dir eigentlich? Fatima ist doch prächtig geflogen.«

Dominic warf seinem Bruder einen scharfen Blick von der Seite zu und fuhr dann fort, mit kalten, wachsamen Augen über das Sumpfgebiet hinwegzuschauen. Fatima saß ruhig auf einer Stange, die an Dominics Sattel angebracht war. Sonnenlicht fing sich in der weichen, goldbestickten Kappe über ihren Augen und ließ das türkische Muster auf dem Leder zu schillerndem Leben erwachen.

»Ich werde einfach das Gefühl nicht los, daß wir besser Schlachtrösser geritten und Kettenpanzer angelegt hätten«, sagte Dominic nach einem Moment.

»Warum? Glaubst du, Duncan wird seinen Eid brechen?«

»Wenn ich das dächte, hätte ich ihn vor zwei Tagen getötet.«

Simon grunzte. »Als Duncan gestern zu seinem Gut in den Norden aufgebrochen ist, hat er die besten seiner Ritter mitgenommen. Die Vögte sind jetzt kaum besser als ein Trupp von Banditen.«

»Ja.«

»Rufus ist kein Anführer«, fuhr Simon fort. »In spätestens vierzehn Tagen werden sich die Vögte wie Spreu in alle Winde zerstreut haben.«

»Ich habe Meg heute morgen das gleiche gesagt, in den dunklen Stunden vor der Morgendämmerung, als sie aus ihrem Traum hochschreckte.«

»Und?«

»Es konnte sie nicht trösten.«

Simon murmelte etwas über Glendruid Hexen und die Schwierigkeiten, die sie ihren Ehemännern einbrockten.

»Es gibt gewisse Dinge, die dafür entschädigen«, sagte Dominic, und ein leises Lächeln spielte um seine Lippen.

Eines war zum Beispiel, daß Megs Haar bei Kerzenlicht ganz wundervoll aussah, wie ein Fächer aus Seide über dem Körper ihres Ehemannes ausgebreitet, während ihr weicher Mund ihn lehrte, daß der Falke auch seinen Herrn beherrscht. Die sinnliche Erfahrung war außergewöhnlich gewesen für sie beide.

Abrupt verdichtete sich das Gefühl des Unbehagens, das Dominic die ganze Zeit geplagt hatte, zu einem schmerzlichen Verlangen, seine Ehefrau wiederzusehen. Ohne nachzudenken, wendete Dominic sein Pferd und trieb es den Weg zurück, den sie gekommen waren. Der graue Hengst reagierte augenblicklich. Obwohl nicht so groß und kräftig wie Crusader, war dieses Tier wendiger und von leichterer Gangart, ein ideales Pferd für die Falkenjagd.

»Dominic?« rief Simon überrascht.

»Ich habe für heute genug von der Falkenjagd«, erklärte Dominic brüsk. »Es wird Zeit, daß ich nach meinem eigenen kleinen Falken schaue.«

»Allmächtiger, kannst du dem Frauenzimmer nicht trauen, wenn du sie auch nur einen Moment aus den Augen läßt?« knurrte Simon.

Dominic gab keine Antwort, sondern drängte Fatima auf sein Handgelenk und trieb seinen Hengst zu einem schnellen Kanter an. Fluchend setzte Simon seinen eigenen Falken auf sein Handgelenk und wendete sein Pferd, um Dominic zu folgen. Die übrigen drei Ritter und sechs Junker schlossen sich ihm rasch an.

Als die Jagdgesellschaft schließlich an Feldern und Steinmauern vorbeigaloppiert kam, ließen Bauern ihre Geräte fallen und starrten den Herrn von Blackthorne Keep an, als wäre er ein Geist.

Als es das erste Mal passierte, nahm Dominic noch kaum Notiz davon. Aber als mehr und mehr Leute beim Anblick ihres vorbeigaloppierenden Herrn die Arbeit unterbrachen und angsterfüllt auf den kleinen Trupp starrten, tauschten Dominic und Simon einen unsicheren Blick.

»Was hast du, Mann?« rief Simon einem Schafhirten zu. »Warum starrst du uns so an?«

Der Mann bekreuzigte sich hastig, machte kehrt und rannte davon. Auch keiner der anderen Vasallen traute sich in die Nähe der Reiter. Tatsächlich schienen sie große Angst vor Dominic zu haben.

»Das gefällt mir nicht«, murmelte Simon.

Dominic trieb sein Pferd einfach zu einem schnelleren Tempo an. Er zog erst die Zügel an, als sie die Zugbrücke erreicht hatten.

Plötzlich humpelte Harry aus dem Torhaus, blickte Dominic einen Moment lang schockiert an und ergriff dann seine Hand, als er vorbeiritt.

»Gott sei Dank«, sagte Harry inbrünstig. »Ich wußte, das Mädchen würde Euch retten!«

»Mich retten? Wovor?«

Harry wollte etwas erwidern, aber er brachte keinen Ton heraus. Er starrte nur mit offenem Mund auf den Mann, der keinerlei Anzeichen irgendeiner Verletzung aufwies.

»Die Herrin ...« Harry schluckte hart.

»Lady Margaret?« fragte Dominic scharf.

Harry nickte stumm.

»Sprich, Mann«, befahl Dominic. »Wo ist Meg?«

»Ein Junker kam in aller Eile angeritten. Er sagte, Ihr läget schwer verletzt in der Nähe des nördlichen Moores.«

Simon wollte etwas sagen. Eine knappe Geste von Dominic schnitt ihm das Wort ab.

»Wie du siehst, bin ich nicht verletzt. Wo ist meine Frau?«

»Sie ist zu Euch geritten, Herr. Um sich um Euch zu kümmern.«

»Zum nördlichen Moor?« verlangte Dominic zu wissen. »Das liegt auf halbem Weg nach Carlysle Manor, richtig?«

»Ja, Herr.«

»Wer hat sie begleitet?«

Der Ausdruck auf Harrys Gesicht sagte Dominic mehr, als er wissen wollte.

»Gott im Himmel!« knurrte er. »Du hast sie allein ausreiten lassen?«

Eine Frau schrie im Schloßhof. Dominic spürte, wie sich ihm bei dem schrillen, verzweifelten Schrei die Nackenhaare sträubten. Er fuhr herum und sah Eadith über das Kopfsteinpflaster des Burghofs auf sich zulaufen, als wären sämtliche Hunde der Hölle hinter ihr her.

»Herr«, schluchzte Eadith und warf sich vor Dominics Pferd auf die Knie. »Laßt mich nicht auspeitschen, Herr, ich flehe Euch an! Ich habe mein Bestes getan, aber ich konnte es ihr nicht ausreden!«

Dominic wollte etwas sagen, aber Eadith' schluchzend vorgebrachte Erklärung ließ ihn nicht zu Wort kommen.

»Sie hat ihn geliebt, seit sie ein kleines Mädchen war. Sie war entschlossen, ihm zu folgen. Sie wollte nicht auf mich hören! Gott weiß, wie sehr ich mich bemüht habe, sie zurückzuhalten. Aber sie wollte einfach nicht auf mich hören!«

»Was sagst du da?« fragte Dominic mit tödlich kalter Stimme.

»Sie wußte, Ihr würdet ihr niemals gestatten, allein auszureiten, also hat sie einen Jungen bezahlt, damit er irgendeine Lügengeschichte von einem Unfall erzählte, den Ihr angeblich erlitten hättet, und in dem allgemeinen Tumult ist sie einfach auf ihr Pferd gestiegen und davongeritten!«

»Wie lange ist das her?«

»Es war gegen Mittag, Herr.«

Dominic wandte sich an Simon. »Wir können sie vor dem Abendbrot eingeholt haben. Sie kann nicht weit gekommen sein auf ihrer alten Mähre.«

Simon sah benommen aus. »Das hätte ich nicht von Meg gedacht. Sie hat um dein Leben gekämpft, als wäre es ihr eigenes. Glaubst du wirklich, daß sie ...«

»Ich glaube, daß sie nicht hier ist«, entgegnete Dominic mit einer Stimme, die allen, die sie hörten, einen kalten Schauder über den Rücken laufen ließ. »Glaubst du etwas anderes?«

Simon sah die Furcht auf den Gesichtern der Leute von Blackthorne Keep. Sie hatten keinen Zweifel daran, daß wieder einmal eine Katastrophe über sie hereingebrochen war.

»Nein«, erwiderte Simon. »Ich glaube, sie ist fort. Möge Gott ihre Seele zum ewigen Fegefeuer verdam ...« Ein einziger Blick auf Dominics grimmige Miene schnitt Simons Fluch abrupt ab.

Eadith blickte von einem Mann zum anderen.

»Verschwendet keine Zeit, Herr«, drängte sie. »Es stimmt, Lady Margarets Stute ist alt, aber höchstwahrscheinlich wird Duncan ein besseres Pferd an der Straße für sie bereithalten lassen.«

Dominic warf Eadith einen kalt glitzernden Blick zu, bevor er sich zu den berittenen Männern hinter ihm umwandte und ihnen knappe, unmißverständliche Befehle erteilte. Die Männer gehorchten augenblicklich, denn keiner wagte es, Dominics wildem Blick zu begegnen. Sie hatten ihn noch nie so gefährlich und haßerfüllt dreinschauen sehen, selbst damals nicht, als sie ihn aus den Ruinen des Sultanspalastes herausgezogen hatten, während die Wunden der Folter noch frisch und blutend auf seinem Körper gewesen waren.

Innerhalb weniger Augenblicke kam ein schmalgebauter, langbeiniger Windhund aus dem Hundezwinger herausgesprungen. Leaper wurde auf die Spur von Megs Stute angesetzt, nahm kurz Witterung auf und schoß dann sofort davon, immer der Fährte des Pferdes folgend. Simon und Dominic preschten im Galopp hinterher. Die übrigen Ritter blieben bei der Burg, um die Befehle ihres Lehnsherrn auszuführen.

Als Leaper schließlich zu der steilen Bodenerhebung im Wald kam, verlangsamte sie ihr Tempo nicht eher, bis sie die Stelle entdeckt hatte, wo die Spuren der Stute verwischt und von den Hufabdrücken anderer Pferde überlagert waren. In angespanntem Schweigen zügelten Dominic und Simon ihre schwer atmenden Pferde und warteten, bis Leaper die Fährte im Wald wieder aufnahm. Die Männer trieben ihre Tiere erneut an und sprengten in halsbrecherischem Tempo zwischen den Bäumen hindurch.

»Ich sehe sie!« rief Simon und drückte seinem Hengst die Sporen in die Seiten.

Dominic machte sich nicht die Mühe zu antworten. Auch er hatte die Stute entdeckt, die ruhig unter den Bäumen graste.

Er hatte ebenfalls bemerkt, daß ihre Reiterin nirgendwo in Sicht war. Eadith hatte recht gehabt.

Jemand hatte im Wald mit einem frischen Pferd auf Meg gewartet.

Dominic war kaum in der Lage, seinen lodernden Zorn zu beherrschen, als er zu der Straße zurückschaute, wo die Erde von den Hufabdrücken vieler Pferde zertrampelt war. Man konnte unmöglich sagen, welches Pferd Meg jetzt ritt. Noch bestand die Notwendigkeit dazu. Der Karrenpfad führte nur zu einem einzigen Ziel. Zu Duncan of Maxwells neuem Gut.

Die Stute trottete langsam auf Dominic zu. Jeder Schritt des Tieres wurde vom sanften Bimmeln goldener Glöckchen begleitet. Dominic trieb seinen Hengst vorwärts und packte die Zügel der Stute. An ihrem Sattel war ein zusammengerolltes Stück Pergament befestigt, eine Notiz, verfaßt von der feinen Hand eines Priesters.

Dominic las die Nachricht mit einem einzigen zornerfüllten Blick. Als er aufschaute, sog Simon zischend den Atem ein. Man brauchte keinen besonderen Scharfsinn, um zu erkennen, daß Dominic im Moment eher töten als sprechen würde.

»Zurück zur Burg«, sagte er brüsk.

Simon stellte keine Fragen. Er folgte seinem Bruder einfach nach Blackthorne Keep zurück. Kaum waren die Pferde über die Zugbrücke geklappert, als Dominic prüfend in die Gesichter der Leute zu blicken begann, die in den Burghof hinausgelaufen kamen.

Das Gesicht, nach dem er suchte, war nicht darunter.

»Jemand soll Eadith holen«, befahl er.

Unruhe breitete sich unter den versammelten Bediensteten aus, aber niemand sprach, bis Old Gwyn vortrat.

»Eadith ist zu den Vögten gegangen.«

Obwohl Dominic etwas Ähnliches erwartet hatte, konnte er die eisige Wut in seiner Stimme nicht mehr beherrschen.

»Hat sie eine Nachricht hinterlassen?« verlangte er zu wissen.

»Ja. ›Wenn Ihr nicht wollt, daß Eure Ehefrau den Vögten als Hure dient, werdet Ihr das Lösegeld morgen abend bei Mondaufgang übergeben.‹«

Als Dominic sich nicht rührte und auch kein Wort sagte, erhob sich unsicheres Gemurmel unter den Leuten, die im Burghof versammelt waren.

»Haben sie sie gefangengenommen, Herr?« fragte Gwyn.

Dominics geballte Faust öffnete sich, enthüllte Bruchstücke der goldenen Glöckchenketten, die einmal die schlanken Fesseln seines kleinen Falken geschmückt hatten.

»Ja, Alte. Meg ist in ihrer Gewalt.«

Einen Moment lang schloß Dominic die Augen. Als er sie wieder öffnete, wichen die Leute in seiner unmittelbaren Nähe zurück, versuchten instinktiv, Abstand zwischen sich und den Mann zu legen, dessen Augen tödliche Rache versprachen.

»Dreimal ihr Gewicht in Gold und Juwelen«, sagte Dominic klar und deutlich.

»Großer Gott«, sagte Simon entsetzt. »Das kann nicht Rufus'

Ernst sein. Ein solch hohes Lösegeld würde Blackthorne Keep an den Bettelstab bringen!«

»Genau darum geht es«, erwiderte Dominic. »Ich soll aller finanziellen Möglichkeiten beraubt werden, um meine Ritter zu unterstützen. Ohne meine Ritter wird die Burg bald den Vögten in die Hände fallen. Nicht, daß ich das noch erleben werde.«

»Was meinst du?«

»Ich bin angewiesen worden, nicht mehr als einen Ritter als Eskorte mitzubringen, wenn ich das Lösegeld abliefere. Was die logische Folgerung nahelegt, daß ich ermordet werden soll, trotz der gegenteiligen Beteuerungen des guten Priesters.«

»Das kannst du nicht tun! Es ist Wahnsinn!«

»Richtig«, erwiderte Dominic grimmig. »Es ist Wahnsinn, allerdings.«

27. KAPITEL

Als Meg schließlich die Erlaubnis erhielt, abzusitzen, war sie wund und steif von dem brutalen Ritt. Verstohlen und mißtrauisch blickte sie sich in der illegalen Burg der Vögte um. Nichts, was sie sah, wirkte beruhigend auf sie.

Mehr als zwanzig Männer lungerten in dem provisorisch errichteten Burghof am Waldrand herum. Lediglich ein Mann trug die Rangabzeichen und die teure Ausrüstung eines Ritters, und es war offensichtlich, daß seine Kleidung bessere Tage gesehen hatte. Der Rest der Männer waren kaum mehr als Banditen, Wilderer und Verbrecher.

Wachen hockten müßig auf dem Rand der rohgezimmerten Palisaden, die den Burghof umfriedeten. Bis auf den Ritter hatte keiner der finsteren Gesellen jemals zu Duncans Gefährten gezählt. Die Vögte waren eine Bande zerlumpter, brutaler, unflätiger Kerle, und nur ihre Waffen schienen jemals in den Genuß von

Pflege gekommen zu sein. Schwerter und Messer glänzten im Schein des Lagerfeuers, das sowohl zum Aufwärmen als auch zum Kochen diente.

Die Männer beobachteten Meg mit unverhüllter Begierde oder tierhafter Gleichgültigkeit, als sie zu einer großen Eiche hinüberhinkte und sich am Fuß des Baumes zu Boden fallen ließ. Doch weder die rauhen Männer noch ihr eigener zerschundener Körper machten Meg auch nur annähernd so stark zu schaffen wie der Wachtraum, der ihr während des strapaziösen Rittes gekommen war ... das Bild eines neugeborenen Babys, das mit Augen von Glendruid-Grün zu ihr auflachte.

Hast du schon geblutet, kleiner Falke?

Nein.

Meg würde auch weitere neun Monate lang nicht bluten, falls ihr Traum keine Täuschung gewesen war.

Ach, Dominic, wirst du dein Kind jemals kennen? Und wenn ja – wirst du mir glauben, daß es deines ist?

Eine Hand schüttelte Meg grob an der Schulter.

»Steh auf, Hexe, und serviere deinen Herren ihr Abendbrot«, sagte Eadith.

»Eadith! Was tust du hier? Haben sie dich auch geraubt?«

Die andere Frau lächelte verbittert. »Mein Name ist keine Silbermünze wert. Warum sollte mich irgendein Mann entführen? Nein, ich bin freiwillig zu den Vögten gekommen.«

»Wasser kehrt immer wieder in die Waagerechte zurück, nicht wahr?«

»Hüte deine Zunge, Hexe«, zischte Eadith und schlug Meg frech ins Gesicht. »Auf diesen Moment habe ich schon lange gewartet. Beweg deinen fetten Hintern und serviere uns das Essen, sonst liefere ich dich an Edmond den Grausamen aus, damit er dich in deinem neuen Beruf unterweist.«

Als sie erneut die Hand hob, um Meg zu schlagen, trat ein Ritter vor, der eine Spur weniger verlottert als die anderen wirkte, und zog Eadith auf die Seite.

»Das würde Rufus aber gar nicht gefallen«, sagte er ruhig zu Eadith. »Er hat vor, die Hexe als erster zu benutzen. Er möchte derjenige sein, der seine Spuren auf ihr hinterläßt. Er hat uns das heute morgen sehr deutlich klargemacht. Erinnerst du dich?«

Eadith verzog säuerlich die Lippen, machte jedoch keine Anstalten, Meg erneut zu ohrfeigen. Eadith wußte sehr gut, daß Rufus Pläne mit der Glendruid Hexe hatte. Eadith selbst war diejenige gewesen, die dem schwerfälligen Hirn des Vogts einen Großteil der Pläne eingegeben hatte.

»So revanchierst du dich also für die Freundlichkeiten, die du auf Blackthorne Keep genossen hast?« fragte Meg, während sie ihren Mantel fester um sich zog, um sich gegen den kalten Nebel und die lüsternen Blicke der Vögte zu schützen. »Mit Verrat?«

»Welche Freundlichkeiten?« fragte Eadith zornig. »Mein Vater besaß eine Burg, die ebenso groß wie Blackthorne war, und ich wurde zur einfachen Bediensteten degradiert.«

»Eure Burg ist den Normannen in die Hände gefallen.«

Wut verhärtete Eadith' ohnehin verhärmte Züge. Ihre blassen Augen blitzten wie die eines Tieres im Widerschein des Feuers.

»Es war kein fairer Kampf«, sagte sie gepreßt. »Sie haben die Burg durch Verrat erobert.«

»Verrat oder gerechter Kampf, das Endergebnis war das gleiche«, erwiderte Meg. »Deine Familie und dein Mann wurden getötet, und du warst auf die Gnade von Nachbarn angewiesen, denen es auch nicht besser ging als dir. Du warst eine heimatlose, kinderlose Witwe, als Lord John dich rettete, dir eine respektable Stellung gab und versprach, einen Ehemann für dich zu finden.«

Eadith lächelte bitter. »Aber zuerst hat John versucht, mich zu schwängern.«

Meg holte scharf Luft.

»Hast du das nicht gewußt?« fragte Eadith kalt. »Der Burgherr hat sich jedes einzelne Frauenzimmer vorgenommen, bevor er ihr eine Heirat gestattete.«

Meg wollte etwas sagen, aber Eadith ließ sie nicht zu Wort kommen.

»John versprach jedem Mädchen dasselbe – sein Kind zu gebären und Herrin der Burg zu werden. Aber es kam nie dazu, denn nachdem ihn seine verfluchte Hexengattin verlassen hatte, wurde sein Schaft so schlapp, daß niemals Samen herauskam, ganz gleich, welche Hurentricks man anwendete.«

Ein lauter Ruf von jenseits der Palisaden lenkte Eadith ab. Rufus kehrte zum Lagerfeuer zurück, mit neuen Vorräten aus Carlysle Manor beladen. Meg beobachtete, wie sich außer einem Ritter und einem zerlumpten Wilderer mit mürrischem Gesicht alle um Rufus drängten, um zu sehen, welche Gaben das Herrenhaus für diesen Tag geliefert hatte.

»Ale?« rief einer der Vögte fragend.

»Ja«, erwiderte Rufus grinsend, als er aus dem Sattel stieg.

Er trat ans Feuer und zog sich den Helm vom Kopf, enthüllte einen wilden Schopf roter Haare, der ihm zu seinem Namen verholfen hatte.

»Hast du Essen mitgebracht?« fragte Eadith ziemlich scharf.

»Fleisch, Brot und Käse.«

»Wie steht es mit einem Frauenzimmer?« wollte ein anderer Vogt wissen.

»Man hat uns eine von den Küchenmägden versprochen, sobald sie zu bluten aufgehört hat.«

»Wozu noch warten?« murmelte einer der Männer. »Wenn wir mit ihr fertig sind, wird sie so oder so bluten. Ein Frauenzimmer ist nicht genug, um unser aller Bedürfnisse zu befriedigen.«

Meg tat, als hätte sie die Bemerkung nicht gehört. Unter dem Mantel legten sich ihre Hände in einer instinktiven Schutzgebärde auf ihren Leib. Eine Kälte, die nichts mit dem feuchten, nebligen Wetter zu tun hatte, kroch über ihre Haut.

»Schon was von dem normannischen Bastard gehört?« wollte Eadith wissen.

Rufus zuckte mürrisch mit den Achseln, doch dann leuchteten seine Augen auf, als er Meg auf der anderen Seite des Feuers stehen sah.

»Komm her zu mir«, befahl er.

Äußerlich ruhig ging Meg um das Feuer herum und blieb dann in sicherem Abstand von ihm stehen. Der Ausdruck seiner Augen, als er sie von Kopf bis Fuß musterte, ließ ihren Magen sich zusammenkrampfen und einen bitteren Geschmack von Galle in ihrer Kehle aufsteigen.

Eadith' Miene zeigte sowohl Ärger als auch Resignation. Die wohlbekannte Geilheit der Vögte auf die Herrin von Blackthorne Keep war eines der Druckmittel gewesen, die Eadith benutzt hatte, um Rufus von Duncans Seite fortzulocken. Sie hatte nicht das Recht, sich zu beklagen, als Rufus diese Wollust für jedermann sichtbar zur Schau stellte.

»Warte wenigstens bis morgen abend nach der Lösegeldübergabe«, sagte Eadith ungeduldig. »Es wird dir noch viel größere Befriedigung verschaffen, die Hexe zu besteigen, wenn der normannische Bastard dabei zuschauen muß.«

Übelkeit stieg in Meg auf. Wieder prickelte ein eiskalter Schauer über ihre Haut, trotz der Wärme des Lagerfeuers.

»Was ist das für ein Irrsinn?« sagte sie mit sorgsam beherrschter Stimme.

»Kein Irrsinn«, gab Eadith zurück. »Es ist nur unsere Rache an dem normannischen Bastard und der Glendruid-Hexe, die seine Hure ist.«

»Was für eine Rache.«

In Megs Stimme schwang weder ein fragender Unterton noch Gefühl mit, nur eine unnatürliche Ruhe, die sie überkam, als Eis ihre Seele umhüllte.

»Du hättest den Bastard an dem Gift verrecken lassen sollen, das ich ihm gegeben hatte«, sagte Eadith wild. »Dann hätte ich Duncan überreden können, die Burg einzunehmen, und alles wäre gut gewesen. Aber der Bastard hat überlebt, und ich werde meine Rache trotz deiner Einmischung bekommen.«

»Duncan. Wo ist er.«

Wieder war Megs Stimme flach, tonlos, fast unmenschlich.

Eadith zuckte die Achseln. »In den Norden gezogen. Mit seinen Rittern. Ein Glück, daß wir den los sind. Die Grenzclans werden das Leben dieses Verräters auslöschen, bevor er die Früchte seines Verrats genießen kann.«

»Er ist keiner von euch.«

»Richtig«, gab Eadith bissig zurück. »Wir haben keine Verräter mehr unter uns. Außer dir, Hexe, und mit dir werden wir kurzen Prozeß machen.«

Megs starrer Blick ließ die Vögte mit wachsender Unsicherheit von der einen zur anderen Frau schauen. Gemurmel wurde laut, während sie die geradezu unheimliche Reglosigkeit ihrer Gefangenen beobachteten.

Nur Eadith ließ sich von Megs furchtlosen grünen Augen keineswegs entmutigen. Die Rache, nach der Eadith sich verzehrt hatte, seit ihre Familie von den Normannen ausgelöscht worden war, war nun endlich in greifbare Nähe gerückt.

»Laß mich dir sagen, was dich erwartet, Verräterin«, fuhr sie voller Genuß fort. »Morgen abend, wenn der Mond aufgeht, wird dein Bastard von Ehemann mit Gold und Juwelen erscheinen, einer Menge, die dreimal dein Gewicht aufwiegt.«

Eine verborgene Bewegung von Megs Körper ließ ihre restlichen Glöckchenketten melodisch klingeln. Die leisen Töne wurden fast ebenso schnell erstickt, wie sie begonnen hatten.

»Wir werden das Lösegeld nehmen«, fuhr Eadith fort. »Dann wirst du den Vögten übergeben, während dein Ehemann zuschaut. Wenn aus euch beiden nichts mehr herauszuholen ist, werden wir ihn töten.«

Meg sagte nichts.

»Ist dein Verstand zu beschränkt, um zu begreifen, was es dich kosten wird, daß du dich auf die Seite der Normannen geschlagen hast?« fragte Eadith wütend. »Du wirst verwaist, verwitwet, kinderlos und geschändet sein!«

Meg legte den Kopf schief, und die Bewegung ließ goldene Glöckchen läuten. Es war der einzige Laut, den sie mehrere Atemzüge lang von sich gab.

»Dominic le Sabre wird nicht zu meiner Rettung kommen«, sagte Meg ungerührt.

»Er wird kommen. Er muß. Sonst stirbst du.«

»Dann werde ich sterben. Laß einen Priester holen, damit er mir die Beichte abnimmt.«

Die Sicherheit in Megs Stimme vermochte es schließlich, Eadith' kalten Triumph zu durchdringen. Sie starrte Meg schockiert an.

»Was sagst du da?« rief Rufus aufgebracht. Er trat so dicht vor Meg, daß sie den Kopf zurücklegen mußte, um in sein Gesicht zu sehen. »Natürlich wird Dominic zu deiner Rettung kommen. Ohne dich wird er Blackthorne Keep verlieren.«

»An wen?« erwiderte Meg nüchtern. »Duncan wird die Burg nicht erobern. Ihr könnt es nicht.«

»Wir können es«, gab Rufus zurück. »Und wir werden es tun.«

»Zu schade, daß ich dann schon tot bin«, sagte Meg und trat einen Schritt zurück, um sich im Lager umzusehen. »Ich würde es genießen, dabei zuzuschauen, wie diese zerlumpte, räudige Bande Blackthorne Keep angreift. Wenn *Das Schwert* zu lachen aufgehört hat, wird er euch die Gedärme aufschlitzen und euch den Krähen überlassen.«

»Es wird niemand außer Thomas dem Starken übrig sein, um die Verteidigung der Burg zu koordinieren«, warf Eadith ein. »Er ist tüchtig, aber auch ziemlich dumm.«

»Simon ist ein ebenso gefährlicher und kluger Kämpfer wie Dominic.«

»Simon wird nicht da sein«, wandte Rufus ein. »Wir haben Dominic gesagt, er dürfte einen Ritter zur Begleitung mitnehmen, wenn er das Lösegeld übergibt.«

Meg nickte. »Ich verstehe. Und dieser eine Ritter wird natürlich Simon der Loyale sein.«

»Ja«, sagte Rufus mit zufriedenem Grinsen.

»Ihr habt vor, sie beide zu töten.«

»Uns blieb keine andere Wahl, nachdem der normannische Bastard überlebte und anfing, dich abgöttisch zu lieben – und du ihn«, erklärte Rufus. »Es war klar, daß es bald einen Erben geben würde. Wenn ein Erbe geboren würde, wäre Blackthorne Keep für uns verloren.«

»Deshalb habt ihr versucht, meinen Ehemann während der Jagd zu töten«, sagte Meg. »Aber wir sind euch entkommen.«

»Du bist Rufus entkommen«, warf Eadith ein. »Aber in *meine* Falle bist du prompt hineingetappt.«

»Ach so ... du warst das, die Marie so krank gemacht hat, damit ich zu Hause bleiben würde.«

»Es war ein besonderer Spaß, die Hure speien und erbrechen zu sehen. Ein noch größeres Vergnügen war es, das Gesicht des normannischen Bastards zu beobachten, als er endlich von der Jagd zurückkehrte und ich ihm sagte, du wärst davongelaufen, um mit Duncan of Maxwell zu leben.«

»Das war dumm von dir«, erwiderte Meg neutral.

Eadith lächelte.

»Du bist zu gierig auf Rache«, fuhr Meg fort.

»Was soll das heißen?«

»Du willst, daß Dominic Lösegeld für mich bezahlt, dennoch konntest du der Versuchung nicht widerstehen, noch ein wenig Salz in die Wunde zu streuen, indem du ihm gesagt hast, ich wäre zu einem anderen Mann gelaufen.«

Eadith zuckte mit den Schultern. »Spielt keine Rolle. Es wird das Verlangen des Bastards, dich zu verfolgen und zu bestrafen, nur noch mehr anheizen.«

»Dann bist du also diejenige gewesen, die ständig den Klatsch verbreitet hat, Duncan und ich wären Liebende.«

Obwohl Megs Stimme keinen fragenden Unterton enthielt, antwortete Eadith, und sie kostete offensichtlich jedes Wort aus.

»Richtig. Die Eifersucht des Bastards zu beobachten war

wirklich spaßig. Du spinnst deinen Zauber sehr sorgfältig, Hexe. Und jetzt wirst du dafür bezahlen.«

Megs verächtliches Lachen war schockierender, als es Flüche hätten sein können. Die Vögte traten unsicher von einem Fuß auf den anderen und blickten in die sich langsam herabsenkende Dunkelheit, als erwarteten sie, Geister aus den kalten Nebelschwaden auftauchen zu sehen.

»Ach, Zofe«, sagte Meg herablassend. »Diesmal hast du dich selbst überlistet. Es gehört nicht viel dazu, zugegeben, aber es ist sehr amüsant zu beobachten.«

Die kalte Verachtung in Megs Stimme traf Eadith wie ein Peitschenhieb.

»Was brabbelst du da für einen Unsinn?« verlangte Eadith barsch zu wissen.

»In Liebe entbrannt? *Das Schwert?*« Meg lachte spöttisch, ein Geräusch, das die Vögte zusammenzucken ließ. »Eadith, du bist eine gottverdammte Närrin, wie sie im Buche steht!«

Meg wandte sich zu den Vögten um. Als sie sprach, war ihre Stimme klar und deutlich, von einer unheimlichen Ruhe erfüllt.

»Hört mich an, Vögte. Dominic le Sabre will Blackthorne Keep, nicht mich. Wenn er mir juwelenbesetzte Fußketten schenkte und förmlich an meinen Lippen zu hängen schien, dann nur deshalb, weil er meinem Körper ein Kind zu entlocken hoffte. Nicht, weil ich *liebevolle Gefühle* in ihm erweckt hätte.«

Eadith begann zu sprechen, wurde jedoch von einer abrupten Geste von Rufus zum Schweigen gebracht.

»Warum sollte mein Ehemann ein königliches Lösegeld für eine treulose Glendruid-Hexe zahlen, die ihm, selbst wenn sie fruchtbar ist, keinen männlichen Erben schenken kann?« fragte Meg nüchtern. »Dominic hat mich nur behalten, weil die Vasallen einen Aufstand angezettelt hätten, wenn er mich verstoßen hätte.«

»Um so mehr Grund für ihn, dich gegen Lösegeld freizukaufen«, gab Eadith zurück.

Wieder lachte Meg spöttisch auf, und wieder wandten die Vögte betreten den Blick ab, wünschten sich weit weg von der Lady, die ihnen mit derart amüsierter Gewißheit eine Niederlage prophezeite – und ihrem eigenen Tod ins Auge sah.

»Du selbst bist so habgierig«, sagte Meg zu Eadith, »aber bei anderen kalkulierst du keine Habgier ein.«

»Drück dich deutlicher aus«, schnauzte Eadith.

»Dreimal mein Gewicht in Gold und Juwelen wird Blackthorne Keep an den Bettelstab bringen.«

»Richtig!«

»Wer wird die Ritter bezahlen, die die Vasallen vor deinesgleichen schützen?« fragte Meg ruhig. »Wer zahlt die Steuern, die das Geldsäckel der Burg wieder auffüllen, um die Ritter zu entlohnen? Wessen Leben wird die Hölle auf Erden sein, wenn ihr Herr verarmt ist?«

Ein Murmeln und Fluchen erhob sich unter den Vögten, als sie begriffen, was Meg sagte.

»Ja, so ist es«, stimmte sie zu. »Die Vasallen zahlen. Sie mögen mich zwar gern, aber lieber ist es ihnen, wenn sie ihre Kinder satt bekommen.«

»Hört nicht auf sie«, warf Eadith hastig ein. »Sie wird euch verhexen, genauso, wie sie es mit ...«

Rufus versetzte Eadith einen Schlag ins Gesicht, brachte sie mit lässiger Brutalität zum Schweigen. Meg sprach weiter, wohl wissend, daß ihr jeden Moment die gleiche Behandlung widerfahren konnte.

»Ich wette mit euch: Während ihr hier steht und das Lösegeld zählt, das ihr niemals bekommen werdet«, sagte sie, »ist der Herr von Blackthorne Keep bereits dabei, an den Erzbischof zu appellieren, um unsere Ehe annullieren zu lassen.«

Rufus runzelte die Stirn und zupfte nachdenklich an einer Strähne seines langen Schnurrbarts.

»Eine Abtei sollte genug Anreiz für die Annullierung sein«, fuhr Meg ruhig und unerbittlich fort. »Aber da Dominic ein so gerissener Taktiker ist, wird er wahrscheinlich noch eine schöne Steinkirche zusätzlich anbieten.«

»Was ist mit ...«

Meg sprach unbeirrt weiter, gab Rufus keine Gelegenheit, seine Frage zu Gehör zu bringen.

»Noch bevor mein Leichnam im Grab erkaltet ist, wird Dominic mit einer edlen, fruchtbaren Normannin verheiratet sein, die ihm ganze Scharen von Erben schenken wird.

Ihr habt euch selbst überlistet, Vögte. Blackthorne Keep ist jetzt fest in normannischer Hand. Und dank eurer dummen Habgier wird es auch so bleiben, bis wieder das Königreich Gottes auf Erden herrscht.«

»Es ist wirklich ein gewitzter Schachzug von meiner Frau, sie zu demoralisieren«, sagte Dominic, als Sven einen Moment in seinem Bericht innehielt. »Hat sie dich erkannt?«

»Ich glaube nicht. Sie hat keinen Versuch unternommen, unter vier Augen mit mir zu sprechen.«

Sven zögerte, doch außer Simon und Old Gwyn war niemand nahe genug, um seine Worte mitzuhören.

»Ich habe den Verdacht, daß mindestens zwei der Vögte für Duncan spionieren«, fügte er hinzu.

»Das überrascht mich nicht«, meinte Dominic. »Der *Schottische Hammer* ist gerissen, wenn er nicht gerade von seinen Leidenschaften beherrscht wird.«

»Einer der Spione ist eine ganze Weile vor mir aus dem Lager geschlichen«, sagte Sven.

»Dann werden wir Duncan wahrscheinlich bald sehen«, erwiderte Dominic. »Was hat Meg noch gesagt?«

Sven schaute Dominic an und wäre in diesem Moment am liebsten überall gewesen, nur nicht auf Blackthorne Keep. Sein Herr war für die Schlacht gekleidet, vom Helm bis zu den metallverstärkten Kniehosen. Das Heft seines glänzenden, scharfen Schwerts war nie mehr als Zentimeter von seiner Hand entfernt.

Mit einem unterdrückten Fluch fuhr sich Sven mit der Hand durch sein raffiniert verschmutztes und zerzaustes Haar und fuhr fort zu sprechen.

»Lady Margaret hat erneut nach einem Priester verlangt und gesagt, wenn sie ohne Absolution sterben sollte, würde ihr Geist die Vögte ebenso gewiß verfolgen, wie Lady Annas Geist in der Burg umgeht.«

»Sie hat den Spieß umgedreht.« Dominic lächelte grimmig. »Ein kleiner Vorgeschmack ihrer Rache für das, was sie ihr angetan haben. Mein kleiner Falke ist ziemlich wild und heftig.«

Sven warf Old Gwyn einen Blick zu.

»Ist Lady Margaret eine gute Lügnerin?« fragte er brüsk.

»Nein.« Gwyns kategorische Ablehnung lastete schwer wie ein Stein in der Stille. »Meg ist wie eine heilige Quelle, zu klar und durchsichtig, um selbst die tiefsten Winkel ihrer Seele zu verbergen.«

»Das dachte ich mir«, murmelte Sven.

Als Dominic prüfend in die Gesichter um sich herum blickte, verblaßte das Lächeln von seinem Gesicht, ließ die brutale Härte seiner Miene noch deutlicher zutage treten.

»Was sagst du da?« verlangte er zu wissen.

»Lady Margaret war von jedem ihrer eigenen Worte fest überzeugt«, erwiderte Sven schlicht. »Deshalb haben ihr auch die Vögte geglaubt.«

»Welcher Mensch, der halbwegs bei Verstand ist, würde ihr nicht glauben?« fragte Old Gwyn, wobei sie Dominic eindringlich anschaute. »Es wäre Wahnsinn, Eure Güter zu ruinieren, um eine Ehefrau freizukaufen, die Euch keinen Sohn schenken kann.«

»Genug!« befahl Dominic.

Gwyn fuhr fort zu sprechen, als hätte sie Dominics barschen Einwand nicht gehört. Ihre Worte waren so ruhig und unablässig wie kalter Regen.

»Morgen abend nach Mondaufgang werden sich die Vögte

über Meg hermachen«, sagte die alte Frau. »Selbst wenn sie die brutale Notzucht überlebt, wird es Euch unmöglich sein, Meg weiterhin als Eure Ehefrau zu behalten. Ihr werdet Euch von ihr trennen, und bald darauf wird die Burg eine neue Herrin haben. Und Ihr, Herr ... Ihr werdet dann endlich die Söhne haben, die Ihr Euch mehr als alles andere auf der Welt wünscht.«

»Simon.«

Obwohl Dominic nicht mehr sagte, beantwortete sein Bruder die unausgesprochene Frage.

»Du bist als Taktiker berühmt«, sagte Simon, und er wählte jedes Wort mit großer Sorgfalt. »Was wäre das für ein erbärmlicher Taktiker, der einen Krieg verlöre, indem er eine Schlacht zu gewinnen versuchte, die ihm nichts einbringen würde.«

»Erkläre dich genauer!«

Simon zögerte. Er hatte seinen Bruder noch niemals in einem solchen Tonfall sprechen gehört. Simon wünschte sich inständig, er würde ihn nie wieder zu hören bekommen.

»Du bist hierhergekommen, um Land und Söhne zu haben«, sagte Simon nach einer Pause. »Das ist dein Krieg. Den halben Krieg hast du bereits gewonnen. Das Land gehört dir.«

Dominic erwiderte nichts.

»Wenn du diese Schlacht zu den Bedingungen der Vögte kämpfst«, fuhr Simon fort, »hast du nichts zu gewinnen und viel zu verlieren. Auch die Leute von Blackthorne Keep werden nicht von dir verlangen, daß du alles opferst – einschließlich deiner Vasallen – in einer sinnlosen Schlacht.

Meg weiß das ebensogut wie du. Und jetzt wissen es auch die Vögte.«

Simon wandte den Blick von seinem Bruder ab. Wie seine Stimme, so war auch Dominics Ausdruck eine schreckliche Mischung aus Zorn und Qual.

»Sprich weiter«, sagte Dominic tonlos.

»Allmächtiger«, murmelte Simon. »Es liegt klar auf der Hand. Meg erwartet nicht, daß du sie freikaufst.«

Mit einer Geschwindigkeit, die seinen schweren Kampfumhang flattern ließ, kehrte Dominic den Menschen in der großen Halle den Rücken zu. Er wollte nicht, daß alle sahen, was unverhüllt in seinen Augen zu erkennen sein mußte, während sich Erinnerungen und Megs Worte wie Messerspitzen in sein Herz bohrten.

Ich könnte eine Lügnerin, Betrügerin, eine Räuberin oder Schwerverbrecherin sein ... alles das spielt für dich keine Rolle. Ein Mutterschoß ist ebensogut wie der andere, solange er dir nur Blackthorne Keep einbringt.

Panzerhandschuhumhüllte Hände ballten sich zu Fäusten.

Ist Dominic unfreundlich zu dir? Behandelt er dich nicht gut?

Seine Glendruid-Ehefrau? Seine einzige Hoffnung auf legale Erben? Hast du den Eindruck, mein Ehemann sei ein Dummkopf? Schließlich sind meine goldenen Fußketten fast so wertvoll wie die seines edlen Wanderfalken.

Dominic stand wie erstarrt da, die Hände zu Fäusten geballt.

Du leidest Schmerzen. Laß mich dich heilen.

Nur eines kann mich heilen.

Dann werde ich es dir geben.

Ein feines Zittern lief durch Dominics Körper, entzog sich seiner Kontrolle.

Laß einen Priester kommen, denn ich werde gewiß sterben.

Lange Zeit kämpfte Dominic um die Selbstbeherrschung, die er auf so mühsame, schmerzliche Weise in der Vergangenheit gelernt hatte. Er war absolut überzeugt gewesen, daß er nichts Neues über Schmerz zu lernen hatte.

Er hatte sich geirrt.

Meg, ach, Meg, ich hatte niemals die Absicht, dich so zu verletzen. Du hast so tief in mein Innerstes geschaut, und dennoch hast du dich mir so großzügig gegeben.

Ich wünschte bei Gott, du könntest jetzt in mich hineinschauen ...

Ein dumpfes Raunen kam aus dem Burghof; Hunderte von

Stimmen, unnatürlich gedämpft, während Geflüster und Gemurmel wie ein Windstoß durch die Menge ging.

»Sie versammeln sich immer noch, Herr«, sagte Gwyn ruhig.

»Wozu?« fragte Dominic.

Selbst die alte Glendruid-Hexe zuckte beim Klang von Dominics Stimme zusammen. Nach einer Pause antwortete sie.

»Euretwegen. Die Leute sind in Bedrängnis, und Ihr seid ihr Herr.«

Ohne ein Wort oder einen Blick zurück marschierte Dominic durch die große Halle zu dem Vorgebäude. Als ihn die Vasallen in dem breiten Türdurchgang auftauchen sahen, den glitzernden Kettenpanzer unter den Falten seines schweren Umhangs erblickten, breitete sich Schweigen im Burghof aus.

Noch bevor Dominic sprechen konnte, kletterte Harry die Stufen herauf. In der Hand hielt er ein kleines Ledersäckchen. Münzen klimperten darin.

»Adela und ich haben gehört, was passiert ist«, sagte Harry. »Es ist ein schrecklich hohes Lösegeld, was sie verlangen.«

Als ihm Harry den Beutel hinhielt, war Dominic zu überrascht und verdutzt, um sich zu rühren.

»Nehmt es«, drängte Harry. »Es ist nicht viel, ich weiß, aber es ist alles, was wir haben. Bitte, Herr. Als Adela Schmerzen litt, ist Meg ihr zu Hilfe gekommen.«

Bevor Harry sich abwandte, kam der Falkner die Stufen des Vorgebäudes heraufgeeilt. Er trug eine Schale mit einigen kostbaren Münzen in den Händen.

»Mein zweiter Sohn wurde von einem Schlachtroß niedergetrampelt, als er vier Jahre alt war. Die Herrin kniete im Morast und hat seine Todesqual gelindert. Sie war damals selbst erst knapp neun Jahre alt.«

Kaum hatte der Falkner die Schale zu Dominics Füßen abgestellt, als andere Vasallen einer nach dem anderen vortraten, jeder mit einer kleinen Gabe in der Hand, was auch immer sie einem Leben harter Arbeit an bescheidenen Schätzen hatten abgewinnen können. Jedes Geschenk wurde von einem oder zwei erklärenden Sätzen begleitet.

»Sie saß am Krankenbett meines Vaters.«

»Als mein Bruder schwer krank war und wir nichts hatten, um ein wärmendes Feuer zu entzünden, hat sie ihm ihren Umhang gegeben.«

»Mein Baby wäre gestorben, wenn Meg nicht gewesen wäre.«

»Sie hat mir Trost gespendet.«

Das Geld, das Dominic den Vasallen bei seiner Hochzeitsfeier geschenkt hatte, fiel wie ein silberner Regen in die Schale; Münze auf Münze kehrte zurück, stummes Zeugnis der Ehrerbietung der Vasallen für ihre Herrin. Mit den Münzen kamen geflüsterte Worte, die von unermeßlicher Liebe sprachen.

»Sie hat meine Hand geheilt.«

»Als meine Frau sie brauchte, ist sie gekommen.«

»Als alle sagten, ich sei von einem bösen Fluch befallen, hat sie mich davon befreit.«

»Ich bin blind. Ihre Stimme ist mein Augenlicht.«

Schließlich stand nur noch ein Junge auf den Stufen des Vorbaus, ein schmächtiger Knabe, nicht älter als acht Jahre. Ein großer, struppiger Hund hinkte hinter ihm her. Dominic betrachtete die sorgsam geschlossene Hand des Jungen und fragte sich insgeheim, was ein so junges Kind wohl anzubieten hätte und warum.

Wie um sich selbst Mut zu machen, vergrub der Junge eine Hand im dichten Fell des Hundes, während er Dominic die andere hinstreckte. Auf seiner Handfläche lag sein größter Schatz – eine der türkischen Süßigkeiten, die Dominic seinen Vasallen zusammen mit den Silbermünzen geschenkt hatte. Das Konfektstück war nur auf einer Seite angekaut, als hätte der Junge jeden Tag nur einen kleinen Bissen von der seltenen Kostbarkeit genommen, um sie sich so lange wie möglich aufzusparen.

»Sie hat meinen Hund gerettet, als er in eine Wildfalle geraten war.«

Der Junge ließ die Süßigkeit auf den Berg von Münzen fallen, machte kehrt und rannte davon. Der Hund folgte ihm wie ein ausgefranster brauner Schatten.

Dominic versuchte zu sprechen, aber seine Stimme versagte.

Wie Tropfen, die sich in Rinnen und Furchen sammeln und schließlich zu einem mächtigen Strom zusammenfließen, zeugten die Geschenke und Worte von der unermeßlichen Bedeutung, die Megs Leben für die Vasallen der Burg hatte. Meg bedeutete Frieden und Hoffnung in einer Welt von Krieg und Hungersnot. Sie verkörperte Sonnenlicht und Lachen und Genesung, wenn alles andere Schmerz war.

Sie war all das und noch mehr für den Krieger, der sie aus kalter Berechnung geheiratet hatte und Leben und Liebe empfangen hatte.

Schließlich hatte sich Dominic wieder soweit in der Gewalt, daß er sprechen konnte.

»Man hat uns unser Herz gestohlen!«

Ein dumpfes Gemurmel stieg von der Menge auf.

»Wenn sie uns nicht lebend und unversehrt zurückgegeben wird, dann wird der Norden ein solches Blutbad erleben, wie es seinesgleichen noch nicht gegeben hat.«

Das Gemurmel steigerte sich zu einem Knurren wie das eines wilden, gereizten Tieres.

»Ich werde die Vögte und ihre Familien zur Strecke bringen, einen nach dem anderen, und ich werde sie auf der Stelle töten, wenn ich sie finde, Mann und Frau und Kind.«

Ein finsteres Grollen erhob sich, wie von einem wilden Tier, das herumschleicht und sein Opfer sucht.

»Ich werde ihre Häuser niederbrennen, ihr Vieh abschlachten und ihre Brunnen vergiften. Ich werde ihre Zäune niederreißen, ihr Wild töten und ihre Felder zerstören, bis nichts mehr darauf existieren kann. Und dann werde ich das verfluchte Land den ruhelosen Geistern der Menschen überlassen, die durch meine Hand den Tod fanden!«

Ein wilder Schrei der Zustimmung hallte durch den Burghof.

Langsam kletterte Old Gwyn die letzte Stufe zum Vorbau hinauf und blieb vor dem Herrn von Blackthorne Keep stehen, sah zum ersten Mal, was die Vasallen bereits gesehen hatten.

Aus Augen, die von einem Schlachthelm beschattet waren, rollten so viele Tränen, wie Silbermünzen in der Schale aufgehäuft waren.

»Ich habe tausend Jahre lang auf diesen Tag gewartet«, sagte Old Gwyn leise.

Mit schnellen, sicheren Handgriffen befestigte sie eine schwere Silbernadel an Dominics schwarzem Umhang. Als sie zurücktrat, fiel Sonnenlicht auf die uralte Brosche und ließ den silbernen Wolfskopf aufleuchten. Klare, kristallene Augen blitzten und glitzerten, als wären sie zum Leben erwacht.

Ein ohrenbetäubender Jubelruf stieg aus den Kehlen der Vasallen auf, als sie den Glendruid-Wolf begrüßten.

Im Morgengrauen machten sich Ritter auf Schlachtrössern von Blackthorne Keep auf und galoppierten gen Norden. Stählerne Waffen schimmerten und klirrten bei jeder Bewegung der mächtigen Hengste. Hinter ihnen wurde die Zugbrücke hochgezogen, und die Tore wurden mit schweren eisernen Riegeln verschlossen.

Der Glendruid-Wolf war in den Krieg gezogen.

28. KAPITEL

»Nein!« Dominic tat Duncans Vorschlag mit einer schroffen Handbewegung ab. »Sie würden dich erkennen und augenblicklich niedermetzeln. Fang nicht wieder davon an. Wenn dein Leben keinen Wert für mich hätte, hätte ich dich inzwischen schon zweimal töten können.«

Duncan und seine Ritter hatten Dominic gegen Spätnachmittag auf dem nördlichen Karrenpfad angetroffen. Seit diesem Zeitpunkt hatten sich der Schottische Hammer und der Glendruid Wolf über die beste Angriffstaktik gestritten. Duncan blickte in die Äste der Eiche über sich hinauf, als erwartete er, in den zarten grünen Blättern Hilfe zu finden, die an der Spitze jedes einzelnen Zweiges sprossen.

»Wenn nicht jemand innerhalb der Palisaden ist, wenn wir angreifen«, sagte Duncan zwischen zusammengebissenen Zähnen, »könnte Meggie schon tot sein, bevor es mein ›abtrünniger‹ Ritter verhindern kann.«

»Glaubst du, ich wüßte das nicht?« gab Dominic barsch zurück. »Aus diesem Grunde werde ich ja ins Innere der Palisaden gehen, sobald es dunkel ist. Ich werde mich an den Wachen vorbeischleichen und …«

»Den Teufel auch!« Duncan und Simon explodierten beide zugleich.

»Das kannst du nicht tun«, fuhr Simon streng fort. »Allein schon deine Größe würde dich verraten!«

»Ganz zu schweigen von diesem glänzenden Silberstück, das du an deinem Umhang trägst«, fügte Duncan hinzu.

Mißtrauisch beäugte er den Wolfskopf aus gehämmertem Silber, als rechnete er damit, daß sich sein stummes Knurren jeden Moment in einen lebendigen Wolf verwandeln würde.

»Herr«, warf Sven ruhig ein. »Ich werde gehen. Es ist sozusagen meine Lieblingsbeschäftigung.«

»Sie werden dich inzwischen vermißt haben«, gab Dominic mit ungeduldiger Stimme zurück. »Was willst du ihnen sagen, wenn Sie dich fragen, wo du gewesen bist?«

»Ich werde einfach sagen, ich hätte mir Sorgen um meine Herden gemacht.«

Dominic grunzte unwirsch. »Mich würde das nicht überzeugen.«

»Rufus ist nicht wie Ihr.«

Ein gereizter Fluch war Dominics einzige Antwort.

»Eure Lady ist an einen Baum gekettet«, erklärte Sven. »Sie hat keinerlei Möglichkeit, in Deckung zu gehen, wenn Ihr angreift. Jemand muß dort sein, um sie zu schützen.«

»Ich kann dich nicht bitten, etwas derart Gefährliches zu tun.«

Svens Lächeln war grimmig und amüsiert zugleich. »Ach, Herr, kennt Ihr mich so schlecht? Gefahr ist meine Ehefrau, meine Geliebte und mein Kind. Deshalb gefällt es mir ja auch so gut, Euer Ritter zu sein.«

Ein gotteslästerlicher Fluch, ein abgrundtiefer Seufzer, dann gab Dominic schließlich nach.

»Suche einen Priester auf, bevor du gehst«, schärfte Dominic Sven ein. »Dieses Mal triffst du vielleicht auf größere Gefahr, als selbst du überleben kannst.«

»Es gibt wesentlich schlimmere Arten zu sterben als bei der Verteidigung der Ehefrau meines Lehnsherrn.«

»Richtig«, warf Simon energisch ein. »Laß mich mit Sven mitgehen. Ich kann ...«

»Nein«, widersprach Sven augenblicklich. »Du bist ebensogroß wie Dominic oder Duncan. Die Vögte würden dich in Sekundenschnelle entdeckt haben. Und wenn sie dich nicht bemerken würden, dann Eadith.«

»Dich kann man wohl auch kaum als winzig bezeichnen«, gab Simon zurück.

»An mich sind sie gewöhnt« erwiderte Sven und wandte sich von ihm ab.

»Wann werdet Ihr angreifen, Herr?«

»Bei Einbruch der Dunkelheit«, sagte Dominic. »Läßt dir das genügend Zeit?«

Sven prüfte den Stand der Sonne. »Kaum. Schickt Männer zu Fuß aus, um von der Rückseite aus anzugreifen. Mit ein wenig Glück sollte es mir gelingen, das hintere Tor in der Palisadenmauer zu öffnen.«

Bevor noch jemand etwas erwidern konnte, war Sven in den Wald getrottet und zwischen den Bäumen verschwunden.

»Wo hast du *den* denn gefunden?« wollte Duncan von Dominic wissen.

»In einer sarazenischen Hölle.«

»Kann er das Tor öffnen?«

»Wenn es überhaupt jemand kann, dann Sven. Es wird nicht das erste Tor sein, das er von innen für mich geöffnet hat.«

»Das glaube ich gern«, murmelte Duncan. »Er ist so verstohlen und listig wie eine Katze.«

Hinter Dominic schnaubte ein Pferd und tänzelte unruhig auf der Stelle. Die anderen Ritter und ihre Junker waren aus dem Sattel gestiegen, während sich ihr Herr und die beiden Ritter darüber stritten, wer die gefährlichste Position während des Angriffs einnehmen würde. Duncans Männer waren Dominics Gefolgsleuten sehr ähnlich: hart, tüchtig und kampferprobt durch zahlreiche frühere Schlachten.

Die meisten Ritter hatten ihre schweren Kettenpanzer abgelegt und überprüften ihre Waffen. Armbrust und Pfeile, Pike und Lanze, Keule, Schwert und Streitaxt lagen in tödlicher Ansammlung bereit. Die Ritter unterhielten sich, während sie ihre Ausrüstung kontrollierten, und schlossen dabei Wetten ab, welcher Mann als erster durch die Palisaden gelangen, welcher als erster töten würde, ja sogar, wer dem Gegner als erster eine Wunde zufügen oder selbst eine Wunde davontragen würde.

Dominic hörte die Scherze und Gespräche wie aus weiter Ferne. Seine gesamte Aufmerksamkeit konzentrierte sich auf eine einzige Sache: Meg. Er hätte seine Seele leichten Herzens dem Teufel vermacht, wenn es ihm die Garantie verschafft hätte, daß sein kleiner Falke die kommende Nacht überlebte.

»Hast du irgendwelche Anweisungen für die Ritter?« fragte Simon, als alles bereit war.

»Keine Schonung. Keine Gefangenen.«

Meg ignorierte die Wachtposten der Vögte, die auf ihren Hochsitzen auf den Palisaden hockten und sich durch laute Zurufe verständigten. Sie zerrte unablässig an der schweren Kette, die von ihren Handfesseln um den Stamm einer jungen Eiche verlief. Obwohl rostig, war die Kette immer noch stark.

Meg warf einen Blick zum Himmel hinauf. Die Sonne war nicht länger über dem rohgezimmerten Palisadenzaun sichtbar, der den provisorischen Burghof umschloß. Bald würde Dämmerung sämtliche Winkel und Senken in Schatten tauchen, bis die Dunkelheit überfloß und das Land einhüllte. Kurz darauf würde der Mond in silbernem Glanz am Himmel aufgehen.

Und dann würden die Vögte über sie herfallen.

Eadith wanderte neben dem Lagerfeuer auf und ab, wo die Reste eines Hirschbratens auf einem Bratspieß hart und ungenießbar wurden. Ungeduldig schaute sie von den Flammen zu dem Wachtposten hinüber, der den besten Ausblick auf den Karrenpfad nach Carlysle Manor hatte.

»Siehst du irgend etwas?« rief sie.

»Nein«, erklärte der Mann knapp.

Rufus schnitt mit seinem Dolch ein Stück von dem Braten ab, stopfte es sich in den Mund und kaute nachdenklich.

»Er wird kommen«, sagte Eadith beharrlich. »Er ist völlig vernarrt in die Hexe.«

Rufus grunzte nur.

Eadith wanderte wieder ruhelos auf und ab.

Ein zerlumpter Vogt trat an den Bratenspieß. Sein Messer schnitt mühelos durch das zähe Fleisch.

»Was ist mit dir, Hirte?« fragte Eadith herrisch. »Hast du Reiter gesehen?«

»Nein, Mistress. Meine Herden grasen im Osten.«

Mit einem gemurmelten Fluch wandte Eadith sich wieder zu dem Wachtposten um, der sie ignorierte.

Der Schafhirte ging langsam zur Rückseite des Lagers. Als er an Meg vorbeikam, ließ er das Stück Fleisch fallen. Er bückte sich, um es aufzuheben, und sprach dabei mit gedämpfter, kaum hörbarer Stimme zu ihr.

»*Das Schwert* kommt bei Einbruch der Dunkelheit.«

Megs Augen weiteten sich überrascht, während sie das flachsblonde Haar und die hellen Augen des eigenartigen Schafhirten musterte.

»Er kommt *nicht*«, sagte sie leise.

»Haltet Euch bereit, Lady.«

Sven lächelte dünn, schleuderte das Fleisch weg und bewegte sich weiter auf das rückwärtige Tor zu. Wie er gehofft hatte, saß Duncans »abtrünniger« Ritter ganz in der Nähe und schärfte die Schneide seiner gewaltigen Streitaxt.

»Einbruch der Dunkelheit«, raunte Sven dem Mann im Vorbeigehen zu.

Das Schaben von Stein auf Stahl hielt gerade lange genug inne, um Sven zu sagen, daß der Ritter ihn gehört hatte.

»Wache!« rief Eadith ein paar Minuten später.

»Es kommt niemand, soweit ich es sehen kann«, antwortete der Mann gelangweilt. Dieselbe Frage war an diesem Nachmittag schon viele Male gestellt und beantwortet worden.

Dunkelheit legte sich wie ein Mantel über das Lager. Obwohl der Mond noch nicht aufgegangen war, zeichnete sich sein silbriger Schein bereits knapp über dem westlichen Horizont ab. Rufus wischte sein Messer am Ärmel ab und blickte mit nackter Wollust in den Augen zu Meg hinüber.

Duncans Ritter stand lässig von seinem Platz auf und hob seine Axt, als wollte er ihre Balance testen. Er begann, die Waffe einhändig um den Kopf zu schwingen, immer schneller und schneller, ließ die Klinge zischend durch die Luft sausen. Es war nicht das erste Mal, daß er sich im Umgang mit der Axt übte, seit er zu den Vögten gestoßen war, doch die Demonstration verfehlte nie ihre Wirkung und faszinierte die schlecht ausgebildeten Männer jedesmal aufs neue.

Das geschickte Spiel des Ritters mit seiner Streitaxt war genau die Ablenkung, die Sven benötigte, und mehr, als er sich erhofft hatte. Er ging zu dem hinteren Tor, als wollte er sich erleichtern. Als er an der Wache vorbeikam, blitzte flüchtig eine Messerklinge auf, und Sekunden später brach der Wachtposten zusammen. Sven lehnte ihn mit dem Rücken gegen die Palisaden und zog ihm den Mantel über den Kopf, als schliefe er.

Ein paar rasche Stiche in den Erdboden säuberten die Messerklinge von Blut. Sven schob die Waffe in ihre Scheide zurück und wartete, wohl wissend, daß die Schlacht bald beginnen würde.

Plötzlich stieß der Wachtposten an der Vorderseite des Lagers einen lauten Ruf aus und zeigte auf den Karrenpfad.

»Sie kommen! Zwei Ritter. Einer ist von Kopf bis Fuß in Schwarz gekleidet. Gott helfe mir, wenn das nicht der normannische Bastard ist!«

»Haben sie den Schatz bei sich?« wollte Eadith wissen.

»Ja! Drei Packpferde, so schwer beladen, daß sie sich kaum auf den Beinen halten können.«

Triumphgeheul stieg aus dem Lager auf. Männer rempelten und stießen sich gegenseitig an in ihrer Ungeduld, als erster einen Blick auf die Reichtümer zu werfen, die bald ihnen gehören würden.

Niemand bemerkte, wie Sven leise den Riegel am hinteren Tor zurückschob, es einen Spaltbreit öffnete und dann rasch zu Meg hinüberschlich.

»Bald ist es soweit, Mylady«, flüsterte er.

Meg war zu verblüfft, um zu antworten. Mit angehaltenem Atem beobachtete sie, wie Dominic lautlos durch das hintere Tor hereinschlüpfte. In der sich langsam verdichtenden Dunkelheit schien er wie ein Teil der Nacht selbst. Sein gezogenes Schwert und die uralte Silberbrosche an seinem Mantel schimmerten matt, als er sich herumdrehte und das Lager mit einem einzigen wachsamen Blick umfing.

Hinter ihm lösten sich Simons und Duncans Silhouetten aus der Dunkelheit, aber Meg hatte nur Augen für das gefährliche

Glitzern des Glendruid-Wolfs an Dominics Schulter. Kühle Schauer rannen über ihre Haut, als sie begriff, daß ihr Volk nun endlich von seinem Fluch befreit worden war. Kein Glendruid-Mädchen würde mehr die Hoffnung ihrer Leute wie eine schwere Last auf ihren Schultern spüren müssen.

Ein Glendruid-Wolf war geboren worden, aber nicht von einer Glendruid-Frau.

Gerade als Dominic Meg entdeckte, mit Ketten an eine große Eiche gefesselt, kam ein kriegerischer Ruf von den Männern, die sich um das vordere Tor drängten.

»Zu den Waffen! Der Bastard ist unter uns!«

Vögte rissen hastig Schwerter und Schilde an sich und griffen ohne Befehl und ohne nachzudenken an. Duncan, Simon und Dominic wehrten den größten Teil des wilden, unüberlegten Angriffs ab und hielten das Tor auf, während sich andere Ritter durch die hintere Pforte drängten, in das Lager hinein.

Bald krachte Stahl auf Stahl, und Blut glänzte schwarz im Licht des aufgehenden Mondes. Unter Geschrei, Flüchen und Schwertergeklirr wogte die Schlacht über den zertrampelten Erdboden vor und zurück, wie ein blutendes, aufs äußerste gereiztes Tier.

Meg beboachtete das Geschehen voller Furcht und Erstaunen, und allmählich wurde ihr klar, wie Dominic zu seinem Namen gekommen war. Falls irgend jemand die Courage und Zähigkeit *Des Schwerts* in Frage gestellt hatte, nachdem Dominic in der Kirche und auch bei den Turnierkämpfen Erbarmen gezeigt hatte, so zweifelte jetzt ganz sicher niemand mehr daran. Dominics Schwert mähte die Vögte nieder wie eine Sense, die Sommergras schneidet. Er kannte keinerlei Erbarmen für die Männer, die seine Ehefrau geraubt hatten.

Abrupt spürte Meg, wie sich ihr von hinten jemand näherte. Sie wirbelte gerade noch rechtzeitig herum, um eine Streitaxt durch die Dunkelheit sausen zu sehen. Die scharfe Schneide biß durch das Stück Eisenkette, das um den Eichenstamm geschlungen war. Die Wucht des Aufpralls war so enorm, daß sich die Klinge fast bis zum Heft ins Holz grub. Eine panzerhandschuhumhüllte Hand griff nach Megs Handgelenk und zog sie auf die Füße.

»Schnell, Lady. Es ist nicht sicher für ...«

Die Worte des Ritters endeten in einem erstickten Schrei, als ein Bolzen von einer Armbrust seinen Helm traf und davon abprallte. Lautlos brach der Ritter auf dem Boden zusammen.

Meg kniete sich neben ihn, sah, daß sie nichts tun konnte, und erhob sich hastig, wobei sie ihre zwei Meter lange Eisenkette hinter sich herschleifte. Mit einem ständig wachsenden Gefühl der Angst suchte sie nach Dominic inmitten des blutigen Kampfgetümmels. Keiner der Männer, die leblos auf dem Boden lagen, hatte seine Größe und Statur, dennoch wuchs die Gewißheit in ihrem Inneren, sie könnten den Glendruid-Wolf fast im gleichen Atemzug wieder verlieren, in dem sie ihn gefunden hatten.

Nein! Wir haben zu lange auf ihn gewartet!

Verzweifelt starrte Meg in die Finsternis und suchte nach ihrem Ehemann. Dominics gut ausgebildete Ritter machten kurzen Prozeß mit den Vögten. Nur wenige von ihnen waren noch in der Lage zu kämpfen, aber trotz ihrer schweren Wunden mangelte es ihnen nicht an Mut. Sie schlugen und droschen wie Wahnsinnige mit ihren Schwertern um sich, versuchten, die Ritter niederzumetzeln, um an den normannischen Bastard heranzukommen, der wieder einmal alle ihre Pläne durchkreuzt hatte.

Rufus war nirgendwo in Sicht. Auch Dominic nicht. Endlich zog das Blitzen des Glendruid-Kristalls in den Augen des silbernen Wolfes Megs Aufmerksamkeit auf sich. Dominic befand sich am anderen Ende des Lagers und kam auf sie zugerannt. Obwohl er sein Schwert noch in der Hand hielt, ignorierte er die letzten Gefechte um sich herum.

Gefahr.

Mit geradezu unheimlicher Gewißheit schaute Meg nach

rechts. Nur wenige Schritte von ihr entfernt trat Rufus hinter der Eiche hervor, die ihr Gefängnis gewesen war. Voller Entsetzten mußte sie mit ansehen, wie er seine Armbrust hob, um den Glendruid-Wolf zu morden.

»Nein!« schrie Meg.

Mit der Kraft der Verzweiflung riß sie ihre gefesselten Hände hoch und schwang sie weit über den Kopf. Zwei Meter Eisenkette sausten durch die Luft und verfingen sich in der Armbrust, rissen sie zu Meg herum, als Rufus feuerte. Der tödliche Pfeil der Armbrust zischte wirkungslos in den dunklen Nachthimmel hinauf.

Rufus ließ das nutzlose Gewirr aus Armbrust und Eisenkette fallen. Während er mit der rechten Hand sein Schwert zog, holte er mit der linken nach dem Mädchen aus, das seinen Schuß vereitelt hatte. Eine panzerhandschuhbewehrte Faust prallte mit voller Wucht auf Fleisch, das nur durch Stoff geschützt war. Meg wirbelte herum, taumelte und streckte ihre mit Ketten gefesselten Hände hilfesuchend nach Dominic aus.

»Dominic!«

Als Meg ohnmächtig zusammenbrach, sprang Dominic mit einem Satz auf sie zu und fing sie mit seinem linken Arm auf. Sein rechter Arm holte zu einem gewaltigen Schlag aus, der sein Schwert im Feuerschein blitzen ließ.

Rufus grunzte vor Anstrengung, als er das Heft seines Schwerts mit beiden Händen umklammerte und zu einem Hieb hochriß, der Dominic in zwei Hälften spalten sollte und Meg mit ihm.

Der Schlag war nur noch eine Handbreit von seinem Ziel entfernt, als Dominics Schwert durch die Dunkelheit schnitt und die gegnerische Klinge abfing. Stahl krachte auf Stahl mit einer derartigen Wucht, daß die Erschütterung des Schlags beide Männer bis auf die Knochen durchdrang.

Mit einem gotteslästerlichen Fluch auf den Lippen schwang Rufus sein Schwert erneut hoch in die Luft. Dominic konnte den

Schlag gerade noch rechtzeitig parieren. Er kämpfte einhändig, weil er Meg mit seinem anderen Arm umschlungen hielt.

Als Rufus zum dritten Hieb ausholte, schien Dominic auszurutschen. Noch im Fallen drehte er sich herum und schützte Meg mit seinem eigenen Körper. Mit einem wilden Triumphschrei hob Rufus sein Schwert zum vernichtenden Schlag.

Der Glendruid Wolf kam in einem lautlosen, tödlichen Sprung wieder auf die Füße. Zu spät erkannte Rufus, daß er sich nicht vor dem Schwert schützen konnte, das waagerecht wie eine Lanze auf seine nackte Kehle zielte.

Noch bevor der Vogt bitten oder fliehen konnte, war er tot.

Dominic zog sein Schwert zurück, kniete sich nieder und nahm Meg in seine Arme. Sie gab einen dumpfen Laut von sich und drehte sich zu ihm herum. Selbst im flackernden Schein des Lagerfeuers war ihr Gesicht leichenblaß. Jenseits des Feuers fand der letzte Schlagabtausch zwischen Rittern und Vögten statt. Dominic schaute einmal flüchtig auf und ignorierte dann alles um sich herum, konzentrierte sich ausschließlich auf seine Frau.

»Meg«, sagte er. Furcht ließ seine Stimme rauh klingen. »Wo bist du verletzt?«

Ihre Augen öffneten sich langsam. Reflektierende Flammen ließen die Silberbrosche an Dominics Umhang brennen. Meg blickte tief in die gefährlich glitzernden Kristallaugen des Wolfes und seufzte. Mit zitternden Fingern berührte sie erst den Glendruid-Wolf und dann den Mann, der ihn trug.

»Hab keine Angst, mein Krieger«, flüsterte Meg. »Ganz gleich, ob ich lebe oder sterbe, Blackthorne Keep und seine Vasallen werden dein sein.«

»Zum Teufel mit dem Land und meinen Ambitionen!«

Meg öffnete den Mund, aber es kamen keine Worte heraus. Dominics Hände tasteten behutsam ihren Körper ab auf der Suche nach irgendwelchen Wunden. Was er fand, war ein Riß in ihrer Kleidung, wo Kettenglieder durch Stoff geschnitten hatten. Meg sog scharf die Luft ein, als Dominic ihre Rippen berührte.

»Ruhig, mein kleiner Falke. Ganz ruhig. Laß mich sehen, wie schwer du verletzt bist.«

»Es sind nur ein paar Tropfen Blut und eine Quetschwunde«, flüsterte sie.

»Du bist in Ohnmacht gefallen.«

»Die Wucht des Schlages hat mir einen Moment die Sinne geraubt.«

Mit einigen weiteren vorsichtigen Berührungen vergewisserte sich Dominic, daß Meg recht hatte. Der Hieb hatte sie hart getroffen, aber nicht schwer verletzt. Sie hatte zudem großes Glück gehabt. Rufus hatte in der Absicht zugeschlagen, sie zu verstümmeln, wenn nicht sogar zu töten.

Die Erkenntnis, wie gefährlich nahe Meg dem Tod gewesen war, ließ einen Eisklumpen in Dominics Magen gefrieren.

»Du hättest dein Leben niemals auf diese Weise riskieren dürfen«, sagte er streng.

»Rufus hätte dich getötet!«

»Er hätte beinahe dich getötet! Großer Gott, wenn du gestorben wärst ...« Die entsetzliche Vorstellung schnürte ihm die Kehle zu, machte es ihm unmöglich, auch nur ein Wort herauszubringen.

»Mein Tod hätte nicht sonderlich viel ausgemacht.«

Meg lächelte traurig über Dominics schockierte Miene. Mit einer Hand, die sichtbar zitterte, zeichnete sie die Linien der Glendruid-Brosche an seinem Umhang nach.

»Du bist das einzige, was zählt«, sagte sie schlicht. »Du wirst dem Land Heilung bringen, nicht ich. Der Glendruid-Wolf hat dich aus Johns Falle befreit. Ich nehme an, in gewisser Weise hat er auch mich befreit. Ich werde nicht länger den köstlichen Schmerz ertragen müssen, meinen Körper, mein Herz und meine Seele einem Mann zu geben, der in mir nur den Mutterschoß für seine Söhne sieht.«

»Was sagst du da?« fragte Dominic entsetzt.

»Die Leute von Blackthorne Keep sind jetzt auch ohne mich

sicher. Du kannst zur Ehefrau nehmen, wen auch immer du willst, und ich kann endlich so frei wie ein ungezähmter Falke sein.«

Dominic schloß die Augen und kämpfte mit aller Macht, um die Mischung aus Erleichterung und Furcht und Wut zu beherrschen, die in seinem Inneren tobte. Meg war am Leben und in Sicherheit, aber sie war niemals weiter von ihm entfernt gewesen als in diesem Moment. Es schien, als entglitte sie ihm mehr und mehr – mit jedem Wort, jedem traurigen Lächeln, dem Zittern ihrer Finger, während sie lieber kaltes Silber als sein Gesicht berührte.

Und dennoch hatte sie ihm noch kein einziges Mal in die Augen geschaut. Um ihn zu *sehen*.

»Ich werde dich niemals gehen lassen«, sagte Dominic rauh.

»Keine Sorge, Glendruid-Wolf. Die Leute werden dich akzeptieren. Blackthorne Keep gehört dir, solange du lebst. Nichts kann daran jetzt noch etwas ändern.«

»Ohne dich sind das Land und die Leute ein Festschmaus für einen toten Mann. Sieh mich an. *Schau in meine Seele.«*

»Nein«, flüsterte Meg gebrochen. »Ich kann es nicht ertragen. Ich kann es nicht ertragen *zu sehen*, wie sehr ich liebe und wie wenig du liebst.«

Einen Moment lang saß Dominic vollkommen reglos da. Dann beugte er sich vor und küßte zärtlich Megs Lider, stahl ihre Tränen mit seiner warmen Zungenspitze. Er fühlte das Zittern, das ihren Körper durchlief, als hätte er sie mit einer Peitsche geschlagen, statt sie auf die zärtlichste Weise zu liebkosen.

»Schau mich an und wisse, was ich weiß«, flüsterte er zwischen Küssen. »Ich flehe dich an: Schau mich an. *Sieh mich.«*

Langsam schlug Meg die Augen auf, und sie schaute Dominic an, blickte in seine Seele, *sah ihn* und wußte, was er wußte. Ein erstaunter Laut entrang sich ihrer Kehle, als sie seine Lippen mit ihrer Hand berührte.

»Glendruid-Hexe«, flüsterte Dominic und küßte Megs Fingerspitzen inbrünstig. »Du hast meinen Körper geheilt, mein Herz und meine Seele … und dann hast du sie mir Kuß für Kuß gestohlen. Mit oder ohne Erben, ich werde niemals eine andere Ehefrau haben als dich.«

Als Dominic Meg fest in seine Arme zog und sein Gesicht in ihrer Wärme vergrub, flüsterte er die Wahrheit, die sie beide endlich erkannt hatten.

»Ich liebe dich, süße Hexe. Ich werde dich bis in alle Ewigkeit lieben.«

EPILOG

Winterstürme heulten über das Land hinweg, kratzten mit eisigen Klauen an den Türmen und Mauern von Blackthorne Keep. In dem tröstlichen Bewußtsein einer guten Ernte gingen die Leute der Burg still und zufrieden ihren täglichen Pflichten nach. Während sie arbeiteten, warteten sie auf Neuigkeiten von ihrer Herrin, die vom Samen des Glendruid-Wolfes hochschwanger war.

»Ich wünschte, Old Gwyn wäre geblieben«, murmelte Dominic nachdenklich.

»Sie hat für ihren Ehebruch tausend Jahre lang gebüßt«, erwiderte Meg. »Ich konnte nicht noch mehr von ihr erbitten.«

Dominic strich sich mit einer kräftigen Hand durchs Haar. Er war sich immer noch nicht sicher, ob er glaubte, so wie Meg es tat. Alles, was er mit Gewißheit sagen konnte, war, daß das silberne Hochzeitskleid, die mit Kristallen besetzte Silberkette und die alte Glendruid-Frau fort waren, als hätten sie niemals existiert.

Eine Mischung aus Konzentration und Unbehagen zeigte sich in Megs Gesicht. Dominic hatte genau diesen Ausdruck seit dem Morgengrauen immer häufiger an ihr bemerkt.

»Wie fühlst du dich?« erkundigte er sich ängstlich.

»Als brauchte ich deine beiden starken Arme, um mich selbst aus dieser flachen Badewanne herauszustemmen.«

Sanft hob Dominic seine Frau aus dem Bad und wickelte sie in ein weiches Handtuch.

»Irgendwann demnächst werden wir eine passende Zofe finden müssen«, sagte Meg.

Dominic gab einen neutralen Laut von sich, während er behutsam mit seinen Händen über den Körper strich, der einst schlank und zerbrechlich gewesen, jetzt jedoch von seinem Samen angeschwollen war.

»Es ziemt sich nicht für den Herrn einer Burg, der Diener seiner Frau zu sein«, erklärte Meg ihm.

»Für den Herrn dieser Burg ist es eine große Freude, sein Baby unter seinen Händen strampeln zu fühlen«, gab Dominic zurück.

Abrupt versteifte sich Megs gesamter Körper unter der schmerzhaften Kraft einer Wehe. Als sie erneut sprach, klang ihre Stimme gepreßt.

»Laß die Hebamme kommen. Das Baby ist plötzlich sehr eifrig.«

Während Winterstürme um die Burg heulten, trug Dominic Meg zu dem Bett, das sie für die Entbindung vorbereitet hatte. Würzige Kräuter und getrocknete Blüten parfümierten die Luft, und luxuriöse Wandteppiche schnitten den Luftzug ab, der durch Mauerritzen und Fensterläden drang.

Die Hebamme eilte in den Raum, sah sofort, daß Megs Zeit unmittelbar bevorstand, und leierte murmelnd die Worte des Glendruid-Rituals herunter, auf dem Meg bestanden hatte.

»Da, bitte!« sagte die Frau, als sie eilig in einen Kittel schlüpfte. »Sind Sie jetzt zufrieden?«

»Ja.«

Megs Stimme war kaum mehr als ein Flüstern. Ihre Finger umklammerten Dominics Hand derartig fest, daß ihre Nägel rote Spuren auf seiner Haut hinterließen. Er strich ihr liebevoll das Haar aus der Stirn und küßte sie auf die Wange, beteuerte ihr flüsternd seine Liebe.

Die Hebamme beobachtete Dominic aus den Augenwinkeln. Solche Zärtlichkeit fand sich selten bei einem Mann, und noch weniger bei einem, dessen wilde Grimmigkeit überall in den nördlichen Marschen berühmt geworden war.

Keine Schonung. Keine Gefangenen.

Und es hatte keine gegeben.

Vagabundierende Banden von Räubern und Rittern ohne Herren verbreiteten immer noch Angst und Schrecken im nördlichen Land, aber keiner von ihnen wagte es, in das Territorium des Mannes einzudringen, der den Glendruid-Wolf trug.

Der Wintersturm rüttelte an den Mauern der Burg und ließ einen losen Fensterladen klappern. Der langgezogene, heulende Schrei des Windes brachte die Hebamme dazu, sich unsicher umzusehen.

An Dominics Schulter leuchteten die Augen des Wolfes, als wären sie lebendig, und beobachteten die Hexe, deren Schoß die Zukunft gebären würde.

»Ihr könnt Euch jetzt Eurer Arbeit widmen, Herr«, sagte die Frau. »Ich werde mich um Lady Margaret kümmern.«

»Nein«, erwiderte Dominic energisch. »Meine Frau hat mir in Frieden und Krieg, Krankheit und Gesundheit zur Seite gestanden. Ich werde sie in ihrem Schmerz nicht im Stich lassen.«

Die Hebamme schüttelte sprachlos den Kopf. Bevor sie noch etwas sagen konnte, stöhnte Meg laut auf, als heftige Wehen ihren Leib erschütterten und von der Dringlichkeit der Geburt zeugten.

Wolfsaugen schimmerten bei jeder Bewegung von Dominics Körper, während er Megs Qualen auf die einzige Weise teilte und linderte, die ihm möglich war.

Bald heulte der Wind mit einem Triumph, der seinen Widerhall in einem anderen kräftigen Schrei fand – dem Schrei eines Babys, das seinen ersten Vorgeschmack von Freiheit kostete.

»Lord Dominic«, sagte die Hebamme, ehrfürchtig und erstaunt. *»Die Hexe hat Euch einen Sohn geschenkt!«*

In den darauffolgenden Jahren hallte die Burg von den fröhlichen Rufen spielender Kinder wider. Als die Söhne älter wurden, unterwies Dominic sie in der Kunst des Schwertes und des Wolfes, lehrte sie die Fähigkeit zu kämpfen, wenn sie es mußten, und Frieden zu suchen, wenn es möglich war. Megs Töchter lernten die Weisheit von Wasser und Pflanzen, von Garten und Kräuterkeller und daß die heilende Kraft sanft und heftig zugleich war.

Gemeinsam – mit jedem Wort und mit Schweigen, mit Lachen und mit Tränen – lehrten die Glendruid-Hexe und der Glendruid-Wolf ihre Kinder die wichtigste Erkenntnis von allen: daß es keinen mächtigeren Zauber gibt als das großmütige Herz und die ungezähmte Seele der Liebe.